Martin Calsow
Der Lilith Code

D1924599

atb aufbau taschenbuch

MARTIN CALSOW wuchs am Rande des Teutoburger Waldes auf. Nach seinem Zeitungsvolontariat arbeitete er bei verschiedenen deutschen TV-Sendern in Köln, Berlin und München. Ein langer Aufenthalt im Nahen Osten führte ihn schließlich zum Schreiben. Er lebt heute mit seiner Frau am Tegernsee.

In Damaskus lernen sich zwei Aussteiger kennen: Eduard, Holländer und Ex-Polizist, und Jan, ein deutscher Arzt. In einer Kreuzfahrerburg retten sie einen jungen Araber aus den Fängen einer Killertruppe. Im Gepäck des Jungen entdecken sie einen geheimnisvollen Zylinder aus Babylonien, ein Schriftstück aus der Zeit des Propheten Mohammed und Teile eines Tagebuches, das sie auf die Spur einer Intrige bringt, die den gesamten Nahen Osten erschüttern könnte. Doch damit nicht genug: Der Zylinder beschreibt die Wiederkehr der Dämonin Lilith, der ersten Frau Adams! Und das Tagebuch gehörte einer Forscherin, die auf der Suche nach dem berüchtigten Mondkult Opfer eines Mordrituals wurde. Bald merken Eduard und Jan, dass sie verfolgt werden. Gemeinsam geraten sie in einen Strudel aus Mysterien, Macht und Terror.

Martin Calsow

Der Lilith Code

Thriller

atb aufbau taschenbuch

FSC
www.fsc.org
MIX
Papier aus verantwortungsvollen Quellen
FSC® C083411

ISBN 978-3-7466-2682-6

Aufbau Taschenbuch ist eine Marke
der Aufbau Verlag GmbH & Co. KG

1. Auflage 2011
© Aufbau Verlag GmbH & Co. KG, Berlin 2011
Umschlaggestaltung capa, Anke Fesel
unter Verwendung zweier Motive von bobsairport:
© Sabine Wenzel und © Paula Friedrich
Typographie Peter Birmele, Berlin
Druck und Binden CPI Clausen & Bosse, Leck
Printed in Germany

www.aufbau-verlag.de

In Liebe und Dankbarkeit

Für meine Frau
Insa

Sematar, Türkei, 02. 02., 6.35 Uhr

Und so bekleid' ich meine nackte Bosheit
Mit alten Fetzen, aus der Schrift gestohlen,
Und schein' ein Heil'ger, wo ich Teufel bin.

Aus: William Shakespeare »Richard III«,

Der Frau war der Bauch aufgerissen worden. Sie lehnte an einem warmen Felsen in einer Höhle, als sie aus der Ohnmacht erwachte. Langsam schlich das Bewusstsein zurück. Ihr Gesicht war geschwollen. Die Augenlider waren verklebt, so dass sie nur mühsam den Ort erkennen konnte, an dem sie sich befand. Sie versuchte, die Hände zu bewegen, als der Schmerz aus dem Bauch sie erfasste. Sie blickte an sich herab, sah etwas Grauweißes, Pulsierendes aus ihrem Bauch herausquellen und wollte schreien. Nur ein wimmerndes »Neiiiiin« kam aus ihrem Mund, unwillkürlich presste sie ihre Hände auf die Wunde, versuchte, das glitschige Innere wieder zurückzudrücken. Die Wunde selbst war kaum eine Handbreit groß, aber der Schnitt hatte die Bauchdecke komplett durchtrennt.

In diesem Moment wusste sie, dass sie sterben sollte. Erinnerungsblitze tauchten auf. Mit einer großen Kraft, die ihr angesichts ihrer Lage fast überirdisch erschien, riss sie sich zusammen und dachte nach: Ich sitze in einer Höhle. Ich habe eine lebensbedrohliche Verletzung. Was ist in dieser Höhle? Wer bedroht mich? Wie komme ich hier raus?

Das Entsetzen packte sie, und ohne dass sie etwas davon bemerkte, entleerte sich ihre Blase. Die warme Flüssigkeit rann an ihren Oberschenkeln herab. Tränen quollen aus ihren Augen. Dann kehrte ihr Wille zurück. Sie schaute nach rechts oben. Schwaches Licht fiel dort herein. Mit ihrer linken

Hand drückte sie sich hoch, hielt inne, ließ den Schmerz durchfluten, bemühte sich, ruhig und flach zu atmen. Sie konnte gerade noch stehen, ehe sie an die Decke stieß. Der Fels der Wände war glatt, als ob ihn seit Jahrhunderten Hände abgetastet hätten. Die Öffnung lag auf ihrer Augenhöhe, beschrieb einen senkrechten Schlauch, der geradewegs nach außen führte. Sie schaute an sich herab. Sie trug ihren Slip noch, sonst war sie nackt. Aber um den Hals hatte sie ihren weißen Schal. Für die Flucht brauchte sie beide Hände. Zitternd wickelte sie das Tuch vom Hals, bedacht, es nicht auf den Boden fallen zu lassen. Sie kniff die Augen zusammen, presste die Lippen aufeinander, versuchte, erst ihre Hand von der Wunde zu heben und sofort das Tuch um ihren Bauch zu wickeln.

Ihr Atem ging stoßweise. Es funktionierte. Nichts quoll mehr heraus. Doch das weiße Tuch färbte sich sofort rot. Sie wusste, dass der Blutverlust sie bald in die Bewusstlosigkeit fallen lassen würde. Doch der Schmerz, der jetzt dauerhaft war, hielt sie wach. Sie tastete sich an den Wänden entlang, einen Einstieg zur Öffnung suchend. Dumpf entfernt hörte sie eine Stimme. Sie erstarrte, drückte sich noch näher an die Wand. Atmete nicht. Und betete. Die Stimme kam nicht näher. Ihre Hände tasteten und fanden tatsächlich eine Einbuchtung. Sie wand sich hoch und erreichte nach quälenden Minuten die Öffnung. Sie spürte nicht, wie der Fels ihre Haut aufriss, sie wollte zum Licht.

Einen halben Meter vor dem Höhleneingang hielt sie inne. Das Licht, das milchig-fahl herabschien, stammte vom Mond – ihrem Mond. Eine neue Kraft, dachte sie. Bis sie den Mann am Feuer sah. Er hatte ihr den Rücken zugewandt und murmelte unverständliche Worte. Neben ihm lag ein Messer. Ihr Messer, ein französisches »Opinel«. Sachte drehte sie sich, streckte ihren Arm aus. Ihre Finger streckten sich, berührten das Griffholz, umklammerten es, als der Mann sich umdrehte. Das Gesicht eines alten Mannes, eines Nomaden, eingehüllt in den rotweißen Stoff des Kufiyas, des Kopftuchs der Araber, sah sie überrascht an. Ächzend stand er auf, wollte ihre Beine packen und sie zurückzerren. Sie strampelte verzweifelt, und tatsächlich geriet der Alte über ihren umherwirbelnden Beinen ins Stolpern, fiel auf sie herab. Sie hob das Messer und schrie. Der Nomade hatte nicht mit der Waffe gerechnet, so konnte er nicht mehr rechtzeitig seine Lider schließen, ehe die zwölf Zentimeter lange Klinge erst in seinen Augapfel und dann in sein Vorderhirn drang.

Almut drehte den im Todeskampf zuckenden Körper zur Seite. Sie versuchte aufzustehen, fiel. Jetzt wusste sie, wo sie war. Und der Gedanke raubte ihr fast den Verstand.

Incirlik Air Base, Türkei, 11. 06., 14.12 Uhr

The mission of the United States Air Force is to fly, fight and win … in air, space and cyberspace.

Aus: »State Mission« der US-Air Force

Das kleine Büro neben dem Tower der amerikanischen Airbase im türkischen Adana ist unscheinbar. Die CIA-Einheit, die hier untergebracht war, hatte an diesem Morgen eine kleine Besatzung. Bruce Singhamer, der wachhabende Offizier, schlürfte seinen Kaffee aus einem Becher mit der Aufschrift »Failure is not an option«. Seine Tochter hatte ihm den Becher aus dem Kennedy Space Center als Andenken mitgebracht. Die Nachtschicht hatte ihm die gesammelten Funksprüche der NSA, die Satellitenfotos und alle Bewegungen an den Grenzen zu Syrien und zu Jordanien in das Eingangskörbchen gelegt. Er hatte den gesamten Vormittag Zeit, den Papierkram durchzulesen. Für Bruce Singhamer war der Nahe Osten an diesem Morgen völlig ruhig.

Tel Aviv, zur selben Zeit

Nach dem Sturz des ägyptischen Präsidenten und dem Tod des libyschen Revolutionsführers kurze Zeit später schien die Lage mittlerweile unkalkulierbar. Die westlichen Geheimdienste rechneten zumindest in einem weiteren Land mit einem Putsch – Syrien.

In Ägypten war auch tatsächlich aufgrund massiver Proteste der Bevölkerung eine Zwischenregierung an die Macht gekommen. Aber binnen weniger Monate war das Land quasi unregierbar. Alle wollten zu schnell zu viel. Die Parteien drängten nach der Macht. Die Menschen erwarteten die sofortige Verbesserung ihrer Lebensumstände. Das Gegenteil trat ein. Chaos war die Folge. Und so hatte ausgerechnet Tarek Said, ein junger Armeeoffizier, mit Hilfe des Militärs schnell und geräuschlos die Regierungsgewalt übernommen. Die alten Armeekader fürchteten um die eigenen Privilegien und hatten einstimmig diesen jungen Mann ausgewählt. Nicht ahnend, dass der schon längst seine Fühler über die Landesgrenzen ausgestreckt hatte. Im ahnungslosen Westen konnte wieder aufgeatmet werden. Ein ähnliches Bild gab es auch nach dem Sturz Gaddafis, des Irren von Tripolis. Das Land war in viele kleine Interessengruppen aus Ex-Funktionären, Militärs und Stämmen zerfallen, so dass das Land über Wochen im Bürgerkrieg versank. Sehr zum Leidwesen der Europäer, da diese Entwicklung einen exorbitanten Anstieg des Ölpreises und eine gigantische Flüchtlingsflut aus den Ländern Nordafrikas zur Folge hatte. Erst ein radikales Eingreifen einer Gruppe libyscher Armeeoffiziere stoppte den Aufruhr. Und auch dort wurde ein junger Führer an die Spitze gewählt. Ein ehemaliger Diplomat und Investmentbanker, Ibrahim El Assawi.

Wenige Wochen später starb der Führer des saudischen Königshauses Abdullah Al Saud. Statt einer Garde greiser Diktatoren stand bei der Trauerfeier in Riad in der ersten Reihe der Tribüne eine Gruppe junger Männer, die eher wie

Investmentbanker wirkten. Die jungen Präsidenten, Könige und Führer von Syrien, Jordanien, dem Libanon und Libyen, waren im Westen ausgebildet worden und konnten den über die Jahre gewachsenen Feindschaften, Abneigungen und Ressentiments ihrer Väter untereinander nichts abgewinnen. Nach dem Putsch in Tunesien, Libyen, Algerien, Jemen und Ägypten waren sie sich einig, dass sie so nicht würden weiterregieren können. Der Druck der Straße konnte sie mit Hilfe der neuen Medien wie Twitter und Facebook binnen Tagen hinwegfegen. Sie mussten, wollten sie die nächsten Jahre im wahrsten Sinne des Wortes überleben, mit einer völlig neuen Idee auftreten. Sie waren entschlossen. Sie hatten auch keine Wahl. Sie standen, ohne dass sie das offiziell zugegeben hätten, mit dem Rücken an der Wand. Gleichwohl wirkte dieses Bild für einige Experten wie ein Silberstreif am Horizont, als ob mit dieser neuen Generation neue Hoffnungen zu verbinden seien. Die weitgehend ignorante Haltung des Westens, speziell der USA und Israels, ließ diese Region jedoch rasch wieder in das ewige Muster aus Vorwürfen und Gegenvorwürfen, Angriff und Gegenangriff verfallen.

Der Nachrichtenoffizier Itzhak Goldstein schrieb ein Memo an den Sicherheitsberater der Regierung, Shlomo Finkelstein, in dem er auf die fortlaufenden Reiseaktivitäten des Syrers zwar hinwies, aber auch keine weiteren Schlüsse daraus ziehen wollte. Er beendete die Einschätzung mit einem beruhigenden Fazit: Syrien sei ruhig. Er verließ sich dabei auch auf seinen Bauch, und das war ausnahmsweise ein Fehler.

Damaskus, 12. 06., 5.12 Uhr

> In der Psychotherapie geht es nicht um Schuld, sondern um ihre bewussten und unbewussten Folgen. Die höchstmögliche Leistung der Psychoanalyse ist, dem Menschen zu helfen, mit seiner Schuld weiterzuleben. Eine Vergebung ist nicht möglich.
>
> *Markus Bassler, Psychotherapeut*

Gläubige dürfen nur einmal in das Paradies einkehren. Der Prophet Mohammed weigerte sich deshalb, jemals nach Damaskus zu kommen. So sagten es die Legende und ein Informationsblatt des Hotels, das neben Jan Kistermann auf dem Nachttisch lag. Er war am frühen Abend in der syrischen Hauptstadt gelandet. Nachdem er lange auf sein Gepäck hatte warten müssen, hatte er sich eines der gelben, nicht besonders sicher wirkenden Taxis südkoreanischer Herkunft herangewinkt und vergeblich versucht, mit dem Fahrer, so wie sein Reiseführer mahnte, den Preis im Voraus zu verhandeln. Resigniert hatte er den Namen des Hotels genannt und sich dann dem Fahrer und dem irrsinnigen orientalischen Straßenverkehr ausgesetzt.

Bauruinen, riesige Werbeplakate und immer wieder überlebensgroße Bilder des Präsidenten rauschten vorbei. Eine Stunde dauerte die Fahrt. Der Airport der syrischen Hauptstadt lag weit außerhalb im Süden. Schwarzverhüllte Frauen überquerten die Fahrbahn, achteten nicht auf den Verkehr, wissend, dass jeder Autofahrer für sie anhalten würde. Auf einer staubigen und mit Plastikflaschen verdreckten Verkehrsinsel lagen zwei junge Nomaden mit ihren Ziegen.

Jan Kistermann war jedoch zu müde, um zu staunen. Das Hotel befand sich gegenüber dem Nationalmuseum, was aber nicht der Grund für seine Wahl war. Er suchte eine Oase des Westens inmitten dieser unbekannten Welt. Etwas, das er kannte. Denn diese Hotelkette hatte es geschafft, selbst in den entlegensten Winkeln der Welt denselben zwar nichtssagenden, aber heimatlichen Einrichtungsstatus zu garantieren. Er hatte sich ein Clubsandwich bestellt, dessen Reste jetzt auf einem kleinen Tisch neben seinem Pass und einem Reiseführer lagen. Kaum ein Laut drang durch die doppeltverglasten Fenster herein. Und trotzdem konnte er nicht schlafen. Gerade einmal vier Stunden hatte er in Träume fliehen können. Ja, Flucht, so musste man es nennen. Die Bilder krochen auch in sein Unbewusstsein. So konnte er auch dort nie sicher sein, vor dem Grauen, das ihn nun schon seit einem Jahr verfolgte. »Lernen Sie zu trauern«, hatte der Geistliche empfohlen, die Anleitung aber nicht mitgeliefert. Als Arzt fiel es Jan ohnehin schwer, Hilfe im Glauben zu finden. Menschen leben, Menschen sterben. Hundertfach hatte er das im Krankenhaus erlebt.

Noch eine Stunde lag er so wach, suhlte sich in Erinnerungen und Vorwürfen, bis jemand vom Servicepersonal anklopfte. Er hatte den Do-not-disturb-Hinweis an der Klinke draußen vergessen. Das hatte Andrea immer erledigt. Er stand auf, duschte kalt, rieb sich mit der teuren Bodylotion des Hotels ein, rubbelte sich den Kopf dann härter als nötig mit dem Handtuch ab und schaute in den Spiegel. Seine nassen, kräftigen Haare standen wirr vom Kopf ab, aber nicht ohne Stolz betrachtete er seinen sehnigen und fast fettfreien Körper.

Ohne Frühstück verließ Jan das Hotel, ignorierte die Taxifahrer in der Hoteleinfahrt, die ihm zuwinkten, ging die steil abfallende Zufahrt hinunter und stand vor der Sharia Shukri Quwwatli, einer der Ausfallstraßen der Hauptstadt Richtung Süden. Ein stetig vorbeirauschender Verkehrsfluss – gefühlt zehnspurig. Nach mehreren vergeblichen Versuchen sprang er zwischen eine kleine Lücke des Verkehrs, stolz, die erste Prüfung des Orients überstanden zu haben. Fast fiel er einem alten Mann in die Arme, der ihn anlächelte und wortreich nach rechts wies – auf eine Fußgängerbrücke, knapp fünfzig Meter weit entfernt. Beschämt nickte Jan dem Alten zu.

Er ließ sich treiben, stand plötzlich vor wirren Bettlern mit weißen Augäpfeln ohne Iris, roch sich förmlich in die

Stadt und ihre Menschen ein und gewöhnte sich an den dauerhaften Klang der Hupen, des Kommunikationsmittels des modernen Orients schlechthin, das wie eine immerwährende Symphonie über der Stadt lag. Über die Sharia Nasr lief er Richtung Osten auf die Altstadt zu. Er kämpfte sich an Händlern vorbei, die den Bürgersteig bevölkerten, und sah Schreiber, die nicht Schreibkundigen das Verfassen von Briefen und Formularen anboten. Ständig hupte es um ihn herum. Bald schon begann ihn dieses Chaos zu stressen. Erstaunt nahm er eine Rolltreppe wahr, die ihn aus einer Unterführung zum Eingang des Souks führte. Wie das riesige Maul eines Monsters schluckte dieser seine Besucher. Er wich einer seltsam geschmückten islamischen Reisegruppe aus dem Iran aus. Die Frauen hatten ihre Köpfe mit Blumenornamenten geschmückt, die Männer trugen das leinene Pilgerweiß. Sie besuchten den Schrein, in dem der Kopf des Hussein Ibn Ali aufbewahrt wurde, des Enkels des Propheten Mohammed und zugleich des wichtigsten Märtyrers der Schiiten. Jan roch die Damaszener Seife, die in großen Bastkörben lag und einen intensiven Rosenölduft ausströmte, dann die danebenliegenden Datteln und Pistazien, die ihm die Verkäufer zum Probieren anboten. Und als der Souk ihn wieder ausspuckte, fand er sich auf einem Platz wieder, der vor einem großen Tor lag. Aus seinem Reiseführer erfuhr er, dass es der Osteingang der Umayyaden-Moschee war, einer der heiligsten Plätze der sunnitischen Muslime, aber auch die Schiiten hatten hier einen Wallfahrtsort.

Ein Wächter versperrte ihm den Weg und deutete auf die andere Seite der Moschee. Dort sei der Touristeneingang. Jan zog einen dreckigen, zerknüllten Hundert-Pfund-Schein aus seiner Tasche, lächelte den Wärter an und betrat dann, mit seinen Schuhen in der Hand, den Innenhof der Moschee. Er setzte sich auf die blankpolierten Steine und genoss die würdevolle, aber nicht einschüchternde Schönheit des islamischen Bauwerks. Er blickte auf die vielfarbigen und vergoldeten Mosaike an den Wänden und Decken. Er las, dass Moscheen – anders als Kirchen – nicht nur Gebetsstätten, sondern auch Ruhe- und Begegnungsraum seien.

Vor ihm rannte ein Junge seiner älteren Schwester lauthals schreiend hinterher, fiel und weinte. Ihre Mutter saß, verhüllt, aber barfuß, wenige Meter entfernt und plauschte mit anderen Frauen – undenkbar in deutschen Kirchen.

Jan wandte den Kopf und sah eine deutsche Reisegruppe, die sich lärmend über die »komischen Moslems« lustig machte. Offenbar Rentner aus Schwaben, die alle olivfarbene Multifunktionswesten mit unzähligen Taschen trugen und auch ihre Schuhe nicht ausgezogen hatten.

»Meinen Sie nicht, dass Sie nicht auch die Schuhe ausziehen sollten?«, fragte Jan den Ersten der Gruppe unfreundlich.

Ein feistes Gesicht schaute ihn feindselig an. »Was haben Sie denn damit zu tun?«, kam es in vorwurfsvollem Schwäbisch zurück.

Jan begriff, dass er hier mit Respekt und Höflichkeit nicht weiterkam. »Pass auf, du Pfeife, zieh die Schuhe aus, sonst werden sie dir abgehackt. Glaub's mir, ich kenne mich hier aus.«

»Das will ich …« Der Mann wurde von seiner Frau angewispert. »Hans, das musst du halt hier machen«, sagte sie leise, aber bestimmt und zog ihre Schuhe dabei aus.

Die Gruppe folgte widerwillig. Ein Gefühl des stillen und warmen Triumphes durchströmte Jan. Er drehte sich langsam um und sah in das Gesicht eines blonden Mannes, der seinen Blick mit einem spöttischen Ausdruck erwiderte: »Na, fühlt sich gut an, was? Hast die Einheimischen echt vor deinen doofen Leuten beschützt.«

Der Mann klatschte aufreizend laut und langsam in die Hände. Er war kleiner als Jan, wirkte dennoch sehr sportlich, brauner Teint, eine lange Hose, aber unter dem T-Shirt wölbten sich starke Arme, vom Typ her ein in die Jahre gekommener Surfer.

»Was willst du?«, fragte Jan und reckte seinen Kopf.

»Mach dich mal locker, Alter.«

Wie Jan diese Sprüche hasste. »Nerv mich nicht und quatsch andere an, okay?«

Der Blonde setzte sich, hielt seine Hände hoch. »Ich wollte dich nicht anmachen, aber deine Art war etwas sehr aggressiv.«

Jan hörte einen ausländischen Tonfall aus den Worten heraus, konnte ihn aber nicht sofort einordnen. »Deinem Aussehen nach kommst du nicht aus Syrien.«

»Nein, aus den Niederlanden. Ein Problem?«

»Nein.« Doch. Jan mochte keine Holländer. Er war an der Grenze zu Holland aufgewachsen und hatte die Ablehnung der Nachbarn an jedem zweiten Wochenende, wenn seine Eltern zu »Frikandel und Koffie« rübergefahren waren, zu spüren bekommen. Moffenkind, das Schimpfwort der Holländer für sie, den großen Feind aus dem Osten. Man mochte sich nicht.

»Ich bin Ed van Rey. Dag.« Der Holländer reichte ihm die Hand. »Guten Tag, Jan Kistermann«, gab Jan unterkühlt zurück.

»Lass uns was essen gehen, Jan.« Der Holländer stupste ihn an. »Ich kenne den besten Schoarma-Laden hier in der Nähe.«

Jan musste grinsen. Der Typ hatte gerade wirklich die Stimme von Rudi Carrell imitiert. Er lächelte.

Also lief er neben dem um einen Kopf kleineren Holländer aus dem Innenhof. Sie bogen nach links, bahnten sich den Weg durch die Menschenmenge aus Händlern, Touristen und Bettlern, ehe sie vor einem Laden mit kleinen Stühlen und Bänken innehielten. Hatte Ed oder Eduard, wie er richtig hieß, noch brav im Showmaster-Dialekt mit ihm über Damaskus geplaudert, wechselte er jetzt in ein zumindest für Jan blütenreines Arabisch, er bestellte Schoarma, die arabische Entsprechung zum deutsch-türkischen Döner. Dazu kamen warme Bohnen, Käse, frischer Thymian und Sater-Saitun, wie Ed erklärte, eine Gewürzmischung, die mit

Olivenöl auf Brot gegessen wurde. Er scherzte mit der Bedienung, wirkte vertraut und bekam, trotz Widerrede, noch eine Schischa, die arabische Wasserpfeife.

Ed deutete auf eine Treppe. »Geh da hinüber!«

»Ich rauche nicht.«

»Musst du auch nicht, trink Tee, iss und lass uns einfach nur da oben sitzen.«

Da oben – das war eine Dachterrasse mit Blick auf Damaskus. Ein Dach aus Bast schützte vor der Sonne. Darunter lagen Teppiche, Kissen und mehrere Bänke. Zwei Katzen strichen ihnen um die Beine, auf ein paar Essensreste hoffend. Ed setzte sich und begann sofort zu reden.

Der Holländer musste seit zwei Jahren nicht mehr arbeiten. Er war bei der holländischen Polizei gewesen, als er eines Abends einen Brief in seiner kleinen Wohnung öffnete. Seine Familie hatte ihm das, wie er es nannte, »Rundumsorglos-Geld« hinterlassen. Damit konnte er ohne jedes Limit reisen, was er auch ausgiebig tat. Er war in Damaskus aufgewachsen. Sein Vater hatte in den Emiraten, für die Saudis und zum Schluss für die Syrer nach Öl in der Wüste östlich von hier an der irakischen Grenze gebohrt. So talentiert, wie er beim Suchen nach Öl gewesen war, so untalentiert hatte er sich als treusorgender, zuverlässiger Familienvater erwiesen. Sie hatten Geld gehabt, aber keine ruhige Minute ohne Streit zwischen den Eltern. Mit achtzehn Jahren war Ed ausgezogen und nach Amsterdam gegangen, um mit wenig Begeisterung Politik zu studieren. Als er sich nach etwas Sinnvollem gesehnt hatte, war er zur Polizei gekommen.

Jan war immer überrascht, wie leicht man einen Zugang zu den Menschen bekam, wenn man ihnen nur zuhörte. So präzise und einfühlsam er erzählte, so grobschlächtig wirkte Eds äußere Erscheinung. Er hatte dünne, blonde Haare. Kräftige Oberarme und ein wie aufgepumpt wirkender Brustkorb deuteten auf viele Stunden im Fitnessstudio hin.

Eingelullt vom Singsang des Holländers, blickte Jan über die Dächer, das Antennenmeer, die Wäscheleinen und die

Minarette und Kirchen, er hörte die Gesänge der Muezzine, die, wie Ed ihm erklärte, die Gläubigen fünfmal am Tag an das Gebet erinnerten. Müde schloss er die Augen. Der Holländer ist in Ordnung, war sein letzter Gedanke, bevor er einschlief.

Etwas zupfte an seinem Zeh. Jan öffnete die Augen und blickte auf eine Katze, deren rechte Augenhöhle leer war und die versuchte, vorsichtig über seine Füße hinwegzusteigen. Hektisch schaute er nach rechts. Für einen kurzen Augenblick hatte er die Orientierung verloren. Gegenüber lag der Holländer auf einer Bank und las. Die Sonne hatte die Stadt mit einer Nachmittagsglut überzogen. Es roch aus den Gassen, dort, wo die Kesselmacher ihre Stände und Werkstätten hatten, nach verbranntem Eisen.

»Meine Güte, ich habe wirklich geschlafen«, murmelte Jan.

Der Holländer drehte träge den Kopf und schaute ihn an: »Sehr ruhig sogar. So gefallen mir die Deutschen.«

»Witzig. Ich glaube, ich brauche einen Kaffee.«

Eduard stand auf, lehnte sich über die gekalkte Brüstung der Terrasse, rief etwas in die Gasse hinunter und schlenderte zurück. »Was willst du in Syrien sehen?«, fragte er.

Jan reckte sich, rieb sich die Augen und gähnte. »Keine Ahnung – alles, nur keine Grachten!«

Der Holländer grinste. »Wie viel Zeit hast du?«

»Genug.«

»Dann los!«

Der Hitze des Nachmittags entkamen sie im Nationalmuseum. Als sie erschöpft von so viel Geschichte wieder vor der Tür standen, zeigte Jan mit dem Finger auf die andere Seite eines einbetonierten Rinnsals, des Flüsschens Barada. »Da ist mein Hotel.«

Eduard verzog das Gesicht. »Eine miese Absteige. Komm zu mir. Ich wohne in der Altstadt.« Der Holländer sprang auf die Fahrbahn. Jan schüttelte verdutzt den Kopf. Warum nicht? dachte er. Sie holten Jans Gepäck. Es war nicht viel. Ein großer Rucksack und sein Arztkoffer, den er immer aus Gewohnheit mitnahm.

Als die Sonne unterging, öffnete Ed eine schwere Holztür, die mit großen Eisenbeschlägen verziert war, und wies in einen Innenhof. »Hartelijk Welkom, mijn vriend. Morgen fahren wir raus, aber heute saufen wir.«

In dem Innenhof lag ein kleiner Pool, der mit mehreren Dutzend Dosen Heineken bedeckt war. Die Dosen schwammen wie kleine Gummienten auf dem Wasser, bereit, geleert zu werden.

Jan erwachte am nächsten Morgen auf einer Liege im Innenhof. Das Gurren der Tauben und das Tschilpen der Spatzen erschienen ihm unerträglich laut. Ed hatte zum Schluss noch alten Genever gefunden. Das hatte Jan, der nicht viel Alkohol gewohnt war, den Rest gegeben. Er wusste noch, dass er Ed versprochen hatte, mit ihm gemeinsam durch das Land zu reisen. Denn nur so, hatte Ed ihm lallend erklärt, nur so würde er auch hinter verschlossene Türen schauen dürfen.

»Ed?« Jan stieß den Namen krächzend hervor.

»Kaffee?« Der Holländer stand mit nassen Haaren und wohlgelaunt hinter ihm. Er warf eine Kapsel Kardamom in die Tasse und reichte sie ihm. »Heute werden wir die Burg der Burgen sehen.«

Zwischen Damaskus und Aleppo, 13. 06., 9.15 Uhr

Das syrische Christentum setzt sich aus verschiedenen Gruppen zusammen: Griechisch-Orthodoxen (500000), Melkiten (200000), Armenisch-Gregorianischen (150000), Syrisch-Orthodoxen, Syrisch-Katholischen, Armenisch-Katholischen, Maroniten, Assyrern, Chaldäern, Protestanten und Lateinern. Ein institutioneller Laizismus – der Islam ist nicht Staatsreligion, sondern die Religion des Staatsoberhauptes – garantiert den Christen eine relative Gleichberechtigung, obschon sie strengen Kontrollen unterstehen. Die seit 1964 regierende Baath-Partei versucht, die verschiedenen Minderheiten des Landes in ein »arabisches« Konzept zu integrieren. Christliche Gemeinden dürfen Grundstücke kaufen und Kirchen oder andere Pastoraleinrichtungen bauen. Priester sind nicht zum Wehrdienst verpflichtet.

Aus: »Dokumentation Internationale Katholische Presseagentur«

Ihr Wagen hatte einen Allradantrieb asiatischer Herkunft. Und Eduard holte auf der Schnellstraße, die von Damaskus nach Aleppo führte, alles aus dem Auto heraus. Sie hatten die Großstadt hinter sich gelassen, waren in die weite fruchtbare Landschaft des Nordens gefahren, als sie ein Konvoi mit schwarzen Vans fast gerammt hätte. Die Vans überholten trotz Gegenverkehrs und zwangen Ed zu einem abenteuerlichen Schlenker über den Sandstreifen neben der Fahrbahn. Selbst der erfahrene Holländer fluchte, gab aber wieder Gas. Immer wieder überholte er die reich verzierten, aber nicht verkehrssicher aussehenden Kleintransporter, sogenannte Mikrobusse – das Hauptverkehrsmittel für die syrische Landbevölkerung. Häufig waren sie überfüllt und auf dem Wagendach noch mit unzähligen Paketen und Koffern beladen. Bei Gegenverkehr nutzte Ed auch die rechte Seite zum Überholen, hupte, gab Gas und zog in einer Staubfahne an den voll besetzten Bussen vorbei. Jan hatte nichts gegen dieses halsbrecherische Tempo. Die musikalische Untermalung war für ihn jedoch schwer zu ertragen. Er mochte den Nahen Osten, aber die Musik hier hatte etwas von Katzengejammer. Er zog seinen iPod aus dem Rucksack, suchte die richtige Frequenz im Radio, und bald ertönte laut »Slave to Love« von Bryan Ferry.

Ed schaute kurz zur Seite. »Entweder spielt ihr Deutschen Marschmusik oder Schwuchtellieder. Schon mal was von Rock oder Hip-Hop gehört?«

Jan spielte auf dem Touchscreen des iPods. Das Grauen kroch in Form einer Bassstimme aus den Lautsprechern: »Sag mal, wo kommt ihr denn her, aus Schlumpfhausen bitte sehr.« Vadder Abraham mit dem Lied der Schlümpfe.

Eduard schrie auf, und Jan lachte.

»Der ist bestimmt Belgier! Holländer machen so etwas nicht.«

»Und ob! Linda de Mol ist auch Holländerin.« Jan drehte wieder leiser. »Abraham ist ein gutes Stichwort. Das hier war sein Land. Er kam mit seiner Sippe aus Harran und zog in den Süden nach Kanaan. Aber hier wird er wohl vorbeigekommen sein. Wenn dir als Protestant der Name etwas sagt.«

Eduard war ob des Themenwechsels etwas verwirrt. »Wie kommst du darauf? Und woher weißt du so was? Du bist doch nicht auch einer dieser religiösen Spinner, die hier den Sand kaputt treten?« »Nein, meine Frau, Ex-Frau besser gesagt, ist Kunsthistorikerin. Das, was ich studieren wollte, aber in einer Arztfamilie nicht durfte.« Jan blickte auf die Straße, rechts von ihnen Weizenfelder und Olivenhaine, das Land veränderte sich, wurde fruchtbarer und grüner. Halbfertige Rohbauten, mit spitzen Betonpfeilern, die dennoch schon bewohnt waren. Einsame Ziegenherden. Dann wieder Autowracks.

»Du hast deinen Berufswunsch geheiratet?« Eduard lachte. »Gut, dass du nicht Boxer werden wolltest.«

Jan verdrehte die Augen. »Deutsche wollen eigentlich immer nur Führer werden.« Dabei klickte er im iPod auf Wagners Ritt der Walküren.

Gegen Mittag hatten sie Homs, eine Provinzhauptstadt am Fluss Orontes, erreicht. »Die Region der Oliven, Feigen und Rebellen.« Eduard bremste und hielt an einer Wellblechhütte, die sich mit einem großen Schild als Tankstelle auswies. Zwei große Kühlschränke mit den üblichen Softdrinks standen am Eingang. Der Holländer verschwand in dem dunklen Raum und erschien wenig später mit allerlei Proviant vor der Hütte.

»Was weißt du über das Land? Ihr Deutschen präpariert euch ja immer gern vor jeder Reise.« Eduard warf Jan eine Pepsi zu, zündete sich eine Zigarette an und setzte sich zu ihm auf ein Brett, das auf zwei Ölkanistern im Schatten lag.

»Achse des Bösen, Diktatur, steckt hinter allen Anschlägen im Nahen Osten, unterstützt alle im Kampf gegen Israel. Und soll eine großartige Kultur haben, nur Jordanien soll schöner sein, sagt man.«

Eduard schüttelte langsam den Kopf. »Vergiss Jordanien, vergiss sogar Ägypten. Das ist hier ein sehr spezielles Land. Ich erspare dir den Kulturteil. Im Zweifel weißt du das besser. Wenn nicht, frag einfach. Doch heute ist es noch spannender. An der Macht sind die Alawiten, weil der Vater des jetzigen Präsidenten Alawit war. Aber nur wenige gehören der Religion an. Der Rest ist entweder sunnitisch oder irgendwie christlich. Hier hast du alles: Armenier, griechisch- und syrisch-orthodox, Katholiken und sogar uns Protestanten. Die Sunniten wollten lange die Alawiten nicht anerkennen, es gab schlimme Auseinandersetzungen. In den achtziger Jahren hat der alte Assad wenige Kilometer von hier in Hama ein Blutbad unter den Muslimen angerichtet. Meine Familie hatte Freunde da, die wir über Weihnachten besuchten. Mein Vater war im Ausland, als der Aufstand losbrach. Wir kamen nicht mehr heraus, blieben fast vier Wochen in der Wohnung. Meine Mutter wurde fast wahnsinnig. Es war im Februar 82. So viele Leichen auf der Straße, verstümmelt, verrottend. Der Alte hat da hart durchgegriffen und ließ mit Panzern in die Altstadt schießen – schlimm. Aber Religion spielt hier eben eine große Rolle. Weiter nördlich liegt Maalula, dort reden sie noch in der Sprache Jesu. Am besten sprichst du so wenig wie möglich über Religion hier. Irgendeinem trittst du damit immer auf die Füße.«

»Und das soll spannend sein?«

»Hier ist nie etwas so, wie es scheint«, antwortete Eduard nur. In einem hohen Bogen warf er seine leere Dose in einen Mülleimer. »Weiter geht's.«

Sie bogen von der Schnellstraße ab Richtung Westen, der Stadt Tartus entgegen. Links von ihnen erhoben sich am Horizont die schneebedeckten Gipfel des Libanons. Nach einer Stunde sah Jan die gigantische Burg auf einem Hügel thronen. Sie verließen die Autobahn und fuhren durch Dörfer Richtung Crac. Lehmbauten wechselten sich mit Betonhäusern ab. Und immer wieder sah Jan an den Wänden Bilder von Mekka, Zeichen, dass hier ein Hadschi, ein Mekka-Pilger, lebte. Er versuchte sich vorzustellen, wie so ein Bild auf der westfälischen Klinkerwand einer Doppelhaushälfte wirken konnte. Dann fiel ihm die Kreidemarkierung zum Dreikönigsfest an den Türen ein. Jede Religion hat ihre Markierung, dachte er. Über eine bedenklich schmale Teerstraße fuhren sie auf den Bergrücken.

Erhaben strahlte die Burg in der späten Nachmittagssonne in einem verwittert warmen Orange. Mächtig und scheinbar uneinnehmbar. Im Osten, am Ende der Straße, lag ein Parkplatz, der zu diesem Zeitpunkt von vielen Autos besetzt war. Sie lösten bei einem alten Mann ein Ticket. Von Ausländern verlangte man ungeniert das Dreifache. Sie schnauften schon vor Anstrengung, als sie auf den Crac des Chevaliers zugingen.

Lawrence von Arabien hatte ihn, bevor er der Held der arabischen Nomaden wurde, als die »perfekte Burg« bezeichnet. Jan kannte seine Geschichte, und so erzählte er sie, während sie die unebenen Stufen weiter emporstiegen.

»Die Araber haben die Burg Anfang des 11. Jahrhunderts gebaut. Dann kamen 1099 die Franken und belagerten sie monatelang. Die Verteidiger ließen Schweine frei, und die ausgehungerten Christen liefen daraufhin den Tieren hinterher und gaben die Belagerung auf. Aber zehn Jahre später haben sie die Burg doch eingenommen. Die längste Zeit lebten hier die Johanniter. Die mit dem weißen Kreuz auf rotem Grund. Danach konnte die Burg nie mehr eingenommen werden.«

Eduard stand auf dem Ostportal und schaute über die darunterliegenden kleinen Dörfer. Wie ein gigantischer Königsthron mutete dieses riesige Bauwerk an. Ihm schien zu gefallen, mit wieviel Stolz über sein Wissen Jan von dieser Burg erzählte. Geflissentlich missachtete er das Schild mit den historischen Angaben, das man neben dem Tor aufgestellt hatte. Kreischende Schulklassen kamen ihnen entgegen, strömten zurück in die Busse. Die Burg war das Highlight in dieser Region. Aber langsam ebbte der Besucherstrom ab. Sie waren wohl die Letzten, die noch Tickets bekamen.

»Was steht da oben?« Jan zeigte auf eine arabische Inschrift oberhalb des Portals.

»Sultan Baibar hat dieses Portal errichtet zu Ehren … Den Rest kann ich nicht so recht entziffern.« Eduard hob die Schultern.

Jedes Kind stellt sich eine Burg genau so vor, dachte Jan. Eine Wehrmauer umgab sie, eine Brücke führte über einen Wassergraben, der obligatorische Bergfried thronte über allem. Der ganze Komplex bedeckte drei Hektar; sowohl Außen- als auch Innenmauern folgten den natürlichen Formen des Terrains. Der äußere Mauerring wurde durch halbrunde und eckige Türme verstärkt.

Die Hitze des Tages steckte in den verwitterten rauen Sandsteinen und strahlte ihnen entgegen. Sie ließen die Außenmauern links liegen und schlenderten Richtung Innenhof.

Jan war euphorisch. Er hatte genau von dieser Burg geträumt.

»Und hier ist der Rittersaal.« Eduard stapfte durch einen gotischen Portikus voran. Reich verziert war die Decke, doch der Boden war uneben und sandig. Ed drehte sich in dem vielleicht dreißig Meter langen Raum. Durch die Öffnungen bildeten sich Lichtsäulen von der Decke bis zum Boden. Aufgewirbelter Staub sammelte sich darin, ließ sie wie Finger erscheinen.

»Schließ die Augen und stell dir hier große Tische vor, an denen Männer reden und essen. An den Wänden Teppiche. Man spielt eine Laute und singt von großen Taten.«

Jan war ergriffen.

In die Stille hinein sagte Eduard: »Kreuzritter haben hier keinen guten Ruf. Sie gelten als barbarische, unmenschliche Feinde. Bis heute. Und das, obwohl der letzte Ritter hier vor fast tausend Jahren verschwand. Hier hörst du nichts von Minnegesang und edlen Recken. Sie sind einfach verhasst, stehen für die brutale Seite des Christentums.«

Jan schaute ihn missmutig an. »Würdest du auch in der Alhambra in Granada von den Terroranschlägen erzählen? Warum muss immer auf die dunkle Seite verwiesen werden? Jede Zeit hat ihre eigenen Gesetze. Wenn wir sie mit heutigen Maßstäben messen würden, wäre das völlig blöd.«

Eduard wollte etwas erwidern, merkte aber, dass Jan etwas anderes eigentlich mehr beschäftigte, und so ging er ein paar Schritte Richtung Bergfried. Jan griff in sein Portemonnaie und zog einen knittrigen Zettel hervor. Schweiß tropfte darauf. Vorsichtig wischte er ihn weg. Eben noch begeistert, versank er für wenige Sekunden in tiefe Traurigkeit.

»Alles okay? Was hast du da? Eine Schatzkarte?«, fragte Eduard. Sie standen am Ostturm. Jan blickte Eduard an, und etwas zu scharf sagte er: »Ich bin in echten Schwierigkeiten … Aber bevor du fragst, nein, ich will nicht darüber reden.«

Ed zuckte nur mit den Schultern. Sie waren mittlerweile die letzten Besucher. Schwärme von Schwalben zogen über sie hinweg. Die Reisebusse hatten den Parkplatz längst verlassen. Jan sah drei verdunkelte Vans, die jenen glichen, die sie am Vormittag so riskant überholt hatten, die Straße zur Burg hinaufrasen. Tauben gurrten, und der Wind wehte durch die Fensteröffnungen. Plötzlich erklang ein Schrei. Beide drehten sich um und blickten den Rittersaal hinunter. Noch ein Schrei. Dann wieder Stille.

Eduard lief los.

»Die Schreie kommen von dort oben«, rief Jan und deutete auf den Bergfried. Sie hetzten die Stufen hinauf, eilten über den gestampften Lehmboden des Speisesaals und gelangten in eine Nische. Dann, kaum hörbar, vernahmen sie ein Wispern aus einem der benachbarten Räume. Ed drückte Jan mit einem Arm gegen die Wand. Mit der anderen Hand legte er seinen Finger auf die Lippen. Er blickte nach oben, sah, dass die Wand mehrere Löcher aufwies, und bedeutete Jan, eine Räuberleiter zu machen. Er schwang seinen Fuß hinein und zog sich sehr leise und gekonnt an der Wand hoch. Jan schwitzte. Keinesfalls wollte er in solch einem schwierigen Land Ärger bekommen.

Einen Moment später stieg Ed vorsichtig wieder herab. Das Gesicht des Holländers wirkte wie versteinert.

»Ich glaube, wir haben ein Problem. Sie sind vier, haben Waffen und wollen jemanden töten.«

»Dann sollten wir zu den Wärtern gehen. Ich habe nicht vor, mich auf einer Ritterburg abknallen zu lassen.« Jan zwang sich, ruhig zu bleiben.

»Ja, klar«, kam es von Ed.

Im nächsten Moment huschte er an dem Eingang vorbei auf die andere Seite, griff nach einem Stein und warf ihn Richtung Jan.

Die Stimmen verstummten, leise wurden wohl Befehle gewispert, und Schritte kamen näher. Dann ging alles sehr schnell: Eine Pistole mit einem Schalldämpfer tauchte auf, Ed verpasste dem Schützen einen Schlag an den Hals und griff nach der Waffe. Er wirbelte herum, schrie Jan an, er solle loslaufen.

Jan rannte los. Nach wenigen Metern blickte er sich um und sah zwei Männer, die ihm folgten. Eine Sekunde später hörte er drei fremdartig klingende Plops und sah die Köpfe der Männer regelrecht zerplatzen.

All das ging auf merkwürdige Weise fast lautlos vor sich. Jan hielt inne, er sah Ed, der die Pistole immer noch in seiner rechten Hand hielt und sie mit der linken stützte. Er rannte zurück und beugte sich über die zwei Männer, um nach ihrem Puls zu fühlen.

»Dein Job ist hier nicht mehr gefragt«, zischte Ed und riss ihn hoch. »Da drinnen braucht dich jemand dringender. Ich kümmere mich um Nummer vier.« Schon hastete er die Treppe zum Bergfried hoch.

Wie benommen wankte Jan die Stufen zur ehemaligen Großmeisterwohnung hinunter. Was er sah, ließ ihn kurz erstarren. Der Kopf eines jungen Mannes ragte aus der Erde, sein Mund war verklebt, und auf seinem Kopf trug er ein Geflecht aus Stacheldraht. Steine verschiedener Größe lagen verstreut im Raum, der vielleicht zwanzig Quadratmeter maß. Jan trat näher, kniete vor dem Kopf, der sich plötzlich ruckartig bewegte, und sprach ihn leise an. Der Junge schlug die Augen auf, pures Entsetzen war in ihnen zu lesen.

Jan riss ihm den Knebel vom Mund. Mit einer fast hilflosen Geste versuchte er, ihn zu beruhigen. Er legte seine Hände auf die Brust, atmete tief durch und zeigte seine Handinnenflächen, hob und senkte sie. Tatsächlich atmete der Junge tief durch. Die Männer hatten den Jungen an einen T-förmigen Holzbalken befestigt, der in einer genau passenden Öffnung des Bodens versenkt worden war. Selbst wenn er ihm helfen wollte, hätte Jan ihn unmöglich aus diesem Loch ziehen können. Das Kreuz schien sehr massiv zu sein. Jan warf seinen Rucksack auf den Boden, riss die Wasserflasche heraus und führte sie vorsichtig an den Mund des Opfers. In diesem Moment hörte er ein weiteres Ploppen. Schritte kamen näher. Ed stand in der Tür. »Fertig! Was haben wir hier?«

Jan spürte, wie er zu zittern begann. Als Arzt hatte ihn nie etwas aus der Fassung bringen können, aber ein Holländer, der in weniger als fünf Minuten vier Menschenleben ausgelöscht hatte und dann seelenruhig nach dem Stand der Dinge fragte, war zu viel für ihn. »Hast du den Verstand verloren?«, schrie er. »Was hast du getan? Was soll das?« Seine Stimme überschlug sich.

Statt zu antworten, drehte sich der Holländer um und verschwand. Wenige Augenblicke später kehrte er, eine der Leichen hinter sich her schleifend, wieder zurück.

»Wir holen den Jungen raus, werfen das Gesindel ins Loch und verziehen uns, ehe im Dorf unter uns«, er nickte in Richtung Fenster, »jemand etwas mitbekommt.«

»Vorher wirst du mir noch die Frage beantworten, was dieser Irrsinn hier soll!« Jan beugte sich wieder über den Jungen. »Frag ihn, wie er heißt. Dann heben wir ihn gemeinsam heraus, und ich versorge ihn. Ich habe ein Erste-Hilfe-Päckchen dabei.«

Ed sprach den Jungen leise auf Arabisch an. Dieser antwortete mit schwacher Stimme. Ed drehte sich um: »Er heißt Yussef, und er bittet uns, ihm zu helfen.«

Gemeinsam griffen sie in das Loch und hoben das Kreuz an dem Querbalken ein Stück nach oben. Der Junge schrie vor Schmerzen auf. Unter großer Anstrengung zogen sie das Kreuz weiter nach hinten, wo sich die Öffnung verjüngte. Das Kreuz mit dem wimmernden Jungen hing zwar in der Luft, aber sie konnten nun die Fesseln lösen. Jan zog den stöhnenden Jungen vorsichtig nach oben auf den Boden des Raumes. Er riss eine Verpackung mit einer Nadel auf und steckte sich eine kleine Taschenlampe in den Mund.

Dann nahm er ein Fläschchen aus einer Seitentasche und sog die Flüssigkeit mit einer Spritze auf.

Nachdem er die Spritze bekommen hatte, hörte der Junge auf zu wimmern. Das Schmerzmittel tat schnell seine Wirkung. Jan beugte sich über den Jungen, leuchtete den Körper ab und untersuchte vorsichtig die Wunden.

Die Kerle hatten richtig zugelangt. Links unterhalb des Brustkorbs hatte sich die Haut gewölbt. An verschiedenen Stellen der Haut registrierte Jan Hämatome und kleine Einstichwunden. Am schlimmsten waren die Extremitäten betroffen. Jeweils zwei große Zimmermannsnägel waren durch die Arme, oberhalb des Handgelenks geschlagen worden. Die Beine waren glücklicherweise nur angebunden, aber die Fesseln hatten tiefe Schürfwunden hinterlassen; die Füße waren blau angeschwollen.

Eduard durchsuchte die Taschen der Toten. Syrische Pfundscheine, Handketten, Patronen kamen zum Vorschein, aber keine Ausweise. Jeder der Toten hatte jedoch eine Tätowierung im Nacken. Es sah aus wie das Zeichen für unendlich.

»Vielleicht der geheime Unendlich-Orden«, raunte Ed. Er griff in die Ledertasche, öffnete sie und ertastete einen harten Gegenstand. Als er sich umblickte, sah er, wie Jan den Gekreuzigten versorgte, die Nägel vorsichtig aus dem Holz zog, sie mit Tape und Mullbinden umwickelte, aber sie nicht aus dem Arm des Jungen entfernte. Dann zogen sie einem der Männer Hose und Jacke aus, um dem nackten Jungen etwas Schutz zu geben und nicht sofort aufzufallen, falls sie anderen Besuchern über den Weg laufen sollten.

»Wird er durchkommen?«, fragte Eduard wie beiläufig.

»Er ist nicht wirklich schwer verletzt und hat auch nicht viel Blut verloren, die Wunden sind allerdings übel und schmerzhaft, aber er ist jung. Da hält man auch mal eine Kreuzigung aus.« Jan war über seinen eigenen Sarkasmus erstaunt.

»Woran stirbt man eigentlich am Kreuz?«, wollte der Holländer wissen.

Jan atmete kurz durch. »Ruptur der Herzwand, tuberkulöse Pleuritis, Verrenkungen innerer Organe, Rippenbrüche durch den Sturz beim Tragen des Kreuzes bis hin zu Blutstockungen durch die Bewegungslosigkeit am Kreuz. Die Gekreuzigten wurden ja nach ihrem Tod immer sofort abgenommen, die Kreuze blieben stehen und warteten auf die nächsten Opfer. Verbluten durch die zugefügten Verletzungen ist kaum wahrscheinlich, eher ein Verdursten oder Kreislaufstörungen durch Ausfall der Beinmuskulatur, die wie eine Pumpe wirkt. Möglich ist auch eine Lungenembolie, wie sie bei Langstreckenflügen durch die Bewegungsarmut ausgelöst werden kann.« Jan hatte das Notwendige erledigt. Er stützte sich auf die Knie und fuhr fort: »Am wahrscheinlichsten aber ist Ersticken. Wenn der Gekreuzigte keine Kraft mehr hat, sich mit den Beinen nach oben zu drücken und nur noch an den Händen hängt, ist durch die eingeschränkte Ausdehnung des Brustkorbs eine ausreichende Sauerstoffversorgung nicht mehr gewährleistet. Am Kreuz war zum Abstützen der Füße deshalb ein Vorsprung angebracht. Der Todeskampf sollte lange dauern, Kreuzigungen waren zur Abschreckung gedacht. Alles in allem ein qualvoller Tod.«

Eduard hatte die vier Männer mittlerweile samt ihrer Waffen und Rucksäcke vor das Loch geschafft. »Soldaten sind das nicht, die Uniformen kenne ich gar nicht. Seltsam.« Er schüttelte den Kopf, als er hinabschaute. »Gib mir mal deine Taschenlampe. Da liegt etwas.« Er leuchtete nach unten und schwang sich dann über den bröckelnden Rand.

»Was siehst du?«, fragte Jan, während er weiter den Jungen untersuchte.

»Hier steht etwas – Wahnsinn …«, rief Ed aus dem Loch.

Jan blickte hinunter. »Was?«

»Il … Warte … Illuminatus was here.«

»Verdammt, das ist kein Scherz hier, du Idiot«, rief Jan

völlig fassungslos. Dann landete etwas neben Jan: eine Ledertasche, umwickelt mit einem Tuch.

Ed stemmte sich aus dem Loch hoch. »Lass uns abhauen.«

Rasch rollte er einen Körper nach dem anderen in die Grube und warf ein paar herumliegende Steine hinterher. Mit dem Fuß schob er noch ein wenig Erde nach. »Für ein paar Tage könnte das gut gehen«, murmelte er. Er schaute auf Yussef, dessen Gesicht immer mehr anschwoll, griff ihm unter die Arme und wollte ihn auf seinen Rücken ziehen.

»Du bist zu ungeschickt. Ich nehme den Jungen«, meinte Jan. »Nimm dein Ledertäschchen und sieh zu, dass wir keinen Besuch bekommen. Die holländische Polizei, dein Freund und Helfer ...«

Eduard lachte leise. »Hast wahrscheinlich ein differenziertes Hollandbild: kiffen und killen.«

Sie gingen in Richtung Ausgang.

So entstehen Alpträume, dachte Jan, als sie ins Restlicht des Tages hinaustraten. »Wenn wir jetzt entdeckt werden, sitzen wir bis über beide Ohren in der Tinte.«

Tatsächlich aber war die Burg wie ausgestorben. Sie schritten über provisorische Bretter, die über die Dächer der Säle gelegt worden waren, und erreichten den Ausgang. Es war niemand zu sehen. Dennoch hatte Jan den Eindruck, beobachtet zu werden, als er den Jungen ans Tageslicht schleppte. Ein Gefühl von Panik ergriff ihn wieder.

»Reiß dich zusammen, Hysterie hilft nicht. Du musst den Jungen versorgen«, sagte er sich still.

Die Sonne ging als roter Ball am Horizont unter. Der Gang zum Portal war nun in Dunkelheit getaucht. Ein Eisenwehr versperrte den Ausgang – und war verschlossen.

»Mist«, fluchte Jan. Er beobachtete die Körperdrehung, die Ed machte. Dann kam der Tritt. Mit einem lauten Knirschen öffnete sich das Tor.

Kopfschüttelnd hob Jan den ohnmächtigen Yussef über die Steinfassung des Eingangs. Sie hatten den Wagen erreicht, als sie die zwei Jeeps erblickten, die sehr schnell die Straße aus dem Dorf herauffuhren.

»Sieht nicht nach einer Reisegruppe für die Mondscheinsonate auf der Burg aus«, meinte Ed. »Ins Auto, los!«

Der Holländer stieß Jan und den bewusstlosen jungen Araber auf den Rücksitz, knallte die Tür zu und sprang hinter das Lenkrad. Dann startete er und gab Gas. Gekonnt wendete er in einer großen Staubwolke, und gerade als der erste Jeep um die Ecke bog, zog er außen an ihm vorbei. Er starrte in das Innere des Wagens und sah nur Uniformen. »Verdammt, Militär.«

Mit hoher Geschwindigkeit fuhr er die steile Straße hinab, die in mehreren Kehren zu dem Dorf hinunterführte. Wann auch immer er in den Rückspiegel blickte, folgte ihnen niemand. Er verringerte das Tempo, das Dorf kam näher. Dann erschütterte ein heftiger Schlag das Auto. Die Windschutzscheibe zerbarst in tausend Splitter. Statt zu bremsen, gab Eduard wieder Gas, kuppelte wie wild und brachte den Wagen schlingernd durch die nun immer enger werdenden Windungen der Dorfstraße. Direkt vor ihm tauchte eine völlig verdutzt schauende Ziege auf, im nächsten Moment gab es einen Stoß, und Jan, der nach hinten blickte, sah den verdrehten Körper des Tieres durch die Luft fliegen. Menschen stoben aus den Häusern, kreischten, liefen hinterher.

»Was war das?«, schrie Jan und sah, dass etwas Schwarzes in Eds rechter Wange steckte und kleine Blutrinnsale verursachte.

»Schrot oder eine großkalibrige Kugel«, kam es vom Fahrersitz.

Hundert Meter vor ihnen fuhr ein Mikrobus mit langsamer Geschwindigkeit. Ed bremste, aber die hohe Geschwindigkeit und der Splitt auf der Dorfstraße sorgten dafür, dass der Wagen ins Schlingern geriet. Jan wurde hin und her geworfen, der bewusstlose Junge rutschte in den Fußraum. Ed gab wieder Gas und versuchte, am Bus vorbeizuziehen, touchierte ihn jedoch leicht. Es reichte aus, dass sich das Auto auf der Straße um 360 Grad drehte.

Jan prallte mit dem Kopf nach links gegen das Fenster und dann abrupt nach vorn, schlug mit dem Mund auf den Halter der Kopfstützen. Sofort schoss Blut in seinen Mund. Der Wagen drehte sich noch einmal, ehe er mit dem Heck gegen eine Hauswand krachte und stehen blieb. Der Motor erstarb.

»Fucking Hell«, rief Ed und schlug auf das Lenkrad. Er wandte sich nach hinten um und blickte in Jans aschfahles Gesicht. Aus dem Seitenfenster sah er, dass die Businsassen aus der Tür stoben; ein wild schreiender Block aus weißen Kaftanen und roten Tüchern lief auf ihren Wagen zu.

Jableh bei Lattakia, 12. 06., 14.12 Uhr

> Seien Sie froh, dass ich das schöne Wien für Sie judenfrei gemacht habe.
>
> *SS-Offizier Alois Brunner 1987 in einem Interview der Kronenzeitung, Wien*

Der Präsident hasste es, hierherzukommen. Obwohl er Arzt war, konnte er die Verstümmelungen des Mannes an den Händen nicht ohne eine gewisse Schadenfreude betrachten. Der Alte spürte die Ablehnung. Er kannte den langen, schlaksig wirkenden Mann, der jetzt in seiner Wohnung in Jableh an der syrischen Küste stand, schon seit dessen Kindheit. Sein Vater war diesem Greis noch wohlgesinnt gewesen und hatte seine Fähigkeiten immer mit Wertschätzung und Sicherheit belohnt.

Das war nicht ungewöhnlich. Viele arabische Herrscher hatten nach dem Krieg Berater aus der Konkursmasse des Dritten Reichs eingestellt. Aber schon während des Krieges waren die Bande zwischen Arabern und Deutschen sehr stark ausgeprägt, denn der gemeinsame Feind Israel führte sie zusammen. Die Ägypter begannen in den fünfziger Jahren ein eigenes Raketenprogramm mit Hilfe deutscher Experten aufzubauen. Viele SS-Offiziere durften unter falschen Namen in Ländern wie Libyen, Syrien oder auch Jordanien ein sorgenfreies Leben führen, wo sie beim Aufbau einer schlagkräftigen Armee hilfreich waren. Über die Jahre aber gerieten die alten Kämpfer auf das Abstellgleis. Das Wissen, das die ehemaligen deutschen Soldaten anboten, war veraltet. Nur dieser Dr. Fischer konnte seine Position halten und ausbauen. Mal lieferte er Waffen, dann Ausbilder und nach dem Zusammenbruch des Kommunismus verstärkt Experten aus allen Bereichen der chemischen und biologischen Kampfführung. Es ging ihm nicht um Geld. Er lebte bescheiden. Er verlangte nur Schutz vor seinen Feinden. Im Gegenzug profitierten die Assads von seinem Netzwerk. Hilfreich waren auch seine guten Kontakte in die Spitze des bundesdeutschen Geheimdienstes hinein. Schließlich saßen auch dort alte Kameraden, die die langjährigen guten Kontakte zu den arabischen Ländern aufrechterhalten wollten. Aber auch zum KGB pflegte Fischer ein enges Verhältnis. Denn neben Israel waren natürlich die USA der andere natürliche Feind Fischers. Und gemeinsame Feinde schweißen zusammen.

Das wussten auch Fischers Gegner. Siebenmal hatten sie versucht, ihn zu töten. Die Franzosen, der Mossad, die Amerikaner und irgendwelche Einzeltäter, deren Eltern oder Geschwister zum »erlegten Jagdwild« des Mannes gehört hatten. Sie schickten Briefbomben, lieferten vergifteten Wein und bestachen Leibwächter. Die Vorsehung, so hatte Fischer in seinem grauenhaften Arabisch immer behauptet, habe ihn am Leben erhalten. Die Vorsehung und die robuste Art des KGB, der zum Beispiel den israelischen Attentäter, der es bis in das Wohnzimmer des Mannes geschafft hatte, in zwölf Teilen nach Tel Aviv per Frachtpost zurückgeschickt hatte.

Dennoch besaß dieser alte, kranke Mann, der sich jetzt

ächzend aus seinem Sofa erhob, eine unbestreitbare Aura. Bashars kluge Frau hatte es die Aura des Schlächters genannt. Er hatte dank seines eigenen Informantennetzes Wochen zuvor von den Aufständen in den siebziger und achtziger Jahren gewusst, hatte dem Vater des jungen Präsidenten bei der Säuberung und Suche nach den Feinden der Familie geholfen. Und als der syrische Geheimdienst immer mehr zu einer Nebenregierung zu werden drohte, konnte Fischer mit gezielten Tötungen die Macht der Spione brechen und somit das Überleben der Präsidentenfamilie garantieren.

»Herr Präsident, seien Sie gegrüßt, es ist mir eine große Ehre. Wollen Sie etwas trinken? Wie war die Fahrt von Al-Lāḏikiyya hierher?«

So freundlich seine Worte klangen, so feindselig und kalt war der Blick aus seinem verbliebenen Auge. Das Glasauge, Resultat einer der Briefbomben, setzte er selten ein. So verblieb diese dunkle Höhle in seinem Gesicht. Bashar selbst hatte eine der Folgeoperationen in einer Privatklinik im Präsidentenviertel durchgeführt. Die Zeit seiner Facharztausbildung in London gehörte zu den schönsten in seinem Leben. Dort hatte der Präsident seine Frau kennengelernt. Dort war er frei von all dem Chaos des Nahen Ostens. Dann aber starb sein älterer Bruder, den sein Vater für seine Nachfolge auserkoren hatte, bei einem mysteriösen Autounfall. Und so musste er, ein ausgebildeter Augenarzt, von London nach Syrien kommen, eine Offiziersausbildung im Schnelldurchlauf vollziehen und nach dem Tod des Vaters die Präsidentschaft übernehmen. Kurz vorher hatte er Fischer am Auge operiert. Schon damals hatte er daran gedacht, den Greis einfach sterben zu lassen. Den Mann, der so ein deutlicher Beweis für die Doppelzüngigkeit seiner Regierung und der seines Vaters war.

»Es ist alles in Ordnung, Doktor Fischer. Sie baten um ein Gespräch. Und mein Vater riet mir: Wenn Dr. Fischer um ein Gespräch bittet, solltest du ihn nicht warten lassen.«

Hinter der Fassade des unverbindlich freundlichen Staatsmannes entdeckte auch Fischer die Lüge.

Sosehr Bashar sich auch bemühte, die S-Laute wollten nicht ohne ein leichtes Lispeln über die Lippen kommen. Er wusste, dass diese Schwäche ihn auf den ersten Blick etwas dümmlich und tapsig erscheinen ließ. Fischer aber ließ sich nichts anmerken und deutete auf einen Sessel.

»Etwas zu trinken?«

»Danke, nein.«

Fischer verstand das Zeichen. Kein Araber wäre so unfreundlich und hätte das Angebot ausgeschlagen. Aber der junge Mann wollte nicht länger bleiben als unbedingt nötig.

»Gut, kommen wir gleich zur Sache. Meine Freunde erzählen mir, dass unsere Feinde erwachen. Doch diesmal geht es nicht um mich oder Sie als Personen. Es geht um mehr. Wir haben Auffälligkeiten entdeckt. Ihr Dienst hat sich leider zu sehr auf unsere Gegner südlich von hier konzentriert. Aber ich glaube, der Feind lebt bereits in diesem Land.«

Der Präsident blickte hinaus. Er sah und roch das Meer, das er so liebte. Die Brandung tobte gegen die Felsen unter ihnen. Möwen zogen in langen Bahnen vorbei, stürzten immer wieder hinab in das graugrüne Wasser des Mittelmeers. Mit seinen tiefliegenden Augen schaute er den alten Mann an. »Könnten Sie etwas«, er machte eine Pause, »etwas deutlicher werden?«

Fischer blieb trotz dieser ungebührlichen Frage gelassen. »Sie wollen uns gegeneinander aufhetzen. Sie wollen Zwietracht säen. Ihre …«, er machte eine fast unhöfliche Pause, »… Glaubensgemeinschaft rückt wieder in den Fokus der anderen.« Der junge Präsident schrak auf. Er und seine Familie waren Alawiten, und sie waren nie richtig von der großen Gemeinde des Islams als echte Muslime anerkannt worden, mochte sein Vater, der alte Fuchs, auch noch so viele Gutachten von Rechtsgelehrten aus Kairo eingeholt haben. In jüngster Zeit war in den Moscheen und kleineren Gebetshäusern der großen Städte gegen sie gepredigt worden. Nicht offen, so selbstmörderisch waren die sunnitischen Brüder nicht. Aber zwischen den Zeilen wurden die Gläubigen gewarnt. Sein Geheimdienst hatte jedes Wort notiert, konnte dahinter aber keine einheitliche Führung oder Steuerung erkennen. Verhaftungen aufs Geratewohl waren dem Präsidenten verhasst, Willkür war nicht sein Werkzeug. Er vertraute der stillen und effizienten Überwachung der Kommunikation mehr. So hatte er Internet und Mobiltelefone vor wenigen Jahren auch deswegen in seinem Land zugelassen. Die Technik zur Überwachung all dieser neuen Kommunikationswege lieferten die alten Seilschaften des Greises aus Deutschland.

Fischer wurde unruhig und beugte sich vor. Aus seinem Mund entwich fauliger Atem, der von der falsch eingesetzten Zahnprothese herrührte. »Sie müssen handeln. Lassen Sie die Kommandos los.«

Der Präsident schaute angewidert aus dem Fenster. Konnte der Alte etwas wissen? Das waren die Momente, in denen er sich wünschte, ihn sofort über die Grenze zu den Juden zu verfrachten. Männer wie er hatten von innen den Hass und die Gegensätze gesät, gegen die er jetzt angehen musste.

Es wird Zeit, dachte der Präsident.

Als er wieder in das helle Licht des Nachmittags schritt, hatte er das Bedürfnis, sich zu waschen. Er stieg in den schwarzen Geländewagen. Einer seiner Assistenten reichte Erfrischungstücher und einen Stapel mit E-Mails zu ihm nach hinten. Mit Freude las der Präsident, dass sie im Süden vorangekommen waren, selbst der intellektuell überschaubare Libyer zog mit. Und in Tel Aviv wie in Washington, in Riad oder Teheran ahnte, geschweige wusste niemand etwas von ihrem Plan. Seine und die Teams der anderen hatten Monate abgeschieden in einer Betonfabrik als Tarnung damit verbracht, jede noch so kleine Frage bis ins Letzte zu klären. Er würde wie die anderen aus dem Schatten seines Vaters treten können. Dieser Plan war großartig. Er würde einschlagen, mächtiger und nachhaltiger als jede Atombombe.

Al Hawash, östlich des Crac des Chevaliers, 13. 06., 18.45 Uhr

Und wir suchten den Himmel, doch wir fanden ihn mit starken Wächtern und schießenden Sternen erfüllt.

Aus: Koran, Sure 72, Vers 8

»Los, gib Gas, wir müssen hier weg!«

Ed drehte den Zündschlüssel, der Motor leierte, wollte jedoch nicht anspringen.

Jan schaute nach rechts und direkt in das verzerrte Gesicht eines Syrers, der gerade seine Faust schwang. Sie traf das Seitenfenster, richtete aber keinen nennenswerten Schaden an. Im nächsten Moment waren sie von einer erregten Menschenmasse umzingelt. Ed hupte, versuchte zu starten. Die Heckscheibe wurde zertrümmert. Das Schreien wurde lauter, die Männer draußen versuchten, den Wagen umzustürzen. Jan blickte in geifernde Gesichter, die ihn hasserfüllt anblickten. Dann machte der Wagen einen Satz nach vorn, der den Mob auseinanderstieben ließ, und sie fuhren los. Ein Hagel an Steinen und anderen Geschossen prallte auf das Dach. Nach quälenden Sekunden erreichten sie das Ende des Dorfes. Mit hoher Geschwindigkeit fuhr Eduard weiter auf dem Bergrücken Richtung Süden.

Nach fünfzehn Minuten hatten sie die Schnellstraße nach Homs erreicht. Sie hielten an einer Tankstelle, die ein Bretterverschlag mit einem leuchtenden Getränkeautomaten und zwei Zapfsäulen war. Es war mittlerweile stockdunkel, gelbe Straßenlaternen warfen nur wenig Licht. Ab und an fuhr ein Lkw donnernd auf der M1 Richtung Damaskus vorbei. Der junge Araber war noch immer bewusstlos und hatte von dem ganzen Tumult nichts mitbekommen. Jan stieg aus, griff nach seiner Tasche und öffnete die Beifahrertür. Irgendwo bellten Hunde. Es roch nach Holzbrand. Ed blickte ihn verdutzt an.

»Du hast uns … Egal … Lass mich nach deiner Wunde sehen.« Jan griff nach Eds Kopf und nahm wieder die Taschenlampe in den Mund. Harmlose Schnittwunden überzogen die Wange des Holländers. Vorsichtig zog er mit einer Pinzette zwei größere Glassplitter heraus, sprühte etwas Betaisodona darauf und klebte ein großflächiges Pflaster darüber.

Ed sprang aus dem Auto und ging langsam auf die Hütte zu. Jan sah, wie er einen jungen Syrer ansprach, der davor an einem Auto lehnte, lachte und dann sein Handy dem Holländer gab. Dieser drehte sich in die Richtung ihres Autos, nickte Jan kurz zu und sprach dann weiter.

Jan schaute auf den Jungen im Wagen. Er war siebzehn, höchstens zwanzig Jahre alt. Dunkle, lockige Haare, olivfarbene Haut, muskulös, aber eher drahtig. Leichter Flaum hatte sich um seine Lippen gebildet. Yussef, du bist ein hübscher Kerl, dachte Jan, was haben die von dir gewollt? Was hast du da gemacht?

Der Junge stöhnte. Das Sedativum ließ langsam nach.

Die Tür wurde aufgerissen, Ed stieg ein. »Ich weiß, wo wir unterkommen können.«

»Halt! Wieso wir? Warum sollte ich da mitmachen? Du hast die Typen ohne Grund abgeknallt. Du bist geflohen, statt die Polizei zu holen. Ich bin raus. Ich lasse mich von dir nicht in eine krumme Nummer hineinziehen. Ich bin Arzt!«

Eduard rieb sich über die Augen. Leise sagte er: »Du steckst schon tief mit drin, Bruder.«

»Wieso? Mich hat keiner gesehen.«

»Du hast als Arzt die verdammte Pflicht, dem Jungen zu helfen. In ein Krankenhaus kannst du ihn nicht geben, dann kommen Fragen, die Polizei und unweigerlich der Knast – zumindest vorübergehend. Gehst du in ein Hotel, weiß es noch heute Abend die Sicherheitspolizei. Und dann folgt die gleiche Nummer. Also lass uns den Jungen sicher unterbringen, dann sehen wir weiter. Und hör auf mit deiner Jammerei. Hast du das bei Operationen auch so gemacht?«

Eds Worte brachten Jan noch mehr auf. »Ich will hier raus. Sieh zu, wie du das erklärst.«

»Du willst den Jungen sterben lassen?«

»Seine Wunden sind nicht tödlich.«

»Ich rede nicht von den Wunden.«

Jan schaute in das Schwarz der Nacht. Plötzlich hatte er das Gefühl, dass er diesmal nicht fliehen konnte – nicht so, wie er es im letzten Jahr getan hatte. Er schloss kurz die Augen und sagte dann: »Okay. Wohin willst du?«

»Ich kenne einen Freund in den Bergen südöstlich von hier. Er steht einem Kloster vor, das völlig abseits liegt. Da fahren wir jetzt hin.«

Ed startete das Auto. Der Junge stöhnte. Jan beugte sich über ihn, fühlte die Stirn. Sie war heiß. Die aufgerissenen Lippen des Jungen bewegten sich, als wolle er etwas sagen, aber nur ein Krächzen war zu hören.

»Was ist mit ihm?«, rief Ed von vorn.

»Er halluziniert. Kommt von der Medikation.«

Einen Moment später wurde aus dem Krächzen eine Melodie, der Junge begann zu singen.

»Was hast du ihm gegeben – Haschisch?« Ed lachte, hielt aber dann inne. »Das ist nicht Arabisch, das ist was anderes – Armenisch?«

Yussef hob den verbundenen Arm und griff nach Jans Jackentasche. »Was ist? Ruhig, du darfst dich nicht so hastig bewegen. Lass mal die Hand, wo sie ist.« Jan drückte den Arm wieder zurück, spürte aber, wie der Junge sich gegen seinen Griff wehrte, und ließ ihn los.

Der Junge griff in die Tasche, zog Jans Smartphone heraus. Er sang weiter, offenbar immer die gleiche Strophe.

»Ich glaube, er will, dass ich seinen Gesang aufnehme«, erklärte Jan. Er drückte auf die Menütaste, und plötzlich sang der Junge noch lauter und deutlicher. Es schien ihn allerdings sehr zu erschöpfen. Nach wenigen Minuten brach er ab und sank zurück in Jans Schoß.

»Was sollte das denn?«, fragte Ed vom Fahrersitz. »Einen Plattenvertrag gibt's dafür nicht, nicht mal hier.«

»Ich brauche jetzt ordentliche Musik«, entgegnete Jan. Er beugte sich zwischen den Sitzen nach vorn, drehte an dem iPod, der auf dem Beifahrersitz lag, und wählte ein Stück von Anouar Brahem, einem algerischen Jazzmusiker, aus. Zu den Klängen von »Le Voyage de Sahar« fuhren sie durch die Nacht.

Mit jedem Kilometer entspannte sich Jan. Er blickte hinauf in das Tintenschwarz des Himmels, hielt den Kopf des Jungen in seinem Schoß und dachte an Deutschland, an die Trümmer, die er dort zurückgelassen hatte. An den Rat seiner Ex-Frau, in den Nahen Osten zu fahren, in sich hineinzuhorchen und sich dort den Fragen zu stellen. Und er dachte an seinen Sohn.

Längst hatten sie die ausgebauten Straßen verlassen. Eduard steuerte den Wagen mit Hilfe seines gelben GPS-Moduls durch die Nacht. Immer wieder warf sie ein Schlagloch an die Wagendecke. Kurz hinter einer Ansiedlung wachte Yussef auf. Erst leise, dann immer lauter fragte er etwas auf Arabisch. Er riss sich von Jan los. Eduard redete auf ihn ein. Der Junge schaute Jan an und sagte sehr ruhig etwas zu ihm.

»Er bedankt sich bei dir«, erklärte Ed.

Dann blickte der Junge auf seine verbundenen Arme und redete minutenlang mit Eduard. Auch wenn Jan insistierte, Ed solle übersetzen, blieben die beiden im Arabischen und beachteten ihn nicht weiter.

Jan schaute in die Nacht und hoffte, dass dieser Alptraum aufhören möge. Er hatte gedöst, als der Wagen stoppte. Eduard sprang hinaus und öffnete die hintere Tür. »Wir sind da.«

Wie betäubt blickte Jan in die Dunkelheit. »Wo sind wir?«

»In Mar Musa Ehad. In einem Kloster der syrischen Katholiken. Wir müssen da hoch. Dauert vielleicht eine Stunde. Dürftest du ja jetzt schaffen. Du hast dich ja ausgeruht.«

Mit »da hoch« meinte Ed ein Licht, das irgendwo auf einem Bergmassiv brannte. Jan war völlig geschafft. Nächte durchzuarbeiten war er als Notfallmediziner gewohnt, aber jetzt noch laufen?

Wind kam auf. Ganz typisch für die Wüste war es nachts empfindlich kalt. Ed sah den fröstelnden Deutschen an. »Dir wird schon warm, glaub es mir.«

Endlose, ungleichmäßige Treppen wanden sich den Berg hinauf. Jan stolperte mehrmals. Das Licht schien nicht näher zu kommen. Er war stehend k. o., und zudem durfte er auch noch Yussef stützen, während Ed die Rucksäcke trug. Wie aus dem Nichts stand plötzlich eine Gestalt vor ihnen, hob den Arm und leuchtete mit einer Taschenlampe in ihre Gesichter. In feinstem Oxford-Englisch begrüßte sie Eduard, schaute dann auf die anderen, hieß auch sie willkommen, stellte sich formvollendet als »Alistair« vor und schritt dann voran.

Sie überquerten eine nicht sehr sicher wirkende Eisenbrücke, die einen Abgrund ahnen ließ, ehe sie vor einer schweren Eichentür standen. Dahinter eröffnete sich ein erleuchteter großer Saal mit einem mehrere Meter langen Tisch in der Mitte und einem Dutzend Glühbirnen an der hohen, gewölbten Decke. Es duftete nach einem etwas harzigen, aber wohlriechenden Gewürz.

»Setzt euch!«, erklärte Alistair.

Ein weiterer Mann in der Tracht eines Mönches trat herein, brachte zwei Flaschen Wasser und etwas Fladenbrot. »Das ist Bruder Anselm. Unser guter Geist sozusagen.«

Jan und Ed aßen mit großem Genuss und erzählten von den Ereignissen des Tages. Yussef saß stumm dabei und ließ sich von Jan fast widerwillig ein paar Stücke Brot in den Mund schieben. Alistair erhob sich schließlich, er sammelte etwas Holz auf, das neben einem Kamin lag, und zündete es in der Feuerstelle an. »Wir sind hier auf 1500 Meter in einem Kloster, dem Deir Mar Musa«, erklärte er. »Der Legende nach soll ein afrikanischer Fürst namens Moses, arabisch Musa, hier als Einsiedler gelebt haben. Später diente es als Herberge für Pilger ins Heilige Land. Ringsherum gibt es Höhlen, die wir gerade noch erkunden. Anfang der achtziger Jahre kam ein italienischer Jesuitenpater mit Namen Paolo hierher. Er hatte von den römisch-katholischen Intrigen und Ränkespielen zuviel, wollte Ruhe, Kontemplation und einen Dialog mit anderen Religionen führen. Mit ein paar Helfern aus der Umgebung begann er das verfallene Kloster wieder aufzubauen.«

Jan kam die Geschichte bekannt vor. Als Katholik wurde er in seiner Kindheit gern und häufig mit derlei Storys von echten und wahren Christen belästigt. Auf einmal erinnerte er sich: der heilige Franziskus. Fehlte nur noch, dass der alte Paolo von einer einstürzenden Kirche träumte und die Sprache der Tiere verstand. Doch Jan hielt sich zurück.

»... aber die historischen Gebäude waren bald zu klein für uns. Zunächst wurde in kurzer Entfernung unter Nutzung der Höhlen eine heute als *Dair el-Huqab* bezeichnete Unterkunft für die Mönche und die Ziegen des Klosters errichtet. Seit 1991 sind wir von der syrisch-katholischen Kirche als Klostergemeinschaft anerkannt. Wir beten, arbeiten und haben von unseren muslimischen Brüdern und Schwestern die Elemente der Gastfreundschaft und des Dialogs übernommen«, fuhr Alistair weiter fort.

Dialog in Form von Selbstmordanschlägen? dachte Jan. Laut sagte er: »Ich will nicht unhöflich sein, aber wir sollten Yussefs Verbände wechseln und ihn dann ausruhen lassen.«

Alistair nickte. »Kommen Sie, ich zeige Ihnen den Gästeraum, wir haben einen Notfallkoffer und alles, was Sie sonst noch so brauchen.«

»Woher kennst du ihn?«, fragte Jan Ed, als sie durch einen dunklen Gang gingen.

»Er war mit mir auf der Schule in Damaskus. Dann ging er zum Studieren in die USA und tauchte hier wieder auf. Letztes Jahr schrieb er mir einen Brief und bat um finanzielle Unterstützung für das Kloster. Ich fuhr hin und spendete ihm einen Generator.«

Jan schüttelte den Kopf. »Ego te absolvo. Und ich soll der Katholik von uns beiden sein?«

»Das war kein Ablass. Das hier ist wie eine Oase in der Wüste der Intoleranz und der Feindschaft der Religionen.«

Sie erreichten das Schlafzimmer. Grob gekalkte Wände, Lehmfußboden, vier Holzbetten, ein Tisch, ein Waschbecken und ein Kreuz. Mehr Mobiliar gab es nicht.

Alistair legte eine Hand auf Jans Schulter: »Wenn Sie mögen, kommen Sie noch einmal herunter in das Refektorium, wir sitzen da auf der Terrasse und trinken noch einen Wein.«

Mar Musa Ehad, 14. 06., 0.10 Uhr

> Der Mensch sei biegsam wie ein Schilfrohr und nicht starr wie eine Feder.
>
> *Aus: Talmud, Bavli Taanit 20*

Nachdem er den Jungen auf eines der Betten gelegt hatte, säuberte Jan sorgfältig die Wunden, desinfizierte sie und wechselte die Verbände. Danach wusch er sich mit dem kalten Wasser aus einer Zisterne. Es tat gut und beruhigte den Bienenschwarm an Gedanken und Eindrücken in seinem Kopf.

Dann gesellte er sich zu Ed und dem Abt. Auf der Terrasse saßen die drei auf wackeligen Holzstühlen und blickten zu einem großartig hellen und funkelnden Sternenhimmel hinauf. Ed reichte Jan ein Weinglas und hielt ihm eine Schüssel mit Pistazien hin.

»Sie haben heute einem jungen Mann das Leben gerettet«, sagte Alistair, ohne seinen Blick vom Himmel zu wenden. »Sie sind zwar Arzt, aber Sie hätten sich auch anders entscheiden können. Das ist sehr mutig.«

Ohne groß nachzudenken, erwiderte Jan: »Und jetzt stecke ich ziemlich in Schwierigkeiten, oder?«

Ed mischte sich ein. »Spätestens morgen früh wird man die Leichen der Männer finden. Klar, dass man den Geheimdienst einschalten wird. Man wird mich suchen, keine

Frage, aber du bist raus aus der Sache. Von unserer Verbindung weiß hier keiner etwas.«

Eds letzte Bemerkung beruhigte Jan ein wenig. »Was, glaubst du, könnte hinter dieser Sache stecken? Du kennst das Land. Was hat es mit den Vorgängen in der Burg auf sich?«

Statt Eduard antwortete Alistair. »Sie müssen wissen, dass es sich bei Syrien um ein besonderes Land handelt. Eigentlich gibt es den Syrer als solchen nicht. Das Land ist ein riesiges Sammelbecken verschiedener Gruppierungen religiöser, ethnischer und politischer Ausrichtungen. Es wird von staatlicher Seite immer wieder betont, dass alles und alle friedlich neben- und miteinander leben würden. Aber klar ist, im Nahen Osten lebt niemand dauerhaft friedlich miteinander. Syrien ist ein riesiger Kessel, der von Interessengruppen unter Feuer gehalten wird. Im Norden grenzen wir an die Türkei. Die Türken drehen dem Land gern und häufig in den Sommermonaten das Wasser des Euphrats ab, so dass in den Vororten von Damaskus nur heiße Luft aus dem Hahn kommt. Zudem unterstützen die Türken die Israelis im Süden unseres Landes. Im Osten liegt der Irak, der uns seit dem ersten Krieg hasst, jetzt haben ihn die Amerikaner besetzt, die uns ebenfalls hassen, aber Flüchtlinge gern über die Grenze schieben. Im Süden dann Jordanien, seit alters her wegen seiner Nähe zu Israel unser Feind. Der Libanon im Osten ist mehrheitlich auch arabisch. Syrien sieht diese Region zumindest als sein ureigenes Interessengebiet. Es ist aber wegen seiner zehn Prozent Christen nach dem Krieg von den Franzosen in die Autonomie entlassen worden. Man wollte ein christliches Land hier inmitten der Muslime haben. Und dann natürlich unsere speziellen Freunde: die Juden in Israel, gegen die Syrien zweimal einen Krieg verloren hat und mit denen es bis heute keinen Friedensvertrag hat. Wenn Sie wollen, sind wir umzingelt von scheinbaren Freunden, die das Feuer unter dem Kessel gern entfachen. Nur das Mittelmeer im Osten verschont uns. Und jetzt habe ich nur von Politik gesprochen. Die Religion hat noch einmal ihre eigenen Regeln. Neunzig Prozent der Bevölkerung sind muslimisch, achtzig davon wiederum sunnitisch, der Rest schiitisch. Die Schiiten werden aber von Iran, wo sie die Mehrheit stellen, in jeder Art und Weise unterstützt. Moscheen werden gebaut, Waffen geliefert, und das alles unter den misstrauischen Augen der sunnitischen Mehrheit im Land. Die schiitische Radikalität und Opferbereitschaft steht und stand schon immer im Gegensatz zu den gemäßigten Muslimen in aller Welt. Dazu kommen die Alawiten, Muslime wie unser Präsident Bashar, so man sie überhaupt zum Islam zählen will.«

Jan schaute auf. »Ist der Präsident etwa kein Muslim?«

»Er beansprucht das für seine Glaubensgemeinschaft, und genau da liegt das Problem. Die meisten Muslime sunnitischer Herkunft erkennen das nicht an, murren aber nicht öffentlich aus Angst vor Repressalien. Die Alawiten werden auch Nusairier genannt. Sie glauben an Seelenwanderung, besitzen eine eigene Zahlenmystik und sind sehr verschlossen. Alawit kann man einzig durch Geburt werden. Nur die Schiiten, speziell die aus dem Iran, suchen den Schulterschluss mit Assad. Aber das Wichtigste ist immer eine Frage: Wem nützt es? Und die Uneinigkeit unter Arabern und den Muslimen nützt nur zwei Seiten: den Israelis und uns, dem Westen.«

Jan war erstaunt. Hatte Alistair bislang so getan, als sei er eigentlich Syrer, sah er sich offenbar eher als Vertreter des Westens. Vieles von dem, was er hörte, kannte Jan, aber so verworren war ihm der Nahe Osten nicht vorgekommen. Er hatte gelernt, dass Israel die einzige Demokratie in dieser Gegend war und alle darum herum einig waren, die Juden ins Meer zu treiben. »Was wäre denn, wenn es Einigkeit unter den Arabern oder den Muslimen gäbe?«, fragte Eduard, der bislang schweigend zu den Sternen geblickt hatte.

Alistair schaute die beiden durchdringend an. Ein kühler Nachtwind wehte vom Tal hoch und zerzauste die dünnen Haare des Mönchs. »Stellt euch eine Union von Syrien,

Ägypten, Irak und dem Libanon vor, eine Republik Arabien. Ein Land von der Türkei im Norden bis zum Sudan im Süden, von Libyen im Westen bis zum Persischen Golf im Osten. Ein Land mit mehr als 140 Millionen Menschen, einem Fünftel der Erdölreserven, einer Wirtschaftskraft ähnlich der von Indien und China zusammen und damit eine der wichtigsten geostrategischen Regionen der Welt. Und dabei sind noch nicht einmal Libyen und Saudi-Arabien mit eingerechnet.«

Alistairs Worte verhallten im Dunkel der Nacht. Jan hatte es so noch nie gesehen. »Ein Wirtschaftsgigant mit Abertausenden potenziellen Selbstmordattentätern?«, meinte er provokativ.

Eduard lachte bitter. »Frag doch mal die Angehörigen der etwa 90000 zivilen Opfer von Bushs Privatkrieg im Irak, wo die wirklichen Terroristen sitzen. Jahrhundertelang wurden die Araber von allen möglichen westlichen Ländern belogen und betrogen, allen voran von England.« Er blickte zu Alistair, der aber nur nickte. »Es geht nie wirklich um einen Zusammenstoß der Kulturen. Das ist einfach Quatsch. Es geht um Land, Macht und Geld. Das ist die Botschaft des Westens. Warum isolieren die USA denn Syrien, statt dem jungen Präsidenten bei seinen Reformen die Unterstützung zu geben, die er wirklich braucht? Kein westlicher Staat hat ein Interesse an einem großarabischen Land. Wir haben Angst davor, erpressbar zu sein, Angst davor, den Einfluss auf die Ölfelder zu verlieren ...«

»Zudem säßen unsere israelischen Freunde dann wirklich in der Falle«, warf Alistair ein.

Ed blickte zu dem Schotten. »Es könnte ja auch eine Möglichkeit für Israel sein«, sagte er leise.

»Keiner will die Juden in der Falle sehen«, erklärte Alistair, »denn Israel ist mit seiner Politik angreifbar, aber dennoch ein Vorbild in Sachen Wirtschaft und bürgerlichen Grundrechten.«

»Und was wollen Sie hier? Muslime bekehren?«

Der Mönch schien sich an Jans scharfem Tonfall nicht zu stören. »Nein, wir suchen das Miteinander, die Verbindung der Religion, nicht das Trennende. Wir alle leben auf dem ältesten und gleichzeitig heiligsten Flecken der Menschheit. Hier entstanden die Sprache, das Alphabet, die ersten Städte und, wichtig für Sie als Deutschen, das erste Bier.«

Alle drei lachten. Jan schaute auf seine Uhr. Er hatte für heute genug von Politik. Er stemmte sich aus seinem Stuhl, verabschiedete sich. Eduard trank den Rest aus Jans Glas.

Als Jan endlich auf seinem Bett lag, merkte er, dass keiner von ihnen eine Antwort auf die Frage gefunden hatte, die sie sich alle stellten: Warum hatte Yussef sterben sollen?

Mar Musa Ehad, 14. 06., 7.10 Uhr

> Wenn wir vor dem Jüngsten Gericht stehen, geblendet von seiner Herrlichkeit und dem Schrecken, bewundern wir auf der einen Seite die glorifizierten Körper und auf der anderen die ewig Verdammten.
>
> *Aus: Homilie des Heiligen Vaters Johannes Paul II. am 8. April 1994*

Jan öffnete die Augen und blickte in das Jüngste Gericht.

Das Deckenfresko war alt, aber immer noch farbenklar. Es zeigte das Paradies mit einem Thron, darunter Adam und Eva, und auf verschiedenen Ebenen ging es im wahrsten Sinne heilsmäßig bergab. Falsche Mönche und lasterhafte Bischöfe, die Feuerqualen erleiden und bitterlich weinen, und angekettete Frauen und Männer, denen Schlangen durch ihre Sinnesorgane in den Körper eindringen. Jan hatte diese Mischung aus Horror und Heilsversprechen schon immer an den Katholiken geliebt. Er schwang sich aus dem Bett, tapste zu Yussef auf der anderen Seite und fühlte ihm den Puls und die Stirn. Der Junge hatte noch immer Fieber. Kein gutes

Zeichen. Jan selbst fror. Draußen hörte er leise Schritte. Er zog sich an und lief den Gang hinunter. In der Halle saß Ed und las. Jan gähnte laut.

»Dir auch einen schönen Morgen, mein Freund«, sagte Ed, ohne aufzublicken.

»Was liest du denn?«

»Komm mal her.«

Jan rieb sich die Augen. »Gibt's hier Kaffee?«

»Steht schon da.«

Jan nahm eine Kanne und goss sich Kaffee in eine auf dem Tisch stehende Tasse. Er bemerkte, dass Ed sich an seinen Sachen zu schaffen gemacht hatte. Aber er kommentierte es vorerst nicht.

»Das hier befand sich in der Tasche von Yussef«, sagte Ed und schob Jan den ziemlich malträtierten Teil einer Kladde zu, die einen feuerroten Einband besaß, auf dem ein Halbmond gedruckt war. »Und das lag da auch drin. Ist wohl Papyrus.« Jan hielt ein sehr kleines vergilbtes Stück mit arabischen Schriftzeichen vorsichtig in seinen Händen. »Außerdem war da noch dieser Zylinder.«

Ein vierzig Zentimeter langer Tonbehälter mit Schriftzeichen wippte auf dem Tisch hin und her. Jan hatte so etwas schon einmal gesehen. Aber er konnte sich nicht erinnern wo. »Sieht so aus, als ob unser Freund eine archäologische Sammlung besessen hat.«

»Aber warum haben die Jungs sie zu ihm in das Loch geworfen? Wenn das Zeug echt ist, kannst du damit auf dem Kunstmarkt eine Menge Geld machen«, meinte Jan. »Die Rolle ist aus Babylonien, glaube ich.«

Hinter ihm hustete jemand. »Das ist ein Kyros- oder Nabonid-Zylinder.« Alistair war fast lautlos hinter die beiden getreten. »Kyros und Nabonid waren Könige großer Reiche im Zweistromland. Die Babylonier schrieben ihre Regierungserklärungen auf solche Rollen. Auch der Nachfolger des letzten babylonischen Königs Nabonid, der Perser Kyros II., hatte diese Sitte so übernommen. Der Text des Kyros-Zylinders berichtet aus Sicht des Perserkönigs über die Gründe des Sturzes Nabonids. Für die Juden ist der Text extrem wichtig. Weist er doch auf die Gründung eines Tempels in Jerusalem hin. Allerdings glaube ich nicht, dass diese Rolle echt ist.« Alistair nahm sie vom Tisch. »Ich kann es nicht entziffern. Da gibt es Experten. Ist sie echt, ist sie sehr wertvoll. Genau so eine Rolle steht im Britischen Museum in London.«

Jan war beeindruckt. Der kleine Mönch kannte sich nicht nur mit dem interreligiösen Dialog gut aus. »Zeig mir mal die Kladde.« Eduard schob Jan das Büchlein zu.

Während Jan den wieder einmal mit Kardamom versetzten Kaffee trank, hob er erstaunt die Augenbrauen. »Das ist ja alles in deutscher Sprache verfasst.« Er blätterte vorsichtig die Seiten durch: extrem eng beschriebene Zeilen, von Zeichnungen und Zahlenkolonnen durchsetzt. Die Schrift wirkte irgendwie gehetzt. »Bevor wir hier in Yussefs Privatschatz weiter herumschnüffeln, möchte ich das weitere Vorgehen mit meinem holländischen James Bond erörtern – gern mit geistigem Beistand. Vielleicht hilft das bei dem gottlosen Holländer.«

Die drei Männer begaben sich auf die Terrasse. Noch war es nicht heiß, dennoch erwies ein Sonnensegel über ihnen schon wertvolle Dienste. Eduard kramte eine zerknüllte Zigarettenschachtel aus der Innentasche seiner Jacke. Jan blickte in die Schlucht hinab, kaum vorstellbar, dass sie es gestern Nacht noch geschafft hatten, hier hinaufzugelangen. Allerdings hatte er einen furchtbaren Muskelkater. Die Sonne stieg über der Wüste des Jebel Deir Atiye auf.

»Ehe ich mir von meinem neuen deutschen Freund Vorwürfe anhöre, fasse ich mal alles zusammen«, erklärte Eduard. »Wir waren im Crac des Chevaliers, als wir Schreie hörten. Der Junge wurde nicht überfallen, er sollte ritualisiert gefoltert und getötet werden. Und das in einer Form, die für Muslime eher schändlich ist. Die Typen hatten Waffen und wollten bestimmt keine Zeugen. Sie kamen nicht von der örtlichen Polizei, sondern hatten eher den dunklen

Charme einer Miliz oder Söldnertruppe. Im Übrigen wirkten sie äußerst entschlossen. Das heißt, mit Hilfeholen wäre nichts gewesen. Also entschloss ich mich zu dieser zugegebenermaßen harten Lösung. Wenn ich die Funde da drinnen auf dem Tisch so sehe, die Tätowierungen im Nacken der Killer und das alles mit diesem Land in Verbindung bringe, glaube ich, nein, weiß ich, dass wir hier einer hübschen Geschichte auf der Spur sind.«

Der Mönch schaute Eduard durchdringend an. »Was für Tätowierungen?«

»Die Männer hatten alle im Nacken ein Unendlich-Zeichen.«

»So wie diese hier?« Jan hatte mittlerweile die Kladde weiter durchgeblättert. Er drehte sie auf dem Tisch, so dass die beiden anderen das Zeichen ebenfalls sehen konnten. Über zwei Seiten waren verschiedene Formen des Unendlich-Zeichens in das Buch gemalt worden.

»Ja, genau«, erwiderte Ed.

»Kannst du damit was anfangen, Alistair?« Jan schaute noch einmal hin. »Von hier sieht es aus wie eine Acht.«

»Der Junge muss hier bleiben. Weiß jemand, dass ihr hier seid?«, fragte der Mönch, ohne auf Jans Frage einzugehen.

»Nein, ich habe gestern Abend vom Handy eines Syrers an der Tankstelle telefoniert. Mein Telefon habe ich nicht benutzt, wir konnten nicht abgehört werden und wurden auch nicht verfolgt.« Jan schaute Eduard etwas befremdet an. Er wäre auf so etwas nicht gekommen.

»Hier ist nur Bruder Anselm«, meinte der Abt. »Die anderen Mitglieder unserer Gemeinschaft sind in Damaskus und Aleppo, Baumaterial und Lebensmittel holen. Sie kommen erst übermorgen wieder. Wie genau sehen die Verletzungen des Jungen aus?«

Jan beschrieb kurz Yussefs Verletzungen. »Er leidet an einem Schädel-Hirn-Trauma. Muss nicht gefährlich sein. Hängt vom Grad des Traumas ab.«

Ed wirkte ernst. »Wenn er wieder bei Bewusstsein ist,

quetschen wir ihn ein wenig aus. Woher er kommt, was die Jungs wollten, wo wir ihn hinbringen sollen.«

Jan nickte. »Mit der Befragung sollten wir allerdings noch warten. Yussef hat starkes Fieber.«

»Was besagt diese Acht?«, fragte Ed den Abt.

Der Mönch blinzelte kurz, ehe er antwortete: »Ich bin kein Mathematiker, aber vor allem bei den Mystikern haben die kleinen Zahlen wie die Drei oder die Acht eine besondere Bedeutung. Die Acht ist zwei mal zwei mal zwei. Dabei ist die Zwei die Zahl der Symmetrie. Vier ist die doppelte Symmetrie. Und acht verdoppelt das Ganze. Die dreifache Symmetrie. Die unendliche Schönheit der Dreieinigkeit. Ich weiß das, weil ein Restaurator, der vor einigen Jahren unsere Fresken in der Kapelle bearbeitete, mir so den Aufbau des Jüngsten Gerichts erklärte. Im Übrigen fängt die neue Woche mit dem achten Tag an, die Auferstehung bei uns Christen, der ressurrectio Domini.«

Jan nahm sich ein wenig Fladenbrot, tauchte es in den köstlichen Honig aus Akazien und blätterte weiter in der Kladde. Die Handschrift schien einer Frau zu gehören, aber es gab keinen Namenseintrag. Den Datumsangaben zufolge lagen die Eintragungen länger zurück. So stammte ein Eintrag aus dem März 1999.

Plötzlich kam Anselm mit schnellen Schritten und rudernden Armen aus der Halle auf sie zu. In einem schwerverständlichen Italienisch schrie er: »Schnell, Yussef stirbt!«

Sie eilten den Gang entlang zu ihrem Gästezimmer. Der Junge lag in seinem Bett, vor ihm Erbrochenes. Jan beugte sich über ihn, drehte vorsichtig seinen Kopf, öffnete den Mund und zog die Zunge heraus. Er tastete nach den Puls, nahm eine Taschenlampe, leuchtete in die Pupillen des Jungen. Die rechte zog sich zusammen, die linke blieb starr.

»Er atmet noch schwach«, murmelte Jan. Routiniert ging er das sogenannte Glasgow Coma Scale durch, eine Diagnoseform, die der Standard in seinem Krankenhaus war.

Dann tastete er den Körper vom Kopf über die Brust bis zur Hüfte ab. Schließlich fühlte er nochmal intensiver über den Kopf und spürte die Schwellung an der linken Seite.

Ohne sich umzudrehen, informierte er die anderen: »Der Junge hatte eine Gehirnblutung. Wir nennen das Talk-and-Die-Syndrom. Wenn wir nicht sofort eine Kraniotomie ausführen, ist der Tod nur eine Frage von Minuten.«

»Eine was? Rede vernünftig mit mir, Paracelsus«, rief Ed.

»Eine Arterie ist vermutlich aufgrund eines Schlages geplatzt. Ein Hämatom hat sich gebildet und drückt jetzt auf die Hirnmasse. Ein hämorrhagischer Schock ist die Folge, auch Kreislaufkollaps genannt. Ich muss seine Schädeldecke öffnen.«

Eduard begriff sofort. »Was brauchst du?«

Jan atmete tief durch. Er hatte solch eine Operation in der Ausbildung einmal in der Pathologie ausgeführt. »Ich benötige euren Notarztkoffer, heißes Wasser, alles, womit man desinfiziert, eine Bürste, Schere und mehrere scharfe Messer – und einen Bohrer mit verschiedenen Aufsätzen.«

Die drei anderen Männer rannten los.

Jan stand auf, um einen Platz für die Operation zu finden. Er wischte die Rucksäcke vom Tisch, drehte den Tisch in Richtung des Fensters und holte aus seinem Gepäck das Notfallbesteck, das ihm sein Vater zum bestandenen Physikum geschenkt hatte.

Anselm kam als Erster wieder mit heißem Wasser. Jan goss es mit einer großen Bewegung über den Tisch und schrubbte das Holz, bis der Tisch dampfte. Dann hoben sie Yussef darauf. Anselm drückte er die Schere in die Hand, bedeutete ihm, alle Haare auf dem Kopf wegzuschneiden, und tastete immer wieder nach dem Puls und dem Herzschlag.

Endlich kamen die anderen zwei. Alistair hatte einen Bohrer in der Hand. Er war kreidebleich. »Nur ein Akkubohrer, aber er ist aufgeladen. Reicht das?«

»Such den kleinsten Bohraufsatz raus und gieß heißes Wasser darüber. Schrubbe ihn mit der Bürste und sprüh ihn danach mit dem Desinfektionsmittel ab.«

Die schönen Locken des Jungen fielen auf den Boden. Jan schaute Eduard an, der ihm zunickte. »Holt so viel heißes Wasser und Alkohol, wie ihr habt. Und ich brauche einen Strohhalm oder einen kleinen Schlauch.«

Jan goss noch etwas Alkohol in eine Schüssel, warf die anderen Bohrer und das Besteck mit dem Skalpell und den Klammern hinein. Er hatte noch Einweg-Handschuhe in seinem Erste-Hilfe-Paket. Er deutete darauf, und Eduard zog sie ihm über die Hände. Dann drehte er den Kopf des Jungen. Diese OP war auch für ihn eine echte Premiere. Und wenn es funktionierte, würde es keiner mitbekommen. Sein vorletztes Fläschchen mit einem Sedativum brach er an. Er rasierte mit einem Nassrasierer die Stelle, die etwa sieben Zentimeter oberhalb des linken Ohres lag. Dann nahm er sein Skalpell, schnitt einen halbmondförmigen Bogen in die Kopfhaut und klappte mit dem anderen Messer die Oberhaut zur Seite. Das Weiß des Knochens tauchte auf. Zweimal probierte Jan den Bohrer, atmete durch und setzte dann an. Der Bohrer drehte sich in den Kopf. Zwölf bis fünfzehn Millimeter sollte das Loch groß sein. Er musste das Hämatom sofort sehen. Und tatsächlich, als er den Bohrer beiseitelegte, sah er die gefüllte Blutbahn. Mit einer Nadel, die Alistair sorgfältig desinfiziert hatte, punktierte er und entleerte das Hämatom. Mit ruhigen Bewegungen säuberte und verschloss er die Wunde.

Jetzt half nur noch ein Wunder. Aber wo, wenn nicht in einem Kloster, passierten Wunder? dachte Jan.

Mar Musa Ehad, 14. 06., 9.59 Uhr

A doctor in Australia used a household drill to bore into a boy's skull and drain it of blood clots as his local hospital lacked the required tools.

Dr Rob Carson performed the procedure on Nicholas Rossi, 13, after the boy fell off his bike and hit his head.

The doctor had never attempted the surgery before, and had to be talked through the operation by a Melbourne neurosurgeon.

The boy's father said the doctor's improvisation had saved his son's life.

But Dr Carson told reporters: »It's not a personal achievement, it is just a part of the job.

BBC News, 20. 05. 2009

Jan konnte hinterher nicht mehr sagen, wann er mit Alistair allein am Tisch gestanden hatte. Eduard, der Mann, der immerhin vier Menschen ins Jenseits befördert hatte, musste sich vor der Tür übergeben. Anselm war still zu Boden geglitten, als Jan den Bohrer angesetzt und das sägende Geräusch den Raum erfüllt hatte.

Jan wusch sich die Hände in der Schüssel und rief nach Eduard, der kreidebleich im Türrahmen stand.

»Wer von uns beiden ist kaltblütiger?«, fragte der Holländer.

»Mein Freund«, erwiderte Jan, »es ist einfacher, einem Menschen das Leben zu geben, als es zu nehmen. Hat mein Doktorvater immer gesagt. Und der muss es wissen, der war bei der Waffen-SS.«

Yussef schlief. Das war die gute Nachricht. Aber das Fieber blieb. Seine Chance, diesen Eingriff ohne weitere Nachversorgung zu überleben, stand gegen null.

»Wenn es gut läuft, haben wir zwölf Stunden. Egal wie, er muss in ein Krankenhaus«, fuhr Jan fort.

Eduard blickte zu Alistair. Der Abt starrte auf das Bett. »Ich habe eine Idee. Aber es wird ein Alptraum werden.«

Aleppo, 13. 06., 19.45 Uhr

Eines der wirksamsten Verführungsmittel des Bösen ist die Aufforderung zum Kampf

Aus: Franz Kafka »Er«

Er konnte sein Glück nicht fassen. Sie war groß, durchtrainiert, hatte unfassbar stramme Brüste, ihre Beine waren lang, die Muskeln fest, und ihr Lächeln war wunderbar. Sie stand splitternackt vor ihm, das linke Bein auf das Bett gestellt, so dass er auch dank der rasierten Scham ihre Möse sehen konnte. Er schluckte. Der Schamane spürte die göttliche Erregung in sich. Sin, der wahre Mondgott, hatte ihn vor langer Zeit – nach seinem Rauswurf bei einem italienischen Getränkekonzern – erleuchtet. Seitdem durfte er viele Menschen erfreuen. Menschen, die den Kult für sich entdeckt hatten, oder besser: der Kult sie. Denn auch wenn das hier Lust war, so würde er dieser Schönheit auch die Göttlichkeit schenken, die in ihm förmlich glühte, wie ein Feuer, das niemals enden will.

Sein Schwanz drückte gegen die weiße Leinenhose, er strich sich die langen blonden Strähnen zur Seite, leckte kurz über seine Lippen und zog sich aus. Jana, dieses noch so unerfahrene, aber auf seine Welt so neugierige Weib, legte sich, floss förmlich auf dem großen Bett dahin. Ihre Konturen verschwammen geradezu. Er wollte ihr noch etwas sagen, als er mit geöffnetem Mund vornüber auf die Fliesen vor dem Bett fiel. Dummerweise sackten seine Knie nicht ein, zu sehr war der Körper des Schamanen angespannt gewesen, eine Yoga-Übung, die sich im Normalfall in solchen Situationen auszahlte. Hier jedoch sorgte sie dafür, dass sein langes, aber nicht sehr breites Gemächt zuerst den Kontakt mit dem Boden fand.

Die eben noch so unerfahren wirkende Jana, Freundin des Mondes, drehte sich in einer Körperdrehung vom Bett, griff an den Hals des Bewusstlosen, fühlte den Puls und zog sich in schnellen Bewegungen wieder an. Sie spürte kein Mitleid, denn dieser aus dem Mund stinkende Italiener hatte sie den ganzen Abend mit seinem Esoterikgewäsch und seiner Althippie-Anmache gelangweilt. Und sie, Regina Bachmeier, konnte mit diesen Phrasen herzlich wenig anfangen.

Sie durchwühlte seinen Rucksack, fand seine Papiere. Fotos fielen heraus, und sie lachte leise auf.

Der Kerl heißt wirklich Marcello Barbona dachte sie und kramte weiter. Ein Blackberry, schau an, Signore Woodstock mag die Technik. Sie würde die Daten später in ihrem Hotelzimmer checken. Bücher über Mondphasen und anderer Mumpitz fielen heraus. Bachmeier schüttelte den Segeltuchsack mit den aufgemalten Runenzeichen, kippte ungeduldig alles auf das Bett. Steintäfelchen glitten heraus, einige klackerten auf den Boden und zersprangen in kleine Teile.

»Mist!« Sie schaute sie genauer an, kehrte sie dann mit einem Fußtritt unter das Bettgestell. Nur eine der Tafeln steckte sie ein. Bachmeiers Blick fiel auf eine Kladde. Sie schlug sie auf, neben schlechten Tuschezeichnungen vom Schamanen selbst und mehreren Namen las sie eine Frauenhandschrift. Und immer wieder waren verschiedene Formen der Zahl Acht zu sehen.

Stimmen klangen herein. Draußen auf dem Flur war jemand. Hastig zog sie den Italiener aufs Bett, warf eine Decke über ihn und seine Sachen. Metallische Geräusche und ein leises Quietschen waren zu hören. Jemand zog einen Servicewagen, vermutlich ein Zimmermädchen mit den Drinks für die Minibar. Regina Bachmeier drehte sich um und fluchte still. Sie hatte sich alle Mühe gegeben, nicht mit dem Italiener in Verbindung gebracht zu werden, und war, ohne dass jemand an der Rezeption etwas mitbekam, in den Fahrstuhl gehuscht.

Das Zimmer lag am Ende des Flurs. Sie blickte sich hektisch im Zimmer um, sah das Fenster. Es war ein Schiebefenster. Der Servicewagen stoppte vor der Tür, Männer sprachen miteinander. Leise wandte sie sich zum Fenster, zog es hoch, sah hinunter und blickte in einen Abgrund von mindestens zehn Metern – zu tief. Neben ihr brummte ein großer Metallklotz – der Kondensator der Zimmerklimaanlage. Sie warf sich den Rucksack über, drehte sich mit den Füßen zuerst nach draußen und wand sich mit großer Mühe auf den Kasten. An der Wand lehnend, versuchte sie mit ihrem linken Fuß das Fenster nach unten zu drücken. Unmöglich. Sie verlor dabei fast den Halt. Sie hörte, wie im Zimmer die Tür geöffnet wurde. Sie atmete flach, drückte sich noch enger an die Wand. Der Metallkasten knarzte. Bachmeier war wirklich nicht schwer, aber für solche Aktionen war die Vorrichtung schlicht nicht konstruiert. Sie wich weiter nach rechts aus und stutzte. Mittlerweile musste der Servicetyp den scheinbar schlafenden Mann doch sehen und sich entschuldigend zurückziehen. Aber stattdessen hörte sie Schleifgeräusche, dann wurde etwas durchsucht. Und als sie dachte, dass der Besucher das Zimmer verlassen hätte, sah sie aus den Augenwinkeln, wie im Fenster ein maskierter Kopf erschien.

Er blickte nach unten, verschwand für wenige Sekunden, und im nächsten Moment sah sie den schlaffen nackten Oberkörper des Schamanen, beobachtete, wie er weiter und weiter nach vorne geschoben wurde, wie der Metallrahmen über die runzlige Haut des Unterbauchs schrubbte. Sein langes strähniges Haar wurde von der Umluft des Kondensators zur Seite geweht, seine Zunge hing ihm aus dem Mund, Speichel lief heraus. Zwei sehr kräftige Unterarme hielten die Beine des Italieners. Im nächsten Moment ließen sie los, und Marcello Barbona stürzte in die Tiefe, um wenige Sekunden später auf dem Boden des Hofes aufzuschlagen.

Regina Bachmeier verharrte noch einige Minuten völlig bewegungslos. Das fahle Licht aus den benachbarten Häusern ließ den unnatürlich verrenkten Körper grotesk wie ein Kunstwerk erscheinen. Mittlerweile war der Mond aufgegangen. Sie blickte sich um. Es gab nichts, woran sie sich festhalten konnte. Sie war hier oben gefangen, wollte sie es nicht dem Mondfreund gleichtun. Links unter ihr, etwa anderthalb

Schritte entfernt, war ein weiterer Kondensator befestigt – ihre einzige Chance. Sie schloss kurz die Augen und sprang. Sie hatte schon mit beiden Füßen das Metall erreicht, als der Kasten unter einem hässlichen Geräusch aus seiner Verankerung riss. Sie konnte nicht mehr reagieren, mitsamt dem Metallblock rauschte sie nach unten. Der Block prallte auf einen weiteren, was die Geschwindigkeit zwar bremste, den Sturz in die Tiefe dennoch nicht aufhielt. Dann schlug die Frau am Boden auf. Sie konnte sich noch abrollen. Aber der Schmerz war sofort da, raubte ihr fast das Bewusstsein. Ihr Kopf lag auf dem von Abfällen übersäten Hof. Sie schaute direkt in das Gesicht des Schamanen oder in das, was davon übrig geblieben war.

Zuerst versuchte sie, ihre Zehen zu bewegen; es tat weh, aber immerhin spürte sie diese Gliedmaßen noch. Dann waren die Hände an der Reihe. Ein ungeheurer Schmerz durchzuckte sie, als sie ihre Finger bewegte. Sie verzog das Gesicht, spürte, wie ihr die Tränen kamen.

Verdammt! Regina Bachmaier öffnete ihre Augen, blickte auf ihre rechte Hand: Deren Fingerspitzen berührten fast die Oberseite des Unterarms.

Sednaya, 14. 06., 8.45 Uhr

Laut Islam-Experte Steinberg hat das Kanzleramt 2002 die Befragung des terrorverdächtigen Deutsch-Syrers Zammar in einem syrischen Gefängnis genehmigt. Dabei war bekannt, dass Folter von politischen Gefangenen in Syrien eher die Regel als die Ausnahme ist …

Aus: Süddeutsche Zeitung, 14. 12. 2007

Faruk Nasser Al-Ali hatte immer Geduld. Es war seine Haupttugend. Ärzte raubten ihm zwar die Zeit, die er nicht hatte, aber er ließ es sich kaum anmerken. Der Distriktchef des syrischen Geheimdienstes Muhabarat spielte lediglich etwas zu vehement mit seiner Holzkette, so dass nur seine Mitarbeiter von der Unruhe angesteckt wurden. Zwei junge Rekruten in verfilzten Uniformen boten ihnen Tee an, er schüttelte nur unmerklich den Kopf. Al-Ali war schlank, fast hager. Aus dem Gesicht stach eine spitze Falkennase. Sein feiner Mund mit schmalen Lippen ließ ihn zart erscheinen und deutete nicht daraufhin, dass seine Aufgabe darin bestand, jeden, der dem Präsidenten und dem Land schaden konnte, frühzeitig zu erkennen und zu vernichten.

Ihn schön zu nennen wäre übertrieben gewesen, denn die Brandnarben am Hals, das schon schüttere Haar und die etwas zu langen Finger wirkten nicht sonderlich attraktiv. Aber alles an ihm strahlte Konzentration und stille Überlegenheit aus. Weder war von dem 47-Jährigen jemals ein lautes Wort zu hören, noch hatte er in den vergangenen Jahren einen seiner »Kunden« angerührt, geschweige denn geschlagen, aber jeder, der ihn kannte, wusste von seiner Gefährlichkeit – erst recht hier im Gefängnis von Sednaya. Es war ein Ort der Hoffnungslosigkeit mit seinen Folterkellern im y-förmigen Gebäude, zwei Kilometer außerhalb der Stadt. In diesem Bauwerk hatte die Regierung die Staatsfeinde, die Terrorverdächtigen und die aus ihrer Sicht ewigen Unruhestifter inhaftiert und mit härtesten Methoden zum Schweigen oder eben zum Reden gebracht.

Faruk Al-Ali hatte nie viel davon gehalten, von Menschen ein Geständnis zu erpressen, aber nicht, weil er Gewalt ablehnte, dazu hatte er von frühester Kindheit an zu viel selbst erleben müssen. Er jedoch bevorzugte das Gespräch. Ein Gespräch, das wie das Schälen einer Zwiebel verlaufen musste. Je mehr man fragte, desto mehr Schmerzen konnte es bereiten. Er nutzte Abhängigkeiten und Wünsche. Sein dicht gesponnenes Netz aus Zuträgern in allen Gruppierungen des Landes und in den syrischen Gemeinden des Auslands war das Resultat vieler Jahre der stillen, aber hartnäckigen Arbeit. So hatten es ihm seine Lehrer beigebracht, und das waren die besten gewesen.

Wegen dieser drei Leichen nun hatte er in der Hitze des Frühsommers das kühle Aleppo im Norden verlassen und über staubige Landstraßen in dieses Loch fahren müssen. Obwohl er mit ganzem Herzen Syrer war, hasste er das Wüstenland. Wann immer er konnte, zog es ihn ans Meer. Er lebte dort allein in seinem Ferienhaus. Die vergangenen Jahre hatte er seinem Land, seiner Arbeit und dem Machterhalt seines Präsidenten geopfert. Diese Jahre aber hatten ihn auch desillusioniert, ihm die Hoffnung geraubt, dass er jemals Frieden in dieser Region erleben würde.

Der Anstaltsarzt kam mit einem blutverschmierten Kittel herein. Er wollte mit den üblichen Begrüßungsformeln beginnen, als Al-Ali nur kurz die Hand hob. Der Arzt verstand. Dennoch zündete er sich eine nach Rosenöl duftende Zigarette an. Es störte Al-Ali, aber er ließ es sich nicht anmerken.

»Alle vier Körper weisen jeweils Einschusswunden im oberen Halswirbelsäulenbereich und im Kopf auf, bei dreien waren sie tödlich und hätten jeweils einzeln zum sofortigen Tod geführt. Der vierte wurde nicht mit der gleichen Präzision getroffen. Daher nicht der sofortige Exitus. Er liegt auf unserer Krankenstation, ist künstlich komatös, ein Treffer verfehlte die Wirbelsäule nur um Millimeter, drang aber rechts davon in Leber und Blase ein. Die Kopfwunde aber wird für ihn in den nächsten Stunden tödlich sein. Überhaupt sind alle Schusskanäle von oben nach unten gezogen. Der oder die Täter müssen also oberhalb des Opfers gestanden haben. Bei der Tatwaffe handelt es sich vermutlich um eine Ceska 83 mit aufgeschraubtem Schalldämpfer, von unseren tschechischen Freunden.«

Der Arzt schaute Al-Ali erwartungsvoll an, suchte nach Anerkennung angesichts seiner Waffenkenntnis. Aber der Geheimdienstmann verzog keine Miene, wollte so viele

Informationen wie möglich aufnehmen und dann wieder vor Einbruch der Dunkelheit zurück in Aleppo sein. Er forderte den Arzt mit einer knappen Geste zum Weiterreden auf.

»Alle vier Männer haben die gleiche Kennzeichnung: eine Tätowierung im Nackenbereich, die eine Acht zeigt. Sie sind vermutlich türkischer oder arabischer Herkunft, beschnitten, und alle weisen ältere, nicht von diesem Kampf stammende Narben an verschiedenen Stellen des Körpers auf.«

Al-Ali schaute nach rechts zu einem seiner Assistenten, dem jungen Abdul, einem irakischen Flüchtling, der unter seinen Fittichen trotz seiner Herkunft Karriere machen durfte.

Abdul schlug eine Mappe auf und begann mit seinen Erkenntnissen. »Wir haben nachgeforscht. Auch bei unseren Sonderabteilungen. Nichts bekannt, keine Hinweise auf eine Bruderschaft oder Ähnliches. Die Tätowierungen werden derzeit von unseren Kollegen an der Universität in Damaskus abgefragt.« Der Arzt wollte sich bereits wieder abwenden, doch Al-Ali war nicht zufrieden. »Noch was Auffälliges, Doktor? Oder habe ich das alles im Dossier, das ich heute Abend in meinem Büro vorfinden werde? Wie Antworten auf Mageninhalt, Drogenkonsum, Krankheiten, Religion und vieles mehr vielleicht?«

Abdul lächelte. Der junge Iraker liebte es, seinen Chef dabei zu erleben, wie er langsam den Druck auf Personen erhöhte, die seiner Meinung nach nicht den nötigen Respekt gezeigt hatten.

»Ist eine zweite, genauere Obduktion in Damaskus nötig?«

Über der Oberlippe des Arztes bildete sich ein Schweißfilm, den nur Al-Ali sah. »Es wird noch dauern, aber Sie haben alles heute Abend. Darf ich jetzt gehen?«

Wenig später stand Al-Ali im Licht der Sonne, die hinter den Bergen unterging, dort lagen der Libanon und das Meer. Er versuchte, die neuen Informationen zu ordnen.

Ein Holzkreuz, drei Tote, ein Mann im Koma und zwei westlich aussehende Typen, die in den Dörfern Ziegen tot fuhren. Sie hatten in den vergangenen Wochen immer wieder Hinweise auf Anschläge und Verschwörungen erhalten. Aber das hier passte so gar nicht in ein Schema. Ein Schritt nach dem anderen. Die Fahndung nach dem Auto lief, es würde nicht lange dauern, bis ihn einer seiner Informanten in den Dörfern ringsum anrufen würde.

Sein Handy klingelte. Für einen kurzen Augenblick wollte er fluchen, als er die Kennung auf dem Display sah. Aber er unterdrückte es und begrüßte höflich den Anrufer – in deutscher Sprache. Ein Lächeln huschte über seine dünnen Lippen, als er das Gespräch beendete. Er blickte zu seinen Assistenten. »Wir fahren zurück nach Aleppo.«

Aleppo, 14. 06., 16.15 Uhr

Und du, mein krummer Stahl, leb' wohl! Aus meiner dunkeln
Werkstatt ziehst du hinaus! In Schlachten wirst du funkeln!
Bald klirrst du, wo dein Blitz ein Volk von Reitern lenkt!
Da schwärmen durch den Sand spießwerfende Geschwader;
Den wilden Rossen schwillt vor Kampflust jede Ader,
Und alle Zügel sind verhängt.
...
Dann zuckst du himmelan, wie eine rothe Flamme,
Bei deren Lodern Nachts ein Dichter seinem Stamme
Von Feen erzählt am rothen Meer.
Und diese Flamme, die den Orient entzündet,
Und bald im Occident des Ostens Macht verkündet –
Aus meiner Esse stammt sie her!

Aus: Ferdinand Freiligrath, Gedichte des Orients

Wenn Damaskus der Kopf des Landes ist, so stellt Aleppo das Herz und den Bauch dar. Für viele ist sie die schönste Stadt des gesamten Orients. Ist die Hauptstadt immer der erste Ankunftspunkt, hält sich die Stadt, die von den Syrern nur Haleb genannt wird, für die kunstsinnigere, weltoffenere von beiden. Das lag und liegt an ihrer Position. Nicht zufällig befindet sich Aleppo auf halbem Wege zwischen den Euphrat-Übergängen und dem Mittelmeer und war somit auch Knotenpunkt zwischen den Assyrern, Persern und anderen östlichen Großreichen und eben Europa. Die Handelsstraßen aus Mekka und Istanbul, Al-Lāḏikiyya und Kairo treffen hier zusammen. Schon vor fünftausend Jahren war Aleppo ein Siedlungsraum. Wie eine große Wartehalle nimmt die Stadt, über der immer trotz eines rauen Windes, der aus dem nördlichen Taurus-Gebirge über die Stadt fegt, eine Dunstglocke zu hängen scheint, die unterschiedlichsten Gruppen auf: türkische Bauern aus Harran, Tscherkessen aus Südrussland, christliche Armenier und Beduinen aus der Wüste östlich der Stadt. Über allem thront die sandfarbene Zitadelle wie eine Sphinx. Steht man auf ihren Türmen und blickt hinab, so sieht man die gelben Taxiströme, die sich in scheinbar nie enden wollenden Kreisen um das Bauwerk winden.

Alistair hatte seine Kontakte zum Hospital St. Louis in Aleppo spielen lassen. Oben in den Bergen hätte der Junge keine Überlebenschance gehabt. Und so waren Jan und Ed die fast zweihundert Kilometer aus dem Süden hergekommen. Sie sollten sich beim Chefarzt, Dr. Arisians, melden. Der Zwischenstopp war ein Alptraum für Jan. Denn der bewusstlose, von Fieberschüben geschüttelte Yussef war am Morgen, auf ein Brett geschnallt, auf dem Rücken eines Esels in die Ebene hinabgetragen worden. Jan hatte ihm notdürftig noch einmal die Wunden gereinigt und ihm unverantwortlich viel Antibiotikum verabreicht. Er war zum Schluss gekommen, dass sie ihn spätestens am Nachmittag würden sterben sehen. In der Nacht hatte er die Entscheidung gefällt, sich in Aleppo von diesem Abenteuer zu verabschieden und sich von Ed zu trennen. Er hatte es ohne Panik oder Wut entschieden, sondern analytisch, wie ein Mediziner, der täglich Risiken abzuwägen hatte. Er behielt diesen Entschluss jedoch erst einmal für sich. In Aleppo wollte er Ed dann reinen Wein einschenken.

Ed hatte im Dorf seinen Jeep bei einem von Alistair als vertrauenswürdig bezeichneten Händler gegen einen Kombi koreanischer Herkunft getauscht. Während der gesamten Fahrt war die Anspannung zu spüren gewesen, unter der jeder stand, doch hatte niemand ein Wort gesagt. Radioempfang hatte es nur sporadisch gegeben. Einmal hatte Jan die Nachrichten auf BBC World gehört, aber nur Bruchstücke verstehen können. Diese Meldungen zu hören war für Jan, als wäre er in eine Oase der Zivilisation gelangt inmitten von Kampf und Tod, Schmutz und Angst. Er schob sich näher zum Lautsprecher. Anscheinend war der Präsident Syriens auf einer Rundreise, um die anderen Führer der arabischen Welt zu treffen.

Endlich erreichten sie die Außenbezirke der Stadt über die große Umgehungsstraße, die kurz vor dem Zentrum in einen gigantischen Kreisel mündete, in dessen Mitte ein monumentaler Adler aus Eisen prangte. Immer wieder blickte Ed in den Rückspiegel, ein verzweifelter Versuch, in dem Land mit einem der mächtigsten Geheimdienste Verfolger erkennen zu können.

Nach einer scheinbar planlosen Fahrt in den verwinkelten Straßen und Gassen der Stadt gelangten sie zum Hintergebäude des Al Freesho, wie die Aleppiner das Krankenhaus nannten. Hier parkten kleine Transporter, deren Fahrer Wäsche in großen Körben in die Kellerräume trugen. In einer Ecke sah Jan das Pflegepersonal in weißen OP-Hemden herumlungern und rauchen. Ein vertrautes Bild. Das Krankenhaus machte einen guten Eindruck. Es schien unter französischer Leitung zu stehen, viele der Pfleger sprachen französisch miteinander.

Eine Schwester führte sie über lange, verwinkelte Gänge, die an ostdeutsche Polikliniken erinnerten. Vor dem Zimmer Dr. Arisians', eines Armeniers, dessen Eltern beim Pogrom der Türken 1919 nach Syrien flüchten mussten, wie Alistair ihnen erzählt hatte, nahmen sie auf zwei grauen Plastikstühlen Platz und warteten ungeduldig, weil Yussef immer noch unten im Auto lag.

Es ging um Minuten, und sie verschwendeten hier ihre Zeit. Er blickte sich um. Die Schwester wirkte irgendwie angespannt. Links neben ihm spielte Eduard mit seinem Blackberry, las Nachrichten oder schrieb hastig Mails.

Endlich öffnete sich die Tür. Ein junger Araber lächelte die beiden an und bat sie in holprigem Englisch in das Zimmer des Arztes, ging aber gleichzeitig aus dem Raum. Hinter einem Schreibtisch saß ein fast riesenhafter, für einen Arzt ungeheuer dicker Mann, schwitzend und deutlich erregt. Ein Messingschild auf seinem Tisch wies ihn als Dr. Arisians aus. Die Fensterfront hinter dem Schreibtisch eröffnete den Blick auf einen gepflegten Innenhof, der an eine kleine Moschee grenzte.

So leben hier die Religionen zusammen, dachte Jan. Ein katholisches Krankenhaus neben einer Moschee, geführt von einem Armenier.

Gerade als Eduard die Hand dem Armenier ausstrecken und sich erklären wollte, registrierte er die Person rechts von ihm, die fast hinter der Tür verschwand, diese mit einer schnellen Bewegung hinter den beiden schloss und sich zwischen sie stellte. »Herzlich willkommen, die Herren. Mein Name ist Faruk Al-Ali. Dr. Arisians bat mich zu dem Gespräch. Was können wir für Sie tun?« Kein Arabisch, kein Englisch – der Mann mit der Nase eines Falken und Brandnarben am Hals sprach in einem perfekten Deutsch mit ihnen. Vor Überraschung waren Jan und Ed einen Moment sprachlos.

Al-Ali lächelte. »Ich habe in Ihrer Heimat studieren dürfen.«

Ed erzählte von dem Jungen, ohne die Vorgeschichte zu erklären.

Der junge Araber kam wieder herein und flüsterte dem

Hageren mit der Falkennase etwas ins Ohr. Al-Ali nickte mit regloser Miene.

Jan unterbrach Ed, der begonnen hatte, sich in Beschreibungen der Verletzungen des Jungen zu ergehen. Er stellte sich als Notfallmediziner aus Deutschland vor.

Der junge Araber vor ihm notierte alles.

»Der Junge liegt unten im unserem Wagen. Er muss schnellstmöglich behandelt werden.«

Dr. Arisians starrte ihn nur mit großen Augen an und schwitzte. Nicht die Reaktion, die Jan erwartet hatte.

»Und wo haben Sie den armen Jungen gefunden?«, fragte Al-Ali.

Eine unbehagliche Stille trat ein. Die Klimaanlage brummte. Warum will er das wissen? dachte Jan.

Dann brach die Hölle los.

Eine Druckwelle ließ die Glasscheiben in dem Fenster hinter Dr. Arisians zerbersten. Der armenische Arzt wurde von den Splittern wie von Geschossen in den Rücken und den Kopf getroffen. Ed wurde gegen die Tür geschleudert, deren Resopalverkleidung unter seinem Aufprall zerbrach. Jan fiel gegen einen Polstersessel, der die schlimmste Kraft des Stoßes nahm. Schlimmer verlief es für die anderen beiden: Al-Ali, neben dem Armenier am Fenster stehend, wurde von der Wucht wie eine Puppe in die Ecke des Raumes gedrückt, und sein junger Assistent konnte einem Stück Metall, das aus dem Fensterrahmen gerissen wurde, nicht mehr ausweichen und wurde tödlich am Hals getroffen.

Die zweite und dritte Detonation hörten die Überlebenden nur gedämpft, ihre Trommelfelle konnten gerade noch dumpfe Töne übertragen. Putz fiel von der Decke. Sirenen heulten, Menschen schrien.

Jan schloss die Augen.

Es war die Zeit des Nachmittagsgebets. Aber in Aleppo rief kein Muezzin.

Aleppo, 14. 06., 16.05 Uhr

> Aber jede Lebensanschauung, die den Sinn des Lebens von einer äußeren Bedingung abhängig macht, ist Verzweiflung. Dem Leid zu leben ist also im gleichen Sinne Verzweiflung, wie dem Genuss zu leben; denn das ist eben Verzweiflung, sein Leben in etwas zu haben, dessen Wesen es ist, zu vergehen.
>
> *Aus: Sören Kierkegaard, Philosophische Schriften*

Regina Bachmeier hatte es bis zu ihrem kleinen Hotel in der Altstadt geschafft, ohne dass sie jemand mit dem nackten Toten in Verbindung bringen konnte. Im Schutz der Nacht hatte sie ein Taxi angehalten und war unter fürchterlichen Schmerzen in ihrem Zimmer angekommen. Als ehemalige Polizistin und einziges weibliches Mitglied der österreichischen Anti-Terrorgruppe »Kobra« wusste sie mit Schmerzen umzugehen. Mit einem Kleiderbügel und Tapeband hatte sie die Hand fixiert. Ihr war jedoch klar, dass der Bruch in den nächsten Stunden von einem Arzt behandelt werden musste. Alkohol gab es in der Minibar nicht, also nahm sie drei Schmerz- und zwei Schlaftabletten und versuchte zu schlafen.

Am nächsten Morgen, nachdem sie ihren Rucksack gepackt hatte, erklärte sie dem alten Mann an der Rezeption, sie sei in der Dusche ausgerutscht und suche nun ein Krankenhaus, in dem man der englischen Sprache mächtig sei. Er hatte ihr das St. Louis Hospital empfohlen.

Nun stand Regina Bachmeier hier neben schwarz verhüllten Frauen, die schreiende oder weinende Kinder auf dem Schoß hatten. Sie hatte ihren Kopf an die Wand gelehnt, versuchte, Schmerz und Angst zu verdrängen und sich noch einmal alle Fakten zu vergegenwärtigen.

Im Januar hatten Almuts Eltern sie kontaktiert. Im November des Vorjahres war die Kriminalermittlerin ihrem Rauswurf mit einer Kündigung zuvorgekommen. »Ihre Methoden«, so hatte der Polizeipräsident Wiens erklärt, »wären höchstens im Nahen Osten erfolgreich.« Der Dezember war nur noch eine schemenhafte Erinnerung an durchsoffene Nächte in dem Berggasthof ihrer Familie oberhalb Innsbrucks. Sie kam aus kleinen, fast ärmlichen Verhältnissen, hatte nach der Realschule die Polizeikarriere eingeschlagen, war immer Jahrgangsbeste gewesen und hatte mit stiller Zähigkeit die Matura in ihren wenigen freien Stunden nachgeholt. Sie galt die ersten Jahre als verschlossen und verbissen. Zweimal lehnte ihr Vorgesetzter die Aufnahmeprüfung zur Sondereinheit Kobra mit fadenscheinigen Gründen ab. Dann schrieb sie an das Innenministerium und bekam ihre Chance. Vierhundert Bewerbungen, zehn Kandidaten wurden in der Regel genommen. Regina Bachmeier war einer von ihnen. Und wieder biss sie die Zähne zusammen, wurde jedes Jahr ausgezeichnet, um dann in den Kriminaldienst zu wechseln. Keine Beziehung konnte diesen Ehrgeiz aushalten. Der Schmäh der Kollegen, gespeist aus Neid, Missgunst und dem üblichen österreichischen Sarkasmus, perlte an ihr ab. Doch dann der missglückte Einsatz. Alles zerbrach. Keiner half. Statt Mitleid blanke Häme. Und wie ein waidwundes Tier hatte sie sich in den verkommenen Gasthof 1500 Meter oberhalb der Tiroler Landeshauptstadt verkrochen.

In einem nüchternen Moment hatte sie ein Telefonat angenommen. Ihr alter und einziger Mentor, Geheimrat Gruber aus dem Innenministerium, hatte sie einer verzweifelten Familie empfohlen. Und so konnte sie allen Frust über Bord werfen und sich in die Arbeit stürzen. Almut, vierzigjährige Tochter eines Bauunternehmers aus dem Osten Österreichs und arbeitslose Archäologin, war seit einem Aufenthalt in der Türkei 1999 spurlos verschwunden. Ihr Institut an der Uni Linz hatte Almuts Zeitvertrag zuvor wegen ihres Hangs zur Esoterik nicht verlängert. Daraufhin hatte sie in Linz und Umgebung Plakate mit der Aufschrift »Archäologie korrupt« geklebt und sich dann auf eine Reise in den Orient gemacht. Zuletzt hatte es Hinweise auf ihren Verbleib in der südanatolischen Stadt Harran gegeben. Dort verloren sich Almuts Spuren.

Ein Zufall hatte Regina zu einem prähistorischen Mondkultplatz nahe der syrischen Grenze geführt. Bei der Befragung der Nomaden, die sich in der Nähe dieses Kultplatzes aufhielten, war sie immer wieder an dem beharrlichen Schweigen der Männer gescheitert. Bei den offiziellen Stellen war sie erst recht auf eine Mauer des Schweigens gestoßen. Eines Morgens hatte sie einen Teil des Tagebuchs von Almut in ihrem Zimmer gefunden. Das Buch war in der Mitte auseinandergerissen worden. Jemand, dessen Identität sie bis heute nicht kannte, wollte ihr einen Hinweis geben. Der letzte Eintrag des Tagebuchs war in Sematar verfasst worden, einer Siedlung in der Ebene nahe der syrischen Grenze. Ein Touristenführer, dessen Namen sie im Tagebuch fand, hatte sie dann auf den italienischen Guru gebracht, der in Aleppo lebte und von dort Jünger für die Kraft des Mondes zu gewinnen versuchte. Oder besser gesagt: Jüngerinnen.

Bei diesem Guru hatte Regina auch ein Amulett Almuts am Hals entdeckt. Doch sie hatte nichts von der Verbindung zwischen ihm und Almut vor seinem tödlichen Sturz aus dem Hotelfenster in Erfahrung bringen können.

Die Reise nach Syrien war eine Tortur gewesen. Die Grenzer, sonst schon recht unfreundlich, waren fürchterlich angespannt, Militär war in großer Stärke aufgefahren.

Regina schrak aus ihren Gedanken auf, als eine Schwester mit einem schwarzen Tschador ihren Namen rief und sie anwies, ihr zu folgen. Beinahe stieß sie mit zwei Typen zusammen, Männer aus dem Westen, die hier auch nicht hingehörten; der eine war blond und stämmig, der andere groß und hager.

Man röntgte ihre Hand. Der Arzt, ein schöner Mann, wie Regina fand, rieb sich vor dem Leuchtkasten, auf dem ihre malträtierten Handwurzelknochen zu sehen waren, den Dreitagebart.

»Wir müssen eine Schiene anlegen«, konnte er noch sagen, dann zerplatzte das Licht vor ihm in Millionen kleiner Glassplitter und veränderte seine feinen und jungen Gesichtszüge in eine blutige Masse aus nacktem Fleisch.

Es war 16.25 Uhr, als die Druckwellen der Bomben auch diesen Teil des Gebäudes erfassten.

Aleppo, 14. 06., 16.30 Uhr

> Die primären Verletzungen werden durch die bei der Explosion entstehenden Druckwellen erzeugt. Betroffen sind davon meist Körperteile, die selbst Luft enthalten und die durch den erhöhten Druck komprimiert werden. Typische Verletzungen sind … Thoraxverletzungen, Ruptur der Aleveolen mit nachfolgender Luftembolie, Verbrennungen verschiedenster Grade.
>
> Merke: Es ist möglich, dass der Patient keinerlei äußerlich sichtbaren Verletzungen hat, aber vital bedroht ist.
>
> *Rettungsdienst heute, 2007*

Nach einem Augenblick der gespenstischen Stille brach das Chaos in dem St. Louis Hospital in der Shal al Bahturi aus. Der Vorplatz des Krankenhauses war überfüllt mit Schwerverletzten. Wimmern und Schreie schallten von Mauer zu Mauer. Insgesamt sechs Bomben waren in kurzer Abfolge explodiert. Die ersten detonierten auf der »Hauptstraße« des Souk, die sich vom Antiochia-Tor bis zur Zitadelle zieht, dem Goldsouk, dem beliebtesten Basar der Touristen, danach im Hauptgebetsraum der Umayyaden-Moschee und in deren Vorraum. Es waren Splitterbomben mit einer so ungeheuren Wucht, die vor allem in der Moschee die für das Nachmittagsgebet versammelten Gläubigen mit unvorstellbarer Grausamkeit traf. Die Bombe am Krankenhaus, in einem Eselkarren unter Altmetall versteckt, hatte noch eine verhältnismäßig geringe Sprengkraft, aber die umherfliegenden Splitter kosteten in der engen Gasse des Souks vielen Menschen das Leben. In Panik liefen Touristen, Händler, Kinder und Alte vom ersten Explosionsort, dem Goldsouk, blutend und schreiend weg. Ihre Panik führte sie zu einem größeren Platz in der Medina. Dort aber wartete die eigentliche Falle. Drei Bomben wurden nacheinander gezündet, die letzte, als sich die ersten Rettungskräfte der Feuerwehr und des Roten Halbmondes schon durch die engen Gassen zu den Verletzten vorgearbeitet hatten.

In der Al Rais-Moschee in der Neustadt sowie in der kleinen Moschee neben dem Krankenhaus verlief es nach einem ähnlichen Muster. Im Gebetsraum zündete die erste Bombe, und auf dem Vorhof explodierten zwei weitere. Aleppo, die Perle Syriens, hatte an diesem Tag 134 Tote zu beklagen.

Ed und Jan hatten die Welle mit Blessuren und einigen Splitterwunden halbwegs überstanden. Dr. Arisians hingegen lag vornüber gebeugt auf seinem Schreibtisch, die leeren Augen blickten auf sein Messingschild, der Rücken war aufgerissen, die weißen Knochen seiner Wirbelsäule stachen heraus. Jan hatte sich hochgezogen, den Raum nach weiteren Verletzten abgesucht. Zuerst sah er den jungen Araber. Er lag rücklings auf einem kleinen Holztisch, den Kopf nach hinten verrenkt. Aus seinem Hals pulsierte eine kleine Blutfontäne, das Fensterstück hatte die Halsarterie angerissen. Jan versuchte, die Arterie abzudrücken, aber gleichzeitig merkte er, wie das Leben aus dem jungen Mann wich. Hektisch drehte Jan sich um. Eduard hatte sich mittlerweile auch vom ersten Schock erholt und blickte wankend um sich. Hinter ihm lag Faruk Al-Ali. Ed durchsuchte dessen Jackentaschen. Mehrere Metallteile hatten sich auch in seine Brust gebohrt, staken jetzt wie ein surreales Kunstarrangement aus dem blutgetränkten weißen Hemd hervor.

Jan drückte Eduard beiseite, beugte sich über den mit Putz bedeckten hageren, seltsam verdrehten Körper. Er fühlte den flachen und unregelmäßigen Puls des Syrers und schob dessen Augenlider vorsichtig hoch. Al-Ali atmete nicht. Jan spürte das unregelmäßige Schlagen unter seiner Hand. Er begann mit einer Reanimation, als plötzlich Ed hinter ihm schrie: »Der Typ ist vom Geheimdienst, ein hohes Tier. Lass ihn verrecken!« Wie zum Beweis hielt er einen Ausweis hoch.

Jan intensivierte seine Herzmassage noch. »Das interessiert mich überhaupt nicht«, presste er hervor.

Ed wollte etwas erwidern, als ein Arzt über die zersplitterten Reste der Tür hinweg in den Raum trat. Er rief etwas auf Arabisch, blickte zu Jan hinunter, der ihn auf Englisch anherrschte, dass er auch Arzt sei und wisse, was er tue.

Ein unregelmäßiges Röcheln erklang aus dem Mund des Hageren. Jan nahm seine Hände vom Brustkorb, für einen Augenblick geschah nichts. Dann hob sich die Brust, und mit einem weiteren Röcheln atmete Al-Ali wieder selbständig. Helfer kamen herein, legten Al-Ali auf Anweisung des Arztes auf eine Trage und schoben ihn in den Gang hinunter. Jan schaute Ed gar nicht mehr an, wie selbstverständlich lief er mit dem arabischen Arzt auf den Flur und verschwand in einen der großen Säle, die am Ende des Ganges lagen.

Ed rannte hinter ihm her. »Wir müssen weg, das ist der Geheimdienstchef. Und er kennt uns! Jan, lass uns abhauen.«

In dem großen Saal, der eigentlich für Feierlichkeiten und Ehrungen vorgesehen war, bot sich ein Bild des Schreckens. Jan achtete jedoch nicht darauf, sondern ließ sich kurz die Fakten aufzählen und wurde in wenigen Minuten Teil des medizinischen Teams.

Während sich Jan sorgfältig die Hände mit Desinfektionsmittel einrieb, versuchte Ed es noch einmal. »Ich muss hier weg, und du solltest besser mitkommen. Ich weiß, dass du das nicht hören willst, aber wir sind, verdammt, in Gefahr.«

Jan drehte sich langsam um. »Sieh zu, dass du Yussef unbemerkt heraufbringst. Ich sorge dafür, das er als Erster operiert wird.« Er schaute Ed durchdringend an und fügte hinzu: »Und dann solltest du tun, was du für richtig hältst. Ich bin Arzt. Ich muss hier bleiben.«

Ed schüttelte den Kopf und verließ den Saal. Jan sah ihm nicht nach.

Eine halbe Stunde später wurde Yussef hereingebracht. Keinem fiel etwas auf.

Aleppo, 15. 06., 5.11 Uhr

> Einem jeden Volke gaben wir Norm (Religion) und einen offenen Weg. Wenn es Allah nur gewollt hätte, so hätte er euch allen nur einen Glauben gegeben; so aber will er euch in dem prüfen, was euch zuteilgeworden ist. Wetteifert daher in guten Werken, denn ihr werdet alle zu Allah heimkehren, und dann wird er euch über das aufklären, worüber ihr uneinig wart.
>
> *Koran, Sure 5, 49*

Eine seiner ersten Operationen in dieser Nacht brachte ihm einen Patienten auf den Tisch, den er nicht erwartet hatte. Man hatte den Mann nicht narkotisiert, sondern ihm lediglich eine Schmerztablette verabreicht. Jan erkannte Al-Ali sofort. Das Falkengesicht hatte die Augen geöffnet und wollte sich erheben. Jans Kollegen drückten ihn sanft zurück. Immer noch kamen neue Fälle herein. Die Flure waren überfüllt mit provisorischen Betten, in denen die Verletzten teils still vor sich hin wimmernd, teils schreiend und weinend lagen. Immer wieder ging das Verbandsmaterial aus, die Ärzte mussten dann warten, bis neues gebracht wurde. Der Boden war bedeckt mit Kanülen, Verpackungsmaterial und blutigen Mullbinden. Hatte Jan eben noch schwerste Brandverletzungen bei einem Kleinkind versorgt, kam ihm wenig später ein offener Rücken mit Hunderten kleiner Schrauben, die die Bomben gestreut hatten, unter die Hände. Hier mussten die Pfleger die kreischenden Angehörigen aus den OP-Räumen drängen, dort eine Arterie abdrücken, die aus dem Stumpf eines abgerissenen Beines herauspulsierte. Es war wie in einem Kriegslazarett, laut, chaotisch und dennoch einem bestimmten Ablauf folgend.

Jan arbeitete wie in Trance. Er wusste die Kräfte wie bei einem Marathonlauf einzuteilen, behielt die Übersicht und wies nach wenigen Stunden andere, unerfahrene syrische Ärzte ein.

Zwölf Stunden arbeitete er ohne Pause durch. Kurz nach Mitternacht, auf dem Weg zwischen zwei OP-Räumen, war ihm ein Vater, dessen Jungen er gerettet hatte, auf dem Gang weinend um den Hals gefallen. Das nächste Opfer, ein zwölfjähriges Mädchen, dessen Rücken von den Schrauben und Nägeln der Bombe fast schwarz war, starb, ehe er das Besteck in den Händen hielt. Und der nächste Fall wartete schon.

Trotzdem musste er sich eine Pause gönnen. In einem Chefarztzimmer, das zu einem provisorischen Aufenthaltsraum für die Helfer umfunktioniert war, trank er einen Kaffee. Einer seiner neuen Kollegen lächelte ihn müde an und legte ihm eine Kardamom-Kapsel auf die Untertasse. Es war dieses stumme Verstehen zwischen Profis, das man überall auf der Welt antreffen konnte.

»Was haben wir noch?«, fragte Jan. Von draußen klang der erste Ruf des Muezzins in die Morgendämmerung. Für einen Moment war die Welt hier aus den Fugen geraten, aber der Gesang bewies, dass das Leben weiterzugehen hatte.

»Eine junge Frau, eine aus deiner Heimat, sitzt noch draußen. Nichts Schlimmes, aber sie hat sehr diszipliniert gewartet. Magst du sie übernehmen?«, fragte sein syrischer Kollege.

Jan gähnte und kippte den Rest Kaffee in sich hinein. Er schüttelte sich und ging in den Diagnoseraum.

Die Frau war blond, hatte breite Schultern und ungewöhnlich muskulöse Unterarme. Sie trug eine Cargohose und ein langes, verwaschenes Sweatshirt. Ihre blauen Augen blickten ihn müde an. Er drückte auf die Desinfektionsbox, rieb sich die Hände ein und fragte: »Warum sind Sie hier?«

Wortlos hob die Frau ihren linken Arm. Er öffnete den provisorischen Verband, warf den Kleiderbügel in einen Mülleimer.

»Wie ist das passiert?«

»Ausgerutscht.«

»Also nicht die Bomben?« Jan schaute sie verwundert an.

»Nein, die Explosion habe ich hier im Haus erlebt, als ich auf einen Arzt wartete.« Die Frau sprach mit einem österreichischen Dialekt, der auf Jan immer etwas spöttisch wirkte. Ihm fehlte jedoch die Kraft für eine weitergehende Konversation, und auch die Frau schien froh, dass während der Behandlung nur das Notwendigste gesprochen wurde.

Jan sah sich die Röntgenbilder an, die den Anschlag leicht demoliert überstanden hatten, und entschied, dass nicht operiert werden musste. Das Handgelenk war nicht gebrochen, aber völlig überdehnt. Daher schiente er die Hand, fragte eine Schwester nach Schmerzmitteln und wollte sich schon dem nächsten Patienten zuwenden, als die Frau mit ihrer verletzten Hand versuchte, ihren Rucksack hochzuheben. Der gesamte Inhalt ergoss sich über den Boden. Jan kniete nieder, um ihr zu helfen. Er erkannte es sofort: Zwischen Tickets und ihrem Reisepass sah er den roten Einband mit dem Mond. Das war eindeutig der andere Teil des Tagebuchs, das er bei Yussef gefunden hatte.

Er schaute verblüfft zu der Frau auf. »Wo haben Sie das her?«

Die Frau zuckte zusammen. Trotz seiner Erschöpfung war Jan hellwach. Er stand auf, mit einer schnellen Bewegung wollte die Frau ihm das Tagebuch wieder aus der

Hand reißen. Jan zog es weg. »Woher haben Sie das?«, wiederholte er in einem schärferen Tonfall.

Die Frau funkelte ihn an. »Das geht Sie überhaupt nichts an. Das Buch gehört mir«, fauchte sie. »Und glauben Sie nicht, dass ich es mir nicht holen kann.«

Jan hob die Hände und hielt ihr die Kladde entgegen. »Bitte!« Zögernd nahm die Frau das Buch an, verstaute es wieder und gab ihm dann in einer schnellen Geste die Hand. »Regina Bachmeier, ich komme aus Österreich.«

»Und was machen Sie hier?«, wollte Jan wissen.

Einen Moment schien die Frau zu überlegen, was sie antworten sollte. »Okay«, sagte sie dann, als hätte sie beschlossen, ihm zu vertrauen, »ich bin Privatermittlerin und auf der Suche nach der Besitzerin des Buchs, Almut Moser. Sie verschwand vor einem Jahr in der Türkei. Vor drei Monaten bekamen ihre Eltern einen Anruf, aber sie hörten nur Rauschen und dann schweres Atmen. Sie glaubten trotzdem, ihre Tochter erkannt zu haben. Wir konnten zurückverfolgen, dass der Anruf aus Syrien kam.«

Jan hatte sich an einen Schrank angelehnt und hörte der Österreicherin aufmerksam zu.

»Dieses Tagebuch ist sehr wichtig«, erklärte sie. »Warum ist es Ihnen ins Auge gefallen?«

Jan lächelte müde. »Ich habe vor kurzer Zeit den anderen Teil gesehen.«

Regina Bachmeier konnte ihre Aufregung nicht unterdrücken. »Wo genau haben Sie es gesehen?«

Jan schloss kurz die Augen. »Ich brauche dringend ein paar Stunden Schlaf. Vorher muss ich mir noch ein Hotel suchen. Also wenn Sie nichts dagegen haben, reden wir in ein paar Stunden bei einem Kaffee darüber.« Er war schon an der Tür, als die Österreicherin ihn noch einmal ansprach: »Ich kenne ein sehr ruhiges, kleines Hotel. Wenn Sie ausgeschlafen haben, treffen wir uns zum Frühstück, und Sie erzählen mir alles. Okay?«

Jan nickte und ließ sich den Namen des Hotels geben,

dann ging er grußlos den Gang zum Aufenthaltsraum hinunter. Das Tagebuch hatte ihn an Yussef erinnert. Er hatte zwischen all den Notoperationen keine Zeit gefunden, nach dem Jungen zu sehen. Er schob die Milchglas-Schiebetür eines in eiliger Improvisation geschaffenen Intensivraumes beiseite und stieß beinahe mit einer Pflegerin zusammen. Hinter ihr erblickte er einen alten Mann, der mehrere Schläuche in Mund und Armen hatte. Wo aber war Yussef? Jan drehte sich um und wollte die Krankenschwester fragen, doch sie war bereits wieder verschwunden. Jan eilte auf den Gang hinaus. Seine Augen waren gerötet und brannten. Er war am Ende seiner Kräfte, aber etwas stimmte hier nicht. Wenige Meter von ihm entfernt stand ein junger Assistenzarzt, mit dem er in der Nacht operiert hatte, doch auch er konnte ihm nicht sagen, wo Yussef war.

Jan wurde immer nervöser. Gewiss konnte in dem Chaos der vergangenen Stunden jemand verlegt worden sein, aber er wollte nicht gehen, ehe er wusste, was mit dem Jungen passiert war. Er brauchte die Sterbelisten der letzten Stunden. Allerdings barg jede Frage ein Risiko. Wer sagte ihm, dass der Geheimdienst nicht schon wieder auf seiner Spur war?

Der Aufenthaltsraum war überfüllt von Ärzten und Pflegerinnen, die sich noch ein Kaffee gönnten oder einfach nur ein paar Worte reden wollten. Alle waren vollkommen erschöpft und hatten ihre Arbeit so gut es nur ging getan.

Als Jan hereinkam, applaudierten sie, man reichte ihm ein Glas mit Araq, dem syrischen Schnaps. Er trank es in einem Schluck aus. Auf einem Tischchen saß der Chefarzt Abu Dahyleim, müde und dennoch mit einer Kollegin scherzend. Jan legte ihm die Hand auf die Schulter, der Syrer rutschte vom Tisch und umarmte ihn. Jan dankte und versuchte beiläufig zu klingen, als er seinen Kollegen nach Yussef fragte.

Dr. Dahyleim blickte ihn für einen kurzen Moment skeptisch an, ehe er sagte: »Vor etwa einer Stunde wurde der Junge zur Weiterbehandlung ins Militärkrankenhaus verlegt. Ein Team von dort hat ihn abgeholt.«

Jan nickte und klopfte noch einmal auf Abus Schulter. Er musste nun möglichst schnell verschwinden. Er trat aus der Tür. Draußen standen Räumfahrzeuge, um weitere Verschüttete aus den Trümmern der Moschee zu befreien. Er ging zur Al Quds Straße und sah sich nach einem Taxi um, als ihn jemand rief. Die Österreicherin saß bereits in einem dieser kleinen gelben Autos. Gegen jede Vorschrift rauchte sie und winkte ihn zu sich.

Zu müde, um etwas zu sagen, stieg Jan ein.

»Das Hotel wird Ihnen gefallen«, versprach Regina und blies den Rauch aus dem Fenster. Er erwiderte nichts darauf.

Das Hotel lag in der mittlerweile nicht mehr abgeriegelten Altstadt und wurde augenscheinlich nach westlichen Standards geführt. Ein livrierter Mann öffnete eine schwere, mit Eisenstreifen beschlagene Holztür, und durch einen dunklen Gang gelangten sie in einen stillen Innenhof, in dessen Mitte ein Springbrunnen plätscherte. Ein Schreibtisch inmitten des Hofes stellte die Rezeption dar. Der Portier, ein älterer Herr in einem abgewetzten, speckigen Anzug, aber mit tadelloser Krawatte, bat Jan, einige Formulare auszufüllen, als eine ältere Frau sich näherte. Er hörte sie mit dem Portier flüstern. Misstrauisch blickte er sich um. Der Portier kam eilig um den Schreibtisch und breitete seine Arme aus. Jan sah ihn verdutzt an.

»Sie sind der Deutsche aus dem Hospital? Meine Frau hat Sie erkannt. Unsere Tochter haben Sie operiert, sie war im Souk, als die Bombe explodierte«, erklärte er in gebrochenem Englisch und begann zu weinen. Dann, ehe Jan sich versah, umarmte ihn dieser kleine Syrer mit seinem nach Mottenkugeln riechenden Anzug und klopfte ihm auf die Schulter. Danach ließ es sich auch die Mutter nicht nehmen, ihm ihren Dank auszusprechen.

»Sie sind natürlich unser Gast«, rief sie aus.

Jan konnte sich mühsam an die Tochter dieser Leute erinnern, nachdem die Mutter die Verletzungen geschildert hatte. Das Mädchen hatte wahnsinniges Glück gehabt. Die Detonation hatte sie hinter Säcken mit Seifenstücken geworfen, die wiederum den größten Teil der Nägel und Schrauben abhielt, welche die Bombe gestreut hatte. Dennoch hatte er allein an den Beinen ein Dutzend Metallstücke herausoperieren müssen.

Regina hatte die ganze Zeit wortlos neben ihm gestanden.

Dann endlich konnte Jan den Dank der beiden Syrer abwehren, und er schritt mit Regina in die erste Etage des Hauses hinauf. Ohne sich zu verabschieden, schloss er sein Zimmer auf und fiel sofort auf das Bett, um zu schlafen.

Ayn Darah, 15. 06., 5.12 Uhr

> Dann erschien ein großes Zeichen am Himmel: eine Frau, mit der Sonne bekleidet; der Mond war unter ihren Füßen und ein Kranz von zwölf Sternen auf ihrem Haupt. Sie war schwanger und schrie vor Schmerz in ihren Geburtswehen. Und ein anderes Zeichen erschien am Himmel: ein Drache, groß und feuerrot, mit sieben Köpfen und zehn Hörnern und mit sieben Diademen auf seinen Köpfen.
>
> *Neues Testament, Offenbarung des Johannes,*
> *Kapitel 12, 1–3*

Ölbäume und weite, grüne Felder, die an Hängen lagen, erinnern mehr an die Toskana als an Nordsyrien. Einen Steinwurf von der türkischen Grenze entfernt liegt das kleine Dorf Ayn Darah. Es wäre nicht vielmehr als eine verschlafene Siedlung ehemaliger Nomaden geblieben, hätten nicht

1954 Hirten hier eine archäologische Sensation entdeckt. Auf einem Hügel fanden sie die Reste einer Tempelanlage. Forscher vermuteten hier wegen der vielen Sphinx- und Löwenköpfe ein Heiligtum der Liebesgöttin Mesopotamiens, Ischtar.

Die Sonne begann im Osten aufzugehen, als ein junger Mann in der schwarzen Uniform der syrischen Sonderkommandos das Knirschen des Gerölls vernahm. Er blickte kurz hinter seinem Stein hervor, der ihn vor dem Wind aus dem Westen schützte, und verhielt sich wieder ruhig, bis der Schatten des Besuchers vor ihm auftauchte.

»Recht frisch hier«, erklärte eine Stimme.

Der Soldat blickte auf. Trotz Dämmerung trug der Alte wieder seine Ray Ban und die Tracht eines Nomaden, einen langen Kaftan, darüber eine khakifarbene Weste, auf dem Kopf das schwarzweiße Tuch, die Kafiya, und an den Füßen ausgetretene Sandalen. Er konnte unter der Weste des Mannes den Halfter erkennen. Und er wusste auch, dass es sich um eine Glock handelte.

»Elijah, mein Sohn, es ist eine Freude, dich heil zu sehen in diesen unheiligen Zeiten.« Der Alte kniete sich neben den jungen Mann. »Ich begrüße dich, Abdul.«

Der Alte zündete sich eine Zigarette an, hielt sie aber sofort in seiner Handinnenfläche, so dass keiner die Glut sehen konnte. Beide Männer hockten auf ihren Fersen und schauten der aufgehenden Sonne zu.

»Was geht da vor?«, wollte der Alte wissen. »Was will der junge Mann? Wir haben von unserem Informanten im Palast seit zwei Tagen nichts mehr gehört.«

Der Soldat zog mit einem Stock kleine Kreise in den Staub vor ihm. »Der junge Mann trifft sich mit den anderen jungen Männern. Und das bestimmt nicht zum Golfspielen oder Beten. Euer Informant liegt halbtot in einem Krankenhaus. Etwas braut sich zusammen. Der Druck steigt jeden Tag.«

Der Alte zog tief an seiner Zigarette, das Rotgelb der

Glut leuchtete in seiner Hand, er blies den Rauch auf den Boden zu den Kreisen. »Brauchst du Verstärkung? Willst du raus?«

»Nein, ich muss nur vorsichtiger werden. Jemand funkt uns dazwischen. Faruk ist außer Gefecht.«

»Ja, das wissen wir. Ist das gut oder schlecht?«

»Weiß ich noch nicht. Er ist ihr bester Mann, aber er ist auch nicht unser Feind. Sie haben die Aufzeichnungen und noch etwas, das von Bedeutung sein kann. Fundstücke aus der Gegend. Der Junge hatte sie dabei.«

Der Alte drückte den Rest seiner Zigarette auf dem Boden aus und steckte den Stummel in die Seitentasche seiner Weste. »Mein Lieber, wenn wir hier nicht bald sehen, woher der Feind wirklich kommt, sind wir alle verloren. Der Greis sieht kein Licht. Besorg diese Fundstücke.«

Der Soldat schwieg. Anders als der Alte wollte er nicht diesem Scharlatan vertrauen, und mit diesem archäologischen Zeug wollte er auch nicht unnötig seine Zeit verschwenden. Mühsam unterdrückte er seine Widerworte und malte weiter im Sand. Irgendwo tief in seinem Innern wühlten die Leere und die Trauer über die verpassten Chancen seines Lebens in ihm. Doch er klammerte sich auch diesmal an seine soldatische Disziplin. Nur lange würde er das nicht mehr schaffen. Er sah auch nicht dem Alten hinterher, als der zwischen den Steinen verschwand.

Aleppo, 15. 06., 13.12 Uhr

Oh El! Oh Söhne Els!
Oh Versammlung der Söhne Els!
Oh Zusammenkunft der Söhne Els
…
Oh El und Aschirat
Sei gnädig, oh El
Sei Stütze, oh El
El, eile, El, komm schnell
Zur Hilfe Zaphons,
Zur Hilfe Ugarits
Mit der Lanze, oh El,
mit der erhobenen, oh El.
Mit der Streitaxt, oh El,
mit der zerschmetternden, oh El.

Gebet an El, Ugarit, 1300 v. u. Z.

Sie saß an der Wand im Innenhof auf einer Chaiselongue und blickte hinauf zu den Antennen und Wäscheleinen, ein Bild, das eher Alltag und nicht Gefahr verhieß. Sie hatte ihre blonden Haare zu einem Knoten gebunden. Jan blieb noch einen Augenblick neben der Tür stehen. Diese Österreicherin bewegte sich keinen Millimeter. Regina starrte einfach nach oben. Sie hatte die Cargohose gegen eine sehr enge Jeans und das Sweatshirt gegen ein weißes Hemd getauscht. Um den Hals trug sie einen Leinenschal. Ihre kräftigen Hände ruhten auf dem Tisch vor ihr. In ihren Fingern der gesunden Hand glomm eine Zigarette. Jan ging auf sie zu, und ehe er sie begrüßen konnte, drehte sie sich um und lächelte ihn an.

»War das der sechste Sinn?«, fragte er.

»Nein, die Spiegelung des Fensters auf der anderen Seite.« Regina zeigte auf den freien Platz gegenüber, einem Diwan mit roten Polsterteilen. »Gut geschlafen?«

»Ja, sehr gut. Ich konnte schon immer gut nach der Arbeit einschlafen.«

»Was führt Sie … dich hier nach Syrien?« Regina lächelte. Im Taxi gestern hatte Jan ihr das Du angeboten.

»Eine lange Geschichte, aber erst brauche ich einen Kaffee.« Er winkte dem Ober, deutete auf die leere Tasse und hob zwei Finger. Der Ober nickte nur müde.

Regina begann von ihrem Fall zu erzählen. Etwas an der Art ihrer Erzählung, die so nüchtern und lakonisch war, gefiel Jan. Der Kaffee kam, und er hörte zu. Mitten in ihren Ausführungen über die verschwundene Almut fragte Regina unvermittelt: »Und wie bist du in dieses Krankenhaus gekommen?«

Jan stutzte. Konnte er ihr vertrauen? Aber sie hatte ihm einiges von sich erzählt, daher glaubte er, ihr auch ein paar Erklärungen schuldig zu sein. Also erzählte er ihr von Ed und dem Kreuz, dem Kloster und dem Jungen.

»Vielleicht liegt er tatsächlich in einem anderen Krankenhaus, aber du hast die Zustände dort gesehen. Da wird doch nicht einfach ein namenloser Patient abgeholt, damit man ihn besser behandeln kann.«

Regina zuckte mit den Schultern. »Kann das nicht auf Anweisung eines deiner Kollegen passiert sein, um auch Platz auf der Intensivstation zu bekommen?«

Jan überlegte. »Mag sein, vielleicht bin ich auch nur ein wenig paranoid.« Er lächelte matt. »Was hat es denn jetzt mit dem Tagebuch auf sich?«

Regina schaute ihn an. Er war eigentlich so gar nicht ihr Fall. Groß, fast hager, zwar sportlich und sehnig, aber eben nicht muskulös und durchtrainiert. Ihre Liebhaber hatte sie fast ausschließlich aus Polizei- oder Sondereinheiten rekrutiert. Nicht die schlauesten Kerle, aber sie strengten sich im Bett mächtig an und ließen sich am nächsten Morgen auch still wegschicken. Dieser Mann hingegen war Arzt, er roch förmlich nach einer reichen Herkunft und strömte mit seinem ausgeprägten Selbstbewusstsein und seiner stillen Beharrlichkeit deutsches Bildungsbürgertum aus. Immer schon hatte sie sich im ersten Moment gegenüber dieser sozialen

Schicht kleiner gefühlt und diesen Nachteil mit übertriebener Ruppigkeit oder Arroganz zu überspielen versucht. Aber seine grünen Augen, die kräftigen, an einigen Stellen schon grauen Haare, die breiten Schultern und das helle, ehrliche Lachen hatten sie gleich zu Anfang im Krankenhaus berührt.

»Hast du in dem Tagebuch gelesen?«, fragte sie.

»Ja, aber nur ein paar Seiten. Ich habe auch kaum etwas verstanden. Viel Altgriechisches und Zahlenwerk. Das wäre eher was für meine Frau Andrea.«

»Du bist verheiratet?«

Jan meinte, einen Hauch von Enttäuschung aus ihrer Stimme herauszuhören. Etwas zu schnell antwortete er: »Ex-Frau, wir sind getrennt. Sie war ... ist Kunstgeschichtlerin. So etwas würde ihr gefallen.«

»Ich bin nur eine Ex-Polizistin und suche eine Verrückte im Nahen Osten. Vielleicht lesen wir das Tagebuch gemeinsam.« Regina griff in ihren Rucksack und legte die Kladde auf den Tisch.

Auch Jan hatte seinen Teil des Tagebuches dabei.

»Ich erzähle dir vielleicht erst einmal, was ich über diese Aufzeichnungen herausgefunden habe.«

Jan nickte.

»Sagt dir Ugarit etwas? Nicht? Es ist eine bronzezeitliche Stadt, südöstlich von hier am Meer, dort fanden Forscher die ersten Steintafeln mit einer dauerhaften Schrift. Almut schreibt von Kraftzentren. Harran, ein alter Ort im Süden der Türkei, Palmyra, eine Ruinenstadt in der Wüste östlich von hier, und zwei oder drei andere Stätten werden von ihr intensiv als heilige Orte mit besonderen Ereignissen beschrieben. Die Menschen aus Ugarit verehrten vor zwei Jahrtausenden einen Gott namens Baal. Und auf diesen Schrifttafeln hatten sie all ihre religiösen Vorstellungen und Regeln verewigt. Den Begriff Baal findest du aber auch hier und im gesamten Nahen Osten, ob in Stadtnamen wie Baalbek oder in Namen wie Hannibal oder Balthasar. Das alte Wort für Teufel, Beelzebub, wird von diesem Wort abgeleitet. Für mehrere tausend Jahre war Baal hier und bis weit in den Osten hinein die maßgebliche Gottheit. Die Ägypter haben ihn übernommen und anders benannt, und natürlich wurden die Israeliten auch von ihm beeinflusst. Bis heute weben sich unglaubliche Geschichten um diesen Gott. Er soll sich Kindsopfer gewünscht haben. Südlich von Tel Aviv haben sie in einer Kloake diverse Kinderleichen bei Ausgrabungen gefunden. Die Tötung der Erstgeborenen im Neuen Testament könnte da ihren Ursprung haben. Die Tochter meiner Auftraggeber scheint geglaubt zu haben, dass es den Baalskult noch heute gibt. Nomadensippen sollen die Hauptträger sein. Aber dass er auch, unentdeckt von der Öffentlichkeit, bis weit in höchste Kreise der hiesigen Nomenklatura geht.«

»Na und?«, fragte Jan. »Was ist daran schlimm?«

Regina lächelte ihn an. »Nichts, wenn sie nicht Menschen opfern würden.«

»Aber doch nicht mehr heute?«

»Hast du den Eindruck, dass Menschenleben hier zählen?« Sie schaute zum Reinigungspersonal hinauf, das sich auffällig viel Zeit mit ihrem Zimmer nahm. Es lag in der ersten Etage des Hauses. »Lass uns nach oben gehen und dort lesen. Zu viele Augen schauen uns an.«

Regina erhob sich, ehe Jan antworten konnte, und nahm sowohl ihren als auch seinen Rucksack auf und ging voran. Wenige Minuten später lag sie auf ihrem großen, frisch bezogenen Bett, und er saß, der Höflichkeit halber, am Tisch des Zimmers. Der erste Teil des Tagebuchs erschöpfte sich in Beschreibungen diverser Kultstätten und persönlichen Empfindungen der Autorin. Sie nahmen sich nun den zweiten Teil, Jans Hälfte, genauer vor. Regina las, und er bat sie, innezuhalten, wenn er etwas merkwürdig fand oder einfach gar nicht verstand.

Almut war im Frühjahr letzten Jahres bei Exkursionen in Südostanatolien auf eine Gruppe westlicher Reisender gestoßen. Sie schien sich mit ihnen angefreundet zu haben, denn in ihren Aufzeichnungen war danach nur noch von einem »Wir« die Rede. Die Gruppe hatte Orte des Mondkultes abgefahren, die sich sowohl in der Türkei, in Syrien als auch im Irak befanden. Jeder dieser Orte war nummeriert. Der letzte Ort trug die Nummer Sieben. Er hieß Sematar, einer der Kultplätze, wo sie den letzten Hinweis auf Almuts Anwesenheit fanden.

»Auf Sieben folgt die Acht«, murmelte Jan und erinnerte sich an die Tätowierungen der Männer im Crac. »Haben wir hier einen Internetzugang?«

»Nur in Internet-Cafés, mobil per Handy funktioniert es nicht«, erwiderte Regina.

»Hier steht, dass Almut einen alten Mann im Museum von Gaziantep traf. Sogar seinen Namen hatte sie, Hussein Tamanja. Er sei ein Nomade gewesen, aber sehr weise, wie sie schreibt. Jetzt kommen nur noch Buchstabenreihen. Nach einer Sprache sieht das irgendwie nicht aus.«

»Lies mal bitte laut vor.«

»Sa ra-bi-su lim-nu sa-rat ii-uni-ri-su us-galu dingirdimme sü-ha-za-ba-an-da-gar-ra. Reicht das?«

»Klingt seltsam – fast wie ein Gebet«, meinte Regina.

Jan beugte sich über den Schreibtisch und öffnete das Fenster. Auf dem Dach gegenüber, nur von ihrem Innenhof und einer Gasse getrennt, nahm eine verschleierte Frau die Wäsche ab.

»Deine Raucherei ist kaum auszuhalten. Ich muss das als Arzt sagen«, sagte er halb im Ernst und setzte sich wieder. »Ich lese mal weiter, vielleicht ergibt es einen Sinn, wenn man es anders betont:

sa la-bar-tu-^ i-ku-:: ^u-su
galu dingir dini-me-a sü-ba-an-da-ri-a
sa la-ba-su ir-mii-su.«

Etwas wischte draußen vorbei. Jan sah einen Moment zu spät auf. »Hast du etwas gesehen?«

Regina schwieg und starrte nach draußen.

»Was ist?«

Die Frau gegenüber hatte ihren Schleier abgelegt und wand sich gerade aus ihrem Kaftan. Ihre weiße Haut darunter glänzte in der Sonne. Sie war schon älter, der Körper war aufgeschwemmt. Jan konnte nicht glauben, was er sah. Die Frau war auf die Brüstung ihres Dachs gestiegen, Schreie hallten herüber. Sie war nackt. Wie eine Schwangere drückte sie ihre Hände in den Rücken, den weichen, massigen Bauch nach vorn gepresst, das Gesicht zu einer Fratze verzerrt.

Regina sprang mit einem Satz vom Bett auf, rannte zur Tür. Jan blieb wie angewurzelt stehen. Mit einem Mal schwangen die Arme der Frau nach vorn, er konnte noch sehen, dass sie etwas in den Händen hielt, dann bewegten sich ihre Arme, als ob sie mit beiden Händen Bälle in einem hohen Bogen wegwerfen wollte. Jan hörte Regina unten im Hof schreien. Männer erschienen hinter der Frau am Eingang des Daches, ihr Mund klappte jetzt auf und zu, als wolle sie nach etwas schnappen. Sie schrie in schrillem Ton, ohne dass Jan sie verstand. Und es war ihm, als blickte sie nur ihn an.

In einer letzten schwungvollen Bewegung drehte sie die Arme und stieß die Hände zum Kopf, und ihre Fäuste hieben auf ihr Gesicht. Entsetztes Schreien aus allen Richtungen erklang. Es hatten sich wohl in der Gasse Zuschauer versammelt. Kraftlos fielen die Arme der Frau herunter. In ihren Augen steckten zwei kleine Wäscheklammern. Durch die Wucht ihrer eigenen Schläge taumelte die Frau, dann fiel der nackte Körper nach vorne.

Aleppo, 15. 06., 15.30 Uhr

> Es gibt Leiden, von denen man die Menschen nicht heilen sollte, weil sie der einzige Schutz gegen weit ernstere sind.
>
> *Aus: Marcel Proust »Auf der Suche nach der verlorenen Zeit«*

Regina hatte sich tonlos neben ihn auf das Bett gesetzt, ein Kissen auf ihre Beine gelegt und leise geweint. Die Frau war vor ihren Füßen in der Gasse gestorben. Der Anblick ließ sie nicht los. Jan kannte diese Situation aus seiner Arbeit als Notfallarzt. Wenn er den Angehörigen die Todesnachricht mitteilen musste, reagierten einige Menschen so paralysiert wie Regina jetzt. Dabei hatte die Ex-Polizistin viele Leichen gesehen. Jan wusste, dass schon das stille Nebeneinandersitzen trösten konnte, und sonderbarerweise fühlte er sich in diesem Moment mit ihr verbunden.

Plötzlich sagte er in die Stille hinein: »Ich habe meinen Sohn verloren.«

Regina schaute auf. »Wie ist das passiert?«

Wo versteckt sich die Katastrophe, bevor sie uns trifft? Passt sie uns ab, wenn wir uns sicher wähnen? Oder können wir sie ahnen, erspüren wie Tiere das Erdbeben, Vögel ein Gewitter? Nachher, wenn es uns getroffen hat, sind wir verblüfft, glauben die Merkmale erkennen zu können, staunen über unsere eigene Unzulänglichkeit, die donnernde Lawine nicht längst erkannt zu haben. Aber da hat sie uns schon mitgerissen, uns vielleicht sogar zerstört.

Hier drinnen ist alles kühl, da draußen alles gelb. Hier beruhigen das Grün und das Chrom. Draußen schreit das Sonnengelb. Seine Finger halten das Leben einer Frau. Das Herz, eben noch über die Straßen des Landes gefahren worden, liegt jetzt hier. Kein Strom, kein Schlag und kein Insulin haben es weiterschlagen lassen. Er denkt an seinen Sohn, der unten mit einem Freund in der Halle wartet. Er sieht, wie sie auf den mit schmutzigem Velours bezogenen Stühlen vor dem Pförtnerbüro sitzen. Vor sich ihre Badesachen, neben sich die Alten in den Bademänteln und den Jogginghosen. Sie sind es gewohnt. Nie kommt er pünktlich. Selten hält er sich an vereinbarte Zeiten. Ein Verhalten, das sich seine Frau mit seinem Kollegen zunutze macht. Doch das weiß er nicht, als er in ruhigen Bewegungen das Herz des Mannes in die Frau legt.

Mit dem Ellenbogen drückt er gegen die Armatur, kaltes Wasser läuft über die dünnen Hände. Er schaut in den Spiegel, leert seinen Kopf. Er erschrickt unmerklich. Ein Gesicht taucht hinter ihm auf. »Kannst du morgen vor der ersten OP früher kommen und mit mir in meinem Büro noch einen Kaffee trinken?«, fragt das Gesicht. »Ja, um was geht es?« Misstrauen steigt in dem Arzt auf. Er war mit dem Verwaltungschef Bender einmal befreundet gewesen. Dann hatte es einen Machtkampf um eine Chefarztstelle gegeben, und sie fanden sich in unterschiedlichen Lagern wieder. Nur ihre Frauen halten noch Kontakt. Der Arzt zieht Hemd und Hose aus, wirft sie in den kleinen Container in der Ecke und steht nackt vor Bender. »Etwas Persönliches«, meint Bender ein wenig betreten.

»Du machst mich neugierig. Erzähl schon!« Er will selbstbewusst wirken, neutral klingen.

»Nicht jetzt, komm einfach morgen zu mir.«

»Willst du mich rauswerfen?«

»Nein, das würde ich dir nur schriftlich mitteilen.« Ein Scherz, der misslingt und in einer peinlichen Stille untergeht. Bender verschwindet so lautlos, wie er gekommen war.

Als Notfallmediziner gilt er unter den Kardiologen immer als zweite Wahl, seine Weiterbildung nehmen die »Silberrücken« nicht ernst. Seine Kiefer mahlen.

Die Tür des Fahrstuhls öffnet sich. Er sieht die Kinder. Keines springt auf. Sie nehmen ihre Rucksäcke. Er lächelt, interpretiert ihr Verhalten als Coolness. So wie er es auch früher gehasst hatte, wenn seine Mutter plötzlich zärtlich wurde. Die

Hitze trifft ihn unvorbereitet. Er hat sie den Vormittag über vergessen. Die alten Männer, die rauchend vor dem Eingang des Krankenhauses stehen, grüßen ihn schüchtern. Einige verstecken ihre glimmenden Zigaretten hinter dem Rücken. Während er seine Sachen auf dem Gepäckträger festzurrt, schubst der Ältere den Jüngeren. Er ermahnt sie matt. Dem Älteren, einem Achtjährigen, sieht man die langen Jahre als geliebtes Einzelkind an.

Der Arzt wechselt auf den Bürgersteig, sucht den Schatten. Sie wollen zum Eisbach, einem Seitenarm der Isar. An der Ampel steigt er ab, schließt die Augen. Die Hitze, die Abgase und das Ozon machen ihm zu schaffen. Er greift zum Handy, hofft auf eine SMS seiner Frau. Nichts. Er schaut zu den Kindern. Sie beachten ihn nicht, schauen nur auf die Ampel. Die Hitze macht alle stumm. Erst als sie am Eisbach ankommen, redet er. Er spricht von seinem Tag. Sie hören weg. Sie schließen ihre Fahrräder ab. Schon jetzt ist die Liegewiese voll. Grün springen die Wellen, zwängen sich lauthals durch den Kanal. Vor der Brücke tanzen Surfer auf ihren Brettern die Schaumkronen ab. Ein Mädchen steht auf einer Holzplanke, hält sich an einem Gummiseil fest. Sie treibt in die Mitte des Bachs, und das Seil reißt sie ruckartig nach vorn.

»Bei so was kriegt man eine gute Figur«, sagt der Arzt, während er seine Unterhose umständlich auszieht. Er schaut dem Mädchen dabei auf die Brüste.

»Dann mach das doch auch mal«, fordert sein Sohn.

Er schaut seinen Jungen an. Er bemerkt nicht das Unfreundliche in den Worten des Jungen, spürt nicht das Sich-Messen-Wollen hinter den Worten.

»Du zuerst.«

»Vergiss es.«

Sie lassen sich dreimal von dem starken Wasser bachabwärts tragen. Beim Herauskommen bleibt er am Ufer mit seinem Ring an einem Ast hängen. Blut platzt aus einem Riss. Da steht er auf dem Kiesweg im Englischen Garten. Mit zu verzerrtem Gesicht für eine so kleine Wunde. Die Jungen sind schon wieder vorgelaufen. Er will sich hinlegen. Aber sein Sohn quengelt, hat noch nicht genug, will zum Wehr, das den wilden Eisbach vom ruhigen Schwabinger Bach trennt. Er sieht den Jungen an, der seinen Vater allein haben möchte. Er sagt: »Okay.«

Sie springen fast auf der Höhe der Bachsurfer ins Wasser. Statt sich nach rechts weiter abwärts treiben zu lassen, rudern sie geradeaus. Er hievt sich auf die Mauer. Sein Sohn sitzt neben ihm. Der Arzt schaut auf die Mädchen in ihren Bikinis, hört ihr Lachen. Weit oben sieht er die Jungen am Rand stehen. Er winkt. Sie rufen. Springen. Er schaut ihnen nach, ruft ihnen zu, als ihre Köpfe Korken gleich aus dem Wasser auftauchen. Er paddelt ein paar Meter, stellt sich dann vor die Eisenplatte, die das Wasser hier zurückhält. Auf der Platte thront eine gusseiserne Stange. Dazwischen schießen die Fluten in einer Kaskade in den tiefer liegenden Bach. Das Wasser drückt den Arzt an die Wand. Grün rollt es um ihn herum. Er spürt die Kraft. Den Boden sieht er nicht. Nur die fließende grüne Wucht. Neben ihm steht eine junge Frau barbusig. Sie lächelt ihn an, legt ihre Arme auf das Wehr. Ihre Brüste treiben im Wasser hin und her. Er taucht ein wenig in die Hocke, will seinen Bauch nicht zeigen. Er lächelt. Kaskaden schwappen über. Wasser rauscht. Kubikmeter um Kubikmeter drückt es gegen das Wehr. Es tost, rauscht, als wolle es den Städtern die Wut der Berge, aus denen es kommt, entgegenschreien.

Wäre er so alt wie sein Sohn, denkt er, wäre er den ganzen Sommer hier. Schauen, schwimmen, schreien. Er hört seinen Sohn nicht. Hört nicht, dass der schreit. Sieht nur, wie die Frau sich fragend umdreht und die Brüste tanzen. Und dann sieht er den Mann. Dieser schreit ihn an. Doch der Arzt versteht nicht.

»Da unten liegt ein Kind«, ruft der Mann, und sein Gesicht ist verzerrt.

Plötzlich versteht er.

Ein Kind ist direkt neben ihm zwischen Eisenstange und Wehrplatte geraten. Beine und Rumpf schauen auf der anderen

Seite schon heraus. Nur der Kopf passt nicht hindurch. Es ist sein Sohn. Er erkennt die Badehose. Er will rufen, wedelt mit den Armen. Die Männer schauen. Er taucht. Sieht die kreischenden Augen seines Kindes. Taucht auf. Chaos um ihn. Menschen reden auf ihn ein. Wasser in seinen Ohren. Wieder will er rufen. Er will sich gegen das Wasser drücken. Sein Sohn ruft, schreit, rudert mit den Armen. »Das ist mein Kind.«

Andere Männer tauchen unter. Tauchen auf. Treiben gegen das Wehr. Es ist sein Sohn. Nicht ein anderer. Sein Sohn. Er holt Luft. »Lieber Gott, bitte hilf mir!« Er sucht die Lippen des Sohnes. Dessen Kopf schlägt schon nicht mehr hin und her. Er ist in den Nacken gefallen. Der Mund ist geöffnet. Er drückt den Kopf nach vorn. Presst seine Luft in die Lungen seines Sohnes. Er taucht auf. »Einen Schlauch, holt einen Schlauch!« Er schluckt Wasser. Sie sehen ihn nur an, schreien, tun nichts. Er schnappt nach Luft. »Bitte, lass es nicht passieren.«

Mittlerweile steht ein Dutzend Männer im Wasser, einige versuchen, die Platte zu bewegen. Ihre Köpfe scheinen vor Anstrengung zu platzen. Menschen halten ihre Hände vor das Gesicht. Seine Augen brennen. Die Lungen tun weh. Er kann nichts mehr sehen.

Er sieht den Rettungswagen nicht, nicht die Männer, die ihn aus dem Wasser hieven, ihn zum Rettungswagen tragen und in eine Decke rollen.

»Wo ist mein Sohn?«, fragt er leise.

Ein junger Mann sitzt neben ihn. Er schaut betreten. »Sein Zustand ist sehr ernst. Sie bringen ihn gerade zu uns. Ihre Frau ist informiert. Sie ist schon im Krankenhaus.«

Und der Arzt, der so viele andere Herzen in der Hand hatte, spürt sein eigenes Herz. Er hört das Piepsen und sieht das beruhigende Grün des Monitors.

Der Wagen rumpelt durch die gelbheiße Stadt. Er dreht den Kopf. Sie haben ihn beruhigt. Der Assistent, kopfüber, schiebt das Fenster zur Fahrerkabine beiseite. Er spricht mit dem Notarzt. Sie haben gute Nachrichten. Er wird durchkommen. Seine Frau ist auch schon da. Er wird es schaffen. Das Wasser war eiskalt. Und nie mehr wird er dort schwimmen gehen. Er will beten. Und dann sieht er den jungen Sanitäter, der den Kopf schüttelt, und er hört den Dauerton ... Aber seine Gedanken wollen sich nicht auf Sätze einigen. Und an diesem Sonnentag, der alles lähmt, hält am Abend ein anderer Arzt das Herz eines Kindes in der Hand und steckt es in ein anderes Kind.

»Sie könne mich nicht mehr ertragen – hat sie gesagt. Und ich kann sie verstehen. Nach der Beerdigung zog ich aus. Sie hat sich, so hörte ich von meinen Schwiegereltern, bereits neu verliebt und arbeitet wieder im Kunstgeschäft.« Jan atmete tief durch. In wenigen Wochen war der Tod seines Sohnes ein Jahr her. Er begann still zu weinen.

Regina hatte still zugehört. Ein Arzt, dem sein eigener Sohn unter den Händen wegstarb. Warum war das Leben so grausam? Weinende Männer brachen ihr das Herz. Sie saß hilflos neben dem Deutschen, sie kannte ihn kaum, und doch fühlte sie seinen Schmerz. Er atmete tief durch, lächelte sie mit einem schiefen Grinsen an. Ihre große Hand, die keinen Schmuck trug, berührte seine Wange, strich über seine Lippen. Mehr konnten und wollten sie nicht. Und so drehten sie sich aufs Bett, lagen minutenlang still nebeneinander.

»Erzähl mir von dir«, sagte Jan leise in die Stille hinein.

(th) Nach der missglückten Razzia in der Cappuccino-Bar an der südöstlichen Tangente zog Hofrat Deuser die Notbremse. Die Leiterin des Einsatzteams der Kriminaldirektion 1 wird mit sofortiger Wirkung suspendiert.

Die Wiener Polizei wird gleich von mehreren Skandalen erschüttert – es geht um Bestechlichkeit, Verrat und eine schießwütige Beamtin mit intimen Kontakten zur Rotlichtszene. Rückblick: Vor einer Woche hatte das Sonderkommando der Wiener Kripo unter Leitung der Oberinspekteurin Regina B. das Etablissement »Cappuccino« gestürmt.

Nach Monaten der Observation glaubte man, den langjährig gesuchten serbischen Kriegsverbrecher und Zuhälter Enver M. aufzugreifen. Doch dessen Bodyguards dachten überhaupt nicht daran, sich widerstandslos festnehmen zu lassen. Nach wenigen Sekunden mündete der Zugriff in einer wilden Schießerei auf offener Straße. In deren Verlauf kam es dann zu der mittlerweile durch das Video einer Überwachungskamera dokumentierten »Hinrichtung« des Serben durch die Leiterin Regina B. Die Bilder zeigen, wie die Siebenunddreißigjährige über dem Täter steht und ihn mit mehreren Schüssen tötet. Enver M. lag bereits verletzt und wehrlos auf dem Boden. Besonders schlimm: Eine Gruppe Kleinkinder, die mit ihrer Erzieherin einen Ausflug machten und in die Schießerei gerieten, musste die Hinrichtung aus nächster Nähe mit ansehen. Ein Kriseninterventionsteam aus Psychologen kümmert sich immer noch um die verstörten Buben und Mädchen.

Aus Sicherheitskreisen wurde bekannt, dass die Oberinspekteurin ihr Magazin komplett leer geschossen hatte. Die ehemalige »Kobra«-Mitarbeiterin musste heute ihre Dienstwaffe und Uniform abgeben und hat mit sofortiger Wirkung Hausverbot im Polizeihauptquartier. Der Innenminister sprach von einem unhaltbaren …

»Die Woche«, Wien, 27. Oktober 2009

»Er lag vor mir, hatte seinen Mantel geöffnet und zwei Handgranaten in der linken Hand, er wollte gerade mit der rechten Hand die zwei Verschlussringe ziehen. Man kann das auf den Bildern nicht sehen. Ein Auto verdeckte den Serben. Und um sicherzugehen, dass er nicht im letzten Augenblick doch noch reagieren konnte, schoss ich. Da waren überall Kinder. Ich wollte …« Regina stockte, schaute nach draußen. »Na, jedenfalls danach drehte ich mich um, wurde angeschossen. Im Rettungswagen dann eröffnete man mir, dass beim Täter keinerlei Waffen oder gar Handgranaten gefunden worden waren. Irgendjemand hatte sie entfernt. Das hat mir den Job und, wenn du so willst, mein Leben genommen.«

Wie eine große, unsichtbare Welle rollten die Rufe der Muezzine über die Dächer der Stadt herein. Die Nacht brach an. Jan und Regina hörten nicht auf zu reden, es war für beide eine Erlösung.

Aleppo, 16. 06., 7.15 Uhr

Und seit jeher war es so, dass die Liebe erst in der Stunde der Trennung ihre eigene Tiefe erkennt.

Aus: Khalil Gibran »Der Prophet«

Am nächsten Morgen wachte Jan allein im Bett auf. Er tapste zum Bad, schaute aus dem Fenster und sah Regina schon unten bei einem reichhaltigen Frühstück. Er duschte in seinem Zimmer, zog sich saubere Kleidung über und ging die Treppe zum Innenhof hinunter. Regina las im Tagebuch. Sie hatte sich die Haare wieder zu einem Pferdeschwanz gebunden und sprach ihn an, ohne zu ihm zu blicken. »Was habt ihr eigentlich mit den Männern im Crac gemacht?«

Sofort verschwand Jans angenehmes Gefühl. Er wollte Eduards Morde nicht verraten, so gut kannte er Regina nun auch nicht.

»Sie sind geflohen.«

Regina setzte nach – allerdings mit vollem Mund, ein Croissant verspeisend. »Die sind ja wohl nicht einfach weggelaufen, nur weil ein Holländer und ein Deutscher hereinspazieren?«

Jan verschränkte seine Arme vor der Brust. »Was willst du von mir?«

»Auf dich aufpassen.« Sie schob das Tagebuch zu ihm. »Hier steht etwas von deinem Freund.«

Das konnte nicht sein.

Sie las vor: »›Heute Holländer wieder getroffen, will unbedingt …‹ Das kann ich nicht entziffern. ›… er nennt sich Eduard, will mit mir nach … zum Platz, ich lehne das … ab, er ist nicht erleuchtet … stimmt nicht … sein … Zeichen sind falsch.‹«

Jan erbleichte. »Es gibt bestimmte etliche Holländer mit diesem Namen«, versuchte er sich eher selbst zu beruhigen.

Regina schaute ihn fast mitleidig an. »Was ist da im Crac passiert? Versuch mir bitte zu vertrauen.«

»Du meinst, nach diesen wundersamen Vorfällen mit Eduard soll ich dir vertrauen?« Jan stand auf. Er spürte, wie er wütend wurde. Er konnte nicht glauben, dass hier jeder nicht der war, der er zu sein vorgab. Je länger er blieb, desto mehr geriet er in einen Strudel, dem er nicht mehr würde entkommen können. Ja, er hatte ein wenig Abenteuer und Ablenkung gesucht, aber er war nicht auf Tod und Leid aus gewesen.

Regina bemerkte seinen Ärger. Sie drückte ihn sanft auf seinen Stuhl zurück. »Was ist da passiert? Vielleicht kann ich dir helfen. Glaubst du, dass du allein besser dran bist?«, fragte sie.

Nach einigem Zögern erzählte Jan von den Erlebnissen im Crac des Chevaliers, von Yussef, Eds äußerst professionellem »Lösen der Situation«, seiner Not-OP in den Bergen, vom dem Verschwinden des Jungen und von dem geheimnisvollen Alistair. Als er geendet hatte, atmete er tief aus. »Ich will von hier verschwinden!«

»Verstehe ich, nur könnte man dich an der Grenze schon suchen. Ich würde den Flughafen meiden. Du kommst auch ganz gut über die Landgrenzen in die Türkei raus. Da sind sie nicht so streng. Gegen ein Bakschisch nehmen dich Schmuggler mit. So hat mir mein Fahrer das auf dem Hinweg erklärt. Ich kann dich Richtung Grenze fahren, wenn mein Auto noch in der Garage vor der Altstadt steht.«

Regina schien schon an alles gedacht zu haben. Jan fühlte sich ein wenig sicherer. Sie packten ihre Sachen zusammen und gingen die Treppe zu ihren Zimmern hoch. Als Regina soeben die letzten Dinge verstaut hatte, klopfte es, eine gedämpfte Stimme drang herein. Regina öffnete und blickte in das entsetzte Gesicht der Frau des Portiers.

»Was gibt es?«, fragte sie auf Französisch.

»Geheimdienst. Man sucht Sie. Sie gehen – schnell!«

Regina ging zum Fenster und blickte hinunter. Im Innenhof standen drei Männer vor dem Schreibtisch des Portiers und bedrängten ihn. Einer sah hoch. Regina eilte über den Flur zu Jans Zimmer, drückte die Klinke und erstarrte kurz. Der Arzt lag auf dem Boden, ein Polizist mit einer Pistole in der linken Hand hatte den Fuß auf seinen Rücken gestellt und durchsuchte mit der anderen Hand das Gepäck des Deutschen. Mit einer schnellen Bewegung richtete er seine Pistole auf ihren Kopf. Regina hatte eine solche Situation schon tausendmal geübt, so dass sie vollkommen automatisch reagierte. In einer fließenden Bewegung drehte sie sich, duckte sich weg, und blitzschnell stieß ihr Fuß gegen das Handgelenk des Polizisten. Mit der nächsten Drehung und einem Tritt gegen seinen Kehlkopf nahm sie ihm die Luft. Sein Kopf schlug nach hinten. Den Schlag mit ihrer Hand gegen seine Schläfe, den Tritt in seine Kniekehlen nahm er schon nicht mehr wahr. Er war bereits bewusstlos, ehe er auf den Boden schlug. Das alles hatte nicht einmal drei Sekunden gedauert.

Jan hatte sich unter Stöhnen auf den Rücken gedreht und sah nun völlig erstaunt, wie Regina die Schnürsenkel des Polizisten nahm, seine Hände auf den Rücken drückte und nur seine Daumen zusammenband. Dann stopfte sie einen seiner Socken in seinen Mund und hielt Jan ihre Hand hin.

»Sie sind hinter uns her. Was wollte der Kerl hier von dir?«

»Er war nur auf meinen Rucksack aus.«

»Verdammt, die Tagebücher oder die Fundstücke. Wir müssen weg.«

Jan sah zu Regina, und bevor er etwas erwidern konnte, nahm sie seine Tasche, seinen Rucksack und eilte den Gang hinunter. Die Portiersfrau war nach oben geeilt, hatte stumm auf eine gewundene Treppe gedeutet und war vorgegangen. »Wo gehen wir hin?«, rief Jan leise hinterher, doch Regina antwortete nicht. Über eine hölzerne Stiege gelangten die drei aufs Dach. Die Frau blieb stehen und kramte in ihren Taschen. »Das ist die Adresse meines Bruders in Manbej. Dort können Sie untertauchen. Er ist ein Imam. Die Stadt liegt nicht weit von der türkischen Grenze entfernt.« Sie drückte den Zettel Jan in die Hand und wies über die weißgekalkten Dächer der Altstadt. »Gehen Sie!«

Laute Stimmen schallten vom Innenhof zu ihnen herauf. Jan und Regina liefen bis zum Ende des Dachs. Ein Brett führte über eine Gasse zum nächsten Haus. Regina ging voran.

Nach wenigen Minuten hatten sie mehrere Dächer überquert und versuchten, hinunter auf die Straße zu gelangen.

»Hier irgendwo ist der Parkplatz mit meinem Auto«, keuchte Regina. Sie blickten auf allen Seiten nach unten.

Auf einem freien Platz stand ihr Wagen – von einem halben Dutzend Polizisten mit gezogenen Waffen umstellt.

Regina reagierte sofort. »Weiter!«

Sie sprang fast traumwandlerisch über die Gassen, so dass Jan ihr kaum folgen konnte. Dann hatten sie das Ende der Altstadt erreicht, sie mussten noch einmal springen, um über eine Außentreppe hinab auf die Straße zu gelangen.

Regina winkte ein Taxi heran und nannte dem alten Fahrer die Adresse des Busbahnhofs.

»Was, meinst du, sollen wir machen?«, fragte sie plötzlich.

Jan war von dieser Frage überrascht. Bisher hatte Regina so gewirkt, als wüsste sie immer, was zu tun war. »Wir sollten zur Grenze, so schnell wie möglich.«

»Da werden sie jetzt über uns Bescheid wissen.«

Jan verstand. Regina wollte zu dem Imam.

»Na, dann fahren wir nach Manbej«, stöhnte er.

Am Busbahnhof, der weit außerhalb der Stadt lag, fragten sie sich durch, um die schnellste Verbindung zu bekommen. Sie wollten bei Tageslicht die Wüstenstadt erreichen. Jan hatte schon in Deutschland etwas über diese Stadt gelesen.

Eine Stunde später saßen sie zwischen wettergegerbten Nomaden, tief verschleierten Frauen und jungen Rucksackreisenden im Bus nach Manbej. Vorn, oberhalb des Fahrers lief ein indisches Video, draußen wurde das Land gelblichbraun. Ziegenherden zogen auf abgeernteten Weizenfeldern vorbei. Olivenbäume säumten die Straße. Die Gegend wirkte fruchtbar, was an der Nähe zum Euphrat lag, der nur wenige Kilometer östlich von der Türkei durch Syrien in den Irak floss. Trotz Belüftung wurde es warm und stickig im Bus.

Draußen flimmerte die Hitze über dem grauschwarzen Asphalt. Jan kramte in seinem Rucksack und holte ein Fläschchen Kölnisch Wasser heraus. Er spritzte es in seine Hände, verrieb es über sein Gesicht und bot es Regina an, die es skeptisch schmunzelnd annahm. Er deutete nach links. Sie reichte es weiter zu den Sitzen neben ihnen, die von zwei älteren Herren besetzt waren. Diese nahmen dankbar an, nickten knapp und rieben sich ein. Und nach wenigen Minuten roch der Bus nach westdeutscher Vorstellung von Sauberkeit. Jan war zufrieden. Dieser Geruch beruhigte ihn schon seit seiner Kindheit. Seine Mutter hatte ihm jedes Mal Kölnisch Wasser unter die Nase gerieben, wenn er reisekrank zu werden drohte.

Regina schlug das Tagebuch auf, während Jan aus dem Fenster schaute. Sie fuhren durch kleine Dörfer mit Häusern, die die Form eines Bienenstocks hatten. Jan hatte ähnliche Bauten auf Sardinien im Urlaub mit der Familie gesehen. Trauer erfasste ihn.

Die Verfasserin des Tagebuchs hatte ihre Notizen über diese Stadt in kleinster Schrift ausgeführt. Manbej lag am westlichen Rand eines der ältesten Kulturgebiete, in Mesopotamien. Die Region heißt Djazira, das »fruchtbare Land«. Vor mehr als dreitausend Jahren herrschte dort eine Hochkultur, war es die Schnittstelle zwischen Babylon und der Levante, den Aramäern, Phöniziern und dem alten Israel im Süden sowie den Hethitern und später den Assyrern im Norden. Einst trug die Provinzhauptstadt Manbej den griechischen Namen Hierapolis und war Mittelpunkt des Dea-Syria-Kultes, eines Glaubens an die Göttin Ischtar und ihren Mann Baal Hadad. Der Name war mehrfach umkreist. Almut hatte dahinter die Worte »Kastration«, »Tempelprostitution« und in großen Buchstaben »Opfer« notiert.

Auf der nächsten Seite folgte eine Skizze, die wohl einen Tempelbezirk beschrieb. Daneben fanden sich wieder scheinbar zusammenhanglose Buchstabenreihen.

Jan tippte Regina an, sie schaute auf. Der Bus wurde langsamer, als sie einen Anstieg hochfuhren. Auf der Kuppe der Anhöhe drehte sich eine sandfarbene Radaranlage. Mehrere Zäune schützten sie, und in allen vier Richtungen waren Panzer und Flugabwehrbatterien postiert. Kaum blickten sie wieder nach vorn, sahen sie die Straßensperre. Natürlich, wie konnten sie so naiv sein?

Regina fluchte. Die Suche nach ihnen war sicher nicht auf Aleppo beschränkt worden. Nach ihren Berechnungen waren sie nur wenige Kilometer von Manbej entfernt. Mit einem Zischen und Quietschen blieb der Bus vor den Sperren stehen. Die Tür wurde geöffnet, heiße, trockene Luft wehte herein. Zwei junge Soldaten stiegen ein und sprachen mit dem Fahrer. Jan schwitzte. Er wollte so unaufgeregt wie möglich wirken. Aber die Kalaschnikows der beiden Soldaten ließen ihn nervös werden. Ein Tropfen Schweiß lief ihm in einer langen Bahn vom Hals den Rücken hinunter. Die Männer schritten langsam und mit grimmiger Miene durch den Bus. Jetzt waren sie noch drei Reihen entfernt.

Ohne Regina anzusehen, fragte Jan: »Hast du einen Plan?«

Sie legte ihm die Hand auf das Bein, hob die Finger,

knöpfte mit der anderen Hand ihr Hemd weit auf, so dass ihr BH zu sehen war, und stand auf. Er wollte sie noch festhalten, aber da blickten die Soldaten schon in ihre Richtung. Er hätte sich am liebsten weggeduckt. Regina baute sich vor dem ersten Soldaten auf, beugte den Kopf vor und fragte zuckersüß, aber laut »Sir, restroom? I have to go. Please?«

Für Araber, vornehmlich für junge Araber, sind westliche Frauen eine ständige Überforderung. Sie sind zu selbstbewusst, zu offenherzig und zuweilen zu groß.

Der junge Soldat starrte in Reginas Dekolleté. Jan stand ebenfalls auf.

»My husband, too«, sagte Regina.

Schüchtern wies der Soldat nach draußen.

Regina winkte, und Jan wand sich an dem Soldaten vorbei. Er blieb mit seinem Hemd an dem Lauf einer der Kalaschnikows hängen, stolperte fast, schob sich an dem zweiten Soldaten ebenfalls vorbei und stieg mit Regina aus. Die grelle Sonne traf ihn, und er blinzelte. Sie standen in der völligen Einöde. Regina lief auf eine Lehmhütte zu, vor der zwei Frauen in schwarzen Umhängen saßen. Ihre Gesichter waren über und über mit Hennatätowierungen bemalt. Sie wiesen auf Reginas Fragen wortreich auf einen Verschlag hin.

Nach einigen Minuten kehrte Jan mit Regina zurück, sie gingen gemächlich auf den Bus zu, wo die Soldaten mittlerweile zwei Männer herausgefischt hatten und mit ihnen diskutierten. Unauffällig schoben sie sich wieder in den Bus. Es schien nur eine normale Militärpatrouille zu sein, die nicht speziell Ausländer suchen sollte. Dennoch vergingen endlose Minuten der Angst, ehe einer der Jungen winkte und der Bus, eine Staubfahne hinterlassend, wieder anfuhr.

Jan griff nach dem Rucksack und steckte seine Hand verstohlen hinein. Er ertastete die Tagebücher, die Rollen und das tönerne Gefäß. Alles war noch da. Irgendetwas in ihm sagte, dass er auf diese Schätze aufpassen musste. Er sah hinaus. Die beiden Männer standen mit ihren Koffern und Säcken auf dem staubigen Platz. Ihre Blicke kreuzten sich. Für einen Augenblick meinte Jan, ein Lächeln auf dem Gesicht des einen Mannes gesehen zu haben.

Aleppo, 16. 06., 10.15 Uhr

Info: Syrischer Geheimdienst

Samstag, 13. November 2004, 04:00

Der syrische Geheimdienst ist bereits wiederholt durch kriminelle Aktivitäten in Europa und im Nahen Osten aufgefallen. So soll er den Terroristen Johannes Weinrich beauftragt haben, im April 1982 in Paris eine Autobombe vor dem Büro einer arabischen Zeitung zu zünden. Eine Schwangere kam damals ums Leben. Auch in das Einschleusen von kurdischen Flüchtlingen über den Libanon nach Europa sollen die Geheimdienstler aus Damaskus verwickelt sein und am Menschenschmuggel mitverdienen, indem sie Durchreisedokumente ausstellen. Bundesnachrichtendienst und Bundesverfassungsschutz liegen entsprechende Hinweise vor. Als Außenposten der syrischen Spionageabteilung entpuppte sich vor zwei Jahren eine Textilhandelsfirma in Schleswig-Holstein, Gesellschafter war der ehemalige syrische Nachrichtendienstchef. Vor drei Jahren wurden in Mainz und Bonn zwei Syrer verhaftet, die an Hochschulen versucht hatten, Agenten für ihren Geheimdienst anzuwerben.

Aus: Berliner Morgenpost, 2004

»Wir hätten es nicht besser machen können.« Der Chefarzt des Militärkrankenhauses in Aleppo versuchte, so wenig Anerkennung wie möglich in seine Stimme zu legen. Aber was der deutsche Kollege da in dem Chaos geleistet hatte, zeugte von großer Professionalität und Erfahrung. Faruk Al-Ali lag in seinem Bett und starrte an dem Arzt vorbei durch das fast blinde Fenster. Die Druckwelle hatte eine Embolie in seiner Lunge verursacht. Blutgerinnsel hatten die Gefäße verstopft. »Eine spektakuläre Operation«, wie sich Dr. Abdel-Aziz ausdrückte, hatte dem Geheimdienstchef das Leben gerettet.

Al-Ali hob sacht die Hand. Er wollte allein sein, fühlte sich immer noch sehr schwach. Aber wie durch einen Schleier sah er das Gesicht seines Vorgesetzten Mahmoud Sayaf. Er war ein kahlköpfiger, stämmiger Araber mit einer Narbe, die sich vom Scheitelbein des Kopfes weiß leuchtend über das Gesicht zog. Teile seines rechten Ohres fehlten. Seine wulstigen Lippen und die groben, einem Schlachter zur Ehre gereichenden Hände machten ihn auch nicht sympathischer. Sayaf wusste von seiner Hässlichkeit, vermochte aber auch, sie in der richtigen Weise einzusetzen.

Schleim drang Al-Ali in den Hals, er musste husten. Sayaf beugte sich mit einer Schale über das Bett, hielt sie vor den Mund seines Mitarbeiters. Al-Ali schluckte es lieber wieder hinunter. Die Männer sahen sich an.

»Gut, dass du lebst. Wir sind auf ihren Spuren. Sie werden nicht weit kommen. Wer ist diese Frau?«

Al-Ali schüttelte stumm den Kopf. Er konnte, selbst wenn er es wollte, sich nicht auf die Zeit vor der Explosion konzentrieren.

»Du musst nicht sprechen. Ich erzähle es dir. Die Frau ist eine Schnüfflerin aus Europa. Sie sucht eine Landsfrau, ihre Fingerabdrücke fanden wir in einem Hotelzimmer, das von einem langhaarigen Westler bewohnt war, der jetzt im Totenhaus auf Eis liegt. Sie scheint aber nichts damit zu tun zu haben. Anwohner wollen einen Mann in einer schwarzen Uniform gesehen haben, der das Zimmer schnell verließ, vermutlich ähnelt er den Typen, die du unten in Sednaya besucht hast. Der Junge ist Alawit. Die Kreuzigung könnte ein Hinweis auf einen Streit anderer mit den Alawiten sein. Das macht mir Sorgen. Der andere ist tatsächlich Arzt.«

Al-Ali hob den Kopf. »Er hat nichts damit zu tun«, krächzte er.

Sayaf nickte beschwichtigend. »Aber der dritte Mann ist uns nicht bekannt und ebenso flüchtig.«

Al-Ali wollte etwas ergänzen.

»Faruk«, der Schlachter hob die Hände, »mach dir um sie keine Sorgen. Ich war heute Morgen bei einer Krisensitzung im Palast. Der Präsident will absolute Ruhe im Land. Keine Demonstrationen, Unruhen, Hasspredigten. Keine Puppen oder Flaggen, die brennen. Absolute Stille, verstehst du? Wir haben höchste Alarmbereitschaft. Wir wissen, dass hier einige unterwegs sind. Aber wir können die Puzzleteile noch nicht zusammenfügen. Werde gesund, denn so bist du uns keine Hilfe.« Er blickte auf seine Hände und machte eine Pause. »Ach ja, und es gibt Gerüchte über eine ›religiöse Revolution‹. Wir haben ein Gespräch abgehört. Dem Imam von Damaskus ist eine Nachricht zugekommen, die das Nahen des Mahdis ankündigt. Und du weißt, was das bedeutet.«

Faruk Al-Ali wurde von einem heftigen Hustenanfall geschüttelt. Er konnte die Blutbrocken nicht mehr im Mund behalten. Er würgte sie auf das weiße Bett.

Sayaf eilte aus dem Zimmer und rief nach einer Schwester.

Er war zufrieden.

Manbej, 16. 06., 17.13 Uhr

Sprich: Gott ist Einer,
Ein ewig reiner,
hat nicht gezeugt und ihn gezeugt hat keiner,
und nicht ihm gleich ist einer.

Aus: Koran, Sure 112

»Komm von der Straße runter,« zischte Regina.

Jan zuckte zusammen. Regina winkte ihm zu. Sie hatten den Bus mit ihrem Gepäck verlassen und standen nun auf einem staubigen Marktplatz in einer Stadt im Norden des Landes. Manbej war ein verschlafenes Provinznest. Hier gab es ein Hotel und etliche Kleinbusse, die die Dörfer im Osten mit dem erschlossenen Westen verbanden. Auf der anderen Seite des Platzes schien die örtliche Zentrale der syrischen Baath-Partei zu liegen, Fahnen und riesengroße Konterfeis des Präsidenten flatterten im trockenheißen Wind. Wegen der Hitze hatten sich die Menschen in ihre Häuser zurückgezogen.

Sie hatten einen Namen, mehr nicht. Regina überquerte den Platz und steuerte eine Teestube an. Jan folgte ihr. Der Raum wurde nach hinten immer dunkler, an den Tischen saßen Einheimische, spielten Backgammon, lachten leise und – nuckelten an Wasserpfeifen.

Regina gefiel dieses Ambiente. Wie wurde sie in Europa als Raucherin verfolgt! In manchen Restaurants Wiens war allein die Frage nach einem Raucherraum obszön. Hier schmökte man in aller Ruhe alle Sorten und Formen von Rauchwaren. Die Wasserpfeife, die Rosenölzigarette, den Zigarillo. Selbst die Nomadenfrauen vorn in der Ecke rauchten und tranken ihren Tee aus den kleinen Gläsern mit Unmengen an Zucker. Regina setzte sich zu ihnen, lehnte sich zurück und zündete sich langsam eine ihrer letzten Zigaretten an.

Dem Jungen hinter der Theke zeigte Jan den Zettel, auf dem die Frau aus Aleppo in arabischer Schrift den Namen des Imams notiert hatte. Der Junge nickte und nahm sein Handy, um einen Anruf zu tätigen, doch Jan griff nach seinem Arm und gab ihm zu verstehen, dass er nur eine Wegbeschreibung benötigte. Der Araber telefonierte trotzdem.

Schulterzuckend ging Jan zu Regina, und wenige Minuten später zupfte ein alter Mann an seinem Ärmel, der ihnen auf Arabisch klarmachte, dass er sie zu ihrem Imam führen wollte.

Draußen stieg der Alte auf ein altes Moped und deutete auf den Sitz. Wären sie nicht so angespannt gewesen, hätte dieses Bild sie zum Lachen gebracht. Zu dritt, Regina hinten, mit beiden Rucksäcken, Jan in der Mitte mit zwei Taschen und der Greis am Steuer, fuhren sie durch das Provinznest, sie schlängelten sich durch Autoreihen, überquerten eine Furt und erreichten nach einer halben Stunde eine von riesigen Trichtern übersäte planierte Sandpiste, die aus der Stadt Richtung Nordosten führte. Der Weg stieg leicht an. Vor einem ockerfarbenen, lehmverschmierten Haus machte das Moped noch einen kurzen Satz, ehe es der Alte abwürgte. Sie stiegen ab und sahen im Eingang schon einen älteren Herrn in einem Korbstuhl sitzen. Er trug einen weißen Kaftan, die Jelabia, darüber einen schwarzen Mantel mit einem goldbestickten Rand. Seinen Kopf bedeckte ein weißer Turban, und ein langer, weißer Bart zierte sein Gesicht. Knochig lange Finger spielten mit einer Kette, die einem Rosenkranz ähnelte.

Jan stellte sich vor, während Regina einen Schritt hinter ihm blieb. Nach Monaten in der Region war ihr klar, dass sie der Mann nie so behandeln würde, wie sie es aus Europa gewohnt war. Sie akzeptierte das, wenn auch zähneknirschend.

Der Imam lächelte sie an. »Ich habe Euch erwartet. Mein Name ist Abdullativ Hajjar«, sagte er in einem fast akzentfreien Deutsch. »Meine Schwester ließ es mir schon ausrichten. Ihr habt meine Nichte mit der Hilfe des Propheten, gepriesen sei sein Name, das Leben wiedergeschenkt. Sie ist mein Sonnenschein. Ich stehe in Eurer Schuld.«

Jan war erstaunt. Am Anfang seiner Reise hatte er befürchtet, dass er mit Englisch in dieser Region nicht wirklich weiterkam. Aber dass jemand in der syrischen Steppe der deutschen Sprache mächtig war, überraschte ihn sehr.

»Seien Sie unsere Gäste! Meine Frau Fatima wird sich um Ihre Begleiterin kümmern.«

Aus dem Schatten des Hauses trat eine verschleierte Frau, von der lediglich die Augen zu sehen waren. Sie wollte Regina den Rucksack abnehmen, was die Österreicherin aber fast brüsk abwies, und forderte sie auf, mit ins Haus zu kommen.

Jan blieb unterdessen unschlüssig stehen.

Der Imam wies auf einen Sessel neben sich und goss in eine zweite Tasse, die auf einem Tisch neben ihn stand, rot schimmernden Tee.

»Hat Ihre Schwester angerufen?«, wollte Jan wissen, als er sich in den Sessel drückte.

»Mein Freund, wir müssen nicht telefonieren. Der Geruch Eures Kölnischwassers, welches Ihr so bereitwillig verteiltet, war schon weit vor Euch hier.« Der Imam lächelte.

Jan verstand. Die Männer im Bus mussten schon von ihnen berichtet haben.

»Wir wollen Ihnen nicht zur Last fallen. Morgen werden wir versuchen, über die Grenze in die Türkei zu gelangen, Herr Hajjar.«

»Ihr seid unsere Gäste, keine Belastung, bleibt, so lange Ihr wollt. Mein Haus ist Euer Haus.«

Jan trank den bitteren Tee. Ein Esel, schwer bepackt mit Säcken, wurde von einem kleinen Jungen mit Stockhieben auf dem Weg vor dem Haus vorbeigetrieben.

»Nenn mich doch bitte Abdul. Ich weiß, dass das für Eure deutschen Zungen einfacher ist. Vielleicht brauche ich Eure Hilfe.«

Jan nickte und sah sich in Gedanken schon beim Olivenpflücken in dem Hain neben dem Haus.

»Sie sprechen ausgezeichnet Deutsch …«

Der Imam nickte. Darüber wollte er anscheinend nicht reden. Minutenlang saßen sie schweigend da. Dann fuhr ein blauer Wagen, offenbar schwer beladen, langsam den staubigen Weg zur ihrer Anhöhe hinauf.

Regina trat aus dem Haus und gesellte sich zu ihnen. »Ich schlafe oben bei den Kindern«, sagte sie zu Jan, »du wirst unten auf einem Teppich nächtigen. Dafür hast du einen wunderschönen Ausblick auf das Tal.« Sie wandte sich an den Hausherrn. »Vielen Dank …« Der Imam nickte erneut. Der Wagen hatte das Haus mittlerweile erreicht und hielt. Vorne hatten vier Menschen Platz genommen, und auf den Rücksitz hatte sich eine ganze Gruppe hineingezwängt: Kinder und Frauen, Greise und Männer, die nun förmlich aus dem Wagen fielen. Der Fahrer, der einen Verband am Hals trug, ging auf den Imam zu, beugte sich herab und küsste seinen Ring.

Abdul wandte sich zu Jan. »Diese Menschen sind krank. Du bist Arzt. Willst du ihnen helfen?« Plötzlich duzte er Jan.

»Haben sie alle dieselbe Erkrankung?«

»Nein, sie sind aus meiner Gemeinde. Und ich habe sie rufen lassen. Zwar ist in den Städten die medizinische Versorgung gut, hier auf dem Land allerdings eher mangelhaft.«

Wenig später wurden die Küche zu einem Warteraum und das Wohnzimmer zum Behandlungszimmer umfunktioniert. Aufmerksam überwachte Jan, wie die Frau und die Tochter des Imams mit heißem Wasser und stechend scharfen Reinigungsmittel die Küche desinfizierten. Als er zufrieden war, winkte er die ersten Patienten herein. Dann begann er sich in den nächsten Stunden um Mandelentzündungen, Rachitis, Brüche, Magenbeschwerden und andere Erkrankungen zu kümmern und ließ Medikamente von

Abdul aufschreiben, der sie in der Stadt besorgen sollte. Zwischenzeitlich wurde Abdul von seinem Sohn abgelöst, der zwar nicht Deutsch, aber dafür Englisch beherrschte.

Gegen Abend fuhr der Wagen, so beladen wie er gekommen war, unter einem wunderschönen Sternenhimmel wieder hinunter in die Stadt, die in einem gelblich diffusen Licht leuchtete. Jan wusch sich die Hände und schritt auf die Terrasse, wo die Frauen des Hauses und zu seinem Erstaunen auch Regina einen fürstlich gedeckten Tisch zubereitet hatten mit all den Leckereien, für die der Orient bekannt war: Mutabbal, wie Hummus ein Gemüsepüree, mit Auberginen und köstlich duftendem Sesamöl. Dazu gab es Burak, würzige, mit Hackfleisch und Käse gefüllte Teigrollen. Dazu Salate mit Roter Bete, Saucen aus Sesambutter und Tomaten mit Schafskäse.

Schon nach der Vorspeise waren er und Regina eigentlich satt.

Nun endlich wurde der Imam gesprächig und begann, von sich zu erzählen. Er hatte an der Berliner Humboldt-Universität zu DDR-Zeiten Orientalistik studiert. Ende der siebziger Jahre war er, vom maroden Sozialismus desillusioniert, zurückgekehrt und hatte, wie er sich ausdrückte, »die Schönheit und Vollkommenheit des Islams entdeckt« und sich von dieser Lehre abgewandt. In Kairo studierte er an der Al-Azhar-Universität. Dort lernte er seine Frau kennen, mehrere Jahre lehrte er dort auch, war Mitglied der Kommission der Ulema, der Vereinigung der islamischen Rechtsgelehrten.

»Ich habe den Wandel der dortigen Brüder zum Radikalen nicht verstehen dürfen, und so bin ich sozusagen als ›Pensionär‹ in meine Heimat zurückgekehrt.« Der Syrer liebte es, schwierige deutsche Worte zu benutzen. »Jetzt lehre ich hier auf dem Land, argwöhnisch, ein schönes deutsches Wort übrigens, überwacht von Damaskus.«

Irgendwo da draußen im Zwielicht der anbrechenden Nacht meckerte eine Ziege. Bislang hatte ihr Gastgeber mit keiner Silbe gefragt, warum sie überhaupt hier waren. Die Zurückhaltung mochte an der arabischen Gastfreundlichkeit liegen. Dennoch fühlte Jan sich verpflichtet, zumindest die wichtigsten Fakten zu berichten. Der Imam schien ihm auf seltsame Weise vertrauenswürdig.

Jan blickte kurz zu Regina, die offensichtlich wusste, was er vorhatte, und unmerklich nickte.

»Abdul, wir möchten ehrlich sein und dich und deine Familie nicht gefährden«, begann Jan. »Gestattest du uns, dir den Hintergrund unserer Flucht zu schildern?«

Der Imam hob auffordernd die Hände.

Seine Frau räumte derweil ab, um die nächsten Gänge vorzubereiten. Die Hitze des Tages war gewichen, und ein kalter Wind ließ die kleinen Flammen der Kerzen in den kupfernen Behältern flackern. Fatima reichte Jan und Regina zwei warme Schafsdecken, der Sohn entzündete in einem Kessel trockene Holzscheite und warf etwas Weihrauchharz hinein.

Als Jan mit den Erzählungen über die Anschläge und der Begegnung mit dem Geheimdienstchef geendet hatte, schenkte der Imam sich Tee in sein kleines Glas. Er sah zu Regina, lächelte kurz und fragte: »Und was führt dich hierher?«

Regina erwiderte das Lächeln nicht, als sie zu erzählen begann. Sie wollte nicht zu viel preisgeben. Aber etwas in ihr sagte, dass sie dem alten Mann vertrauen konnte. »Ich bin auf der Spur einer vermissten Frau hier in Syrien. Sie stammt aus Österreich. Wir haben ihr Tagebuch und noch ein paar …«, sie sah fragend zu Jan, der müde nickte, »andere Gegenstände.« Sie griff in ihre Tasche und legte das Tagebuch auf ihren Schoß. Dann fasste sie noch einmal all ihre Erkenntnisse für den Imam zusammen.

»Ich bin Muslim und glaube fest daran, dass Allah, der Allmächtige und Große, uns alle in seiner Güte beschützt und führt. Dennoch weiß ich natürlich, dass die Menschen auch vor dem Islam an etwas geglaubt hatten. Vieles davon finden wir in unseren Religionen heute wieder. Und immer wollen wir das Einzige, das Wahre haben.«

Jan verstand. »Sie denken nicht, dass es dieses Einzige, dieses Wahre gibt?«

Der Imam schüttelte den Kopf. »Nein, nach der Kolonialzeit haben wir alle geglaubt, dass die arabische Idee, die Vereinigung aller Länder dieser Sprache, unser Ziel sein könnte. Es endete in Zank und Streit. Dann, im letzten Jahrzehnt des vergangenen Jahrhunderts, tauchte in den Medresen, also den Islamschulen und in den Moscheen, in den Armenvierteln und Kriegsgebieten der Welt der Traum einer großen islamischen Welt gegen die Welt der Ungläubigen auf. Wir waren eure westliche Überheblichkeit, eure Dekadenz und eure dumpfe Selbstzufriedenheit satt. Eure westliche Demokratie-Idee war eine Jacke, die uns nicht passen wollte. Waren wir nützliche Büttel im Kampf gegen die Kommunisten, konnten wir uns wie in Afghanistan gar nicht vor Unterstützung retten. Aber wehe, wir suchten den Weg der Unabhängigkeit. Dann waren wir rückständige, im Mittelalter denkende und lebende Irre.« Der Imam ließ die letzten Worte verhallen. Doch statt die Traurigkeit in seiner Stimme zu registrieren, musste Jan wie jeder Intellektuelle aus dem Westen argumentieren. »Der iranische Präsident ist doch zweifellos wahnsinnig. Er droht, die Atombombe auf Israel zu werfen ...«

Der Imam hob die Hand. »Ja, unter uns gab es nie Einheit. Der Mann, von dem du so unwissend sprichst, ist Schiit. Die Schiiten hassen die Sunniten, fühlen sich immer unterlegen. Hinzu kommt, dass ihr Glaube das Märtyrertum in den Vordergrund stellt. Sie leiden oft, und sie leiden gern. Die islamische Gemeinde, die Umma, ist so zersplittert, dass wir froh sein können, nicht so zu leben wie die Brüder und Schwester im Irak, wo sich Gläubige, Allah, dem Großherzigen, sei es geklagt, jeden Tag abschlachten.« Er machte eine Pause. »Dennoch war diese Region schon immer erfüllt von Träumen nach großen Reichen, gespeist meist von einer Religion. Die Idee des Göttlichen muss so entstanden sein. Nicht weit von hier liegt eine archäologische Sensation, von der Welt weitgehend ignoriert: Göbekli Tepe, der erste Tempel der Menschheit, bevor sie sesshaft wurde. Es muss in den Ohren meiner Brüder und Schwestern ketzerisch klingen, aber ich glaube, dass diese Region hier etwas Besonderes, etwas großartig Verwirrendes besaß und immer noch besitzt. Vielleicht hat das auch deine Vermisste so gespürt.«

Regina runzelte die Stirn. »Sie war schon vorher etwas wirr«, sagte sie leise.

»Oder hat etwas verstanden, was wir noch nicht verstehen«, fuhr Abdul fort. »Wir sollten nicht zu arrogant sein mit solchen Menschen. Immerhin war sie wie ich akademisch vorgebildet, kannte sich aus in der Welt der vorislamischen Kulte und Religionen.« Er tunkte etwas Fladenbrot in die ölig schimmernde Sauce. Das Licht der Flammen flackerte an der Decke. Der Imam wandte sich wieder an Jan. »Was ist dir widerfahren? – Deine Trauer wird dich erdrücken. Befreie sie.«

Jan schrak auf. Mit dieser persönlichen Ansprache hatte er nicht gerechnet. »Wie kommst du darauf, dass ich trauere?«

»Wenn etwas geht, kommt etwas hinzu. Der Koran sagt: ›O Seele in Ruhe und Frieden, kehre zurück zu deinem Herren, wohl zufrieden, weil er mit dir zufrieden ist. So tritt ein unter Meine Gläubigen und tritt ein in Mein Paradies.‹«

Jan schaute den Imam an. Er hatte immer angenommen, dass keine Religion ihm würde helfen können. »Meine Trauer hat mit dem Tod meines Sohnes zu tun. Ich allein hätte seinen Tod verhindern können.« Seine Stimme klang lauter und heftiger. »Meine Familie wäre noch intakt, und ich müsste nicht hier am Ende der Welt Angst um mein Leben haben. Ich habe Schuld auf mich geladen, einfache, kalte Schuld.«

Der Imam starrte vor sich hin. Schatten verliefen über sein Gesicht.

Regina fragte ihn leise: »Woher weißt du das vom Tod des Sohnes?«

»Ich weiß es nicht, aber ich kann es sehen. Jan ...«, er machte eine Pause, um das Wort noch deutlicher in den Raum zu stellen, »... zeigt seine Trauer wie eine Braut ihr Kleid am Tag der Hochzeit.«

»Ein etwas unpassender Vergleich, findest du nicht?«, meinte Regina. Nun duzte auch sie den Imam.

»Du musst ihn nicht verteidigen. Sein Leid ist schwer. Der Verlust eines Kindes ist eine der größten Prüfungen, die Allah, sein Name sei gepriesen, uns auferlegt. Aber es ist eben eine Prüfung, und wir alle haben die Kraft, sie zu bestehen.« Der Blick des Imams richtete sich wieder auf Jan, der fast trotzig weiter in das Schwarz der Nacht starrte. »Du bist nicht ohne Grund hier in Syrien«, sagte er leise.

Fatima brachte die Hauptspeisen. Mansaf, Reis, in einer sehr fetten Flüssigkeit gekocht mit Hammelfleisch und frittierten Mandeln, dazu stellte sie eine Karaffe mit Schafsmilch auf die Kupferplatte, die auf dem Boden vor ihnen lag. Jan schüttete sich etwas Milch in einen Becher und trank vorsichtig. Sie schmeckte säuerlich und etwas scharf, aber nicht schlecht.

»Das heißt, dass es eine Verbindung zwischen dieser Almut und dem Jungen im Krankenhaus gab?«, fragte Abdul.

»Ja, und der Junge ist verschwunden«, ergänzte Jan.

»Darf ich dir etwas aus dem Buch vorlesen, das wir nicht verstehen, das aber eine große Bedeutung für Almut zu haben schien?«

Abdul nickte, und Regina begann mit den Buchstabenreihen, als hinter ihr ein spitzer Schrei alle auffahren ließ. Ein Tablett mit einer Wasserkaraffe fiel zu Boden. Fatima stand schreckerstarrt in der Tür zur Terrasse.

Manbej, 16. 06., 22.30 Uhr

> Die im Hadith enthaltenen Vorschriften, Aussprüche sowie Berichte über das exemplarische Handeln (Sunna) des Propheten werden von den Muslimen als göttliche Eingebungen angesehen, die zunächst mündlich (über mehrere Jahrhunderte) und dann schriftlich überliefert wurden. Neben dem Koran wird der Hadith von den Muslimen als zweithöchste autoritative Schrift betrachtet. Es existiert eine Vielzahl von Sammlungen, wobei jede islamische Gruppe bestrebt ist, ihre eigene zu besitzen. Da im Koran nur wenige Vorschriften, Riten und doktrinäre Stellungnahmen enthalten sind, greifen die meisten Muslime zur Bekräftigung ihrer Riten, Gesetze und Theologie auf den Hadith zurück.
>
> *Aus: Die Welt der Religionen, Die Schiiten*

Fatima flüsterte leise auf Arabisch. Abdul, für sein Alter erstaunlich behände aus seinem Sessel aufgestanden, wollte ihr beruhigend die Hände auf die Schulter legen. Sie wehrte ihn ab, redete auf ihn ein. Er drehte sich zu Regina, die ebenfalls mit großen Augen auf die beiden blickte.

»Sie sollen nicht weiterlesen. Es ist ein Fluch. Fatima kennt ihn aus ihrem Dorf.«

Plötzlich fiel Jan das schreckliche Ereignis am Vormittag auf dem Dach in Aleppo ein.

Abdul konnte mit Mühe seine Frau beruhigen, die sich jetzt zu den dreien gesetzt hatte. »Der Fluch ist aus vorislamischer Zeit. Diese Worte wurden benutzt, um Feinde zu quälen und aufzuhalten.« Abdul hielt das Buch in seinen Händen, zog es vor und zurück. Seine Frau erhob sich und brachte ihm die Lesebrille. »1500 Jahre vor unserer Zeitrechnung oder, wie ihr es sagt, vor Christi Geburt, gab es an der Küste Syriens und des heutigen Libanons kleine, aber sehr reiche Handelsstaaten, darunter Ugarit. Diese Staaten lebten vom Handel mit anderen Mittelmeerländern. Im

14. Jahrhundert v. Chr. wurde das erste Alphabet dort entwickelt, dreißig Zeichen ersetzten nun über tausend Silben, die moderne Schrift war geboren. Zwei Jahrhunderte lang prosperierte dieses kleine Reich mit seinen Handelsbeziehungen von China bis nach Marokko, vom Sudan bis zum heutigen Skandinavien. Dann, im Jahre 1192 vor der Geburt eures Heilands, brach die Katastrophe über den Landstrich herein: der Sturm der Seevölker. Habt ihr davon schon einmal gehört?«

Regina und Jan schüttelten den Kopf.

»Völker aus dem Westen überfielen in mehreren Angriffswellen die Levante, zerstörten alles und veränderten nachhaltig alle Großreichstrukturen der damaligen Zeit. Krankheit, Tod und Zerstörung sollen sie gebracht haben. Nur die Ägypter hielten mit Mühe den Angriffen stand. Woher diese Völker kamen und was sie wirklich wollten, ist völlig unklar. Sicher ist lediglich, dass es die größte Umwälzung seit Jahrtausenden war. In der Forschung gehört dieser Bereich zu den umstrittensten und kompliziertesten überhaupt.«

Jan begriff nicht, welchen Zusammenhang diese Geschichte des Landes mit Almut und Yussef haben sollte. »Das ist 3000 Jahre her. Egal, was damals passierte, es hat doch keine Verbindung zur Gegenwart.«

Abdul lächelte. »Mit dem Untergang Ugarits und der Flucht seiner Bewohner in das Landesinnere verbreitete sich ihr Kult bis in das heutige Persien. Kulte und Religionen überhaupt überlebten, wenn sie aufgeschrieben wurden. Bislang glaubte man, dass der Ugarit-Kult tot sei. Aber bestimmte Riten finden sich in allen Religionen wieder. Sie werden nur überdeckt. Alle drei monotheistischen Religionen haben von früheren Kulten Formen übernommen. Das Christentum hat stark bei den Ägyptern geklaut, die Isis mit Horus auf dem Schoß ist der Vorgänger Marias mit dem kleinen Jesus. Der Halbmond, das Zeichen des Islams, geht zurück auf den Mondkult der Babylonier. Und auch unsere jüdischen Brüder und Schwestern haben genauso ihre Wurzeln im Baalkult, auch wenn sie den gern und häufig in ihren Schriften ablehnen. Ich vermute, dass eure Almut genau hinter diesen verschütteten Riten und Kulten her war. Denn sie können Aufschluss geben über die Wurzeln unseres Glaubens. Vermutlich hat das aber jemandem nicht gefallen. Denn ...«, er zögerte, als wolle er darüber eigentlich nicht reden, »ihr müsst wissen, dass ... Zeigt mir doch einmal, was ihr gefunden habt.«

»Abdul, mach es nicht so spannend. Was ist es? Was müssen wir bedenken?« Regina bohrte nach und gab Abdul die Tagebücher. Er nahm sie und blätterte darin herum. Immer wieder wiegte er seinen Kopf, strich über den weißen langen Bart, der wirr in alle Richtungen von seinem Kinn herabhing.

Minuten vergingen. Fatima brachte den süßen Nachtisch und ein Schälchen mit Datteln. Jan und Regina wagten nicht, den in den Büchern vertieften alten Mann zu stören. Still aßen sie und warteten.

»Was habt ihr noch gefunden?«, fragte Abdul unvermittelt. »Wo sind diese Fundstücke?«

Jan antwortete ausweichend: »Bei uns. Wieso?«

»Ich würde sie gern sehen.«

Jan schaute zu Regina, die stumm nickte. Er stand auf und holte aus dem Wohnzimmer seinen Rucksack. Er hatte den Tonzylinder in eines seiner T-Shirts eingewickelt. Jetzt legte er ihn vorsichtig auf den Tisch.

Abdul nahm ihn behutsam in seine Hände und drehte ihn. »Das ist babylonisch. Es gibt von diesen Zylindern zwei Rekonstruktionen, eine in London und eine in eurer Hauptstadt.«

»Und wo?«, fragte Jan.

»Dort steht auch das Ischtar-Tor.«

»Im Pergamon-Museum?«

»Genau, eure Regierungen haben hier und in vielen anderen Ländern gern und häufig unter dem Deckmantel der Forschung geplündert und geraubt.«

»Wären die Schätze hier geblieben, wären sie der Zerstörung anheimgefallen«, wandte Jan ein. »Wenn ich mir den Zustand eures Nationalmuseum in Damaskus in Erinnerung rufe, solltet ihr doch etwas demütiger sein, was das Bewahren von Kulturgütern angeht.«

Regina wurde ungeduldig. Das brachte sie nicht weiter. »Und deswegen seid ihr im Zweiten Weltkrieg auch überall einmarschiert, damit ihr all die Kulturgüter dort schützt?«

Jan funkelte Regina böse an. »Ach, ich vergaß. Österreich, das erste Opferland. Ihr habt ja nicht mitgemacht, euch immer gewehrt. Wer kennt nicht die berühmte Tiroler Résistance?« Abdul lächelte milde. Er hatte nie verstehen können, dass die Deutschen so häufig und unpassend mit diesem Thema anfingen. Man stritt sich als Gast zudem nicht vor den Augen des Gastgebers. Er hob kurz die Hand. »Ich kann die Keilschrift nicht lesen. Da gibt es sicher größere und weisere Menschen. Aber reicht mir doch einmal das Schriftstück.«

Jan gab ihm das postkartengroße, ledrig-braune Stück.

Fatima brachte eine weitere große Kerze, und der Alte beugte sich über das Papier. »Das ist Kamelhaut, und die Aufzeichnungen darauf sind arabisch. Ich kann sie kaum entziffern. Gebt mir ein wenig Zeit.«

Regina stand auf, nahm ihren Rucksack, nickte Jan zu und gab ihm zu verstehen, dass er ihr folgen sollte. Missmutig erhob er sich und schwankte, die Beine etwas taub vom langen Sitzen im Schneidersitz, der Österreicherin hinterher. Sie gingen zu einer gemauerten Brüstung der großen Terrasse, der weißgekalkte Stein leuchtete im Mondschein. Regina zündete sich eine Zigarette an. Unten im Tal leuchteten noch mattgelb einige Lichter, aber immer mehr Bewohner des Dorfes schienen sich zur Nachtruhe zu begeben. Stille trat ein. Nur das Knistern der trockenen Holzscheite im Kessel war zuweilen zu hören.

»Es tut mir leid«, sagte sie in das Dunkle hinein.

Jan atmete tief ein. »Nein, es war auch dumm von mir.«

»Ich wollte, dass er uns hilft, und nicht mit ihm diskutieren.«

»Du hast recht. Ich vergesse, dass wir hier mit unseren westlichen Vorstellungen nicht weiterkommen.« Sie bückte sich und kramte aus ihrem Rucksack zwei kleine Dosen heraus. »Das ist nicht dein Ernst«, sagte Jan erstaunt, aber fast flüsternd.

Regina hielt zwei Dosen syrisches Bier der Marke Sharq in der Hand. »Doch, zur Versöhnung.«

»Wo hast du die denn her?«

»In Aleppo gibt es tatsächlich eine Brauerei. Die ganze Busfahrt über habe ich mich schon darauf gefreut.«

Sie grinsten beide, wie zwei Kinder, die etwas Verbotenes taten. Sie setzten sich auf die Brüstung und blickten hinauf. Ihre Beine baumelten über dem Abgrund.

»Es hat dich sehr verletzt, was der Imam über deinen Schmerz und deine Schuld sagte?«

Ruhig antwortete Jan: »Wenn ein Kind, das man liebt, stirbt, ist das schon ein wahnsinniger Verlust. Aber wenn man selber die Schuld daran trägt, ist es kaum mehr zu ertragen. Die Wochen danach waren die Hölle. Ich war nicht mehr ich selbst. Bei einer Operation habe ich mittendrin aufhören müssen, weil ich völlig paralysiert war. Ich habe dann eine Auszeit genommen, fast fünf Monate nur in einer kleinen Wohnung verbracht. Mein einziges Glück war, dass ich des Geldes wegen nicht mehr arbeiten muss. Mein Vater hat als Schönheitschirurg genug für mehrere Generationen verdient.«

In einer hilflosen Geste legte Regina ihre große bandagierte Hand auf seine Hand.

Jan lächelte sie an. Leise sagte er: »Du und unser Abenteuer lenken mich ab.«

»Und du hast wieder als Arzt gearbeitet.«

»Ja, vielleicht sogar das erste Mal.«

Sie zerdrückte ihre Dose, schwang ihre Beine zurück auf die Terrasse und erschrak. Der Imam stand hinter ihnen und schaute die beiden aber überraschend sanft an. Regina hielt sich eine Hand vor dem Mund, um ihre Bierfahne zu verbergen.

Der Alte schmunzelte. »Was ihr mit eurem Leben macht, das Allah, der Allergütige, euch gegeben hat, müsst ihr wissen. Trinkt, was ihr wollt.« Regina errötete. »Ich habe mir das Tagebuch ein wenig vorgenommen. Aber jetzt bin ich zu müde. Morgen hat uns Allah, der Unermessliche, noch einen weiteren Tag geschenkt. Ich werde mich zwischen den Gebeten damit beschäftigen, wenn es euch nichts ausmacht. Dann lese ich auch dieses Schriftstück. Selbstverständlich bleiben die Exponate hier im Haus. Seid unsere Gäste, solange ihr wollt.« Er neigte den Kopf, und mit einer schwungvollen Geste drehte er sich zurück ins Haus und ließ die beiden zurück.

Als sich Regina in den ersten Stock begeben sollte, legte Jan ihr zart die Hand auf die Schulter. »Schlaf gut.«

In der Nacht träumte Jan schlecht. Insekten fielen über ihn her und drangen in seinen Körper ein. Er wachte schweißnass auf, schlief dann aber wieder ein und wurde erst am Morgen vom Lärm aus der Küche geweckt. Sie frühstückten mit Fatima und den zwei jüngsten Kindern des Imams, einer Tochter und einem Sohn, auf der Terrasse. Fatima und der Imam hatten sieben Kinder bekommen, die mittlerweile fast alle erwachsen waren und in ganz Syrien verstreut lebten. Nur Hatifa und Hassan wohnten noch im Haus ihrer Eltern. Hassan sollte in die Fußstapfen seines Vaters treten und ebenfalls Imam werden. Er lernte jeden Tag im Koran und, so seine stolze Mutter, beherrschte ihn fast auswendig. Das Ziel des Jungen war es, ein Hafiz zu werden, ein Beschützer des Korans, der den Koran und seine 114 Suren mit seinen über 6200 Versen auswendig aufsagen konnte. Hassan konnte, ähnlich wie sein Vater, stundenlang über die Schönheit seines Glaubens reden. Noch als seine Mutter die Reste des Frühstücks in die Küche brachte, sprach er mit Inbrunst über das für ihn so heilige Buch: »Der Koran wendet sich an alle Menschen, ohne Unterschied der Rassen, der Länder, ja selbst der Zeiten; er will die Menschen in allen Lebensbereichen geistig und zeitlich, einzeln und gemeinschaftlich führen. Er gibt Richtlinien für das persönliche Verhalten des Staatschefs sowie des einfachen Menschen, für Reich und Arm, für die Geisteskultur wie für den Handel und den materiellen Wohlstand.«

Regina schaute in das Gesicht des noch nicht einmal sechzehnjährigen Jungen, das bereits eine große Ernsthaftigkeit ausstrahlte.

Jan fragte: »Gibt er auch Richtlinien für junge Selbstmordattentäter?«

Der junge Syrer schien eine harte Antwort geben zu wollen, beherrschte sich aber. »Im Wesentlichen strebt der Koran danach, die Persönlichkeit des Einzelnen zu entwickeln. Was dann der Mensch damit macht, liegt nicht in der Verantwortung göttlicher Worte. Jedes Wesen soll persönlich seinem Schöpfer gegenüber verantwortlich sein; zu diesem Zweck gibt der Koran nicht nur Anordnungen, sondern er versucht auch zu überzeugen: Er wendet sich an die Vernunft des Menschen, er erzählt Geschichten, Parabeln, Gleichnisse. Aber eine Anleitung, sich in ein Haus mit einem Flugzeug zu stürzen, ist sicher nicht darunter. Sie reduzieren unseren Glauben auf den Wahnsinn Einzelner. Aber wenn Sie an den Islam denken, sollten Sie den weisen Kalifen oder den mystischen Derwisch der Sufis nicht vergessen. Es gibt einen Unterschied zwischen dem Islam und Islamisten, zwischen Glauben und Fanatismus. Oder möchten Sie, dass wir das Christentum auf die Bibelchristen aus den USA reduzieren, die die Evolution verneinen, oder auf fanatische Juden, die von einem israelischen Großreich träumen? Unsere Religionen sind eben vielfältig.«

Jan schüttelte den Kopf. »Aber Juden und Christen töten nicht mehr im Namen des Glaubens.«

Der Junge lachte bitter auf. »Und warum benutzt der US-Präsident das Wort vom Kreuzzug gegen das Böse? Der Krieg im Irak war nicht nur ein Wirtschaftskrieg. Wie euer Käptn Ahab aus ›Moby Dick‹ jagen die Amerikaner und ihre Verbündeten den weißen Wal Islam und reißen die Welt beinahe mit in den Abgrund.«

Die Diskussion drohte außer Kontrolle zu geraten. Regina ging dazwischen. »Und was sagt der Koran über Gott?«

Hassan schluckte seine Wut hinunter und antwortete mit ruhiger Stimme. »Gott ist einzig, er ist Schöpfer aller Dinge, weise, mächtig. Er ist fähig, uns nach dem Tode auferstehen zu lassen und Rechenschaft von uns zu fordern über unser Betragen auf Erden. Er ist gerecht, barmherzig.«

»Ja, aber das sehen nicht alle Muslime genauso wie Sie als Sunnit, oder?«

»Sie sprechen von unseren schiitischen Brüdern.« Hassan ließ sich nicht aus der Fassung bringen. »Sie sind mehr fokussiert auf die Märtyrerschaft als wir Sunniten. Nicht weit von hier in der irakischen Wüste bei Kerbela starb im Jahr 680 Ihrer Zeitrechnung Hussein, Sohn Alis, in einer Schlacht. Es war der Gründungsmythos der Schiiten. Seither leben sie und wir Sunniten in unterschiedlichen Formen, dennoch vereint im Glauben des allerheiligsten Islam. Ihre Opferbereitschaft ist legendär, aber es sind eben auch unsere Brüder und Schwestern.«

Jan hatte den Islam immer als eine Sammlung enger Vorschriften begriffen, noch ernster und einengender als das Christentum. Er war Naturwissenschaftler, Grenzen und Tabus waren ihm immer ein Grauen, Freiheit eines der wertvollsten Dinge der Menschen. Jetzt saßen sie hier und hörten das genaue Gegenteil. Trotzdem konnte auch er sich nicht vom Zauber der Worte befreien.

»Sie sind Arzt. Wie oft kommen Menschen zu Ihnen, die Falsches essen oder trinken, schlecht leben? Sie wissen, dass es schädlich für ihr Leben ist. Sie mahnen, empfehlen.

Und dennoch gehen sie den falschen Weg. So ist es mit uns allen. Allah, das Licht und Paradies, zeigt DEN Weg: Denn er kennt ihn. Und dennoch wollen wir es nicht sehen. Wir bestreiten das Böse, obwohl wir es täglich erleben. Nennen Sie es Zufall oder Schicksal. Aber es ist da.« Die Augen des jungen Syrers schauten eindringlich auf Jan, fast war es ihm, als ob sie ihn durchbohrten. »So sagt der Koran: Nicht belastet Gott eine Seele über Vermögen. Sie erhält, was sie verdient. Unser Herr, strafe uns nicht für Vergesslichkeit oder Sünde! Unser Herr, lege uns nicht auf eine Last, wie du sie den Früheren auflegtest! Unser Herr, und lass uns nicht tragen, wozu unsere Kraft nicht ausreicht; und vergib uns und verzeihe uns und erbarme dich unser! Du bist unser Beschützer. Und hilf uns wider das ungläubige Volk.«

Jan war erstaunt. »Das klingt wie das Vaterunser der Christen?«

Auch Regina stutzte. »Wer war damit gemeint, mit dem ungläubigen Volk? Die Juden?«

Hassan drehte sich abrupt zu ihr. »Es gibt keinen Zwang im Glauben. Klar ist nunmehr unterschieden das Rechte vom Irrtum; und wer den Taghut verleugnet und an Gott glaubt, der hält sich an der stärksten Handhabe, in der kein Spalt ist; und Gott ist hörend und wissend.« Dabei hob der Junge seinen Zeigefinger und richtete ihn gen Wüste, die sich hinter den Olivenfeldern im Südosten befand.

»Taghut? Was ist das?«, fragte Jan.

Hinter ihnen erhob sich eine Stimme. »Normalerweise bezeichnet der Begriff jemanden, der seine Grenzen überschreitet. Im Kontext des Korans steht es für ein Geschöpf, das die Regeln seines Gottes und Herrschers verletzt, um selbst göttlich zu sein und angebetet zu werden. Das Paradebeispiel ist der Teufel, von uns Shaytan genannt.«

Der Imam war aus dem Schatten des Hauses in die Sonne des Morgens getreten. Sein weißer Umhang leuchtete. Belustigt, aber auch stolz nickte er in Richtung seines Sohnes. »Er gibt nicht auf, die Ungläubigen zu bekehren.«

Jan schüttelte den Kopf. »Es ist eine großartige Einführung in eure Welt. Wir genießen das sehr und hören gespannt zu.«

»Glaubst du an das Böse?« Der Imam sank auf eines der Polster und goss sich Tee in eine kleine Tasse. »Ich meine euch beide«, er deutete auf Regina und dann wieder auf Jan, »wie ihr auch jeden Tag dagegen kämpft. Als Polizistin wie auch als Arzt, egal, ob das Böse sich uns in Form einer Krankheit oder in der Person eines Verbrechers zeigt.«

Jan schmunzelte. »Eine Krankheit ist ein Zustand, erst einmal nichts Böses.« Dann erinnerte er sich an die Faszination, die er gespürt hatte, als er zum ersten Mal Krebszellen und Viren unter dem Mikroskop gesehen hatte. Sein Doktorvater hatte in dem ihm eigenen Pathos vom »Bösen an sich« gesprochen. Damals hatte Jan das als Esoterik-Unsinn abgetan.

»Ja, es gibt das Böse«, meinte Regina ernst. »Ich habe es gesehen. Hundertfach. Kinderschänder, Mörder, Triebtäter. Sie sind nicht einfach nur krank. Wir reden uns das ein, weil es uns beruhigt, weil es einfacher, erklärbarer scheint. Aber wenn man mit diesen Menschen spricht, wirken sie von etwas besessen. Es sind nicht sie selbst. Ich habe es bei einem der Täter selbst gespürt.«

»Ich habe heute Morgen nach dem Gebet in eurem Tagebuch gelesen. Eure Historikerin war auf der Suche nach dem Bösen«, erklärte der Imam.

Tel Aviv, 16. 06., 19. 17 Uhr

> Taking note also of the Political Declaration and Strategy to Strengthen International Peace and Security and to Intensify Solidarity and Mutual Assistance among Non-Aligned Countries, adopted at the Conference of Ministers for Foreign Affairs of Non-Aligned Countries held at Lima from 25 to 30 August 1975, which most severely condemned zionism as a threat to world peace and security and called upon all countries to oppose this racism and imperialist ideology, determines that zionism is a form of racism and racial discrimination.
>
> *Aus: UN-Resolution 3379,*
> *1991 auf Druck Israels zurückgenommen*

Wann immer Terror das Land erschüttert hatte, wurden der Feind aus dem Süden, Israel oder sein Verbündeter Amerika in den Medien dafür verantwortlich gemacht. Aber Zeitungen wie auch TV und Radio hielten sich mit Spekulationen über die Hintergründe des Anschlags zurück. Dies barg für die Führung Risiken. Das Volk wollte ein Ventil, doch Bashar, der Präsident, konnte Unruhen und Demonstrationen nicht gebrauchen, und so wurden Kurden als mögliche Täter verhaftet, um zu beweisen, dass man jederzeit Herr der Lage war. In Tel Aviv war man überrascht. Denn auch die eigenen Informanten in Damaskus und anderswo konnten dem Premierminister Israels keine Auskunft über die Hintermänner geben.

Auffällig war für die Israelis, welche Staaten Syrien Hilfe anboten. Sowohl Ägypten als auch die alten Feinde aus Jordanien sowie der Libanon und selbst Libyen wollten mit Sachspenden und polizeilichen Erkenntnissen helfen. Zuviel Solidarität, fand der Sicherheitschef des Premiers, Shlomo Finkelstein, und lud zu einer Telefonkonferenz mit den Geheimdienstvertretern am nächsten Montag ein. Er wollte sich ein genaues Bild über die Anschlagserien geben lassen, die so gar nicht in das Konzept der üblichen Verdächtigen passten. Denn er wusste, was in Damaskus passierte, konnte auch in Tel Aviv und Jerusalem passieren. Finkelstein kannte Syrien gut, er war mehrfach während seiner Zeit beim Militärgeheimdienst in dem Land gewesen, hatte Ziele ausgekundschaftet und auch zwei Mal Feinde eliminiert. Nur an einem Gegner waren sie immer gescheitert. Der Deutsche hatte sie alle genarrt. Und dass er so still und leise von dieser Welt abtreten könnte, obwohl er sich derzeit direkt vor ihrer Nase bewegte, machte die Sache umso schlimmer. Finkelstein, mit seinen 62 Jahren schon so etwas wie ein Veteran, hatte 1982 am Libanon-Feldzug als Aufklärer teilgenommen und wäre bei den Kämpfen um den libanesischen Ort Sultan Yakoub fast in die Hände der Syrer geraten. Dreißig seiner Kameraden fielen, mehrere wurden gefangengenommen, drei von ihnen wurden als Gefangene auf einem erbeuteten Panzer durch die Straßen von Damaskus gefahren und zur Schau gestellt. Finkelstein hasste die Syrer. Für ihn stand Syrien wie auch der Iran für das Böse schlechthin. Vermutlich lag es auch daran, dass sein einziger Sohn im zweiten Libanon-Krieg gegen die Hisbollah 2006 gestorben war und man seine Leiche bis heute nicht überstellt hatte. Dieser Hass richtete sich allerdings weniger gegen das syrische Volk als vielmehr gegen die Familie des Präsidenten, die er als Urheber für all den Terror der letzten Jahrzehnte ausmachte.

Lea Rothblum betrat Finkelsteins Büro. »Was machst du am Sabbat? Magst du zu uns rauskommen, nach Tiberias?«

Für viele Israelis war die Fahrt in ihre Wochenendhäuser am See Genezareth ein Ritual. Sie verbrachten den Sabbat mit Freunden und fuhren am Sonntagmorgen wieder zurück in ihre Büros. Jerusalem war dann wie ausgestorben. Die Orthodoxen hatten in den letzten Jahren die Stadt der großen Weltreligionen fest in ihre Hand bekommen. Selbst Parkhäuser blieben geschlossen. Lea und Shlomo waren Freunde seit der Militärzeit. Trotz der vielen Regierungswechsel hatten sie es immer geschafft zusammenzuarbeiten, doch ein Paar waren sie nie geworden. Sie wurden Freunde, was in der Machogesellschaft des israelischen Militärs und der Politik des Staates fast an ein Wunder grenzte. Lea war das, was man im Westen »ein zähes Luder« nannte. Sie hatte wie alle Frauen den Wehrdienst abgeleistet und war auch in Kampfeinsätzen gewesen. Shlomo hatte sie zum Geheimdienst geholt, wo sie jahrelang in allen Ländern der Welt die Interessen des kleinen, aber mächtigen Staates auf legale wie auch illegale Weise vertreten hatte. Doch mit dem Alter kamen ihr, anders als Shlomo, Zweifel an ihrer Doktrin. Zu viele starben, zu wenig ging in die richtige Richtung. Lea wollte in ihrem Leben noch den Frieden erleben und fühlte sich so weit davon entfernt.

»Was sagst du zu den Anschlägen?«, fragte sie.

Der Sicherheitschef wiederholte seinen Gedanken, dass diese Ruhe aus Damaskus ihn eher verunsichere. Aber der nahende Sabbat ließ bei beiden keine Aufregung aufkommen.

Es waren die letzten ruhigen Stunden für Lea und Shlomo.

Aleppo, 17. 06., 13.45 Uhr

> Wenn Sie ohne jegliches Urteil schauen, ohne irgendeine Wahl, nur einfach beobachten, dann ist in dieser Beobachtung kein Beobachter. In dem Augenblick, in dem der Beobachter hinzukommt, beginnt das Vorurteil, beginnen die Vorlieben und Abneigungen.
>
> *Aus: Krishnamurti, Gesammelte Werke*

Der Arzt lachte ihn aus und glaubte, Faruk wolle einen Scherz machen, als er sich aus dem Bett drehte und den frisch gereinigten Anzug aus dem Schrank anzog. »Sie können nicht gehen. Sie hatten vor wenigen Stunden eine schwere Operation, Sie werden keine drei Schritte machen können.«

Das Falkengesicht sah ihn nur müde an und schüttelte den Kopf. »Ich übernehme die Verantwortung.«

Hustend und humpelnd kam Faruk Al-Ali aus dem Krankenhaus. Niemand holte ihn ab. Er nahm das nächstbeste Taxi, fuhr in sein Büro und setzte sich an den Schreibtisch. Dort sah er den verwaisten kleinen Tisch in der Ecke, an dem sein Assistent sonst saß, der nun auf dem islamischen Friedhof beigesetzt wurde.

Sie hatten ihm die ersten schriftlichen Erkenntnisse der Anschläge noch nicht auf den Tisch gelegt, keiner hatte mit seinem Wiederkommen so schnell gerechnet. Faruk hustete. Die Anschläge würden auch ohne ihn bearbeitet werden. Er wollte seinem Gefühl aus dem Krankenhaus weiter folgen. Diese Europäer standen in einem größeren Zusammenhang, er musste sie finden. Sie hatten etwas, was er instinktiv haben wollte. Auf seinem Computer erschien eine neue Mail, die nur aus Zahlen bestand. Sie war verschlüsselt. Er schrieb sich die Kolonnen auf und decodierte sie im Nachbarbüro an einem speziellen Terminal. Es war eine Aufforderung aus dem Palast, heute alle sicherheitsrelevanten Personenkreise in größtmöglicher Form zu observieren und bei Unklarheiten nötigenfalls festzusetzen. Man erwartete in den Abendstunden Störungen.

Al-Ali wollte der Order erst kaum Beachtung schenken. So etwas kam häufiger vor in diesem von Paranoia und überhitzten Gemütern bevölkerten Dienst. Aber die Nachricht stammte nicht vom Dienst selbst, sondern aus dem Palast. Das war ungewöhnlich. Doch auch die völlig vage Beschreibung, die sonst immer mit den Namen der verdächtigten Gruppierungen zumindest Hilfe bot, machte ihn stutzig. Der langjährige Geheimdienstmann wurde unruhig, als sein Telefon klingelte. Und dieses Gespräch ließ die Nachricht schnell vergessen. Sein Informant aus Manbej hatte ihm einen Tipp gegeben. Seine Europäer waren dort.

Al-Ali hinterließ eine Nachricht und humpelte die Treppe

hinunter zum Innenhof, wo die Einsatzfahrzeuge des Dienstes bereitstanden. Einem jungen Soldaten rief er zu, er solle einen Wagen vorfahren, der ihm vor Beflissenheit das Auto fast vor die Füße fuhr.

Wenig später fädelte Al-Ali sich in die Hauptstraße von Aleppo nach Nordosten ein. Unterwegs war er immer wieder eingekeilt zwischen Militärkolonnen. Ein um das andere Mal musste er in halsbrecherischen Manövern die Lkw mit den Panzern auf den Anhängern und Truppentransporter mit blutjungen Soldaten auf den Pritschen überholen, ehe er in die Provinzstadt einbog. Das Büro des Dienstes lag etwas außerhalb neben einem Militärcamp. Er wollte von unterwegs von seinem Handy aus anrufen, aber die Verbindung kam nicht zustande. So waren die wachhabenden Offiziere mehr als überrascht, als sie in ihrer Schläfrigkeit von Al-Ali entdeckt wurden. Er machte sie mit den allernötigsten Informationen vertraut, nannte die Adresse und hörte zu seinem Erstaunen, dass die Europäer bei einem Imam Unterschlupf bekommen hatten. Und dass der eine Arzt war und schon einige, darunter auch den Vater eines der jüngeren Offiziere, behandelt hatte.

Al-Ali musste unwillkürlich schmunzeln. Dieser Deutsche gerierte sich als Wanderheiler und hinterließ Spuren, groß wie Kamelfüße. Was entweder für Dummheit oder für Unschuld sprach. Faruk wollte sich erst ein Urteil erlauben, wenn der Mann vor ihm saß. Er schaute auf die Landkarte, die den Distrikt beschrieb. Die Stadt lag nur 26 Kilometer vom Euphrat entfernt, der aus der Türkei im Norden für ein schmales fruchtbares Band mitten in der Wüste sorgte. Dem geübten Auge Faruks entging nicht, dass auch der Grenzübergang Jarabulus zur Türkei nur 30 Kilometer entfernt lag. Unsere Vögel wollen aus ihrem Käfig, dachte er fast erleichtert, denn zu wissen, was der Gegner vorhatte, war für ihn der halbe Sieg.

Mit dem zweiten Offizier fuhr er aus der Stadt, um sich das Anwesen anzusehen. Einen Zugriff bei Tag schätzte er nicht sonderlich. Er liebte die Überraschung bei Nacht. Viele hatten ihm schlaftrunken so ziemlich alles verraten, was sie bei Tage nicht unter Schmerzen ausgesagt hätten.

Sie fuhren aus der Stadt Richtung Ayn an Nakhil. Der Offizier machte Anstalten zu plaudern, da er an den Hintergründen interessiert war. Faruk ließ sich aber auf kein Gespräch ein, fragte ihn stattdessen über den Imam aus.

»Er ist mehr als ein Geistlicher, er ist ein Seher«, erklärte der Offizier. »Er kann in die Zukunft schauen. Das sagen zumindest die Alten, die Moschee ist immer voll, wenn er predigt. Wir haben aber nie etwas Feindliches oder Verräterisches in seinen Predigten gehört. Er ist loyal, redet selten über Politik, bleibt eher bei mystischen Themen oder bei Moral und Anstand.« Der Offizier konnte seiner Begeisterung kaum Herr werden. Nichts war Al-Ali angenehmer als ein Brunnen, dessen Wasser ständig überlief.

Der Offizier bog nach links auf einen staubigen Eselsweg und steuerte den Wagen in einem langen Bogen auf eine Anhöhe, die von mehreren Olivenbäumen gekrönt war. Al-Ali presste die Lippen zusammen. Dieses Geschaukel ließ die Schmerzen zurückkehren, so dass er, als sie anhielten, beinahe vom Beifahrersitz gefallen wäre.

Faruk spuckte Schleim aus, griff ins Seitenfach, trank das warme und abgestandene Wasser aus einer Plastikflasche und nahm den Feldstecher. »Wo ist es?«

Der Fahrer zeigte nach unten, wo sich der zweistöckige Hof mit der Einfahrt von der Hauptstraße befand. Faruk Al-Ali sah nach der Sonne, damit er mit den Gläsern nicht eine Spiegelung hervorrief, aber die Sonne stand schon tief im Westen, so dass die Sorge unbegründet schien.

Faruk Al-Ali konnte es nicht genau bestimmen, aber etwas in ihm sagte, dass sie hier nicht allein waren. Jemand beobachtete auch sie. Er schaute nach links, nahm das Fernglas von den Augen. Er ging vorsichtig ein paar Schritte nach links, immer bedacht, nicht die Deckung der Olivenbäume zu verlassen. Jemand bewegte sich hinter einem Haufen aus Müll und Altmetall. Er zog vorsichtig seine Waffe. Der Fahrer stand am Wagen, schaute in die andere Richtung und rauchte. Faruk lud durch. Sein Schuh drückte auf eine leere Plastikflasche. Noch ehe er den Fuß wegzog, hatte das Geräusch etwas hochgeschreckt. Sein Fahrer rief etwas, und plötzlich stob eine Katze aus dem Haufen in Richtung Bäume, rannte zwei Meter und verschwand mit einem gewaltigen Satz auf den verkrüppelten Bäumen. Faruk drehte sich mürrisch, die Waffe wieder in das Holster steckend, zum Fahrer um. Der Offizier wies stumm auf das Haus. Faruk sah, dass mehrere Personen in weiten Kaftanen unter dem Vordach standen. Ein weißer Kleinbus wurde rückwärts aus der Einfahrt gefahren, hielt vor dem Eingang, und vier der fünf Personen stiegen ein.

Faruk rief dem Fahrer zu, den Wagen zu starten, und in einer halsbrecherischen Fahrt rasten sie den Weg hinunter. An der ersten Kreuzung, die in die Stadt zurückführte, hatten sie den Wagen erreicht. Zwei Autos Abstand war die Regel, die man beim Dienst zuerst lernte, und der Offizier hielt sich sklavisch daran. Doch im dichten Feierabendverkehr verloren sie den Bus an einem Kreisverkehr aus den Augen. Manbej schien voller weißer Kleinbusse zu sein.

Manbej, 17. 06., 11.45 Uhr

Dort begegnen sich wilde Katzen und Wüstenhunde, Bocksgeister halten dort ihr Stelldichein; dort rastet Lilith.

Altes Testament, Buch Jesaja, Kapitel 34, 14

Regina war sich ihrer Sache ziemlich sicher. »Wenn der Imam mit der Übersetzung und der Einschätzung der Aufzeichnungen recht hat, sind wir einer wirklich großen Geschichte auf der Spur.«

Jan schaute sie spöttisch an. »Aber du bist keine Reporterin, die einem Scoop hinterherjagt, sondern eine Privatermittlerin, die vom syrischen Geheimdienst verfolgt wird. Und so schön es hier ist, wir sollten aus diesem Land möglichst schnell verschwinden.« Er hatte noch gut die wilde Flucht über den Dächern Aleppos in Erinnerung. Allerdings war das, was der Imam den beiden erzählt hatte, so spannend und absurd, dass seine Neugierde mindestens genauso groß war wie seine Angst. Almut, die vermisste Archäologin, hatte sich nach Aussage des Alten auf einen vorchristlichen Kult aus dieser Region spezialisiert. Im Mittelpunkt ihrer Forschungen stand eine Göttin, die über verschiedene Zeiten und in verschiedenen Reichen zwar andere Namen trug, aber immer dieselbe Gottheit darstellte. Der Imam hatte gewartet, bis Fatima in ihrem Zimmer verschwunden war, ehe er von der Göttin sprach.

»Wer war Adams Frau?«, fragte er Regina und Jan, die ihn nur erstaunt anschauten. »Na, der erste Mann aus der Bibel hatte eine Frau, wer war das?«

»Eva oder nicht?«

»Falsch!« Der Alte grinste. »Es war Lilith, schon mal den Namen gehört?«

Beide schüttelten den Kopf.

»Das war Adams erste Frau, noch vor Eva. In der Bibel werdet ihr das nicht finden, aber der jüdische Talmud erklärt es sehr genau. Am Anfang schuf Gott Adam und Lilith. Beide waren gleichberechtigt. Als sie nun daran gingen, den Schöpfungsauftrag zu vollziehen, sprich Kinder zu zeugen, kam es zum Streit zwischen Adam und Lilith. Adam wollte, dass sich seine Frau«, der Imam geriet ins Stocken, »... in der Missionarsstellung begatten ließ. Sie sollte unten liegen.«

Regina schmunzelte still in sich hinein. Die Jahre in der DDR und das Zeugen von sieben Kindern hatte den Orientalen nicht schamfreier gemacht.

»Damit war Lilith aber überhaupt nicht einverstanden.

Ihrer Meinung nach verkörperte sie die Erde, aus der die Menschen geschaffen wurden, und Adam den Himmel, also das göttlich Lebensspendende. Sie wollte bei der Liebe obenauf sein. Das rief den Zorn Adams hervor. Doch Lilith weigerte sich. Denn die Erde, wie wir wissen, kann nie über dem Himmel sein.« Jan blickte Regina an, die keine Miene verzog und Missbilligung zeigte. Sie hörte aufmerksam zu.

Der Imam fuhr fort: »Wütend schwang Lilith sich in die Lüfte und floh in die Wüste. Dort tat sie sich mit einem Dämon zusammen, zeugte jeden Tag Hunderte weiterer Dämonen. Sofort beklagte sich Adam über sein Weib bei Gott. Gott schickte drei Boten zu Lilith, um sie zur Rückkehr zu Adam aufzufordern. Sonst werde sie bestraft. Lilith wollte aber ihren Willen durchsetzen und blieb. Daher schenkte Gott Adam eine neue Frau, gefügig und sanft – er schuf aus einer Rippe Adams Eva.«

»Siehst du, Regina, so geht es auch«, warf Jan belustigt ein.

»Lilith fiel in Ungnade, wandelt seither nachts durch die Lüfte und bringt das Böse in die Häuser. Sie gilt in der Mythologie als Dämonin, die Männer verführt, ihnen das Sperma und die Männlichkeit raubt, Schwangere gefährdet und Säuglinge tötet. Besondere Gefahr droht in der Nähe von Ruinen und Wüsten, wo sie zusammen mit den Feldgeistern Se'irim ihr Unwesen treibt.«

»Also ist diese Lilith nur einfach ein Dämon?«, fragte Jan.

Der Imam wiegte den Kopf. »Nun ja, in meinem Glauben, aber auch in eurem und denen der Juden ist sie definitiv nur schlecht.«

Regina mischte sich ein. »Aber das ist doch klar, dass eine starke Frau nicht in diese Religionsformen passt, lieber die sanfte Maria, die duldsame Sarah bei den Juden, na ja, und im Islam kenne ich gar keine starke Frau.«

Der Imam lächelte. »O doch. Aischa, die letzte Frau des Propheten, war sehr stark und führte sogar Kriege. Aber so verzehrend lustvoll und unabhängig wie Lilith oder ihre Schwestern im Geiste, Ischtar aus Babylon und Dea Syria, ist sie sicher nicht. Lilith wird später die Gattin des Satans, Prinzessin der Hölle.«

»Diese starken Frauengestalten tauchen also bis zum Judentum immer auf und werden dann von den nachfolgenden Religionen verteufelt?« Regina konnte es nicht fassen.

Der Imam strich über seinen Bart, ehe er antwortete: »Der Hintergrund der Lilith-Mythologie dürfte aus der Zeit der israelischen Gefangenschaft in Babylon stammen und so Eingang in die jüdische Mythologie gefunden haben. Folglich ist der Ursprung Liliths in den frühesten Kulturen der Menschheitsgeschichte zu suchen, in den mesopotamischen und sumerischen Hochkulturen. Hier in Manbej liegt ein Ruinenfeld mit dem Tempel der Göttin Dea Syria, die ähnlich angebetet wird. Es geht immer um Macht und Sexualität. Aber ihr im Westen, speziell eure Feministinnen, haben immer nur den Gegensatz zum Männerbild gesehen, die Stärke und Unabhängigkeit, nie das Zerstörende. Und das ist aber hier immer der Antrieb. Lilith ist das Böse schlechthin.« Bei dem letzten Satz stampfte er mit dem Fuß auf den Boden. »Wir haben hier überall diese Kulte, und es ist gut, dass sie untergegangen sind. Sie haben die Menschen verführt. Sie waren zerstörerisch.« Der Imam sprach immer lauter. »Und ihre Vermisste war diesem Kult auf der Spur. Vielleicht ist Lilith eine Chiffre für etwas anderes, Größeres – vielleicht eine Krankheit. Ich weiß es nicht. Was ich weiß, ist das: Sie hat die Völker des Wahns aufgehalten und ihren Tribut bekommen. So steht es auch in diesen verfluchten Büchern.« Er schleuderte den zweiten Teil des Tagebuchs auf den Boden. Regina beugte sich nach vorn, griff nach dem Buch, klopfte den Staub ab und nahm es wieder an sich. »Entschuldigt meine Unbeherrschtheit.« Der Imam drehte sich weg, als wolle er in seinem Zorn allein sein.

Jan fragte leise: »Diese Völker des Wahns sind die ominösen Seevölker, von denen du gestern gesprochen hast, richtig?«

»Ja, sie kamen aus dem Nichts, sie blieben nur an der Küste, landeinwärts sind sie vermutlich auf einer Linie Aleppo, Damaskus und dem Gebiet des heutigen Kairo gestoppt worden. Sie hinterließen nichts als Chaos und Vernichtung. Wer sie stoppte und wie sie aufgehalten wurden, weiß kein Mensch. Bis auf ...«, er zeigte verächtlich auf das Buch in Reginas Händen, »... die Verfasserin dieser Texte, vielleicht. Sie schreibt, dass Ischtar, Dea Syria oder eben Lilith den Heereszug auf eine grausame Weise stoppte. Binnen weniger Tage seien Tausende Krieger qualvoll verreckt. Aber wie und warum, steht hier nicht. Das alles wäre nur für Historiker interessant, doch diese Almut glaubt, dass die Zeit der Göttinnen wiedergekommen ist. Und sie hat in einer Sprache, die sie nicht beherrschen kann, die Vorzeichen dafür genannt.«

»Die da wären?« Regina wurde immer neugieriger.

»Die Sprache ist eine Keilschriftform. Diese Almut muss sie an verschiedenen Plätzen im Umkreis von fünfhundert Kilometern zusammengesammelt haben. Sie hat vor acht Jahren in der Türkei angefangen und sich dann nach einer ganz bestimmten Ellipsenform von einem Ort im Südirak, nach Ägypten, Israel, Syrien und vor mehr als einem Jahr wieder zurück in die Türkei begeben.«

Der Imam rief Fatima und bat sie, eine Landkarte aus seinem Arbeitszimmer zu bringen.

»An jedem dieser Orte fand diese Forscherin, so glaubte sie es jedenfalls, Hinweise auf Vorgänge, die weit in die Zukunft reichten und von denen wir wissen, dass sie eintrafen. Sie schreibt über Kriege, die Kreuzzüge, die Pest, Erdbeben oder Riesenwellen. Das lässt sich natürlich im Nachhinein alles schön deuten. Auf ihrer letzten Station, der achten, scheint sie aber auf unsere Zeit gestoßen zu sein.« Der Imam nahm seiner Frau die Karte aus der Hand, faltete sie auf dem Boden auseinander und kniete sich hin. Neben sich legte er die Tagebücher.

Der ganze Nahe Osten und Nordafrika lagen vor ihnen. Der Imam griff nach einen Schilfrohr und fuhr über die Karte.

»Hier im Norden, in Anatolien, liegt Harran, ihre erste Station. Ein wichtiger biblischer Ort, wo Abraham lebte, ehe er in das Gelobte Land zog. Zudem ist es der Kultort für den Mondgott Sin. Hier las sie auf einer Keilschrifttafel, die sie in einer Grabhöhle etwas außerhalb in der Nähe einer Straße untersuchte und die sie zuerst entdeckte, von den Krankheiten, die kommen werden.«

Jan stutzte. »Also Krankheiten, die bei der Aufzeichnung noch nicht existierten, die heute aber vorkommen?«

»Nicht nur. Sie deutet an, dass es einen Blick in die Zukunft gab.« Der Imam fuhr ungerührt fort: »Dann ist sie nach Ur in den Irak gereist, eine der ältesten Städte der Welt, um dort etwas über die Wettererscheinungen der Welt in Erfahrung zu bringen. Im Irak besuchte sie die Ruinen von Babylon. Das muss für sie sehr erhellend gewesen sein, denn sie beschreibt, dass sie dort die Hinweise für ›das Haus‹ erhielt und auch den ersten Hinweis auf die Seevölker bekam – Hunderte Kilometer entfernt von der Mittelmeerküste und an einem Ort, an dem die Seevölker niemals waren. Wie und warum ist nicht klar. Sie hat dort Zeichen auf gebrannten Tafeln entdeckt, wie sie hier schreibt.« Er blätterte weiter. »Ihre dritte Station führte sie nach Ägypten in die Oase Siwa, am Rande der Sahara. Die Aufzeichnungen sind sehr lückenhaft, aber sie muss sehr beeindruckt gewesen sein. Denn in ihren Aufzeichnungen glaubte sie sich erst am Ziel. Dann nach Wochen verließ sie enttäuscht nach Fehlschlägen und von etwas anderem, das sie nur als den ›Wind‹ beschreibt, verunsichert die Oase. Es zog sie nach Israel, nach Galiläa. Dort verlief ihre Suche nach einem Kultplatz ergebnislos.« Er hielt das Buch näher an sein Gesicht. »Jetzt wird ihre Schrift undeutlicher. Sie scheint besorgt zu sein. Südlich von Tel Aviv traf sie aber auf einen Studienkollegen, der einem eigenartigen Kult des Kindsmordes auf der Spur war. Er schien ihr Vorhaben nicht gutzuheißen und warnte sie. Es kam dort zum Streit, sie reiste weiter nach Syrien, nach Ugarit. Zwei Wochen später stirbt der Freund, sie hat eine Todesanzeige aus dem Internet ausgedruckt und dem Tagebuch beigelegt. Ihre sechste Station ist ungenau aufgeführt, vermutlich war es die Ruinenstadt Palmyra südlich von hier. Dort wurde sie ernsthaft von Beduinen bedroht. Sie beschreibt das sehr eindringlich. Erst warnen sie Almut, dann wird sie aus einer Tempelruine verscheucht. Und wieder schreibt sie vom Wind. Sie schläft jetzt nachts nicht mehr, nur noch tagsüber.«

Der Imam stützte sich auf und dehnte seinen Rücken. »Das ist etwas unbequem«, sagte er und trank ein wenig Tee.

Regina hatte sich auch aufgerichtet und rauchte.

Der Alte zeigte hinunter auf die Stadt. »Dann kam sie hierher, nach Manbej, zum Ruinenfeld draußen vor der Stadt. Es ist der Göttin Dea Syria geweiht. Hier traf sie sich mit europäischen Vertretern einer Sekte, die, so schreibt sie, auch nachts nicht schlafen.«

Jan schaltete sich ein. »Ist irgendwo beschrieben, warum sie nicht schläft? Ich meine, hatte sie vor etwas Angst?«

»Nein, kein Hinweis darauf.« Der Imam kniete sich wieder hin. »Als letzte Station reiste sie in die Türkei nach Sematar, östlich von Harran. Das ist insofern bedeutsam, als dort ihre Aufzeichnungen abrupt enden und sie dort wohl auch verschwunden sein muss. Sie hat aber immer etwas an diesen Orten gefunden. Es ist in einer Sprache, die ich nicht beherrsche, dokumentiert, aber auf Deutsch interpretiert. Und es waren Vorhersagen über Dinge, die bald geschehen sollten. Doch das können auch alles Resultate eines verwirrten Kopfes sein. Man gerät hier bei all den Göttern und Dämonen schnell in Verwirrung.« Jetzt war er wieder ganz der Imam, väterlich, fast gütig. Er verabschiedete sich mit dem Hinweis, dass er in die Moschee müsse, und ließ sich von seinem Sohn in die Stadt fahren.

Jan und Regina schwirrte der Kopf. Göttinnen, Kulte, Dämonen. Das war so gar nicht ihr Metier. Und beide wussten nicht, was Fiktion und Wahrheit war.

»Wenn Almut in der Türkei verschwunden ist, solltest du doch auch dort weitersuchen, oder nicht?«

Regina spürte, dass Jan sie aus dem Land locken wollte. »Ich habe da so ziemlich alles versucht. Aber diese neuen Erkenntnisse könnten vielleicht etwas weiterhelfen.«

Die beiden schwiegen. Regina trat wieder an die Brüstung, zündete sich eine Zigarette an und blickte in das weite Tal, das mit einigen grünen Parzellen zwar gesprenkelt, sonst aber völlig öd und voller Geröll vor ihr lag.

Jan trat hinter sie. »Wir müssen herausfinden, was die Prophezeiungen sagen. Das könnte der Hinweis sein. Der Imam meint, dass Almut es in einer sumerischen Keilschrift verfasste. Vielleicht können wir in Europa mehr dazu erfahren.«

Regina setzte sich auf die Brüstung und blickte ihn an. Wie Jan dort in der Mittagssonne stand, lang und sehnig, ruhig, aber doch bestimmt, gefiel er ihr. Er hatte das, was ihr so fehlte. Er war beherrscht, vorausschauend und sogar fürsorglich. Das Alter hatte ihn noch nicht berührt, kräftige Haare, olivfarbener Teint. Ein Mann wie aus einer Arztserie. Sie lächelte. »Was denkst du?«, fragte er.

»Du hast recht. Wir sollten das Material mitnehmen und es untersuchen lassen. Ich habe nur Angst, dass wir hier nicht mehr hineinkommen. Aber das ist vielleicht auch der zweite Schritt vor dem ersten.« Sie nahm den zweiten Teil des Buchs, blätterte darin, während sie den Rauch langsam und stoßweise ausblies. »Meinst du, diese Aufzeichnungen haben etwas mit den anderen Funden zu tun, dem Zylinder und der Kamelhaut?«

»Vielleicht.«

Mittlerweile hatte die Sonne ihren höchsten Stand erreicht und brannte erbarmungslos herunter. Sie suchten den Schatten.

»Lass uns noch einmal das Material anschauen, du liest bitte vor«, bat Jan träge Regina, die neben ihm an der Hauswand lehnte. »Natürlich, gern. Das Lesen fällt dem Piefke schwer.«

Er stieß ihr leicht in die Seite. »Ihr seid das Volk der Kellner und Servicekräfte. Das liegt euch doch.« Er lachte.

Sie kniff die Augen zusammen und schaute ihn theatralisch böse an, ehe sie blitzschnell auf seinen Fuß trat.

Er schrie und lachte gleichzeitig.

»UND ihr seid das Volk der Schmerzen. Ihr steht doch drauf, gequält zu werden.«

Sie lachten beide, und er blickte sie einen Augenblick zu lange an.

Jableh bei Lattakia, 17. 06., 14.12 Uhr

Jetzt lässt im Zelt sich Lilith nieder und über seine Wohnstatt streut man Schwefel …

Altes Testament, Buch Hiob, Kapitel 18, 15. 21

Der Alte hatte sich in den Garten auf einen Stuhl gesetzt und ein wenig gedöst. Er hatte schon immer die Fähigkeit besessen, oft am Tag in eine leichte Trance zu fallen. Das erste Mal hatte er es zu Beginn des Frankreich-Feldzuges bemerkt. Seine Kameraden, von tagelangen Märschen geschwächt, waren einfach bei einem Stopp zu Boden gesunken und in tiefen Schlaf gefallen. Er war damals wach geblieben, hatte seinen Kopf erhoben, die Augen geschlossen und gerochen. Den Duft der hereinbrechenden Nacht aus dem Tau aufgesogen, der über den Wiesen zog, und den kalten Wind, der von der Küste kam. Morgens dann konnte er immer wieder beim Marsch wegdämmern, seine Füße bewegten sich automatisch vorwärts. Seine Versetzung zur Elite kam für ihn dann nicht überraschend. Ihm schien, es sei ihm vorgegeben, der Weg lag offen da, er musste nur gehen. Und er ging ihn mit kräftigen Schritten. Bald schon war er im inneren Kreis des Mannes, der wohl vieles mehr verstand als die Menschen um ihn herum. Heinrich Himmler hatte ihn persönlich in die Levante gesandt. Der Direktor des Pergamon-Museums hatte mit seiner Theorie den Reichsführer elektrisiert. Und so waren Fischer und Klingenpohl, der dickbäuchige Grabungsleiter, 1941 auf die Nekropole hier in Syrien gestoßen. Die deutsche Gemeinde in Jerusalem, Schwaben wie er, hatte einen blinden Pfarrer, der ihnen den Tipp für Syrien gab.

Fischer schloss die Augen. Lilith saß in den Bäumen, er bemerkte sie. Wie er sie all die Jahre gespürt hatte. Bald würde er für einen kurzen Moment in den Schatten treten, um wieder strahlend hervorzukommen und weiter auf der Bahn zu ziehen. So viele Namen, Beleidigungen und auch Anbetungen hatte er auf seiner jetzigen Reise gesehen. Wie in Nizza, wo er mit Brunner diese Familie im Keller gefunden hatte. Sie hatten gebettelt, ihm alles angeboten. Er hatte alles aufgesogen, ihr Flehen und Wimmern. Hatte es genossen und milde seinen Kopf mit der schwarzen Mütze und dem Totenkopf gewogen, dann die Stabhandgranate hinabgeworfen, den Verschlag zugestoßen und gezählt. Sie hatten noch exakt vier Sekunden gegen die Decke geschlagen.

Aber die Vollendung seines Werkes hatte er erst nach der Niederlage hier im Orient gefunden. Und Lilith führte seinen Weg. Mochte der Frieden scheinbar in die Welt gekommen sein, hier waren immer das Chaos, das Blut und das Leid zu Hause. Am frühen Morgen hatte ihn der treue Günther zur Corniche, der sogenannten Strandpromenade, begleitet, die ihren Namen nicht wirklich verdiente. Sie lag an der Küstenstraße Richtung Lattakia, und im Ortskern vollführte sie am Hafen eine weit geschwungene Kurve, an der diverse Cafés und sogar Hotels auf Kundschaft aus den Städten warteten. Günther, sein Sohn, immerhin auch schon

Mitte sechzig, hatte die beiden Christen sofort in dem verabredeten Café erkannt. Zwischen der Mole, in der abgetakelte Fischerboote neben weißen Yachten der syrischen Oberschicht dümpelten, und einem drittklassigen Hotel mit dem Charme von sozialistischen Bauten der Siebziger lag das Café Raoul. Der Alte setzte sich den hochgewachsenen Männern gegenüber, den Innenraum so am besten beobachtend, legte seinen Stock neben sich und schaute die beiden Amerikaner erwartungsvoll an.

Der Ältere, der sich John nannte, konnte seinen Ekel ob des entstellten Gesichts des Alten kaum verbergen. Sein breiter Kiefer mahlte, der bullige Rumpf verriet seine amerikanische Herkunft. Die Haare waren militärisch kurz geschnitten, das Hemd hatte scharfe Bügelfalten. Er roch meilenweit nach US Army. Anders sein Partner, der sich mit dem zweifellos ebenfalls falschen Namen Bill vorgestellt hatte. Kleiner und auf eine seltsame Art verschlagen wirkend, hatte er fast jovial dem Greis die Hand geschüttelt. Seine dunklen dünnen Haare lagen fettig zu einem Seitenscheitel gerichtet auf seinem runden Schädel. Er hatte kleine, kräftige Hände.

Der Alte fixierte sie über den Tisch hinweg. Dann wurde sein zerfurchtes Gesicht etwas weicher. Er lächelte: »Das war schon imposant, was Sie da in Aleppo veranstaltet haben. Sie haben aus Ihren Fehlern im Irak gelernt. Sprengfallen – sehr hübsch.«

Die Herren nickten und ließen sich ihren Stolz nicht anmerken. Aus ihrer Sicht war es eine einfache militärische Arbeit gewesen. Seit ihr Land Truppen im Irak stationiert hatte, war ihr Einsatzspektrum enorm gewachsen. Sie waren jederzeit in wenigen Stunden in allen Ländern der »Achse des Bösen«. Dennoch war dieser Besuch hier etwas anderes. Nicht, dass sie sich nicht abgesichert hätten: Larry saß jetzt in seinem Zimmer, nur zweihundert Meter entfernt, und hatte das McMillan Tac 50, ein kanadisches Sniper-Gewehr, auf die sie gerichtet. Zwischen den Yachten hatten sie eine Rotte Seals postiert, die den Rückzug decken würde.

»Kommen wir zur Sache«, mahnte Günther. »Wir haben hier die Unterlagen, das Schriftstück, die Namen der Experten und eine exakte Terminplanung. Halten Sie sich daran! Die Aktion ist mit anderen Einsätzen exakt abgestimmt, und Sie sollten ...«

Jetzt unterbrach der Alte und hob seinen Finger. »Nur so ist ein Maximum an Effizienz gewährleistet. Das Projekt darf keinen Fehler enthalten.«

Die beiden Amerikaner nickten. Das Englisch mit dem harten deutschen Akzent klang immer besonders in ihren Ohren. In ihrer Heimat Arizona lebten viele Nachkommen deutscher Einwanderer. Sie waren mit der Sprache aufgewachsen. Auch wenn sie zweimal in der Geschichte gegen dieses Land hatten kämpfen müssen, so war doch immer Bewunderung für die Art und Weise der deutschen Kriegsführung dabei gewesen. Und hier saß ein Veteran der besten Truppe, der SS. John öffnete die Mappe, aber der Sohn des Greises legte schnell seine Hand darauf.

»Nicht hier, erst in London.« Er sah die Amerikaner eindringlich an. »Ich sagte Ihnen bereits, was darin ist. Oder wissen Sie, dass uns keiner beobachtet?« Er reichte die Ledermappe unter dem Tisch weiter. »Enttäuschen Sie uns nicht. Es wird Ihre Chance sein, das Land ein für alle Mal vom Dreck zu befreien.«

Etwas machte Bill jedoch stutzig. »Aber Ihre Araber haben Sie jahrzehntelang gedeckt. Was bringt Sie dazu, illoyal zu sein?«, wollte er von dem Greis wissen.

Der Alte zuckte nicht einmal. Das wässrige Blau in seinem gesunden Auge wirkte wie ein großer See, der alles aufnahm, aber nichts preisgab. Und nach wenigen Sekunden öffnete sich sein Mund mit den gelblichen Zähnen: »Weiter sah ich unter der Sonne: An der Stätte des Rechts war die Gottlosigkeit, und an der Stätte der Gerechtigkeit war Frevel. Gott wird richten den Gerechten und den Gottlosen; denn alles Vorhaben hat seine Zeit.«

»Amen«, sagten die beiden Amerikaner wie aus einem Mund.

Innerlich lachte Fischer. Das Bibelzitat aus dem Alten Testament hatte immer seine Wirkung bei diesen Rednecks gezeigt. Mochten sie noch so harte Soldaten sein, bei der Bibel wurden sie weich. Es war ihre schwache Seite. Der Alte kramte in seiner Hosentasche, legte hundert syrische Pfund auf den Tisch und bedeutete seinem Sohn, dass er gehen wolle. Beide erhoben sich langsam.

Dann drehte sich der Alte noch einmal um, beugte sich ächzend über den Tisch zu den Amerikanern. »Ihrem jungen Freund in Zimmer 409 des Hotels schräg gegenüber haben wir ein deutsches Produkt besorgt, damit er nicht mehr mit kanadischer Munition schießen muss. Wenn er sich befreit hat, darf er es mitnehmen. Als Geschenk.« Die beiden erstarrten. Der Alte genoss ihre Mienen. »Ihre Freizeittaucher dort gegenüber zwischen den Yachten allerdings mussten uns ihre Waffen schenken. Sie verstehen das sicher. Quid pro quo. Für Sie: Geben und Nehmen.«

Die Amerikaner saßen noch minutenlang völlig versteinert, als Fischer mit seinem Sohn schon wieder am Fenster seines Hauses stand und über das Meer blickte.

Manbej, 17. 06., 15.14 Uhr

Alles von Anbeginn der Dinge Erschaffene scheint nach Zahlenverhältnissen geformt, die als ein Vorbild in dem Geiste des Schöpfers lagen. In ihnen haben die verschiedenen Elemente ihren Grund; der Wechsel der Zeiten, die Bewegung der Gestirne, die Umdrehung des Himmels, kurz der Stand aller Dinge besteht durch die Verbindung der Zahlen. Es wohnen deshalb den Zahlen große und erhabene Kräfte inne, und da schon in den natürlichen Dingen so viele und so große Kräfte verborgen sind, die sich durch ihre Wirkungen offenbaren, so darf man sich nicht wundern, dass in den Zahlen noch weit größere, verborgenere, erstaunlichere und wirksamere liegen, da ja die Zahlen an sich formaler, vollkommener, im Himmlischen begründet, nicht aus verschiedenen Substanzen gemischt sind und in der nächsten und einfachsten Beziehung zu den Ideen der göttlichen Vernunft stehen, von denen sie ihre wirksamsten Kräfte erhalten.

Boethius, spätantiker Philosoph, ca. 475 bis 526 n. Chr.

»Die Acht ist der Schlüssel. So viel ist klar. Ständig schreibt sie davon.« Jan stand auf und reckte sich. Den ganzen Tag hatten Jan, Regina und der Imam die Tagebücher studiert. Als die Sonne ihre letzten Strahlen auf das Ockergelb der Felder goss, waren sie sich sicher, die ersten wirklichen Hinweise auf Almuts Verbleib und die Gründe für ihr Verschwinden gefunden zu haben. Der Imam hatte seinen Sohn immer wieder in das Arbeitszimmer geschickt, um Bücher, Übersetzungen und Karten zu holen. Almut hatte sich in wenigen Jahren immer tiefer in einen Mondkult verirrt. Und immer wieder war ein Hinweis aufgetaucht, den sie nicht einordnen konnten: Die Zahl Acht musste für Almut eine heilige Bedeutung gehabt haben. Wiederholt hatte sie diese in verschiedenen Formen in ihr Buch gemalt, sie gedreht, Rechnungen aufgestellt und sie mit bestimmten Ereignissen in Verbindung gesetzt. Doch Jans und Reginas Geschichtskenntnisse hatten nicht ausgereicht, um hinter das Rätsel zu kommen, und auch der Imam war trotz seiner historischen Ausbildung nicht in der Lage gewesen, die Aufzeichnungen zu entschlüsseln.

Der Imam schien in sich versunken zu sein. »Sie hat acht Jahre gebraucht, um zu ihrer letzten Station, der achten, zu gelangen. Um dann auf Lilith zu stoßen, von der sie glaubte, dass sie in acht Erscheinungen wiederkommt.«

Regina drehte sich der Kopf. »Klingt nach Kabbala und Esoterik.«

Der Imam blickte auf. »In eurem Land lebt ein großer Wissender. Er kennt die Geheimnisse der Zahlen und der Riten. Er ist Orientalist wie ich, aber sein Schwerpunkt lag auf der Mystik der frühen Zeiten. Er ist leider … anders … aber ein großartiger Forscher.«

»Wieso ist er leider anders?«, fragte Jan.

»Wenn ihr ihn kennenlernt, werdet ihr mich verstehen.« Der Imam schmunzelte. »Morgen solltet ihr die Gelegenheit nutzen und mit meinem Sohn über die Grenze in die Türkei reisen. Am Sonntag sind die Wachmannschaften immer dünn besetzt. Ich weiß das, weil einer von ihnen in meiner Gemeinde tätig ist und er …«

Hassan stürmte auf die Terrasse, sprach hastig auf Arabisch und deutete auf Jan und Regina. Dann bemerkte er, wie unhöflich sein Verhalten wirken musste, und sprach auf Englisch weiter. »Wir werden observiert. Ich war auf unseren Feldern oberhalb des Hauses. Omar vom Dienst aus Manbej und ein hagerer Kerl beobachten uns. Sie wissen, dass ihr hier seid.«

Sofort sprang Regina auf, um ihre Sachen zu packen. Jan eilte in Richtung Wohnzimmer. Nur der Imam blieb ruhig und mahnte die beiden mit einem »Moment« zur Ruhe.

»Versucht ihr zu fliehen, lauft ihr ihnen in die Hände. Es muss einen Grund haben, dass sie noch nicht das Haus gestürmt haben Also, bewahren wir jetzt alle einen kühlen Kopf.«

Fünfundvierzig Minuten später standen fünf in Kaftane und Kopftücher verhüllte Personen auf der Terrasse. Die Tochter des Imams fuhr den Wagen aus dem Hof vor. Die fünf Gestalten stiegen hastig ein und machten sich nach Manbej auf.

Hassan hatte sich mit Regina und Jan auf das Dach des Hauses begeben und hinter der Brüstung durch einen Wasserdurchlauf auf den Berg gestarrt. Kaum hatte Abduls weißer Wagen das Haus verlassen, startete fast parallel dazu ein Geländewagen der Armee, hinterließ oben auf dem Hügel eine Staubwolke und holperte abwärts zur Straße.

»Sie werden den Wagen bald einholen«, meinte Regina.

»Nein. Und wenn, sind wir schon weg«, erwiderte Jan.

Hassan bedeutete ihnen, sich zurückzuziehen

Sie eilten durch das Haus nach hinten, wo Hassan auf einen grauen Esel wies.

»Der Gute bringt uns hier raus. Ihr werdet heute Nacht in einer Moschee schlafen.«

Auf keinen Fall, dachte Jan.

Wenige Minuten später musste er dann doch erkennen, dass sie den armen Esel tatsächlich als Fluchthelfer würden einsetzen müssen. Hassan versteckte sie in großen Säcken und befestigte diese links und rechts am Tier. Jan und Regina waren sportlich, aber das übertraf jede Tortur eines Fitnessstudios.

Nach zwei Stunden hatten sie eine Müllhalde etwas außerhalb von Manbej erreicht. Im Schatten eines brennenden Plastikmüllhaufens befreite Hassan sie aus den Säcken, die normalerweise Bohnen und Stroh aufnahmen. Es war, als ob sie Tausende von Stunden in einer Waschmaschine verbracht hätten. Jan fiel fast aus dem Sack in den Dreck, während Regina sich halbwegs elegant herauswand.

Die Sonne war mittlerweile untergegangen, und so führte

sie Hassan im Schutz der Dunkelheit in die Stadt. Sie durchquerten eine Herde Ziegen.

Die Stadt wirkte wie ausgestorben. Nur Hunde streunten auf der Straße. Kein Mensch war zu sehen, keine schreienden Kinder spielten in den Lehmgassen.

»Hassan, was ist hier los?« Regina sah sich verstohlen um.

Auch Hassan war besorgt. Er blieb abrupt vor einem Lehmhaus stehen, zog sich an einem Fenstergitter hoch und blickte hinein. Der Raum war voller Menschen. Alle schauten gebannt auf einen Fernseher.

Hassan ließ sich herabfallen. »Vielleicht ein Fußballspiel«, flüsterte er leise.

Hunde kläfften.

Ohne Zwischenfälle erreichten sie die Moschee. Sie lag in einem ärmeren Viertel der Stadt, und ihr Minarett war kaum größer als ein Telefonmast. Eine schwere Stahltür wurde aufgeschoben, und sie gelangten auf den Innenhof, wo Abdul wartete. Er legte den Finger auf die Lippen, winkte in seine Richtung, und sie schlichen leise in einen großen Raum, der für die Gebete vorgesehen war. Jetzt aber stand ein kleiner Fernseher dort, wo sonst der Imam vorbetete. Mehrere Dutzend Männer schauten auf ein Meer aus Rauschen und Flimmern. Er war kaum zu erkennen, aber die Stimme des Präsidenten der Republik Syrien war umso deutlicher zu verstehen.

Damaskus/Beirut/Amman/Kairo/Tripolis, 17. 06., 20 Uhr

> Our powers are not the visible and limited powers. Our powers are of inexhaustible richness. I would add that we depend on another force, which is the march of our movement toward human progress. Our aim is to elevate the nation from the state of backwardness to that of work, seriousness and creativeness. History is taking this direction and we move with it. The logic of history demands that the Arab nation rise and occupy a positive and creative place and assume its role to construct its future. History then is on our side.
>
> *Michel Aflac: »Der Arabismus und seine Verbindung zu den radikalen Bewegungen« 1950*

Bashar Al-Assad, der Präsident, war kein guter Redner. Der lange und hagere Mann stand im Maskenraum eines TV-Studios und wartete darauf, vor die Kamera zu treten, um seinem Volk den Weg in eine neue Zukunft zu erklären.

Sein Vater Hafiz war im Jahr 2000 gestorben. Bashars zwei Jahre älterer Bruder Basil hatte eigentlich das Präsidentenamt übernehmen sollen, doch er war bereits 1994 bei einem mysteriösen Autounfall auf dem Weg zum Flughafen in Damaskus ums Leben gekommen. Bashar lebte zu diesem Zeitpunkt in London, er hatte Augenarzt werden wollen. Doch das Schicksal hatte anderes mit ihm vor. Mit 35 Jahren musste Bashar die Präsidentschaft seines Landes übernehmen, die im Westen kein gutes Ansehen genoss. Die Assads gehörten den Alawiten an, einer Glaubensgemeinschaft, die in der islamischen Welt umstritten ist, da sie nicht als rein islamisch gilt. Ihre Herkunft liegt im Verborgenen. Seelenwanderungen und ein Buch der schwarzen Schatten sind zentrale Glaubensinhalte, über die aber nie etwas an Außenstehende mitgeteilt wird. Immer wieder behaupten Muslime hinter vorgehaltener Hand, dass die Alawiten eigentlich eine christliche Sekte seien.

Hafiz, Bashars Vater, hatte in den fast dreißig Jahren seiner Herrschaft dafür gesorgt, dass die Schlüsselfunktionen des Landes mit Menschen alawitischen Glaubens besetzt wurden. Um die Muslime zu besänftigen, rief er Syrien auch zu einer islamischen Republik aus. Da aber in Syrien zudem viele christliche Glaubensgemeinschaften wie die Armenier und die syrisch-orthodoxen Gläubigen leben, konnte diese im Nahen Osten fast einzigartige Konstruktion innenpolitisch nur so lange überleben, wie die Familie mit harter Hand regierte und keiner Gruppierung zu viel Einfluss gab. Dennoch war auch Bashar schon nach wenigen Jahren klar, dass sein Land eine neue Perspektive brauchte. Die Nähe zum Iran war ein Relikt aus der Zeit, als die Amerikaner Syrien isoliert hatten. Jetzt war die Allianz immer wieder großen Belastungsproben ausgesetzt. Immer wirrer waren die Forderungen aus Teheran. Daher hatte sich Bashar heimlich gegen die Schiiten aus dem Osten gestellt und das heikle Bündnis mit den anderen arabischen Nachwuchspolitikern gesucht. Als die Lage in Libyen klarer wurde, schien die Zeit gekommen zu sein. Zusammen mit dem jungen Ägypter, der ebenfalls in London studiert hatte, nahm Bashar noch während der Trauerfeier in Riad diskret Kontakt mit dem Libyer auf. Bashar war es, der den beiden anderen Jungpolitikern auf einem geheimen Ausflug in der ägyptischen Wüste zwei Wochen später bei einem Sundowner auf einer Sanddüne seine Idee der Arabischen Union mit sehr eindringlichen Worten umriss. Alle drei konnten innerhalb der nächsten Monate eliminiert werden. Die Radikalen in ihren Ländern warteten nur auf eine Schwäche. Die gefährlichsten Opponenten in ihren Staaten waren zwar in den vergangenen Wochen auf die bewährte alte Art und Weise in den Wüsten der jeweiligen Länder verschwunden, aber die alten Maßnahmen ihrer Väter waren den neuen Staatschefs nicht mehr modern genug.

Zu sehr waren sie Kinder des digitalen Zeitalters, wussten, dass jedes blutige Niederschlagen eines Aufstandes innerhalb weniger Sekunden über Youtube und Facebook in alle Welt gelangte. Auch sie selbst benutzten diese Werkzeuge. Bashar hatte einen eigenen, verdeckten Account bei Facebook, wo er sich mit jungen Syrern unerkannt über die Verhältnisse im Land austauschte. Facebook war offiziell nicht erlaubt, aber die meisten jungen Menschen in den Großstädten wie Damaskus und Aleppo saßen stundenlang in Internetcafés und kommunizierten über diese Seite mit anderen Usern. Seine Frau hatte ihn auf die Idee gebracht. Das hinderte allerdings den syrischen Geheimdienst nicht, die User und Blogger zu beobachten, zu registrieren und – bei dem Regime unangenehmen Beiträgen – auch zu bedrohen.

Das Treffen der Jungen war eben kein Treffen alter Egomanen, die sich gegenseitig misstrauten und immer das Schlimmste von den anderen befürchteten, die in alten Clanstrukturen Glaubensströmungen dachten und lebten. Eher hatte dieser Gedankenaustausch etwas von einem pragmatischen Meeting eines Wirtschaftsunternehmens, das nach Joint-Venture-Optionen suchte und in dem man die Stärken und Schwächen nüchtern abwog, um dann Ideen und Perspektiven gemeinsam zu entwickeln. Tárek Said geschult in Fusionen und Übernahmen, erkannte die frühzeitige Publikation solcher Gedanken sofort als größtes Risiko. Kein außenstehendes Land hatte Interesse an einer solchen Union, schon einmal gar nicht die restlichen arabischen Länder wie die Saudis. Die dort regierende Familie Saud gehörte den strenggläubigen Wahhabiten an, die sich als Verteidiger des wahren Islams und seiner heiligsten Stätte Mekka sahen und dennoch seit 1945 enge Verbündete der USA waren. Dass der saudische Geheimdienst Al Muchabarat oder kurz GID, der in der Region als der beste galt, von der Union bislang nichts wusste, musste in Riad als schallende Ohrfeige empfunden werden. Dort würden Köpfe rollen, im wahrsten Sinne des Wortes. Denn auch die

Anschläge auf das World Trade Center 2001 waren nicht vom GID vorhergesehen worden. Würde nur ein kleiner Hinweis hinausdringen, wären die Saudis willens und in der Lage, alles zu torpedieren, nach dem Motto: Wenn wir nicht eingeladen werden, dann sprengen wir die Feier eben. Es galt also weiterhin oberste Geheimhaltung. Und das war dann auch das eigentliche Wunder. Denn der Nahe Osten ist der Olymp der Gerüchte. Hier operierten die westlichen Geheimdienste aller relevanten Nationen, hier wollte jeder durch seine Informationen einen Schritt vor dem anderen liegen. Als sie, schon der Kälte der Wüstennacht wegen, zurück zum Hotel in der Oase gingen, war die Arbeitsteilung klar. Gamal würde mit einem Team aus ihm sehr vertrauten Volkswirtschaftlern, Politikern und Sicherheitsexperten die wirtschaftlichen und innenpolitischen Rahmenbedingungen klären. Diese Menschen waren es gewohnt, bei den Fusionen Wochen und Monate abgeschottet und ohne Kommunikation nach außen Roadmaps auszuarbeiten. Ihr Lohn war nicht das Geld, sondern die Reputation. Denn wer so ein Projekt stemmte, war danach mehr als ein Star. Der junge Libyer würde sich um die Fragen des Militärs kümmern. Sein Geheimdienst hatte jahrelang die Offiziersclubs der beiden anderen Staaten systematisch unterwandert. Es war das Erbe der väterlichen Panik, von den arabischen Ländern überrollt zu werden. Jetzt konnten seine Informationen bei der Vereinigung der völlig unterschiedlichen Militärstrukturen helfen. Bashar sollte für die Außenwirkung zuständig sein. Er galt den beiden als vermittelbar, trotz oder vielleicht gerade wegen seines religiösen Hintergrundes. Die nächste Hürde waren Jordanien und der Libanon. Bashar startete in den darauffolgenden Wochen eine diskrete Friedensinitiative mit dem Präsidenten des Libanons, Michel Sulaiman. Als Morgengabe bot er weitreichende Garantien, die dem Libanon und vor allem den dort lebenden Christen einen erheblichen Autonomiestatus zugestanden. Die Angst der Libanesen, nur als syrische

Provinz angesehen zu werden, sollte dank erheblicher Zusagen schon im Keim erstickt werden. Und tatsächlich konnte Sulaiman für die Idee begeistert werden. Sicher half auch, dass ein Teil seiner Familie in Damaskus lebte.

Der jordanische König Abdullah II. galt als das größte Hindernis. Die arabischen Führer fürchteten, dass er nur eine amerikanische Marionette war und ihre revolutionäre Idee sofort an die USA verraten würde. Aber auch hier war das Schicksal gnädig. Gamal Mubaraks Frau hatte zur selben Zeit an der amerikanischen Universität in Kairo studiert wie Abdullahs Frau Rania. Dort waren sie zu Freundinnen geworden. Und Gamal war Pragmatiker genug, um diesen Kanal diskret und einfach zu nutzen. In einem denkwürdigen Treffen im Sommerhaus des jordanischen Königs wurde der hartleibige und misstrauische Abdullah ein Wochenende lang von den vier anderen bearbeitet. Am Samstag schien das Projekt vor dem Scheitern zu stehen. Zu sehr war Jordanien von den Geldströmen der USA abhängig. Der libanesische Präsident schließlich konnte die Situation mit seiner Altersweisheit retten. Der Jordanier Abdullah sollte den ehrlichen Makler für Israel spielen. Er sollte das dreifache »Nein«, kein Frieden, keine Verhandlungen mit Israel und keine Anerkennung, das eherne Gesetz der Araber seit dem Sechs-Tage-Krieg 1967, aushöhlen. Es wäre eine Einigung über die Köpfe der in sich zerstrittenen Palästinenser hinweg. Aber nur so ließe sich ein schneller Frieden herstellen. Nach hartnäckigen offiziellen Widerständen würden die anderen einer Anerkennung des Staates zustimmen, und Abdullah wäre der heißersehnte Friedensnobelpreis sicher. Sicher half auch hier die Tatsache, dass seine Frau Palästinenserin war. Sie sollte in diesem Spiel die Rechte und Forderungen ihres Volkes vertreten. Ihr beistehen würde ein junger Palästinenser, der sich derzeit noch in israelischer Haft befand, aber klug, pragmatisch und charismatisch genug war, um die Runde der fünf Staatschefs später zu komplettieren.

So konnten die Länder Syrien, Jordanien, der Libanon, Ägypten und Libyen das Wagnis der Union beginnen.

Ein letztes Mal tupfte eine Maskenbildnerin das Gesicht des Syrers ab. Ein junger, aufgeregter Aufnahmeleiter mit einem Headset auf dem Kopf führte den Präsidenten in das Studio. Vor einer grünen Leinwand stand ein Tisch mit einem Glas Wasser. Sein Redemanuskript war in einen Teleprompter eingelesen worden, so dass Bashar scheinbar frei reden konnte. Er setzte sich, hinter ihm wurde, so konnte er auf einem in den Tisch eingelassenen Monitor sehen, ein Bild auf die Leinwand projiziert. Es war eine Nachtaufnahme der Hauptstadt, eingerahmt von den syrischen Landesfarben. Der Aufnahmeleiter zählte hinter der Kamera mit seinen Fingern still einen Countdown herunter.

Für einen Augenblick schoss es Bashar durch den Kopf, dass er noch alles stoppen könne. Zweifel schienen ihn zu überwältigen. Wie das Serum aus einer lähmenden Spritze setzten sie sich in seine Gedanken. Jeder Nachrichtensender, jede Radiofrequenz und selbst die Internetseiten wurden für die Rede freigeschaltet. Eine Fanfare ertönte. Er war auf Sendung. 21 Millionen Syrer konnten ihn sehen und hören.

Manbej, 17. 06., 21.47 Uhr

Das Länderdreieck Türkei, Syrien, Irak.

Die biblischen Ströme Euphrat und Tigris sind grenzüberschreitende Flüsse. Ihre Quellen haben sie im Anatolischen Hochland, im Osten der Türkei. Der Euphrat fließt durch den türkischen Südosten bzw. Kurdistan, durchquert Syrien und den Irak, bevor er zusammen mit dem Tigris, der den Irak von Norden nach Süden durchquert hat, in den Persischen Golf mündet. Für Syrien und den Irak sind die beiden Flüsse die wichtigsten Wasserressourcen zur Stromerzeugung, Bewässerung und Trinkwasserversorgung. Hier wurden auch die ersten Staudämme errichtet.

Vor ca. 30 Jahren begann die Türkei eines der größten Wasserkraft- und Bewässerungsprojekte der Welt am Oberlauf der beiden Flüsse zu realisieren. Der Atatürkstaudamm am Euphrat ist das Herzstück des 40 Staudämme umfassenden Megaprojektes an den Haupt- und Nebenflüssen von Euphrat und Tigris. Der Atatürkstaudamm wurde nach dem Keban und dem Karakaya gebaut. Es folgten der Birecik und direkt an der syrischen Grenze der Karkamis. Am Tigris entstanden parallel weitere Stauprojekte. An der Grenze zu Syrien und dem Irak soll das Projekt mit dem Ilisukraftwerk vollendet werden. Der offizielle Masterplan sieht vor, 1,7 Mio. Hektar Land für eine exportorientierte Landwirtschaft zu bewässern, unabhängig von ausländischen Stromimporten zu werden bzw. eine bis dato völlig vernachlässigte Region, hauptsächlich bewohnt von Kurden und Arabern, in eine industrielle Moderne zu katapultieren.

Kemal Atatürk, der legendäre Staatsgründer, entwickelte die Idee vom »See der Menschlichkeit«. Geburtshelfer und Vater des GAP ist Süleyman Demirel, der knapp 40 Jahre lang als Minister- und Staatspräsident der mächtigste Politiker der Türkei war. »Dieses wunderbare Projekt am Euphrat wird für den Wohlstand und die Glückseligkeit in der Türkei sehr viel beitragen.«

Die GAP-Staudämme wurden in einer Zeit errichtet, als in dieser Region ein unerbittlicher Krieg gegen die kurdische PKK geführt wurde.

Als letzter wichtiger Baustein am Euphrat wurde 2001 der Birecikstaudamm nördlich der syrischen Grenze in Betrieb genommen. Gebaut und finanziert von einem internationalen Konsortium unter der Leitung der deutschen Philipp Holzmann AG. 15 Jahre lang werden den Investoren feste Einnahmen aus der Energieproduktion garantiert. Finanzielle Risiken sind durch Exportbürgschaften der deutschen, französischen, österreichischen und Schweizer Regierungen abgesichert.

Aus: »Blaues Gold im Garten Eden«, TV-Film Deutschland 2003, kern TV

Mit einem Schlag war die Stadt ein Tollhaus. Autokonvois fuhren hupend durch die Straßen, Menschen tanzten und warfen Feuerwerkskörper in die Luft. Kein Polizist hätte dies eindämmen oder gar verhindern können. Und es kamen immer mehr Menschen aus ihren Häusern. Gruppen bildeten sich vor den jetzt wieder geöffneten Kaffee- und Teehäusern, Männer palaverten, stritten und umarmten sich dann. Die Nachricht eines großen arabischen Staates war mehr als ein Versprechen, es war wie eine kühlende Salbe auf die vernarbte und immer wieder aufbrechende Wunde der arabischen Volksseele. Vergessen waren die verlorenen Kriege, der Hass und das Misstrauen der Religionen. Die Rede des Präsidenten war so perfekt geschrieben, dass es für fanatische Trittbrettfahrer keinerlei Chance gab, sich der Euphorie zu bedienen und sie gegen alte Feinde wie Israel oder den Westen generell zu richten.

Abdul schaute dem Treiben sehr skeptisch zu. Er wusste, wie schnell Hochstimmungen im Nahen Osten kippen konnten, zu oft waren diese Menschen betrogen worden, mit leeren Versprechungen von einem großarabischen Reich hingehalten worden, das dann doch an kleinlichem Machtgeschacher einzelner Gruppen und Familien scheiterte. Jetzt musste er erst einmal die zwei Europäer außer Landes schaffen. So charmant die beiden waren, so gefährlich konnten sie gerade jetzt für ihn und seine Familie werden. Das Regime war angespannt, man würde überall Spione und Gegner aus dem Westen vermuten. Also sollten die beiden noch heute Nacht über die Grenze gebracht werden.

Neben Abdul explodierte ein Feuerwerkskörper und drehte sich zischend über den Boden. Er schaute grimmig zwei kleine Jungen an, die sichtlich Spaß an diesem nächtlichen Feiern hatten. Hinter ihm spielte in völlig verdrehten und wilden Tönen ein alter Mann die Kaval, die arabische Flöte. Der Imam, der die Stille über alles liebte, fühlte sich der Hölle nah. Seine Augen blickten suchend umher. Jan und Regina standen, verhüllt in ihren Kaftanen, auf dem Vorplatz der Moschee, in dessen Mitte sich ein ovaler Brunnen befand. Keiner registrierte die Fremden. Sie waren Teil einer gigantischen Freudenfeier, die sich heute Nacht von Aleppo bis Assuan und von Amman bis Bengasi zog.

Der Imam bedeutete seinem Sohn, dass sie nun gehen sollten, als er hinter den beiden im gelbfahlen Licht einer Straßenlaterne einen langen hageren Mann sah, der sich auffällig auf die Europäer konzentrierte.

»Es ist wie beim Mauerfall«, flüsterte Jan Regina ins Ohr.

»Ah, euer zweites wichtiges Thema, mit dem ihr die Menschheit außerhalb eures Landes nervt.«

Der Lärm der Menschen, das Hupen der Autos, die permanent um das Oval fuhren, wurden immer lauter. Jan stupste Regina an. Keine zehn Meter von ihnen stand der Imam, wie immer umringt von seinen Gemeindemitgliedern. Schon in der Moschee waren den beiden die fast demütigen Gesten der Männer und Frauen dem Imam gegenüber aufgefallen. Er war hier eine Institution. Der Alte machte ein verstohlenes

Zeichen. Jan blickte hinter sich und sah in das Falkengesicht, das nur wenige Meter von ihm entfernt stand.

Dann ging alles fürchterlich schnell.

Ein Böller wurde Jan vor die Füße geworfen, dann noch einer, und noch ehe er Regina warnen konnte, explodierten die Knallkörper in einer Rauch- und Funkenwolke. Eine Hand griff nach seinem Ärmel und zog ihn weg. Der Knall hatte sein Gehör für einen kurzen Moment betäubt. Wie durch Watte nahm er Geschrei wahr, er taumelte, fiel und wurde von Regina hochgezogen. Dann stand da der weiße Wagen. Jemand schlug auf seinen Rücken, er fiel vornüber auf den Sitz, die Tür schlug zu, und der Wagen fuhr an.

Noch immer fiepte es in seinem Ohr, er schaute durch das Heckfenster, sah aber das Falkengesicht Al-Ali nicht mehr. Hassan steuerte das Auto. Der Imam saß auf dem Beifahrersitz.

»Wir bringen euch an die Grenze«, rief er nach hinten, wo sich Jan und Regina hinter die Sitze gekauert hatten. Über den beiden lagen ihre Rucksäcke und diverse Säcke mit Seifenstücken.

Sie rumpelten im Schritttempo durch die Stadt. Erst nach einiger Zeit konnte Hassan schneller fahren. Sie hatten die Landstraße in den Norden nach Jarabulus genommen, vorbei an kleinen Siedlungen, in denen die Menschen noch immer feierten. Aber je näher sie dem Grenzort kamen, desto stiller wurde es.

Als sie die südliche Ausfahrt aus der Stadt erreichten, sah Regina im letzten Moment die Militärsperre. Hassan löschte die Scheinwerfer und vollführte eine harte Wende in einen Obsthain neben der Straße.

»Sie haben uns gesehen.« Der Alte blickte nach hinten. »Allah, der Gepriesene, sei mit euch. Passt auf euch auf. Der Euphrat hat Niedrigwasser. Die Türken lassen weniger Wasser herunter. Das ist eure Chance. Regina, nimm das mit. Aber öffne es erst, wenn ihr in Sicherheit seid.« Er steckte ihr einen ledrigen Umschlag zu.

Regina nickte und öffnete die Tür, zog Jan mit sich nach draußen, der noch völlig verdutzt nach vorne schaute. »Nimm die Rucksäcke«, zischte sie.

Ohne sich zu verabschieden, tat er es Regina gleich und kroch auf allen vieren in den Schutz der Bäume.

Ein Geländewagen hatte aufgeblendet und raste mit hoher Geschwindigkeit auf sie zu.

Regina hastete weiter.

»Wo willst du hin?«

»Verdammt, Jan, wir müssen hier weg. Wenn sie uns bei Abdul finden, ist er auch geliefert.« Er keuchte hinter ihr her. »Und wie willst du über die Grenze? Wir kennen uns hier nicht aus.«

Sie antwortete nicht, und er stolperte im gebückten Gang hinter ihr her. Der Motor des Wagens heulte auf. Dann zerrissen Schüsse die Stille. Wie erstarrt blieben die beiden stehen und lauschten dem Echo der Schüsse nach. Der Wind trug Stimmen herüber, die sich jedoch entfernten.

»Verdammt, sie haben sie getötet.«

Regina drehte sich zu Jan um. Ihr Gesicht war hart und ihre Augen kalt. »Hör auf und konzentrier dich. Wenn sie tot sind, dann können sie wenigstens unsere Flucht nicht verraten.«

Stumm liefen sie weiter. Etwas rauschte vor ihnen. Jan hob den Kopf und lief prompt auf Regina auf. »Entschuldige.«

»Da ist ein Kanal aus dem Euphrat, wir folgen ihm bis zum Fluss und sehen uns dann dort weiter um, die Grenze wird dann schon zu erkennen sein.« Regina schaute auf ihre Uhr, knipste daran herum, fand die Kompassfunktion und wies mit ihrer verbundenen Hand dann in eine Richtung. »Da ist Norden.«

Jan folgte. Nach einer Stunde war er völlig erschöpft. Sie hatten Wassergräben durchschritten, waren an Dornenbüschen hängengeblieben und immer wieder in Morast steckengeblieben. Jan beugte sich vor, die Hände auf die Knie gestützt.

»Reiß dich zusammen. Es kann nicht mehr weit sein.« Regina zerrte an seiner Jacke, die er über den Kaftan trug.

Er riss sich los. »Hör auf mit dieser Schleifer-Nummer. Ich weiß selbst, dass es weitergehen muss«, fauchte er sie an.

»Dann halt dich ran.« Ihr Tiroler Dialekt ließ die Worte noch verächtlicher klingen.

Nach wenigen Metern hatten sie eine Böschung erreicht. Sie rutschten den lehmigen Sand hinunter. Wind war aufgekommen, blies stark von Südosten den Fluss hinauf. Der Mond leuchtete mit seiner halben Größe herab, sein Licht ließ die Wellen des Flusses silbermatt schimmern. Gänse und Möwen schreckten auf.

Die beiden hatten den Euphrat erreicht. Auf der anderen Seite also begann das sagenhafte Zweistromland, die fruchtbare Region zwischen den Flüssen, die Wiege der Menschheit. Sie hatten Glück, bis zu einer Brücke konnten sie immer wieder an der Böschung und am Ufer entlanglaufen. Sie unterquerten die Brücke und stoppten schwer atmend an einem Pfeiler.

Wenige Meter aufwärts teilte sich der Fluss, in der Mitte lagen immer wieder kleine Inseln und Sandbänke. Irgendwo dahinten musste die Türkei beginnen.

Hundegebell war plötzlich zu hören. Regina hob den Kopf, dann drehte sie sich blitzschnell um. »Sie hetzen uns Hunde auf den Hals. Los komm, wir gehen ins Wasser, rüber auf die Inseln.« Sie riss ihren Rucksack auf, zerrte einen Regenponcho heraus, stumm wickelte sie ihn geschickt um ihren Rucksack, band ihn mit einem kleinen Seil vor sich auf der Brust fest. »Was ist?«

Jan war erstarrt. »Ich kann da nicht reingehen.«

Regina fiel ein, wie Jans Sohn zu Tode gekommen war »Verdammt, Jan, es ist nicht tief. Ich bleibe bei dir.«

»Das ist es nicht. Es ist …«

Die Hunde kamen näher. Sie würden bald ihre Witterung aufnehmen. Der Wind hilft ihnen, dachte Regina. Beschwörend schaute sie Jan an, fasste ihn an den Schultern. »Mach es für deinen Sohn. Du bist sein Vorbild. Er sieht dich.«

Jan lächelte matt. »Danke für diese Chaka-Nummer, aber …« Er atmete durch.

Dann sahen sie den schwarzen Rottweiler oben auf der Böschung neben der Brücke. Neben ihm stand eine dickliche, vermummte Gestalt.

Fast gleichzeitig sprangen sie ins Wasser, das noch nicht einmal erfrischend kühl war. Es reichte ihnen bis zu den Knien. Ein Pfiff ertönte. Der Hund hetzte die Böschung hinab, setzte zum Sprung an und platschte ins Wasser. Doch der Mann blieb stehen, er drehte sich um und wand sich dann in das Schilf.

Mit kräftigen Schritten durchwateten sie die Furt. Der Rottweiler, immer noch hinter ihnen paddelnd, konnte sie nicht erreichen. Aber das würde sich ändern, sobald sie festen Boden unter den Füßen hatten. Sie waren jetzt in der Mitte der Furt, als sie auf der Brücke Lichtstrahlen von Taschenlampen sahen, die hektisch und unregelmäßig über das Wasser flackerten. Arabische Rufe, vermutlich Befehle, schollen herüber.

Jan stolperte, Regina war knapp zwei Meter vor ihm. Völlig durchnässt blickte er zurück, der Hund war jetzt kaum drei Meter von ihm entfernt. Jan richtete sich auf. Aber die nassen Klamotten zogen ihn wieder nach unten, und er fiel erneut. Der Wind kam jetzt so heftig über das Wasser, dass kleine Wellen entstanden. Mit den Händen stützte Jan sich auf und bemerkte, dass der Fluss an dieser Stelle sehr flach wurde. Der Hund war wieder hinter ihnen. Gleich würde das Tier festen Grund unter den Füßen haben. Erneut schaute Jan hinter sich, rechtzeitig genug, um zu sehen, wie der Kopf des Tieres in einer Blutfontäne zerbarst. Nicht einmal ein Jaulen war zu hören.

Es musste ein Querschläger der Soldaten von der Brücke sein, die jetzt wohl schossen.

Jan hetzte weiter, erreichte Regina auf einer Sandbank, die einer Insel vorgelagert war, und gemeinsam suchten sie in dem dichten Schilf der Flussinsel Deckung. Es schnitt ihnen ins Gesicht und in die Arme, der jetzt aufbrausende Wind bog die langen, harten Blätter, ließ sie gegeneinanderschlagen und erzeugte verwirrende Töne. Jan hatte den Eindruck, dass der Wind nun von allen Seiten kam. Zum Glück waren sie erst einmal vor den Soldaten für einige Augenblicke sicher.

Sie durchquerten die Insel Richtung Norden, als sie am Ende die hell erleuchtete Grenzbrücke entdeckten.

»Wir müssen den Rest schwimmen.« Regina holte zwei Plastikflaschen aus ihrem Rucksack, ließ das Wasser herauslaufen und packte sie in Jans Sack. »Halt ihn über Wasser, falls du absäufst.«

»Danke, dass du dich so sehr um mein Gepäck sorgst«, zischte er.

»Schwimmen wirst du doch wohl können. Also los.«

Wieder lief die Österreicherin voran. Wieder fegte ihnen der Wind ins Gesicht. Sie kniffen die Augen zusammen, wateten gebückt in den Fluss, bis ihnen das Wasser bis zum Hals reichte. Sie schwammen mit unruhigen Zügen, und nach einigen Minuten hatten sie die Grenzbrücke vor sich erreicht. Die Strömung wurde immer stärker, und ihre Kräfte schwanden nun rapide. »Die Brücke ist die Grenze, dahinter ist die Türkei«, prustete Regina.

Jan nickte nur. Ein Scheinwerferlicht strich von der syrischen Seite wie ein gelber Finger über den Fluss.

»Tauchen«, rief er und drückte Reginas Kopf nach unten.

Immer wieder glitt der Lichtstrahl über den Fluss. Mit letzter Kraft erreichten sie einen der Brückenpfeiler in der Mitte. Die Pfeiler selbst waren mit einem engmaschigen Eisengitter verbunden. Darin hatten sich Gras, Schilf und Dreck verfangen.

»Warte hier«, rief Regina und tauchte. »Zwei Meter, dann ein Meter bis zum Boden. Los!«, rief sie, nachdem sie wieder an die Oberfläche gekommen war.

Jan zögerte. Es war das Wehr. Seine Gedanken drehten sich. Sein Sohn. Er wollte schreien. Der Mond, der Lichtstrahl. Seine Finger klammerten sich an das Gitter. Nicht schon wieder. Er sah nicht ihre Faust, die gegen seine Stirn fuhr, schloss gerade noch den Mund, als Regina ihn mit einer großen Kraft nach unten zog. Er tastete in Panik, aber er fühlte nur die von Algen glitschige Eisenwand, seine Luft neigte sich dem Ende zu, er wollte nach oben. Ihm wurde schwarz vor Augen, etwas zog an ihm, und dann tauchte er auf.

Er hatte es geschafft. Er drehte sich nach links und rechts, suchte die Österreicherin. Dann realisierte er es, als er nach hinten blickte.

Regina war auf der anderen Seite des Gitters – und er zwei Meter auf syrischer Seite! Der Lichtstrahl traf ihn. Unwillkürlich drehte er den Kopf weg, er hörte Schreie, ein Boot kam näher. Ein Außenborder brauste auf. Das musste syrisches Militär sein. Sie wussten, dass Jan und Regina im Fluss schwammen. Immer weiter trieb er Richtung Süden ab. Immer näher kam das Knattern, dann war es direkt vor ihm. Gefährlich nahe schwankte der Bug des Bootes auf Jans Kopf zu. Er blickte nach oben und schaute in den Lauf eines schweren Maschinengewehrs. Schreie hallten von oben über den Fluss.

Das war's, dachte Jan. Er wollte sich gerade an der bedrohlich schwankenden Bootswand festhalten, als etwas Rotes über den Fluten flackerte. Es schrieb eine schnelle Bahn an Jans Arm vorbei, zog dann höher. Es war Licht, ein Punkt, der hier aber gar nicht hinpasste, vibrierend und irgendwie durchsichtig. Das Nächste, was Jan hörte, war das Fallen eines Körpers. Dann Stille und ein Röcheln. Nun wanderte der rote Punkt wieder über das Boot. Jetzt erhob sich dort oben eine Gestalt, er sah sie deutlich. Es war ein schnauzbärtiger junger Soldat, der verzweifelt zu ihm blickte.

Völlig unpassend zuckte Jan mit der Schulter, als ob er sagen wolle, dass er mit all dem hier nun nichts zu tun habe.

Der rote Punkt wanderte weiter über die Reling des kleinen Bootes, strich über die Uniform und stoppte zwischen den Augen des Soldaten. Dann riss der Punkt, der sich jetzt in ein 762mm-Vollmantelgeschoss verwandelte, den halben Schädel des Mannes weg.

Die Türken hatten alles von ihrer Brücke aus gesehen.

Eine halbe Stunde später saßen Jan und Regina, immer noch nass, im Grenzhaus, nicht weit von der Brücke entfernt, und wurden von den türkischen Soldaten befragt, die sie aus dem Wasser herausgezogen hatten. Draußen fegte ein Sturm um die Baracke. Ein junger Mann war eingetreten, hatte mühsam die Tür gegen den Wind zugestemmt und geflucht. Es war ein türkischer Wehrdienstleistender, der in Düsseldorf aufgewachsen war und für den Wachoffizier übersetzen sollte.

»Euch ist klar, dass das eine krasse Grenzverletzung war?«, fragte der Junge in einem derartig rheinischen Dialekt, dass Jan schmunzeln musste. »Er muss das melden. Aber die Aktion war supercool. Seid ihr so 'ne Art James Bond oder was?«

Nach Rücksprache mit seinem Vorgesetzten ließ der Offizier für die beiden frische, nach Mottenpulver riechende Armee-Trainingsanzüge bringen und veranlasste, dass Regina und Jan in einem Militär-Lkw noch in der Nacht nach Gaziantep, der Provinzhauptstadt, gebracht wurden. Dort sollte die Staatspolizei sich um den Fall kümmern.

Jarabulus, 17. 06., 23.44 Uhr

> Ich singe dem Herrn ein Lied, denn er ist hoch und erhaben. Rosse und Wagen warf er ins Meer.
>
> Meine Stärke und mein Lied ist der Herr, er ist für mich zum Retter geworden. Er ist mein Gott, ihn will ich preisen; den Gott meines Vaters will ich rühmen.
>
> Der Herr ist ein Krieger.
>
> *Altes Testament, Buch Exodus, Kapitel 15, 1–3a*

Elijah drehte in ruhigen, aber schnellen Bewegungen den Lauf seines IMI-Galatz-Sniper-Gewehres aus der Führung. Er hatte gewartet, bis das Metall sich abgekühlt hatte. Sie suchten auf der anderen Seite hektisch nach dem Schützen, das wusste er. Aber hier oben, am östlichen Hochufer des Euphrats, würden sie erst suchen, wenn er schon wieder im Auto nach Damaskus saß. Seine Galatz, wie er sie fast zärtlich nannte, hatte ihn seit seiner zwanzigmonatigen Ausbildung in der »Einheit« bis heute begleitet. Er schätzte ihre Präzision und ihre Robustheit. Die »Einheit«, wie sie in Israel seine Spezialeinheit »Sajeret Matkal« ehrfurchtsvoll nannten, hatte in ihm den besten Sniper seit Jahrzehnten gefunden. Seit dem Desaster 1974 in der Schule von Ma'alot hatten sich die Ausbildungsformen verändert. Einer seiner Kameraden hatte einen Geiselnehmer nur schwer verletzt und nicht töten können, die Schule war mit Sprengfallen versetzt, die der Palästinenser kurz vor seinem Tod noch alle zünden konnte. Elijahs Schwester Aviva starb im nachfolgenden Feuergefecht – wie 21 andere Kinder auch. Es war der Tag, an dem der zehnjährige Elijah Cohen entschied, sein Leben dem Militär zu weihen.

Er schüttelte den Dornenstrauch von seinem Kopf, wischte die Zweige und anderes Gestrüpp zur Seite und robbte langsam nach hinten. Vier Schuss, vier finale Treffer, drei Menschen und ein Hund auf einer Distanz von 300 Metern bei Rückenwind und über nassem Grund, dazu Ziele auf einem schwankenden Boot. Elijah hatte mit seinen 45 Jahren sicher schon die Obergrenze für solche Einsätze der »Einheit« erreicht. Aber hier in Syrien war er noch die Nummer Eins, auch wenn es dem alten Shlomo nicht passte. Er robbte noch weiter zurück, drehte sich dann und kroch durch das Schilf. Er hatte das Nachtsichtgerät noch eingeschaltet, und so konnte er die Wagenkolonne sehen, die vom Dorf hier heraufkam. Seinen Geländewagen hatte er in einem verlassenen Hirtenhäuschen untergestellt, etwa 300 Meter entfernt, sie würden ihn nicht entdecken.

Die Kolonne stoppte. Elijah lag auf einem breiten Ast eines Olivenbaumes, sein Nachtsichtgerät war eingeschaltet, seine Galatz trug er jetzt auf dem Rücken. Mit ihrer Einzelfeuereinstellung hätte sie nicht den gleichen Wirkungsgrad wie die MK46, eine modifizierte Version des M16-Maschinengewehrs, das er vor sich auf dem Ast fixiert hatte. Tausend Schuss konnte sie pro Minute abfeuern und ein heilloses Durcheinander anrichten, in dessen Verlauf man sich relativ sorglos zurückziehen konnte. Es waren vier Fahrzeuge, drei Jeeps russischer Bauart und ein alter Lkw aus DDR-Beständen. Er drehte am Fokus seines Nachtsichtgeräts und konzentrierte sich auf eine Person, die er kannte: Faruk Al-Ali. Der Syrer stieg aus dem Jeep, und während um ihn herum alle Soldaten hektisch ihre Gewehre und Pistolen in Anschlag nahmen, laut Befehle riefen, blieb das Falkengesicht einfach stehen, hob den Kopf, als ob er eine Witterung aufnehmen würde. Elijah kannte die Akte des Mannes, hatte sie immer wieder gelesen und wusste um dessen Gefährlichkeit. Er war nicht wie sein Chef, der Metzger. Er war weitaus gefährlicher. Und jetzt befand er sich nur wenige Meter von ihm entfernt und ging Richtung Ufer.

Elijah folgte ihn mit dem Lauf des Maschinengewehrs. Sein Finger suchte den Druckpunkt des Abzugs. Diese Spezialanfertigung hatte im Gegensatz zur Standardwaffe auch eine Stoßfeuereinrichtung. So würde ein kurzes Zucken genügen.

Al-Ali stand am Rand des Hochufers, blickte hinunter auf den Fluss, der bleich seine Wellen in den Süden trieb. Ein Schlauchboot hatte längsseits des Schnellbootes festgemacht.

Der Syrer bückte sich, wischte den Dornenbusch beiseite. Seine Augen suchten intensiv den Boden ab. Der Israeli war erstaunt, wie der Syrer genau diese Stelle fand und überprüfte. Al-Ali drehte seinen Kopf, und auch wenn er ihn garantiert nicht sehen konnte, so blickte er doch in Elijahs Richtung. Er erhob sich, klopfte den Staub von seinen Händen und kam näher. Jetzt war er nur noch höchstens fünf Meter von Elijahs Baum entfernt. Er blieb stehen, blickte um sich, als ob er prüfen wolle, dass ihn keiner hören würde. Dann lachte er kurz auf.

»Wir wollen beide dasselbe, Bruder«, rief er in die Nacht hinein.

Ein junger Offizier, der wenige Meter entfernt stand, schaute verdutzt und fragte, ob er ihn meine. Faruk Al-Ali schüttelte nur den Kopf und rief dann nach wenigen Sekunden der Stille zum Aufbruch.

Er saß auf dem Beifahrersitz und blickte hinaus in die Nacht. Viele Fäden hatte er jetzt zu ordnen. Der tote Hund flussabwärts interessierte ihn genauso wie der kleine Dicke, den sie hatten entkommen lassen. Die Geschichte wurde immer verworrener.

Der neue Tag brach bald an, als Al-Ali und sein Fahrer Manbej erreichten. Der örtliche Polizeichef hatte Al-Ali ein Zimmer in seinem Haus angeboten, und dieser hatte dankend angenommen. Aber vorher wollte er seinen »Schatz« noch auf der Polizeistation sehen. Seine Müdigkeit schien er zu ignorieren. Sie hielten vor dem Gebäude, das auch schon bessere Tage gesehen hatte. Der wachhabende Soldat sprang schlaftrunken von seinem Hocker auf und führte sie den Gang hinunter zu den Zellen. Al-Ali blieb stehen, blickte hinein. Der Imam und sein Sohn beteten das Morgengebet.

London, 18. 06., 13.25 Uhr

> »No, I don't think so. We tried.« … »We basically supported the Bush policy in the Middle East … but we have been very critical of its execution.«
>
> *Rupert Murdoch auf die Frage, ob sein Medienimperium die Agenda der Bush-Regierung bezüglich ihrer Nahost-Politik bestimmt hätte, WWF, Davos 2007*

Es war eine kleine Meldung der Onlineausgabe der »Times« unter der Rubrik »Science« am Sonntag vor einer Woche. Ein internationales Archäologenteam hatte vor einem halben Jahr bei Ausgrabungen auf der Arabischen Halbinsel sensationelle Funde aus der Frühzeit des Islams entdeckt. Diese seien, so die Meldung, jetzt ausgewertet. Auf einer Pressekonferenz in der alten Bibliothek des British Museums am Dienstag der kommenden Woche werde man die Ergebnisse präsentieren.

Andere Zeitungen und TV-Sender hatten das Thema aufgegriffen und spekuliert, dass die Funde in der islamischen Welt für Unruhe sorgen könnten. Das war am Mittwoch.

Am Donnerstag hatte ein islamischer Prediger in der Londoner Moschee im Finsbury Park gegen die Pressekonferenz mit Wut und Hass gesprochen.

Beim Freitagsgebet hatten die Imame zu Demonstrationen in vielen Moscheen des Landes aufgerufen.

In den Nachrichten war angesichts der vielen Sondersendungen kaum Platz für diese doch eher wissenschaftliche Story. Nur in Deutschland hatte ein wissenschaftlicher Mitarbeiter, der bei der Grabung dabei war, einer linksalternativen Zeitung in Berlin ein Interview gegeben. Aber auch dort wollte die Chefredakteurin erst frühestens am Montag mit der Geschichte auf den Markt gehen. So kreiste lediglich das Gerücht durch die Chatrooms und Blogs des Internets, wie ein langsam wirkendes Gift in den Blutbahnen stetig zu den lebenswichtigen Organen dringt, ehe es dann den Tod bringt.

Istanbul, 18. 06., 18.35 Uhr

Die Zusammenarbeit war stets intensiv.

Ein Asylverfahren vor dem Verwaltungsgericht Berlin (Aktenzeichen VG 19 A 329.82) wies nach Überzeugung der Kammer eindeutig nach, dass der Bundesnachrichtendienst aus Pullach bei München regelmäßig Informationen aus den Akten türkischer Regimekritiker nach Ankara weitergegeben hat.

Die Konsequenz: Abgewiesene Asylbewerber wurden nach ihrer Rückkehr verhaftet und mit ihren in Deutschland protokollierten Angaben über politische Verfolgung in der Türkei konfrontiert.

»Wenn's nach den Türken ginge, müssten wir jeden Tag 100 Kurden festnehmen und ausweisen«, schildert ein Beamter des Bundeskriminalamts (BKA) den Eifer der deutschen MIT-Sektion.

Aber auch ohne tatkräftige Hilfe gelingt dem türkischen Nachrichtendienst eine perfekte Aufklärung.

Horchposten sind hier die zirka 700 staatlichen Moscheen in Deutschland. Nach FOCUS-Recherchen sind die über die Konsulate bezahlten Imame als geistliche Oberhäupter verpflichtet, alle vier Monate einen detaillierten Bericht über das Innenleben der türkischen Gemeinden zu schreiben. Bei »Angelegenheiten der Inneren Sicherheit«, so schreibt es die Operation mit dem Decknamen »Wohlstand« vor, ist das jeweilige Konsulat umgehend zu verständigen.

Aus: Nachrichtenmagazin Focus, 1994

Das Hotel, ein alter Palast, war sehr teuer, doch das war Jan egal. Es lag direkt am Bosporus, und ihre Zimmer präsentierten den schönsten Ausblick auf die Meerenge. Nach stundenlangen Verhören des türkischen Geheimdienstes MIT über ihre Flucht durften sie plötzlich gehen. Sie wussten nicht, dass der MIT ihre Namen seinen Spitzeln in den

Konsulaten in Wien und München schon zwei Stunden nach ihrer Ankunft auf türkischen Boden gegeben hatte. Nach sechs Stunden kam grünes Licht aus Deutschland und Österreich. So hatten sie auf Empfehlung eines Vertreters der deutschen Botschaft Gaziantep verlassen, waren nach Istanbul geflogen, und hier hatte Jan nach all den Strapazen auf einem absoluten Luxushotel bestanden. Nach einer Dusche wollten sie sich auf der Terrasse treffen. Die Dämmerung brach herein, und die Sonne tauchte die asiatische Seite der Stadt in ein glühendes Rot.

Ein Teller mit kleinen Gerichten hatte Jan schon bestellt, aber das obligatorische Bier für seine österreichische Begleiterin auch nicht vergessen. Er war in Gedanken versunken, als er Schritte auf dem Marmorboden wahrnahm. Er drehte sich um und sah eine Frau, die nur noch rudimentär etwas mit der burschikosen Regina zu tun hatte. Diese blonde Frau in schwarzen High Heels und mit einem hautengen Kleid mit einem tiefen Ausschnitt sowie äußerst kunstvoll hochgebundenen Haaren war für Sekunden der Hingucker aller Männer auf dieser Terrasse. Regina spazierte mit aufreizender Langsamkeit auf ihn zu. Jan stand auf, zog den Stuhl zurück und wartete, bis sie sich gesetzt hatte.

»Ein schöner Auftritt«, schmunzelte er.

»Ich hatte die Wahl, entweder die Exponate zu retten oder meine Klamotten. Ich habe im Hotelshop ein wenig zugeschlagen.« Regina blies den Rauch ihrer Zigarette zur Seite.

Während sie bestellten, tauchten sie wieder in das Geschehen der letzten Tage ein.

»Halten wir doch einmal fest: Almut suchte Beweise für einen Dämoninnen- bzw. Göttinnenkult, sie glaubte an dessen Kraft und Wiederkehr. Sie muss in Verbindung mit dem Jungen aus dem Crac stehen. Woher sonst hätte er die Fundstücke und den Teil des Tagebuchs haben sollen?«

Regina nickte und nahm einen langen Schluck aus ihrer

Bierflasche. »Dieser Lilith-Kult beinhaltet Vorhersagen und Flüche. Aber in welcher Beziehung stehen die Fundstücke zu den Aufzeichnungen? Klar ist, dass der Geheimdienst auch deswegen hinter uns her ist. Dir scheint die Sache ja mittlerweile Spaß zu machen?«

Jan lächelte sie an. »Ja, auch wegen dir.«

Regina verzog das Gesicht. Komplimente waren ein unsicheres Terrain für die Ex-Polizistin. Daher bemühte sie sich, das Thema zu wechseln. »Warum bist du eigentlich Notarzt geworden? Du hättest doch an der Seite deines reichen Vaters als Schönheitschirurg mehr Geld verdienen können.«

Er sah an ihr vorbei, ehe er leise sagte: »Vielleicht. Aber welcher Sohn will sich ständig von seinem Vater anhören, wie es besser geht. Und Notarzt ist eben so ganz anders.« Er sah auf den schwarzen Strom hinaus. In seinem Kopf erschienen die Bilder aus der Kindheit. Die eingeforderte Stille, wenn sein Vater aus der Praxis nach Hause kam. Seine endlosen Tiraden über dumme Schwestern, bornierte Vertreter und seine tiefe Verachtung den Patienten gegenüber. Jan schüttelte sich, als wolle er die Geister aus seinem Hirn hinauswerfen. »Ich hatte andere Gründe für meine Berufswahl.«

Regina hatte den Schatten von Traurigkeit bemerkt, der über sein Gesicht huschte. »Und welche sind das?« Schon als sie die Frage stellte, merkte sie, dass er sich wieder gefangen hatte.

»Ich erzähle dir eine Geschichte aus meiner Ausbildung. Ich war junger Notarzt auf einem Rettungshubschrauber in Oberbayern. Es war Sommer, einer meiner ersten Einsätze. Wir wurden zu einem Badesee gerufen. Ein Kind war bewusstlos aus dem Wasser gezogen worden. Wir landeten, durchschritten die erwartungsvolle Menge, belebten das Kind wieder. Es erwachte, und wir gingen zum Hubschrauber zurück und entschwanden nach oben. Danach kommt nur noch Gott.«

Regina sah ihn erst verwirrt an, ehe sie beide schallend lachten.

Er war definitiv nicht mehr im Training, hatte all die erotischen Spielereien nicht mehr so richtig in Erinnerung, und so folgte er ihr, wieder einmal wie ein Schuljunge. Im Fahrstuhl drückte sie ihn an die Wand, küsste ihn, presste sich an ihn und griff in seinen Schritt. Er hatte gerade seine Hand unter ihrem Rock an der Innenseite ihres Oberschenkels entlangstreichen lassen, als sich der Fahrstuhl zu schnell zwei Stockwerke unter ihrer Etage öffnete und zwei völlig verschleierte Frauen eintraten. Sie hatten einen kleinen, untersetzten Mann des Servicepersonals verdeckt, der mit einem Funkgerät hinter ihnen stand.

Leise flüsterte Regina: »Peeeeeinnlich!« Sie kicherte.

Natürlich hatte Jan Angst – der Stress der letzten Tage, richtig geschlafen hatte er auch nicht. Aber Regina ließ sich nicht wirklich aufhalten, und es geschahen Dinge im achten Stockwerk des Hotels, die auch den Mediziner Jan Kistermann erstaunen ließen. Und während draußen auf dem Bosporus die schweren Tankschiffe durch die Meeresenge fuhren, wunderte Regina Bachmeier sich über ihre plötzliche Liebe zu diesem Mann.

Syrische Wüste, 19. 06., 5.45 Uhr

> Ich begrüße alle Anzeichen, dass ein männlicheres, ein kriegerisches Zeitalter anhebt, das vor allem die Tapferkeit wieder zu Ehren bringen wird! Denn es soll einem noch höheren Zeitalter den Weg bahnen und die Kraft sammeln. Denn glaubt mir! – das Geheimnis heißt gefährlich leben! Seid Räuber und Eroberer, solange ihr nicht Herrscher und Besitzer sein könnt.
>
> *Aus: Friedrich Nietzsche »Fröhliche Wissenschaft«*

Günther war ein williger Vasall. Er besaß nicht die Intelligenz seines Vaters, die schienen nur seine Töchter geerbt zu haben. Aber für all die Anforderungen, die der Alte an ihn stellte, hatte er sich stets zerrissen. Auch jetzt war er in der Nacht in das Zimmer gekommen, hatte ihn wecken wollen, nicht ahnend, dass der Alte die Nacht so sehr liebte, dass er stundenlang wach im Bett lag

Das Scheitern ihres Kommandeurs hätte das Fass nicht zum Überlaufen gebracht, aber sein Verrat an Al-Ali war unverzeihlich. Im Übrigen war es wieder Zeit für ein Opfer.

Der Wagen war schaukelnd drei Stunden durch die Nacht gen Osten gefahren. Der Treffpunkt lag in der Wüste in einem alten Nomadenschloss. Günther hatte ihm Butterbrote gemacht, hatte sie in warmer Milch eingeweicht, sie aus einem Blechnapf in die alten und runzligen Hände gelegt. Der Alte hatte sie sicher zum Mund geführt und dann die weichen Brocken heruntergeschluckt. Und kurz bevor der Morgen anbrach, hatte er zufrieden an der Seite Günthers mit offenem Mund geschlafen.

Die Anlage lag noch drei Kilometer von der Hauptstraße entfernt, nur eine schlechte Schotterpiste führte zu ihr. Erst sahen sie im fahlen Morgenlicht Ziegenherden und deren Hirten, dann wurde es immer karger und verlassener. Aus den warmen Sandtönen der Wüste zeichnete sich die Ruine des einst von reichen Nomadenfürsten mit stolzer Entschlossenheit hier im Nirgendwo erbauten Schlosses auf.

Fischer senior war aufgewacht und hatte sich mit seiner gesunden Hand das verbliebene Auge gerieben. Sie waren durch das Tor in den Innenhof gelangt und parkten neben den protzigen Jeeps und Hummer der anderen Teilnehmer. Er sah aus seinem Fenster hinüber zu der Gruppe und sinnierte. Jahre hatte es gebraucht, unter all diesen Sektenspinnern eine gewisse Balance herzustellen. Was hat er sich von ihnen nicht alles anhören müssen? Es waren Apokalyptiker, fanatische Feministinnen und Esoteriker der übelsten Art. Aber ihr Wunsch an etwas Besonderem, Verbotenem und nicht zuletzt Machtvollem teilzuhaben, hatte sie alle den entscheidenden Schritt gehen lassen. Wer Lilith erleben durfte, war süchtig nach ihr. Weich waren viele, und doch gierig nach blutigen Riten. Dann, nachdem sie daran teilgenommen hatten, schienen sie zumeist schockiert und mussten sich übergeben. Besonders seine Landsleute taten sich da als Schwächlinge hervor. Einige Frauen hingegen waren wirklich hart, bei ihnen erfasste er den unbedingten Willen, die Kraft, das alles auszuhalten, um das Große, das Wahre zu spüren. Er erinnerte sich an eine Managerin aus Frankfurt, die ohne jede Regung einem Jungen die Leber aus dem Leib geschnitten hatte – zu Ehren der Lilith. Das Schreien und Wimmern hatte sie mit einem schnellen Stich in den rechten Augapfel beendet.

Generell waren die rituellen Handlungen immer heikel, zu oft mussten seine Leute den Teilnehmern anfangs die Fotohandys und Minikameras abnehmen. Erst bat er freundlich, dann bestrafte er einen – er ließ ihm im Rahmen eines geselligen Grillens die gesamte Haut abziehen und erzog damit ein Dutzend ähnlicher Dokumentationswilliger. Amerikaner und Europäer reagierten unterschiedlich. Während ein Produzent aus Los Angeles mit der Gewalt nicht die Spur eines Problems hatte, war der Sex mit der Priesterin für die Europäer mehr als eine Pflicht. Zu oft musste er mahnend dazwischengehen, wenn die Frau völlig erschöpft und geschunden in der Halle lag. Aber heute würde er ein Exempel statuieren. Wolfgang, ein schmächtiger, aber sehr ambitionierter Jünger, war seiner Aufgabe nicht gewachsen. Er hatte weder die Exponate gefunden noch den Jungen liquidieren können. Zudem war Wolfgangs Italiener aus dem Ruder gelaufen. Das alles konnte schon die Aktion in ihrer Gesamtheit stören, aber dass er ausgerechnet Al-Ali die Skizzen verraten hatte, war zu viel. Noch in der Nacht hatte Fischer telefonisch den Befehl zum Trog gegeben.

Der Alte stieg aus, gestützt auf Günthers Arm, und ließ sich zu der Gruppe führen. Die »Acht Starken«, wie sie sich selbst nannten, standen in einem Halbrund um einen Tisch. Fischer genoss die Anspannung der anderen, die er schon bis zum Auto hatte spüren können und jetzt fast greifen konnte. Es war sehr selten, dass er sich zu den Riten selbst begab. Gern ließ er es sich von Günther abnehmen. Aber Wolfgang sollte ihn noch einmal sehen.

Der Alte nickte, und stumm folgte ihm der Trupp in das Innere der Burg. Der Geruch wurde mit jedem Meter intensiver. Süße vermischte sich mit faulem Fleisch. Er schloss die Augen, sog den Duft tief ein. Er ahnte, dass die anderen permanent würgen und sich beherrschen mussten. Verächtlich drehte er sich zu ihnen um. Er sprach jetzt in ihrer Sprache, die er einst im Krieg bei der Grabung erlernt hatte. Der Trog lag vor ihm. Zwei Meter lange Schalen aus grob geschlagenem Granit waren so bearbeitet, dass sie den Körper Wolfgangs umschlossen. Lediglich der Kopf, die Beine und Arme schauten heraus. Das hagere Gesicht und die dünnen schwarzen Haare, die sonst penibel nach hinten gegelt waren, um den ersten Haarausfall zu kaschieren, ließen den Mann noch armseliger erscheinen.

Die Folge der »Behandlung im Trog« war schon von Plutarch in seinen Annalen beschrieben worden. Fischer konnte sie auswendig aufsagen. Es hatte ihn immer inspiriert: »Man bietet dem Delinquenten Speisen an und zwingt ihn gegen den eigenen Willen zu essen, indem man ihm mit scharfem Werkzeug gegen die Augen stößt. Während des Essens wird er mit einer Mischung aus Milch und Honig überzogen, die nicht nur in seinen Mund, sondern auf das ganze Gesicht gegossen wird. Anschließend dreht man sein Gesicht ständig zur Sonne hin, das so bald vollständig von einer Unmenge an Fliegen bedeckt wird, die sich dort niederlassen. Innerhalb der Becken verrichtet er seine Notdurft, wie das alle tun müssen, die gegessen und getrunken haben. Ungeziefer und Würmer entstehen aus den verfaulenden Exkrementen, kriechen in seine Körperöffnungen, und so wird sein Körper von innen her aufgefressen. Sobald der Mann offensichtlich tot ist, wird die obere Schale abgenommen, und man sieht das zersetzte Fleisch; Schwärme dieser ekelhaften Kreaturen tun sich daran gütlich, und zwar allmählich bis in die Eingeweide hinein. Auf diese Weise verstarb Mithradates, nachdem er siebzehn Tage gelitten hatte.«

Wolfgang würde nicht so lange aushalten. Schon jetzt verlor er immer wieder das Bewusstsein, und Fischers Helfer hatten Mühe, ihn zu füttern. Drei Tage zuvor hatten Günthers Beduinen den Deutschen aus einem Hotel in Damaskus hier in die Wüste südlich des Jabal al Bishri gebracht. Es war eine Nomadenburg, aber in den letzten Jahren für die Gruppe immer wieder ein guter Ort für ihre Messen und Festlegungen der nächsten Schritte. Hier hatten sie die Steinmodelle der acht Planeten aufstellen lassen, und auch der Trog für die Opferungen war mühsam und unter größter Geheimhaltung hierhergebracht worden. Der Kult hatte eine einzigartige Form angenommen, nach den schwierigen Anfangsjahren, die hauptsächlich von einem vorsichtigen Aufbau auch außerhalb Syriens geprägt waren. Langsam hatte er die Auserwählten in die Riten des Kults eingeführt, den er im Sommer 1942 mit Wiligut, dem ehemaligen SS-Brigadeführer aus der Esoterik-Abteilung Himmlers, hier vorfand. Wiligut hatte den Schatz, den er in den Händen hielt, nie durchdrungen. Er wollte lieber in Grönland nach den Urahnen der

Arier forschen, als hier in der Nähe der Judenwiege nach etwas Größerem zu suchen. So ließ er den jungen Fischer allein mit dem Grabungsleiter zurück. Tag und Nacht gruben sie, immer argwöhnischer beäugt von den Besatzungstruppen der Engländer und freien Franzosen. Sie hatten sich als Holländer ausgegeben, ihre Tarnung war perfekt. Und so fanden sie in einer klaren Nacht die erste Statue. Dann folgten die Planeten. Und jeden Tag, wenn er in der Hitze des Sommers in seinem Zelt dämmerte, erschien ihm die Göttin und wies ihm den Weg. Auch seine durch die Niederlagen der Wehrmacht erzwungene Rückkehr ins Reich konnte ihn nicht davon abhalten, weiter über den Kult zu arbeiten. Die Feinde hatten lange Jahre die Oberhand, und so kehrte er Ende der Fünfziger wieder in den Nahen Osten zurück, baute für Hafiz die Sondereinheiten aus, trainierte die Spezialtruppen, aber ließ sich in der regulären Armee nie blicken. Zu groß war das Risiko, entdeckt zu werden. Zwar setzten die Niederlagen gegen die Juden auch ihn unter Druck, aber seine Einheiten konnten wirksame, psychologisch einprägsame Schläge gegen die verhasste Brut im Süden erlangen.

Der Alte schaute auf den Trog, der über und über mit Fliegen bedeckt war.

Die Kopfhaut Wolfgangs war durch die Insekten an den Seiten über den Ohren schon verschwunden. Aus seinem rechten Augenwinkel wand sich eine kleine, gelb schimmernde Made. Der süßliche Geruch von Verwesung erfüllte vollständig den Raum, die nahende Hitze des Tages würde durch die kreisrunde Öffnung hereinströmen, das Sonnenlicht selbst auf den Trog strahlen. Er beugte sich ganz nah zu Wolfgang hinab. Sein Auge blickte das schmerzerfüllte Gesicht des Mannes an, der wusste, dass er, aber nicht wann er sterben würde. Der Alte sprach leise ein Gebet. Wolfgang nahm seine letzte verbliebene Energie und warf den Kopf hin und her. Die Hand des Alten glitt über den Kopf, schob die verbliebene Haut vom Knochen. Dann drückte er die aufgeweichte, löchrige Nase zur Seite. Spielend leicht löste sich der

Knorpel und hinterließ zwei Löcher, die die neue Heimstatt kleiner Larven offenbarten. Wolfgang atmete stoßweise und unregelmäßig. In wenigen Minuten würde sein Kreislauf zusammenbrechen. Der Greis presste noch schnell die Ohren vom Kopf, wo er auch auf Larven und Maden stieß, die sich an Fischers verkrüppelter Hand hinaufwanden. Er schüttelte seinen Arm. Interessiert blickte Fischer ihnen nach. Sie fielen in kleinen gelben Klumpen in den Sand der Wüste. Ein kurzes Aufbäumen des Mannes. Dann war es vollbracht.

Günther tupfte die Hände und das Gesicht des Alten mit Erfrischungstüchern ab. Jetzt war es Zeit, die Gruppe in die Abläufe der nächsten Tage einzuweihen, allerdings nur so viel Wissen preiszugeben, wie es für die Missionen der einzelnen Starken wichtig und nützlich war. Sie waren durch die Bildung der Union verunsichert genug.

Der Alte saß auf einem herausgebrochenen Mauerstück und begann mit leiser, brüchiger Stimme zu sprechen: »Sturm werden wir säen. In dieser Woche gehen sie mit den Funden in London an die Öffentlichkeit. Michael hat das hervorragend vorbereitet. Sein Konzern wird die mediale Wirkung, wie es heute so schön heißt, garantieren. Und kein Muslim wird den Gegenbeweis antreten können. Ich bitte dich, Roman, dein Augenmerk auf das Paar zu verwenden, sie haben wohl Hinweise gefunden, die Wolfgang im Crac übersehen hatte. Sie sind jetzt in Istanbul. Unsere türkischen Freunde waren so nett, uns über ihre spontanen Reisetätigkeiten zu unterrichten. Sie gilt es, endgültig zu stoppen.«

Er öffnete seine Hand, und Günther reichte ihm ein Glas Wasser. Fischer trank in schnellen Zügen.

»Wir haben dann noch den Judenbengel, der uns zunehmend mehr Ärger macht. Sein Gefechtsstand liegt in dem Kloster. Darum kümmern sich aber meine Kameraden von den Spezialkräften. Freunde, die Stunde ist gekommen. Die Nacht wird zum Tag, und der Tag verblasst unter der schwarzen Sonne.«

Kairo, Siwa, 19. 06., 9.15 Uhr

> *Ethics* – The Israel Defense Forces are the state of Israel's military force. The IDF is subordinate to the directions of the democratic civilian authorities and the laws of the state. The goal of the IDF is to protect the existence of the State of Israel and her independence, and to thwart all enemy efforts to disrupt the normal way of life in Israel. IDF soldiers are obligated to fight, to dedicate all their strength and even sacrifice their lives in order to protect the State of Israel, her citizens and residents. IDF soldiers will operate according to the IDF values and orders, while adhering to the laws of the state and norms of human dignity, and honoring the values of the State of Israel as a Jewish and democratic state.
>
> *Human Life* – The IDF servicemen and women will act in a judicious and safe manner in all they do, out of recognition of the supreme value of human life. During combat they will endanger themselves and their comrades only to the extent required to carry out their mission.
>
> *Aus: Offizielles Ethik und Mission Statement der IDF (Israel Defence forces)*

Das Mena House ist ein alter Hotelkomplex in Kairo aus dem 19. Jahrhundert, der nur dreihundert Meter nördlich der Cheops-Pyramide liegt. Er teilt sich in einen alten, heruntergekommenen Bereich und einen neuen stilfreien Bau mit weiteren Zimmern. Hier hatten die Kommunikationsabteilungen der Mitgliedstaaten das Treffen ihrer Regierungschefs angekündigt.

Westliche Reiseführer verweisen gern auf Winston Churchill und andere Engländer, die ihre Zeit hier verbrachten. Nie erwähnen sie, wie verhasst die ehemalige Kolonialmacht hier war und immer noch ist. Wie selbstverständlich geht man im Westen davon aus, dass diese Kulturgüter im Sand der ganzen Welt gehören.

Kairo hat sich von Osten immer weiter an das Hotel herangeschoben. Östlich des Hotels verläuft die Verbindungsstraße nach Alexandria, südlich begrenzt der hoteleigene Golfplatz, der äußerst reizvoll unterhalb der Pyramiden gelegen ist, die Anlage. Der Kreisverkehr, der die Straße zu den Pyramiden und nach Alexandria reguliert, wurde jetzt von drei hintereinander positionierten Straßensperren blockiert. Ein Schützenpanzer der ägyptischen Armee rollte mit quietschenden Ketten die Straße hinunter, stoppte neben einer Sperre.

Keiner wollte heute ein Risiko eingehen.

Die Straße vor der Kreuzung, die normalerweise den Händlern von Antik-Plagiaten, Papyrusrollen und Kaftanen vorbehalten schien, war mit Übertragungswagen aller großen TV-Stationen der Welt zugestellt, die Geschäfte waren geschlossen.

Heute würde man die gemeinsam erarbeitete Verfassung der Arabischen Nation bekannt geben wollen, so waren jedenfalls die Gerüchte aus dem Umfeld der alten Mubarak-Clique zu deuten gewesen. Lautes Sirenengeheul hatte die Karawane schon Minuten vorher angekündigt.

Acht Limousinen und mehrere Dutzende Vans mit schwarz verdunkelten Fenstern und offenen Heckfenstern, aus denen schwerbewaffnete Soldaten mit Sonnenbrillen blickten, waren vor wenigen Minuten die Auffahrt hereingeprescht. Ohne Fototermin waren die Politiker unter einem riesigen Sonnendach fast hereingestürmt. Kaum einer konnte sie erkennen.

Der Luftraum sollte schon gesperrt sein, und so wunderte sich der Kommandeur Oberst Abu Zikri, der im Eingangsbereich des Mena Houses eine Zigarette rauchte, über die vier Gulfstreams, die jetzt südlich von ihm über den Nil donnerten und weiter Richtung Westen flogen. Er schnippte die Kippe auf die Auffahrt, wo ein dicker Junge in roter Livree sofort den Dreck mit einem Kehrblech entfernte. Über seinen Sprechfunk im Ohr und am Handgelenk rief Zikri seine Posten einzeln ab; solange die Tagung andauerte, wollte er eine kurze Besprechung über den weiteren Fortgang und eventuelle Auffälligkeiten in den letzten Stunden abhalten. Nacheinander kamen seine Offiziere, teils mit Golfwagen, die sie vom nahen Platz requiriert hatten, teils zu Fuß unter dem Vordach des Hotels zusammen. Sie schwitzten unter ihren schusssicheren Westen, der Schweiß lief ihnen in kleinen Bahnen über die Gesichter. Umso fröhlicher begrüßten sie den Tee, den der junge Kellner auf einem Tablett brachte. Er hielt es in die Mitte, so dass die sieben Männer nacheinander, natürlich erst nachdem ihr Chef sich sein Glas genommen hatte, zugriffen. Keiner achtete wirklich auf den Jungen und auch nicht auf sein leise geflüstertes Gebet.

Der Plastiksprengstoff war unter dem Tablett befestigt. Mit der linken Hand zündete der vierzehnjährige Hamsa jedoch auch den Sprengstoffgürtel unter seiner roten Livree und ging, so glaubten er und seine Familie, in der nächsten Sekunde in das Paradies ein.

Der Ü-Wagen des arabischen Senders Al Jazeera scherte aus seiner Parkbucht aus, die Luke auf dem Dach zur Ausrichtung der Satellitenschüssel öffnete sich, und ein mit einer Wollmaske vermummter Mann zielte mit einem Maschinengewehr auf die Soldaten der ersten Sperre. Vom Dach des hinter ihm liegenden Häuserkomplexes wurde mit einer Eryx-Panzerabwehrwaffe erst der Minibunker an der rechten Straßenseite zur Einfahrt des Hotels angegriffen, dann der Schützenpanzer, und als auch die zweite Sperre, die das Eingangstor sicherte, nicht sofort reagierte, konnte der Schütze die dritte Ladung abfeuern. Eine zweite Person richtete sich auf dem Dach auf, nachdem der erste Widerstand gebrochen war, und schoss aus einer Stinger-Rakete auf den Apache-Hubschrauber, den das amerikanische Militär der ägyptischen Regierung zur Terrorbekämpfung nach den Anschlägen von 2001 zur Verfügung gestellt hatte. Selbst die Panzerung des Fluggeräts konnte gegen die aus kurzer Distanz einschlagende Munition nichts ausrichten. Die 28 Millionen Dollar teure Kriegsmaschine explodierte am Himmel über den Pyramiden von Gizeh.

Aus zwei weiteren Trucks stürmten vermummte Männer, rannten die Auffahrt zum Hotel hinauf. Zwar reagierte das Lagezentrum, das sich auf dem Zuschauerplatz der Sound and Light Show unterhalb der Sphinx in Zelten befand, sofort und sandte weitere Hubschrauberkräfte vom Flughafen zum Hotel, es forderte auch Spezialeinheiten an, aber da befanden sich die fünfzehn Terroristen schon im Inneren des Komplexes und töteten jeden, der sich ihnen in den Weg stellte. Es war 12.15 Uhr, als die letzten Schüsse vom Plateau hinunter zu den Reportern der Fernsehstationen hallten.

Der amerikanische Sender Fox News brachte es möglicherweise auf den Punkt: »Seit heute Morgen scheint die arabische Welt führungslos zu sein. In einem infernalischen Angriff töteten Terroristen die fünf Staatschefs der neuen Arabischen Union. Über ihre Herkunft, Motive oder gar Drahtzieher ist nichts bekannt. Wir wissen nur eins: Der Traum der Einheit Arabiens scheint heute Morgen im Schatten der Pyramiden untergegangen zu sein.«

Um 14 Uhr heulten in Israel die Sirenen. Der kleine Staat, der sich wie immer umzingelt von jetzt völlig führerlosen Feinden wähnte, machte mobil. Sparta erwachte.

Alle 500 000 Reservisten, Frauen wie Männer, wurden zu ihren Einheiten gerufen, mit den 170 000 regulären Soldaten konnte innerhalb von 48 Stunden die schlagkräftigste Armee der Region auf Krieg eingestellt werden. Vor der Küste tauchten in 35 Meter Wassertiefe zwei U-Boote der Dolphin-Klasse, vor Jahren aus Deutschland geliefert, sofort bereit, nukleare Gefechtsköpfe in einem Radius aller potenziellen arabischen Nachbarstaaten abzufeuern. Das US CentCom, eines von sechs regionalen US-Regionalkommandozentren mit Sitz in Florida und verantwortlich für den Nahen Osten und Nordafrika, entsandte auf Anweisung des Präsidenten den Flugzeugträger USS Theodore Roosevelt ins Mittelmeer. Zufällig kreuzte dieser mit seiner Flotte vor der Küste Portugals. Generell galt für alle US-Truppen weltweit erhöhte Alarmbereitschaft. Der EU-Ratspräsident mahnte zwar öffentlich alle Regierungschefs zur Ruhe, aber die großen europäischen Länder wie Frankreich, Großbritannien und Deutschland trafen sich im Rahmen von Geheimkonsultationen, um die Sicherheitslage ihrer Region zu besprechen und einen Notplan für den Fall eines endgültigen Kollapses des Nahen Ostens zu definieren. Die ersten Demonstrationen in den Großstädten der Arabischen Union wurden mittels Ausgangsverbot und massiver Polizei- und Militärpräsenz unterbunden.

Es war, als ob eine Region den Atem anhielte.

Die Oase Siwa ist ein kleines Paradies inmitten der Sahara, zwischen einer Felswüste im Westen, einer Sandwüste im Osten und der Kattarasenke im Nordosten. Der tiefste Punkt der etwa tausend Quadratkilometer großen Oase liegt zwanzig Meter unter dem Meeresspiegel. Von Alexandria fährt man, die Küste des Mittelmeeres zur Rechten, an den alten Schlachtfeldern des Zweiten Weltkrieges wie El Alamein vorbei, wo man tief hinein in die Sahara gelangt. Nach Dutzenden von Kilometern auf einer von Sandverwehungen und Geröll belegten groben Teerstraße stößt man dann südlich auf diesen grünen Fleck am Rande der Sahara. Die fruchtbare Gegend besteht aus einem größeren Ort, eben Siwa, und mehreren kleinen Dörfern und verfügt über reichlich sprudelnde Quellen, deren Wasser sich in tiefblauen Seen sammelt. Der Schein trügt, wie so oft, hier. Das Wasser ist so salzhaltig, dass die landwirtschaftliche Nutzung des Bodens nur begrenzt möglich ist. Weite Haine von Palmen und Olivenbäumen bilden die Lebensgrundlage der etwa 20000 Oasenbewohner, die ihre begehrten Sorten von Datteln und Oliven ins Ausland exportieren.

Auf einem Felsen über dem Ort Aghurmi liegen die Ruinen der im Altertum so berühmten Orakelstätte des Zeus-Amun. Hier ließ sich Alexander der Große 331 v. Chr. als Sohn des Gottes bestätigen.

Hier lebten lange Zeit nur Berber und sudanesische Sklaven. Aber wie so viele landschaftlich reizvolle Gegenden wurde auch Siwa vom Tourismus entdeckt. In jüngster Zeit hat sich ein einerseits ökologisch und kulturell sehr sanfter, andererseits auch luxuriöser Tourismus in der Oase gebildet. Ein ehemaliger Militärflugplatz nimmt jetzt zivile Flieger aus aller Welt auf, keine Touristenbomber, aber Businessjets aus London, Paris oder Frankfurt, für die nach Abenteuer und Luxus dürstende Jeunesse dorée des internationalen Finanzwesens. Zwischen dem Hauptort und einem großen Salzsee hatte ein ägyptischer Geschäftsmann seinen Traum eines Luxusresorts in Lehm und anderen natürlichen Baustoffen bauen lassen.

Nur wenige Meter vom Haupthaus entfernt begannen die großen Sanddünen der Sahara. Doch heute waren ihre Kuppen bedeckt von teuren Teppichen und Zelten. Eine gigantische Satellitenschüssel stand auf einer weiteren Düne. Und in den Tälern, gut getarnt, hatte die ägyptische Armee verschiedene Luftabwehrbatterien postiert. Die fünf Männer hatten ihr Zelt verlassen und schritten vor die Kameras der staatseigenen TV-Stationen. Keine zwei Tage nach der ersten Generalübertragung über alle Fernseh- und Radiosender der arabischen Welt wurde das Programm erneut unterbrochen.

Es waren die Regierungschefs der Arabischen Union. Sie hatten überlebt.

Der größte von ihnen, Bashar, trat vor ein Mikrofon. »Brüder und Schwestern der arabischen Welt, Freunde und Gläubige, wir wurden heute Zeuge eines unerträglichen und feigen Anschlags auf die neue Idee der freien arabischen Welt. Wir werden die Täter stellen und die Opfer rächen. Wir fünf wissen, dass uns manche nach dem Leben trachten. Verschiedene Hinweise erreichten uns in den letzten Tagen. Unsere Gegner sollen wissen, wir sind immer einen Schritt voraus. Auch darum haben wir uns heute Morgen entschieden, hier in die Oase Siwa zu reisen, um unsere Ziele zu erklären. Der Anschlag scheint eine Verschwörung einer kleinen isolierten Machtclique aus verschiedenen arabischen Ländern zu sein. Die ersten Verhöre mit den überlebenden Terroristen haben bereits Hinweise ergeben, und wir sind zuversichtlich, schon in den nächsten Tagen mehr über die Hintergründe erklären zu können. Brüder und Schwestern, seid gewiss, auch wenn sie uns töten sollten, wird die Idee, die wir gestern ausriefen und die die Seelen und Herzen der Menschen in Arabien verzückte, nicht sterben.«

Nacheinander traten die jungen Politiker vor das Mikrofon, erklärten jeweils ihren Landsleuten die Sicht der Dinge, um dann Bashar als ihren Sprecher bekanntzugeben. Der Syrer trat zum Ende der Übertragung noch einmal an das Pult. Hinter ihm tauchte die Sonne in einem spektakulären Rot in das Große Sandmeer.

»Wir wissen von der hektischen Aktivität unseres Nachbarn Israel. Auch ist uns das aufreizende Muskelspiel des großen Verbündeten USA nicht verborgen geblieben. Wir rufen beide Länder auf, ihre Kräfte für militärische Maßnahmen jedweder Art zu sparen und sich im Dialog mit uns dem neuen Prozess anzunähern. Unser Sieg ist die Einheit Arabiens. Die Existenz Israels ist dabei unerheblich.«

Istanbul, 19. 06., 11.17 Uhr

Verzaubert hast du mich, / meine Schwester Braut; / ja verzaubert
mit einem (Blick) deiner Augen, / mit einer Perle deiner Halskette.
Wie schön ist deine Liebe, / meine Schwester Braut;
wie viel süßer ist deine Liebe als Wein, /
der Duft deiner Salben köstlicher / als alle Balsamdüfte.
Von deinen Lippen, Braut, tropft Honig; /
Milch und Honig ist unter deiner Zunge.
Der Duft deiner Kleider ist wie des Libanon Duft.

Altes Testament, Das Hohelied Salomos

Sie lag noch auf dem Bauch. Und er starrte versonnen auf ihren Po. Feine blonde Härchen wuchsen auf der Einbuchtung ihres Steißbeins. Sie wirkte selbst noch im Schlaf angespannt.

Schlaftrunken konnte er sich dennoch kaum an ihr sattsehen. Seine Augen glitten über ihre Narben, die sie von den Einsätzen als Polizistin mitgebracht hatte. Möwen kreischten draußen, zogen ihre wilden Bahnen an ihrem Balkon entlang.

Jan und Regina waren erschöpft in die Türkei geflohen. Er hatte keinen blassen Schimmer, wie es weitergehen sollte. Der Fall war mysteriös, aber er wollte ihn mit ihr aufklären. War das Größenwahn?

Regina, die mit ihrem Mund auf dem Laken lag, nuschelte etwas. Ihre wirren, dünnen blonden Haare hingen vor ihrem Gesicht. Er verstand so etwas wie »Kaffee«, strich ihr das Haar zur Seite und flüsterte: »Ist schon unterwegs. Denn dein weiser Lakai hat ihn schon bestellt, während sich die österreichische Spitzensportlerin vom deutschen Einmarsch erholen musste.« Er klatschte auf ihren Hintern. Sie gackerte in das Laken und wedelte mit einem Fuß. Er beugte sich hinunter, um ihn zu küssen, als Regina blitzschnell beide Beine um seinen Hals schlang, ihren Körper drehte und Jan nach vorn aus dem Bett drückte, ihn aber nicht aus der Schlinge entkommen ließ. Sie lachte. Es gibt Punkte am menschlichen Körper, die in der Medizin als »Triggerpoints« bezeichnet werden; einer lag an Reginas Fuß. Jan musste nicht lange drücken, damit Regina fluchend ihre Beine auseinanderfallen ließ. Überrascht sah sie auf seinen sich schon wieder versteifenden Schwanz.

»Hast du nicht genug?«

Er sah an sich hinunter. »Nein, das ist leider eine schwerwiegende Erkrankung. Nur permanentes Ficken hilft da. Komm her!«

Jan spreizte ihre Beine, sah lüstern auf das wieder feuchte rote Fleisch ihrer Vagina. Wie eine satte Katze drehte sie sich um und streckte ihre Hüften nach oben. Gerade als er hinter ihr kniete, seine Hände auf ihre Hüften gelegt hatte, klopfte es.

»Verdammt, hast du ein Glück«, schnaufte er.

Sie lachte und ließ sich wieder auf den Bauch fallen. Er griff nach dem Bademantel, zog den Gürtel straff, drückte seinen Schwanz nach unten, zählte bis zehn und öffnete.

Ein kleiner Mann, untersetzt, in der Uniform des Servicepersonals, stand mit seinem Wagen vor der Tür.

»Auch wenn du es dir noch nicht verdient hast, das Frühstück ist da«, rief Jan. Er schloss die Tür hinter dem Kellner, während Regina für hiesige Moralvorstellungen deutlich zu langsam in das geräumige Badezimmer tapste. Jan gönnte dem glotzenden Kellner den Anblick dieser wirklich prachtvollen und aufreizend wippenden Brüste. Dann, als Regina die Tür verschloss, blickte er hinaus auf das Wasser. Ihm waren solche Situationen immer zuwider, jemand bediente ihn, und er stand hilflos herum. Draußen zogen riesige Schiffe ihre Bahn, dazwischen herrschte ein Gewimmel von kleinen Fähren und Fischerbooten.

Etwas klickte metallisch. Jan drehte sich um und blickte in den Schalldämpfer einer großen Pistole. Der vermeintliche Kellner legte einen Finger auf seine Lippen. Mit der freien Hand bedeutete er, dass Jan sich weiter zu ihm bewegen solle. Im Bad drehte Regina den Hahn der Dusche auf. Sie sang etwas. Jan machte zwei Schritte auf dem tiefen Teppich vor ihm, während der Typ vorsichtig rückwärts zur Balkontür ging. Regina rief etwas. Die Tür war nicht ganz geschlossen. Dennoch konnte er sie nicht verstehen. Heißer Dampf der Dusche drang aus dem Spalt. Gleich würde der Killer abdrücken. Jan hoffte, dass es schnell ging und er keine Schmerzen spüren musste. Aber vorher wollte er wenigstens Regina warnen. Das Telefon neben dem Bett klingelte. Jan und der Mann schauten gleichzeitig hinüber. Er sah Regina noch aus der Tür kommen, aber der Schlag gegen den Hals, das Wegtreten der Beine und der finale Tritt gegen den Kehlkopf geschahen in einer viel zu schnellen, fast fließenden Bewegung. Er stand mit offenem Mund da.

»Kaum gehe ich mal duschen, musst du schon Männer anschleppen. Schaffst du mich nicht mehr allein?« Regina blickte ihn lächelnd an.

Jan war beinahe sprachlos. »Was ... und wieso? ... Der ist doch nicht wegen uns ...?«

»Doch, Jan.« Sie drehte den Mann auf den Bauch, drückte den Kopf nach vorn und deutete auf den Nacken. In den feisten, weißen Wülsten verbarg sich eine tätowierte Acht. »Verdammt«, entfuhr es ihm. Er kniete nieder, fühlte den Puls. »Der Kerl ist tot.«

»Ein Schlag gegen die Halsschlagader ist, professionell ausgeführt, meist tödlich.«

Er schaute Regina an. »Er hätte uns etwas über seine Hintermänner verraten können.«

»Pack unsere Sachen zusammen. Ich kümmere mich um ihn.«

Jan zog die vom Hotel frisch gereinigten Sachen an, während Regina den toten Killer in dem geräumigen Schrank verstaute. Sie verschloss diesen und schlug danach mit dem Aschenbecher den Schlüssel ab.

Mittlerweile hatte sich Jan angezogen und das Gepäck abreisefertig vor die Tür gestellt. Sie klemmten das »Nichtstören«-Schild an die Außenklinke und verließen das Hotel über den Personaleingang.

Erst im Taxi fanden sie wieder Worte.

»Spätestens am Abend, wenn das Personal die Betten für die Nacht vorbereiten will, werden sie ihn entdecken. Bis dahin müssen wir in Deutschland sein«, flüsterte Regina ihm leise zu.

Sie kauften am Flughafen zwei Tickets nach Berlin und setzten sich in die Lounge der Fluggesellschaft. In Deutschland sollte, so hatte ihnen der Imam gesagt, ein Experte leben, der ihnen mehr über die Funde sagen konnte.

Ihre Leichtigkeit der Nacht war verschwunden. In der Welt brannte es. An den Zeitungsständen, vor Fernsehern und Radios standen Reisende und Airport-Arbeiter und diskutierten den Anschlag der Terroristen in Kairo. Auf den Bildschirmen, die im modernen Gebäude des Atatürk-Terminals an den Wänden hingen, liefen die Bilder in einer Dauerschleife. Die Stimmung übertrug sich auch auf die Menschen. Schon beim Einchecken waren alle gereizt und wurden gründlich überprüft.

Jan und Regina standen staunend vor den Geräten in der großen Wartehalle mit den vielen Duty-free-Shops. Sie wollten jetzt nur noch in das verhältnismäßig sichere Europa.

»Und wenn unsere Funde damit etwas zu tun haben?« Regina schaute Jan an, der immer noch den Kopf hoch zu den Bildschirmen gerichtet hatte.

Er zuckte mit den Schultern. Dann sah er ein Bild, das ihn erstarren ließ. Ein Mann mit einem weißen Kittel hielt in einer Plastikfolie genau den Gegenstand, der jenem glich, den sie bei Yussef gefunden hatten: Haut oder Papyrus, was immer es war. Leider waren sowohl der Laufbandtext als auch der Kommentar des Sprechers auf Türkisch, so dass Jan die Bedeutung nicht verstand.

»Das muss ein Zufall sein. Komm, wir gehen«, sagte Regina ungeduldig.

Jan wollte sich am Buffet »etwas Salziges« holen, als Regina mit ihren Augenbrauen zuckte. Unmerklich schüttelte sie den Kopf, was er als »nicht umdrehen« verstand. Er beugte sich zu ihr, um ihr überdeutlich einen Kuss zu geben. »Es sind zwei. Sie sind uns seit dem Sicherheitscheck gefolgt. Auf drei Uhr, schlecht sitzende Anzüge, darunter Waffen. Sieht eher nach türkischem Geheimdienst aus«, wisperte sie Jan ins Ohr.

»Soll ich mal in den Nacken der Herren schauen?«

»Jan, das ist nicht witzig.«

Sie funkelte ihn wütend an. Er lächelte, drehte sich um und ging Richtung Buffet. Aber als er sich mit einem Schälchen Gurken zurück zum Platz wandte, waren die Männer verschwunden. Und obwohl sie beide immer wieder nach den Männern Ausschau hielten, blieben sie wie vom Erdboden verschluckt.

Erst als der Flieger in den österreichischen Luftraum kam, war Regina beruhigt. »Wem können wir uns anvertrauen?« Sie hatten die karge Mahlzeit der Airline verschmäht und sich lediglich einen Tee bringen lassen.

In Berlin würden sie sich komplett mit den für sie wichtigsten Alltagsdingen eindecken. Beide besaßen kein funktionstüchtiges Handy mehr, der Euphrat hatte den Telefonen den Garaus gemacht. »Ich habe während meiner Facharztausbildung zum Internisten an der Charité in Berlin gelebt. Ich werde meine ehemaligen Kollegen kontaktieren. Vielleicht können wir bei einem unterschlüpfen.«

Beiden war klar, dass jemand sie jagte. Und sie waren auf der Flucht.

London, 20. 06., 12 Uhr

> 14 Da sprach Gott der HERR zur Schlange: Weil
> du das getan hast, seist du verflucht, verstoßen aus
> allem Vieh und allen Tieren auf dem Felde. Auf deinem Bauche sollst du kriechen und Erde fressen
> dein Leben lang.
> 15 Und ich will Feindschaft setzen zwischen dir und
> dem Weibe und zwischen deinem Nachkommen und
> ihrem Nachkommen; der soll dir den Kopf zertreten,
> und du wirst ihn in die Ferse stechen.
>
> *Bibel, Genesis, 3.Kapitel*

Mit seinen über 7000 Quadratmetern Fläche ist der Innenhof des British Museum in London der größte überdachte Platz Europas. Kein Geringerer als Sir Norman Foster hatte 2000 den Umbau des berühmten Museums vollendet. In seinem Inneren befindet sich die Bibliothek, in der schon Karl Marx und Mahatma Gandhi saßen und die eine erhabene Stille ausstrahlt. Hier hatte der Sender History & Discover um Punkt 12 Uhr zur Pressekonferenz geladen. Die Leiterin der Ausgrabungen, die Engländerin Dr. Meredith Butfaith, sowie Ian Schlesinger, Professor für Islamische Wissenschaft an der Universität Exeter, warteten nervös hinter der Bühne. Butfaith, vom lieben Gott und den Genen der Vorfahren mit dünnen und schnell fettenden blonden Haaren geschlagen, beschlich wie so oft in den letzten Tagen eine nagende Angst. Seit drei Tagen hatte Scotland Yard ihnen und ihren Familien Personenschutz zugebilligt, nachdem die ersten Morddrohungen aufgetaucht waren. Sie wollten sich nicht wie dieser fette dänische Karikaturist zukünftig vor irren Islamisten fürchten müssen. Natürlich war den Wissenschaftlern klar, dass ihr Fund die Welt erschüttern würde. Auch deswegen hatten sie die Expertisen der islamischen Geistlichkeit aus Kairo und Riad so heiß ersehnt. Dennoch war das einstige Hochgefühl über diesen Fund und über die großen Geldmengen auf ihren neu eingerichteten Konten in der Schweiz einer unbestimmten Angst vor Tod und Terror gewichen. Beide wussten, dass sie nach dem Coup ein reicheres, aber anderes Leben außerhalb Englands würden führen müssen. Denn auch die Regierung Ihrer Majestät hatte schwerste Einwände, als sie vor wenigen Monaten von diesem Ansinnen erfahren hatte. Aber der freundliche und dennoch bestimmte Hinweis des Medienmoguls Michael Manson, diesen Scoop auf jeden Fall zu publizieren, notfalls gegen die Regierung, schien den Innenminister umzustimmen. Und in drei Monaten waren Unterhauswahlen. Der Minister konnte keine schlechte Presse gebrauchen. Manson hatte sie an die Macht gebracht. Er konnte sie auch wieder abwählen lassen, ließ er sie unverhohlen wissen.

Butfaith ging im Lesesaal, der heute für die Öffentlichkeit gesperrt war, noch einmal mit seinem Presseteam den Ablauf durch. Ihre Fingernägel waren bis auf das rote Fleisch abgekaut. Nur so hielt sie ihre Nervosität in Schach.

Erst sollte ein Einspielfilm über den Grabungsort, die handelnden Personen und die Hintergründe die Presse auf das Thema einstimmen. Danach würde Meredith Butfaith die historische und Schlesinger die theologische Dimension erklären. Über eine Live-Videoschaltung würde dann der Fund der Welt erstmalig präsentiert werden. Das war eine Bedingung der Regierung gewesen, um das Risiko von Anschlägen zu verringern: kein Exponat, kein Grund, eine Bombe zu werfen. Im ganzen Raum waren zivile Personenschützer verteilt, um etwaige Fanatiker frühzeitig aufzuspüren. Das Podium mit Platz für die beiden Wissenschaftler, einen Moderator des Senders und einen Übersetzer befand sich vor dem Eingang zum Lesesaal. Links und rechts hatte man vier Meter hohe Videoleinwände aufgebaut, ebenso hinter dem Podium selbst. Über den 200 Sitzreihen, die schon jetzt auf bis auf den letzten Platz besetzt waren, schimmerte die Sonne durch Tausende Glasplatten herein und hinterließ ein feines Schattenmuster auf dem Marmorboden. Der Haupteingang mit seiner großen Freitreppe wurde von schwerbewaffneten Sicherheitskräften bewacht. Ständig piepte das Sicherheitstor. Jeder wurde nach Sprengstoff und Waffen durchsucht, denn auch Manson selbst hatte sein Kommen angesagt. Freie TV-Teams waren nicht zugelassen. Es wurde ein Fernseh-Signal für alle Sender produziert und zur Verfügung gestellt. Der Anschlag in Kairo hatte auch den letzten Naiven vor Augen geführt, mit welcher Vehemenz Extremisten in diesen Tagen zu Werke gingen. Die Pressedame, mit Headset und Klemmbrett bewaffnet, gab ein Zeichen: fünf Sekunden. Nacheinander senkte sie ihre Finger. Dramatische Musik ertönte. Dann deutete sie mit dem Zeigefinger auf Butfaith und wies nach draußen. Es konnte beginnen.

Mit einem leicht übersteuerten Ton begann der Film. Wüstenbilder aus Saudi-Arabien und die übliche dramatische Erzählstimme sollten sofort auf die Brisanz des Themas einstimmen. »Mohammed, der Prophet, wird als Halbwaise im Stamm der Hashim um 570 n. Chr. geboren. Er heiratet eine reiche Witwe. Mit Ende dreißig verändert er sich, wird ein Gottsuchender und strebt in die Einsamkeit der Wüste. Dort will er Offenbarungen erhalten haben. Zunächst bleiben seine Verkündigungen im engsten Kreis. Doch dann tritt er öffentlich auf. Erst sucht er die Nähe der Juden in Mekka, dann verdammt er sie. Die Christen sind ihm nahe und auf sonderbarer Weise auch wieder fern. Wer soll dieser Mohammed gewesen sein? Ein Irrer? Ein Kopist oder ein von Gott direkt beauftragter Prophet? Trotz Widerständen, Kriegen und Niederlagen verbreitet sich seine Botschaft binnen weniger Jahre über die ganze Halbinsel. Mohammeds Ideen werden zur Religion, aber auch zu Regeln für ein Gemeinwesen. Es ist die Geburt der dritten großen monotheistischen Weltreligion – des Islams.«

Eine Karte zeigte die Ausbreitung des Islams in grellgrünen Farben über Arabien nach Norden und in die Länder des Mittelmeerraums bis nach Spanien.

»Der Islam wird zusammengehalten durch den gemeinsamen Glauben, ob in Indonesien oder Somalia, in den Straßen von Birmingham oder Kabul, auch wenn Spannungen innerhalb der Umma, der islamischen Gemeinde, die Einheit zu sprengen drohen. Der Glaube aber manifestiert sich im Koran, der Heiligen Schrift.«

Die ersten Journalisten gähnten bereits und spielten mit ihren Smartphones. Wieder steigerte sich die drohende Musik ins Unheimliche. Dr. Meredith Butfaith, im Dunkeln sitzend, wusste um den kommenden Effekt und fixierte gebannt die Gesichter der Zuschauer.

»Aber was, wenn es das alles nicht wahr ist?« Die Bilder auf den Leinwänden froren ein. »… Wenn es Mohammed gar nicht gegeben hat?«, tönte es aus den großen schwarzen Lautsprechern. Die Reporter blickten auf. »Was, wenn dies alles eine Verschwörung war? Gibt es dafür Beweise? Vor sieben Monaten stießen diese Frau und dieser Mann«, bildfüllend wurden Butfaith und Schlesinger lächelnd und mit Indiana-Jones-Hüten in der Wüste gezeigt, »auf den mysteriösesten Fund seit der Öffnung des Grabes von Tutanchamun.«

Butfaith hätte diese populistische Formulierung gerne gelöscht, aber Manson hatte darauf bestanden. »Wer zahlt, schafft an«, hatte er nur geknurrt.

»In einer Höhle, nördlich von Damaskus, im heutigen Syrien fand das Team um die renommierte Wissenschaftlerin Dr. Butfaith«, diese Passage war ihr wichtig, »den außergewöhnlichen Fund, der die Wissenschaft wohl auf Jahrzehnte beschäftigen wird.« Ein Trommelstakkato setzte ein. »Die Hadith der Wahrheit.« Auf allen drei Leinwänden prangte das Bild einer Schriftrolle, braun und verblichen. Die Kamera zoomte heran, einzelne arabische Schriftzeichen waren zu erkennen. Die Pressevertreter der arabischen Sender standen auf, um den Text zu lesen, aber da sprang das Bild schon in das nächste. Der Eingang zur Höhle wurde gezeigt.

»Hier, in der Höhle am Jebel Tal Bil fanden die Forscher eine vergessene Zisterne, dem Hinweis eines Hirten waren sie gefolgt. Der Alte hatte von einem Schatz in den Tiefen des schon lange ausgetrockneten Brunnens erzählt. Vor exakt sechs Monaten war es dann soweit. Nach Wochen der Qual und des Rätselns konnte das Team den Schatz bergen.«

Es folgten Ausführungen über den Mut und die Anstrengung der Beteiligten. Aber die Behauptung, dass Mohammed nicht gelebt haben soll, elektrisierte alle. Denn alle waren sich hier und heute bewusst, dass, wenn dieser Beweis sich als wahr herausstellen würde, es eine völlige Veränderung der islamischen Welt und ihrer Ordnung bedeuten konnte. Und wäre es falsch, so wären die Beteiligten dort oben auf dem Podium bald tot.

Die Leinwand wurde schwarz. Der Moderator räusperte sich kurz, ehe er die Personen auf dem Podium vorstellte.

Butfaith ergriff als Erste das Wort. »Sehr geehrte Damen und Herren, wir sind uns – und da kann ich für das gesamte Team wie auch den Sender History & Discover sprechen – der Bedeutung wie auch der Verpflichtung, die aus diesem Fund hervorgeht, bewusst.« Sie machte eine bedeutungsschwere Pause. »Aber in diesem Jahrhundert darf die Wissenschaft sich nicht mehr von Zwängen der Religion und des Glaubens einengen lassen. Die Wahrheit drängt ans Licht. Hat es Mohammed gegeben? Ist die Frage ketzerisch? Wir wissen: Nur eine kleine Experten-Minderheit weltweit befürwortete eine solche These, meist wurden sie als faktenferne Spinner von der Mehrheit abgeurteilt. Weil nicht sein kann, was nicht sein darf? Hier sind die Fakten: Die Biografie des Mannes aus Mekka ist jedem geläufig, aber weiß auch jeder, dass sie erst im 9. Jahrhundert, also rund zweihundert Jahre nach seinem Tod, niedergeschrieben wurde? Die älteste Gesamtschrift des Korans stammt ebenfalls aus dem Jahr 870 n. Chr. Keine christliche Quelle erwähnt bis zu dieser Zeit die neue Religion. Warum? Einige meiner wissenschaftlichen Kollegen, aber auch Theologen haben immer wieder darauf hingewiesen, dass der Ur-Koran aus dem syrisch-aramäischen Raum stammt und folglich gar nicht auf Arabisch verfasst worden ist. Wurde da etwas umgeschrieben, um überhaupt etwas Schriftliches in der Hand zu haben? Wie so oft, sind wir, die wir diese Fragen gestellt haben, belächelt, beleidigt und nicht zuletzt auch bedroht worden. Wer legt sich schon gern mit einer derart aggressiven Weltanschauung an, die schon Karikaturen zum Anlass nimmt, den Künstler und die Zeitung zu verfolgen? Und auch ein Schriftsteller aus diesem Land hat es am eigenen Leib gespürt.«

Unter den Journalisten wurde es unruhig. Sollte dies etwa eine politische Demonstration werden?

»Wir stellen Ihnen und der Welt heute unseren Fund vor.« Wieder machte Butfaith eine Pause, trank einen Schluck aus ihrem Glas. »Es sind die Aufzeichnungen eines arabischen Gelehrten am Hofe Abdalmaliks, eines Kalifen vom Ende des 7. Jahrhunderts. Sein Name war Idris, er war so etwas wie ein Staatsminister. In dieser Zeit drohte der junge Islam in Streit und Zwist unterzugehen. Einerseits expandierte der Islam, Tariq Ibn Ziyad überquerte die Meerenge bei Gibraltar und eroberte Spanien, aber die Verhältnisse im Innern waren brüchig. Ersatzinstitutionen hatten sich gebildet. Unsere Aufzeichnungen belegen: Am Hofe des Abdalmalik wurde die Figur des Mohammed erst erfunden. Sie sollte eine Inspirations- und Leitfigur für das gesamte muslimische Wesen werden, der Koran, so bestätigen unsere Aufzeichnungen, wurde von einem christlichen Lektor zusammengefasst und aufgeschrieben.«

Butfaith hatte es nicht erwartet. Und die Sicherheitsbeamten auch nicht. Aber die Kamera übertrug es live. Ein Schuh der Größe 9 flog aus der dritten Reihe an den Kopf der Wissenschaftlerin. Es tat nicht sonderlich weh, aber alle konnten es sehen. Es war die erste Antwort des Islams.

In Indonesien leben 260 Millionen Menschen, über 200 Millionen davon sind muslimischen Glaubens, der Staat mit der weltweit größten islamischen Einwohnerzahl. Rechtzeitig zur besten Sendezeit am Abend wurde die Nachricht aus London über die Inselgruppen von Java und Bali, von Borneo bis zu den Molukken über das staatliche Fernsehen TVRI in das letzte Dorf verbreitet. Und als am nächsten Morgen die Dorfvorsteher in den kleinen Moscheen an den Traumstränden von Bali zum Gebet riefen, da waren die Gläubigen schon in Bussen, Taxis oder Mopeds in die Metropolen des Inselreichs gefahren, um ihre Wut, ihren Hass jenen ungläubigen Menschen aus dem Westen entgegenzuschlagen, die die Hotels und die Straßen von Denpasar und Djakarta bevölkerten. Und während die Sonne weiter über den Horizont schritt, folgten die Menschen in Malaysia, China, Pakistan und den arabischen Ländern. Es war, als ob sich ein Ventil explosionsartig geöffnet hätte. Zuviel Druck hatte auf dem Kessel gelegen. Zu oft glaubten Muslime in aller Welt, Demütigung und Herablassung, Respektlosigkeit und Ignoranz ihrem Glauben gegenüber erlebt haben zu müssen. Waren es am Anfang die üblichen brennenden Flaggen der USA, Großbritanniens und natürlich Israels, so schwoll jetzt die Wut auch bei der Masse der Gläubigen an. Der Iran ließ die Botschaft des Vereinigten Königreichs von Großbritannien noch in der Nacht schließen. Pakistan folgte, ebenso die Golfstaaten. Auf den Militärstützpunkten in Katar und Kuwait blockierten mit Billigung der Emire Demonstranten die Zufahrtstraßen zu den Basen der Amerikaner. Noch bevor in London die Sonne untergegangen war, entführten Terroristen acht englische Touristen aus einem Luxusresort der Malediven. In einem Hamam in Ägypten wurden zwei homosexuelle Touristen aus der Grafschaft Kent getötet. Die Mörder ertränkten sie im Tauchbecken. In Durban, Südafrika, stürmte ein Mob das Kricketfeld, wo die britische Nationalmannschaft seit zwei Tagen gegen Südafrika spielte.

Die Spieler mussten sich stundenlang in der Kabine verschanzen und Eindringlinge mit den Schlägern abwehren, ehe die Polizei die Demonstranten endlich mit Tränengas und Schlagstöcken zurückdrängen konnte. In den ersten zwölf Stunden forderte die Pressekonferenz zwei Menschenleben. Und das war erst der Anfang.

Berlin, 19. 06., 20.17 Uhr

Ich will mit dem gehen, den ich liebe.
Ich will nicht ausrechnen, was es kostet.
Ich will nicht nachdenken, ob es gut ist.
Ich will nicht wissen, ob er mich liebt.
Ich will mit ihm gehen *Bertolt Brecht*

Ein Kollege Jans, Dr. Freude, der an der Charité als Neurologe tätig war, hatte den beiden seine Wohnung im Stadtteil Mitte zur Verfügung gestellt. Er selbst war noch am Abend nach Paris zu einem Kongress geflogen, nachdem er den beiden den Schlüssel und die Wohnung übergeben hatte. Der Kollege, obgleich er Jans Geschichte kannte, fragte nicht nach Andrea oder den neuen Verhältnissen, sondern wünschte viel Spaß. Am Donnerstag wollte er von Paris weiter in einen zweiwöchigen Urlaub reisen. Bis zu seiner Rückkehr, versprach ihm Jan, hätten sie Berlin schon längst wieder verlassen.

Regina hatte die Fahrt vom Flughafen Tegel nach Mitte zu einer Schnitzeljagd werden lassen. Sie war sich sicher, dass sie verfolgt wurden. Also wechselten sie vom Taxi in die U-Bahn, fuhren dann mit der S-Bahn weiter, um die letzten Meter zur Wohnung am Monbijouplatz zu Fuß zurückzulegen. Die Stadt war überfüllt von Touristen. Die letzten Wochen hatte es nicht geregnet, in den Straßen flimmerte die Hitze.

Kaum hatte Freude die Tür hinter sich geschlossen, waren sie übereinander hergefallen. Es war wie eine Abwehrreaktion gegen all den Hass, die Gefahr und die Angst, die sie erlebt hatten und sicher noch erleben mussten. Nackt erkundeten sie in allen erdenklichen Stellungen und Formen die eher nüchtern gehaltene Wohnung. Er nahm sie im Stehen am Fenster, während draußen die Züge vom Haupt- zum Ostbahnhof vorbeirumpelten. Und während die müde Sonne ihre letzten Strahlen über das Parkett im Wohnzimmer streichen ließ, tobten sie verrenkt auf dem Sofa. Selbst das Badezimmer ließen sie nicht aus. Ihre Bewegungen, ihre Hingebung und ihre dunklen Laute schienen Jan immer wieder anzutreiben, er glitt hinein und ritt in einer Welle, aus der er nicht wieder auftauchen wollte. Atemlos lagen sie auf den kalten Fliesen der Küche. Jan hatte mit letzter Mühe eine angebrochene Weinflasche aus dem Kühlschrank zerren können. Er nahm einen Schluck und küsste Regina, um ihr etwas abzugeben. Es klappte nicht ganz. Sie prusteten den Weißwein über ihren Bauch und ihre Gesichter, lachten, und er leckte die Rinnsale aus ihrer Halsbeuge.

In der Nacht trug er sie in das frischbezogene Bett. Trotz weit geöffneter Fenster wehte nur stickig-warme Stadtluft herein. Später hörte er sie leise aus dem Bett tapsen und zur Toilette gehen, dämmerte aber sofort wieder ein.

Sie schliefen bis weit in den Morgen, wachten auf und schliefen erneut miteinander. Es war schläfriger Morgensex, ohne Wildheit, einfach ein sanftes Hin- und Hergleiten.

Jeblah bei Lattakia, 20. 06., 5.31 Uhr

> Sage Meinen Dienern, sie möchten nur das Beste reden, denn Satan stiftet zwischen ihnen Zwietracht. Satan ist dem Menschen fürwahr ein offenkundiger Feind.
>
> *Koran, Sure 17, 53*

Fischer hatte die Nacht genutzt, um noch einmal alle Facetten des Plans durchzugehen. Er wollte jede Unwägbarkeit auslöschen. Dennoch wusste er, dass gerade bei Operationen solchen Ausmaßes Improvisation gefragt war. Es geschah immer wieder Unvorhergesehenes. Den Killer in Istanbul hatte er abgeschrieben. Der Deutsche und die Österreicherin waren entkommen. Dank des Zugriffs seiner amerikanischen Freunde auf den internationalen Fahndungscomputer wusste er, dass ihr Reiseziel die alte Reichshauptstadt war. Also musste die Berliner Sektion jetzt eingreifen. Der Horchposten hatte Bruchstücke eines Gesprächs der beiden mitschneiden können. So wusste er, dass sie mehr über den Fund herausbekommen wollten. Fischer hatte eine schöne Überraschung für sie vorbreitet und mit Falk und Dieter zwei exzellente Soldaten aus dem KSK-Umfeld rekrutiert.

Berlin, 20. 06., 15.10 Uhr

> Befreie Deine Seele von unnützen Gedanken und Erregungen, dann findet der Tiger keinen Punkt an Dir, wo er seine Krallen wetzen kann.
>
> *Myamoto Musashi*

»Was bilden Sie sich denn ein? Sie kommen hier mit Raubkunst und wollen, dass ich noch helfe bei der Datierung, damit Sie es noch teurer auf dem Schwarzmarkt verkaufen können?« Die korpulente Frau mit den dunklen, hochgesteckten Haaren wollte an diesem Montag ihrem Ärger über so viel Dreistigkeit Luft machen.

Jan und Regina standen wie ertappte Schüler vor diesem Drachen aus dem Institut für Vorderasiatische Archäologie der Freien Universität Berlin. Es war Jans Idee gewesen. Er hatte gehofft, dass die deutschen Akademiker ihnen mehr helfen konnten als eine windige Adresse, die ein Imam ihm gegeben hatte. Am Morgen waren sie mit dem Taxi in das Villenviertel Dahlem gefahren. Hier residierte die Historische Fakultät der FU Berlin in einem roten Backsteinhaus in vornehmer Stille am Hüttenweg, einer langen Straße, die den Grunewald mit den vornehmen Dahlem und Zehlendorf verband. Nicht weit entfernt, die Straße hinunter an der Clayallee, lag die Konsularabteilung der Botschaft der USA, derzeit »streng bewacht« von zwei übergewichtigen Berliner Polizisten, in dieser Stadt spöttisch als »Buletten« bezeichnet. Hier war Berlin sauber, hier konnte in Ruhe geforscht werden.

Und so sollte es nach Frau Dr. Kipp-Lorentzen auch bleiben. Die Expertin für frühislamische Aufzeichnungen konnte es auch nicht fassen. In wenigen Stunden sollte ihr Flug nach Kairo gehen. Sie war als Expertin für eine Grabung vorgeschlagen worden und hatte für diesen Mumpitz hier gar keine Zeit. Das Büro der Historikerin befand sich im Erdgeschoss mit herrlichem Blick auf einen verwilderten Garten.

Wer für die Vergangenheit lebt, scheint wenig für die Schönheit der Gegenwart übrig zu haben, dachte Jan.

Die blecherne Stimme Dr. Kipp-Lorentzens erfüllte den Raum. »Dann zeigen Sie das doch mal her.« Unwillig griff sie nach dem Umschlag, in dem Regina das Fundstück verstaut hatte. Die Historikerin hatte ihre Baumwollhandschuhe übergestreift und das Exponat auf einen Leuchttisch gelegt. Immer wieder beugte sie sich darüber, ihre Haare waren zu einem Dutt nach hinten gebunden.

Regina wollte sich eine Zigarette anzünden, hielt aber sofort inne, als Kipp-Lorentzen nur böse aufschaute.

»Es ist eine Aufzeichnung. Es scheint Teil eines größeren Werks zu sein. Aber es sind so viele Fälschungen im Umlauf. Die Schrift kann ich noch nicht entziffern ...« Sie murmelte vor sich hin. Jan wollte sich setzen, als die Expertin ihren Kopf nach oben warf und beide mit durchdringendem Blick ansah. »Wo haben Sie das her?«

»Wie wir schon sagten, ein Imam gab es uns in Syrien, wir sollen in seinem Auftrag die Echtheit hier in Europa überprüfen.« Jan konnte mit einer Unschuldsmiene die größte Lügengeschichte erzählen, eine Eigenschaft, die hilfreich im Umgang mit Patienten war. Hier zog sie leider nicht.

»Was für ein Unsinn! Kein Muslim gibt einem Ungläubigen so etwas in die Hand. Dieser Text bezieht sich auf die Gründung einer Glaubensform, hier wird die Anweisung zu einer Religion gegeben, dem Islam. Wenn das stimmen würde, wäre das eine Katastrophe für den Islam. Also sind Sie einem üblen Fälscher aufgesessen.« Sie richtete sich auf, zog die Handschuhe aus und wollte sich aus dem weißen Kittel schälen. »Ich schlage vor, Sie vernichten das Stück. So etwas bringt nur Unheil. Oder Sie lassen es hier.«

Eine junge Studentin blickte in das Büro, wies mahnend auf die Uhr. »Ihr Taxi wartet schon.«

»Ja, danke, Astrid. Nach meiner Reise würde ich noch einmal einen Blick darauf werfen.« Sie hängte den Kittel an die Garderobe, wies unwirsch auf die Tür, was Jan und Regina als Rauswurf verstanden. Aber Kipp-Lorentzen ging mit ihnen nach draußen, schloss ab und erklärte weiter: »Exponate aus anderen Ländern, die nicht bei offiziellen Grabungen gefunden wurden, sind für uns tabu. Generell melden wir so etwas immer dem Landeskriminalamt, da wir davon ausgehen, dass es Hehlerware ist. Zudem schätzen wir es nicht, weil es meistens Funde aus unseren eigenen Grabungen sind, die Arbeiter oder einfach Räuber geplündert haben.

Man versucht sie hier an den Mann zu bringen. Privatsammler zahlen Unsummen dafür.« Ihre Assistentin reichte ihr eine Reisetasche, schaute nervös und ungeduldig. »Kindchen, geht sofort los. Sie sind augenscheinlich ja nicht Grabräuber, also geben Sie es mir oder einer offiziellen Stelle.«

»Danke für Ihre Hilfe«, erklärte Jan lächelnd, »aber wir müssen uns sicher noch einmal besprechen.«

Frau Kipp-Lorentzen schaute die beiden an. »Passen Sie auf sich auf. Wenn das – gegen alle Wahrscheinlichkeit – keine Fälschung ist, besitzen Sie eine Waffe gegen den Islam.«

Die Wissenschaftlerin drehte sich um und eilte über die enge Kopfsteinpflasterstraße zum Taxi, das auf der anderen Seite des Hüttenwegs wartete. Links und rechts der Straße parkten Autos. Jan und Regina schauten ihr nach. Gerade als sie sich umdrehen wollten, sahen sie einen weißen Kastenwagen, der mit aufheulendem Motor die Straße heraufkam: ein Lieferwagen, mit einem rotweißen Aufdruck an der Seite, auf dem »Bröpkes bunte Backwaren« zu lesen war. Sie sahen, wie die beiden Akademikerinnen noch erstaunt in die Richtung des Wagens blickten. Dann flogen der massige Körper der Historikerin wie auch der zierliche der Assistentin zwei Handpuppen gleich durch die Luft.

Der Lieferwagen bremste wenige Meter weiter, krachend wurde der Rückwärtsgang eingelegt. Der Fahrer gab Gas und fuhr zurück.

Die beiden Körper lagen regungslos wenige Meter neben zwei parkenden Autos. Der Motor des Transporters heulte auf. Regina rannte. Sie sah, wie Dr. Kipp-Lorentzen noch den Kopf und den Arm hob. Der Lieferwagen war nur noch drei Meter entfernt. Kipp-Lorentzen wollte aufstehen, aber ihre Beine gehorchten ihr nicht. Sie krallte ihre Hände zwischen die Pflastersteine und wollte sich zu der Reihe parkender Autos ziehen. Regina schrie, hatte fast das Heck des Lieferwagens erreicht, als die Reifen die Expertin für vorderasiatische Archäologie überrollten, kurz stoppten und wieder vorwärts anfuhren.

Regina nutzte die Chance, erwischte den Griff der Beifahrertür, klammerte sich daran und stemmte ihren rechten Fuß auf die Stoßstange. Sie blickte in das Wageninnere und auf den Fahrer, der eine Sturmmaske trug. Auf dem Sitz neben ihm lagen mehrere Handfeuerwaffen. Immer schneller wurde der Wagen, sie waren fast an der Kreuzung zur Clayallee angekommen. Der Beifahrer hob die Hand. Regina sah die Waffe und ging ruckartig in die Hocke. Das Beifahrerfenster über ihr zerbarst in tausend Glassplitter. Sie zuckte nach oben, griff blitzartig in das nun offene Fenster, zog eine der Waffen heraus und ließ sich fallen. Obwohl sie sich abrollte, prallte sie hart mit dem Rücken auf das Kopfsteinpflaster. Hinter ihr in einem Garten hüpften Kinder auf einem Trampolin und blickten neugierig zu ihnen.

Für den Bruchteil einer Sekunde fror die Situation für Regina ein. Sie sah in den Himmel. In diesem Moment explodierte das Wachhaus des US-Konsulates mit einem ohrenbetäubenden Knall. Trümmer flogen durch die Luft, Regina lag geschützt hinter dem Lieferwagen, der gestoppt hatte. Sie hörte, wie die Türen vorn sich öffneten. Zwei Hünen sprangen heraus. Schwarze Armeeoveralls, schwere Maschinengewehre im Anschlag. Sie griff nach der Pistole. Es war ihr bevorzugtes Modell, die Glock 11. Sie blickte zurück, sah, dass sich Jan hundert Meter weiter über die Verletzte gebeugt hatte. Er hob den Kopf, schrie und wedelte mit den Armen. Etwas platzte neben ihr auf. Jemand schoss erneut auf sie. Sie warf sich auf die Seite, rollte sich über die Straße. Dann sah sie ihn, direkt vor sich. Der eine Hüne richtete die Waffe auf Jan, während er auf ihn zuging. Der andere blieb regungslos vor ihr stehen. Jemand schrie hinter dem Killer, er drehte sich um, als eine Salve seine Beine und seinen Rücken traf.

Peter Quercher war seit zwölf Jahren bei der Bereitschaftspolizei der Stadt Berlin. Querchers fehlende Diplomatie und Dickköpfigkeit hatten ihm eine Versetzung zum Objektschutz beschert. Aber Quercher war der Sohn eines Jägers. Und der Abzug seiner MP5 stand – wie immer – widerrechtlich auf Feuerstoß. Ohne zu zögern, drückte er ab. Die 9x19 mm Parabellum durchschlug erst den rechten Oberschenkel, dann die Blase und zuletzt die rechte Niere des Killers.

Regina blickte hoch. Polizeimeister Quercher wollte erst helfen, dann sah er die Waffe in ihrer Hand. Breitbeinig stand er über ihr. Die Schutzweste spannte unter seiner Uniformjacke. Schweiß lief von seiner Stirn. »Liegen bleiben!«

Der andere Hüne hatte sich umgedreht und kam mit schnellen Schritten die Straße heraufgerannt. Er schoss in kurzen Wellen und wechselte immer wieder die Straßenseite. Regina kam ein Merksatz aus ihrer Ausbildung in den Sinn: »Keine Bewegung ohne Feuer, kein Feuer ohne Bewegung.« Schüsse aus Distanzwaffen sollen das eigene Vorwärtsbewegen decken. Dieser Junge machte das perfekt. Ein Geschoss traf die Scheibe einer Bushaltestelle, die mit einem Knall zersprang. Ein weiteres Projektil drang in den Hüfte des Berliner Polizisten. Sie sah die Kinder, die am Zaun standen und überhaupt nicht begriffen, was um sie passierte. Überall war Rauch von noch brennenden Trümmern des Wachhauses.

Der Polizist kippte schreiend nach vorne auf seine Knie und presste seine fleischigen Hände gegen die Wunde an seiner Seite. Aber immer noch versuchte er zu schießen. Regina robbte zu dem Killer neben ihr. Er stöhnte, sein linker Arm wedelte sinnlos in der Lache seines Blutes, das aus den Wunden am Rücken floss. Sie griff nach seinem Maschinengewehr, kniete sich erst hin, nahm Anlauf, sprang in zwei Sätzen hinter einen Baum mit großem Stamm. Dann hörte sie hinter sich etwas entfernt weitere Schüsse. In wenigen Minuten würden hier Sondereinsatzkräfte erscheinen. Sie musste zu Jan und mit ihm fliehen. Links nahm sie in ihren Augenwinkeln eine Bewegung wahr. Etwas riss die Kinder vom

Zaun. Wieder schlugen Geschosse neben ihr in den Wagen ein.

»Komm hier rüber!«, rief Jan. Sie schaute nach rechts. Jan lag in einer Auffahrt, mit seinem Körper schützte er zwei Kinder. Er war durch die angrenzenden Villengärten gelaufen und hatte sich die Kinder geschnappt. Mit einem Satz sprang sie über das Einfahrtstor zu Jan. Der Polizist schrie etwas, das sie nicht verstand. Die Schüsse kamen immer näher. Sie blickte noch einmal zu ihm und erkannte, dass er keine Munition in seiner MP hatte. Er zog trotz seiner Verwundung die Dienstpistole aus dem Holster. Regina war für einen kurzen Moment vom Mut dieses Streifenbeamten beindruckt. Aber sie wusste auch, dass das keine Hilfe gegen ein Schnellfeuergewehr war.

»Los, komm!« Jan zog sie zu sich. Sie wehrte ihn ab, erhob sich, suchte den Killer. Dieser hatte sich hinter einem parkenden Auto verschanzt, knapp zwölf Meter von ihr entfernt. Sie hob das Gewehr, eine amerikanische M16 mit Zieleinrichtung und einem zusätzlichen Pistolengriff. Sie atmete tief durch, stellte ihre Beine versetzt zum Ziel und wartete. Sie wähnte ihn rechts vom Auto, tatsächlich hatte er sich aber nach links gerobbt, stand jetzt zwischen einem Baum und einem Auto. Sie wendete kurz den Lauf. Jetzt sah er sie. Mit 960 Meter pro Sekunde drehte sich das Projektil aus dem Lauf, und ehe das Bild der abdrückenden Frau das Hirn des Soldaten erreichte, drang schon das Geschoss zwischen seine Augen. Von der Wucht dieser fast 200 Joule starken Energie fiel der immerhin 100 Kilo schwere Mann nach hinten. Er war schon tot, bevor er den Boden berührte.

Regina drehte sich zu dem Polizisten, ohne das Gewehr aus dem Anschlag zu nehmen. Der hob nur entsetzt die blutigen Hände und sah sie grimmig an.

»Alles okay, wir sind Kollegen. Wir sind die Guten«, rief Jan an Regina vorbei.

Der Polizist nickte. Regina warf das Gewehr auf den Boden, und beide rannten über den Rasen der Villa. Trotz des

Verkehrs, der ungeachtet der Explosion weiter über die Clayallee strömte, hetzten sie über die Straße.

»Die U-Bahn ist dort.« Jan wies auf ein Schild.

Die Station Oskar-Helene-Heim lag etwa 100 Meter entfernt. Regina rannte direkt auf die Kreuzung, die sich vor der Station befand. Jan mühte sich, auf gleicher Höhe zu bleiben.

Ein brauner Transporter fuhr unvermindert auf sie zu, hupte und schwenkte erst im letzten Moment nach links, womit der Fahrer eines Kleinwagens nicht gerechnet hatte. Der Zusammenstoß war heftig, beide Autos gerieten ins Schlingern, rutschten über die Kreuzung auf einen Zeitungsstand zu. Jan hatte die Autos gesehen, aber nicht den Fahrradfahrer, der ihnen entgegenkam. Es war ein Vater, der einen quietschgelben Anhänger mit seinem Kind hinter sich her zog, wie wild klingelte und dann in Jan hineinfuhr. Jan fiel auf die Seite, schlug mit dem Becken und der Schulter auf den Asphalt. Ein Schuss wurde abgefeuert, dann noch einer. Jan lag auf dem Boden, als er die erst ärgerlichen, dann völlig erstaunt aufgerissenen Augen des Vaters über sich sah und in letzter Sekunde dem fallenden Mann ausweichen konnte. Zwischen den Speichen beobachtete er einen Wachmann des Konsulats die Straße, aus der sie eben selbst kamen, hochlaufen. Der Mann lief und feuerte. Ein ungenauer Schuss hatte den Arm des Vaters getroffen und den ohnehin eher dürren Mann vom Sattel gerissen. Jan begriff, dass er von dem Anhänger wegkriechen musste, sonst würde auch auf das Kind geschossen werden. Er rollte sich zur Seite. Dann sah er, wie der Wachmann auf die Knie sank.

Regina hatte wieder die Glock benutzt. Sie hetzten durch die Halle der U-Bahn mit ihren verschiedenen Ständen und Geschäften. Menschen schrien, als sie Regina mit der Waffe in der Hand sahen. Dann lag die steile Treppe zur U-Bahn hinunter vor ihnen. Sie stießen Leute beiseite. Schon oben war eine Bahn zu hören gewesen. Auf der linken Seite fuhren die gelben Waggons ein. »Nollendorfplatz« stand auf dem Triebwagen.

»Die müssen wir bekommen«, rief Jan.

Sie rutschten über die Fliesen des Bahnsteigs, der Zug stand schon. Eine gelangweilte Stimme rief »Zurückbleiben bitte«, ein schriller Ton ertönte. Alle Waggontüren schlossen automatisch. Jan fluchte laut. Sie drückten energisch und mehrmals auf den Knopf, und die Tür öffnete sich noch einmal.

Bis zum Nollendorfplatz schwiegen sie voller Furcht, dass Polizisten oder andere Verfolger einsteigen könnten. Unbehelligt gelangten sie jedoch zu ihrer Wohnung.

Tel Aviv, 20. 06., 11.50 Uhr

> Die arabische Welt ist zu keinem Kompromiss bereit. Ihr Vorschlag, Mr. Horowitz, mag durchaus vernünftig und logisch sein, doch über das Geschick von Völkern entscheiden nicht Vernunft und Logik. Völker machen keine Zugeständnisse; sie kämpfen. Mit friedlichen Mitteln oder Kompromissen erreicht man gar nichts. Wenn man etwas erreicht, dann durch Waffengewalt. Wir werden versuchen, euch zu schlagen. Ich bin nicht sicher, ob es uns gelingen wird, aber wir werden es versuchen. Es ist uns gelungen, die Kreuzfahrer zurückzuschlagen – andererseits haben wir Spanien und Persien verloren. Vielleicht werden wir auch Palästina verlieren. Doch es ist in jedem Fall zu spät, um noch von friedlichen Lösungen zu sprechen.
>
> *Azzam Pascha, 1. Generalsekretär der Arabischen Liga, gegenüber einer jüdischen Delegation, 1947*

Heute Morgen waren sie wieder aus dem Bunker gekommen. Seit die Araber am Samstag die Union verkündet hatten, sich der Anschlag von Kairo ereignet und Israel mobil gemacht hatte, hatte die Regierung ihre Geschäfte wieder aus dem Bunker unter dem Mossad-Gebäude am King

Shaul Boulevard heraus verlagert. Jetzt, vierundzwanzig Stunden nach dem Anschlag, kamen der Premierminister, sein Sicherheitsstab, der Verteidigungsminister und ein Rabbiner der Lubawitscher-Gemeinde wieder in die Gebäude über Tage.

Finkelstein kochte noch immer. »Was ist mit deinem Mann in Damaskus? Fickt der da nur die Touristenweiber?«

Lea wusste, was ihr bevorstand. Gegenüber den Politikern würde Shlomo sie als Mossad-Mitarbeiterin niemals angreifen, aber jetzt waren sie unter sich, und sie musste ihm Rede und Antwort stehen. »Nichts von Elijah, gar nichts? Nur diese elende Räuberpistole mit diesen Fundstücken? Willst du mich auf den Arm nehmen? Wir stehen so nah vor einem nuklearen Krieg.« Der Sicherheitsberater zeigte mit dem Daumen und dem Zeigefinger die Distanz. Er klatschte in die Hände, direkt vor Leas Gesicht. »Komm, Schwester, sag mir, was du noch weißt.«

Sie kannte das. Er drehte jetzt richtig auf. Anders als normale Männer, die erst einmal schreien und Dampf ablassen, sich dann aber beruhigen, hatte Shlomo erst richtig angefangen. Es hatte keinen Sinn. Sie musste ihm die Karten auf den Tisch legen.

»Er ist einem Deutschen und einer Österreicherin auf der Spur.«

»Das weiß ich«, knurrte er.

Sie musste sich beherrschen, irgendwann war auch ihre Geduld am Ende. »Elijah ist auf eine Verschwörung religiöser Art gestoßen. Es muss was mit der Pressekonferenz heute Mittag in London zu tun haben. Er hat uns wissen lassen, dass bedeutende Hinweise in den Händen der beiden liegen, er aber nicht sauber genug an sie herankommt. Der syrische Geheimdienst hat sie auch im Visier, und es scheint wohl noch ein dritter Spieler am Tisch zu sitzen.« »Franzosen?« Nach den Syrern waren die Franzosen Finkelsteins erklärte Lieblingsfeinde. »Verdammte Sprache, ekelhaftes Essen und keine Eier. Die Deutschen haben das Land in sechs Wochen überrannt.«

Lea kannte den Sermon. »Nein, es ist ein Geheimkult, der einerseits, so glaubt Elijah, aus Syrien heraus agiert, andererseits aber auch international vernetzt ist, und das bis in höchste Stellen.«

»Was hat das mit unserer Krise hier zu tun?«

»Elijah glaubt, dass in Syrien jemand ein Interesse hat, uns gegen die Araber auszuspielen. Es gibt wohl Verbindungen in die USA, aber der Schlüssel sind wohl die beiden.«

Finkelstein setzte sich an seinen Schreibtisch und legte die Beine auf den Tisch. »Und nun? Innere Kämpfe in der Arabischen Union wären nicht so verkehrt für uns. Ich glaube diesem Bastard aus Damaskus kein Wort, wenn er behauptet, dass wir ihm egal seien.«

»Du weißt, dass ich das anders sehe«, hakte Rothblum ein. »Innere Unruhe in der Union könnte bei den Falken im Militär, den radikalen Islamisten und allen Zukurzgekommenen in der Politik ein Ventil finden, zum Beispiel in einem Präventivschlag gegen uns. Ich sehe die Union nicht so kritisch wie du. Sie lösen unser Palästinenserproblem, sie bringen die Terrorzellen unter Kontrolle und stellen sich gegen den Hetzer aus dem Iran …«

»Hör auf, du weißt, dass du Arabern nicht mit Logik kommen musst. Sie alle hassen uns. Jeden Fehler, jede Krise werden sie uns in die Schuhe schieben und für einen Überfall nutzen. Und so nebenbei nehmen sie sich das Westjordanland. Nur dass wir dann nicht einen korrupten, aber kontrollierbaren Palästinenserstaat als Nachbar haben, sondern eine verdammte Araber-Union mit einer Armee, einer Wirtschaft und einem Ziel: die endgültige Vernichtung unserer Heimat.« Die letzten Worte hatte er geschrien. »Lea, du wirst mir zu pazifistisch auf deine alten Tage.«

Sie lächelte, denn sie merkte, dass er das Gespräch halbwegs freundschaftlich beenden wollte.

»Wo ist das Arschloch Elijah jetzt?«, wollte er noch wissen.

Sie fluchte innerlich. Sie musste nun die Wahrheit sagen. »Wir haben keine Ahnung, vermutlich in Deutschland.«

Shlomo schlug die Hände vors Gesicht und schüttelte den Kopf.

Berlin, 20. 06., 18.15 Uhr

> Keines verbleibt in derselben Gestalt, und Veränderung liebend schafft die Natur stets neu aus anderen andere Formen, und in der Weite der Welt geht nichts – das glaubt mir – verloren; Wechsel und Tausch ist nur in der Form. Entstehen und Werden heißt nur anders als sonst angefangen zu sein, und Vergehen nicht mehr sein wie zuvor (...) Im Ganzen ist alles beständig. Unter dem selbigen Bild – so glaub' ich – beharrt auf die Dauer nichts in der Welt.
>
> *Aus: Ovid »Metamorphosen«*

Schweißüberströmt waren sie in die Wohnung des Freundes gekommen. Der Altbau hatte fünf Etagen und war angesichts der Nähe zu den Parlamentsgebäuden und der Charité, dem Renommee-Krankenhaus der Stadt, sehr beliebt bei Politikern und Ärzten. Unter der Woche tagsüber war es hier sehr still. Die Mieter arbeiteten. Regina stieg vorsichtig die Holztreppe hinter Jan hoch, er schloss auf, sah aber nicht, wie Regina die Waffe aus ihrem Hosenbund am Rücken hervorzog.

Die Wohnung bot ein Bild der völligen Verwüstung. Fünf Zimmer gingen von einem langen Flurschlauch ab, dessen Boden mit Kleidung, Fotos und anderen Gegenständen übersät war. Jemand schien sehr gründlich nach etwas gesucht zu haben.

Jan lief von einem Zimmer zum anderen, während Regina die Tür anlehnte und mit gezogener Waffe wartete.

»Hier ist keiner mehr«, rief Jan vom anderen Ende des Flurs und kehrte zurück, sein Gesicht war weiß. »Wir müssen die Polizei informieren. Regina, das hier ist kein Spaß mehr.«

Sie hatte die Waffe wieder in den Hosenbund gesteckt. »Komm mit.« Sie zog ihn in das Wohnzimmer, schaltete den Fernseher ein. Eine Sondersendung. Sie schaltete weiter. Auf allen Kanälen wurde von dem Anschlag auf das Konsulat in Berlin berichtet. Nach wenigen Sekunden folgten ihre verschwommenen Bilder und eine Beschreibung. Sie wurden gesucht.

Jan konnte es nicht glauben. Das war ein Alptraum. Wie sollten sie das erklären? Sollten sie der Polizei sagen, dass der Anschlag eigentlich ihnen galt?

Regina schien ähnliche Gedanken zu haben. »Was wollen wir der Polizei erzählen? Ich weiß doch aus eigener Erfahrung, dass sie uns bestenfalls für Spinner halten, aber eher für Killer, die anderen in die Quere gekommen sind. Tagelange Verhöre. Medien, unsere Namen. Wir hätten keine Chance. Und erst wenn wir im Leichenschauhaus liegen wie die Historikerin, lösen sie vielleicht die Zufälle auf.«

Er schaute sie erschöpft und wütend an. »Was ist dein Vorschlag?«

Ehe sie antworten konnte, hörten sie Schritte draußen im Flur. Jemand kam langsam die Treppe hinauf. Regina legte den Finger auf den Mund, deutete auf die Küche. Jan trat vorsichtig über die verstreuten Kleider und stellte sich an die Küchenwand. Regina huschte hinter die Wohnungstür. Der Eindringling hatte mittlerweile ihre Etage erreicht. Jan hielt den Atem an. Die Person blieb stehen. Regina stand hinter der Tür, ihre Beine leicht versetzt, damit sie im Zweifel seitlich ausweichen konnte. Sie sah den Fuß, dann den Lauf. Mit ihrem gesamten Körper warf sie sich gegen die Tür, klemmte den Arm ein. Die Waffe fiel. Sie riss die Tür wieder auf, sah den Mann, zog ihn in das Zimmer. Doch der hatte damit gerechnet. Er tauchte unter ihrem Arm hinweg, trat mit großer Härte aus kurzer Distanz gegen ihr

Knie und schlug ihr mit der freien Hand in die Leber. Sie keuchte auf.

Für den Bruchteil einer Sekunde blieb ihr die Luft weg. Jan stand im Flur, ein Fleischermesser in der Hand. Er sah auf die beiden Kämpfenden und schrie. Denn den Eindringling kannte er nur zu gut.

Eduard hatte sich den Eisbeutel sehr höflich mit Regina geteilt. Sie saßen in der Küche und kühlten ihre Wunden. Eds eingeklemmter Arm schien nicht gebrochen zu sein, aber Reginas Knie sah übel aus. Jan tastete vorsichtig über das stark angeschwollene Gelenk. »Ich hole noch etwas zum Abschwellen aus der Apotheke unten.« Er legte ihr Bein vorsichtig auf einen zweiten Stuhl. Dann baute er sich vor Ed auf, der sich an der Weinflasche erfreute.

»Ein schönes Chaos habt ihr hier.«

»Was machst du hier, Ed? Woher weißt du, wo wir sind? Und was soll die Waffe in deiner Hand?«

Regina blickte den Holländer interessiert, aber nicht zornig an.

»Ich bin euer Freund, auch wenn ich sehe, wie schnell du andere neue Freunde findest.« Er schaute Regina unverhohlen lüstern an. Sie verzog keine Miene.

»Lenk nicht ab.«

»Ich wollte unsere Schätze noch mal sehen, bevor ihr sie sonst wo verhökert.«

»Antworte verdammt noch mal auf meine Frage.« Jan wurde allmählich wütend.

»Das war Krav Maga«, erklärte Regina.

Jan dreht sich zu ihr. »Was?«

Ed schmunzelte. »Du hast eine kluge Österreicherin erwischt.«

»Krav Maga ist eine Kampf- und Selbstverteidigungsform.« Während Regina weiterredete, starrte sie Ed unverwandt an. »Krav Maga lehrt mit Angriffen aus allen nur denkbaren Richtungen umzugehen, auch durch mehrere

Angreifer. Man übt es unter allen Bedingungen wie Regen, Dunkelheit, Sitzen oder Liegen. Ziel ist es, den Gegner möglichst schnell und mit einem Schlag auszuschalten. Es ist das Kampfsystem«, sie machte eine Pause, »der israelischen Armee.«

Jan sah die beiden völlig verwirrt an. »Und was hat das zu bedeuten?«

»Dein vermeintlicher Freund aus Holland hier ist ein Agent des Staates Israel.«

»Wir Juden hatten schon immer Zweifel, ob eine Zusammenarbeit zwischen Österreichern und Deutschen positiv ist.«

»Was willst du?«, fragte Jan entgeistert.

»Am liebsten etwas zu essen. Mir knurrt der Magen.«

»Ed, oder wie immer du heißt, wir haben für deine Ausflüchte keine Zeit. Man jagt uns, unser Leben wird bedroht.«

Eduard schaute Jan immer noch lächelnd an. »Gibt's hier einen Fernseher?«

Die Hitze wurde immer unerträglicher. Am späten Nachmittag hatten sich die Straßenfluchten der Hauptstadt in Glutöfen verwandelt. Jeder suchte den Schatten, wich der Sonne aus, wo er nur konnte. Sogar das Quietschen der Straßenbahn draußen vor ihrer Wohnung klang müde und erschöpft. Nur Eduard schien die Hitze nicht zu berühren. Er schaltete den Fernseher des Arztkollegen wieder ein. Was er suchte, lief auf allen Kanälen. Alle großen Sender brachten Sondersendungen zur Pressekonferenz in London und den weltweiten Reaktionen im Wechsel mit den Bildern des Anschlags auf das Konsulat.

Jan schaltete den Fernseher aus. »Unser Schriftstück gehört zu den Funden, die in London präsentiert wurden. Und jemand will nicht, dass wir es haben, oder genauer, jemand will unseren Fund.«

Von draußen drang Sirenengeheul herein. Es kam näher, zog dann aber vorbei.

»Kannst du uns jetzt aufklären? Oder willst du uns auch nur einfach umbringen und die Fundstücke mitnehmen?«

Ed lächelte matt. »Okay, ich bin hier, um euch zu helfen. Ihr steckt tatsächlich in der Klemme. Für wen ich arbeite, ist nicht wichtig. Aber ich bin auf eurer Seite. Ich habe dich in diesen Sumpf mit hineingezogen, Jan, ich werde dich da auch wieder rausholen.«

Regina schüttelte langsam den Kopf. »Es ist mir sogar sehr wichtig zu wissen, wie du heißt und woher du kommst. Eduard bist du jedenfalls nicht. Du bist Israeli, so viel steht fest. Diese Pressekonferenz kommt euch doch gelegen. Unruhe in der neugegründeten Arabischen Union kann eurem kleinen Staat da unten doch nur recht sein.« Sie wurde immer wütender. Auch ihr als eigentlich nüchterne Ermittlerin schienen die letzten Tage an die Nieren gegangen zu sein. Hier konnte sie endlich einem ihrer vermeintlichen Feinde in die Augen sehen.

»Ich bin nicht euer Gegner. Hier ist mein Vorschlag: Ihr habt da etwas, was vielleicht sehr vielen Menschen, Juden, Arabern, aber auch den Menschen weltweit helfen könnte. Was haltet ihr davon, wenn wir etwas zu essen einkaufen, hier kochen und alles Weitere besprechen?« Ed breitete, als hätte er eine Einladung ausgesprochen, die Hände aus.

Jan zuckte mit den Schultern. Er war einfach nur erschöpft und blickte zu Regina.

»Geh du mit ihm, Jan. Du kennst dich hier halbwegs aus. Ich versuche, ein wenig aufzuräumen.« Sie schob die beiden hinaus.

Fast wäre es eine friedliche Sommerszene gewesen, hätte Ed nicht die Pistole in den Hosenbund an seinem Rücken gesteckt.

Bevor Jan vor die Tür trat, hielt er einen Augenblick inne und blieb in dem stickigen Hausflur stehen.

»Sag mir deinen richtigen Namen.«

»Lass es sein, Jan. Es hilft dir nicht, und mich bringt es in Schwierigkeiten. Ich heiße schon lange Ed.«

Jan drehte sich abrupt um, drückte mit aller Kraft den Israeli an die Wand und zog die Waffe aus Eds Hosenbund hervor.

Er trat einen Schritt zurück und hielt die Mündung auf Ed. Der schaute ihn müde an. »Okay, ich bin Elijah Cohn. Und jetzt? Ich stamme tatsächlich aus Israel, bin aber in Utrecht geboren. Meine Mutter war Jüdin. Ihre Eltern sind von euch Deutschen vergast worden. Sie hat nach dem Krieg versucht, wieder in Holland zu leben. Sie heiratete einen Holländer. Es ging nicht gut. Die Geister kehrten zurück. So sind wir Mitte der sechziger Jahre nach Israel ausgewandert. Ich war beim Militär und arbeite jetzt für die Regierung. Wo und was kann ich dir nicht sagen. Schieß, wenn du willst.«

Jan senkte die Waffe und gab sie dem Israeli zurück. »Langsam geht mir dieses ganze Geheimdienst-Getue schwer auf den Geist. Ich bin Arzt und kein Geheimagent.«

»Ich verspreche dir, dich und Regina aus diesem Wahnsinn wieder rauszuholen. Vertrau mir.« Jan lächelte schief. Das war nun wirklich das Letzte, was er glauben konnte.

Sie fanden einen türkischen Supermarkt in der nächsten Querstraße, der Oranienburger, und kauften frische Lebensmittel wie Gemüse, Lammfleisch und verschiedene Gewürze. In einem Getränkeladen nebenan erstanden sie größere Mengen Wein und Bier. Über der Kasse war ein Fernseher installiert. Es liefen Nachrichten, und während die Kassiererin stoisch die Flaschen über das Band schob, sahen Jan, Ed und alle anderen Menschen wie gebannt auf die Bilder. Bilder schreiender und wütender Muslime. Bilder von vermummten Menschen, die Flaggen verbrannten, sich Straßenschlachten mit schlagstockbewehrten Polizisten lieferten. Und Bilder von Jan und Regina.

Jan versuchte, unbeteiligt zu wirken. Leise sagte Elijah: »Gehen wir am besten einfach weiter.«

Draußen auf der Straße atmete Jan erst einmal durch. Elijah schaute ihn ruhig an. »Das wird nur der Anfang sein. Sie haben die Büchse der Pandora geöffnet. Als ob jemand an einer leckgeschlagenen Tankstelle mit einem Feuerzeug spielen würde.«

Jan war wütend. »Es sind immer die gleichen Bilder von hysterischen Muslimen, die die Menschen hier sehen. Kein Wunder, dass sie alle Angst vor dem Islam haben. Ich habe in Syrien sehr gebildete, sehr warmherzige Menschen kennengelernt.«

»Wir sehen, was wir sehen WOLLEN.«

»Nein, Elijah, wir sehen, was wir sehen SOLLEN.«

Sie hatten den klimatisierten Getränkemarkt kaum verlassen, als eine Detonation den Boden erzittern ließ. Es konnte nicht weit von hier passiert sein. Sie rannten mit ihren Tüten die große Straße hinunter. Rund dreihundert Meter westlich stieg eine große Rauchsäule auf.

»Verdammt. Das können sie nicht machen.« Jan fluchte.

Elijah blickte ihn an. »Was ist da?«

Jan antwortete nicht. Blauweiße Polizeiwagen fuhren in hohem Tempo an ihnen vorbei. Ein Löschzug der Berliner Feuerwehr rauschte hinterher. Sie standen mit anderen Passanten auf einer Verkehrsinsel.

Jan starrte unvermindert Richtung Westen. »Da liegt die Synagoge.«

Tel Aviv, 20. 06., 21.15 Uhr

> Das menschliche Leben ist ein Kampf von Anfang bis Ende. Wir alle werden unter Umständen voll Kummer und Schmerzen in dieses elende Leben geboren.
>
> *Aus: August Strindberg »Der Sohn der Magd«*

Der Premierminister hatte das Kabinett zu sich gebeten. Er führte das Land nach den letzten Wahlen mit einer knappen Mehrheit, dank der Ultraorthodoxen. Waren sie in den ersten Monaten nur bei dem Siedlerthema im Westjordanland hartleibig, so hatten sie in jüngster Zeit immer weitreichendere Forderungen im Kabinett gestellt. Sein Vater hatte ihn stets davor gewarnt, mit den Religiösen ein Bündnis einzugehen. »Du kannst nicht über Gott diskutieren. Sie werden dir immer Unglauben vorwerfen.« Aber anders wäre eine Regierung mit ihm als Premier nicht zustande gekommen. Tief in seinem Herzen konnte er sie nicht ausstehen. Als alter Militär wusste er, dass es nie nur eine selig machende Meinung gibt. Er hatte oft genug erlebt, dass Optionen und Alternativen lebensrettend sein konnten. Aber diese Fundamentalisten waren die Totengräber des Landes, das er so liebte und für das er immer bereit war, sein Leben zu geben.

»Avni, du wirst diesen verdammten Muslimen standhalten. Wir müssen Stärke zeigen. Unsere Freunde in den USA sind aufgewacht. Alle sehen unsere Bedrohung.« Eli Steinitz trug auch hier seinen Pelzhut, den Streimel.

Avni hatte ihn nie gemocht. Für ihn war er Teil des Problems Israels, nicht der Lösung. Er gehörte der Gemeinschaft der Chabad an, einer religiösen Sekte innerhalb des Judentums, streng missionarisch – und messianistisch. Entstanden im 18. Jahrhundert im russischen Lubawitsch, hatte die Chabad-Bewegung heute ihren Sitz in New York. Viele ihrer Anhänger verehrten ihren 1994 dort verstorbenen Oberrabbiner Menachem Schneerson als Messias. Die Rabbiner der jüdisch orthodoxen Hauptglaubensrichtungen allerdings distanzierten sich von dieser Meinung. Denn eine solche Verehrung verbot das Judentum eigentlich. Der Messias, so glaubten sie, würde erst noch kommen. Diese religiöse Splittergruppe hatte aber in den letzten Jahren immer mehr Zulauf erhalten, einerseits aufgrund der Einwanderung frommer Lubawitscher Juden aus den USA und Russland, andererseits auch aufgrund erheblich höherer Geburtenraten gegenüber den gemäßigten Israelis. Schon einmal, in den neunziger Jahren, als die Chance für einen Frieden sehr nah war, hatte ein Chabad-Anhänger mit einer Spende alles zunichte gemacht. Der Millionär aus Australien verhalf mit erheblichen Geldspenden einer rechtsnationalen Partei um Benjamin Netanjahu zum Sieg. Avni hätte eine stabile und vor allem gemäßigte Regierung gebraucht, um die aktuelle Krise zu bewältigen. Jetzt sah er sich Feinden von außen wie von innen gegenüber.

»Rebbe, wir werden abwarten. Die Anschläge auf die Synagogen sind schlimm, wir haben bei den jeweiligen Regierungen mehr Schutz gefordert, aber wir werden nicht aktiv in diesen innerislamischen Konflikt eingreifen. Das wäre der Tod Israels.«

Der Alte ließ ihn nicht ausreden, er geiferte über den großen Kabinettstisch herüber und war nicht einmal von seinen Kollegen zu stoppen. Avni schlug mit seinen beiden großen Pranken auf den Tisch. Augenblicklich verstummten alle im Raum.

»Jetzt ist gut. Ich werde nicht für so einen Unsinn zur Verfügung stehen. Wir werden nicht die Gelegenheit nutzen und jetzt im Schutz von Chaos und Anarchie in der arabischen Welt Fakten schaffen. Genau darauf warten alle. Du willst, dass wir die Siedlungen ausbauen – jetzt?« Avnis Gesicht war feuerrot. Er schwitzte. Freunde hätten jedem hier geraten, aus der Feuerlinie zu gehen. Sein Jähzorn, der vor nichts haltmachte, war legendär. »Ich sehe die Bilder bei Al Jazeera. Ich höre die Kommentare. ›Juden machen sich die Schwäche der Araber zunutze. Die Staatengemeinschaft ist empört.‹ Das werden wir hören. Damit sie ihre eigenen Fehler wie diese unselige Pressekonferenz in London überspielen können. Wir werden dieses Spiel nicht spielen. Und du«, sein Zeigefinger wies auf den alten Rabbiner, »wirst mich auch nicht dazu bringen.«

Avni war erschöpft. Er brauchte eine Pause und schob ein wichtiges Telefonat vor. Murrend und diskutierend standen die Minister auf. Mit schnellen Schritten erreichte Avni einen Konferenzraum, gleich neben dem Kabinettssaal. Wie jeder Politiker konnte er nach solchen Schlachten nur gute Nachrichten gebrauchen. Shlomo und Lea saßen schon am Tisch. Sie waren alle militärisch ausgebildet, Floskeln waren ihnen fremd.

Avni drehte hektisch den Verschluss einer kleinen Wasserflasche auf, goss sich den gesamten Inhalt in den Mund, ehe er rülpsend fragte: »Los, was habt ihr?«

Shlomo ergriff als Erster das Wort. »Die Iraner drohen mit ihren Langstreckenwaffen. Wir wissen von auffälligen Aktivitäten an der Grenze zum Irak, unser Büro in Bagdad glaubt, dass zwei Gruppen aus dem Iran mit schmutzigen Bomben eingeschleust wurden und auf dem Weg zu uns sind. Wir sind an den Gruppen dran. Ein sicheres Haus, das in Syrien liegt und das als möglicher Aufenthaltsort der einen Gruppe gilt, ist erfasst und kann nötigenfalls von unserer Luftwaffe eliminiert werden. Für die andere Gruppe haben wir nur vage Hinweise.«

Avni schüttelte langsam den Kopf. »Wer will die Welt in Brand stecken? Das sind doch keine Zufälle.«

Jetzt schaltete sich Lea ein. »Das glauben wir auch. Die Pressekonferenz ist ein Desaster. Unfassbar, dass die Engländer das zugelassen haben. Aber vielleicht haben wir etwas in der Hand.« Shlomo stöhnte auf. Er wusste, was kam. »Unser Kontakt in Syrien ist nach Deutschland gereist. Er hat eine Spur.«

»Lea, kannst du es etwas konkreter machen?«

»Setz dich, es ist etwas sonderbar.«

Berlin, 20. 06., 20.09 Uhr

> Eine Veränderung bewirkt stets eine weitere Veränderung. *Aus: Niccolò Machiavelli »Der Fürst«*

Jan und Elijah waren, auf jedes Geräusch achtend, die Treppen zur Wohnung hinaufgestiegen, als Elijah abrupt stoppte. Ein dunkelhaariger Mann mit einem fein geschnittenen

Schnurrbart kam ihnen entgegen. Elijah musterte ihn, als er fast auf gleicher Höhe mit ihnen war. Kaum hatte er unten die Tür in Schloss fallen gehört, flüsterte er Jan zu: »Der war nicht koscher.«

Sie schlossen die Tür auf und waren verblüfft. Der Flur wirkte wie neu, als ob kein Einbruch stattgefunden hätte. Jan rief nach Regina. »Wo steckst du?«

Die Antwort kam aus dem Wohnzimmer. Sie stellten ihre Tüten in der Küche ab und wandten sich zum Wohnzimmer. Jan blickte zu Regina, die auf dem Sofa saß. Er lächelte, aber stoppte, als er ihr versteinertes Gesicht sah. Elijah drängte an ihm vorbei. Zu ihrer Linken stand ein alter Bekannter aus Aleppo. Elijah zog seine Waffe.

Jableh bei Lattakia, 20.06., 19.13 Uhr

> Denn der HERR ist zornig über alle Heidenvölker und ergrimmt über ihr ganzes Heer. Er hat über ihnen den Bann verhängt und sie zur Schlachtung dahingegeben …
>
> In ihren Palästen werden Dornen wachsen, Nesseln und Disteln in ihren befestigten Städten; sie werden den Schakalen zur Wohnung dienen, zum Gehege den Straußen. Wüstentiere und Schakale werden einander begegnen und ein Ziegenbock dem anderen zurufen; ja, dort wird die Lilith sich niederlassen und eine Ruhestätte für sich finden. Dort wird die Pfeilschlange nisten und Eier legen, sie ausbrüten und [ihre Jungen] sammeln unter ihrem Schatten, dort werden auch die Geier zusammenkommen, jeder zu seinem Gesellen.
>
> *Altes Testament, Buch des Propheten Jesaja, Kap. 34*

Es hatte Jahre gebraucht, um diese Köstlichkeiten nach Syrien zu schaffen. Günther hatte sowohl hier in der Küstenstadt Lattakia als auch in Damaskus insgeheim Geschäfte mit diesen einfachen, aber umso wertvolleren Dingen aufbauen lassen. Natürlich konnten nicht einfach Lebensmittelgeschäfte mit deutschen Waren eröffnet werden. Es hätte die Dementis des Staatschefs, Syrien sei frei von Altnazis, gefährden können. So importierten vertrauenswürdige Araber über Umwege die Waren und verkauften sie den Freunden und eben auch ihm unter der Ladentheke.

Das Mittelmeer lag wie ein schwarzer Teppich da, als er vom Esstisch aus dem Panoramafenster blickte. Die Positionslichter einiger Fischerboote, die aus Arwad stammten, der einzigen syrischen Insel im Mittelmeer, wogten leicht in der Dünung. Er schaute nach vorn, Günther, sein Sohn, saß wie immer links von ihm. Seine Frau war vor vielen Jahren schon gestorben. Ihre letzten Jahre waren ausgesprochen leidvoll gewesen. Sie hatte sich nie dem Kult ganz verschreiben können. Zu sehr hatte sie ihre katholische Herkunft aus dem Münsterland in Deutschland geprägt. Aber ihre unbedingte Treue ließ sie bis zu ihrem Ende an seiner Seite bleiben. Jetzt saß auf ihrem Platz die hagere Haushälterin Gudrun. 1944 hatte er das kleine Mädchen aus dem anfahrenden Güterwaggon nach Auschwitz herausgeholt und dank seiner Verbindung zu Dr. Gregor Ebner, dem ärztlichen Leiter der Lebensborn e.V., sicher unterbringen können. Ebner hatte sie untersucht, als »Bereicherung des deutschen Volkstums« erkannt und »unter rassischen und biologischen Gesichtspunkten als geeignet« eingestuft. Nicht jedoch das zwölfjährige Mädchen aus Ungarn, das Fischer für einen Kameraden mitgebracht hatte. Sie wurde auf Anweisung Ebners »sofort sterilisiert«, da sie aufgrund ihrer Gesichtszüge und ihrer »schon jetzt hurenhaften Art« ihre »jüdische Hinwendung zur Promiskuität nicht verleugnen« könne. Sie starb zwei Tage später, als man ihr im Rahmen der medizinischen Experimente in Dachau Luft in die Venen spritzte. Aber Gudrun, so hatte er sie getauft, überlebte in einem Lebensborn-Heim in Ebersberg bei München. Wenige Jahre nach dem Krieg hatte er sie nach Syrien geholt. Sie war eine glühende Gläubige geworden.

Gern hätte er sie mit Günther vermählt, aber ihre Legende wie auch Günthers sexuelles Unvermögen ließen das nicht zu. Im Winter 1958 war er selbst dank der Hilfe des Vatikans nach Damaskus gekommen. Noch heute musste er über diese Ironie schmunzeln. Denn einem Nazi hatten die Katholiken bedenkenlos helfen können, einen Häretiker und Gläubigen der schwarzen Sonne hätten sie lieber verbrannt, hätten sie es gewusst. Seinen schnellen Reichtum verdankte er einerseits den Goldreserven in der Schweiz aus den Raubzügen in jüdischen Villen an der Côte d'Azur und andererseits der Vermittlung alter SS-Ausbilder für das syrische Militär. Mit diesem Geld, seinem Netzwerk der HIAG, der »Hilfsgemeinschaft auf Gegenseitigkeit der Waffen-SS«, das er mit einem weiteren Freund als Strohmann in Deutschland gegründet hatte, konnte Fischer schon schnell eine jedem Regime freundliche Position aufbauen. Sie ermöglichte die ihm so wichtige Anonymität, aber eben auch weitreichende Verbindungen zu allen wichtigen Vertretern der arabischen Nomenklatura im Nahen Osten. Selbst Nasser, der alte ägyptische Pharao, hatte seinen Rat gewollt. Und als Assad gegen Nasser und die erste Arabische Union geputscht hatte, hatte er sich dem neuen Herrscher erfolgreich angedient. Erst Sadat erwies ihm nicht die Ehre. Dafür hatte er dann auch die Quittung erhalten.

So konnte Fischer ab 1971 beim Aufbau der Spezialtruppen maßgeblich Wolff, den alten Waffen-SS-Kameraden, und seine Freunde ins Spiel bringen. Der Jom-Kippur-Krieg mochte im Westen als eine Niederlage der Araber gesehen werden. Aber diese Spezialeinheit, ausgebildet und teilweise auch angeführt von deutschen Wehrmachtsoffizieren, konnte im Oktober 1973 einen spektakulären Sieg verzeichnen. Eine Kommandoeinheit der Fallschirmjäger brachte auf dem Berg Hermon auf den Golanhöhen eine Anlage des israelischen Militär-Geheimdienstes Aman unter ihre Kontrolle. Es war ein Schatz, denn das Equipment war neu, ließ nachhaltige Rückschlüsse über Technik und Logistik der Israelis zu und machte die Sondereinheit in Syrien zum Helden. Hier in Lattakia hatte sie ihren Sieg gefeiert wie einst an der Ostfront, wo Otto Kumm unter General von Manstein den letzten großen Sieg der Wehrmacht im Osten einfahren konnte. Aber nach dem Jom Kippur wurden die großen Kriege nicht mehr geführt. Erst in den achtziger Jahren des letzten Jahrhunderts waren die Dienste der SS bei der Niederschlagung der Islamistenaufstände in Homs letztmalig gefragt gewesen. Auch hier kamen Fischer seine Verbindungen zu Veteranen des Warschauer Ghettokampfes zugute. Und eben nicht nur in Syrien. Selbst der Iraker Saddam erhielt trotz tiefer Abneigung zum Syrer Assad Unterstützung sowohl in der Kurdenfrage als auch beim Aufbau des Geheimdienstes.

Fischer war nie wählerisch, wenn es um sein Ziel ging, das allgegenwärtige Chaos. Das war Lilith – Tod und Hass und Anarchie und ständige Leidenschaft statt fader Harmonie und langweiliger Balance. Lilith war für seine Anhänger eine Quelle, aus der viele, zum Teil weit entfernte Felder über versteckte Kanäle gespeist wurden. Aber er, Fischer, kontrollierte sie im Namen der Göttin.

Fischer trank mit geschlossenen Augen den Hibiskustee aus seiner Heimat und dachte an die Anfänge des Kults.

Zweimal war sie ihm hier ganz in der Nähe auf dem Ruinenfeld in Ugarit erschienen. Ihre Kraft und ihre Schönheit ließen ihn brennen, um den Kult zu einer unbekannten, aber umso größeren Idee werden zu lassen.

1958 hatte er sich drei Nächte vor Vollmond auf das Ruinenfeld von Ugarit zurückgezogen. Er hatte tagsüber auf den Resten des Baaltempels geschlafen und nachts die Innereien aus der Kühlbox verbrannt, die Gudrun ihm mitgegeben hatte. Am letzten Tag, als die dritte Leber auf der Kupferplatte lag, konnte er sie spüren. Während der heimlichen Ausgrabungen 1942 waren er und Wiligut auf die Tontafeln in Ugarit, nicht weit von Lattakia, gestoßen. Vierzehn Jahre zuvor hatte ein Bauer beim Pflügen Grabkammern entdeckt, aber die internationale Forschung war nicht sehr daran interessiert. So ruhte der Fund mehr als ein Jahrzehnt, ehe Fischer mit seinem Grabungsteam erschien. Er musste die Keilschriften nicht mühsam erlernen. Er fand es erregend, dass jede Tafel, die sie bargen, von ihm wie ein Buch zu lesen war. Allerdings wollte er sein Wissen nicht sofort mitteilen. So erlangte er binnen kürzester Zeit das umfänglichste Wissen über die Vorstellungswelt dieses Volks der Bronzezeit, ihrer Götter, Sagen und Riten. Die Erkenntnisse wären nur für Historiker interessant geblieben, wenn ihm nicht am letzten Abend vor der Abreise nach Deutschland ein Junge aus einem Dorf die 88 Sondertafeln gebracht hätte. Mit ernster Miene, ohne den üblichen nach Belohnung gierenden Blick hatte der Helfer sie ihm ins Zelt gereicht. Und Fischer erkannte das Besondere sofort. Die Texte waren eben nicht dem Baal, dem großen und umfassenden Gott der Ugariter, gewidmet, sondern Lilith, der gefallenen ersten Frau Adams. Es waren Anweisungen für einen Kult – einen Kult, der Macht und grenzenlose Kraft versprach, aber in seiner Komplexität und seinen Forderungen nach menschlichem Blut selbst dem SS-Soldaten Fischer den Schrecken in die Glieder fahren ließ. Ihm blieb zur Sichtung des Gesamtwerks keine Zeit, deswegen vergrub er die Tafeln an sicherer Stelle. Nach dem Krieg kam er wieder, fand alles so vor, wie er es verlassen hatte, und begann mit den Vorbereitungen für die Wiedergeburt des Kultes. So kauerte er in der Nacht der ersten Begegnung zwischen dem Opferplatz und einem verwitterten Quader.

Erst hört er ein Knirschen, ein quälend metallenes Geräusch, das sich in ein lärmendes Stakkato aus Schreien und Wispern, Stöhnen und Gurren steigert. Er hat sich die Ohren zugehalten, aber schnell gespürt, dass dieses Geräusch nur in seinem Kopf herrscht. Er ist nach vorn gefallen, seinen Oberkörper willenlos hin und her wedelnd. Und dann sieht er sie. Eine übernatürliche Schönheit, schwarze lange Haare fallen wie ein Schleier aus Satin vom Kopf über ihre Schultern. Die Augen, zwar schwarz, aber dennoch glühend, fixieren ihn lustvoll. Ihre Brüste sind sehr groß, aber fest. Ihre Brustwarzen, rötlich schimmernd, haben sich verfestigt und sind aufgerichtet. Der Bauch wirkt ein wenig gewölbt, hebt und senkt sich. Aber unter ihrer Vulva, deren rotsaftiges Fleisch feucht glänzt, fehlen zu seinem kurzen Bedauern die Beine. Stattdessen blickt Fischer in viele kleine Flammen, die sich zum staubigen Boden hin in glühende Strahlen verwandeln. Es geht jedoch keine Wärme, geschweige denn Hitze davon aus. Er will alles aufnehmen, nichts verpassen. Aber dieser Ton lässt ihn immer wieder vor Schmerz die Augen schließen. Das Wesen kommt näher, streckt die Hand aus. Fischer überwindet sich, mit aller Kraft richtet er sich auf und streckt auch seinerseits die Hand aus. Aber Lilith greift nicht nach der Hand. Sie fährt in den khakifarbenen Anzug, gleitet tiefer, und Fischer spürt seine Erregung. Und dann hält sie sein Geschlecht. Drückt und zieht, und Fischer ist, als ob ein feuchter warmer Mund ihn umschließt. Dann greift sie mit der linken Hand nach ihm. Sein Gesicht liegt fast zwischen ihren Brüsten. Ein eigentümlich metallener Duft strömt aus ihrem Körper. Unwillkürlich beginnt sein Körper zu zittern. Die linke Hand streicht jetzt über seine Brust, fährt über die Rippen, und mit einem Stoß greift die Hand in Fischers Körper. Er versucht zu schreien. Aber er kann nur seinen Mund weit öffnen. Kein Laut dringt über seine Lippen. Lilith schaut ihn weiterhin an, sie lächelt nicht, aber wirkt auch nicht bösartig. Die linke Hand scheint in ihm zu wühlen. Und er kann den Schmerz kaum aushalten, als sie ruckartig zurückfährt und dicht vor seinem Gesicht stoppt. In ihrer Hand hält Lilith, die göttliche Dämonin, Fischers Leber. Aber statt Schmerz und Todesangst strömt von seinem Nacken an pure Lust in seinen Körper. Er erschauert, seine Beine wollen nachgeben. Die Frau zerrt Hose und Hemd von seinem Körper, drückt ihn rückwärts auf einen Felsen. Die Hose hängt auf seinen Schuhen. Er kann sich kaum bewegen. Aus den Augenwinkeln sieht er die Öffnung an seiner rechten Seite. Blut sickert an seinem weißen Oberschenkel in einer breiten Bahn hinab und tropft oberhalb des Knies auf den Boden. Sie wendet sich, setzt sich auf sein Gesicht, und er schaut in die Flammen und sieht sein Paradies. Seine Träume. Sein Chaos. Er schnappt nach Luft, dreht seinen Kopf. Es ist, als ob die Flammen seinen Hals hinunterrennen. Sie dreht sich erneut und schaut gierig auf seinen Schwanz. Jetzt setzt sie sich auf das zuckende Fleisch, und Fischer, der SS-Offizier, Schlächter von Tausenden Juden und Jünger eines Tausende Jahre alten Kultes, ergießt sich in den Flammen.

Berlin, 20. 06., 21.50 Uhr

And if you listen very hard
The truth will come to you at last
When all are one and one is all
To be a rock and not to roll

Led Zeppelin

Betrachtet man den Nahost-Konflikt aus der Ferne, könnte man meinen, dass jeder Jude jeden Araber hasst und umgekehrt. Schaut man genauer hin, lebt vielleicht einige Zeit im Nahen Osten, wird man eines Besseren belehrt. Wie eine Zwiebel schälen sich dann die Beziehungen und Interessen der einzelnen Gruppen ab. Ultraorthodoxe Juden wirken in ihrer Radikalität und ihrer Verbohrtheit kaum anders als islamistische Fanatiker. Sie brauchen den Konflikt zwischen den Ländern und Religionen wie ein Fisch das Wasser. Erst Not, Elend und Druck von außen machen diese Gruppen stark. Die Politik hingegen nutzt in allen Ländern diese Gruppen für ihre Ziele. Die Mehrheit der Menschen auf beiden Seiten der Grenzen denkt und träumt anders, sie sieht sich nicht auserwählt oder dazu bestimmt, mit einem Sprengstoffgürtel in das Paradies zu treten. Sie wollen heiraten, Kinder großziehen und am Wochenende zum Picknick an den See Genezareth, auf eine Insel im Nil oder in die kühlen Berge des Libanons fahren. Diese schweigende Mehrheit wird gern vergessen in der Beurteilung der Region. Und so waren auch Al-Ali und Elijah von Staats wegen Feinde, die sich ewig bekämpfen mussten. Aber die andauernde Nähe zum Feind, das Ausforschen der Gewohnheiten und Überzeugungen hatten beide nach Jahrzehnten verändert. Sie kannten sich, ohne sich jemals unterhalten zu haben.

Jeder hatte ein Dossier über den anderen studiert. Auch wenn sie nie wussten, wo der andere steckte, welchen Auftrag er gerade hatte, so war beiden die Existenz des anderen stets bewusst.

Und jeder hatte seine Vergangenheit mit dem Land des anderen.

Nach Jahrzehnten der Feindschaft waren die beiden des Kampfes müde. Jan hatte den Eindruck, während er die beiden beim Zubereiten eines zweifelhaften syrisch-israelischen Gerichts beobachtete, als ob da zwei erschöpfte Boxer am Herd standen, die nach zehn Runden verbissenen Kampfes ihre Pause haben wollten. Al-Ali hatte die anfänglich kritische Situation entschärft, indem er eine große Tüte mit arabischen Lebensmitteln auf den Tisch gelegt hatte. Dann zog er seine Waffe, die ihm in der syrischen Botschaft übergeben worden war, legte sie neben die Tüten und sagte: »Ich komme nicht als Feind. Wir sind auf neutralem Boden und haben die gleichen Interessen.«

Langsam streckte er dann Elijah eine Hand entgegen. Der Israeli zögerte, dann nahm er sie. »Mein Freund, wo sind wir gelandet? Hier essen sie nur Schweinefleisch. Die Ungläubigen sind weit davon entfernt, eine gute Küche zu haben.«

Jan stöhnte auf, aber Regina musste lachen.

Dann kochte der syrische mit dem israelischen Geheimdienst in der Küche eines deutschen Arztes unter Aufsicht einer österreichischen Polizistin. Al-Ali kümmerte sich um die Vorspeisen, während Elijah eine Rauchpause einlegte. Auf dem großen Holztisch sortierte er die im Orient üblichen Zutaten. Orangenblütenwasser, Minze, Safran, Koriander und Harissa, die Gewürzpaste mit Kreuzkümmel und Pfefferschoten, das leicht säuerliche Gewürz Sumak, in Salzwasser eingelegte Weinblätter und Burghul, den groben Weizen. Schon wenige Sekunden nachdem er die ersten Dosen geöffnet hatte, wurde die Küche mit den schönsten und sonderlichsten Düften der Levante erfüllt. Faruk kochte Jasar bi bharat, gewürzte Möhren. Stumm hielt er Regina ein Messer und die Karotten hin, die sie auch brav und ohne Murren in Scheiben schnitt. Er warf in die in Öl schwimmenden Möhren dann Chilischoten und gab nach einigen weiteren Zutaten noch einen Schuss des bitteren Orangenblütenwassers hinzu. Muhammara ist eine Walnuss-Paprika-Paste mit äußerst scharfen Chilischoten. Sie sollte zum Fladenbrot gereicht werden, das er mit leichter Hand im Ofen fertigte. Dann widmete sich Elijah dem Hummus. Al-Ali behauptete zwar, das sei nun wirklich eher arabisch. Dieser Einwand aber brachte Elijah dazu, leidenschaftlich über den Unterschied der aschkenasischen, also ostjüdisch-europäischen, und der sephardischen, der orientalischen Küche zu reden.

Faruk lachte. »Ihr Juden könnt nur streiten, aber nicht kochen, fiese Gurken und pappige Pastrami-Sandwiches, gern auch ein stinkender Karpfen. Das ist eure Küche und gleichzeitig euer Problem.« Er schaute kopfschüttelnd zu, als Elijah die von ihm sauber gekneteten Kibbeh, scharfe Lammfleischklöpse, in das siedende Öl legte.

Die Küche wurde von fettigem Dampf erfüllt. Als ob das nicht reichen würde, rauchten alle bis auf Jan. Faruk hatte sogar eine Shisha aufgetan. Und so blubberte das Wasser im Kessel, Minzplättchen kokelten im Brenner, und der Syrer zog langsam und genüsslich am Mundstück der Wasserpfeife, während die Fleischbällchen im Fett schwammen. Irgendwann öffnete Elijah den Wein. Alles wirkte friedlich. Und doch kreisten bei jedem die Ereignisse der letzten Stunden im Kopf.

Regina hockte auf dem Fenstersims und blies ihren Rauch an die Decke. »Was war das heute am Institut? Wer verfolgt uns? Ihr zwei Spitzenspione werdet uns jetzt einmal aufklären.« Ohne zu fragen, hatte Regina das »Du« als Anrede eingeführt, ein sehr weibliches Mittel, um eine bessere Gesprächsatmosphäre zu schaffen, wie Jan fand.

Faruk setzte sich an den Tisch in der Küche, goss Tee in ein kleines Glas und hustete.

»Du bist zu früh aus dem Krankenhaus«, sagte Jan missbilligend. »Ich werde mir das noch mal anschauen müssen.«

Faruk winkte müde ab. »Ihr zwei oder besser ihr drei habt gegen einen Baum getreten, in der Hoffnung auf einen herabfallenden Apfel. Stattdessen flog euch ein Wespennest in den Schoß.«

Regina liebte diese Aussprüche. Sie hatte schon in Syrien von den blumigen Ausführungen des Imams nicht genug bekommen können.

Jan wirkte allerdings etwas genervt. »Geht es etwas konkreter?«

Faruk schaute ihn versonnen an. »Du hast mein Leben gerettet, mein Freund. Du hättest es nicht machen müssen.«

»Komisch, das hat auch dein Spionkollege damals zu mir gesagt. Ihr scheint im Nahen Osten ein seltsames Verständnis des medizinischen Kodex zu haben. Das war eine Selbstverständlichkeit.«

Regina schüttelte den Kopf und beugte sich zu Faruk vor. »Er meint, dass er den Dank annimmt und sich freut, dass du nach seiner Behandlung noch lebst.«

»Danke für die Übersetzung.«

Bis auf Jan lachten alle.

Faruk fuhr fort. »Euer Fundstück gehört zu den Londoner Exponaten, die die islamische Welt in Aufruhr bringen. Ich habe mit eurem Freund, dem Imam, gesprochen. Er glaubt, dass es eine Fälschung ist.«

Elijah hörte still zu, während er immer wieder nach den Kibbeh schaute. »Ich bin sicher, dass du dich mit ihm nur … unterhalten hast.« Faruk ging auf die Spitze nicht ein. »Nach unseren Erkenntnissen gibt es interessierte Kreise, die mit dieser Veröffentlichung, die vom Zeitpunkt her sehr bewusst gewählt scheint, dieses Chaos zumindest billigend in Kauf genommen, wenn nicht sogar bewusst gesteuert haben.« Faruk schaute über sein Teeglas hinweg zu Elijah. Der, in den Kochtopf starrend, nur nickte. »Jetzt kommt die große Israel-Verschwörung. Wir haben die Pressekonferenz organisiert. Wir haben die Fundstücke hergestellt. Wir haben die Morde in Syrien auf dem Gewissen, weil wir schon Wochen vorher von eurer Arabischen Union wussten und nur so perfide euren Einigungsdrang unterwandern konnten.«

»Es wird dich nicht erstaunen, dass wir und sogar ich das anfangs tatsächlich angenommen haben. Es ist vordergründig nicht von der Hand zu weisen. Eine Union ist in euren Augen existenziell bedrohend. Durch die strikte Geheimhaltung habt ihr nicht die Chance bekommen, wieder einmal eure politischen und medialen Störfeuer weltweit einzusetzen. Ihr seid es nicht gewohnt, von den Arabern überrumpelt zu werden. Ihr Israelis denkt, ihr seid im Nahen Osten die Smarten, und die Araber seien nur die Kameltreiber, Steinewerfer und Hassprediger, nicht wahr?«

Elijah drehte sich langsam um. Er legte die Schöpfkelle beiseite und setzte sich zu Faruk an den Tisch. »Mein Freund, du liegst falsch. Ich bin schon seit langem weit davon entfernt, in diesen Kategorien zu denken. Ich liebe die Araber, nie sah ich sie als Untermenschen. Ich habe viele Freunde gefunden, Menschen, die mir sehr viel bedeuten, vielleicht mehr als manch einer aus Israel. Sogar Deutsche sind dabei.«

Er nickte zu Jan, der nur müde einen Daumen hob, um

weiter Zwiebeln zu schneiden, wie es ihm Faruk aufgetragen hatte. »Aber willst du uns nicht einmal in das Wissen des syrischen Geheimdienstes einweihen? Was steckt hinter diesem ganzen Chaos?«

Faruk war zu sehr Geheimdienstoffizier, als dass er Elijahs Art nicht durchschaut hätte. In angenehmer Atmosphäre wurde zu allen Zeiten mehr ausgeplaudert als unter Zwang und Drohung. Daher hielt er sich zurück. Schließlich wollte er auch Elijahs Trümpfe sehen. »Ich lasse dem auserwählten Volk gern den Vortritt.«

Elijah nickte. »Du hast ja schon was gelernt. Sehr gut. Also, wir wissen noch nicht, wer im Hintergrund die Fäden zieht, aber ich habe eine Theorie, was der oder die damit bezwecken. Jemand in eurem Einflussbereich«, er zeigte auf Faruk, »wusste von den Unionsbestrebungen. Sie haben ihm nicht gefallen. Diese Pressekonferenz gehört zu einem Plan, den Terror, der jetzt entsteht, loszutreten. Wir wissen, dass die Grabungen wie auch die Veröffentlichung von einem Konzern, MansonCorp. aus den USA, initiiert, finanziert und medial begleitet werden …«

Faruk unterbrach ihn. »Sind das nicht Freunde des Staates Israel, die mit Spenden in Milliardenhöhe in den letzten Jahrzehnten diverse Siedlungsprojekte auf palästinensischem Gebiet finanzierten?«

»Ja, genauso wie die Saudi-Bank die Waffen für die Hamas bezahlt haben soll. Dieser Konzern ist zwar international vernetzt und sehr vermögend, aber einen Spion in euren Reihen wird er nicht haben. Also kommt das Interesse aus eurem Land heraus. Zu den üblichen Verdächtigen für so etwas gehört zunächst einmal das Militär, denn eine Union könnte den einen oder anderen schlechten Offizier in einer vereinten Armee arbeitslos werden lassen. Ein Putsch lag in den letzten Jahren in Syrien und auch in anderen Ländern wie Ägypten und Libyen immer in der Luft. Aber sind sie vernetzt und smart genug für so eine perfide Nummer? Eher unwahrscheinlich …«

»Im Übrigen war der allergrößte Teil der Armee nicht in die Pläne der Union eingeweiht«, schob Faruk ein. »Dann hätten wir noch den Windjackenträger aus dem Iran, Präsident Ahmadinejad, immer gut für eine perfide Aktion, aber auch er wusste davon augenscheinlich nichts.«

»Was macht dich da so sicher?«, fragte Jan dazwischen.

Elijah schaltete sich ein: »Den iranischen Präsidenten haben wir gut im Blick Wir wissen eigentlich so ziemlich alles aus seiner Umgebung. Er ist sehr gesprächig.«

Jan blickte ihn verständnislos an. »Aber dann verstehe ich den jahrelangen stillen Krieg zwischen Israel und dem Iran nicht.«

»Mein Freund, lass es mich so sagen: Israel braucht den Iran, und der Iran braucht Israel. Er hetzt gegen uns, wir haben eine Berechtigung zur Aufrüstung, und wir siedeln und stigmatisieren. Dann hat er wieder eine Begründung, warum wir ausradiert gehören. Feiner gesagt: Wir leben in einem symbiotischen Verhältnis miteinander.«

Regina und Jan schauten sich an. So lakonisch hatten sie beide noch nie gehört, dass ein Konflikt in Wahrheit politisches Kalkül war.

»Das heißt, ein Friedensprozess ist gar nicht wünschenswert aus eurer Sicht?«

Elijah lächelte müde. »Du verwechselst Ursache und Wirkung. Wir haben uns damit arrangiert, dass man uns seit Jahrzehnten von allen Seiten ausradieren möchte. Jeder Friedensprozess heißt, einen Kompromiss zu finden. Am Ende würde es für Israel bestenfalls mit Landabtretungen und einem weiteren gegnerischen Land wie Palästina enden. Und Land ist das Zauberwort für ein Volk, das Jahrtausende in der Fremde leben musste. Jetzt wurden die Karten neu gemischt. Die Union ist für uns nicht nur ein Risiko, sie ist auch eine Chance. Das glauben zwar noch nicht viele, schon einmal gar nicht unsere Regierung, doch das hat auch etwas mit dem jahrelangen Alarmzustand zu tun, der in unseren Köpfen herrscht. Er hat uns abgestumpft gegen jede neue Chance. Keiner glaubt mehr an einen Frieden. Also arrangieren sich alle mit dem latenten Alarmzustand. Aber die Union hat die drei Regeln des Nahen Ostens ausgehebelt. Erstens: Geduld. Jeder spielt hier auf Zeit. Mit der Schnelligkeit hat der gesamte Prozess aber jetzt eine irrsinnige Dynamik bekommen. Zweitens: Palästinenser. Sie haben sie, wissend um deren Zerstrittenheit und korrupten Einzelgruppen, einfach nicht zum Thema werden lassen. Sie haben sie vermutlich nicht einmal gefragt und damit auch – und das ist die dritte Regel – die Islamisten aus der Diskussion gelassen. Das ist so irrsinnig, dass es schon wieder funktionieren könnte.«

Der Araber hob die Hand. »Wer glaubt das auf eurer Seite noch?«

Elijah schaute ihn an. Der Israeli wollte keine private Außenpolitik betreiben. Er war als Soldat darauf geschult, sich aus diesen Dingen immer und konsequent herauszuhalten. Und hier saß ihm ein erklärter Feind gegenüber. Die Jahre in Syrien und anderen arabischen Ländern hatten Elijah jedoch verändert. Noch immer war Israel das Land seiner Träume. Dort war er sicher vor Verfolgung und Hass. Aber die Jahre des Kampfes, der auch Ungerechtigkeit und Willkür von seiner Seite mit sich brachte, ließen ihn offener für politische Gesamtzusammenhänge werden. Er wusste um Faruks Verbindungen, kannte auch die Geschichte mit dem Präsidenten. Al-Ali hatte 1999 in letzter Sekunde einen Anschlag auf den jungen Bashar verhindert, der sich noch nicht einmal im Amt befand. Eine Gruppe radikaler Sunniten wollte ihn während einer Reise in den Norden des Landes mit einer Straßenbombe töten. Der Syrer hatte dank seines Informationsnetzes früh genug davon erfahren und die Bombe mit gezielten Schüssen frühzeitig zur Explosion bringen lassen. Faruk Al-Ali hatte danach darauf bestanden, dass es keine Gewaltexzesse gegen Angehörige der Gruppe gebe, sondern stattdessen nur eine umfangreiche und lange Überwachung stattfinden solle. Er hatte sich damit gegen Mahmoud Sayaf, den Geheimdienstchef Syriens, gestellt und sich mit Bashars Hilfe durchgesetzt. Zwar hatten sie nach drei Jahren die gesamte Gruppe identifizieren können, aber Faruk wurde als Regionalchef nach Aleppo versetzt und sollte sich vornehmlich um die dort stark vertretenen Exil-Kurden kümmern. Es war ihm egal. Elijah hatte über verschiedene Kanäle davon gehört. Etwas sagte ihm, dass er dem Falkengesicht ein gewisses Maß an Vertrauen schenken konnte.

»Einige um den Premier herum glauben, dass wir den Spalt einer geöffneten Tür sehen. Nicht mehr, aber auch nicht weniger. Aber es ist noch nicht die Mehrheit. Du kennst die verschiedenen Gruppen unserer Regierungskoalition.«

Faruk nickte. Dann hielt er es an der Zeit, seine Trümpfe zu zeigen. »Ein Chaos auf längere Zeit würde uns, aber vor allem euch nicht helfen. Denn noch in dieser Woche wird herauskommen, dass die Grabungsleiterin Butfaith, die sich in London so in Positur geworfen hat, in den achtziger Jahren mehrere Grabungen in Syrien leitete und …«, Faruk schaute mokant lächelnd auf Elijah, »… inoffizielle Mitarbeiterin eures Geheimdienstes Mossad war.«

Alle in der Küche stöhnten auf.

»Sie hatte bei uns in Syrien gegraben und Informationen für euch gesammelt. Kommt das heraus, glaubt jeder Muslim auf der ganzen Welt, dass ihr dahintersteckt. Und dann hat jeder Irre einen Grund, euch wieder einmal auslöschen zu wollen. Damit endlich Friede einkehrt. Was zwar nicht geschehen würde, aber als Vorwand bestechend sein könnte.«

Regina hatte lange still zugehört. Als Kriminalerin konnte sie aus verschiedenen Aussagen ihre Wahrheit herausfiltern. Sie war es gewohnt, sich still zu fragen, wer was, wann und warum sagte. Fast beiläufig fragte sie: »Was ist, wenn die Londoner Fundstücke gefälscht sind und wir mit unserem Exponat den Beweis dafür hätten?«

Die Männer blickten erstaunt zu ihr.

»Was hätten wir gewonnen, wenn nur unser Exponat gefälscht wäre?« Jan war zu sehr Naturwissenschaftler, Mediziner. Er dachte nie in Winkelzügen. Seine Ziele waren immer klar. Faruk und Elijah allerdings lächelten. Diese Österreicherin glich einer Königskobra.

London, 20. 06., 23.55 Uhr

> And after a while, you can work on points for style.
> Like the club tie, and the firm handshake,
> A certain look in the eye and an easy smile.
> You have to be trusted by the people that you lie to,
> So that when they turn their backs on you,
> You'll get the chance to put the knife in.
>
> *Aus: Pink Floyd »Animals«*

Das Restaurant lag in der Nähe des Old Spitalfields Market, einer angesagten Gegend im Londoner East End. Statt des in dieser Stadt schon fast obligatorischen Sushi hatte sich der Verleger Manson für ein Restaurant mit »Hang zum Fleisch« entschieden. Schon Wochen vorher war das gesamte Haus nur für die Gesellschaft gemietet worden, eine Hundestaffel der Scotland Yard Bomb Squad hatte noch am späten Nachmittag Küche wie auch Gästeraum durchsuchen lassen. Jetzt war das Haus sowohl am Eingang mit Bobbys als auch im rückwärtigen Bereich von privatem Personal abgesichert worden. Der große Innenraum besaß den für Engländer so wichtigen Paris-Chic. Auf der Karte allerdings ging es deftig zu. Die Spezialität des Hauses war Schwein. Alles, was man aus einem Schwein herausholen konnte, wurde verarbeitet – und alles meint für Engländer alles. Der Koch machte auch nicht vor Innereien wie Hirn und Hoden Halt.

Butfaith, die Archäologin, hatte Manson ein arabisches Restaurant auf dem Queensway im Londoner Viertel Bayswater empfohlen. Manson hatte sie für verrückt erklärt, denn das Viertel war mehrheitlich muslimischer Einwohnerschaft. Und er wolle nicht, wie er ins Telefon brüllte, »durch eine Gasse aus schreiendem, geiferndem und Puppen verbrennendem Paki-Pöbel laufen«. Meredith Butfaith hatte zerknirscht zugestimmt.

Aus dem angrenzenden Zeitungsviertel kamen während des Tages viele Journalisten herein, und so konnte auch der Verleger direkt zu Fuß von seinem Büro in einer der Zeitungsredaktionen, die er hier besaß, die paar Schritte hinunter zum Restaurant schlendern. Er war hochzufrieden. Die Pressekonferenz hatte weltweit für Aufsehen und Unruhe gesorgt. Jeder lausige Zeitungs- oder Fernsehkorrespondent kam jetzt ans Arbeiten. Terrorangst war das Schmiermittel, das die Maschine am Laufen hielt. Er atmete tief ein. London hatte seit Wochen keinen Regen mehr erlebt. Es war ein ungewöhnlicher Sommer, wie ihm seine äußerst wohlgeformte und ehrgeizige Wetterfee am Morgen zwischen seinen Beinen in seinem Hotelzimmer erzählt hatte. Er hatte ihr in die Haare gegriffen und schnell den Mund gestopft. Als er daran dachte, musste er grinsen. Die stickige Abendluft in den Straßen der Stadt gönnte den Bewohnern keine Erholung. Manson aber, der die trockene Hitze liebte, sog sie förmlich ein. Am frühen Abend hatte er wie gebannt auf die zwanzig Bildschirme im News-Room seines Nachrichtensenders gestarrt und die Bilder der Aufstände, Demonstrationen und der Entführungen genossen. Aber das war nur sein vordergründiges, ökonomisches Interesse. Langsam nahm der versprochene Weg Konturen an, er konnte förmlich die nächsten Schritte und die daraus resultierenden Reaktionen erkennen. Der Amerikaner hatte ihm nicht zu viel versprochen. Ein fast makelloser Abend, wenn er jetzt nicht zu dieser nutzlosen Feier mit dem Archäologenteam hätte gehen müssen. Aber das gehörte zum Spiel dazu, und sein Sohn musste ihn begleiten.

Brian Manson, obgleich schon weit in den Dreißigern, hatte es schwer, sich im Haifischbecken der Journalisten durchzusetzen. Das jüngste Beispiel fehlenden Respekts war wenige Tage alt. Ein Chefredakteur hatte einem Kollegen eine Woche zuvor auf der Herrentoilette des Hauses die Vermutung mitgeteilt, dass Brian wohl etwas zu wenig Luft bei der Geburt bekommen hätte. Anders könne er sich dessen debile Äußerungen über das digitale Zeitalter nicht erklären. Der Chefredakteur konnte nicht wissen, dass der Sohn schon seit seiner Kindheit, wenn er unter Druck stand, Stunden in Toilettenkabinen verbringen konnte, um dort Pornos homoerotischen Inhaltes zu lesen. Am Abend hatte der Wachdienst das Büro des Chefredakteurs mit Umzugskartons vollgestellt.

Die Bodyguards, ein Waliser und ein Nordire, beides ehemalige SAS-Terrorexperten, die Manson und seinen Sohn begleiteten, waren sichtlich nervös. Offene Straße, nachts im East End und am Tag so ein Trubel ausgerechnet gegen Muslime – das konnte nur Ärger bedeuten. Sie bogen in die St. John Street ein. Keiner der in dieser Stadt lebenden Paparazzi war zu sehen. Zwei Bobbys standen gelangweilt vor dem Eingang, grüßten und öffneten die Tür, nachdem sie Manson erkannt hatten. Der Alte und sein Sohn stiegen eine gusseiserne Treppe hinab, doch statt einer lauten Party empfing sie eine beunruhigende Atmosphäre. Zwar quoll die übliche Lounge-Musik aus den Lautsprechern, aber es war keine menschliche Stimme zu hören. Der Hauptraum lag rechts von ihnen, durch eine Schwingtür getrennt. Tony MacAllister, einer der beiden Bodyguards, griff langsam zu seinem Holster. Etwas stimmte hier nicht. Sein Partner Rhys Hughes bemerkte sofort die Unruhe. Auch er griff nach seiner Waffe, schob sich vor den Vater und dessen Sohn. »Sir, bitte bleiben Sie stehen.« Er drückte mit seinem linken Arm den Alten nach hinten. Manson kannte solche Situationen schon, er blieb ruhig, nur seine grauen Augen wanderten nervös umher. Anders sein Sohn: »Was ist das für eine verdammte Party? Soll das etwa eine Überraschungsnummer für dich sein?« Wenn er unsicher war, neigte er zu einer eher feuchten Aussprache, ein milchig weißer Speichelfleck bildete sich in seinem Mundwinkel.

»Sei still, Brian«, fauchte sein Vater ihn leise an.

Hughes ging leicht geduckt zwei Schritte vorwärts. Sein Partner musste die beiden sichern, daher fiel eine Deckung aus. Er stieß durch die Schwingtür, zog mit der rechten Hand blitzschnell die Pistole, legte sie in die rechte Handinnenfläche und drehte sich mit der Waffe im Anschlag langsam um 180 Grad. Der Raum war erleuchtet. Zwei lange Tische waren mit weißem Damast bedeckt. Von der Decke strahlten venezianische Lüsterlampen. Er sah die Personen am Tisch zuerst. Es waren vier, zwei Männer und zwei Frauen. Sie saßen zwei Meter von ihm entfernt, die Oberkörper auf den Tisch gebeugt. Ein Mann stand auf einem Stuhl an der linken Wand. Seine Arme waren ausgebreitet, Jackett und Smoking-Hemd heruntergerissen. In den Handinnenflächen steckten Messer, die ihn an der Wand fixierten, und in seiner linken Seite war unterhalb der Rippen ein Loch gerissen worden, aus dem immer noch Blut pulsierte. Der Mann war Ian Schlesinger, der Theologe aus der Pressekonferenz.

Hughes stellten sich die Nackenhaare auf. Das war hier keine Kriegssituation, wie er sie aus Nordirland oder dem Irak kannte, das war »Psycho«, wie sie es bei der englischen Spezialtruppe nannten, eine verwirrende und undurchsichtige Situation.

Immer nach allen Seiten sichernd, durchschritt er den Raum, an dessen Ende sich eine große Theke mit einem langen Spiegel befand. Plötzlich nahm er eine Bewegung im Spiegel wahr. Er duckte sich, versuchte, in den toten Winkel des Spiegels zu kommen, um nicht von der Person hinter der Theke anvisiert werden zu können.

»Sauber?«, rief sein Partner aus dem Vorraum.

»Nein, bleib da und sicher ab und ruf die Bobbys von draußen.« Hughes sah nach rechts und blickte auf den

Rücken einer der Frauen. Sie trug ein malvenfarbenes Abendkleid mit einem für ihr Alter doch sehr weit ausgeschnittenen Rücken. Ihre schon von dunklen Altersflecken durchsetzte Haut war weißlich grau. Am Ende der Wirbelsäule auf Höhe der letzten Lendenwirbel steckte ein großes Filetmesser mit braunem Holzgriff. Er blickte wieder nach vorn. Nichts regte sich hinter der Theke. Auch aus der dahinterliegenden Küche drang kein Geräusch herüber. Er griff in seine Jackettasche, ohne dabei die Waffe zu senken. Statt der Musik erklang jetzt Meeresrauschen und verlieh dem ohnehin schon surrealen Raum etwas Absurd-Ruhiges. Die Personen waren wie in den gerade modernen Live-Kunstinstallationen arrangiert, die Hughes zu seinem Leidwesen immer mit dem Verleger zusammen besuchen musste. Sein Smartphone besaß eine große Alarmtaste, so dass er sein Hauptquartier sofort informieren konnte. Still konnte ein Alarm gegeben werden, und über das Handysignal ließ es sich sofort orten. Hughes war etwas beruhigter. In weniger als fünf Minuten würde hier die Kavallerie einreiten. Aber den Raum musste er vorher sichern.

»Die Bobbys sind weg, Rhys, was ist das für ein Gemetzel hier?«, rief sein Partner.

Hughes antwortete nicht. MacAllister musste sich ein wenig gedulden. Er blickte um sich. Langsam kroch in ihm die Erkenntnis hoch, dass er Zeuge von etwas Grotesk-Wahnsinnigem war. An den Wänden sah er offenbar mit Blut geschriebene Schriftzeichen. Es musste Arabisch sein. Er kannte die Schrift aus seiner Zeit im Irak. An jeder der Wände stand etwas.

Gerade als er sich hinter die Theke begeben wollte, zuckten die Beine der Frau. Er schrak zusammen. Das Messer hatte zwar die Nerven des Rückenmarks zerstört, aber wie bei einem toten Fisch funktionierten noch einige Nervenreflexe.

Hughes lief auf die Theke zu, seine Waffe im Anschlag. Im nächsten Moment sah er den Alten. Er kauerte an dem

Kühlschrank, die eine Hand mit einem Kabelbinder am Griff fixiert, die andere erhoben, und blickte mit aufgerissenen Augen Hughes an.

»Was ist das? Sind sie noch hier? Hey, sag was!« Hughes erkannte den Alten. Es war der Moderator dieses Doku-Senders. Er hatte auch ihn heute Morgen auf der Pressekonferenz im British Museum noch gesehen. Nur sein Name wollte Hughes nicht einfallen.

Der Alte riss seinen Mund auf, und Hughes blickte in eine blutige Öffnung. Dunkelrotes, zähes Blut quoll heraus. Jemand hatte dem Mann die Zunge herausgeschnitten. Sein Kopf wiegte hin und her, seine Gurgellaute waren völlig unverständlich. Seine schlohweißen Haare, sonst immer akkurat gescheitelt, standen wirr vom Kopf ab. Er schlug gegen die Tür des Kühlschranks. Hughes hob seine linke Hand und duckte sich. In der matten Aluminiumverkleidung des Glasschranks gegenüber sah er etwas, was hinter ihm sein musste. Blitzschnell drehte er sich um und feuerte. Über ihm stand eine nackte, von Blut völlig überströmte Frau, deren Gesicht in einem ausgeweideten Schweinekopf steckte. Die Doppelschüsse aus Hughes' Waffe hatten sie in Brust und Bein getroffen. Sie knickte ein und fiel mit einem lauten Aufprall nach hinten auf den Rücken. Dabei rollte der Kopf des Schweins zur Seite. Der Körper zuckte mehrmals spastisch, dann bäumte sie sich noch einmal auf, um schließlich verrenkt zusammenzusinken. Es war Professor Butfaith.

Die Lounge-Musik setzte wieder ein. Es roch metallisch nach verschossener Munition und Blut. Hughes wollte sich gerade erheben, um den Körper näher zu untersuchen, als ein greller Blitz und ein ohrenbetäubender Knall den Raum erfüllten. Blendgranaten, dachte er noch, als er sich auf den Boden warf.

Im nächsten Moment stürmte ein Dutzend maskierter Polizisten mit Stahlhelmen und kurzen Schnellfeuerwaffen in den Raum, schrie Befehle, und Hughes wurde aus diesem Alptraum erlöst.

Es mussten sechs sehr gut ausgebildete Terroristen gewesen sein. Sie hatten die Sicherheitskräfte erst am Hintereingang schnell und effizient ausgeschaltet, waren dann in Küchenkleidung geschlüpft, hatten die Bobbys kurz unter einem Vorwand hereingebeten, sie ebenfalls getötet, durch zwei ihrer eigenen Leute ersetzt und sich dann an das Massaker gemacht.

MacAllister und die unterstützenden Teams hatten Manson und seinen Sohn in Sicherheit gebracht. Dann war er zurück zum Tatort gefahren. Dort musste er den Kollegen von Scotland Yard, den Terrorexperten des MI5, des Inlandgeheimdienstes, Rede und Antwort stehen. Das Küchenpersonal war in die Kühlkammer eingeschlossen worden, aber es lebte. Nicht jedoch die am Morgen noch gefeierten Wissenschaftler. Sie waren allesamt auf äußerst grausame Weise hingerichtet worden. Viele Hinweise deuteten auf das Werk von Islamisten hin. Der Kopf eines für Muslime unreinen Tieres wie des Schweines, die Schriftzeichen, all das nach der spektakulären Pressekonferenz. Aber die professionell militärische Art und Weise des Vorgehens war neu. Sonst sprengten sich verzweifelte junge Pakistanis auf Befehl irgendwelcher Al-Qaida-Funktionäre in die Luft. Aber das sah mehr nach Spezialeinheit aus. Und auch wenn Manson, scheinbar ungerührt von dieser Aktion, sich der Nachrichtensperre und der Bitte der britischen Regierung um Stillschweigen widersetzte, indem er noch in der Nacht seinen Blättern und seinem Nachrichtensender Exklusiv-Interviews zu dem Vorfall gab, schlich sich auch bei dem alten Fuchs so etwas wie Angst ein.

Als der Morgen graute, saß Michael Manson im Salon seines Landsitzes in Winchester, westlich Londons. Einer seiner Helikopter hatte ihn gegen vier Uhr morgens dort abgesetzt. Er blickte auf das Anwesen, den vom Sommer gelblich gewordenen Rasen, die Pferdeställe und die dahinter aufgehende Sonne. Anders als die ermittelnden Behörden ging der Medienzar nicht von islamistischen Terroristen aus. Er ahnte, dass eine andere Kraft dahinterstand. Und die war grausamer als all das, was aus Arabien kam. Er musste es schließlich wissen. Denn er hatte die Bestie mit geschaffen. Er wusste nicht, dass die Bestie ihn gerade in diesem Moment anstarrte.

Berlin, 21. 06., 3.45 Uhr

> Die Gedanken der herrschenden Klasse sind in jeder Epoche die herrschenden Gedanken, d. h. die Klasse, welche die herrschende materielle Macht der Gesellschaft ist, ist zugleich ihre herrschende geistige Macht.
>
> *Karl Marx, Friedrich Engels »Die deutsche Ideologie« (MEW 3)*

Elijah war erstaunt, was der Syrer so alles vertrug. Sie hatten erst die Weinbestände geleert. Und Faruk hatte darauf hingewiesen, dass er keinesfalls gläubiger Muslim war und deshalb jedes Recht auf den Genuss des guten Rotweins des abwesenden Hausherrn besaß. Elijah solle sich an den billigen Fusel halten, den er mit Jan im Supermarkt gekauft hatte. Schließlich sei er das ja aus Israel gewohnt. Es entspann sich eine Diskussion über die Qualität des Weins aus Galiläa, am Ende tranken alle alles. Regina hatte sich immer schon in solchen reinen Männerrunden wohlgefühlt. Sie kannte von Kindheit an nichts anderes. Drei Brüder, die Mutter war früh gestorben, und ein ewig grimmiger Vater hatten sie früh widerstandsfähig gegen jedwede Form der Belästigung und Demütigung gemacht. Danach die Jahre bei der Sondereinsatztruppe Kobra, wo sie als Frau als exotisch galt. Jan war als Mediziner Nachtschichten gewohnt, und auch das Zechen war ihm nicht fremd. Während seiner Studienzeit hatte ihn sein Vater in eine studentische Burschenschaft genötigt, die auch schon er selbst und dessen Vater durchwandert hatten. Dort gehörte der regelmäßige Suff zum guten Ton. Jan war dieser Welt nach dem Studium schnell entflohen. Zuviel Gehabe, dummes Gerede und Deutschtümelei, wie er fand.

Trotz der Sirenen, die ständig durch das geöffnete Küchenfenster drangen, hatten sich die vier in Ruhe Reginas Theorie angehört.

»Nehmen wir an, dass es zwischen der Pressekonferenz und der Ausrufung der Arabischen Union einen Zusammenhang gibt. Als Grund können wir vermuten, dass jemandem der Kurs der Araber nicht gefällt. Du, Elijah, schließt euren Staat als Drahtzieher aus, die Gründe sind sogar für Jan schlüssig.«

Jan verdrehte genervt die Augen. Während des Essens hatte er seine Sicht dargestellt, und dabei war Israel nicht wirklich gut weggekommen.

Elijah hatte sich das eine Zeitlang angehört und dann fast wütend darauf geantwortet. »Ihr Deutsche glaubt, weil ihr sechs Millionen von uns getötet habt, seid ihr ausgewiesene Nahostexperten von Geburt an. Immer meint ihr, euren Senf zu unserer Politik oder der der Araber geben zu müssen. Woher nehmt ihr eigentlich diese Arroganz?«

Jan hatte ihn versteinert angesehen. »Keine Diskussion mit einem Juden ohne die Holocaust-Nummer. Das ist eure Arroganz. Ich habe den Gashahn nicht aufgedreht. Ich bin 1968 geboren. Aber eine Meinung habe ich schon zur Politik, und verbieten lasse ich es mir auch nicht.«

»Keiner will es euch verbieten, aber lässt du dich auch so über die Politik des Iran oder Pakistans oder Chinas aus? Die haben auch Atombomben, sind ebenfalls sehr gefährlich, vermutlich gefährlicher als der gesamte Nahe Osten.«

Faruk hatte sich eingeschaltet. »Zurzeit greift deine Theorie leider nicht ganz. Wir stehen wenige Minuten vor einem vielleicht noch für kurze Zeit regional begrenzten Krieg, aber der weitet sich schneller aus, als wir uns das vorstellen können. Also stellen wir fest, dass wir mit solchen Generaldebatten heute in dieser Situation nicht weiterkommen.«

Er machte eine Pause, nippte an seinem Rotwein. »Am Ende sind wir immer auch Täter. Du weißt das, Elijah, und ihr zwei werdet das auch bald wissen. Unsere Region lässt keinen unschuldig zurück.« Und obwohl diese Erkenntnis bitter und resignierend klang, besänftigte sie die vier auf eine seltsame Weise.

»An der Theorie, dass die Verkündung der Nichtexistenz Mohammeds eine gezielte Aktion ist, um die islamische Welt gegen den Westen aufzubringen, könnte etwas dran sein. Erst recht, wenn sie in London stattfindet«, meinte Faruk.

»Warum?«

»Nun, das perfide Albion eben.«

»Das was?« Jan sagte der Ausdruck etwas, aber er konnte ihn nicht einordnen.

»So bezeichnete man in den vergangenen Jahrhunderten England, weil es gern und häufig Verträge brach und Versprechen nicht einhielt. Die Araber haben das 1917 zu spüren bekommen. Die Engländer versprachen den Arabern damals die Gründung eines Staates in Palästina und den Juden in der geheimen Balfour-Deklaration das Gleiche. Es war der Grundstein für den Konflikt. Zuletzt haben die Engländer sich in der Suezkrise äußerst hinterhältig verhalten. Mein neuer jüdischer Freund wird da nicht widersprechen, oder?« Er blickte zu Elijah, der ihn gutmütig ansah.

»Ohne Balfour kein Israel und auch keine Heimat für mich, du wirst verstehen, dass wir das naturgemäß etwas positiver sehen. Dennoch gebe ich dir recht, dass wir alle unter der wechselhaften Politik des ehemaligen Empires gelitten haben. Aber als perfide würde ich sie nicht bezeichnen.«

»Aber glaubst du, dass der Ort London Zufall ist? Nur dort will eine westliche Regierung solch einen Coup nicht verhindern, weil sie so viel Wert auf die Unabhängigkeit der Wissenschaft und der Presse legt.«

Elijah lächelte. »Ich glaube eher das Gegenteil, dort ist die Regierung von der Presse abhängig. Aber dass die Regierung das bewusst gesteuert hat, glaube ich nicht. Wir wüssten das außerdem.« Er schnitt sich kleine Stücke einer Gurke ab, ehe er fortfuhr. Er legte ein Stück Gurke auf die linke Tischhälfte. »Das ist die Arabische Union, okay?«

Faruk lächelte mokant. »Du meinst, grün wie der Islam und wässrig, ohne jede Substanz wie die arabischen Länder?«

»Deine Interpretation. Wir können auch gern stinkenden Käse nehmen.«

Alle lachten.

»Also, das hier ist Israel. Der Westen hier«, Elijah legte ein großes Stück etwas abseits, »hat kein Interesse an einem ausufernden Konflikt, aber auch keinen Wunsch nach einer wirtschaftlich und vor allem militärisch starken Union. Wer will die Konkurrenz schon vor dem eigenen Haus? Als Konsument, Abnehmer der eigenen Waren und dummer Rohstofflieferant sind sie gut genug. Aber es gibt noch keine gemeinsame Doktrin, wie man damit umzugehen hat. Der Westen war wie wir von eurer Aktion völlig überrumpelt worden. Wenn jemand also etwas dagegen hat und die Union verhindern will, muss er aus dem Inneren kommen. Die Funde, die wir im Crac des Chevaliers gemacht haben, sind der Schlüssel. Denn jemand wollte den Jungen beseitigen, der aller Wahrscheinlichkeit nach von diesem Coup wusste. Die Herren, die in eurem Leichenschauhaus liegen, waren Profis …«

Faruk hatte ruhig zugehört. Jetzt hob er die Hand. »Auch wenn wir beweisen könnten, dass unser Schriftstück im Zusammenhang mit dem aus London steht oder gar dieselbe Quelle hat und darüber hinaus gefälscht ist, muss man erstens damit so schnell wie möglich an die Öffentlichkeit, und zweitens muss man es uns glauben.«

»Wieso unser Schriftstück?« Regina schaute den Syrer angriffslustig an. »Noch gehört es Jan und mir. Und noch sind wir uns nicht sicher, was eure Interessen sind und ob sie sich mit den unseren decken.«

Jan lachte insgeheim in sich hinein. Seine neue Liebe verstand zu handeln, aber das hier waren Levantiner, die Meister des Feilschens, da war mehr als Vorsicht geboten.

»Meine liebe Regina«, Faruks Stimme wurde leise und sanft, »in EUREN Sachen befindet sich doch auch das Tagebuch einer Archäologin, die du suchst, nicht wahr?« Er hatte seine Arme auf den Tisch gestützt und die Fingerspitzen der beiden Hände aneinandergefügt. Regina reagierte nicht. Sie konnte Stille ertragen, ein bei vielen Verhören erprobtes Verfahren, das sie bei der Kripo in Wien gelernt hatte. Sie griff in ihre Tasche, drückte mit ihrem Fingernagel die Öffnung einer neuen Zigarettenschachtel auf, roch an ihnen, klopfte an den Boden und nahm sehr langsam eine Zigarette mit dem Mund aus der Schachtel. Nicht nur Jan war hingerissen. Dann sagte Regina: »Mein treuer syrischer Freund, du willst mir jetzt erzählen, dass euer Geheimdienst zufällig meine Almut gefunden hat? Und du würdest sie mir gern überbringen, aber da wäre ja noch das Schriftstück und so wird aus ›meins‹ schnell ›deins‹.«

Für einen Moment war eine fast greifbare Spannung im Raum.

Faruk drehte sich zu Jan. »An deiner Stelle würde ich aufpassen, wen du heute Abend mit in dein Bett nimmst, sie ist eine Teufelin.«

Jan lehnte sich zurück. »Du wusstest, wo diese Almut steckt, und hast es uns die ganze Zeit verschwiegen?«

»Warum sollte er mit dir reden?«, fragte Elijah.

Jan entgegnete leise: »Weil es um Menschenleben geht.«

Peschawar, Pakistan, 21. 06., 5.34 Uhr

Alle Bemühungen um die Ästhetisierung der Politik gipfeln in einem Punkt. Dieser eine Punkt ist der Krieg.
Aus: Walter Benjamin »Das Kunstwerk im Zeitalter seiner technischen Reproduzierbarkeit«

Die nordpakistanische Stadt Peschawar liegt am nordöstlichen Ausgang des Chaiberpasses, der Hauptschlagader des Warenverkehrs zwischen Afghanistan und Pakistan. Alexander der Große überquerte ihn vergeblich, um den indischen Subkontinent von hier aus zu erobern. Und der Islam kam hier im 12. Jahrhundert von Afghanistan nach Indien. Das Gebiet wird mehrheitlich von dem Stamm der Paschtunen besiedelt. Ihre Herkunft ist unklar. Weder entstammen sie der arabischen noch der indischen Welt; einige Stämme behaupten, sie gehörten zu dem verschollenen zehnten Stamm Israels. Sie gelten als gastfreundlich, aber auch rachsüchtig, gaben Osama bin Laden Asyl und wissen wohl als einzige Volksgruppe über seinen endgültigen Verbleib. Sie sind gefürchtete Krieger und orthodox sunnitische Muslime, auch deswegen konnten die Taliban dort schnell Fuß fassen. Für den pakistanischen Geheimdienst ISI war es deshalb eine unfassbare Dummheit, als der amerikanische Nachrichtendienst NSA ausgerechnet hier einen geheimen Stützpunkt aufbauen wollte. Die Chance der Soldaten zu überleben wurde auf wenige Wochen taxiert. Doch die Amerikaner hielten sich, trotz häufiger Überfälle, Anschläge und Drohungen. Jeden Tag konnten sie aus ihrer Zentrale mehrere Stockwerke tief unter der Erde des amerikanischen Konsulats den gesamten Kommunikationsfluss der Region kontrollieren, teils mit ihren Radaranlagen, teils mit ihren unbemannten Drohnen, die in großer Zahl über der Grenzregion ihre Bahnen zogen. Seit Beginn der Unruhen hatte es einen wahren Kommunikationssturm gegeben. Die in mehreren arabischen Dialekten ausgebildeten Übersetzer mussten

Sonderschichten einlegen, um der Informationsflut Herr zu werden. Das war umso erstaunlicher, als gerade hier die Taliban und ihre Unterstützer auf Telefon oder Computer vollständig verzichteten. Denn sie wussten um das Abhörzentrum ihrer Feindes. Aber die weltweiten Unruhen ließen ihre Vorsicht etwas nachlassen. Sie versuchten, mehrere Codierungen zu verwenden, nicht wissend, dass der ISI wenige Wochen zuvor erstmalig eine Gruppe Überläufer zum Übersetzen der Codes »überreden« konnte. Und so erfuhren der amerikanische Nachrichtendienst und zwölf Stunden später der amerikanische Sicherheitschef, dass das seit Jahren gefürchtete Netzwerk Al-Qaida aus all ihren Stützpunkten weltweit nur zwei Fragen hatte: Was ist da los? Und stecken WIR dahinter? Eine Terrorgruppe kann durch Korruption und Werteverlust dekadent wie der »Leuchtende Pfad« in Kolumbien werden, sich wie die ETA im jahrzehntelangen Kampf aufreiben, in eine politische Macht aufgehen wie die IRA. Aber eine Terrorgruppe sollte nicht von der eigenen Idee links überholt werden. Das Bulletin, das der Präsident der Vereinigten Staaten kurze Zeit später im Roosevelt-Raum, dem Sitzungszimmer des Weißen Hauses, erhielt, war dann auch noch etwas vage formuliert. »Es gibt keinerlei Erkenntnisse, dass Qaida hinter den Unruhen steht.« Seine Mitarbeiter schwiegen, warteten auf eine Reaktion des Präsidenten und Oberbefehlshabers der amerikanischen Streitkräfte. Der aber stand nur schweigend auf und ging hinüber ins Oval Office.

Nichts ist für den Staatschef einer Supermacht unangenehmer als der kurzzeitige Verlust eines liebgewonnenen Feindbildes. Es hatte massive Zusammenstöße in den Großstädten der USA zwischen Muslimen und der Polizei gegeben. Die Situation drohte ähnlich zu eskalieren wie in den sechziger Jahren in den Ghettos der schwarzen Bevölkerung. Entführungen, Geiselnahmen und Demonstrationen weltweit. Statt eines kurz aufflammenden wütenden Protestes hatte sich offenbar die islamische Welt entschlossen, sich langfristig zu widersetzen. In mehreren Telefonaten hatte der Präsident seinen britischen Kollegen für diese seiner Meinung nach lausige Pressekonferenz gerügt. Gerade hatte er mit mehreren Initiativen in der arabischen Welt wieder Boden gutgemacht, Glaubwürdigkeit erzeugt, die sein Amtsvorgänger auf unfassbar dämliche Art und Weise zerstört hatte. Der hatte viel versprochen und nichts gehalten. Damit hatte sein Vorgänger auf Monate jeden Respekt verloren. Ihm sollte das nicht passieren.

Sie waren auf einem guten Weg gewesen. Die Israelis beschädigten sich mit ihrer Hardliner-Politik selbst, da konnte er ruhig zusehen und sich als neutraler Vermittler wunderbar positionieren. Selbst die Bildung der Arabischen Union wäre für den Präsidenten erst einmal kein größeres Problem gewesen. Die Führer waren allesamt jung und damit laut Aussage seines Sicherheitschefs auch sicher führbar oder sogar steuerbar, erst recht, wenn die ersten Erfolge nicht eintraten und Unterstützung, gleich welcher Art, seitens seines Landes durchaus erwünscht war. So hatten sie immer ihre Politik geformt, so wäre es auch jetzt gutgegangen. Aber nun diese völlig überzogene, äußerst ärgerliche Aktion mit diesen Schriftstücken.

»Mr. President?« Er schaute aus dem Fenster, sah seiner Frau und seinen beiden Kindern zu, wie sie mit dem Hund spielten. Er selbst hatte Hunde immer abgelehnt, sie rochen, wälzten sich im Kot anderer Hunde – kurz: Sie waren abstoßend, aber zwingend notwendig für die idyllischen Bilder einer perfekten amerikanischen First Family. Das Bild beruhigte ihn. Und so reagierte er auch verzögert, als sein Sicherheitschef die Tür zu seinem Büro öffnete. »Wir haben ein Problem.«

Der Präsident drehte sich langsam um. Er ahnte, dass jetzt keine gute Nachricht seine melancholische Stimmung verbessern würde.

»Der Iran hat soeben gefordert, dass die britische Regierung sich für die Pressekonferenz entschuldigt, die Verantwortlichen in ein Land mit islamischer Rechtsprechung ausliefert und auch Israel sich zu seiner Verantwortung bekennt. Der Iran hat sehr gute Beweise, dass die Archäologen vom Mossad geführt und bezahlt wurden.«

»Ist das wahr?« Der Präsident konnte seinen Zorn kaum verbergen.

»Ja, Sir. Uns gegenüber haben die Israelis es zwar nicht eingeräumt, aber eben auch nicht dementiert. Ein sicheres Zeichen.«

»Das ist, als ob man einen Benzinkanister in ein brennendes Haus werfen würde. Verdammt. Dann sollen sie die Suppe auch auslöffeln, die sie uns eingebrockt haben. Wir verhalten uns still.«

»Sir, ich fürchte, das können wir nicht.«

»Warum nicht?«, schrie der Präsident. Er hatte es satt, seit seiner Amtseinführung nur als Krisenmanager tätig zu sein, statt nachhaltig Reformen und neue Ideen umzusetzen.

»Sir, der Iran hat ein Ultimatum gestellt. Sollte es nicht erfüllt werden, droht der Iran mit dem Einsatz seiner nuklearen Waffen gegen Israel.«

Jableh bei Lattakia, 21. 06., 4.15 Uhr,

> Wenn die tausend Jahre vorüber sind, wird der Satan für kurze Zeit aus seinem Gefängnis freigelassen.
>
> Alle Völker der Welt, den Gog und den Magog, wird er dann anstiften und zum Kampf aufmarschieren lassen. So zahlreich wie der Sand am Meer werden sie sein.
>
> *Neues Testament, Buch der Offenbarung, Kapitel 20, 7–8*

Der alte Mann atmete tief ein. Seine Bronchien rasselten, und beim zweiten Ausatmen füllte Schleim Fischers Mund. Er behielt ihn einen Moment darin, kaute darauf und spuckte ihn in die Toilettenschüssel. Er spülte und schlurfte dann in sein Wohnzimmer. Gudrun hatte ihm das Frühstück, obschon es noch stockdunkel war, bereits auf den Tisch gestellt, sich dann still in die Küche zurückgezogen. Er sah hinaus auf das Meer, das in der tintenschwarzen Nacht rauschte. Die Terrassentür hatte die Haushälterin geöffnet. Frische Meeresluft wehte in die stickige Wohnung. Er hob seine Arme, legte seine Hände hinter seine großen Ohren, aus deren Muscheln weiße Haare wild hervorwuchsen, schloss die Augen und wartete. Ein Unbeteiligter, der den Greis so sah, hätte glauben können, dass Fischer sich nur reckte. Aber er lauschte. Hörte in sich hinein. Achtete auf seinen Atem, seinen Herzschlag und senkte langsam und stetig die Frequenz seiner Gedankenströme. Bald war er nur ein langsamer, dauerhafter Herzrhythmus. Alles um ihn herum schwand. Und nur die Bilder von einst flimmerten jetzt wie eine schlechte TV-Übertragung vor seinen inneren Augen.

Ein Dorf in der östlichen Ukraine, die Familie. Er hatte zum ersten Mal das Sonderkommando angeführt. Sommer 1942 – das Jahr der ACHT. Neun minus eins und viermal zwei. So hatte er es in den Büchern des Abraham von Worms gelesen. Es musste ein bedeutendes Jahr werden. Und das war es auch. Berauscht und glücklich waren sie alle, noch war die Wehrmacht im Osten auf dem Vormarsch, von einer Niederlage keine Spur.

Die Erinnerung ließ seinen Herzschlag stärker werden, er musste sich wieder ins Lot bringen, die Bilder drohten zu verschwinden.

Schon den ganzen Morgen hatten sie die Menschen aus ihren Häusern getrieben. Seine Truppe hatte er selbst zusammengestellt. Alles Männer aus deutschen Zuchthäusern: Vergewaltiger, Betrüger, Psychopathen und Mörder. Die Wehrmacht war weitergezogen, nur ein Zug lag etwas außerhalb des Dorfes, das den Namen Magotzje trug, und suchte Schlaf und Erholung von diesem rasanten Vorstoß. Die meisten Dorfbewohner waren in die Wälder geflüchtet. Aber sein Instinkt sagte ihm, dass in den Kellern und Heuschobern, den Ställen und Dachböden noch genügend verängstigtes Gewürm saß. Und so gingen sie von Haus zu Haus, ließen keinen Winkel aus. Bald hingen in jedem Garten, zwischen prachtvoll blauen Lupinen und goldschimmernden Sonnenblumen die Bewohner, zuckten noch mit ihren Gliedmaßen kurz, ehe sie sich dem Tod ergaben. Wer davonlief, wurde mit einer kurzen Salve niedergemäht. Am Ende standen er und sein Unterscharführer Teschner vor einer windschiefen Kate. Er rief nach dem Flammenwerfer, so viel Stroh und Holz würde prächtig brennen und ein risikoreiches Hineingehen vermeiden. Ein junger Soldat mit einem großen Benzintank auf dem Rücken, einer umgedrehten Gasflasche ähnelnd, rannte im Laufschritt die staubige Straße zu ihnen herunter. Fischer deutete auf die Kate, ging zwei Schritte nach hinten und zündete sich eine Zigarette an. Der Soldat öffnete das Ventil des Werfers, es zischte. Er zündete, und ein ohrenbetäubender Krach erfüllte die gespenstische Stille. Ein zischender Strahl entfuhr dem Rohr, das der Soldat mit deutlicher Kraftanstrengung festhielt und auf das Haus richtete. Nur wenige Sekunden später loderten die ersten Flammen auf dem Dach, im Fenster und an der Tür. Die öffnete sich, das konnte Fischer noch erkennen. Etwas trat heraus, aber das war in dem Flammenstrahl nicht zu erkennen. Er riss seine Walther PPK hoch und wollte schießen. Jetzt konnte er es erkennen, ein hünenhafter Mann griff aus dem Feuerstrahl scheinbar ohne Schmerz nach dem Rohr, umfasste es, griff mit der anderen Hand nach dem Soldaten, der zurückwich, und stieß ihn um. Dabei drehte er das Rohr, presste es in das Gesicht des Jungen und drückte auf den Zünder. Der Stickstoff im Tank quetschte das Flammöl durch das Rohr, und eine Fontäne aus den restlichen im Tank noch befindlichen Ölvorräten ergoss sich mit einer Temperatur von 1200 Grad in den Mund des Soldaten. Fischer schoss. Aber sowohl seine als auch die MP seines Unterscharführers blockierten. Der Hüne zog das Rohr aus dem Mann, drehte es nach links und hielt es auf Teschner, der schreiend in Flammen aufging. Dann war das

Öl verbraucht. Seine Truppe hatte nichts davon bemerkt. Fischer stand schweigend in Erwartung des Todes im Garten. Der Hüne drehte sich zu ihm und ging zwei Schritte auf ihn zu. Sein Oberkörper war versengt. Angebrannte Hautfetzen hingen von seinen Armen und Beinen. Er starrte Fischer an. Und dann öffnete sich sein Mund. Er schlug seine rechte Hand auf seine Brust und sagte: »Ich bin Gog. Gog aus Magog.«

Er hatte ihn geschützt, versteckt, vor der Wut seiner Kameraden, dem Reichssicherheitshauptamt und den Russen. Er hatte ihn und seine sieben Brüder erst heim ins zerstörte Reich und dann bei Freunden untergebracht. Sie waren ohne Schmerzempfinden, mit unglaublicher Kraft und einer für Menschen kaum vorstellbaren Ausprägung ihrer Sinne ausgestattet. Ihnen fehlte jede Form von Menschlichkeit oder emotionale Intelligenz. Sie waren roh und brutal. Sie waren Krieger. Und Fischer hatte sie erkannt. Gog und Magog – als deutscher Bildungsbürger hatte er schon von frühester Kindheit an davon gehört und gelesen. Ob in der Bibelstunde, wo der Pfarrer gern aus der Offenbarung des Johannes vorlas, um die Kinder zu erschrecken. Oder an der Universität in München, wo die mittelalterliche Geschichte gern und häufig mit den nordischen Sagen verbunden wurde. Gog und Magog galten in der Bibel und im Koran als zwei Städte, die einst am Tag des Jüngsten Gerichts mit Satan als Anführer gegen Gott kämpfen würden. In anderen Sagen wurde aus Magog eine Person, ein Riese, der Unheil über die Welt brachte. Bis in die Zeit der Aufklärung reichte die Erinnerung, dann versank sie auf dem Grund des angeblich so freien und aufgeklärten Geistesmeeres. Er aber war immer fasziniert von diesem Mythos der Krieger. Und hier schien er die letzten davon gefunden zu haben, scheinbar durch Zufall, wie er aber jetzt wusste, geführt von Lilith. Sorgsam hatten seine Kameraden nach dem Krieg für eine sichere und diskrete Fortpflanzung gesorgt. Heute sah er erstmals den Baum einer Dynastie vor sich. Sie hatten keine Mütter, nur Gebärende. Sie waren wie Wölfe, die nur Rüden kannten. So nannte er sie: IHRE Wölfe. Und gab ihnen eine Schule, die härter und unnachgiebiger nicht hätte sein können. Sie waren bei den alten Freunden in Ägypten und Frankreich, Libyen und Spanien aufgewachsen. Ausgebildet worden in ihren Armeen, aber immer IHR verpflichtet. Und die Aufgabe in London hatten sie meisterhaft gelöst. Er hätte schon früh die Wölfe auf die beiden Schnüffler ansetzen sollen, aber das Problem schien ihm zu gering. Jetzt störte es gewaltig. Lilith war an der Galerie seiner Erinnerungen vorbeigeschlichen, jetzt saß sie hinter ihm. Er spürte sie. So spät, an das Ende der Nacht, hatte sie selten ihr Kommen gelegt. Aber es schien, als ob sie ihre Kinder in London bei ihrer großen Aufgabe begleitet hätte und jetzt, erschöpft aber zufrieden, zu ihm zurückgekehrt sei. Er verharrte. Ihre langen Finger flossen über seine Schulter, ihr Atem stieß in seinen Nacken und kroch nach vorn, zog unter sein Hemd und krallte sich in seine alten, von den geliebten Erinnerungen und der Erwartung verschwitzten Bauchfalten. Sie nahm ihn, und er konnte ihr nicht widerstehen. Lilith wollte den Kampf. Er sah ihr Antlitz und nickte. Lilith wollte sich messen. Und er folgte. Er war ihr Werkzeug.

Er verstand ihre Wünsche, und wie sie sich in seinem alten, zerfurchten Körper ausbreitete, ergriff ihn die Stärke und Lust auf das unvermeidliche Chaos so sehr, dass er auf seine Knie fiel und vor der geöffneten Terrassentür lag. Das Salz des Meeres roch er nicht, aber als das Zwielicht des Morgens auf die Wellen schlich, war sie fort. Ließ ihn zurück mit dem Wunsch, nun die Bestie freizulassen. Der Krieg sollte beginnen.

Berlin, 20. 06., 22.15 Uhr

> (3) Die Gesetzgebung ist an die verfassungsmäßige Ordnung, die vollziehende Gewalt und die Rechtsprechung sind an Gesetz und Recht gebunden.
> (4) Gegen jeden, der es unternimmt, diese Ordnung zu beseitigen, haben alle Deutschen das Recht zum Widerstand, wenn andere Abhilfe nicht möglich ist.
>
> *Grundgesetz der Bundesrepublik Deutschland, Artikel 20*

Die Kanzlerin war ungehalten. Sie hatte der Verlegerin am Telefon noch versprechen müssen, dass, wie üblich, keine negative Kommentierung offizieller Art über das Vorgehen des Staates Israel passieren würde. Nun aber hatte ausgerechnet ein Kabinettsmitglied ihrer Partei im Fernsehen zu dieser Pressekonferenz in London Stellung genommen und Israel stark kritisiert.

Es war wohl ein Revanchefoul. Sie hatte den Minister vor versammelter Fraktion letzte Woche eine Standpauke erteilt. Das hatte er ihr nicht verziehen. Und auch wenn der offizielle Kurs ihrer Partei traditionell Pro-Israel war, so gab es doch auch immer einige Hinterbänkler oder stille Kritiker, die sich dieser Doktrin nicht anschlossen. Die durften dann ja auch nicht die Suppe bei der Verlegerin auslöffeln, deren festgeschriebenes Ziel die stete Treue zu Israel und dem jüdischen Volk war. Sie konnte kurz vor wichtigen Wahlen keine publizistische Gegnerschaft gebrauchen.

Ihr Innenminister hatte im Sicherheitsausschuss vor wenigen Stunden eine düstere Lage beschrieben: In ganz Deutschland kam es zu heftigen Zusammenstößen zwischen Muslimen gleich welcher Nation und den Sicherheitskräften. Mehrere Konsulate in Düsseldorf, Hamburg und München waren besetzt worden. Aus der israelischen Botschaft heraus war vom Sicherheitspersonal auf wütende Demonstranten geschossen worden. Das war wieder Anlass für stärkere Proteste. In Köln waren am Nachmittag mehrere Brandsätze in den Dom geworfen worden. Noch am Abend hatte die Kanzlerin den islamischen Teil der Bevölkerung in einer Rede an das Volk um Mäßigung und Ruhe gebeten, die Pressekonferenz als Teil der freien Meinungsäußerung bezeichnet und ihre Solidarität mit der britischen Regierung bekundet. Womöglich ein Fehler, denn ein Schulterschluss mit den Briten konnte das Ultimatum des Iran mit der Drohung, Atomwaffen einzusetzen, auch Deutschland in den Mittelpunkt des Hasses rücken.

Frankreich hatte sich still verhalten und der Präsident sich »erstaunt und verwundert« über die Veröffentlichung in London gezeigt. Zwei Stunden lang hatten sich die Außenminister der wichtigsten Wirtschaftsnationen wie Russland, China, die USA, Deutschland, Indien, Japan und Frankreich hektisch via Video-Konferenz ausgetauscht. In fast allen Ländern brannte es. Ein Bürgerkrieg drohte in Indien, mit einer gigantischen muslimischen Bevölkerung und islamischen Staaten wie Pakistan als Nachbarn. Keiner war auf diesen Flächenbrand vorbereitet. Natürlich behaupteten die üblichen Auguren, dass die islamistischen Extremisten nur auf eine solche Gelegenheit gewartet hätten. Generell wuchs in den Bevölkerungen des Westens wieder die Angst vor dem, was da aus dem Orient zu ihnen schlug. Denn auch die Arabische Union erwies sich in den letzten Tagen als gefestigter, als Kommentatoren in den Medien und Berater der Kanzlerin vorausgesagt hatten. Ihr Sprecher, der syrische Präsident, mahnte zur Ruhe, sprach von den üblichen Verirrungen des Westens, derentwegen man ja auch die Union gegründet habe. Und tatsächlich blieb es in den Staaten der Union ruhig. Lediglich in Ägypten kam es an der Al-Azhar-Universität in Kairo zu heftigen Zusammenstößen und Unruhen zwischen Studenten und Polizeikräften.

Es war, als ob die Welt kurz Atem holte. Aber das Feuer brannte. Und so konnte auch die deutsche Regierungschefin nicht damit zufrieden sein, wie ihr Innenminister ihren Verbündeten kritisierte. In scharfem Ton wies sie ihn zurecht. »Wir stehen im engen Schulterschluss mit den Israelis. Dafür stehe ich mit meinem Namen.«

Ihr Wirtschaftsminister schien unbeeindruckt. »Mit allem nötigen Respekt, Frau Kanzlerin, aber Sie sind in erster Linie dem Wohle unseres Staates verpflichtet. Es gilt Schaden von Deutschland abzuhalten und vielleicht auch von Israel. Aber erst geht es um Deutschland.«

Ihr Handy vibrierte. Eine Kurznachricht war eingegangen. Sie tippte auf die grüne Taste. »RR LAU!!!« stand in großen Lettern auf ihrem Display. Ihre Büroleiterin kennzeichnete sofortige Rückrufe mit einem Ausrufezeichen. Drei bedeuteten Alarm.

»Wir sprechen später darüber. Ich muss telefonieren.« Die Kanzlerin griff nach ihren Akten, deutete auf den neben ihr sitzenden Vizekanzler. »Sie übernehmen die Tagesordnung.«

Der hagere Vertreter nickte, in stiller Freude über den zwar kurzen, aber plötzlichen Machtzuwachs. Kaum hatte die Kanzlerin ihre verdutzten Kabinettskollegen mit ihrem Vizekanzler allein gelassen, reckte sich dieser und gab sich ganz der Pose des zeitweiligen Regierungschefs hin. Währenddessen eilte die Kanzlerin, begleitet von ihren Bodyguards, vom sechsten Stock, wo die Kabinettsräume lagen, zwei Etagen hinunter in die abhörsicheren Räume des Kanzleramts. Ihre Bodyguards sicherten die Tür, und sie griff zum Telefon. Nebenan befand sich das Lage- und Krisenzentrum des Kanzleramtes. Dort wurde mit Unterstützung der beiden Fachministerien Inneres und Äußeres seit Stunden ununterbrochen gearbeitet. Die Analysen der Botschaften in den Krisenregionen liefen dort ein, die Bulletins der Bundesbehörden wie BKA und Verfassungsschutz sowie die Einschätzung der einzelnen Landeskriminalämter. Der Kanzleramtsminister hatte die jüngsten Berichte zusammengefasst und sie auf den Tisch vor ihr gelegt. Sie blätterte aufmerksam darin, während sie auf den Anruf wartete. Dann hörte sie die sonore Stimme mit dem schwäbischen

Akzent. »Das Problem sitzt in Ihrem Fell. Nicht weit von Ihnen.«

Sie war ungehalten. Für derartige Allegorien hatte sie keine Zeit. »Kommen Sie zum Punkt, Lau.«

»Nur ruhig, Kanzler.« Er weigerte sich immer noch, die weibliche Form des Wortes zu gebrauchen. Tradition war eine der wenigen Schwächen, die er besaß. »In Ihrer Stadt laufen vier tickende Bomben herum. Sie haben etwas, was das Fass zum Überlaufen bringen könnte. Es wäre ratsam, sie schnellstmöglich zu …« Er sprach nicht mehr weiter, aber die Kanzlerin verstand.

»Haben Sie Aufenthaltsorte und wen sollen wir darauf ansetzen?«

Schweigen am anderen Ende.

Sie sah auf die Dossiers. Die Lage allein in Deutschland war schon äußerst angespannt. Aber weltweit drohte noch eine viel größere Eskalation. Ihr Instinkt sagte ihr, dass sie jetzt nicht in tages- oder gar parteipolitischem Kleinklein denken durfte. »Keine verdeckte Nummer, das geht schief. Sie müssen den Apparat auf die vier ansetzen.« Nach den Quellen fragte sie nicht. Das war müßig bei Lau. Da vertraute sie ihm. Er hatte sie nie mit falschen oder nur vagen Informationen versorgt, sowohl außen- als auch vor allem innenpolitisch. Einige ihrer internen Gegner waren dank seiner Dossiers mittels gezielter Indiskretionen gestolpert, ehe sie der Kanzlerin in die Wade oder schlimmer in die Kehle beißen konnten. Das war aber Tagesgeschäft und damit überschaubar. Anders die düstere, für sie so unerträgliche Welt der Spionage. Aber auch hier hatte er ihr Vertrauen gewinnen können.

Sie hatte eigentlich vermutet, dass er eine kleine, möglichst saubere Aktion des BKA bevorzugte. Kein publizistischer Wirbel, und bei Erfolg ginge man an die Öffentlichkeit, wie einst bei den Sauerland-Terroristen. Konnte sie ihm wieder einmal vertrauen?

Sebastian Lau war ihr Mann für das Grobe. Er begleitete

sie nun seit vielen Jahren, gehörte keiner Partei oder einem Ministerium oder einer Behörde mehr an, kannte aber die wichtigen Schaltstellen aus seiner Zeit in Bonn in- und auswendig. Er war jetzt unabhängig, und das machte ihn so wertvoll. Sie war ihm nur zweimal persönlich begegnet, aber das hatte ihr gereicht. Er war alles andere als einnehmend oder gar charmant. Und bis auf ihre Büroleiterin wusste auch keiner von dieser Verbindung. Denn Hans Lau war tot. Offiziell lag sein vom Krebs zerfressener Körper auf dem Friedhof der badischen Stadt Freiburg, im Ortsteil Günterstal. Diese Inszenierung war notwendig geworden, da interessierte Kreise seine Verstrickungen in mehreren Affären der alten Bundesrepublik in Untersuchungsausschüssen hatten aufklären wollen. Und so nahm Sebastian Lau seine Geheimnisse und sein Netzwerk mit ins virtuelle Jenseits. Er wusste nicht, dass die Kanzlerin seinen neuen Aufenthaltsort kannte. Sie war zu erfahren, um sich jemals wieder von einem Mann abhängig machen zu lassen.

Um acht Uhr morgens am nächsten Tag setzten sich das Berliner Sondereinsatzkommando, eine Hundertschaft der Bereitschaftspolizei, das Sprengkommando und die Hundestaffelführer in Marsch. Ihr Ziel: der Monbijouplatz im Osten der Stadt.

Berlin, 21. 06., 7.15 Uhr

> Das Bundeskriminalamt (BKA) trägt zusammen mit den anderen Polizeien des Bundes und der Länder sowie in Kooperation mit ausländischen Sicherheitsbehörden aktiv zur Aufrechterhaltung der Inneren Sicherheit in Deutschland als Teil eines freiheitlichen demokratischen Europas bei. Durch rechtsstaatliches Vorgehen leistet das BKA Dienst am Bürger und am Staat, geprägt von sozialer Verantwortung, und arbeitet so an der Verwirklichung der Werteordnung des Grundgesetzes der Bundesrepublik Deutschland mit.
>
> *Allgemeines Aufgabenverständnis des Bundeskriminalamtes der Bundesrepublik Deutschland, Website BKA*

Elijah hatte zwar nur wenige Stunden geschlafen, aber das war er gewohnt. Er konnte sich in wenigen Stunden regenerieren.

Faruk stand im Badezimmer und betrachtete die Wunden des Anschlags in Aleppo.

»Ich gehe Brot holen, soll ich dir aus der Apotheke etwas Wundsalbe und Schmerzmittel mitbringen?«, fragte Elijah.

Faruk drehte sich zu ihm. Der Israeli lächelte ihn an. All die Jahrzehnte der Feindschaft, des Terrors und des Hasses zwischen ihren Ländern hatten das Menschliche nicht ausgelöscht. Sie waren beide Soldaten, kämpften einst für eine Idee. Aber die Dinge verschoben sich gerade; und die beiden waren noch nicht so alt und verbohrt, als dass sie diese Veränderung nicht als wohltuend und vielleicht auch erlösend empfanden. So wie bisher hätten beide auch nicht mehr agieren können. Vermutlich wusste der syrische Geheimdienst längst von Faruks Zusammenarbeit. Und der israelische Geheimdienst? Elijah hatte eine dunkle Ahnung.

Beide unterbrachen ihre leise Unterhaltung. Schon wieder berührte der Deutsche draußen im Flur seine Frau, küsste sie innig und streichelte ihren Rücken. Das war nicht zum Aushalten.

Als sie alle einige Stunden zuvor mehr oder weniger stark betrunken auf ihre Schlafstatt gefallen waren, hatte es wenige Minuten gedauert, bis sie aus dem Schlafzimmer des Hausherrn die übliche Geräuschkulisse gehört hatten. Das war anfangs erheiternd, aber jetzt am Morgen, mit einem vom Alkohol angegriffenen Kopf und wenig Schlaf konnten Elijah und Faruk keine wirkliche Freude für die jungen Liebenden finden.

»Irgendwo müssen Deutsche immer einmarschieren.« Elijah lächelte.

Faruk blickte auf seine Wunden. »Da haben wir wohl alle unsere Lektionen gelernt.«

»Sei nicht so ernst, alter Araber.« Elijah steckte seine Waffe hinter seinen Hosenbund, kramte aus Jans Jacke, die im Flur lag, einige Euro heraus, schloss dann die Haustür und ließ Faruk mit Regina und Jan allein.

Der Syrer kannte Ost-Berlin gut. Er hatte hier von 1982 an drei Jahre verbracht und die Ausbildung der Staatssicherheit durchlaufen. Die DDR hatte immer gute Beziehungen zu Syrien gepflegt. Und 1973 hatte das ostdeutsche Militär Jagdbomber und Wartungsmannschaften für den Oktober-Feldzug gegen Israel zur Verfügung gestellt. Vieles der in Syrien ausgesprochen guten nachrichtendienstlichen Infrastruktur kam aus der DDR. Somit war es auch nichts wirklich Besonderes, dass Faruk als Jahrgangsbester der Militärakademie in Damaskus in die Ausbildungskompanie der Stasi, wie man den Geheimdienst im Westen nannte, nach Berlin versetzt worden war. Objektbeobachtung und stiller Zugriff waren das Steckenpferd der Deutschen gewesen. Er hatte auch hier wieder nur beste Noten bekommen. Den Ideen des Sozialismus stand er in Syrien noch sehr nahe. Aber als er in Ostdeutschland die freudlose Form kennenlernen durfte, schwand bei ihm schnell der Wunsch, ein ähnliches System in seiner Heimat zu installieren. Er war am

Ende des Tages zu nationalistisch gesinnt und konnte der von oben verordneten Treue zur UdSSR nichts abgewinnen. Das Arabien in seiner Vorstellungswelt war eigentlich ideologiefrei. Umso mehr freute er sich über die Schaffung einer neuen Arabischen Union. Er würde sich von seinem Zynismus, seiner Resignation trennen und sich ein letztes Mal einer Idee unterwerfen. Sie sollte mehr sein als die Summe seiner Eigeninteressen. Er würde sie fördern. Und wenn es nötig war mithilfe des merkwürdigen Juden hier in Deutschland.

Faruk drehte sich mit dem Rücken zum Spiegel. Der Anschlag in Aleppo hatte doch schmerzhafte Spuren hinterlassen. Sein Rücken war immer noch von blauen Hämatomen übersät, und die Wunden eiterten, welche die Metallteile, die Jan aus ihm herausgeholt hatte, ihm bereitet hatten. Regina kam herein. Sie trug lediglich ein weißes Oberhemd des Arztes. Im Gegensatz zu ihr erschrak Faruk, räumte hektisch sein Rasierzeug zusammen und wollte sich an ihr vorbeidrücken.

Regina hatte zu lange mit Männern gearbeitet, als dass ihr die arabische Form der Scham und der scheuen Rücksichtnahme in den Sinn gekommen wäre. »Was ist?«

Faruk murmelte ein »Entschuldigung« und huschte aus dem Badezimmer. Er konnte diese westlichen Frauen nicht verstehen. An ihr klebte noch der Duft des anderen Mannes, trotzdem bot sie sich ihm so dar. Er war kein tiefgläubiger Muslim, aber auf eine gewisse Weise eben traditionell. Er glaubte fest an diese Werte. Er hörte sie das Wasser in der Dusche anstellen, schüttelte den Kopf und rasierte sich weiter über der Spüle in der Küche. Ihm war nicht wohl, dass so viele Menschen um ihn herum waren. Er war es nicht gewohnt. In Aleppo waren diese Minuten vor der Arbeit immer still, und er konnte seinen Gedanken freien Lauf lassen.

»Wie wäre es mit einem Kaffee?« Jan schlurfte herein.

Faruk erschrak erneut und schnitt sich.

»Du neigst zu Verletzungen.« Jan gähnte.

»Und du, mein Freund, zu unhöflichen Direktheiten. Pass auf deine Frau auf. Sie kam in das Badezimmer, als ich mich rasierte.«

»Na und? Warst du nackt?«

»Nein, aber …«

»Dann ist doch alles okay.« Sie würden den Orient nie verstehen. »Wo ist Elijah?«

»Er holt unser Frühstück, während du noch meintest, dich den fleischlichen …«

Die Wohnungstür sprang auf. Elijah stand wild schnaufend in der Tür. »Schnell, packt eure Sachen. Los! Sie sind überall. Wo kommen wir am besten raus?«

Jan und Regina schauten ihn ungläubig an.

Elijah hastete an ihnen vorbei und räumte seine Sachen zusammen. »Eure Polizei ist mit mehreren Spezialkommandos unten vor der Tür und wird in wenigen Minuten die Wohnung stürmen.«

Faruk hatte mittlerweile die Fenster vorsichtig überprüft. »Keine Chance, es geht nur abwärts.«

Regina schaltete sofort um. »Was ist mit der Wohnung gegenüber?« Neben der Arztwohnung lag eine halbe Treppe höher ein Loft.

Jan packte, während Regina sich anzog.

»Das könnte eine Möglichkeit sein«, wisperte Faruk leise.

»Bleibt hinter der Tür«, forderte Regina schnell. Sie zog sich ihre Boots über, öffnete die Haustür und hastete die vier Stufen zum Loft hoch. Kurz bevor sie klingelte, atmete sie durch, strich sich die Haare zu einem Zopf zusammen und klopfte sich auf die Wangen. Elijah stand hinter der Wohnungstür und beobachtete sie dabei. Dann sah er am Treppengeländer hinunter. Er hörte, wie mehrere schwere Personen versuchten, betont leise die Treppe hinaufzukommen. Dann piepste für einen Moment gedämpft ein Funkgerät. Die Männer kamen. Hinter Elijah stand Jan mit einem großen Reiserucksack auf dem Rücken und einer Tasche in der Hand. Faruk bildete als Letzter die Nachhut mit gezogener Waffe.

Die Tür des Lofts wurde geöffnet.

»Guten Morgen! Ist hier heute die Wohnungsbesichtigung?« Regina lächelte ihr süßestes Mädchenlächeln. An der Wohnungstür war »M. Hoffmann« zu lesen. Und vor ihr stand ein dürrer Mann mit Streichholzbeinen. Und dann noch ein weißes T-Shirt mit dem Aufdruck »Shark« – ein armseliges Bild deutscher Männlichkeit, dachte Regina.

»Hier gibt es keine Besichtigung. Die Wohnung wird nicht neu vermietet.«

Die Geräusche von unten näherten sich.

»Ja, aber ich bin ganz sicher ...«, stammelte Regina.

Elijah war die Treppe hochgekommen. Er schaute den verdutzten Mann an. »Sind Sie allein?«

Der Mann starrte ihn argwöhnisch an, zögerte und antwortete: »Warum?«

Blitzschnell schlug Elijah mit dem Handballen gegen die Stirn des Mieters, der sofort zusammensackte. »Demnächst etwas schneller, Gnädigste.«

Regina schaute ihn fast schmollend an. »Das wollte ich auch gerade.«

»Klar, aber vorher noch eine Wohnungsbesichtigung vereinbaren.« Der Israeli machte ein Zeichen, und Jan rannte ebenfalls die Treppe hoch. Faruk fehlte.

»Verdammt, wo bleibt der Syrer?«

Sie sahen sich kurz in der weitläufigen Wohnung um. Elijah erblickte sie zuerst. Eine Frau mit langen schwarzen Haaren und weißer Haut saß in einem weiten Korbsessel. Sie war in einen schwarzen Seiden-Pyjama gewickelt, hatte ihre Beine auf die Fensterbank gelegt und rauchte mit tiefer Inbrunst, während sie in den Berliner Morgen sah. »Ist er tot?«, kam es vom Korbstuhl. Die Frau gab sich noch nicht einmal die Mühe, sich umzudrehen. »Nein«, antwortete Elijah, während er auf sie mit erhobener Waffe zuging.

»Dann ersparen Sie mir unnötiges Geschwafel. Sie können über das Dach entkommen. Ich habe Sie nicht gesehen und tief geschlafen.« Wieder, ohne sich umzudrehen, winkte sie den vieren zum Abschied zu. Elijah sah fragend zu Jan, der nur mit den Schultern zuckte.

Regina hatte schon den Aufgang zu einem Dachgarten im Loft entdeckt. Sollte kein Hubschrauber eingesetzt werden, konnte das eine Möglichkeit sein zu fliehen. Dann stand Faruk in der Tür.

»Wo warst du?«, fauchte ihn Elijah an.

»Warte es ab, mein Freund.«

»Hier hoch.« Regina winkte von einem Dachausstieg.

Oben empfing sie die stickige Luft des Morgens. Die Nacht hatte keine Abkühlung gebracht. Kaum standen sie alle auf der Teerpappe des Daches, explodierte etwas unter ihnen. Sie zuckten zusammen.

Elijah fand zuerst seine Sprache wieder. »Du alter Zündler.«

Faruk lächelte. »Damit sind sie eine Weile beschäftigt. Keine Gefahr, aber viel Rauch und Ablenkung. Gut, dass Jans Freund einen Feuerlöscher besitzt und ich etwas Sprengstoff dabei hatte.«

In der Ferne hörten sie das Knattern eines Hubschraubers. Sie mussten sich beeilen. Hier oben standen sie wie auf einem Präsentierteller. Einige Berliner Häuser aus dem vergangenen Jahrhundert hatten den Vorteil, flache Dächer zu besitzen, und so konnten sie über mehrere Gebäude und vor allem mehrere Etagen tiefer gelangen.

Plötzlich hielt Regina inne. Vor ihr, auf einem tiefer liegenden Dachgarten, lagen auf alten Sofas und Sonnenliegen mehrere schlafende Männer in Engelskostümen »Was ist das denn?«

Jan verstand sofort. »Vermutlich Junggesellenabschied. Die haben hier oben noch eine Party gefeiert und sind noch völlig besoffen.« Ehe die anderen reagieren konnten, rannte er zu einem der sechs schlafenden Typen. Er weckte sie, deutete auf den Rest der Gruppe. Erst widerwillig, dann nickend, rüttelte der nunmehr wache Mann seine Kumpel.

Faruk schaute Elijah an. »Und uns nennen die Deutschen verrückt, ihre Frauen helfen Einbrechern, und ihre Männer verkleiden sich als Engel ...« Er schüttelte den Kopf.

Die Männer waren, als Engel mit Perücken und Flügeln ausstaffiert, die Nacht zuvor um die Häuser gezogen. Gern gaben sie gegen ein kleines Entgelt ihre Kostüme ab.

Und so standen vier Engel am Morgen des 21. Juni auf der Oranienburger Straße, die zum Monbijouplatz führt, taten betrunken und bestaunten das Polizeiaufkommen im Herzen Berlins.

Sie hielten an einer Tankstelle zwischen Berlin und Halle. Elijah hatte einen Geländewagen der Luxusklasse beschafft. Quasi im Vorbeigehen hatte er mit ausgesprochen geschickten Händen und einem Draht, den er von einem Wahlplakat abgerissen hatte, einen Wagen in einem Parkhaus geöffnet und kurzgeschlossen. Auf Jans fast verzweifelten Hinweis, er könne doch bei seiner Botschaft um ein Fahrzeug bitten, hatte der Israeli nur den Kopf geschüttelt. »Das ist keine offizielle Mission. Je weniger Offizielle von meiner Arbeit wissen, desto besser. Wir sind nicht ausgebildet worden, um bei einer Botschaft um Hilfe zu bitten. Botschaften sind für Touristen, die sich zwielichtigen Gestalten anschließen, um dann in ein totales Chaos hineinzurutschen.«

Regina hatte empfohlen, nicht die Autobahnen zu nutzen. Die deutsche Polizei würde mit Sicherheit ihre bekannte Ringfahndung einsetzen, das hieß an neuralgischen Punkten, wo es kein Entkommen gab, Kontrollen einrichten.

Also waren sie über Land gefahren. Jan hatte die Telefonnummer gewählt, die der Imam ihnen in Syrien übergeben hatte. Eine brüchige alte Stimme hatte sich gemeldet. Jan hatte gleich den Namen des Imams genannt und gefragt, ob der Gegenüber in einer heiklen Angelegenheit helfen könne. Der Mann hatte nicht geantwortet, sondern nur seine Adresse in Frankfurt am Main angegeben und dann aufgelegt.

Faruk schien die Hitze nichts auszumachen. Er hatte vorn neben Jan gesessen, die Augen die meiste Zeit der Fahrt geschlossen und sich an den Diskussionen kaum beteiligt. Sie hatten sich geeinigt, dass die Person zumindest einmal von ihnen besucht werden sollte. Vielleicht war er hilfreich. Auch Faruk hatte keine Einwände vorgebracht. Sollte es sich um eine Fälschung handeln, so würden sie die weiteren Schritte davon abhängig machen. Stündlich konnten sie in den Radionachrichten von weiteren grauenhaften Ereignissen hören. In Frankreich war es zu Zusammenstößen zwischen christlichen Gruppen und Migranten aus muslimischen Ländern gekommen, für Marseille, Lyon und Valenciennes hatte der Präsident den Ausnahmezustand ausgerufen. Noch schlimmer war es in Belgien und Holland. In Antwerpen hatten jugendliche Ausländer das Diamantenviertel gestürmt, die Läden geplündert und eine Synagoge in Brand gesetzt. In Hoek van Holland wurden im Hafen Brandsätze auf englische Fähren geworfen, Autos mit britischen Kennzeichen demoliert und die Insassen verprügelt. In Griechenland demonstrierten junge Menschen aller Konfessionen gegen Israel und Großbritannien. Die Entführung auf den Malediven war in einem Massaker geendet. Indische Sondereinsatztruppen waren der Regierung des Inselstaates zu Hilfe gekommen. Das Schiff mit den Geiseln explodierte, die Terroristen hatten Plastiksprengstoff gezündet. Keiner überlebte. Im anschließenden Feuergefecht starben 15 Soldaten und vier der Geiselnehmer, drei konnten entkommen. Und so ging es in einem weiter. Bis zu der Nachricht aus dem Iran, der mit dem Abschuss seiner Mittelstreckenwaffen gedroht hatte.

»Diese Drohung ist ernst zu nehmen«, hatte Faruk lakonisch gemeint. »Warum?« Jan hatte kurz nach rechts geschaut.

Faruk hatte immer noch die Augen geschlossen. »Es sind

Schiiten. Ihr Glaube ist stark vom Märtyrer-Dasein erfüllt. Seit sie von den Sunniten besiegt wurden, ist das ihre Doktrin. Im Golfkrieg gegen Saddam Hussein liefen Hunderttausende Iraner in das Feuer der Iraker. Bilder von diesen Märtyrern werden in Teheran als Ikonen verkauft. Ein endgültiger Kampf gegen das Böse, den Westen, Israel oder die Ungläubigen selbst ist ein Wunsch dieses Präsidenten.«

»Aber er würde alles verlieren.«

»Doch das Paradies, so glaubt er, gewinnen. Einen größeren Sieg kann er kaum davontragen. Aber selbst wenn er seine Nuklearwaffen nicht einsetzen würde, so könnte Elijahs Regierung jetzt endgültig ihren Grund haben, alle Atomanlagen und andere Gefahrenquellen im Iran zu zerstören. Jeder im Westen würde es verstehen. Selbst die Machthaber in Saudi-Arabien und den Emiraten, allesamt Sunniten, würden es heimlich unterstützen. Für sie ist der Iran immer schon ein gefährlicher Nachbar gewesen. In der islamischen Bevölkerung wäre der Kampf des Irans gegen Israel jedoch ein weiterer Sieg, denn er würde wieder einmal zeigen, dass die Juden bösartig und zerstörerisch sind. So war es bislang. Diesmal, glaube ich, wird es nicht nur bei Drohungen und Gegendrohungen bleiben.«

Elijah hatte auf dem Rücksitz ruhig zugehört. »Wir müssen beweisen, dass Israel und der Westen damit nichts zu tun haben. Faruk, was hast du in Syrien herausgefunden?«

Der Syrer hatte nicht geantwortet. Er schlief, bis Jan am frühen Mittag auf die Tankstelle fuhr. Während Jan tankte, deckten sich die anderen mit Zigaretten und Proviant ein. Faruk probierte einen Tee, der in einer Kanne angeboten wurde, goss ihn aber angewidert in den Mülleimer. Regina stand bei Jan am Auto.

»Er will partout nichts über Almut und ihren Verbleib sagen, bevor er das Schriftstück nicht in den Händen hält?« Jan konnte es nicht fassen.

Regina zuckte nur mit den Schultern. »Es ist ein Handel. Sie glauben, damit einen internen Feind zu entlarven. Da wäre mir das Schicksal einer durchgeknallten Archäologin aus Österreich auch egal.«

»Lass die Funde jedenfalls nicht aus dem Auge, hörst du?«

»Ja, ich weiß.«

»Wie heißt der Typ eigentlich, den wir in Frankfurt besuchen?«

»Ivan Poch. Und könntest du bitte hier an der Zapfsäule nicht rauchen?«

Faruk hatte gerade den Reißverschluss seiner Hose hochgezogen, als die Kabinentür hinter ihm geöffnet wurde.

»Na, mein Lieber.«

Faruk sah Elijah nicht an, als der weitersprach »Wie stellst du dir das jetzt weiter vor? Du kannst doch nicht ernsthaft mit uns diese kleine Europatour machen wollen?«

Elijah hatte sich an die Tür gelehnt.

Faruk sah nur in den Spiegel, schüttelte, in Ermangelung eines Handtuches, die nassen Hände ab. »Uns bleibt wohl nichts anderes übrig.«

»Faruk, wir wissen, wer dahintersteckt. Du weißt es auch. Es fehlen die Beweise, darauf hast du gewartet, darauf haben wir gewartet. Aber jetzt muss euer Präsident handeln. Eliminiert den alten Deutschen.«

Faruks Gesicht schien noch hagerer geworden zu sein. Er drehte sich langsam um. »Ich weiß nicht, was du meinst.«

»Doch, du weißt es. Was hat dir der Imam noch gesagt?«

Faruk schaute den Israeli ausdruckslos an. Jemand rüttelte an der Tür, Elijah drückte die Klinke herunter und rief: »Besetzt! – Können wir das hier kurz besprechen, ich fahre nämlich ungern dem Tod entgegen.«

Faruk lächelte. »Das tust du sowieso. Aber man sollte darauf achten, dass es kein Zufall ist, sondern dass man den Zeitpunkt selbst bestimmt. Du und ich, wir mögen keine Zufälle, oder?« Elijah reagierte nicht.

»Oder war es Zufall, dass der Deutsche dir in Damaskus über die Füße gefallen ist?«

Zum ersten Mal zuckte es in Elijahs Gesicht. »Kommst du mit der großen Judenverschwörung?«

»Ich komme mit nichts. Aber wir sollten uns klarmachen, dass wir zum ersten Mal ein gemeinsames Ziel haben. Und wenn es etwas nützt, werde ich ihn auch mit dir zur Strecke bringen. Die beiden da draußen helfen, solange sie können, aber wir werden sie nicht verschwinden lassen. Ist das klar?«

Elijah zuckte mit den Schultern. »Hatte ich nicht vor.«

»Dann ist ja alles in Ordnung.« Faruk streckte sich, deutete auf die Tür. »Nach dir.«

Jerusalem, 21. 06., 5.15 Uhr

> Und er sprach: Siehe, ich mache einen Bund: Vor deinem ganzen Volke will ich Wunder tun, die nicht gewirkt worden sind auf der ganzen Erde und unter allen Nationen; und das ganze Volk, in dessen Mitte du bist, soll das Werk Jehovas sehen; denn furchtbar ist, was ich mit dir tun werde. Beobachte, was ich dir heute gebiete. Siehe, ich will vor dir vertreiben die Amoriter und die Kanaaniter und die Hethiter und die Perisiter und die Hewiter und die Jebusiter. Hüte dich, dass du nicht einen Bund machest mit den Bewohnern des Landes, wohin du kommen wirst, dass sie nicht zum Fallstrick werden in deiner Mitte; sondern ihre Altäre sollt ihr niederreißen und ihre Bildsäulen zerbrechen und ihre Ascherim ausrotten.
>
> *Aus: 2. Buch Mose, Exodus, Kapitel 34*

Die Grenzen Israels zu Jordanien und Ägypten waren geschlossen worden, in den Häfen in Ashdod, Haifa, Hadera und Eilat patrouillierten Raketenboote und zwei Korvetten der Eilat-Klasse. Alle Landtruppen, auch die Reservisten, waren weiterhin in Alarmbereitschaft, Luftschutzbunker wurden aktiviert, Gasmasken ausgegeben. Die staatliche

Fluglinie EL AL bot Familien in Sonderflügen die schnelle Ausreise in scheinbar friedlichere Länder. Auf dem Land, in Galiläa oder in der Negev-Wüste, schlossen sich die Siedlungen, Kibbuzim und Kollektive zu kleinen Wehrdorf-Netzwerken zusammen. All das war Hunderte Male trainiert worden. Nie mehr wollte Israel auf einen äußeren Feind unvorbereitet sein. Und immer schwang in allen Diskussionen im Land mit, dass man eher präventiv zuschlagen wolle, als wie ein wehrloses Opfer auf den Überfall zu warten. Doch noch gab es diesen Überfall nicht. Lediglich die Drohung eines hasserfüllten Präsidenten, der so ein Ultimatum auch schnell wieder zurückziehen konnte. Die militärische Führung des Landes wusste, dass sie diese Anspannung nicht lange würde aufrechterhalten können. Die Menschen sehnten sich nach Normalität. Das Land glich in diesen Stunden einem Kessel, der stündlich mehr unter Druck stand. Ein Ventil war nicht in Sicht.

Die Hamas in Gaza, wie auch die Hisbollah im Libanon, verhielten sich merkwürdig still. Obwohl ihr langjähriger Waffen- und Geldlieferant, der Iran, offenbar den endgültigen Kampf suchte, ließen beide Gruppen ihre Waffen ruhen. Der Einfluss der jungen Machthaber in der Union schien auf seltsame Weise zu wirken. Das machte die Situation noch unklarer für die israelische Führung. Kein Kommentar, man wolle nicht die israelische Politik beurteilen, man habe eigene Aufgaben zu lösen bis zur ersten Wahl, hieß es unisono in den veröffentlichten Meldungen der provisorischen Regierung der Arabischen Union. Und das wirkte. Der Konflikt mit dem Iran wurde zu einem regionalen Kräftemessen zwischen zwei Ländern heruntergestuft. Weder wollte ein arabisches Nachbarland vermitteln noch den Druck auf die Israelis erhöhen. Sicher hatte es auch etwas damit zu tun, dass der schiitische Staat Iran von seinen sunnitischen Nachbarländern nie die Unterstützung bekommen würde, die sich das Regime dort erhofft hatte.

Der kleine Staat Israel stand wie ein blinder Boxer im

Ring, der auf die Schläge eines Gegners wartet. Und so war das Militär auf Raketen, Selbstmordanschläge, Gasangriffe und eben auch auf Nuklearwaffen vorbereitet, aber eines war immer sträflich vernachlässigt worden.

Kurz vor Sonnenaufgang des 21. Juni hatte Avi Gidead aus der Siedlung Niveam im Westjordanland sein Haus verlassen. Einst war es ein palästinensisches Dorf gewesen. 1967 eroberten die Israelis das Gebiet. Damals gehörten 1800 Hektar zum Dorf. Heute sind es noch nicht einmal 100 Hektar. Der Rest wurde von der Militärbehörde enteignet und israelischen Siedlern übergeben. So wie das Filetstück in der Mitte des grünen Tals: 60 Hektar mit Weinreben, gesichert durch einen elektrischen Hightech-Zaun und vor der schon bald prallen Sonne mit einer weißlichen Zeltplane geschützt. Einst arbeiteten die Palästinenser für reiche Grundbesitzer in Nablus, jetzt schufteten sie für die Israelis. Bewacht und beschützt von der israelischen Armee waren diese Siedlungen immer wieder Ausgang hitziger Gefechte zwischen den verfeindeten Parteien.

Nahe des Wassertanks, der die kleine Gemeinschaft aus wenigen, hastig errichteten Containern mit dem knappen Gut Wasser versorgte, hatte Gidead schon vor Monaten sein Gepäck für diesen Tag versteckt. Leise schob er den Sand und die Steine beiseite, dann hob er die Wellblechhaube hoch, stellte sie vorsichtig an den Rand und griff in die Grube. Fast eine halbe Stunde lang belud er seinen Volvo Kombi. Über die Kisten legte er mehrere Widderhörner, Schofar genannt. Sie wurden bei Festen wie der Bar Mizwa in Jerusalem herausgeholt und, wie es die Tradition verlangte, mehr oder weniger kunstvoll geblasen. Er würde so an den Kontrollposten besser vorbeikommen. Es war noch dunkel, die Sonne lag noch hinter den rostbraunen Hügeln drüben auf der jordanischen Seite des Toten Meeres, als er mit seinem alten Wagen den Hügel hinunter fuhr, zur Straße, die nach Jerusalem führte. Dort würde Ehud warten. Ehud hatte wie Avi Jahrzehnte seines Lebens südlich von hier in der Stadt Dimona gearbeitet. Dort hat der israelische Staat 1958 mit französischer Hilfe ein ziviles und ein militärisches Atomprogramm in die karge, baumlose und trockene Region bauen lassen. Die beiden Forscher hatten nie über ihre Arbeit sprechen dürfen, nicht einmal mit ihren Familien. Aber ihre Beziehung zueinander wuchs über die Jahre und auch ihre Hinwendung zum Orthodoxen, zum, wie sie sagten, »wahren Judentum«. Waren sie noch auf der Universität eher glaubensfern gewesen, sie studierten schließlich Chemie, änderte sich ihre Haltung in den Jahren der Forschung stetig und extrem. Sie zogen mit ihren Familien aus Dimona in den Norden des Landes.

Nie wurden ihre Arbeit noch ihre Verdienste gewürdigt. Sie hatten mit den Südafrikanern 1979 diesen großartigen Test mit einer Atombombe im Atlantik vorbereitet und durchgeführt. Aber so wie ihre Freunde am Kap das Land verloren hatten, so mussten auch sie jeden Tag zusehen, wie immer mehr Araber auf ihrem Gelobten Land heranwuchsen. Jeden Tag wurden zwanzig Araberkinder und lediglich zwei jüdische Kinder geboren. Für einen Naturwissenschaftler wie Avi war es nur eine Frage der Zeit, bis ihr kleines wehrhaftes Land von außen, aber vor allem von innen zerstört werden würde.

Das Westjordanland umschloss das alte biblische Land Judäa und Samaria. So bezeichneten die Siedler es und verbanden damit immer auch einen Anspruch auf das Land. Denn so stand es in der Bibel geschrieben. Es war ihr Land, von ihrem Gott gegeben. Aber in den letzten Jahren war der Hass der säkularen Israelis auf sie, die Siedler, kaum zu ertragen gewesen. Sogar ehemalige Kameraden aus dem Militär machten sich stark für eine Räumung ihrer Siedlungen. Es war Zeit zurückzuschlagen. Es war Zeit für die endgültige Schlacht.

Vor Jerusalem scherten von Seitenstraßen zwei Pick-ups vor und hinter ihnen ein. Es waren ihre engsten Freunde.

Drei Kontrollposten passierten sie ohne Probleme. Ihre Ausweise wiesen sie als Mitarbeiter des Militär-Geheimdienstes aus. Gegen neun Uhr erreichte die Gruppe das Tor zum Tempelberg.

Der Berg Moriah ist der umstrittenste Platz der Welt. Die meist selbsternannten Verteidiger der drei großen Religionen kämpfen seit Jahrhunderten um die Vorherrschaft. Hier stand der Tempel Salomo, wie wohl auch der des Herodes, in dem Jesus gepredigt haben soll. Geblieben von all dem ist im Westen nur die Klagemauer.

Aber hier ist auch der Platz, von dem die Umma, die Gemeinschaft aller Muslime, glaubt, dass Mohammed seine Nachtreise auf einem Schimmel in den Himmel begonnen hat. Der Felsendom mit seiner weithin sichtbaren goldenen Kuppel beherbergt den Opferstein, für die Muslime ein besonderer Ort. Hier soll, so der islamische Glaube, Abraham bereit gewesen sein, seinen Sohn Ismael Gott zu opfern. Die Juden wiederum glauben, dass es Isaak war, der geopfert werden sollte. Für die Muslime ist es ihr drittheiligster Platz nach Mekka und Medina. Hundert Meter südlich des Felsendoms liegt die Al-Aksa-Moschee. Immer wieder kam es hier in der Vergangenheit zu Zusammenstößen zwischen israelischen Extremisten und muslimischen Gläubigen. Orthodoxe Juden kämpfen nach wie vor dafür, dass die Moscheen beseitigt werden und sie den Wiederaufbau des zweiten jüdischen Tempels in Angriff nehmen können.

Avi führte die Truppe an. Sie parkten für eine kurze Pause ihre Autos am Dungtor, eines von acht, die in die Jerusalemer Altstadt führen. Hier ist der direkte Zugang zur Klagemauer und über eine Holzbrücke zum Tempelberg. Jetzt musste alles schnell gehen. Dieser Bereich gehört zu den am besten überwachten Plätzen in der ganzen Stadt. Polizei und Militär patrouillierten und sicherten die Zugangswege.

Aber ihr Plan sah das alles vor.

Sie starteten ihre Wagen, fuhren durch das Tor auf den Kontrollpunkt der Polizei zu. Einer ihrer Scharfschützen war etwas höher nördlich im jüdischen Viertel postiert. Die beiden jungen, aus Äthiopien eingewanderten Polizisten wollten gerade ihre Spiegel unter das erste Fahrzeug führen, als sie wie aus dem Nichts zusammensackten. An der Klagemauer zündeten zwei Helfer unter ihren langen schwarzen Mänteln jeweils zwei Rauchbomben und schossen aus halbautomatischen Waffen, die sie kurz zuvor aus einer benachbarten Synagoge erhalten hatten, in die Luft. Panik ergriff die Betenden. Schreiend rannten sie Richtung Süden. Die Sicherheitskräfte stürmten gegen die rennende Masse, während die Schießenden in den Tunnel neben der Klagemauer verschwanden. Avi und die anderen hetzten aus ihren Wagen, entluden das Gepäck, warfen es sich auf den Rücken und schnallten weitere Rucksäcke vor ihren Bauch. Zwei Sackkarren wurden in Sekunden mit schweren Kisten beladen, ehe die Sicherheitskräfte an der Klagemauer reagieren konnten.

Mit erstaunlicher militärischer Präzision hatten sie nach zwei Minuten die Schleuse zum Tempelberg erreicht, die Polizisten getötet und sich in zwei Gruppen aufgeteilt. Es war die Zeit des Mittagsgebetes, Tausend Muslime beteten in beiden Gotteshäusern. Fünf von ihnen hetzten über den blankpolierten Stein Richtung Felsendom, dessen goldenes Dach in der Mittagshitze schimmerte. Die anderen sechs liefen nach rechts zur Al-Aksa-Moschee. Dann fielen die ersten Schüsse. Es war 12.24 Uhr.

Um 13.05 Uhr verkündete der Kopf der Gruppe via Internet und Twitter, dass sich in beiden Gebäuden unzählige Tote und Verletzte, aber auch noch unversehrte Muslime befänden. Eine Stürmung sei unverantwortlich, da dann unweigerlich die Moscheen mit Hilfe der Sprengfallen zerstört werden würden. Um 16.25 Uhr gab der Premierminister in Absprache mit dem Präsidenten des Staates Israel das GO für den Zugriff der Antiterroreinheit. Obwohl namhafte Politiker aus den USA, Russland und der EU anboten zu vermitteln, wollte die israelische Regierung das Heft in der Hand behalten.

Um 19.45 Uhr, als die Sonne über der Jerusalemer Altstadt versank, stürmten vier Gruppen der Sajeret Duvdevan, einer militärischen Einheit des Heeres, über mehrere Eingänge die Gebäude, seilten sich aus Hubschraubern ab und liefen unterirdisch über verschiedene Tunnel, die auf den Tempelberg führten, auf die Geiselnehmer zu.

Die erste Explosion erfolgte Punkt 20 Uhr zur besten Sendezeit der arabischen Welt bis Pakistan. Sie ließ den Felsendom innerhalb weniger Sekunden in einem Feuerball explodieren. Wenige Minuten später konnte die Al-Aksa-Moschee nach schweren Feuergefechten blutig erobert werden.

Eine Wolke stieß aus den Trümmern des Felsendoms gen Himmel. Der Abendwind blies westlich vom Meer und schob die Wolke über den Osten der Stadt, dorthin, wo die Araber lebten.

Frankfurt am Main, 21. 06., 18. 45 Uhr

> Ich kann den Geist der Musik nicht anders fassen als in Liebe.
> *Richard Wagner*

Regina und Elijah hatten das Haus und seine Umgebung diskret, aber gründlich begutachtet. Weder Fahnder noch Polizisten waren zu sehen. Ihre Verfolger kannten nicht ihr Reiseziel. Unterwegs waren sie mehrfach Umwege gefahren, für den Fall, dass man sie beschattete. Aber sie waren unbehelligt geblieben.

Der Mann, den sie aufsuchen wollten, hieß angeblich Ivan Poch. So hatte es der Imam aufgeschrieben. Er sollte ein Orient-Experte in vorgeschichtlicher und frühislamischer Kultur und Kunst sein, so hatte der alte Mann es jedenfalls versprochen. Poch lebte im Ostend, einst das Arbeiterviertel der Stadt, jetzt etwas aufpoliert durch Renovierungen und Sanierungen.

Im Abstand von mehreren Minuten schritten sie zum Eingang des roten Ziegelbaus. Früher war es eine Mietskaserne für die Arbeiterfamilien der benachbarten Fabriken, heute eine auf kaufkräftige Kundschaft ausgelegte Ansammlung von Yuppie-Lofts im oberen und trendigen Jungfamilien-Wohnungen im unteren Teil. Ein Flur, vollgestellt mit drei Kinderwagen und einem gelbschwarzen Fahrrad, führte zum Treppenaufgang. Etage um Etage suchten sie die Klingelknöpfe ab. Aber nirgendwo stand der Name »Poch«.

Enttäuscht liefen sie die mit einem Teppich ausgelegten Stufen wieder hinunter. Elijah hatte als Erster den dritten Stock erreicht, als auf der linken Seite plötzlich die Tür aufgerissen wurde. Der Israeli drehte sich um, zog dabei seine Waffe und starrte in den Lauf einer abgesägten Schrotflinte.

»Zwinge mich nicht dazu, dich vom Boden aufzuwischen.« Ein alter, unfassbar dicker Mann stand breitbeinig in seinem Flur und richtete eine Waffe auf Elijah. »Sag den anderen krummen Vögeln, die du da oben noch hast, dass sie ihre Waffen steckenlassen sollen und langsam und still herunterkommen, wenn sie dich nicht mit einem großen Loch im Bauch nach Hause nehmen wollen.« Die Stimme des Mannes war leise und tief.

Elijah nickte nur. Seine drei Begleiter stiegen langsam die letzten Stufen hinunter.

Als Regina vor der Tür stand, sagte sie leise: »Der Imam aus Manbej schickt uns. Sie können uns helfen.«

Der Alte schaute aus roten Augen zu ihr und legte den Finger auf seine Lippen, dann winkte er die vier mit seiner linken Hand herein, die kleine Schrotflinte immer noch in seiner rechten Armbeuge.

Regina hatte schon vieles während ihrer Arbeit als Kriminalerin erlebt. Die Wohnungen von sogenannten Messies, Menschen, die krankhafterweise nichts wegwerfen konnten, waren schon immer ein Kapitel für sich. Man grub sich durch Unmengen an gesammeltem Unrat, um dann eine mumifizierte Leiche unter all dem Dreck zu finden. Dies hier als Wohnung zu bezeichnen wäre gewiss falsch gewesen. Es glich eher dem Lebensraum eines seltenen Wesens. Bücher stapelten sich turmweise. Disketten und Videokassetten aus der analogen und digitalen Steinzeit lagen verstreut neben neuestem technischem Equipment, zum Teil noch in Kartons verpackt. Dutzende Katzen ruhten sich auf Möbeln und Fensterbrettern aus oder strichen um die Füße des Alten. Poch trug einen seidenen Kaftan mit einem gewagten Paisley-Muster. Seine weißen Haare hingen in fettigen Locken von einem dicken Kopf, der scheinbar von keinem Hals getragen wurde, sondern direkt in einen massigen Körper überging. Alles an ihm war alt und fett – bis auf seine Finger. Der Mann hatte feingliedrige, fast weibliche Hände, die zu allem Überfluss auch noch manikürt schienen.

Ivan Poch verschlang Jan förmlich mit seinen Blicken, der dies jedoch gar nicht bemerkte, sondern sich in der Wohnung umschaute.

»Der Imam hat uns Ihre Adresse gegeben.

Der Alte nickte. »Ich weiß. Er hat es mich wissen lassen.« Opernmusik hallte durch die Wohnung. Faruk wendete den Kopf und schloss die Augen.

»Jetzt nur nicht müde werden, alter Freund.« Elijah konnte es nicht fassen. Der Syrer machte schlapp.

»Es ist die Lipovsek.«

Ivan Poch nickte, den Blick immer noch auf Jan gerichtet. »Ja, sie hat eine ganz eigene Art, den Liebestod zu singen.«

Regina schaute fragend zu Jan und Elijah.

Jan nahm auf einen der wenigen freien Sessel Platz. »Es ist der ›Liebestod‹ aus ›Tristan und Isolde‹, gesungen von Marjana Lipovsek und dirigiert von Daniel Barenboim.«

Jans Weggefährten schauten ihn überrascht an.

»Ich habe gern mit Musik operiert, nur selten mit Wagner. Ich denke, das ist die Angst, dass es in einem Blutbad enden könnte. Ich bevorzuge Bach.« Er lächelte in die Runde.

Spätestens jetzt war der Alte hin und weg. Regina konnte ihm ihr Anliegen vortragen. Und während Poch die Exponate, die die Gruppe mitgebracht hatte, sichtete, erzählte Regina das Nötigste. Sie konnte nicht ahnen, dass Elijah Ivan Poch schon längst hatte überprüfen lassen. Niemals wäre er ohne Absicherung in dieses Haus gegangen. Aber das schnelle Go aus Tel Aviv hatte ihn beruhigt. Der Alte war einer von ihnen.

»Kochen Sie sich einen Tee in der Küche, das hier wird lange dauern.«

Faruk blickte zu Regina, die ihn ausdruckslos ansah. Der Syrer war davon ausgegangen, dass die Österreicherin aufstehen würde. Jan hatte das bemerkt und schwang sich aus dem Sessel. Früher hatte er sich gern in der Küche aufgehalten. Neben seiner täglichen Schwimmerei war es die beste Art und Weise, den Krankenhausstress abzuschütteln. All das hatte schlagartig nach dem Tod seines Sohnes aufgehört. Wasser verband er nun mit Gefahr. Er vermisste zwar den Geruch des Chlors, aber als er wenige Wochen nach dem Auszug seiner Frau vor der Kasse des Prinzregentenbades gestanden hatte, hatte er zu zittern begonnen und sich nur mit Mühe wieder zu seinem Fahrrad bewegen können. Doch diese Küche ließ ihn alles vergessen. War das Wohnzimmer ein Chaos, der Flur ein Strafgericht, herrschten in dieser Küche nahezu paradiesische Zustände. Nicht, dass sie aufgeräumt war, im Gegenteil, aber sie schien wunderbare kulinarische Schätze zu beherbergen. Wie in einem Delikatessenladen lagen Früchte, Gemüse und verschiedene Brotsorten auf Tischen und Fensterbrettern. Der Kühlschrank quoll über von Fleisch, frischem Fisch und Batterien an Champagner, Weißwein und Bier. Dann entdeckte Jan hinter einer kleinen Tür einen Erker. Er konnte kaum glauben, was er sah: Bis zur Decke stapelten sich Rotweinflaschen aus Italien und Frankreich.

Er fand in einer der unzähligen Dosen, die auf Regalen standen, wohlriechenden grünen Tee. Während der Wasserkocher vor sich hin zischte, setzte sich Jan an den Tisch. Er hatte das früh im Studium gelernt. Wenn der Stress und die Anspannung zu viel wurden, konnte er sich einfach hinsetzen und langsam den Sturm in seinem Kopf beruhigen.

Draußen warf jemand Flaschen in einen Mülleimer. Dann herrschte wieder Stille. Jan war kein Profi wie die drei anderen, die vergangenen Tage hatten ihn völlig erschöpft. Je länger er darüber im Auto nachgedacht hatte, desto verzweifelter war er geworden. Die deutsche Polizei und mysteriöse, aber einflussreiche Kreise verfolgten sie. Mehrfach hatte er um sein Leben fürchten müssen, und er hatte sich verliebt. Er schloss die Augen. Ein neuer Abschnitt in seinem Leben hatte begonnen. Schon einmal hatte sich sein Leben verändert, als er das erste Mal mit einem Skalpell in den warmen, lebenden Leib eines Menschen geschnitten hatte. Er würde sich nun seiner neuen Aufgabe stellen. Der Gedanke beruhigte ihn. Wenige Minuten später servierte er den Tee mit englischen Keksen auf einem Tablett.

Ivan Pochs Vater hatte sich als jüdischer Rotarmist nach dem Krieg in eine SED-Funktionärin und Überlebende des KZ Sachsenhausen verliebt. Die ganz private, einst so »unverbrüchliche Freundschaft zum Bruderstaat UdSSR« hatte angesichts des erheblichen Alkoholkonsums und der haltlosen Sexualität des Vaters schnell Risse erhalten. Und so zog Esther Poch aus Brandenburg ihren Sohn allein groß, war traurig über die schon früh einsetzende Maßlosigkeit auch beim Sohn, die ihn von jeder Spartakiade ausschloss. Sie schickte ihn in ihrer tiefen Not in ein Heim der Partei nach Dresden. Dort verliebte sich ein SED-Bezirksleiter in den rosigen Burschen, der mit seinen dreizehn Jahren einem Barock-Putto glich. Die Liaison flog nie auf, und mit der Karriere des Liebhabers glitt auch Ivan in die Gefilde der DDR-Nomenklatura. Er studierte Geschichte, altorientalische Sprachen, Kunst. Er durfte reisen, freilich nur in sozialistische Bruderländer, denn seine Neigung schien den Behörden zu risikoreich. In Syrien fand er sein Glück, er konnte bei Grabungen helfen, sein Wissen war gewünscht, und am Ende des Tages wuschen junge Kurden in den Hamams der Altstadt seinen weißen Körper mit Aleppiner-Seife.

Und als ihm das alles noch nicht reichte, schrieb er sich für Physik, Chemie und Biologie ein. Sein Wissensdrang schien mit seiner Körperfülle zu korrelieren. Je mehr er lernte, desto fetter und teigiger wurde er. Sein Mentor machte es möglich, besorgte aus Parteibeständen alle Leckereien. Und Ivan vergalt es ihm mit sehr guten Leistungen und devotem Verhalten. Sein Freund starb und erlebte gnädigerweise das Ende der DDR nicht mehr, aber all seine heimlich gehorteten Schätze vermachte er Ivan. Nach dem Fall der Mauer zog Ivan aus Ostdeutschland weg, weil er schnell genug von konsumgeilen Landsleuten und fahnenschwenkenden Einheitsidioten hatte. Sie hatten sein kleines Biotop zerstört. Er vergrub sich mit seinen Erinnerungen und seinem Wissen, ging kaum noch aus dem Haus und engagierte eine Türkin, die ihm jede Woche Lebensmittel vor die Tür stellte. Für achtzehn Jahre war diese Frau sein einziger menschlicher Kontakt mit der Außenwelt.

Und jetzt saßen vier völlig fremde Menschen in seiner Wohnung, seiner Höhle. Aber Abdul, sein Freund aus Manbej, hatte für sie garantiert. Und die Exponate, die jetzt vor ihm lagen, waren einmalig. Er hatte über die Medien von der unseligen Pressekonferenz erfahren. Nun durfte er sich um diese Fundstücke kümmern, eines offenbar seltsamer als das andere. Er musste vorsichtig agieren, wenn er überleben wollte. Diesem Quartett zu helfen barg tödliche Risiken. Radios, Sendungen und Zeitungen waren voll mit Aufrufen nach diesen Personen. Sie wurden mit den Anschlägen vor dem amerikanischen Konsulat in Berlin und anderen Straftaten in Verbindung gebracht und europaweit gesucht.

Poch lehnte sich zurück. »Damit Sie verstehen, um was es sich hier handelt, muss ich etwas ausholen.« Er nippte an seiner Tasse Tee.

Masdsched Soleyman, 21.06., 21.45 Uhr IRST

Ich müßte meine eigene Hölle haben für den Zorn, meine Hölle für den Hochmut – und die Hölle der Zärtlichkeit; ein ganzes Konzert von Höllen.

Aus: Arthur Rimbaud »Eine Zeit in der Hölle«

Die Provinz Chuzestan im Iran leidet noch heute unter den Folgen des irakisch-iranischen Krieges. In den vergangenen Jahrhunderten galt die Provinz als Kornkammer des Landes. Im 20. Jahrhundert entdeckte man Öl und Gas. Im 21. Jahrhundert war es vor allem für seine Abschussrampen bekannt. 32 Kilometer südwestlich der Stadt Masdsched Soleyman hatten iranische Ingenieure mit nordkoreanischer Hilfe unterirdische Bunker für ihre mobilen Raketenrampen bauen lassen. Ihr Ziel lag westlich: Israel. Als die Bilder des brennenden Felsendoms im Teheraner Präsidentenpalast gezeigt wurden, hatte der kleine Mann, der als Präsident eines großen Landes soviel Macht besaß, seiner Wut freien Lauf gelassen, er hatte geschrien, sich die Haare gerauft, sich dann aber besonnen, seine Familie in den Nordosten des Landes evakuiert und sich mit seinem geistlichen Lehrer in die Moschee des Palastes zurückgezogen. In der Nacht sollte Vergeltung auf Israel herabfallen.

Jerusalem, 21. 06., 23.12 Uhr IST

Gewalt und Betrug sind die zwei Haupttugenden im Kriege.

Aus: Thomas Hobbes »Leviathan«

Der Präsident Israels hatte den Befehl gegeben. Und gehofft. Aber sein Gott hatte sich abgewandt. Der sonst so rational und pragmatisch denkende Politiker und alte Führer des Landes fühlte sich von IHM alleingelassen. Die Summe aller Ängste war heute Abend mit den Explosionen auf dem Tempelberg eingetreten. Der kleine Staat, gerade etwas älter als 60 Jahre, von seinen Nachbarn immer gehasst, trotzig gegen alle Widerstände kämpfend, schien im Strudel der Ereignisse unterzugehen. Kein Krieg, keine Katjuscha-Rakete aus dem Südlibanon, kein Selbstmordattentäter aus dem Gazastreifen und auch keine Intifada hatten das Land jemals so sehr an den Abgrund gebracht. Die Realisten im Kabinett wussten, dass sie mit Durchhalteparolen und starrköpfigen Aktionen nicht mehr weiterkamen. Dieser Anschlag hatte dafür gesorgt, dass sich die ganze Welt gegen sie wandte. Nicht nur die 1,6 Milliarden Muslime weltweit waren mit diesen Bomben angegriffen worden, auch für die über 2 Milliarden Christen war dies der Beweis, dass Jerusalem nicht von den Israelis regiert werden dürfte. Eine Forderung, die zum Beispiel der Vatikan schon immer gern stellte. Viele westliche Staaten hatte noch in der Nacht den Anschlag und die Stürmung verurteilt, sich solidarisch mit allen Muslimen gezeigt, auch und vor allem, um Unruhen in den eigenen Ländern nicht weiter eskalieren zu lassen.

Und jetzt hatte der Sicherheitschef die Bewegungen in Iran gemeldet. Seine Einschätzung war klar. Die Iraner würden heute, spätestens morgen losschlagen. Doch für die Maßnahmen des israelischen Militärs, wie immer aus der Luft, benötigten sie eine Überflugzusage über den Irak, und nach den heutigen Ereignissen wären die Amerikaner, die den Luftraum dort noch immer kontrollierten, dazu nicht bereit. Der Premierminister schaute auf seine Minister. Das sonst so übliche Geschrei zwischen den Mitgliedern der vier Regierungsparteien blieb aus.

Selbst der Rabbiner der ultraorthodoxen Partei verhielt sich ruhig. »Was haben wir für eine Alternative?«

Der Militärchef und Oberkommandierende drehte sein Barett, dass vor ihm auf den Tisch lag. »Wir haben diese Situation nur einmal theoretisch durchgespielt. Sie ist ...«

»Sag schon! Wir müssen alle Eventualitäten durchgehen!«

»Nun, in einer ersten Welle schalten wir die Radaranlagen im Irak auf dem Weg dorthin aus. Die Awacs-Flieger, die den irakischen Luftraum immer noch kontrollieren, können wir blind werden lassen. In einer zweiten Welle, dicht dahinter, stoßen die Kampfjets auf die Ziele im Iran. Bis dahin ist das Szenario ausgearbeitet. Nur für den Rückflug gibt es keine Lösung. Sie werden ... nicht mehr zurückkommen, sondern ...«

Der Premierminister hob die Hand. Er verstand. Kein Land dort, ob Saudi-Arabien, der Irak oder die Emirate, würde eine Landeerlaubnis erteilen, und sie würden bei Verstoß sofort schießen. Die Piloten flogen in den Tod. Der Premier schloss die Augen. Dann lehnte er sich vor, blickte in die Runde und gab seine Entscheidung bekannt.

Frankfurt am Main, 21. 06., 22.01 Uhr CET

In Wirklichkeit erkennen wir nichts; denn die Wahrheit liegt in der Tiefe. *Aus: Demokrit, Fragment 117*

»Alles ist echt. Schrift, Form, Material und zeitliche Zuordnung stimmen. Das Fundstück ist echt!« Ivan Poch hatte sich zwei Stunden in sein Arbeitszimmer mit diversen Apparaturen zurückgezogen und sich nun wieder zu seinen Gästen in das Wohnzimmer begeben.

Poch setzte sich mit einem langem Seufzer in einen tiefen Sessel. Es war, als ob er Luft ablassen müsste. »Das wird jetzt etwas länger dauern. Wenn Sie die Ruhe haben, können Sie viel lernen und sind der Lösung Ihres Rätsels näher, als Sie sich vorstellen können.«

Die vier hatten einen langen Tag der Aufregung hinter sich und warteten angespannt auf das, was dieser alte Herr ihnen zu sagen hatte.

»Ist den Herren der Begriff der Kalligrafie schon einmal untergekommen?«

»Den Herren bestimmt, mir noch nicht.« Regina konnte sich diese Bemerkung nicht verkneifen. Sie hatte von Anfang an Pochs Abneigung ihr gegenüber wahrgenommen.

»Sie können es auch Schönschreiben nennen«, kam es herablassend aus dem Sessel. »Die Kunst der Kalligrafie hat im Islam eine besondere Stellung. Sie ist eng mit dem Koran verbunden, und zwar auf zweierlei Weise.« Er schloss die Augen und begann zu dozieren. »Der Koran ist das einzige Zeugnis der göttlichen Offenbarung. Mohammed hat die Worte Allahs mündlich überliefert, vermutlich war er des Lesens und Schreibens nicht mächtig. Aber seine Gefährten sollen es schriftlich festgehalten haben. Die Frage ist: Haben sie das wirklich getan? Wie dem auch sei: Jeder Kalligraf, der den Koran abschrieb, wusste also, dass er Gottes Worte übertrug. Diese Worte waren immer allen Kopisten des Korans Ansporn, sich in ihrer Kunst von der himmlischen Schönheit leiten zu lassen. Das heißt, man hat es nicht einfach so hingeschrieben, sondern versucht, die göttliche Kraft über die Kunst des Schreibens zu vermitteln.«

Regina gähnte heimlich, aber laut hinter Jans Rücken.

»Es wird auch für Sie bald spannender, Werteste«, erklärte Poch mit geschlossenen Augen. »Arabische Kalligrafie gab es in allen Formen, auf Moscheen und Kunsthandwerken. Aber keine war so schön und eindrucksvoll wie die, die seit dem 8. Jahrhundert mit einer einfachen Rohrfeder auf Papyrus oder später Papier gebracht wurde. Der erste Koran auf Papier wurde im Jahre 1001 in Bagdad geschrieben, fast vierhundert Jahre nach Mohammeds Tod in Medina. Bis dahin wurde der Koran in einer Schrift, dem Kufi, verfasst, und zwar auf Pergament. Es ist eine eckige Schrift mit klaren Konturen, die auch in so kleinen Formaten, wie dem hier vorliegenden, monumental wirkt.«

Jan beugte sich vor. »Was bedeutet Kufi?«

Poch öffnete seine Augen und strahlte Jan an. »Gute

Frage, mein Lieber. Der Name ist abgeleitet von der Stadt Kufa im Irak, dennoch war die Schrift im gesamten Machtbereich des Islam verbreitet. Sie ist sozusagen die Urschrift.«

Elijah schaltete sich ein. »Also kann dieses Stück sehr wohl aus dieser Zeit stammen? Was hat dann den Imam so sicher gemacht, dass es sich um eine Fälschung handelt?«

»Nur ruhig, ich komme gleich darauf. 1972 fand ein westdeutsches Archäologen-Team in der großen Moschee im jemenitischen Sanaa ein Fragment eines Korantextes aus dem 8. Jahrhundert. Mit Hilfe diverser neuer technischer Hilfsmittel wie einer Spektralkamera entdeckten die Forscher eine Schrift unter dem erkennbaren Text. Sie war älter und wurde vermutlich aus politisch-religiösen Gründen abgeschabt oder weggewaschen. Diese Form des Überschreibens nennt sich palimpsestieren. Das war gängig, findet sich auch in mittelalterlichen Texten und Urkunden wieder. Pergament und später Papier waren teuer und selten. Also zerstörte man unliebsame oder vermeintlich unwichtige Texte und schrieb den aktuellen Text darüber. Das hat man auch hier gemacht, ich kann eine Schrift darunter erkennen, aber nicht lesen. Der erkennbare Text beschreibt die Anweisungen eines Kalifen an seinen Berater. Sie enthalten exakt das, was in London verkündet wurde. Es soll ein Buch geschrieben werden, auf das auch der Islam eine heilige Schrift besitzen möge. Von Mohammed ist nicht die Rede, das dürfte in den anderen Seiten in London ausgeführt werden. Die Struktur des Pergaments müsste vielleicht überprüft werden, allerdings glaube ich, dass die Engländer das hinreichend kontrolliert haben müssten. Mit so einer Nachricht geht man nicht an die Öffentlichkeit, wenn es nicht wasserdicht ist. Jeder weiß, was mit Menschen passiert, die die Existenz des Propheten leugnen. Wir erinnern uns an Salman Rushdie, den Schriftsteller, den der Iran mit einer Fatwa, einem Bann, belegt hat.«

Elijah schüttelte den Kopf und sah zu Faruk. »Ihr Muslime seid wirklich überempfindlich.«

Der Syrer verzog das Gesicht. »Du meinst, wir sollen es

uns gefallen lassen, dass sich der Westen wieder und wieder über unsere Kultur, unsere Gesellschaft und unsere Religion auslassen darf? Und ausgerechnet du als Jude zeigst dich tolerant? Ich darf dich an Jerusalem erinnern und an den Kampf, den ihr um den Tempelberg anzettelt.«

»Natürlich, der ist für euch nicht heilig?«

Jan konnte das Gezeter nicht ertragen. »Können wir auf die Schrift zurückkommen? Religiöse Scheindiskussionen führen uns zu nichts. Uns rennt die Zeit davon. Also, was hat den Imam zweifeln lassen?«

Regina blickte in die Runde. »Können wir den Imam nicht kontaktieren? Faruk hat bestimmt die Möglichkeit dazu.«

Der Syrer schaute an ihr vorbei.

»Faruk?«

Er senkte den Kopf. »Das wird nicht gehen. Denn ... Er ist tot.«

»Was?«

»Der Imam starb einen Tag nach eurer Flucht.«

Entsetzen machte sich bei Jan und Regina breit. »Du hast ihn umbringen lassen?« Sie konnte es nicht fassen. Der Imam hatte ihnen bei der Flucht geholfen, sie geschützt, und jetzt saßen sie mit seinem Mörder an einem Tisch.

»Ich hatte ihn noch in der Nacht verhört. Wir trennten ihn aus ermittlungstaktischen Gründen von seinem Sohn. Am nächsten Morgen lag er tot in seiner Zelle. Das Gesicht war verzerrt. Er muss fürchterliche Qualen erlitten haben. Aber wir waren es nicht. Glaubt es mir ... bitte.«

Erinnerungen an die Stunden in Manbej auf der Terrasse rauschten durch Jans Kopf. Ihm war, als ob der Tod ihn verfolgte. Er wollte nicht an Übersinnliches glauben, zu sehr hatte sein naturwissenschaftliches Studium so etwas verboten. Aber seit einem Jahr starben in seinem Umfeld Menschen auf unerklärliche Weise. Jetzt saßen sie in Frankfurt in der Wohnung eines schwulen Akademikers wie in einer Mausefalle. Sie wurden europaweit gesucht. Bestimmt war er auf den Bildern von Freunden und Kollegen erkannt worden, eine Rückkehr ohne Aufdeckung der Hintermänner war unmöglich. Die Schießerei in Berlin ließ sich so gut wie nicht erklären.

Plötzlich wuchtete sich Poch aus dem Stuhl. »Mir ist etwas eingefallen.« Flink wackelte er in sein Arbeitszimmer.

Jan und Regina folgten ihm. Auf einem gigantischen Schreibtisch standen verschiedene Apparaturen, ein Rechner mit einem überdimensionalen Bildschirm. Poch hatte das Fundstück mit einer Glasscheibe bedeckt und mit einer hochauflösenden Digitalkamera abfotografiert. Er hatte nur indirektes Licht verwandt, den Blitz vermieden, um das Fundstück nicht weiter zu gefährden. Die Reise und das Verpacken hatten schon genug Schaden an den Rändern angerichtet.

Groß leuchtete es vor ihnen. Poch setzte sich und vergrößerte das Bild. »Sehen Sie hier rechts die Eingangsfloskel?«

Links und rechts von Poch schoben sich die beiden näher an den Bildschirm. Auf dem grünlich braunen Pergament sahen sie kleinste Buchstaben, die sie nicht entziffern konnten.

»Was ist da zu sehen?«

»Das schwere Dunkle ist die neue Schrift. Aber in der Mitte schimmert ein etwas größeres Zeichen durch.« Poch war plötzlich aufgeregt. »Wir müssen mit einer Spektralkamera die Schrift dahinter entziffern. Es wird ein oder zwei Tage dauern, die Kamera zu besorgen. Unser gemeinsamer toter Freund aus Manbej war ein Meister der Kalligrafie, es war seine Form der Meditation. Da muss das Geheimnis liegen.«

Jan roch den Schweiß des Alten.

Regina blickte zu Jan. Lautlos formte sie mit ihren Lippen: »Wir haben keine Zeit.«

Jan verstand. Er sollte den Alten bearbeiten. »Gibt es nicht eine andere Methode? Eine, mit der sich die alte Schrift sofort entziffern lassen könnte?«

Poch schüttelte den Kopf. »Früher hat man die obere Schicht einfach abgeschabt, konnte aber nicht sicher sein, ob die untere Schicht erhalten bleibt. Im 19. Jahrhundert arbeitete man mit Blaulaugensalz. Das war zwar sicherer, aber das Pergament wurde meist zerstört. Wissenschaftler aus Kreta haben aber eine digitale Multispektralkamera im Verbund mit einem computergestützten Spezialbearbeitungsprogramm entwickelt. Damit holt man virtuell die verborgenen Schriften wieder an die Oberfläche. Das Pergament bleibt, wie es ist, aber auf dem Bildschirm kann die obere Schrift quasi ausgeblendet werden, und nur die untere wird sichtbar. Das Gerät ist nicht groß, kann überall eingesetzt werden. Bislang gab es nur eine schwere Apparatur in Italien.«

Elijah trat in das Zimmer, sein Gesicht war aschfahl. »Sie haben den Tempelberg zerstört.«

Damaskus, Kairo, Beirut, Amman, Tripolis, 22. 06., 1.45 Uhr EET

Tatsächlich üben Worte eine typisch magische Macht aus: sie machen sehen, sie machen glauben, sie machen handeln.

Aus: Pierre Bourdieu »Die verborgenen Mechanismen der Macht: Schriften zu Politik & Kultur«

»Seid ihr wahnsinnig? Wisst ihr, was hier los ist? Mein Land brennt. Jeder will den Krieg mit Israel.« Der junge Ägypter schäumte. Die fünf Staatschefs hatten sich in die abhörsicheren Videokonferenzräume ihrer Paläste zurückgezogen, um sich nach dem Inferno auf dem Tempelberg zusammen zu beraten. Reihum hatten sie jeweils eine Lageeinschätzung des eigenen Landes abgegeben, um dann die wichtigsten Punkte abzuarbeiten. Khaled Said wirkte erschöpft. Kairo mit seinen fast 20 Millionen Einwohnern glich nach den Jerusalemer Anschlägen einem Hexenkessel. Immer noch waren Hunderttausende auf den Straßen, demonstrierten, lieferten sich Straßenschlachten mit der Polizei. Sein Innenminister hatte die Moscheen schließen lassen, aus Angst, Prediger könnten die Massen weiter anheizen. Doch der Widerstand war zu groß. Schon zwei Stunden später mussten zumindest die großen Moscheen wie die Sultan Hassan und die Al Rifa'i in der Innenstadt geöffnet werden. Die Menschen wollten Erklärungen ihrer geistlichen Führer, es schien, als suchten auch sie in diesen Stunden Halt.

Um Mitternacht war von ägyptischer Seite auf einen israelischen Grenzposten geschossen worden. Die Botschaft Israels in Kairo wurde seit Stunden von wütenden Studenten der Universitäten und Islamschulen belagert. Immer wieder flogen Molotowcocktails. Das Personal hatte sich in die Kellergewölbe der Botschaft geflüchtet, zusammen mit israelischen Touristen und Geschäftsleuten, die sofort, als sie vom Anschlag hörten, zur Botschaft in den Kairoer Stadtteil Giza geeilt waren. Zu den Studenten gesellte sich binnen weniger Stunden gewöhnlicher Mob. Die Polizei musste Militäreinheiten aus einer benachbarten Kaserne zu Hilfe rufen. Jahrelang hatten die ägyptischen Machthaber jede Form der anti-israelischen Strömungen teils mit Gewalt, teils mit Diplomatie in Schach halten können.

Seit Präsident Sadat in einem Alleingang 1979 den Frieden mit Israel gesucht hatte, galten Ägypten und Jordanien als einzige arabische Länder, die den ständigen und offiziellen Kontakt zu Israel hielten. Und dafür hatte Anwar el Sadat mit dem Leben zahlen müssen. Radikale Islamisten töteten den Präsidenten 1981 während einer Militärparade.

Das war dem jungen Präsident in diesen Stunden klar, er konnte nicht in einem Alleingang gegen sein Volk Politik machen. Ein Krieg aber wäre für die neue Union der Todesstoß. Israel würde mit seinen westlichen Verbündeten jede Aggression zurückschlagen. Es war eine Pattsituation für alle Beteiligten. Sie wussten, dass sie nur wenige Stunden hatten, um die Situation einigermaßen zu stabilisieren. Denn auch in den anderen arabischen Staaten drohte die Stimmung zu eskalieren.

Der Jordanier wollte de-eskalieren. »Wir müssen morgen früh ein gemeinsames Kommuniqué herausgeben, in dem wir den Anschlag aufs Schärfste verurteilen, Konsequenzen fordern, wie zum Beispiel die sofortige Räumung aller Siedlungen in der Westbank, und aktive Mittel nicht ausschließen.«

Khaled Said schüttelte den Kopf. Der Ägypter wusste, dass die Muslim-Bruderschaft, die älteste fundamentalistische Islambewegung der Neuzeit in seinem Land, diesen Kurs als zu weich geißeln würde. Obwohl die Ägypter mehrheitlich sunnitischen Glaubens waren, gewannen die Schiiten, unterstützt von Iran, in seinem Land immer mehr die Oberhand. Jede Form der langfristigen Diplomatie würde die Mehrheit seines Volkes nicht verstehen.

Auch Bashar, der Syrer, zweifelte daran. »Unser Volk braucht ein Symbol, ein Bild. Worte reichen nicht. Juden haben unsere heilige Stätte geschändet. Sie haben Brüder und Schwestern in Jerusalem auf schreckliche Weise getötet. Jeder gläubige Muslim, gleich welcher Richtung, sieht sich jetzt im Recht, diesen Staat auszulöschen. Wir können unmöglich auf Zeit spielen. Die nächsten 48 Stunden sind entscheidend. Sie sind für Israel, aber auch für uns existenziell. Und eines noch: Der Iran wird früher oder später die Raketen starten lassen.«

Die anderen vier nickten.

Die Vorstellung einer nuklearen Katastrophe im Nahen Osten war für die junge Riege unvorstellbar. Man drohte damit, aber diese Waffe einzusetzen war nie Teil eines realen Szenarios. Doch was war jetzt noch real? Erst verunglimpfte man den Islam, dann griff man die heilige Stätte an. Was käme als Nächstes? Auch Israel würde seine Atombomben gegen Iran einsetzen. Die Folgen wären fatal. War dies vielleicht doch der in Tausenden Moscheen in aller Welt immer wieder beschworene Endkampf gegen die Ungläubigen? Sie waren allesamt zu westlich erzogen worden, als dass sie diesem Fundamentalismus anhingen, aber auf diese Situation waren sie nicht vorbereitet gewesen. Diese Situation konnte das Ende der Welt bedeuten.

Der Libyer, bislang von den anderen eher als Juniorpartner wahrgenommen, schaltete sich ein. »Sitzen wir nicht mit den Juden in einem Boot?« Seine Stimme klang über die Videoleitung noch schriller als sonst. »Sie wie wir wissen, dass unser aller Existenz auf den Spiel steht. Auch sie werden zusammensitzen und alle Optionen durchgehen. Auch sie wissen, dass sie nunmehr nicht auf Zeit spielen und trotzig durchhalten können. Wir sollten mit ihnen reden.«

Jetzt sprachen alle durcheinander. Das Letzte, was sie sich vorstellen konnten, waren Gespräche mit den Juden. Der Älteste in der Runde, der Libanese, hatte sich lange zurückgehalten. Aber er konnte und musste jetzt mit offenen Karten spielen.

»Ich habe das bereits vor einer Stunde getan.« Er blickte auf die vier Bildschirme vor sich. Er sah entsetzte Gesichter.

Frankfurt am Main, 22. 06., 0.30 Uhr CET

Der Tod begleitet das Leben wie der Schatten das Licht.

Aus: Rafik Schami »Der ehrliche Lügner«

»Das kann ich nicht tun. Die Gefahr ist viel zu groß, das Pergament zu beschädigen. Ja, eine Letter ist etwas merkwürdig. Das kann aber auch Zufall sein.«

Jan konnte sich kaum halten. Sie waren dem vielleicht wichtigsten Hinweis auf der Spur, und der Alte hier wollte ein »Fundstück nicht beschädigen«. Wenn sich unter der alten Schrift eine jüngere Schriftform befand, konnte das die Lösung sein. Denn dann war dieses Blatt eindeutig eine Fälschung.

»Werter Herr Poch, nach meinem Wissen haben Mönche es jahrhundertelang gemacht. Sie zerstörten das Alte und Unliebsame, um das Wahre und Neue aufzutragen. Wir machen es jetzt nur anders herum. Sie lösen mit dem Blaulaugensalz die erste Schicht, sehen nach, was darunter ist, und wir sind alle einen Schritt weiter.« Er hatte seine Stimme halbwegs unter Kontrolle, zumal er wusste, dass der Alte ihn liebevoll betrachtete.

»Mein lieber Jan, diese Chimäre mit den Mönchen rührt von der Lektüre anspruchsloser historischer Romane her, wo sinistre Mönche aristotelische Texte aufs Übelste vernichten, indem sie sie ins Feuer werfen. Nein, so war es nicht. Zumeist jedenfalls nicht. Pergament war teuer in der Herstellung und somit im Erwerb. Es lag einfach nahe, alte Texte, die sich überholt hatten, zu überschreiben. Meist nahm man einen Bimsstein und kratzte die alte Schrift ab. Abwaschen kam auch in Frage. Palimpsestierung war zwischen dem 7. und dem 15. Jahrhundert gängige Praxis, nicht überall, aber in den Zentren der Schreibkunst ganz sicher. Solche Werke jedoch zu zerstören, und die Gefahr besteht eben bei dem Einsatz von Blaulaugensalz, scheint mir doch ein zu großes Risiko zu bedeuten.«

Elijah war hinter dem Alten getreten. Er legte ihm seine Hand auf die Schulter und redete auf Hebräisch mit ihm. Immer wieder schüttelte der Alte widerwillig den Kopf und murmelte.

Dann wurde es still in dem Arbeitszimmer, in dem es stickig heiß war.

Regina war mittlerweile aus dem Zimmer gegangen, um auf dem rückwärtigen Balkon eine Zigarette zu rauchen. Sie spürte, dass ihre Anwesenheit nur stören würde. Außerdem wollte sie die nächsten Schritte durchdenken.

Faruk kam ihr nach. »Es tut mir leid. Sein Tod war weder mein Wille noch mein Tun. Du musst mir glauben.«

Sie schaute ihn durch den Rauch an. »Warum sollte ich das tun? Euer Geheimdienst ist nicht für Rücksichtnahme bekannt. Der Imam war euch unliebsam. Sein Tod bedeutet Schweigen und Herrschaftswissen für dich.«

Faruk drückte seine schmalen Hände an seine Schläfe. Er wollte mit dieser Frau nicht diskutieren.

»Was habt ihr mit Almut gemacht? Wo ist sie?«, fragte Regina. Faruk schwieg. Er wollte diesen Trumpf noch nicht aus der Hand geben.

Regina setzte sich auf den Boden des Balkons, mit dem Rücken an der Brüstung. Das Haus besaß einen Innenhof. Sie konnte von hier in die Wohnungen der Nachbarn schauen. Aber mittlerweile waren alle Lichter erloschen.

Der Syrer ging elegant in die Hocke und verlagerte sein Gewicht auf die Fersen. Er blickte sie an. »Ich hatte eine Frau. Sie war wie du.«

Regina spürte, dass es nun besser war, nichts zu entgegnen und nichts zu fragen.

Beide blickten sie in die glimmernde, windlose Nacht. Flugzeuge flogen nach Südwesten auf Deutschlands größten Airport zu. Es müssen Frachtmaschinen sein, ihren lauten Turbinen nach, dachte Regina. Oder Militärmaschinen? Frankfurt und das südlich liegende Ramstein waren die Luftkreuze der US-Armee. Wenn es im Nahen Osten wirklich Krieg gäbe, würden die Maschinen wie einst im Golfkrieg auch nachts die Soldaten und das Kriegsgerät aus- und die Verletzten und Toten einfliegen. Ein ewiger Kreislauf der Gewalt, logistisch optimiert.

»Wir haben Almut unter Beobachtung«, begann Faruk wieder zu sprechen. »Sie ist in der Obhut eines Beduinenstamms aus der syrischen Wüste. Eine Militärpatrouille hat sie aufgegriffen. Auf meinem Befehl hin ließen wir die Sippe mit ihr weiterziehen. Sie schien auch keine Anstalten zu machen, fliehen zu wollen. Seitdem wird sie rund um die Uhr beschattet.«

Die Österreicherin grinste. »Und warum erzählst du mir das jetzt? Was willst du von mir, außer, dass ich dich sentimental werden lasse?« Die Worte klangen härter, als sie es beabsichtigte.

Aber der Syrer verstand. »Ich glaube, dass uns Almut zu der Quelle all des Irrsinns der letzten Wochen führen könnte.«

Regina hatte es geahnt. »Ist sie wirklich sicher?«

Faruk nickte. Er beugte sich zu ihr vor. Den Rauch, der ihm aus ihrem Mund entgegenblies, ignorierte er. »Regina, wir sitzen hier, und uns rennt tatsächlich die Zeit davon.« Er flüsterte, und sie musste sich trotz der Stille anstrengen, ihn zu verstehen. »Ivan hat kein Interesse an einer Aufklärung. Ist dir das klar?«

Sie schüttelte den Kopf und schnippte die Kippe nach unten in den Hof.

»Er ist Jude, er arbeitet für den Mossad. Was glaubst du, warum er eine Waffe hat und Elijah so fürsorglich behandelt? Ich bin nicht wirklich in Kunstgeschichte bewandert, aber diese Blaulaugensalz-Story kann er einem anderen erzählen. Er lügt.«

Sie sah in Faruks schwarze Augen. Seine Hakennase schien sich in ihr Gesicht bohren zu wollen.

»Also, was schlägst du vor?« Sie wich unmerklich zurück. So schnell ließ sie sich nicht einnehmen.

»Wir müssen das Dokument nach Jeru ...«

»Na, was turtelt ihr hier denn so allein herum?« Elijah war durch die Küche in den Türrahmen des Balkons getreten.

Sie blickten beide gleichzeitig auf. Der Israeli griff nach links auf den Tisch nach einer Flasche Wein und einem Glas, ließ sich langsam am Türrahmen nach unten gleiten und goss sich ein. »Na, Faruk? Du traust unserem fülligen Jidden da drin nicht, nicht wahr?«

Elijah hielt ihm das Weinglas hin und nickte aufmunternd. Der Syrer hob nur die Hand. Elijah reichte es an Regina weiter. »Entschuldige, wie unhöflich, erst die Dame natürlich.«

Sie griff nach dem Glas.

Elijah stieß Faruk sanft an. »Du meinst, der Dicke hält was zurück, damit ihr Muslime euch noch weiter aufregt?« Er lachte leise. »Ja, du hast recht. Ich glaube das auch. Aber noch weiß ich nicht, was wir überhaupt mit der Fälschung anstellen sollen. Wir können schlecht einen Nachrichtensender stürmen und eine Erklärung vorlesen. Ich glaube, mein Freund, wir sind hier auf dem falschen Dampfer. Und in wenigen Stunden sind wir wieder einmal Kriegsgegner.« Er hielt kurz inne, ehe er leise sagte: »Es hört nie auf.«

Mit einem Schlag war das Unverbindliche aus seiner Stimme verschwunden. In Elijahs Gedankenwelt kroch die ewige Angst eines Juden, wieder einmal von einer großen Macht ausgelöscht zu werden. Nie mehr Opfer sein. Mit diesem Satz war er groß geworden. Kein Jude sollte jemals wieder wie ein Lamm zur Schlachtbank geführt werden, wie einst in Auschwitz. Wenn sie untergehen, geht der Feind mit. Das war sein Mantra. Jetzt aber saß er mit seinem Feind hier auf einem Balkon, ausgerechnet in Deutschland. Ivan hatte ihm vor wenigen Stunden erzählt, dass das Ostend einst das Viertel der Juden war – vor dem Krieg. Nie mehr! Aber diese Stunden waren auch verwirrend. Er hatte nie mehr solch ein Miteinander erlebt, seit er die Militärakademie in Tel Aviv verlassen hatte. Er musste es ihnen sagen.

»Das Pergament ist tatsächlich eine Fälschung. Er hat es mir gesagt. Eben. Auf Hebräisch. Aber die Gojim, also ihr, sollt es nicht erfahren. Was machen wir, Faruk? Regina?«

Aus dem Dunkel der Küche erklang eine Stimme. »Wir werden es in Israel bekanntgeben.« Jan trat heraus. Er hatte ein Glas Weißwein in der Hand.

Plötzlich hörten sie, wie die Tür ins Schloss fiel.

Faruk und Elijah wollten aufstehen, was angesichts der Enge des Balkons schwierig wurde.

»Das war Ivan. Er ist gegangen. Aber er hat uns alle Informationen zurückgelassen. Kommt in die Küche, ich möchte mit euch sprechen.«

Regina fragte: »Wo ist er hingegangen?«

»Zu seinem Freund. Er liegt nicht weit von hier auf dem Jüdischen Friedhof. Ivan hat ihn nach der Wende umbetten lassen. Er wollte ihn nicht allein wissen. Er will mit ihm Zwiesprache halten.«

Die anderen sahen Jan verständnislos an.

»Er weiß nicht, ob er uns helfen soll. Aber er hat mir wichtige Hinweise gegeben.«

Faruk stemmte sich hoch. »Also, was ist der Plan?«

Tel Aviv, 22. 06., 3.32 Uhr IST

Gott voller Erbarmen, in den Himmelshöhen thronend,
es sollen finden die verdiente Ruhestätte
unter den Flügeln Deiner Gegenwart,
in den Rängen der Heiligen, der Reinen und der Helden
strahlend wie der Glanz des Himmels,
die Seelen der Gefallenen der Streitkräfte zur Verteidigung Jisraels,
die gefallen sind in den Kriegen Jisraels,
bei Verteidigungs-, Vergeltungs- und Absicherungsaktionen,
in Erfüllung ihrer Pflicht, während ihres Dienstes,
und die Seelen aller Kämpfer der Untergrundbewegungen und der Brigaden,
die kämpften in den Rängen des Volkes
und ihr Leben einsetzten und zu Tode kamen,
in Heiligung Deines Namens;
und mit G'ttes Hilfe die Erhebung des Volkes und die Erstehung des Staates
und die Erlösung des Landes und der Stadt G'ttes erreicht haben.
Und all jene, die im Lande und außerhalb des Landes
durch die Hände der Mörder aus den Terrorkommandos gemordet wurden.

Jüdisches Gebet für die Gefallenen und zur Verteidigung Israels

Vom Stützpunkt Tel Nof, südöstlich von Tel Aviv, waren um zwei Uhr nachts die zehn F-151 Jagdbomber der 106. Staffel in die letzten Stunden der Nacht gestartet. Die erste Staffel, bestehend aus fünf Flugzeugen, sollte sich um die amerikanische Luftüberwachung über den Irak kümmern. Sollten sie von MIG Kampfjets der Syrer, deren Land sie zuerst überfliegen würden, angegriffen werden, waren sie bestens ausgestattet. Jeweils vier Luft-Luft-Python-Raketen waren für den Luftkampf eine höchsteffiziente Waffe. Schon beim Angriff auf die Atomanlage im Nordosten Syriens wenige Jahre zuvor hatte die Staffel damit einen vollen Erfolg verzeichnen können. Die Anlage war vollständig vernichtet worden, es gab keine eigenen Verluste.

Der Kommandeur der israelischen Luftwaffe hatte mit den Piloten und einem Armee-Rabbiner in einem kleinen Raum am Hangar gebetet, um sich dann mit jedem Mitglied des Teams zurückzuziehen, ihre Testamente und jeweils einen Brief an die Angehörigen anzunehmen. Als die ersten Triebwerke der F-161 »Storm« der zweiten Staffel ihren weißgelben Strahl in das Schwarz der Nacht brannten, war er in das zweite Untergeschoss des Gefechtsstands geeilt. Von hier wollte er den Angriff verfolgen.

Diese zweite Staffel sollte in einem Korridor von 12 Meilen über das Zweistromland donnern und gegen 4.30 Uhr das Ziel erreichen. Ihre Maschinen besaßen einen deutlich vergrößerten Zusatztank, was zu Lasten der bordeigenen Verteidigung ging. Sie hatten dennoch damit eine Reichweite von fast 4000 Kilometern, was eine Rückkehr nicht völlig ausschloss, aber unwahrscheinlich werden ließ, und bei einem massiven und längeren Luftkampf unmöglich war.

Über ihre Videoaufzeichnung unter dem Cockpit konnte der Kommandeur jederzeit den Flugverlauf verfolgen. Der israelische Aufklärungssatellit Ofeq 7 lieferte ihnen aus 600 Kilometern Höhe exaktes Bildmaterial des Ziels. Die Iraner waren vermutlich auf diesen Schlag vorbereitet, auch sie hatten einen Aufklärungssatelliten im All, und der Kommandeur rechnete mit erheblicher Gegenwehr. Dennoch war er sich sicher, dass diese Staffel ihr Ziel erreichen und auch nachhaltig zerstören würde.

Der Premierminister hatte sich ebenfalls zurückgezogen. Exakt bei Grenzübertritt der Staffel wollte er den Präsidenten der USA über den Überflug informieren.

Masdsched Soleyman, Iran, 22. 06., 3.21 Uhr IRST

Der Lohn derer, die gegen Allah und Seinen Gesandten Krieg führen und Verderben im Lande zu erregen trachten, soll sein, daß sie getötet oder gekreuzigt werden oder daß ihnen Hände und Füße wechselweise abgeschlagen werden oder daß sie aus dem Lande vertrieben werden. Das wird für sie eine Schmach in dieser Welt sein, und im Jenseits wird ihnen eine schwere Strafe zuteil. *Koran, Sure 5, 33*

Der Präsident selbst hatte ihn angerufen und den Befehl gegeben. Er hatte mit seiner Familie zu Abend gegessen, als sie die Bilder im staatlichen Fernsehen sahen. Der General der iranischen Raketenartillerie war Herr über zwanzig Mittelstreckenraketen des Typs Shahab 5. Sie waren neben den Waffensystemen, die die Ukraine wenige Jahre zuvor geliefert hatte, die wirkungsvollsten Waffen, weil reichweitenstark und höchst antriebsschnell. Sie konnten mit Mach 6 in kurzer Zeit dank eines effizienten, von China gelieferten GPS-Systems die Ziele in Israel treffen, ohne von den üblichen Abwehrsystemen wie Patriot oder Barak abgefangen zu werden. Der General hatte sich umgezogen, sich von jedem Mitglied seiner Familie so innig und lange verabschiedet, dass auch seiner Frau bewusst wurde, was ihm bevorstand. Sein Adjutant hatte ihn zum Stützpunkt gefahren. Die mobilen Abschussrampen sowie die in Bunkersystemen entlang der iranischen Küste befindlichen Raketen waren von ihm aktiviert und in Gefechtsstellung gebracht worden. Seit der Pressekonferenz befand sich das gesamte Bataillon in ständiger Alarmbereitschaft. Heute Nacht war es soweit. Es war Punkt drei Uhr iranischer Standardzeit, als sich der General mit seinem engsten Stab in die Moschee begab. Sie lag zentral in der Militäranlage. Die Soldaten baten ein letztes Mal um Beistand bei dem Allerheiligsten. Ein schiitischer Imam war aus der Provinzhauptstadt gekommen und stand mit ausgebreiteten Händen bereits vor der Gebetsnische, der Mihrab, als die Soldaten in ihren Uniformen eintraten und sich niederknieten. Leise rezitierten sie aus dem Koran. Der Imam umarmte sie, ehe einer seiner Schüler ihn in die sichere Stadt zurückfuhr.

Der General ging im Laufschritt über den Exerzierplatz, der mit Tarnnetzen verhangen war, zum Eingang des Bunkers. Er machte sich keinerlei Illusionen. Die Maverick-Bomben der Israelis, die »Bunkerknacker«, würden auch diesen Bunker zerstören. Aber er hatte als Rekrut die Bluthölle im ersten Golfkrieg gegen Saddam am Grenzfluss Shatt al Arab überlebt und danach ein gutes, gottgefälliges Leben geführt. Wenn es jetzt so sein sollte, dann wäre es eben Allahs Wille.

Jableh bei Lattakia, 22. 06., 3.13 Uhr EET

> Wir, Glieder der Gemeinde Jesu Christi aus mehr als 150 Nationen, (…), loben Gott, weil Er Sein Heil geschenkt hat und freuen uns an der Gemeinschaft, die Er uns mit Ihm und untereinander schenkt. Gottes Wirken in unserer Zeit bewegt uns tief. Unser Versagen führt uns zur Buße. Die unvollendete Aufgabe der Evangelisation fordert uns heraus. Wir glauben, dass das Evangelium Gottes gute Nachricht für die ganze Welt ist. Durch Seine Gnade sind wir entschlossen, dem Auftrag Jesu Christi zu gehorchen, indem wir Sein Heil der ganzen Menschheit verkündigen, um alle Völker zu Jüngern zu machen.
>
> *Aus: Lausanner Verpflichtung, Seite 1*

Fischer, Günther und Gudrun saßen im grellen Licht der Küchenlampe und warteten. Die Amerikaner waren schon wenige Stunden zuvor auf dem Flughafen in Tel Aviv gelandet. Es war eine der letzten zivilen Maschinen, die den Flughafen Ben Gurion anfliegen durften. In der Nacht zuvor waren sie in mehreren Gruppen aus Städten wie Dallas, Phoenix, Denver und Charlotte nach Israel geflogen. Ihre geistlichen Führer hatten sie gesegnet, wollten sich aber um die Zurückgebliebenen kümmern. Die Welt kannte sie unter den Sammelnamen der Evangelikalen. Sie entstammten Methodisten- oder Baptisten-Gemeinden des sogenannten »Bibelgürtels«, des mittleren und südlichen Westens der USA. Auch hatten sie ihre Familien mitgebracht. Schon vor zwei Jahren war die Siedlung aus den Mitteln ihres Fonds erworben worden. Ihr »General«, ein Offizier der amerikanischen Streitkräfte, hatte diese Geldquelle in den letzten sieben Jahren mit Augenmaß durch alle Finanzkrisen geführt. Seine engen Kontakte in den Nahen und Mittleren Osten stammten aus seiner Zeit als US-Kommandeur der Logistik- und Nachschubkräfte im Irak. Zwei Söhne waren gefallen, und seitdem widmete sich der Offizier mit großer Leidenschaft den Finanzen der Gemeinde. Er hatte den Juden, die in das Westjordanland weitergezogen waren, den alten Kibbuz abgekauft. Hier wollten sie das Ende des Feindes miterleben.

Nur aus der Luft war die eigenartige Anordnung der Gebäude zu erkennen, aber der Luftraum über Megiddo wurde nicht so häufig frequentiert, dass es jemanden aufgefallen wäre. Die Gruppenführer hatten alles, wie von Fischer versprochen, in bester Ordnung vorgefunden. Jetzt warteten sie auch auf ihn, trugen ihre Leinengewänder, beteten gemeinsam oder lasen sich aus der Bibel vor.

Doch Fischer hatte andere Pläne. Seine Anhänger sollten mit einem Speedboat von Zypern aus an die Küste Syriens gelangen. Hier würde Günther sie aufnehmen, und gemeinsam würden sie nach Losh, in die Wüste Syriens fahren. Dort warteten die anderen, die Söhne Magogs. Mit ihnen würde Fischer die Schlacht der Schlachten erleben.

Berlin, 22. 06., 1.42 Uhr

Menschen miteinander gibt es nicht. Es gibt nur Menschen, die herrschen, und solche, die beherrscht werden.

Aus: Kurt Tucholsky »Der Mensch«

Lau war verschwunden. Die Kanzlerin hatte alles in Bewegung gesetzt. Gerade jetzt, wo die Situation zu eskalieren drohte. Er hätte mit seinen Kontakten in den Nahen Osten ihr wichtige Hinweise geben können. Jede Reaktion aus Deutschland auf dieses Desaster am Tempelberg wurde mit besonderer Aufmerksamkeit beobachtet. Sie wollte keinen Fehler machen. In ihrer ersten Reaktion sprach sie von einem verdammenswerten Anschlag einzelner Täter, die es zu verfolgen gilt. Die Reaktion der EU war deutlicher. Sie forderte noch in der Nacht den Staat Israel auf, die radikalen Siedler als Haupttäter zu benennen und Konsequenzen in der gesamten Siedlungspolitik folgen zu lassen. Damit glaubte man in Brüssel, das Wesentliche gesagt zu haben. Aber der Bundesnachrichtendienst hatte Hinweise auf einen Präventivschlag der Israelis, das würde die Lage unkontrollierbar machen. Die Kanzlerin war nervös. Sie hatte am späten Abend noch mit dem französischen und englischen Regierungschef telefoniert. Die Briten hatten zwei ihrer derzeit vier Atom-U-Boote im Mittelmeer in Gefechtsbereitschaft gesetzt. Auch die Franzosen hatten ihre Truppenbewegungen im Mittelmeer verstärkt. Erst einmal sollten sie beobachten. Aber die Kanzlerin drängte darauf, dass auch von den europäischen Staaten ein deutliches Votum für Israel zu erfolgen hatte. Der Franzose hatte widersprochen. Er sei es satt, diese Kriegstreiber weiter zu unterstützen. Sein Land brenne, weil England diese Pressekonferenz zugelassen und Israel seine Extremisten nicht im Griff habe.

Das Gespräch nahm einen unangenehmen Verlauf. Mochten die Deutschen noch so sehr in Wirtschaftsfragen die Richtung der EU diktieren, würden sich die gefühlt sowie auch die faktisch großen Länder der EU ihre Außenpolitik vom Klassenbesten nicht aus der Hand nehmen lassen. Die Kanzlerin geriet mehr und mehr ins Abseits. Denn auch die Briten schwenkten auf einen Anti-Israel-Kurs. Fast verzweifelt suchte im Hintergrund ihr Außenminister um weitere Verbündete in der Europäischen Union. Italien wollte sich nicht anschließen, die Skandinavier waren schon lange gegen die Siedlungspolitik. Es war, als ob sich mit einem Mal ein lang versteckter Wunsch nach Vergeltung in den Ländern Europas gegen Israel Bahn brach. Ihr letztes Telefonat hatte sie mit dem Ratspräsidenten geführt. Auch er war fassungslos angesichts einer bestenfalls abwartenden, eher schon feindlichen Haltung in den relevanten Staaten. Aber auch die neuen Länder im Osten hielten sich merklich mit Solidaritätszusagen zurück. Zum Schluss konnte man sich nur zu einem vagen Aufruf zu Frieden und Stabilität in der Region einigen. Selbst die Warnung an Iran, bei einer Kriegshandlung würde die EU Mittel einsetzen, wurde gestrichen. Israel war isoliert. Nur noch die USA schienen an seiner Seite zu stehen. Um 21 Uhr Ostküstenzeit klingelte das Telefon des Präsidenten der USA. Der Anruf kam aus Tel Aviv.

Frankfurt am Main, 22. 06., 1.10 Uhr

> Die völlige Entregelung (die Hingabe an die Schrankenlosigkeit) ist die Regel einer Abwesenheit von Gemeinschaft.
>
> *Aus: Charles Baudelaire »Henker und Opfer«*

»Weil es verdammt noch mal nicht möglich ist.« Der sonst so beherrschte und ruhige Syrer schien aus der Haut zu fahren. »Ich kann da nicht einfach anrufen wie Elijah und unser Kommen ankündigen.« Seine Hand zitterte.

»Warum nicht?«, fragte Jan ruhig.

Faruk schaute den Deutschen entrüstet an. »Wie naiv bist du, mein Lieber? Ich habe nicht nur Freunde in meinem Land. Und an den Präsidenten komme ich garantiert in dieser Situation nicht heran. Er wird abgeschottet, sicher nicht nur von Freunden des Landes.«

Jan hatte seine Idee, die er vorher mit Ivan besprochen hatte, vorgetragen. Die Fälschung war nach Meinung Pochs eindeutig. Sie konnte auch den Londoner Fundstücken zugeordnet werden. Der vorliegende Text knüpfte an den Londoner an, identische Schrift und andere Merkmale ließen auf eine klare Verbindung schließen. Würde die Veröffentlichung dieser Fälschung bald erfolgen, könnte zumindest der erste Sturm der Entrüstung in der islamischen Welt eingedämmt werden – so man das wollte. Aber viel wichtiger war, WO und von WEM sie veröffentlicht wurde.

Ivan hatte Jan etwas zu süßlich angelächelt und nur ein Wort gesagt: »Jerusalem.«

»Warum gerade dort?«

Ivan hatte Jan verständnislos angesehen. »Weil dann klar wird, dass Israel damit nichts zu tun hat. Das Land profitiert ja in den Augen der Muslime von dem Papier. Veröffentlicht es aber die Fälschung, steht Israel als der Aufklärer da, der sich sogar eigene Vorteile damit vermasselt.«

Dann hatte sich der Alte um den Tonzylinder gekümmert, ihn vorsichtig aus der Schutzhülle genommen, die Regina schon in Syrien um ihn gewickelt hatte, und ihn lange still und intensiv unter einem Vergrößerungsglas analysiert. Jan hatte den Text, der in Keilschrift eingraviert war, aufschreiben müssen. Und mit jeder Zeile war ihm die Dimension ihrer Mission klarer geworden.

Poch hatte sich zu ihm gedreht, seine Hände um den Tonzylinder gelegt, ihn ein wenig hin und her gewogen und sich dann zu Jan vorgebeugt. »Mein Freund, das ist nicht nur ein antikes Fundstück. Das ist eine Nachricht. Jemand hat sie in tiefer Verzweiflung in den Ton eingraviert. Diese Person kennt einerseits die Keilschrift der Babylonier, eines untergangenen Volkes in Mesopotamien, und andererseits vermutlich die Drahtzieher eines aktuellen Komplotts. Hier liegt ein Schlüssel vor. Jemand muss nur das passende Schlüsselloch finden«, hatte Poch resümiert.

Das alles hatte er den anderen auf dem Balkon erzählt. Und sie hatten Jan angesehen, als ob er seinen Verstand komplett verloren hätte.

»Und du meinst, sie hören auf Elijah?« Regina lachte bitter.

Jan hatte seinen Vorschlag unterbreitet. Sie würden die Erkenntnisse über die Fälschung exklusiv an Israel geben. Die Regierung würde es in Jerusalem bekanntgeben und sich so ein wenig Wohlwollen in der muslimischen Welt verdienen. Das war riskant gedacht, aber wenigstens etwas. Und ganz nebenbei schloss es Jan von allen kriminellen Verdächtigungen aus. Diesen Gedanken allerdings teilte er den andern nicht mit.

»Was ist euer Vorschlag? Zusehen und abwarten? Ich glaube, wir sollten jede Chance ausloten. Hier sind wir gefangen. Keiner von uns will auf der Flucht sein. Wir alle wollen die Hintermänner schnappen.«

Regina schüttelte unwillig den Kopf. »Wir sollen das Pergament aus der Hand geben? Nicht, dass ich Elijah misstrauen würde …« Sie lachte wieder bitter.

Der Israeli nahm es mit Fassung. »Okay, ich kann mit Tel Aviv reden. Sie haben momentan wenig Alternativen. Aber es wird keinen Krieg verhindern. Man erwartet mehr von uns.«

Regina sah zu Faruk. »Und du solltest dennoch auch deine Leute informieren.«

Faruk schüttelte nur stumm den Kopf, ehe er das Thema wechselte.

»Was hat der Alte denn noch so herausgefunden?«

Jan merkte, dass die Stimmung kippte. Faruk verhielt sich neutral. Regina brauchte nur die Versicherung, dass Elijah sie nicht übers Ohr haute.

»Ivan hat die Keilschrift auf dem Zylinder identifiziert. Die Schrift ist, so habe ich ihn verstanden, akkadischen Ursprungs – quasi ein Vorläufer des Aramäischen, der Sprache Jesu.«

Faruk lächelte still. Wie sagten die Europäer? Das hieß Eulen nach Athen tragen: einem Syrer und einem Israeli die Feinheiten der semitischen Sprache zu erklären. Aber Deutsche, einmal etwas Bildung aufgeschnappt, konnten sich dem Wunsch, lehrmeisterhaft zu sein, selten entziehen. Während seiner Ausbildung bei der Staatssicherheit, nicht weit von hier, war er mit diesem deutschen Wesenszug häufig konfrontiert worden. Er empfand diese Schwäche aber eher belustigend. Er vermutete dahinter das deutsche Erfolgsrezept.

Jan ließ sich nicht beirren. »Der berühmteste Zylinder dieser Art ist der des Kyros. Er steht in London im British Museum. Sein Text ist die Proklamation des persischen Königs Kyros nach seiner Eroberung des babylonischen Reichs. Er gilt als die erste Fassung einer Menschenrechtscharta. Zudem beinhaltet er die Aufforderung, alle Juden, die damals in babylonischer Gefangenschaft waren, zurück nach Israel gehen zu lassen, um dort den Tempel aufzubauen.«

»Warum erzählst du uns das?« Regina wirkte genervt.

Jan war jetzt in Fahrt. »Weil die Schrift auf unserem Zylinder nicht 2500 Jahre, sondern wenige Monate alt ist. Jemand hat diesen Zylinder für die geheime Übertragung einer Warnung, einer Vorsehung benutzt. Meine Vermutung ist, dass deine Almut sie geschrieben hat. Sie war in der Lage dazu. Und sie scheint in Verbindung mit den Hintermännern zu stehen.«

Jetzt waren alle wie elektrisiert.

»Was, zum Teufel, steht denn da?«

Jan ging kurz in die Dunkelheit der Wohnung, ehe er mit dem Schreibblock zurückkehrte.

»›Und ihr verkündet den Verlust ihres Glaubens. Doch das ist erst der Anfang. Und ihr seht, sie strömen in Scharen gegen die Kinder Davids, kommen von allen Richtungen. Und der Fischer wirft in der Ödnis seine Netze aus. Denn er kennt seine Gründe. Und die Fische des Westens, Ostens, Südens und des Nordens zappeln alsbald darin, und die Winde wehen über das Geröll und SIE WILL ES. Denn Chaos und Wahn sitzen zu ihren Füßen, doch sie steht auf des Löwen Leib, des Löwen Davids. Und sie liegen ihr zu Füßen im Staub Bosras.‹« Jan legte die Übersetzung beiseite. »Was meint ihr, hat das zu bedeuten?«

Elijah zuckte mit den Schultern. »Klingt mir sehr verdreht. Nicht wie eine Nachricht, eher wie ein Zauberspruch oder so etwas Ähnliches.«

Regina bemerkte Faruks Nervosität. Sein rechtes Augenlid zuckte unmerklich. »Möchtest du uns an deinem Wissen teilhaben lassen?«, fragte sie fast sanft

Faruk atmete tief durch, dann griff er nach Elijahs Weinglas. Gierig sog er den Wein in sich auf. Die anderen beobachteten ihn gespannt. Er setzte ab und begann: »Was ich euch jetzt erzähle, ist Verrat. Ich werde mein Land an den Feind verraten.« Er sah zu Elijah, der ihn abwartend musterte. »Aber ich fürchte, dass wir den Schlüssel nun kennen. Diese Nachricht scheint wirklich von deiner Archäologin zu stammen.«

Er griff nach dem Zettel, der in Jans Schoß lag. »Hier, die Verkündung des Unglaubens ist die Pressekonferenz. ›Die Winde wehen über das Geröll‹ ist ein Hinweis auf die Wüste, denn später erwähnt sie Bosra, einen Ort im Süden Syriens.«

Elijah zuckte zusammen. »Das ist nicht gut«, flüsterte er.

Faruk erklärte: »Bosra ist die Heimat der Drusen, einer nicht besonders beliebten religiösen und ethnischen Minderheit bei uns in Syrien. Sie werden von den Anhängern anderer Glaubensrichtungen wie Sunniten und Schiiten verachtet. Das Land da unten ist schwierig. Zumal es direkt an Israel und Jordanien grenzt. Aber das alles macht es noch nicht so schwierig. Es ist …« Er hielt inne, las noch einmal.

»Sie schreibt von IHR. Richtigerweise hast du das auch großgeschrieben. Denn es ist die Beschreibung der Nachtgöttin.« Er sah auf. »Es ist Lilith. Die Beschreibung passt haargenau. Lilith ist die Göttin oder Dämonin der Nacht. Die Beschreibung passt auf ein Relief, das ebenfalls im British Museum steht. Ein neuer Dämonenkult, dem wir schon seit Jahren auf der Spur sind, hat sich diese alte Figur als Gottheit ausgesucht. Und hier erwähnt sie den Fischer.«

»Na und?«, fragte Regina.

Faruk schwieg und nickte in Richtung Elijah. Jan und Regina verstanden gar nichts mehr. Was wusste Elijah, was auch Faruk in Aufruhr brachte?

»Fischer ist einer von euch.«

»Ich verstehe gar nichts«, warf Jan ein.

»Er kam als Berater nach dem Krieg nach Syrien«, erklärte Faruk. »Er war bei der SS, und sein altes Netzwerk aus SS-Offizieren half dem Vater des jetzigen Präsidenten bei den Aufständen gegen die Islamisten. Im Krieg 1967 gegen die Juden hatten sie zudem die Ausbildung der Sondereinheiten verantwortet. Er ist die graue Eminenz. Keiner weiß, wo er wohnt, kaum einer, wie er aussieht und wer alles hinter ihm steht. Fragen nach ihm konnten in den letzten Jahren des alten Präsidenten das Leben kosten. Aber wir hatten immer wieder mit seltsamen Todesfällen und verschwundenen Personen, vornehmlich jungen Männern zu tun. Ein Kult schien sich im Norden des Landes gebildet zu haben. Doch immer wenn wir näher an die Verdächtigen kamen, blies man die Aktionen ab. Wir jungen Geheimdienstoffiziere, die nicht durch die Schule der alten SS-Offiziere gingen, wollten das Offensichtliche nicht sehen. Dann jedoch ...« Er hielt inne. »Als der alte Präsident starb, drohte die Opposition zu putschen. Wir, der Geheimdienst und die Polizei, mussten das verhindern. Ich wurde damit beauftragt, ein Team aus eigenen Leuten und Soldaten zusammenzustellen, die mit mir den Süden des Landes nach gegnerischen Widerstandszellen durchsuchen sollten. Also zogen wir alle Register. Wir observierten, befragten, und selbst im kleinsten Dorf fanden wir Hinweise. Nach vier Wochen waren wir im Hauran, einer Hochebene östlich der Golan-Höhen, nicht weit entfernt vom erwähnten Bosra. Bei den Verhören in einem Ort stießen wir auf eisiges Schweigen. Dann durchsuchten wir auch einen alten Brunnen im Innern eines alten Nabatäer-Tempels mitten im Dorf. Keiner wollte ihn tiefer kontrollieren. Denn die Einwohner reagierten plötzlich sehr offen feindselig und nervös.

Also seilte ich mich ab. Schon nach wenigen Metern stieg ein erbärmlicher Gestank nach oben. Nach etwa zehn Metern verlor ich meine Taschenlampe. Dann setzte ich auf etwas Schwammiges auf. Der Geruch war kaum zu ertragen. Mir schien, als ob es der feuchte, matschige Boden des Brunnens sei. Ich tastete nach der Lampe, fand sie und leuchtete nach unten. Ich befand mich nicht auf dem Boden. Ich stand auf den Leichen von Säuglingen! Erstgeborenen, wie ich später feststellte.« Faruk verstummte abrupt.

Jan ging zum Kühlschrank und holte etwas Wasser für ihn.

Faruk nickte dankbar. »Während wir den Tatort absperren wollten, erschien eine Militärkolonne. Die Bewohner hatten sie wohl alarmiert. Sie beschuldigten uns des Geheimnisverrats, schon im Dorf schossen sie zwei meiner Männer nieder. Dann fuhr man uns in einen Basalt-Steinbruch und tötete dort alle meine Mitarbeiter. Junge, hoffnungsvolle Menschen. Sie alle sackten neben mir in den schwarzen Sand.« Er stockte. Sekunden vergingen. Leise fuhr er fort. »Nur mich ließen sie am Leben. Sie fuhren nach Damaskus, stießen mich mitten auf der Straße von der Pritsche und lachten. Sie wussten, dass ich niemandem etwas erzählen würde. Sie hatten recht.« Er machte eine Pause. Trotz der flackernden Kerzen, die auf dem Tisch brannten, sahen die anderen die glänzenden Augen des Syrers. »In meinem Land schweigt man über solche Dinge.« Seine Stimme wurde noch leiser. »Ich lief nach Hause.

Wollte meine Frau sehen. Die Tür stand offen. Das Einzige, was ich noch von ihr fand, war ein Streifen Blut an der Wand.« Er starrte einen Moment zum Himmel. Dann hatte er sich wieder gefasst. »Mein Vorgesetzter, der heutige Geheimdienstchef, nahm mich unter seine Fittiche. Und so konnte ich ungestört, aber in stetiger Angst meiner Arbeit für Syrien nachgehen.« Er lachte bitter.

Elijah hatte immer wieder gerüchteweise von dieser Aktion gehört. Aber er hatte sich einen Säuglingsmord nicht vorstellen können. Der Mord an Erstgeborenen war das dunkle Erbe des Nahen Ostens aus längst vergangenen Zeiten. Auch in Israel fand man bei Ausgrabungen Skelette von Erstgeborenen in einer alten Kloake. Aber die waren Tausende von Jahren alt. Er kannte auch die grausige Erzählung, dass die Vorfahren der Juden noch den Gott Baal damit friedlich stimmen wollten, indem sie die Erstgeborenen in einen Kessel warfen und ihn unter Feuer setzten. Die Bibel verdammte auch deswegen den Gott Baal. Aber das war Vergangenheit. War der Kult zurückgekommen?

»Ich schwieg. Gegenüber unseren Freunden und Familien log ich, sagte, dass Aischa mit einem anderen Mann durchgebrannt sei. Ich beschmutzte ihr Andenken, um zu leben. Denn Syrien war lange nicht das Land der Fragen, sondern eher das Land des Schweigens und Erduldens. So wartete ich all die Jahre auf meine Gelegenheit, ermittelte still auf eigene Faust neben meiner Tätigkeit als Distriktchef in Aleppo. Immer wieder stieß ich auf Fischer. Aber er war so etwas wie ein Gespenst. Einige kannten ihn, niemand wollte über ihn reden. Vor zwei Jahren fanden wir menschliche Überreste in einer Ruinengegend in der östlichen Wüste. Wir konnten uns keinen Reim darauf machen. Es waren stark verweste Körperteile, die an Holzbalken festgenagelt waren. Aber schon bei der ersten Untersuchung wurden wir plötzlich gestoppt. Und am nächsten Tag waren alle Spuren vernichtet worden. Erst hieß es, es sei ein Fehler gewesen. Als ich nachbohrte, riet man mir stillzuhalten. Ich wolle doch nicht wieder von einem LKW fallen. Ich hatte allerdings ein Beweisstück vom Tatort mitgenommen, um es zu Hause selber zu bestimmen. Eine Statue aus Bronze, nicht größer als mein Zeigefinger. Wochenlang wagte ich nicht, sie aus meiner Tasche herauszuholen, dann suchte ich in Büchern eines befreundeten Künstlers aus Damaskus nach Hinweisen. Es war Lilith.

Dann kam die Geschichte im Crac. Wenn wir beweisen könnten, dass Fischer hinter diesem Chaos steckt und dass er gezielt die Eskalation zwischen Muslimen, Juden und Christen sucht, könnten wir das Allerschlimmste verhindern.«

Seine Trauer schien Faruk in Entschlossenheit zu verwandeln. Sein Falkengesicht wirkte nicht mehr bekümmert. »Und deswegen habe ich folgenden Vorschlag zu machen: Wir werden uns aufteilen. Regina und ich reisen nach Syrien, verdeckt. Ihr geht nach Israel. Jan, du wirst auf das Fundstück achten. Elijah, du sprichst mit deiner Regierung – jetzt.«

Elijah war sich nicht sicher, ob er alles verstanden hatte. Der Syrer hatte ihm gegenüber die Existenz eines alten Nazis eingestanden, damit nicht genug, auch die Kollaboration der Regierung mit ihm. Faruk konnte nicht ahnen, dass auch er mit seinem Freund Alistair schon lange das Netz um Fischers Kult gezogen hatte. Sie waren erstmals vor sieben Jahren im Westen auf Unregelmäßigkeiten eines Finanzfonds gestoßen. Elijah hatte die Spuren Stück für Stück verfolgt und das Ziel über eine Offshore-Bank auf den Cayman Islands nach Denver, Colorado lokalisiert. Die wiederum schien enge Kontakte ausgerechnet nach Syrien zu unterhalten. Aber hier verlief sich die Spur. Dann hatte Elijah den Hinweis auf den Crac des Chevaliers erhalten. Sein Klosterfreund hatte die Spur der Sekte von Italien über die Türkei nach Syrien verfolgt.

Sollten es ihnen endlich gelingen, die Spur bis zu ihrem Ende zu finden?

Persischer Golf, 25' Nord, 52' Ost, 22. 06., 2.56 Uhr Zulu Time

Die iranischen Militärausgaben beliefen sich im Jahr 2006 auf etwa 2,6 Milliarden US Dollar. Das ist verglichen mit dem Jahr 2000 eine Steigerung von 170 Prozent. Insgesamt verfügen die iranischen Streitkräfte über 545 000 Soldaten. Davon entfallen über 350 000 Soldaten auf das Heer, sowie 18 000 auf die Teilstreitkraft Marine und 52 000 auf die Luftwaffe. Zusätzlich zu den drei klassischen Streitkräften unterhält Teheran seit der Revolution 1979 die 125 000 Mann starke Revolutionsgarde. Die paramilitärischen Verbände des Irans haben eine Truppenstärke von 40 000 Mann. *Aus: »Europäische Sicherheit« 12/07, der Stiftung Wissenschaft und Politik, Berlin*

Flugzeugträger der US Navy operieren nie allein. Sie sind immer in einem Verband, den sogenannten »Carrier Strike Groups«, aus Zerstörern, Kreuzern und U-Booten integriert. So groß und effektiv diese schwimmenden Festungen für einen gezielten und kombinierten Militärschlag gegen feindliche Küsten erscheinen mögen; ihre Schwäche ist ihre Verteidigung. Der Begleitschutz dient somit ausschließlich der Abwehr feindlicher Kampfflugzeuge und Raketenangriffe. Die USS George H. W. Bush war Anfang 2009 in Dienst gestellt worden. Sie patrouillierte im Persischen Golf und gehörte der Pazifikflotte an. Ihr Befehlshaber war vom Oberkommando bereits auf einen möglichen Präventivschlag der Israelis sowie einen Raketenangriff der Iraner vorbereitet worden. Sein Präsident war entschlossen, beiden Kriegsparteien auf die »ungezogenen Finger zu hauen«. Einen Konflikt dieser Art wollte er nicht akzeptieren.

Vierzig Seemeilen vor der Küste Katars gab der Kommandeur grünes Licht für die Aktion »Rising Sun«. Die drei begleitenden U-Boote der Los-Angeles-Klasse feuerten im Abstand von wenigen Sekunden aus zwölf Metern Wassertiefe jeweils zwei Cruise Missiles des Typs Tomahawk ab. Die 1500 Kilo schweren Geschosse durchbrachen mit einer Geschwindigkeit von fünfundzwanzig Meilen pro Sekunde das warme Wasser des Golfs. Ihr Ziel lag nordöstlich des Verbandes. Das iranische Raketenabwehrsystem konnte zwei Missiles auf ihrer Flugbahn zerstören. Und das war schon eine militärische Leistung. Weitere vier allerdings fanden ihr Ziel, den Raketenstützpunkt nahe der Stadt Masdsched Soleyman im Iran. Vier mobile Raketenrampen hatten die Iraner auf Schwertransportern an der Küste wie Perlenschnüre in Stellung gebracht. Zwei davon hatte, fast zeitgleich mit den Einschlägen auf dem Stützpunkt, ein US Navy Seals-Team der sogenannten Amphibischen Einheit des Flottenverbandes eliminiert. Sie waren schon vor 24 Stunden angelandet und wollten sich nun umgehend und unbemerkt zurückziehen. Ein schlichter Navigationssystemfehler bei der Vorbereitung des Einsatzes, der sie zu weit vom Absetzpunkt brachte, zerstörte den Plan. Sie stießen auf Einheiten der iranischen Revolutionsgarden, die in Schnellbooten an der Küste patrouillierten. Sechs US-Soldaten wurden nach einem halbstündigen Feuergefecht festgenommen. Drei ihrer Kameraden waren gefallen.

Das war der erste Teil der Mission. Noch während die Tomahawks in die Bunkersysteme des Irans einschlugen, erreichte die israelische Staffel ohne Feindkontakt den Persischen Golf. Der US-Präsident hatte ihnen über den Irak zwar ein Überflugrecht eingeräumt, aber keine Garantien oder gar Unterstützung danach zugesagt. Zudem hatte er Israel gewarnt, einen militärischen Konflikt mit dem Iran zu suchen.

Die F-151 flogen unbehelligt entlang der kuwaitischen Küste auf Kurs Süd, um dann nach Osten auf das Ziel abzudrehen.

»Die F-35 der Firma Lockheed besitzt das Beste aus beiden Welten der Kampfflugzeug-Technik. Der Jet verbindet Tarnkappenkomponenten mit modernsten Luftkampf-Qualitäten.« So wirbt die Firma auf Flugshows in Dubai und Paris.

Sie waren rechtzeitig in der Luft, um die Israelis noch über dem Wasser abzufangen. Und das Radar der israelischen F-151 erfasste sie zu spät. Die Amerikaner forderten die Israelis auf, beizudrehen und in Katar auf einem US-Stützpunkt zu landen. Die Israelis lehnten ab. Sowohl vom Boden aus als auch aus der Luft wurde daraufhin ein israelischer Jet unter Beschuss der Amerikaner genommen. Der Pilot sah lediglich einen roten Punkt auf seinem Bildschirm, der im Visier des Helms installiert war, ehe er und sein Jet in einem Feuerball verglühten. Über Funk wurde den verbliebenen Piloten mitgeteilt, dass sie ihre Flugzeuge unverzüglich in Katar auf den Boden zu bringen hätten, andernfalls würde ihnen Ähnliches passieren. Der Staffelchef ignorierte den Befehl. Es mussten noch zwei Jets der israelischen Luftwaffe in der aufgehenden Sonne in Tausende Trümmerteile geschossen werden, dann hatten die überlebenden zwei Piloten ihre Situation richtig eingeschätzt.

Ezraá, Syrien, 22. 06., 6.25 Uhr

> Ich habe mich zur rechten Zeit über die Chimären der Religion hinweggesetzt, vollkommen davon überzeugt, dass die Existenz eines Schöpfers eine empörende Absurdität ist, an die selbst Kinder nicht mehr glauben. (…) Ich habe also nur die sozialen Gesetze gegen mich, aber ich trotze ihnen, mein Gold und mein Kredit erheben sich über diese gewöhnlichen Geißeln, die nur das Volk schlagen dürfen.
>
> *Aus: Marquis de Sade »Die 120 Tage von Sodom«*

Die Kirche lag östlich des Hauran, der Hochebene im Süden Syriens. Für die Menschen, die sich hierher verirrten, war es der letzte Zivilisationspunkt. Denn schon wenige

Meter weiter grenzte der Schotter der syrischen Wüste an den heiligen Grund. Heilig war aber der Boden schon, bevor die Christen hier im 5. Jahrhundert diese Kirche errichteten. Römer hatten einen Tempel erbaut, Juden eine Synagoge. Und hätten Forscher weiter graben dürfen, wären sie auf Hinweise eines mehr als 2000 Jahre alten Baaltempels gestoßen. Die griechisch-orthodoxe Kirche hatte das Gebäude vor wenigen Jahren aufgegeben. Nun zerfiel es in den ständig gegen die Gemäuer drückenden Winden aus der Wüste. Die Kirche selbst war ganz und gar aus schwarzem Basalt errichtet worden. Im Mittelportal hatten die Mönche eine Inschrift eingemeißelt.

»Hier, wo einst die Wohnstätte der Dämonen war, ist nun ein Gotteshaus. Wo einst Götzen geopfert wurde, singen nun die Engelschöre. Wo Gott einst in Zorn ausbrach, ist heute ein Ort, an dem ER seine Sanftheit zeigen sollte.«

Fischer war am frühen Morgen von Günther hierhergefahren worden. Der Alte liebte diesen Ort. Denn es war sein Sinnbild für die Schwäche der anderen Seite. Die glaubte, dass nur das Errichten einer Kirche schon ausreichen würde. Er wusste es besser. Er wusste von all dem Blut, das hier vergossen worden war. Und seine Hand zitterte unmerklich angesichts all der Opfer, der Ängste und der Wut, die hier in diesem Gewölbe emporgestiegen waren. Der Syrer war aus dem Schatten des Seitenportals getreten. Er hatte sich in die Bank hinter Fischer gesetzt und leise zu sprechen begonnen.

»Abu?« Er benutzte das arabische Wort für Vater.

Fischer drehte sich nicht um. »Mein Sohn, kannst du nicht schlafen?«

»Abu, du hast mich hergeführt. Ich bin gekommen.«

»Nun, was denkst du, Sayaf?«

»Ich denke, dass wir noch nicht das Ziel erreicht haben. Die Amerikaner haben sich doch in den Konflikt zwischen den Juden und den Persern eingemischt. Es könnte noch politisch gelöst werden. Noch sind alle empört. Aber wie lange noch? Die Raketenbasen sind zerstört. Ihre Atomanlagen sind noch längst nicht so weit, wie wir dachten. Lediglich ihre kleinen schmutzigen Bomben sind einsatzbereit. Aber ich fürchte, das Feuer erlischt.« Fischer schloss die Augenlider. Er kannte die Ungeduld seines wichtigsten Mannes. Er war wie alle Araber: heißblütig, leicht erregbar und wankelmütig, wenn es nicht sofort so lief, wie er es sich ausgedacht hatte. Aber dieser Plan war größer als jeder Angriff, jeder Feldzug und jeder Krieg.

»Wie weit bist du mit deinen Freunden im Bekaa-Tal?«

Im Süden des Libanons konzentrierten sich nach wie vor die größten militärischen Einheiten der Hisbollah. Diese Gruppierung besaß einerseits einen politischen Arm, der als Partei im Libanon zugelassen war, andererseits auch mehrere tausend gut ausgebildete Kämpfer, die in den vergangenen Jahren mit ihrer »asymmetrischen Kriegsführung« den Israelis mehr als Nadelstiche zugefügt hatten. Sie wurde von Iran unterstützt. Die Führer der Hisbollah waren Schiiten. Aber auch Syrien half immer wieder mit Waffen und Logistik aus. Mit der Gründung der Union war von höchsten Stellen des Libanons, Syriens und Jordaniens massiv Druck auf die Hisbollah ausgeübt worden. Sie sollten vorerst keine Aktionen gegen Israel ausführen. Doch die Ereignisse der letzten Tage konnte die Hisbollah nicht unkommentiert lassen, sonst würde sie die Unterstützung der Massen nicht mehr haben. Der Angriff war nur eine Frage der Stärke und des Zeitpunkts.

Fischer wog den Kopf. »Ein Angriff mit den üblichen Mitteln könnte wieder für Sympathie gegenüber den Juden sorgen. Wir brauchen eine neue Form, etwas Spektakuläres.«

Sayaf verstand nicht. »Abu, das ist kein Wunschszenario. Wenn die Präsidenten die Hisbollah, die Hamas und die Brigaden nicht mehr halten können, ist das nicht unser Schaden. Es würde die Autorität der Union weiter untergraben. Und wir könnten wieder unseren Einfluss zurückgewinnen.

Ich will diesen alawitischen Bastard Bashar endgültig zerquetschen. Ihn und seine ganze Bande.«

Fischer schüttelte wieder den Kopf. Er hatte mit der politischen Kurzsichtigkeit des Syrers gerechnet, aber er war auch enttäuscht. Dessen Hass als Sunnit auf den alawitischen Präsidenten war verständlich. Seine Familie war bei den Aufständen in Homs bis auf ihn ausgelöscht worden. Fischer war es, der ihn von klein auf unter seine Fittiche genommen, seinen Hass kanalisiert und unter Kontrolle gebracht hatte. Wie einst die Schläfer der Sowjets in den USA war sein Schützling aufgestiegen. Denn kaum einer kannte seine Geschichte. Fischer hatte ihm eine neue Identität gegeben.

Aber der alte Deutsche erwartete mehr. Doch in dem Mann hinter ihm regierten nur blinder Hass und gieriger Karrierewille.

Die Union war mittelfristig sein Todesurteil. Das wusste Sayaf. Zuviel war passiert. Zu sehr hatte er in den vergangenen Jahren für Streit und Missgunst gesorgt. Bald käme der Tag der Abrechnung. Und so hatte Fischer auch ihn immer unterstützt. Aber der Alte wollte mehr. Er sehnte sich nach der endgültigen Schlacht.

Er griff in seine Jackentasche, zog ein Papier heraus und reichte es nach hinten. »Dies sind unsere neuen Pläne. Lies sie im Auto, verfahre wie üblich, und bald schon wirst du am Ziel deiner Träume sein.«

Fischer schloss wieder die Augen, bis Mahmoud Sayaf, der stiernackige Geheimdienstchef, die Kirche verlassen hatte und draußen seinen Wagen startete. Nach Minuten der Stille kam Günther aus der Sakristei, befreite den Alten von seinen Mikrofonen und Kabeln. Fischer liebte das doppelte Netz. So eine Aufzeichnung war zuweilen wie ein Garant für das Überleben. Fischer war darin ein Experte.

Frankfurt am Main, 22. 06., 6.10 Uhr

> Der wahre Weg geht über ein Seil, das nicht in der Höhe gespannt ist, sondern knapp über dem Boden. Es scheint mehr bestimmt stolpern zu machen, als begangen zu werden.
>
> *Aus: Franz Kafka »Aphorismen«*

»Hier ist der Ablauf.« Elijah breitete die Karte auf den Tisch aus. Sein Dienst hatte einen fensterlosen Konferenzraum im sogenannten »stillen Teil« des Frankfurter Airports gebucht. In Zusammenarbeit mit den deutschen und amerikanischen Diensten war dieser Komplex nach den Anschlägen von 2001 in New York aufgebaut worden. Nicht nur Frankfurt war so ausgestattet worden, viele westliche Metropolen besaßen diese Räume. Sie waren mit Waffen und anderem wichtigen Spezialgerät versehen, so dass zügig und unbürokratisch weltweit operiert werden konnte.

»In dreißig Minuten ist die Hawker 800 da. Wir rüsten erst beim Zwischenstopp auf Zypern auf, für den Fall, dass wir hier draußen gesehen werden. Wo ist Regina?«

Faruk schaute auf. »Sie wollte noch etwas ...« Er stockte peinlich berührt, »... für Frauen draußen in einem Flughafenshop kaufen.« Elijah schmunzelte über die Prüderie des Syrers.

Jans Gesicht war bleich. Noch in der Nacht hatte Elijah mit seinen Leuten Kontakt aufgenommen, ihnen den Plan erklärt und tatsächlich nach langem Hin und Her grünes Licht erhalten. Jan würde mit Elijah nach Jerusalem fliegen. Dort sollte am frühen Abend eine Pressekonferenz des Präsidenten stattfinden. Ein Team aus Experten würde bis dahin das Fundstück analysieren und bestätigen, dass es sich um eine Fälschung handelte. Danach nähme Israels Präsident zu den Anschlägen Stellung. Wie und in welcher Form wurde ihnen nicht erklärt. Vorher aber sollten Regina und Faruk über Syrien abspringen und sich auf die Suche nach Almut und den Hintermännern machen. Eine Einreise auf dem Landweg war derzeit undenkbar. Zu viele Kontrollen würden das Unternehmen scheitern lassen. Faruk hatte in seinen Jahren der geheimen Recherche zwei Häuser ausgemacht, in denen sich Fischer häufiger aufhielt. Eines lag im Norden an der Küste, das andere befand sich in Bosra im Süden. Dort hatte sein Dienst auch das letzte Lebenszeichen Almuts gemeldet.

Es war ein Vabanquespiel, am Ende hatte er sich für den Süden entschieden. Dort würden sie abspringen, Almut suchen, Fischer festsetzen und je nach Lage mit dem Präsidenten Kontakt aufnehmen oder sich über die Grenze nach Israel durchschlagen. Elijah hatte dafür eine Rescue-Einheit der israelischen Armee in Aussicht gestellt. Alles vage, aber für Faruk und Regina der einzige Weg.

Regina war zurückgekommen. Sie hatte den Ausführungen Elijahs zugehört und erklärte dann: »Wir müssen uns aufteilen. Ich habe in der Ausbildung bei der Kobra zig Absprünge hinter mich gebracht. Ich kann Faruk führen.«

Jan war damit keineswegs einverstanden. Aber am Ende war es seine Idee gewesen, sich an die Öffentlichkeit zu begeben. Das eine ging nicht ohne das andere. Ohne die Hintermänner wären sie immer noch verdächtig.

Sie hatten sich in Pochs Wohnung noch sehr gestritten. Waren sie bislang nur Getriebene gewesen, hatte Jan plötzlich die ganze Aktion in Frage gestellt.

»Wer sind wir, dass wir glauben, den jetzigen Konflikt auf diese Art und Weise zu lösen? Seit Jahrhunderten bekämpfen sich die Menschen in eurer Region. Eine Pressekonferenz und ein vermutlich wirrer Mann werden da nicht weiterhelfen.«

Elijah hatte gereizt reagiert. »Du sitzt hier in deinem warmen und kuscheligen Deutschland. Gern und häufig gebt ihr uns Ratschläge, wie man es doch besser machen könnte. Ausgerechnet ihr! Zwei Weltkriege, unzählige Tote, nicht nur Juden, gingen von hier aus. Wir alle sehnen uns nach dem Frieden, den du schon seit Jahrzehnten hast.

Sehr bequem von dir, nicht einmal über ein eigenes Opfer nachzudenken. Es war deine Idee, jetzt steh auch dazu, verdammt!«

Jan hatte nach Luft geschnappt. So wollte er sich nicht verstanden wissen, aber Faruk hatte statt seiner geantwortet. »Du hast doch als Arzt in Aleppo so schnell und selbstverständlich Menschen, die du nicht kanntest, geholfen. Selbst mir, deinem scheinbaren Feind, hast du das Leben gerettet. Vielleicht ist unsere Chance minimal, vielleicht sterben wir sogar, aber habt ihr nicht im Operationssaal eine Regel?«

Jan hatte gewusst, was Faruk meinte, die ungeschriebene OP-Regel für Notfallärzte. Nie sollte ein Patient den »Exitus in Tabula« haben, also auf dem OP-Tisch sterben. Es wird gekämpft bis zum Schluss. Jan war nicht überzeugt gewesen, aber er hatte auch nicht widersprochen. Wenn das hier nun seine Bestimmung war, würde er sich fügen. Und dann, wie ein tintendunkler Schatten war ein Gedanke durch seinen Kopf gehuscht: Niemand wartete auf ihn. Und niemand würde um ihn trauern. Doch wenn es ein »Danach« gab, würde er bald seinen Sohn wiedersehen dürfen.

Elijah riss Jan aus seinen düsteren Gedanken. »Angesichts der angespannten Lage vor Ort schlage ich den HALO vor.« Jan schaute verständnislos in die Runde. »HALO ist eine Bezeichnung für Sprünge aus hoher Höhe mit tiefer Öffnung – im Gegensatz zu Sprüngen aus hoher Höhe mit sofortiger Öffnung des Schirms und einem langen Gleiten. Negativ: Wäre hier zu risikoreich, da ihr tagsüber springt und zu lange ein weit sichtbares fixes Ziel am Himmel abgeben würdet. Positiv: Wir haben eine Vorhersage für starke Wolkenbildung in der Region. Ihr seid also lange quasi unsichtbar.«

Faruk und Regina nickten wissend. Jan verstand immer noch nicht, aber Elijah hatte keine Zeit. »Faruk, schaffst du das?«

Der Syrer hatte sowohl in seiner Militärzeit als auch in der DDR bei der Staatssicherheit Springerausbildungen erhalten, war aber sicher nicht mehr im Training. Und das heute war ein Spezialsprung.

»Was ist mit seiner Verletzung aus Aleppo?«, wandte Jan ein. »Und was heißt hohe Höhe genau?«

Regina sah ihn ernst an. »In 7000, vielleicht 8000 Meter Absprung mit Sauerstoffmaske, bis 400 Meter über Grund gleiten und dann den Schirm öffnen. Faruk, ich weise dich ein. Tandem können wir angesichts des Gepäcks und der Waffen nicht wagen. Aber es wird auch so gehen.« Sie sah das entsetzte Gesicht ihres Freundes. Mühevoll versuchte sie, eine beruhigende Stimme zu haben. »Jan, du musst dich nicht sorgen. Wir sind dafür ausgebildet.«

Eine Stunde später saßen sie in dem zweistrahligen Jet, den sonst gern Vorstände großer Unternehmen für innereuropäische Flüge nahmen oder die CIA, um ihre Terrorverdächtigen in Foltergefängnisse zu verfrachten.

Jan hatte sich mit Regina auf die hinteren Sitzreihen zurückgezogen. Sie spürte seine Angst und versuchte, ihm mit ruhigen, sachlichen Worten seine Sorgen zu nehmen.

»Jan, wenn wir Almut finden, führt sie uns zu den Hintermännern. Ich glaube, dass wir Faruk vertrauen können. Er wird auch gesucht. Seine Existenz in Syrien steht ebenfalls auf dem Spiel. Und wenn etwas schiefgeht, bin ich nicht schutzlos. Im Zweifel komme ich aus diesem Land auch wieder allein raus.«

Er sah sie kummervoll an. »Bei allem Respekt vor der österreichischen Polizeiausbildung: Du bist kein Elitesoldat. Ich will dich nicht verlieren, verstehst du? Du willst da rausspringen, ausgerechnet über Syrien. Das ist alles … alles eine fürchterliche, nicht durchdachte Scheiße …« Er war zornig – zornig auf Elijah und den Syrer, auf Regina, die sich hatte einwickeln lassen, weil sie sich etwas beweisen wollte. Und zuletzt auch auf sich selbst. Er hatte das Ganze initiiert.

»Jan, du wirst in Israel gewissermaßen reingewaschen. Die Israelis erklären den deutschen Ermittlungsbehörden die Hintergründe. Sorg dich nicht um mich. Das wird ein wunderbarer Sprung. Und in wenigen Tagen sehen wir uns wieder.« Sie versuchte zu lächeln. Dann beugte sie sich vor und küsste ihn.

Aber die Lüge war zu offensichtlich. Sie sprang seit Jahren nicht mehr. Das Springen aus hoher Höhe erforderte immense Navigationsfähigkeiten und Erfahrungen mit extremem Wind- und Wolkenverhältnissen. Eine falsche Entscheidung, und sie würden kilometerweit ins Landesinnere abtreiben. Faruk schien kein Experte zu sein. Und gesundheitlich war er auch angeschlagen. Jan hatte ihn im Flugzeug untersucht und ihn für untauglich erklärt. »Das könnt ihr nicht machen. Seine Wunden sind nicht verheilt. Seine Lunge rasselt wie ein kaputter Dieselmotor, und sein Reaktionsvermögen lässt auch zu wünschen übrig.«

Der Syrer ignorierte die Diagnose. »Wir haben keine Zeit. Je schneller ich an die Drahtzieher komme, desto mehr Chancen haben wir auf einen Erfolg. Jeder neue Tag könnte eine weitere Anschlagserie bringen. Jetzt noch warten, hieße den Gegnern Luft zu verschaffen.«

Elijah war von der Zentrale über die Eskalation im Persischen Golf informiert worden. Europäische Segler, die sich vor der Küste Katars just zum Zeitpunkt des Luftkampfes befanden, hatten alles mit ihrem Videohandy dokumentiert, und wenige Stunden später liefen die verwackelten Bilder auf dem arabischen Sender Al Jazeera. Wieder war die Welt bestürzt. Wieder hatte Amerika sich zu sehr in die Belange und Konflikte der arabischen Welt eingemischt, so dachte jedenfalls der größte Teil der muslimischen Zuschauer.

Auf dem militärischen Teil des Flughafens Lefkonoiko oder Gecitkale, wie die Türken diesen Flughafen im Nordosten der Insel nannten, herrschten schon am frühen Vormittag hohe Temperaturen. Die Insel war geteilt. Griechenland beanspruchte den Südwesten, die Türkei den Nordosten. Und obwohl beide Staaten der NATO angehörten, waren nur die Türken bereit, israelische Soldaten zu unterstützen. Ein alter Dank für die jahrelange militärische und geheimdienstliche Unterstützung Israels gegen die Kurden. Deren Führer Öcalan war aufgrund eines Hinweises des Mossads gefasst worden. Zudem hatten beide Länder jahrelang einen gemeinsamen Feind: Syrien, das die Kurden um Öcalan unterstützt hatte.

Dass nun ausgerechnet Faruk auf türkischem Boden, von Israelis unterstützt, über seinem Land illegal absprang, erschien allen wie eine böse Ironie des Schicksals. Elijah wusste, dass sich das Verhältnis zur Türkei in den letzten Jahren deutlich abgekühlt hatte. Aber diese Aktion lief unterhalb der politischen Ebene ab, sozusagen als ein Geschenk zwischen den Diensten.

Sie stiegen unbemerkt in den Laderaum der direkt neben dem Rollfeld stehenden Hercules C-130 um. Die Ladeluke schloss sich. Vier Soldaten der israelischen 35. Fallschirmjäger-Brigade wiesen Regina und Faruk ohne jede Emotion ein. Sie wussten, dass sie einem Syrer, einem Feind, halfen. Aber der Staat Israel hatte in seiner militärischen Vergangenheit selten die Chance, auf solche Feinheiten soldatischen Handelns Rücksicht zu nehmen.

»Der Feind unseres Feindes ist unser Freund«, hatte Elijah lakonisch Faruk geantwortet, als der ihn fragte, wie seine Regierung auf den Vorschlag reagiert hatte.

Regina zog sich bis auf die Unterwäsche aus, streifte einen Thermoanzug über, der sie in der tödlichen Höhe vor dem sofortigen Erfrieren schützen sollte. Darüber zwängte sie eine Fliegerkombi und testete dann Integralhelm, Visier und Sauerstoffmaske. Sie machte sich noch am Boden mit dem GPS, den zur Verfügung stehenden Waffen und den möglichen Landezonen vertraut.

Elijah sprach mit ihr und Faruk über die Gefahrenpunkte.

»Du weißt sicher besser, wo ihr eure Luftüberwachung postiert habt. Aber wir werden mit einer weiten Schleife vierzig Meilen in den syrischen Luftraum eindringen, euch abwerfen und dann schleunigst abdrehen. Abwurfzone ist in 25 000 Fuß. Ihr gleitet gegen den Wind drei Kilometer östlich landeinwärts. Ziel ist die syrische Wüste. Wir haben deine Koordinaten mit unseren Leuten vor Ort gecheckt. Unter Umständen könnten sie euch helfen, aber eben nur in einem sehr begrenzten Rahmen.«

Faruk lächelte ihn mokant an. »Eure Leute in meinem Land?«

»Bitte jetzt keine Spitzfindigkeiten.«

Regina machte sich mit dem israelischen Waffenarsenal vertraut. Eine Glock erfreute ihr österreichisches Herz. Die Selbstladepistole mit zwanzig Schuss Munition war ein Exportschlager ihres Landes, vom FBI bis zur israelischen Armee benutzten Sicherheitskräfte diese Waffe. Sie war die leichteste 9 mm Pistole. Zusätzlich rüstete sich mit einem TAR-C21-Sturmgewehr und vier Magazinen mit jeweils 30 Schuss aus. Sie kannte auch diese Waffe aus den zahlreichen Übungen der Sondereinheit in Wien.

Als sie dann fertig ausgerüstet und hochkonzentriert in dem gelben Licht des Laderaums saß, hatte sie für Jan gar nichts mehr von der Regina, in die er sich so stürmisch verliebt hatte. Sie war wie eine Maschine. Auch Jan musste sich in eine Fliegerkombi zwängen.

Die Rotoren der Transportmaschine wurden gestartet. Es gab kein Zurück mehr.

Megiddo, 22. 06., 7.45 Uhr

> Dann sah ich: Das Lamm öffnete das erste der sieben Siegel; und ich hörte das erste der vier Lebewesen wie mit Donnerstimme rufen: Komm! Da sah ich ein weißes Pferd; und der, der auf ihm saß, hatte einen Bogen. Ein Kranz wurde ihm gegeben und als Sieger zog er aus, um zu siegen.
>
> *Offenbarung des Johannes, Kapitel 6, Vers 2*

Sie kämpften gegen Homosexualität, gegen die Emanzipation und die Evolutionstheorie. Amerikanische evangelikale Christen sind für die meisten Europäer Spinner. In der alten Welt meint man, die Jahrhunderte der Glaubenskriege zwischen den Konfessionen, aber auch die Kriege zwischen Religion und Wissenschaft überwunden zu haben. In Staaten wie Utah, Texas und im Mittleren Westen der USA glauben jedoch mehr als ein Viertel der Bevölkerung und weltweit 420 Millionen Menschen an die wortgetreue Auslegung der Bibel. Damit gehen sie stolz und selbstbewusst hinaus in die Welt und missionieren erfolgreich und wildern damit gern in katholischen Mehrheitsregionen. Sie predigen vom Bösen und dass all die Naturkatastrophen, Krankheiten und Kriege das Resultat der menschlichen Sünde seien. Vor allem aber glauben sie an den baldigen Untergang der Welt.
Die einstige Stadt Megiddo lag an der alten Römerstraße Via Maris, die den Handel zwischen Ägypten und Mesopotamien verband. Die Ruinen befinden sich wie so viele andere alte Städte im Nahen Osten auf einem Siedlungshügel, einem Tell. Steht man auf der westlichen Mauer, die fast 60 Meter über der heutigen Ebene liegt, überschaut man die fruchtbaren grünen Felder, die bis an die Grenze zu Nazareth reichen. Man spürt dann förmlich, wie wichtig und bedeutend dieser Punkt in der Vergangenheit gewesen sein muss, versteht, warum sich hier so viele Schlachten ereignet haben und noch ereignen sollen. Denn die Stadt Megiddo war der Schauplatz der ersten bestens dokumentierten Schlacht. Der Schlacht-

verlauf, an dessen Ende die Ägypter siegreich waren, ist auf einer Säule im Tempel von Karnak am Nil festgehalten. 1495 vor Christi Geburt zogen hier, auf der Ezraa-Ebene vor den Toren Megiddos, die Ägypter unter Thutmosis III. gegen das Königreich Kadesch. Im letzten Jahrhundert kämpfte der englische General Allenby erfolgreich gegen die türkische Armee und nannte sich fortan Graf von Megiddo.

Weniger religiöse Forscher glauben, dass diese Schlachten Einfluss auf die Erzählung hatten, die für die Evangelikalen so wichtig ist. Hier soll laut der Offenbarung des Johannes die letzte Schlacht zwischen Gut und Böse, Gläubigen und Ungläubigen geschlagen werden, kurz: Gott gegen Satan. Armageddon nennen die Christen diese Schlacht, das Wort ist abgeleitet von Har Megiddo, Berg von Megiddo. Das Haus, das Reverend Charles Robinson aus Flagstaff, Arizona, bezogen hatte, lag im Schatten dieses Berges. Es gehörte zu einer kleinen Siedlung, die aus einem Kibbuz hervorgegangen war. Am Morgen hatten sie einen ihrer wichtigen Gottesdienste gefeiert. Ein junges Mädchen mit einer Zahnspange durfte mit »anderer Zunge« sprechen. Sie hatte sich auf den harten Boden einer ehemaligen Getreidehalle des Kibbuz geworfen, ihre Fingernägel in die Steinfugen geschlagen und unverständlich gelallt. Schaum war ihr aus dem Mund gelaufen. Die Gläubigen kannten das schon und waren entzückt. Denn Robinson, als Prophet der Gemeinde, hatte das scheinbar Unverständliche für alle übersetzt. Das Ende sei nah, niemand dürfe den falschen Propheten folgen. Sie alle würden bald das Licht sehen dürfen. Wenige Minuten später hatte er dem Mädchen zwei Tabletten des Antiepileptikums, das er seit der Ankunft für sie verwahrte, verabreicht und, während sie schlief, sie entkleidet und vergewaltigt. Danach hatte er geduscht und sich mit einer Zigarre auf die Veranda seines neuen Zuhauses gesetzt.

Der ehemalige Oberst des US Marine Corps hatte einen schweren Tag vor sich. Er würde am späten Vormittag seine Gemeinde nach Jardenit begleiten. Dort, wo der Jordan den See Genezareth wieder verlässt, wollten sie getauft werden. Der Fluss macht hier eine kleine Biegung, und wenn das Wasser von den unzähligen Taufen nicht aufgewühlt ist, sieht man im Wasser Bisamratten und Welse. Kurz dahinter wird das Wasser gestaut und ist dann so verdreckt, dass Baden lebensgefährlich ist.

Das Besucherzentrum dort bietet Einrichtungen für Gruppen von bis zu 1000 Menschen, die auf Treppen und Stegen in den Fluss gelangen können. Dusch- und Umkleidekabinen sowie Restaurants für die Feier ergänzen die Infrastruktur; selbst an einen Lift für Menschen mit Behinderung ist gedacht. Jedes Jahr kommen hier mehr als eine Millionen Menschen aus aller Welt, tauchen in das braune Wasser, fühlen sich Gott nahe und kehren beseelt in ihre fernen Länder zurück. Aber die Gemeinde, der Robinson vorstand, würde nicht mehr zurückgehen. Sie würde in diesem Land das Jüngste Gericht erwarten.

Es war so eindeutig. Gott hatte den Juden dieses Land versprochen. Nie war die Rede davon, dass Araber hier siedeln sollten.

Manche Koalitionen erschließen sich nicht auf den ersten Blick. Rechtsextreme aus Europa schließen sich mit radikalen Siedlern aus Israel zusammen. Der Grund: der gemeinsame Feind Islam. Und so war es auch bei den religiösen Gruppen. Evangelikale und fundamentalistische Juden bildeten eine neue Front gegen den aus ihrer Sicht zerstörerischen Feind des Abendlandes.

Bevor die Busse abfuhren, würde sein alter Freund ihn zum Frühstück besuchen. Robinson hatte den Rabbi vor vielen Jahren in Washington auf einem Kongress der »Christian Coalition« kennen- und schätzen gelernt. Sie verbanden ein tiefer Glauben und ein ebenso tiefer Hass gegen die Araber. Robinson hatte zwei Söhne im Irak verloren. Aber sein Glaube gab ihm nach seiner Pensionierung Antworten auf die quälenden Fragen nach dem Warum.

Und der Rabbi? Er hatte vor wenigen Monaten noch in einer spektakulären Rede gefordert, die Blutrache gegen arabische Terroristen einzusetzen, also die gesamte Familie des Täters auszulöschen. Er belegte diese These mit einem Wort der Bibel, wonach Gott von den siegreichen Juden forderte, alle Amalekiter zu töten und niemanden zu schonen.

»Es heißt bei Elijah: So ziehe nun hin und schlage die Amalekiter … Verschone sie nicht, sondern töte Mann und Weib, Kinder und Säuglinge!«, hatte er der begeisterten Menge zugerufen. Natürlich war das liberale jüdische Establishment in den USA wie auch in Israel schockiert und hatte sich distanziert. Wie immer, dachte Robinson damals, mussten einige wenige die dreckige Arbeit machen. Aber jetzt nahte der Tag. Seine ganz private Koalition mit dem Rabbi und dem Sonderling aus Syrien würde die Ernte bald einfahren dürfen. Und so war auch der Name der Aktion »Harvest« von ihm mit Bedacht gewählt worden.

Zwischen den Olivenbäumen parkte eine dunkle Limousine. Der Kies knirschte unter den Reifen. Zwei kräftige Männer mit Sonnenbrillen und ausgebeulten Jacketts sprangen heraus, einer öffnete die Tür des Fonds. Der Rabbi stieg aus, schritt eilig über den frisch bewässerten Rasen auf Robinson zu. Sein langer schwarzer Mantel schleifte über das Grün. Sein grauer Hut mit dem weißen Pelz spendete Wärme statt Schutz vor der Hitze. Er musste bei den schon jetzt hohen Temperaturen fürchterlich schwitzen. Unter seinem rechten Arm trug er einen Stapel Papiere und Akten. Die Augen, versteckt hinter dicken Brillengläsern, wirkten gehetzt. Der Rabbi war im Morgengrauen von Jerusalem in den Norden gefahren worden. Seine Bodyguards blieben in der Nähe der Veranda und zündeten sich eine Zigarette an.

Robinson erhob sich, umarmte den alten Mann und wies auf einen Stuhl. »Schalom, ein schöner Morgen, nicht wahr, Rabbi?«

Der nickte nur und lockerte den Gürtel seines Mantels. »Nicht alles läuft so, wie wir es uns gedacht haben. Die

Araber verhalten sich noch zu ruhig. Ob Gaza oder der Südlibanon, nirgendwo Aktivitäten. Unser Angriff auf die Perser ist von Ihrem verfluchten Präsidenten vereitelt worden. Uns läuft die Zeit davon.« Er griff nach der Wasserflasche, die vor ihm auf den Tisch stand, und trank in gierigen Schlucken, wobei er seinen langen weißen Bart, der in wirren Haaren von seinem Gesicht abstand, nach unten drücken musste.

Der Reverend wog den Kopf sachte hin und her. »Kennen Sie unseren Begriff der ›Dispensation‹?« Robinson wartete die Antwort nicht ab. »Dispensation ist eine Zeitspanne in Gottes Plan. In diesen Zeitspannen spricht Gott zu uns, in Worten, in Taten, Bildern, Segnungen oder Geschehnissen. Euer alter Bund mit Gott wurde abgelöst durch die Zeitspanne der Apostel. Und jetzt ist das Zeitalter des Millenniums. Lesen Sie die Scofield-Bibel. Wir können dem Ende nicht entrinnen. Es ist da, die Zeichen sind eindeutig.«

Der Rabbi wurde nervös. Ausgerechnet Cyrus Scofield, ein amerikanischer Ex-Trinker und Pleitier, hielten diese Christen für einen Propheten. Aber der Rabbi lehnte jede theologische Diskussion ab. Aus gutem Grund: Denn Robinson glaubte auch, dass sie als Juden am Jüngsten Tag zum Christentum konvertieren müssten. Doch bis es soweit war, konnten dieser Reverend, seine Gemeinde und seine immensen Finanzmittel der Sache seiner ultraorthodoxen Partei hier in Israel nur helfen.

Der Krieg nahte in großen Schritten, und wieder einmal gab es die Chance, den endgültigen Kampf mit den Ungläubigen zu suchen. Diesmal würden sie nicht mehr zurückweichen.

»Reden wir über die Einsätze.« Robinson hätte noch gern weiter gepredigt, schaltete aber sofort um. Der Rabbi legte die Papiere auf den Tisch vor sich. »Das sind die Satellitenbilder.« Er schob mehrere Seiten zu Robinson, der sie nahm und sehr nah an seine Augen hielt.

»Sind Ihre Männer wirklich in der Lage, diese Aktionen durchzuführen? Sie sind mehr als heikel.«

Robinson warf vier Zuckerstücke in seinen Tee, rührte ihn um und nickte nur kurz. »Meine Leute sind die besten, die sie sich vorstellen können. Und die Sache wird gewohnt professionell gehandhabt. Haben Sie die Daten dabei?«

Der Rabbi blätterte in seinem Stapel. »Hier, die Maschine wird gegen elf Uhr in Tel Aviv erwartet. Dann bleiben vermutlich nur wenige Stunden. Ich werde vielleicht vor Ort sein.« Er lächelte. »Das werden Sie bestimmt verstehen.«

Robinson nickte langsam. »Meine Männer sind schon vor Ort. Wir sehen uns am Jüngsten Tag, Schalom, Rabbi.«

Der Alte verstand, erhob sich und verabschiedete sich. Als er wieder im Fond saß, atmete er erst einmal durch und dankte Gott. Dann wies er den Fahrer an: »Nach Jerusalem, um elf Uhr beginnt die Kabinettssitzung. Und wir wollen unseren Premier nicht warten lassen.«

Ghom, 22. 06., 8.06 Uhr

> Als das Lamm das zweite Siegel öffnete, hörte ich das zweite Lebewesen rufen: Komm! Da erschien ein anderes Pferd; das war feuerrot. Und der, der auf ihm saß, wurde ermächtigt, der Erde den Frieden zu nehmen, damit die Menschen sich gegenseitig abschlachteten. Und es wurde ihm ein großes Schwert gegeben.
>
> *Offenbarung des Johannes, Kapitel 6, Vers 3*

Die Stadt Ghom im Iran ist so etwas wie das spirituelle Zentrum der radikalen Schiiten des Landes. Der Wallfahrtsort ist neben Nadschaf im Nachbarstaat Irak Grabstätte für verschiedene Heilige und Märtyrer der schiitischen Glaubensrichtung. Sie ist aber auch Sitz der Hojjatieh-Gesellschaft, einer ultrakonservativen Institution, die als Kaderschmiede und theologischer »Think Tank« der Regierung gilt. Ihr zentraler Glaube orientiert sich an der Wiederkehr des heiligen Mahdis, eines verborgenen Imams. Der aber wird erst nach Chaos und Krieg erscheinen, um die verbliebene Menschheit zu retten und den Islam als weltweit einzigen Glauben durchzusetzen. Der Präsident glaubte fest daran, dass die Zeit gekommen sei. Sein Kabinett saß mit ihm in einem Raum der Theologieschule von Ghom. Sie hatten alle auf den Teppichen Platz genommen und ihrem Präsidenten gelauscht.

»Es stimmt, dass die hochmütigen amerikanischen Truppen Absichten hinsichtlich des Öls und anderer Erzeugnisse der iranischen Nation haben, aber hinter all dem steht eine versteckte Logik, nach der sie agieren, obwohl sie es natürlich öffentlich nicht zugeben. Wir haben jedoch Dokumente der amerikanischen Regierung erhalten. Sie haben das ganze Projekt, also die Invasion in den Irak und die dortige Präsenz ihrer Truppen, ausgeheckt, um die Ankunft des verborgenen Imam zu verhindern, und sie wissen auch, dass die iranische Nation dafür den Boden bereitet und von dem Moment seines Erscheinens an sein Verbündeter sein wird.«

Die Minister raunten beifällig. Sie hatten einen erschöpften, müden Mann erwartet. Aber stattdessen war die Laune des Präsidenten glänzend. Er wirkte ausgeruht und siegesgewiss. Er strahlte förmlich. Aber nicht wegen der Gefangenen. Sie waren Werkzeuge der Propaganda. Beweise für die Dummheit der Amerikaner.

Sein Glück an diesem Morgen hatte, wie er glaubte, einen spirituellen Charakter. Nach der vermeintlichen Niederlage in der Nacht, als die Amerikaner die Raketenstellungen zerstörten, hatte ihn für kurze Zeit der Mut verlassen. Aber sein Mentor, Mezbah Yazdi, ein Gelehrter und Weiser, mahnte ihn zur Ruhe. Die Zeichen des Kommens des zwölften Mahdis seien mehr als deutlich. Er, der Präsident, solle sie lesen, sich in Geduld üben und nichts unternehmen. Die Ungläubigen richteten sich in diesen Tagen selbst. »Sieh, am Himmel streiten die Ungläubigen, töten sich. Israel und Amerika kämpfen gegeneinander. Die Welt wendet sich ab von den Zionisten. Habe Geduld. Höre, sehe und lese die Zeichen. Dann wird dir Heil zuteil.« Und so ließ er seinen Minister wissen, dass der Iran keine Vergeltungsschläge gegen die USA oder Israel führen werde. So erfuhr die Welt davon, aber vorher der Kontaktmann des Mossad in Isfahan, wenige Kilometer südlich, durch einen chiffrierten Anruf eines Kabinettsmitglieds.

Libanesischer Luftraum, 22. 06., 9.34 Uhr Zulu Time

> Als das Lamm das dritte Siegel öffnete, hörte ich das dritte Lebewesen rufen: Komm! Da sah ich ein schwarzes Pferd; und der, der auf ihm saß, hielt in der Hand eine Waage. Inmitten der vier Lebewesen hörte ich etwas wie eine Stimme sagen: Ein Maß Weizen für einen Denar und drei Maß Gerste für einen Denar. Aber dem Öl und dem Wein füge keinen Schaden zu!
>
> *Offenbarung des Johannes, Kapitel 6, Vers 4*

Die Ladeluke öffnete sich. Unter ihnen zogen zwischen Federwolken die schneebedeckten Berge des Antilibanons vorbei. Die feuchte Luft traf auf die heiße Wüstenluft im Osten und füllte den Luftraum mit immer mehr Wolken.

Jan und Elijah waren angegurtet und wie alle anderen mit Sauerstoffmasken ausgerüstet. An der Decke leuchtete eine Digitalanzeige, die rückwärts bis zur Absprungzeit zählte. Dann war es soweit. Regina und Faruk, bepackt mit dem Fallschirm und Gepäck, erhoben sich und wurden wie zwei Tiefseetaucher zum Heck des Flugzeugs geführt. Als Regina auf Jans Höhe war, grüßte sie ihn ein letztes Mal und streckte ihre Hand aus. Er umfasste sie mit beiden Händen. Dann legte er eine Hand auf sein Herz.

Regina hielt sich an einer Querstange fest. Sie konnte über eine Funkverbindung im Helm mit Faruk kommunizieren. »Du springst rechts von mir weg, Ich folge dir, dann hältst du dich an mich. Ich navigiere.«

Mit aller Kraft hielten sie sich bis zum Absprungsignal am Gitter fest. Schließlich erklang ein hoher Ton in ihren Helmen, und Faruk sprang. Eine Sekunde später folgte Regina. Jan starrte den beiden fassungslos hinterher.

Regina blickte auf die milchig weißen Wolkenformationen, die sich unter ihr vom Mittelmeer ins Landesinnere schoben. Das nennt man Glück, dachte sie, denn so konnten sie vom Boden aus erst sehr spät erkannt werden. Faruk flog jetzt wenige Meter vor ihr, hatte seine Hände nach hinten an die Hüften gestemmt und seinen Körper, so gut es ging, nach Osten weggekippt. Sie stemmte ihre Füße nach unten, so dass sie weniger Widerstand bot und besser gleiten konnte. Ihr Funk knarzte nur, nicht verwunderlich angesichts der Höhe. Höhensprünge boten viele Herausforderungen: Kälte, stärkerer Wind, physischer Stress. Keine dieser Widrigkeiten wird jedoch so unterschätzt wie die Hypoxie oder schlicht Sauerstoffmangel. Der kündigt sich nicht abrupt an, sondern schleichend. Man fühlt sich gut, fast euphorisch, doch die Konzentration lässt nach, und die meisten tödlich endenden Sprünge verlaufen so, dass der Schirm falsch oder zu spät geöffnet wird.

Regina sprach, während sie Höhenmesser und GPS fest im Blick hatte, Faruk an. Sie lag etwa fünf Meter von ihm entfernt. Näher wollte sie nicht kommen, um eine Kollision zu vermeiden. »Faruk?« Nichts als Rauschen in ihrem Headset. Noch knapp zwei Minuten bis zum Öffnen. Entgegen der üblichen Filmlegenden war es nicht möglich, eine bewusstlose Person einfach festzuhalten und mit ihr gemeinsam zum Boden zu gleiten. Das Öffnen des Schirms setzt zu viele Kräfte frei, die die Muskelkraft nie auffangen könnte. Regina wusste das. Sie wusste auch, dass nie ein Springer, ohne den Schirm zu öffnen, einen Sprung jemals überlebt hatte. Es waren noch 6000 Meter bis zum Grund. Sie sah zwischen den niedrigen Wolkendecken Dörfer, Straßen und hörte immer noch keinen Ton vom Syrer. Sie fluchte, denn in drei Kilometern landeinwärts lag ihre Landezone. Sie drehte den Kopf nach vorn und sank noch schneller. Sie musste unter den Syrer kommen, der jetzt kaum noch seine Position stabilisierte. Sein Körper kippte nach links, ruckartig schlugen seine Beine nach oben. Er purzelte in der Luft, verursachte Verwirbelungen, und Regina musste wieder ihre Position neu finden, wollte sie nicht mit ihm zusammenstoßen. 3000 Meter zeigte der Höhenmesser an, und sie rasten beide mit knapp 220 Kilometer pro Stunde der Erde entgegen. Immer wieder schleuderte Faruks Kopf hin und her. Sie musste eingreifen, denn am Boden war sie auf ihn und sein Wissen dringend angewiesen. Sie spürte die aufsteigende warme Luft. Sie hatten bei den Sprüngen im Training auch solche Situationen durchgespielt. Aber es war heikel. Sie musste an Faruk herankommen, ihn stabilisieren, dann den Schirm ziehen und sich blitzschnell davonmachen, um nicht unkontrolliert mitgerissen zu werden.

Sie ruderte heran, noch zwei Meter. Unter ihr riss die Wolkendecke nun völlig auf. Klare Sicht herrschte. Ihre linke Hand griff nach Faruks Brust. Reginas Bewegungsfreiheit war erheblich durch die auf ihre Brust geschnallten Waffen und den Rucksack eingeschränkt. Eine Verwirbelung presste sie plötzlich gegen Faruk. Ihre Helme stießen zusammen. Ihr linker Arm schleuderte nach hinten. Schmerz durchzuckte sie. Mit der rechten Hand versuchte sie, den Körper Faruks zu fixieren. 1200 Meter waren es noch, ihr GPS piepte. Unter ihr sah sie Schafherden, dahinter erstreckte sich die Schotterwüste. Wieder drückte sie ihren nun schmerzenden Arm nach vorn, um das Hand Deploy, den Hilfsschirm, auf Faruks Rücken auszulösen. 800 Meter. Das absolute Minimum bei diesem Gewicht. Das GPS und der Höhenmesser piepten nun ununterbrochen in ihrem Head

Set, als sei es nicht schon stressig genug. Entweder nahm sie erneut einen Anlauf und riskierte auch ihr Leben, oder sie rettete wenigstens sich selbst. Regina versuchte durch das verspiegelte Visier in Faruks Gesicht zu sehen, konnte aber den Kopf nur schemenhaft erkennen.

Wieder schlug sie eine Verwirbelung, von Faruks unkontrollierten Bewegungen verursacht, nach vorn, aber diesmal nutzte sie ihre Chance, und mit einem gewaltigen Kraftakt packte sie den Griff, bog sich nach hinten, so dass ihr Körper vom Wind weggezogen wurde, und mit einem harten Ruck öffnete sich Faruks Schirm. Blitzschnell aktivierte sie ihren Schirm. Der Wind trug sie und Faruk glücklicherweise weiter in die Wüste hinein, wo sie keinen Menschen erwarteten. Aber die Wüste hier bot keinen weichen Sand, der den Aufprall gemildert hätte. Es war Schotter und Geröll. Ihr GPS zeigte ihr an, dass sie jetzt direkt unter sich die eigentliche Landezone sahen, wunderbar gewählt in einem ausgetrockneten Wadi. Links und rechts begrenzt von Geröllwällen.

Fünfzig Meter. Faruk war direkt unter ihr. Sie zog an ihrer Lenkung nach rechts, beschrieb einen Bogen. Der Syrer berührte den Boden, seine Beine knickten ein. Aber just in diesem Moment erfasste ein Windstoß den schon eingefallenen Schirm, und Faruk wurde wieder zwei Meter hochgehoben, um dann auf den Rücken zu fallen und mehrere Meter über das Flussbett gezogen zu werden. Dann fiel sein Schirm zusammen. Und Faruk lag auf der Seite.

Regina musste sich um ihre eigene Landung kümmern. Das Gewicht zog sie hart nach unten, aber sie rollte sich in einer Drehung auf den Boden, das Gepäck drückte auf ihren Brustkorb, nahm ihr kurz die Luft. Dann rappelte sie sich auf, zog den Schirm zu sich, rödelte ihren Rucksack ab und zerrte in gebückter Haltung die Leinen zu sich. Sie fixierte den Schirm mit Steinen, schnallte sich los, löste die Glock aus dem Halfter an ihrer Wade und rannte das Flussbett hinunter zu Faruk. Sie griff nach dem Helm, öffnete den Verschluss und hob ihn vorsichtig hoch. Blut lief aus seinem

Mund und aus seiner Nase. Sie prüfte seinen Atem. Erleichtert spürte sie den Luftzug, schwach, aber wahrnehmbar.

Plötzlich erklangen Glocken. Regina entsicherte die Glock, drehte sich nach hinten. Auf dem Wall standen drei Schafe und blickten neugierig hinunter. Wo Schafe waren, waren auch Hirten. Stimmen wogten über das Geröll, jemand pfiff aus größerer Entfernung, aber in ihre Richtung. Regina löste den Bewusstlosen vom Schirm. Direkt an ihrer Stelle machte der Wall eine Wölbung. Sie zog Faruk mit aller Kraft über das Bett, legte ihn, so gut es ging, unter die Wölbung und rannte zurück, um ihren und Faruks Schirm zu holen.

Sie hockte unter dem Steinvorhang, als sie neben sich etwas Lebendiges wahrnahm. Ein Lamm stakste über das Bett auf der Suche nach trockenen Grasbüscheln. Es blickte auf, sah zu ihr. Wieder erklang die Stimme, kam näher. Regina war sich nicht sicher, ob sie den Hirten, zu dem die Stimme wohl gehörte, töten oder nur außer Gefecht setzen sollte. Das Lamm blieb jetzt direkt vor ihr stehen und blökte sie an. Sie kauerte sich noch weiter in die Wölbung. Jetzt war die Stimme genau über ihr. Regina hatte eine denkbar schlechte Position. Sie müsste aus ihrem Versteck springen und sofort das Ziel erkennen und schießen. Aber was, wenn der Hirte nicht allein war?

Das Lamm kam noch näher, schnupperte an der Fallschirmseide. Ganz langsam fuhr sie ihren Fuß aus, bedacht, nicht in den Blickwinkel des Hirten zu geraten, das Vieh aber zu verscheuchen. Das Schaf dachte jedoch gar nicht daran. Es biss in die Seide und zerrte an ihr. Der Hirte rief, es klang ärgerlich. Ein Stein flog von oben herab. Das Lamm stob davon.

»So sparen sie sich den Hund. Sie werfen mit Steinen.«

Regina zuckte zusammen.

Faruk war erwacht.

Tel Aviv, 22. 06., 12.10 Uhr

> Als das Lamm das vierte Siegel öffnete, hörte ich die Stimme des vierten Lebewesens rufen: Komm! Da sah ich ein fahles Pferd; und der, der auf ihm saß, heißt »der Tod«; und die Unterwelt zog hinter ihm her. Und ihnen wurde die Macht gegeben über ein Viertel der Erde, Macht, zu töten durch Schwert, Hunger und Tod und durch die Tiere der Erde.
>
> *Offenbarung des Johannes, Kapitel 6, Vers 5*

Sie hatten schon Funkkontakt mit dem Tower des Ben Gurion International Airport. Hier sollte die Hercules landen, als Elijah den Befehl gab, die Route zu ändern. Der Pilot wunderte sich nicht; so schnell angesetzte Änderungen kamen bei solchen Einsätzen immer wieder vor. Das war halt Mossad und nicht einfaches Militär. Elijah ließ den Militärflughafen Tel Nof südlich der Stadt Rechovot anfliegen. Es war nur sein Instinkt, so etwas war nicht zu lernen. Aber er kannte die Situation da unten nicht, und vermutlich hatte sie sich in den letzten Tagen seit seiner schnellen Ausreise aus Syrien dramatisch verändert.

So setzte die Frachtmaschine wenige Minuten später auf dem Rollfeld auf. Noch auf dem Flugplatz wurden die beiden von Soldaten in Empfang genommen, die sie in den Hangar brachten. Elijah stieg als Erster aus dem Jeep und begrüßte eine Frau und dann einen älteren dicken Herrn. Jan hielt sich im Hintergrund. Er hörte den Dicken schimpfen. Aber Elijah schien das nichts auszumachen. Er lächelte. Jovial klopfte er dem Mann auf die Schulter, drehte sich zu Jan und winkte ihn zu sich.

Die Frau stellte sich als Lea vor, der Mann als Shlomo. Jan lächelte freundlich, aber das Lächeln prallte an versteinerten Mienen ab. Er war nicht willkommen. Elijah bemerkte es. Seine Stimme wurde hart. Das Hebräisch war in Jans Ohren plötzlich aggressiv und feindlich. Diese Menschen würden ihn nicht von den Verdächtigungen freisprechen. Jan begriff, dass lediglich das Pergament sein Pfand für ein freies Leben bedeutete. Und er hatte mit Reginas Hilfe vorgesorgt.

»Können wir das Schriftstück jetzt haben, unsere Experten warten darauf.« Der Dicke sprach Deutsch.

»Nein, können Sie nicht.« Jan lächelte sein unbedarftestes Lächeln. Der Alte blickte wütend zu Elijah und stieß etwas Kurzes, nicht Wohlwollendes auf Hebräisch aus.

Jetzt mischte sich die Frau ein. »Herr Kistermann, das ist hier kein Basar. Sie sind auf israelischem Boden mit einem Fundstück, das für die Existenz dieses Staates sehr wichtig ist. Können wir uns gütlich einigen?«

Er sah erst sie freundlich an, dann fast vergnügt in das mittlerweile wutrote Gesicht des Dicken. Der nickte.

Lea atmete auf. »Wir haben die deutsche Botschaft informiert. In Jerusalem werden sie auf einen BKA-Beamten stoßen, Ihre Aussage und die von Elijah werden dort protokolliert. Wir werden die Aktion als eine arabisch-israelische Konfrontation bezeichnen. Sie stehen ab sofort sozusagen auf unserer Lohnliste.«

Jan hatte Jerusalem noch nie gesehen. Liegt Tel Aviv noch auf Meereshöhe, so fährt man über eine gut ausgebaute Autobahn auf fast 800 Meter Höhe. Hier war es bedeutend kühler als an der Mittelmeerküste Tel Avivs. Sie waren an verlassenen Orangen- und Gemüseplantagen vorbeigerauscht. Lea erklärte ihm, dass durch die Mobilmachung keine Arbeiter mehr auf den Feldern standen und sie jeden Tag Millionen Verluste machen würden. Aber das war noch längst nicht das Schlimmste. Nur wenige Stunden nach den Explosionen auf dem Tempelberg war die ohnehin schon angespannte Lage im Land eskaliert.

15 Prozent der israelischen Bevölkerung sind muslimischen Glaubens, das sind etwas mehr als eine Millionen Einwohner. Sie leben im ganzen Land verteilt. Sie alle sahen am Abend in ihren Wohnungen, den Cafés oder den Teestuben die Bilder. Sie alle konnten nicht glauben, dass es sich »nur«

um einen Terroranschlag, und nicht um eine politisch gesteuerte Militäraktion gegen den Islam handelte. Schon in der Nacht waren die ersten Schüsse gefallen. Dann brannten die Synagogen. In Jerusalem waren die jungen Männer aus dem Stadtteil Silwan unterhalb des Tempelbergs herauf zur Altstadt geströmt. Trotz eines starken Polizeiaufgebots konnten die Demonstranten nicht aufgehalten werden. Die Sicherheitsposten, die den Vorplatz zur Klagemauer abschirmten, waren schnell gestürmt worden, und ehe die Sonne über der alten Stadt aufging, waren bereits 43 Tote auf beiden Seiten zu beklagen. Die jüdischen Orthodoxen, die zu jeder Tages- und Nachtzeit hier beten konnten, waren die ersten Opfer der muslimischen Wut. Molotow-Cocktails wurden in die Talmudschulen rings um die Mauer geworfen. Rasch breitete sich das Feuer aus. Die ersten Häuser des angrenzenden jüdischen Viertels, aber auch Wohnungen der Araber brannten nieder, ehe die Jerusalemer Feuerwehr, von Soldaten gesichert, die Brände unter Kontrolle bekam. Den ganzen Morgen hallten Schüsse aus Automatikgewehren in den engen Gassen, die Stadt glich von Stunde zu Stunde immer mehr einem Kriegsgebiet. Aber auch in anderen Städten des Landes sorgte die Wut der Muslime für Verletzte und Tote. Das Militär übernahm die Kontrolle, was wiederum weitere Tote zur Folge hatte, denn der Oberbefehlshaber setzte nicht auf Eindämmung, sondern auf absolute Niederschlagung der Angriffe. Israel befand sich auf dem besten Wege in einen Bürgerkrieg.

Die Experten warteten in der archäologischen Fakultät der Hebräischen Universität. Das Institut lag auf dem Berg Skopus, man besaß von dort einen grandiosen Blick auf die Altstadt Jerusalems. Aber jetzt konnten die Mitarbeiter und Studenten der Universität nur noch auf die noch rauchenden Reste des Tempelbergs mit der einstmals goldglänzenden Kuppel des Felsendoms sehen. Während unterhalb des Berges gekämpft wurde, war das gesamte obere

Areal von israelischen Soldaten abgeriegelt worden. Obwohl die Hoheit über dieses Gebiet bei der Waqf, dem Hohen islamischen Rat, liegt, hatte das Militär sich für eine israelische Sicherung des Gebietes entschlossen, um die Kriminalexperten ungestört ermitteln zu lassen. Doch es kam in der muslimischen Bevölkerung natürlich ganz anders an.

Für die meisten Historiker hier am Institut war es eine nationale Schande, wie die Regierung mit diesem Ort verfuhr. Er war, gleich welche Religion ihn für sich beanspruchte, für die Forscher eine Fundgrube. Kreuzfahrer, muslimische Herrscher und Juden aus allen Zeiten der Geschichte hatten hier ihre Spuren hinterlassen. Der Anschlag machte jede Forschung unmöglich. Nur eine kleine Gruppe jüdisch-orthodoxer Forscher freute sich klammheimlich. Sie forderten schon seit Jahrzehnten die Räumung des Tempelberges von den Muslimen, um die Prophezeiung der Bibel zu erfüllen. Zwei Mal in der jüdischen Geschichte wurde der Tempel zerstört. Ein dritter Tempel sollte nach dem Willen einiger Orthodoxer genau auf dem Boden des Tempelbergs entstehen. Gleich gegenüber der Klagemauer hatten sie ein Institut gegründet, das diese Forderung in wissenschaftliche Erklärungen zu gießen schien. Eine übergroße goldene Menora, der siebenarmige Kerzenleuchter, stand wie zu einer Demonstration für alle sichtbar Richtung Tempelberg gewandt. Sie sollte einst, da waren sich Forscher wie Rabbiner einig, im wiedererbauten Tempel stehen. Es würde sie nicht kümmern, was die Welt dachte. Sie waren das auserwählte Volk, argumentierten sie. Aber in diesen Tagen der Kriegsangst, der Demonstrationen und der Wut waren ihre Stimmen leiser geworden. Die Mehrheit der Israelis wollte diesen Krieg nicht, sie wollte endlich Frieden. Um sie herum schlossen sich die Araber zu einer Union zusammen. Es ängstigte sie. Aber bislang war von ihnen kein Wort des Hasses oder der Drohung gekommen. Es war, als ob die Nation über einen Grat marschieren würde. Der Weg war nicht auf die übliche militärische

Weise zu gehen, das war den Menschen spätestens seit dem Anschlag auf dem Tempelberg klar.

Elijah steuerte den Wagen auf den Posten zu, der den Zugang zur Universität bewachte. Trotz der hochrangigen Insassen wurde auch dieser Wagen auf Bomben untersucht. Spiegel wurden unter das Auto geschoben, der Kofferraum wurde geöffnet. Die Anspannung war überall spürbar. Jan hatte noch nie ein Land gesehen, das derart unter Waffen stand. An jeder Straßenkreuzung standen Teenager mit schweren Kampfgeräten. Als sie die Treppen zum Institut emporstiegen, schritten ihnen mehrere junge Soldatinnen mit Gewehren auf dem Rücken entgegen. Erst jetzt fiel Jan auf, aus welch einem friedlichen Land er kam.

Als Jugendlicher hatte er viel Sympathie für diesen kleinen Staat mit seinen zähen Einwohnern gehabt. Er erinnerte sich, wie er seinem Vater an einem Abend vorgeschlagen hatte, den Sommer über in einem Kibbuz zu verbringen. Der alte Mann hatte ihn entgeistert angesehen und nur wortlos den Kopf geschüttelt. Seine Mutter hatte ihm die Ablehnung mit der immer drohenden Gefahr in diesem Land erklärt. Später wandelte sich die Meinung wie bei vielen Deutschen. Die Bilder des ersten und zweiten Libanon-Krieges, der Intifada, wo Soldaten auf Kinder und Jugendliche schossen, und nicht zuletzt der Krieg im Gaza-Streifen veränderten seine Sicht. Aber er behielt seine Meinung selbst bei Freunden für sich. Nie wollte er sich dem Vorwurf des Antisemitismus aussetzen.

Am Eingang empfing die vier ein bulliger, braungebrannter Mann mit einer Baseball-Kappe. »Schalom, mein Name ist Jonathan Finkel. Ich heiße Sie herzlich willkommen.« Er sprach in einem harten Englisch, aber er war für Jan gut zu verstehen. »Sie sind der glückliche Finder dieses Exponats?« Er gab Jan die Hand und drückte kräftig zu.

Jan spürte die schwieligen Hände und musterte das wettergegerbte Gesicht. Dieser Mann schien sein ganzes Leben unter der Sonne der Levante bei Grabungen verbracht zu haben.

»Kommen Sie, unsere Experten warten schon sehnsüchtig.«

Sie marschierten auf einen langen Gang, der mit schönem Marmor ausgelegt war, und hielten vor einer Doppeltür. Finkel öffnete sie, und Jans Blick fiel auf eine Traube Menschen, die sie freudig ansahen. Ein älterer Herr mit einem langen weißen Bart, einer dicken Hornbrille und einem weißen Kittel trat hervor und gab Jan die Hand. »Ich bin Professor Gideon Stern und leite die Untersuchung. Ich bin sehr neugierig auf Sie und natürlich auch auf Ihren Schatz. Wir sind ja sozusagen Kollegen, Doktor Kistermann, oder?« Die Stimme des Professors war schrill, wie bei einer Comic-Figur im Fernsehen.

Jan lächelte unsicher, drehte sich um und sah, wie Elijah seine zwei Begleiter verabschiedete. Dann kam er Jan zu Hilfe. »Professor Stern, Doktor Kistermann ist Mediziner. Er hat durch Zufall dieses Dokument erhalten.« Elijah legte eine kleine Kunstpause ein, so dass auch der jüngste Assistent im Raum verstand, auf welchem Wege Jan das Fundstück erworben hatte. »Er war sich aber der Bedeutung schnell bewusst. Wir glauben, mit Unterstützung eines Freundes in Frankfurt, dass es sich um eine Fälschung handelt.«

Stern nickte, und Jan öffnete seinen Rucksack. Der alte Poch hatte das Pergament sorgfältig in einem Metallbehälter verstaut, der einer Tupperdose ähnelte. Andächtige Stille herrschte, als Stern das Pergament mit Handschuhen vorsichtig herausnahm.

Elijah beugte sich zu Jan vor. »Genieß es! Noch nie war es so still, wenn mehr als zwei Juden zusammen waren.«

Jan schüttelte pikiert den Kopf. Unter Wissenschaftlern fühlte er sich wohl. Er genoss, wie ruhig und professionell die Experten arbeiteten. Daher setzte er sich auf einen Stuhl, lehnte sich an die Wand und sog die stille Atmosphäre ein.

Es dauerte wenige Sekunden, bis ihm die Augen zufielen und er in tiefen Schlaf sank.

Elijah war leise aus dem Raum geschlichen. Draußen wartete Lea Rothblum schon auf ihn. Sie saß auf einer Stuhlreihe, ein Bein an ihrem Körper angezogen, und las in ihrem Blackberry die neuesten Nachrichten des Inlandgeheimdienstes.

»Er schläft.« Sie lächelte.

»Wenn ich nicht wüsste, dass es ein Deutscher ist, würde ich meinen, dass du von deinem Kind sprichst.« Elijah grinste.

Lea war sein Schutzengel. All die Jahre hatte sie ihre Hand über ihn gehalten. Seine Einsätze waren immer heikel, selten legal. Und Elijahs zuweilen äußerst eigenwillige Lösungsansätze kamen in der Führung des Geheimdienstes weniger gut an. Meist verkaufte Lea seine Ideen diplomatisch in kleinen Häppchen. Sie hatte feuerrote Haare, die mittlerweile von weißen Fäden durchwirkt waren. Ihre grünen, stechenden Augen und die langen Gliedmaßen ließen sie erst auf den zweiten Blick als attraktiv erscheinen. Aber wer sie einmal als liebenswert kennenlernen durfte, war für immer auf ihrer Seite. Sie lebte mit ihrer Familie in Tel Aviv, in einem der mittlerweile etwas heruntergekommenen Häuser, die die zionistischen Gründer des Landes 1948 eilig in die Dünen für die Immigranten aus aller Welt hatten bauen lassen.

»Mein Lieber, du hast uns ganz schön in Bedrängnis gebracht. Der Premier will nicht aus der Position eines Schwächeren heraus argumentieren. Wir dürfen nie den Eindruck erwecken, dass wir mit dem Rücken an der Wand stehen. Das würden die Araber sofort spüren und ausnutzen.«

Er sah sie spöttisch an. »Wo stehen wir denn, wenn nicht an der Wand? Am Abgrund?«

Sie verdrehte die Augen. »Elijah, wir beide wissen, wie existenziell bedrohlich die Lage ist. Lass uns nicht darüber scherzen. Sag mir lieber, was für ein Kerl das da drin ist, und was deine anderen zwei neuen Freunde gerade machen.«

Er griff in ihre Handtasche, kramte darin herum. Sie ließ es ruhig geschehen, wissend, was er suchte. Elijah fingerte ein silbernes Etui heraus, klappte den Deckel auf und nahm eine kleine selbstgedrehte Zigarette, die hinter einem Gummiband fixiert war.

»Sie ist eine kluge und fähige Polizistin. Naja, er ist halt Faruk. Wir kennen ihn und beobachten ihn ja schon länger. Ich weiß nicht, auf wessen Rechnung er spielt. Sie hingegen scheint wirklich nur an die Vermisste herankommen zu wollen.« Er zog tief den harzigen Duft ein, schloss den Mund, ließ den Rauch wirken und atmete langsam wieder aus. »Unter dem Präsidenten ist der Boden völlig ins Schlingern geraten. Die Syrer sind schwerer denn je einzuschätzen. Je länger er mit einer angemessenen Reaktion auf den Anschlag wartet, desto mehr werden die Sunniten in seinem Land gestärkt. Er weiß das. Also braucht er eine Lösung. Die Frage ist, ob es eine der üblichen Lösungen sein wird. Säbelrasseln, Katjuscha-Raketen auf unseren Norden, das Übliche eben. Einen Krieg wird er nicht riskieren wollen. Er und seine jungen Mitstreiter in den anderen Ländern wissen zu genau, dass sie keine Chance hätten und wir nur darauf warten. Wir wollen die Union nicht, oder?«

Lea blickte ihn lange an. »Es gibt eine kleine Gruppe aus Militär und vor allem aus der Wirtschaft um den Premier, die diese Union der Araber nicht so negativ sieht. Vielleicht gewinnen wir ein potenzielles Hinterland, aus dem wir Abnehmer unserer Waren und Arbeitskräfte rekrutieren. Noch exportieren wir genau so viel wie der gesamte arabische Raum. Warum sollte Israel nicht Teil eines größeren Wirtschaftsbundes werden? Wenn die neuen Führer da drüben wirklich so pragmatisch und antireligiös sind, kann das für die gesamte Region der Schlüssel zu Wohlstand und Frieden sein. Aber wie gesagt, die Gruppe ist noch klein.«

Elijah lehnte seinen Kopf an die Wand. Langsam strömte die Wirkung des Rauchs durch sein Hirn. »Was für ein Traum! Dieser Faruk scheint mir ein Schlüssel zum Erfolg zu sein. Er hat durch seine Vergangenheit einerseits Zugang zum Präsidenten, andererseits wurde er vor Jahren kaltgestellt. Vielleicht ist seine These vom bösen alten Mann im Hintergrund gar nicht so falsch. Wenn die beiden in Syrien fündig werden, könnte das etwas Bewegung ins Spiel bringen.«

Lea hatte still zugehört. Sie griff nach Elijahs Hand, zog an der Zigarette, blies aber schnell wieder aus. »Du hattest recht, wir stehen am Abgrund ... wenn wir uns auf eine Ex-Polizistin aus Wien und einen abgehalfterten Distrikt-Geheimdienstchef aus Syrien verlassen müssen ...«

Beirut, 22.06., 13.10 Uhr

> Als das Lamm das fünfte Siegel öffnete, sah ich unter dem Altar die Seelen aller, die hingeschlachtet worden waren wegen des Wortes Gottes und wegen des Zeugnisses, das sie abgelegt hatten. Sie riefen mit lauter Stimme: Wie lange zögerst du noch, Herr, du Heiliger und Wahrhaftiger, Gericht zu halten und unser Blut an den Bewohnern der Erde zu rächen? Da wurde jedem von ihnen ein weißes Gewand gegeben; und ihnen wurde gesagt, sie sollten noch kurze Zeit warten, bis die volle Zahl erreicht sei durch den Tod ihrer Mitknechte und Brüder, die noch sterben müssten wie sie.
>
> *Offenbarung des Johannes, Kapitel 6, Vers 9*

Es war die erste Konferenz nach dem Mittagsgebet. Zum ersten Mal seit Jahren war ein syrischer Präsident offiziell in den Libanon gereist. Ebenso reiste der Ägypter erstmalig nach Tripolis. So hatten sie es in ihrer »Roadmap« zur Union vereinbart. Über eine permanente leichte Verschiebung des Status quo wollten sie die Annäherung der bislang zerstrittenen Länder und ihrer Vertreter aufbauen. Aber die neue Situation überdeckte alle Bemühungen. Heute Mittag sollte der Libanese von seinen Geheimgesprächen mit den Juden berichten. Er saß mit dem Syrer an einem Konferenztisch im Keller des Präsidentenpalastes und starrte auf den großen Monitor an der Wand, wo die beiden anderen ihn erwartungsvoll anblickten.

»Sie geben sich alle Mühe, die Unruhen in ihrem Land herunterzuspielen. Er hat sich erst sehr überheblich und distanziert verhalten. Als ich ihm klarmachte, dass wir nicht als Kriegsparteien zueinander sprächen und wir lösungsorientiert seien, wurde er etwas entspannter. Mein Gefühl sagt mir, dass den Israelis der Topf gerade überläuft. Ich bin mir nicht sicher, ob er die Buchstaben mit Punkten versehen will, aber er ist über unser Stillhalten sehr verwundert. Das merkte ich ihm an. Doch Schritt für Schritt. Erst kommt das kleine, dann das große Fest.«

Die anderen nickten. Der Jordanier wollte gerade in dieses arabische Sprichwort einhaken, der Ägypter kam ihm jedoch zuvor. »Wir sollten uns nicht zu früh über diese Eskalation freuen. Unser Dienst berichtet von einer hektischen Betriebsamkeit innerhalb der Tunnelsysteme an der Grenze zu Gaza. Wir haben das bald nicht mehr unter Kontrolle. Die Hamas wie auch die Hisbollah wollen sich an die Spitze der Bewegung setzen, den Anschlag für ihre Zwecke ausnutzen. Das kann uns nicht passen.«

Seit Israel die Grenzen zum autonomen Palästinensergebiet Gaza schließen ließ, waren jeden Tag Waren, Rohstoffe und Waffen über Tunnel von Ägypten nach Gaza geschmuggelt worden. Trotz Bombardierungen der israelischen Luftwaffe und einer tief in den Boden versenkten Stahlplatte hatten die verzweifelten Palästinenser sogar in Einzelteile zerlegte Autos durch die unterirdischen Systeme geschafft. Nur Alkohol ließ die Hamas, die regierende Organisation in Gaza, offiziell nicht zu.

»… wenn jetzt die Hamas vom Westen und die Hisbollah vom Norden aus dem südlichen Libanon wieder mit dem Raketenbeschuss beginnen würden, wäre das eine hervorragende Vorlage für die Israelis, mit einem militärischen Gegenschlag zu antworten und den Moment für einen neuen Frieden zu verpassen. Darüber hinaus verlöre die Union, nur wenige Tage nach ihrer Proklamation, den Boden unter den Füßen.«

Der Syrer schaltete sich ein. Sein langer Oberkörper beugte sich nach vorn in die Videokamera, sein Gesicht erschien für die anderen übergroß. Es war unfreiwillig, zeigte aber seine Wirkung. »Wir werden mit diesem Gesindel aufräumen und mit einem Stein zwei Vögel töten. Ich schlage hiermit vor, zukünftig einen Vertreter der Palästinenser an unseren Tisch einzuladen. Ich kenne eure Bedenken. Wir haben das schon einmal lange diskutiert. Aber jetzt ist die Zeit, dass wir nicht mehr den Radikalen das Spielfeld überlassen. Wir sitzen im Sattel, nicht der Iran oder wirre Imame aus Gaza-Stadt. Mein Dienst und seiner«, er zeigte auf den Libanesen, »stehen bereit. Lasst uns sie schnell und bedingungslos enthaupten.«

Dem Libanesen lief unwillkürlich ein kalter Schauer über den Rücken. Sein Vorgänger im Amt, Rafik Hariri, war 2005 mit 1000 Kilogramm Sprengstoff getötet worden, mit Wissen und Billigung des Syrers, so glaubte er. Und zehn seiner dreißig Minister im libanesischen Kabinett gehörten der pro-syrischen Opposition unter Führung eben dieser Hisbollah an. Konnten sich so schnell Allianzen im Nahen Osten ändern?

Aber das waren vielleicht auch andere Zeiten. Zu lange hatte der Libanese die endlose Spirale aus Terror und Gewalt miterlebt. Die Union schien für ihn die letzte aller denkbaren, menschlich akzeptablen Lösungen zu sein.

Er schaute zum großgewachsenen Mann neben sich. Der junge Mann schien willens zu sein, sich der Führung der Hisbollah zu entledigen. Auch wenn das den Bruch mit

Iran zur Folge hätte. Bashar ritt von allen hier Anwesenden den schnellsten Ritt. Er gehörte einer religiösen Minderheit an, die von den Sunniten in seinem Land zutiefst gehasst wurde. Sie würden ihm keinen Fehler verzeihen. Und er hatte schon längst keinen Anfängerschutz mehr.

Die Präsidenten hatten vor Wochen das Thema Terror und Islamisten-Gruppen erörtert und dann auf einen späteren Zeitpunkt verschieben wollen. Aber jetzt war es akut. Der Syrer war sich der Zustimmung aus Ägypten wie aus Jordanien sicher, einzig Libyen schien ihm unsicher zu sein. Man gab eine Option aus der Hand, nicht wissend, ob in der Zukunft genau solche Gruppen mit ihrer Art der Kriegsführung wichtig sein könnten. Und wenn es nur ein Faustpfand sein würde. Er schwitzte, als er auf die Antwort aus Tripolis wartete.

»Wir stimmen zu«, kam es aus Libyen. Das war das Todesurteil für die weitverzweigte Führung der Hisbollah.

Der Libanese schaltete sich ein. »Heute Nachmittag telefoniere ich erneut mit den Israelis. Wir schlagen einen Gipfel vor, ohne jegliche westliche Beteiligung, wir bestimmen die Themen, zeigen uns als friedenswillig. Wenn die Juden jetzt noch kleine Datteln verhandeln wollen, werden sie als Blockierer da stehen. Wir müssen die Geschwindigkeit vorgeben.«

Bashar hatte das letzte Wort. »Du hast unser aller Vertrauen. Du kannst in unserem Namen den Gipfel anregen. Wo auch immer. Nur bald. Unser Volk will Frieden.«

Und ich habe Angst. Aber das dachte der syrische Präsident nur.

In einem Bunker, tief unter einem Beiruter Vier-Sterne-Hotel, saß der Führer der Hisbollah in einem provisorischen TV-Studio. Er war guter Dinge. Der Feind im Süden richtete sich gerade selbst. Israel würde die Wut zu spüren bekommen. Und auch für seine Organisation war es Zeit, sich aus den freundlichen Umarmungen der Syrer zu lösen. Seit drei Jahren hatte der Chef der weltweit schlagkräftigsten Terrororganisation nicht mehr das Tageslicht gesehen.

Bosra, 22. 06., 19.25 Uhr

> Und ich sah: Das Lamm öffnete das sechste Siegel. Da entstand ein gewaltiges Beben. Die Sonne wurde schwarz wie ein Trauergewand und der ganze Mond wurde wie Blut. Die Sterne des Himmels fielen herab auf die Erde, wie wenn ein Feigenbaum seine Früchte abwirft, wenn ein heftiger Sturm ihn schüttelt. Der Himmel verschwand wie eine Buchrolle, die man zusammenrollt, und alle Berge und Inseln wurden von ihrer Stelle weggerückt. Und die Könige der Erde, die Großen und die Heerführer, die Reichen und die Mächtigen, alle Sklaven und alle Freien verbargen sich in den Höhlen und Felsen der Berge. Sie sagten zu den Bergen und Felsen: Fallt auf uns und verbergt uns vor dem Blick dessen, der auf dem Thron sitzt, und vor dem Zorn des Lammes; denn der große Tag ihres Zorns ist gekommen. Wer kann da bestehen?
>
> *Offenbarung des Johannes, Kapitel 6, Vers 12*

Die rotgestreifte Katze war trächtig. Ihr Bauch quoll förmlich über. Langsam setzte sie ihre Pfoten auf dem weißgetünchten Dachsims. Ihr linkes Auge hatte sie verloren, nur ein dunkles Loch war zurückgeblieben, an dessen Rändern sich die Haut entzündet hatte. Ihr gesundes Auge starrte die beiden Menschen lange an, die einen Meter unter ihr auf dem Dach lagen.

Faruk und Regina hatten sich auf dem Dach eines Hauses auf einen alten Teppich gelegt. Links und rechts von ihnen war das Gepäck deponiert, und ihre Waffen lagen einsatzbereit auf den Rucksäcken.

Ihre israelischen Ferngläser mit Nachtsichtfunktion wären allein schon ein Verhaftungsgrund gewesen. Faruk hatte seit Tagen keinen Kontakt zu seinem Führungsoffizier des syrischen Geheimdienstes gehabt. Das wäre nicht weiter aufgefallen, denn seine Mission sah solche Informationslöcher auch vor, aber die neue politische Lage sowie eine Rückkehr in das eigene Land ohne sofortige Kontaktsuche waren undenkbar und vor allem verdächtig. In Aleppo war man sicher schon alarmiert und hatte die syrische Botschaft in Berlin informiert.

Er schien sich von seinem Sprung nach einer kurzen Ruhephase erholt zu haben. Regina hatte ihn in der Wüste mit Wasser und Elektrolyte, die Jan ihr mitgegeben hatte, aufgepäppelt. Aber gesund war er nicht. Er brauchte dringend mehr Ruhe. Seine Lunge schien erheblich angegriffen zu sein. Sein Atem rasselte. Zudem hatte er sich möglicherweise eine Rippe gebrochen. Er klagte nicht. Stattdessen hatte er die Fallschirme in einem Schafstall verschwinden lassen, in einem benachbarten Dorf Kleidung besorgt, und so waren er und Regina in einen Überlandbus nach Bosra gestiegen.

Faruk hatte sich gegenüber dem Fahrer, der die Tickets verkaufte, als Fremdenführer ausgegeben, der einer Europäerin die Schönheiten des Landes zeigen durfte. Dann hatte er sich in die hinterste Reihe gesetzt, wo er Regina seinen Plan erklärte.

Er hatte in den vergangenen Jahren so unauffällig wie möglich ein Bewegungsmuster Fischers erstellt. Er kannte die Häuser, seinen Stammsitz in Lattakia wie auch die Rückzugsorte hier im Süden. Die Provinzstadt Bosra war erst jüngst hinzugekommen. Die alte Stadt, wenige Kilometer von der jordanischen Grenze entfernt, war bekannt für ihre römischen Ruinen; besonders ihr großes halbrundes Theater mit seinen 15000 Plätzen und einer grandiosen Akustik war atemberaubend. Jedes Jahr fanden hier Musik- und Theaterfestivals statt. Fischer hatte sich für ein

Anwesen in der Nähe einer großen quadratischen Zisterne entschieden. Der Bus hatte an der Umari Moschee in der Nähe der Altstadt gehalten, und sie waren zu Fuß zu den Ruinen gelaufen. Faruk hatte das Haus einer Witwe ausfindig gemacht, die ihre kargen Zimmer an Fernfahrer und Händler vermietete. Die Frau war Drusin und trug kein Kopftuch, wie Regina verwundert bemerkt hatte.

»Sie wird schweigen. Ich habe Informationen über sie und ihre Familie«, hatte Faruk lakonisch erwidert, als Regina ihn nach der Sicherheit des Hauses fragte.

»Aha, und welche?«

»Keine Frau würde hier mit der Vermietung allein überleben. Sie vermittelt junge irakische Flüchtlingsfrauen als Prostituierte an die Lastwagenfahrer, die aus Jordanien hierher kommen. Das ist zwar verboten, aber es ihr einziges wirkliches Auskommen.«

Regina war über die nüchterne Betrachtung dieser Notlage entsetzt gewesen, hatte jedoch keine Regung gezeigt.

Die Nacht kündigte sich an, doch die hohen Temperaturen des Tages sanken nicht. Immer wieder wehte ein heißer, trockener Wind aus der östlichen Wüste. Sie wollten das gegenüberliegende Haus, in dem Faruk den alten Mann vermutete, vom Dach aus beobachten, die Anzahl der Bewohner feststellen und dann unbemerkt hineingehen. Es war in der Form eines Würfels gebaut, der von einer großen weißgekalkten Mauer umgeben war. Auf dem Dach befand sich eine große Satellitenschüssel, und nur ein geübtes Auge erkannte die hochmoderne Kommunikationsanlage daneben. Diese Anlage garantierte auch bei Ausfall der staatlichen Strom- und Telefonanlagen jederzeit Gespräche in das In- und Ausland. Ungewöhnlich in einem Staat, der erst mit dem neuen Präsidenten den Zugang zum Internet Anfang des 21. Jahrhunderts für alle Bürger zugelassen hatte.

Im rückwärtigen Bereich befand sich ein karger Garten, der das Hauptanwesen von einem kleineren Kubus, einem Anbau, trennte. Waren syrische Häuser mit wenigen Fenstern ausgestattet, gab es hier auf den ersten Blick nur eines. Diese Besonderheit war aber nur von hier oben einzusehen. Von der Straße wirkte es wie ein normales arabisches Haus eines reichen Bürgers.

»Fischers Haus an der Küste wird von einer Sonderabteilung der Armee bewacht. Hier aber scheint er eigene Wachmannschaften zu haben. Er wird von einem Deutschen gefahren. Dick und einst blond, jetzt eher weiß. Es scheint sein Sohn zu sein. Er wirkt tumb, aber gefährlich. Dazu gibt es noch eine ältere Frau, ihre Herkunft ist mir unklar geblieben. Ein Mann, für einen Araber zu groß, fast hünenhaft, ist immer in seiner Nähe. Er wirkt kampferprobt und sehr wachsam. Er trägt seine Waffen auf dem Rücken und am Bein. Fischers Lieblingsfahrzeug ist ein Mercedes, altes Baujahr, aber gepanzert. Ist vor fünf Jahren über Zypern geliefert worden. Vorheriger Besitzer war ein Politiker aus dem Süden Deutschlands. Das Haus scheint hier ausgebaut worden zu sein. Bei meiner letzten Observation waren sowohl die Einfahrt, die Satellitenanlage auf dem Dach als auch der Anbau hinter dem Haus nicht da. Mein Informant hier in Bosra ist vor einem Monat tödlich verunglückt.«

Regina sah ihn fragend an. »Haben sie dich entdeckt?«

»Nein, oder besser, sehr unwahrscheinlich. Er war ein Einheimischer, erstellte für mich auch einen Grundriss des Hauses. Ein Bauarbeiter, der half, den Komplex dort drüben zu erweitern.« Sie sah ihn skeptisch an, aber Faruk wiegelte ab. »Der Informant war ein notorischer Trinker. Vor wenigen Wochen starb er bei einem Versuch, illegal Strom von einem Überlandmast anzuzapfen. Nichts Ungewöhnliches hier. Es gab keine Hinweise auf Fremdeinwirkung.«

Jemand schaltete in dem Raum mit dem Fenster, nach Faruks Beschreibungen die Küche, das Licht an. Regina fokussierte ihr Glas auf die Person. Es war eine Frau. Sie trug ein Kopftuch. Ein hageres Gesicht war zu erkennen. Sie bereitete etwas zu, verpackte es in einen Rucksack.

Regina dachte unwillkürlich an die Vorbereitungen ihres Vaters, wenn es zum Bergsteigen ging. »Will da drüben jemand verreisen?«, flüsterte sie.

Faruk sah durch sein Fernglas. »Sieh mal auf neun Uhr. Erkennst du da was?«

Regina schwenkte leicht nach links. Es war der Verbindungsweg zum Anbau. Sie schaltete ihr Fernglas auf Nachtmodus, und das Gesichtsfeld strahlte in einem sirrenden Grün. Sie zoomte heran. Sie konnte es nicht glauben. Diese kleine, leicht ein Bein nachziehende Person, die Hände auf dem Rücken gefesselt und einen Kaftan tragend, war – Almut.

»Ist sie das?« Faruk wendete sich Regina zu.

Sie nickte und starrte auf die Frau im Kaftan. Hinter ihr hielt ein Hüne mit einer Sturmhaube den Arm der Frau. Plötzlich stolperte sie. Der Mann riss sie brutal hoch und stieß sie wieder vorwärts. Dann verschwanden sie aus dem Sichtfeld in den Anbau.

»Verdammt!« Faruk fluchte.

In der Einfahrt regte sich etwas. Jemand schritt aus dem Haus, riss die Wagentür auf und startete das Auto. Es war ein Mercedes S-Klasse.

»Was machen wir?«, fragte Regina. »Wenn das Fischer ist, müssen wir uns entscheiden. Für zwei Aktionen haben wir keine Zeit.« Faruk dachte nach. Ein Zugriff war für ihn mehr als heikel. Das wäre endgültig sein Bruch mit dem Land. Er wäre zwingend auf den Erfolg angewiesen – angewiesen darauf, dass sich seine Vermutungen bestätigen würden, der Präsident ihm glauben würde, der Zugriff gelingen würde.

Regina spürte seinen Unwillen. »Ist schon gut, Faruk. Ich gehe allein rein. Du bleibst am Auto dran. Ich hole Almut, sichere sie hier und warte auf dich. Dann kümmern wir uns gemeinsam um Fischer. Aber vielleicht kann uns Almut ja schon mit Informationen weiterhelfen.« Sie sah ihn auffordernd an.

Er blickte weiter durch sein Fernglas, als er nickte. Er konnte ihr nicht in die Augen sehen. Das war ein Himmelfahrtskommando, und er wusste es.

In Fischers Haus erlosch plötzlich das Licht. Durch das Nachtsichtgerät konnte Regina sehen, wie ein gebückt gehender Mann, vorsichtig tastend, das Haus verließ. Ein dicker weißhaariger Mann stützte ihn. Das fluoreszierende Licht des Geräts ließ die Gesichter gespenstisch kalt aussehen.

Faruk robbte zurück. Kurz berührte er Reginas Hand. Sie drehte sich um und sah in sein Gesicht.

»Möge Gott dich begleiten!« Er zog seinen Rucksack mit den Waffen und dem Equipment vom Sims und kroch zur Dachöffnung.

Von unten waren Stimmen zu hören, die Regina aber nicht verstand. Jetzt stieg der Alte im Fond des Wagens ein, und der Dicke nahm vorn auf dem Fahrersitz Platz. Langsam rollte der Wagen im Leerlauf die Einfahrt hinunter. Dann wendete er und fuhr auf die Nationalstraße. Kaum war der Mercedes im Kreisverkehr des benachbarten Marktplatzes verschwunden, wurde unter ihr ein Garagentor geöffnet, und ein Moped startete. Jetzt sah sie Faruk darauf sitzen, er knatterte die Straße hinunter. Schau an, der Syrer konnte auch Mopeds klauen. Dann aber durchfuhr sie ein anderer Gedanke. Sie war nun völlig allein. Für einen kurzen Moment schoss ihr Panik in den Kopf.

Regina schloss die Augen. »Denk positiv und strukturiert. Mach dir ein Bild deiner Lage.« Sie musste nicht hetzen, das war positiv. Die Geisel war fixiert. Ein Auto, das sie hätte wegbringen können, war nicht in Sicht, und es waren weniger Personen anwesend. Sie kannte den Grundriss. Er lag neben ihr. Faruk hatte ihn ihr gegeben, und sie würde ihn in wenigen Minuten völlig aufgenommen haben. Sie hatte Schusswaffen, genug Munition. Es war dunkel. Sie besaß ein Nachtsichtgerät und eine Blendgranate. Langsam verschwand die Panik. Nachteil: Ihr Rückzugsfeld lag sehr nah am Zugriffsort. Die Zahl der Gegner war nicht bekannt, ebenso die eingesetzten Waffen. Sprengfallen musste sie nicht fürchten, aber ihre Gegner kannten ihr Terrain besser. Sie besaß keine Deckung, keiner konnte sie bei Kampfunfähigkeit herausholen. Aber auf Faruk zu warten wäre zu risikoreich.

Eine Idee kam ihr plötzlich in den Sinn. In Kürze würde wenige Meter von ihr vom Minarett der Moschee aus den Lautsprechern das Abendgebet erschallen. Vermutlich war es laut genug, um zumindest unbemerkt auf das Gelände zu gelangen. Mit ihrem zweiten Fernglas maß sie die Distanzen, dann prägte sie sich den Grundriss ein, den Faruk ihr gegeben hatte.

Als sie sich sicher fühlte, erhob sie sich und rödelte sich im hinteren, nicht von der Straße einsehbaren Teil des Daches auf, ihr Springeranzug war teflonbeschichtet, er würde zumindest Querschläger hemmen, vielleicht sogar abhalten. In engen Räumen waren diese das größte Risiko. Aber die Glock allein reichte Regina nicht. An ihrem rechten Oberschenkel befestigte sie ein Holster mit einer weiteren Kurzwaffe, einer Walther P8 Combat. An ihrem Gürtel steckte ein Eickhorn-Klappmesser. Sie fühlte sich gut ausgerüstet.

Sie schritt eine brüchige Treppe, die an der Außenwand ihres Hauses lag, hinunter zur Straße. Einer Katze gleich, huschte sie aus dem Licht in den Schatten der Mauer, die das Haus von Fischer umgab. Auf dem Sims waren Glasscheiben einbetoniert worden. Sie warf vorsichtig ihren kleinen Teppich darüber, den sie vom Dach mitgenommen hatte. Ein Knacken ertönte, sie zuckte zusammen, aber das einsetzende Gebet, das wirklich laut hier erschall, beruhigte sie wieder. Sie zog sich hoch, schaute auf die andere Seite. Es war sauber, keiner war zu sehen. Regina rollte sich auf die andere Seite, glitt an der Mauer herab und zog den Teppich mit. Mit wenigen Schritten war sie am Haus und kauerte unter dem Küchenfenster. Es war still.

Sie wollte ohne Umschweife zum Anbau gehen, Almut befreien und wieder ohne großen Aufwand abziehen. Sie hatte in wenigen Sekunden auch den gepflasterten Weg zum Anbau erreicht. Sie sah nach oben und erblickte eine Glühlampe, schraubte sie aus der Fassung, legte sie in den Teppich, und kurz bevor der Muezzin sein Gebet beendet hatte, war die Lampe zerstört, und die Scherben waren vor der Tür zum Anbau auf breiter Fläche verstreut. So konnte sie ungebetene Gäste früher hören. Die Tür war verschlossen und mit einem Riegel noch einmal fixiert.

Im nächsten Moment hatte Regina die Tür geöffnet. Aus dem völlig dunklen Raum drang ihr ein bestialischer, süßlich riechender Gestank entgegen. Sie würgte kurz, nahm aber dann ihre Glock in beide Hände, entsicherte sie und schob ihr Fernglas mit der Nachtsichtfunktion von ihrer Stirn herunter. Auf einer Pritsche am anderen Ende des Raumes lag jemand. Sie schloss widerwillig die Tür und ging zwei Schritte nach vorn. Sie schrak zusammen, hinter ihr erklang eine flüsternde Stimme.

»Ho … holen Sie … mmmii …?«

Regina drehte sich blitzschnell um und legte auf die Gestalt an. »Wie ist Ihr Name?«

Die Gestalt gab keine Antwort.

»Sagen Sie mir Ihren Namen.«

Dann aber sah sie es in dem grünen Licht. Es war Almut – kein Zweifel. Ihr einst rundes Gesicht schien etwas eingefallen zu sein, aber dennoch zeichnete sich unter ihrem Kaftan ihre gedrungene Gestalt ab. Sie hatte sehr große Brüste; fettige Haarsträhnen fielen ihr Gesicht.

Die Waffe immer noch im Anschlag, hob Regina die linke Hand. »Ruhig, alles gut. Wir holen Sie hier raus. Ich bin aus Österreich, wie Sie«, flüsterte Regina. »Wer ist das auf der Pritsche?« Sie starrte auf Almut, die sie fast ausdruckslos ansah. »Almut, wer ist das?«

Regina machte ein Schritt auf Almut zu. Noch ehe ihre Hand deren Schulter berühren konnte, öffnete Almut den

Mund. »Passen … Sie … auf … paaassseeen Sieee … aufff«, kam es langsam, und dabei weiteten sich ihre Augen.

Im nächsten Moment war alles weiß. Ein brennender Schmerz durchzuckte Reginas Kopf. Jemand hatte das Licht im Raum eingeschaltet. Sie presste ihre Augen zusammen, riss sich das Gerät vom Gesicht und drehte energisch ihre Glock blind im Raum herum, in der Hoffnung, ein Geräusch aufzunehmen. Ein Tritt traf sie in die rechte Kniekehle, sie sackte zur Seite, aber drehte sich im Fallen und holte mit dem linken Bein nach hinten aus. Sie schlug ins Leere. Ihr Gegner kannte diese Technik. Fünfzehn Sekunden, hatten sie gelernt, ist man bei so einem plötzlichen Lichteinfall blind. Man empfahl, die Augen so lange geschlossen zu halten und nur seinem Gehör zu vertrauen. Sie wollte nicht schießen, dann wäre alles umsonst gewesen. Aber diese Option wurde ihr im nächsten Moment buchstäblich aus der Hand geschlagen. Ein Tritt traf ihre Schusshand.

Regina drehte sich, schwang sich auf die Beine. Sie nahm in diesem bestialischen Gestank plötzlich noch einen anderen Geruch wahr. Es roch nach faulen Eiern, wie …? Sie konnte den Gedanken nicht zu Ende führen. Ihr Gegner hatte mit voller Wucht gegen ihre Schläfe geschlagen. Für einen Moment taumelte sie. Dann sprang etwas in ihren Rücken, griff unter ihre Arme und fiel mit ihr auf den Boden. Sie prallte ungebremst auf ihr Gesicht, das Gewicht immer noch in ihrem Rücken. Ihr blieb die Luft weg. Mit letzter Kraft wollte sie ihre Hacken in den Rücken des Gegners treten und sich dann wegwinden. Der aber griff unter ihr linkes Bein und zog es ruckartig nach vorn. Ein stechender Schmerz fuhr ihr vom Becken den Rücken hoch. Sie versuchte, mit ihren Händen in sein Gesicht zu schlagen, aber erreichte es nicht. Langsam wich ihre Kraft aus ihrem Körper. Ihr Wille ließ nach. Im Training hätte sie jetzt zwei Mal mit der flachen Hand auf die Matte geklopft, um ihre Aufgabe zu signalisieren. Hier und jetzt ging es um ihr Leben. Der rechte Fuß ihres Gegners spreizte ihr rechtes Bein. Ein neuer Schmerz durchströmte sie. Das Gewicht und die Fixierung ihrer Extremitäten ließen sie erstarren. Dann kam er noch näher. Sie roch ihn. Faulig und feucht strich sein Atem an ihrem Gesicht. Er war mit seinem Mund ganz nah an ihrem Ohr. Tränen rannen ihr aus den Augen. Er flüsterte etwas, was für sie irgendwie osteuropäisch klang. Dann aber verstand sie seine Worte. »Ich zerreiße dich.«

Faruk hatte den Mercedes, der mit hohem Tempo durch die Gassen gefahren war, kurz verloren, von weitem aber dann die auffälligen Scheinwerfer gesehen. Die S-Klasse hielt am südlichen Rand des Ruinenfeldes. Hier, wo tagsüber Hunderte von Touristen, die Syrien als Geheimtipp entdeckt haben, die Reste römischen Lebens in Bosra bestaunten, lag jetzt nach Einbruch der Dunkelheit alles still im fahlen Licht der gelben Straßenlaternen. Und umso imposanter und geheimnisvoller wirkten die Ruinen der Therme und der Säulenstraße. Faruk hatte sein Moped abgestellt und sich leise an das Auto herangeschlichen. Der Wagen war verlassen. Erstaunlich, wie schnell der Alte aus dem Wagen gekommen war. Der Syrer war unsicher. Er hielt den Atem an und lauschte nach Stimmen. Nichts. Er atmete aus und wieder ein. Streunende Hunde liefen unter den gelben Flächen der Laternen, verweilten kurz, sahen zu ihm und witterten.

Das Ruinenfeld umfasste mindestens einen halben Quadratkilometer, es beinhaltete alles, was den römischen Herrschern gut und wichtig erschienen war. Selbst ein künstlicher See für Seeschlachten, monumentale Heiligtümer wie auch die obligatorischen Thermen waren hier am Rand der Wüste erbaut worden. Jetzt war alles zerfallen, und das Areal wurde immer wieder als Steinbruch für die modernen Bauten benutzt, die sich um das Ruinenfeld angesiedelt hatten.

Auf der Säulenstraße, der ehemaligen Hauptverkehrsachse der antiken Stadt, knatterte ein Moped. Er sah den Mann, fast auf dem Tank sitzend, und auf dem Rücksitz eine Frau und noch zwei kleine Kinder. Für diese Familie war das Moped, so klein und eng es darauf war, ihr Schiff durch die Dunkelheit. Ein Bild der Geborgenheit, fand Faruk für einen kurzen, sentimentalen Moment. Hinter dem Zaun zu einem Restaurant hörte er etwas plätschern. Er duckte sich hinter einer zerbrochenen Säule und schaute vorsichtig in die Richtung, aus der das Geräusch gekommen war. Schemenhaft sah er eine Figur, die sich die Hose wieder hochzog. In gebückter Haltung lief er entlang der Säule, um der Person näher zu kommen. Sein Instinkt trog nicht. Es war der dicke Fahrer. Fischers mutmaßlicher Sohn. Der ging, nachdem er sich die Hände an seiner Hose abgewischt hatte, Richtung Theater. Faruk folgte ihm, in der Hoffnung, dass er ihn zu Fischer führte.

Kurz vor dem Eingang in einen Wehrgang, der in das Halbrund führte, drehte sich der Dicke um. Er reckte den Kopf, schnüffelte wie ein Hund und kniff die Augen zusammen. Dann spuckte er auf den Boden und wackelte weiter. Faruk folgte ihm weiter. Das Amphitheater war von den Römern in eine alte Burg der Nabatäer hineingebaut worden. Jenem Volk, das auch die Felsenstadt Petra in Jordanien gründete.

Hinter der Eingangstür stieg der Dicke die steinerne Treppe zu den Tribünen hinauf. Von dort blickte man auf eine 35 Meter lange Bühne, die mit korinthischen Säulen und vielen kleinen Nischen ausgestattet war.

Drei horizontale Laufgänge gliederten die Tribüne in Ränge, die untereinander durch Treppen verbunden waren, einem modernen Fußballstadion ähnelnd. 15000 Menschen hatten hier Platz. Die Stufen waren ungleichmäßig, und so gerieten Faruk wie auch der Dicke schnell aus der Puste. Der Dicke schien sich so sehr anzustrengen, dass er seinen Verfolger und dessen Schritte nicht wahrnahm. Faruk nahm die

Treppe zum höchsten Rang. Fast wäre er in das Blickfeld des Alten gelaufen. Schnell wich er nach rechts aus und blieb direkt unterhalb des höchsten Ranges in einer Nische stehen. Hier schienen sich die Touristen zu erleichtern, denn die kleine Abseite roch stechend nach Urin. Faruk, der schlechte Gerüche so sehr hasste, musste sich zusammenreißen und einen Würgereiz unterdrücken. Nur die dunklen Basaltsteine des Ranges über ihn trennten die Deutschen von ihm. Eine Bruchkante ermöglichte Faruk, die Schuhe der beiden zu sehen. Der Alte musste direkt über seinem Kopf sitzen, vor ihm stand sein Sohn. Faruk sah seine braunen Trekkingschuhe und die weißen Socken. »Er war noch nicht da, als ich unten am Wagen stand. Vielleicht ist ihm etwas dazwischengekommen?«, kam es von oben.

Der Dicke atmete schwer. Dann hörte Faruk die brüchige Stimme und erschauerte.

»Er wird kommen, er ist immer gekommen. Es ist ihm zu wichtig, und ich bin ihm zu wichtig. Übe dich in Geduld, Günther.«

Ein Streichholz wurde entzündet und in Faruks Richtung geworfen. Er sah, wie das Holz langsam abbrannte und dann verglimmte.

Die Minuten vergingen. Der Dicke rauchte mittlerweile seine dritte Zigarette, als vom Parkplatz des Theaters das Schlagen einer Autotür zu hören war. Faruk spannte den Hahn seiner Waffe. Wieder hörte er ein Keuchen. Auch der nächste Besucher schien von Ausdauersport wenig zu halten. Wie eine Dampflok vernahm er den Mann schon von weitem. Dann war er auf seiner Ebene. Faruk stand im völligen Schatten des unteren Ganges, als der dicke Mann zwei Meter von ihm leise einen arabischen Fluch ausstieß und die letzte Stufe zum obersten Rang nahm. Er war kahlköpfig, und im fahlen Licht des aufgehenden Mondes schimmerte eine wulstige Narbe auf seinem Schädel. Es war Mahmoud Sayaf, syrischer Geheimdienstchef und Faruks Vorgesetzter.

»Mein treuer Freund, es erfreut mein Herz, dich hier zu sehen.« Faruk war wie gelähmt. Es sollte ein persönlicher Rachefeldzug gegen den Deutschen werden, jetzt wurde ihm langsam die gesamte Dimension einer Verschwörung klar.

»Nach unserem letzten Treffen scheint sich einiges getan zu haben.«

Faruk sah durch den Schlitz die blankgeputzten Schuhe des obersten syrischen Spions. Kein Zweifel, diese sauberen Schuhe gehörten zum Schlachter. Faruk hatte vor wenigen Jahren erlebt, wie Sayaf eine Familie exekutiert hatte. Dem Vater, der vor ihm auf dem Boden um sein Leben bettelte, hatte er ohne Regung in den Kopf geschossen. Seine Tochter musste mit ihren Händen und ihrer Zunge die vom Hirn und Blut bespritzten Schuhe wieder sauber putzen, ehe sie auch starb. Sayaf war der Skrupelloseste in diesem skrupellosen Geschäft. Ihm bereiteten Angst und Terror Vergnügen.

»Abu, die Sache gerät immer mehr außer Kontrolle. Die Juden haben tatsächlich mit der Union Kontakt aufgenommen. Sie wollen in den nächsten Tagen zu einem überraschenden Treffen zusammenkommen. Noch wird ein neutraler Ort gesucht, der beide Seiten ohne Gesichtsverlust im eigenen Land erscheinen lässt. Damit fällt Scharm al Sheikh am Roten Meer weg, da hier die nutzlosen Palästinenser-Konferenzen stattfinden. Israel betritt kein Araber, seit der Teufel Sadat 1977 mit seinem Alleingang und seiner Reise nach Jerusalem alle Araber gegen sich aufgebracht hat. Sie wollen zudem den Palästinenserkonflikt völlig ausklammern und eine wirklich große Gesamtlösung anstreben. Der Jude ist nicht bereit, nach Syrien, in den Libanon oder nach Libyen zu reisen. Ägypten wäre denkbar, aber wird angesichts der dortigen Sicherheitslage abgelehnt. Blieb Jordanien – Amman hat die Wüstenstadt Petra vorgeschlagen. Aber der junge Assad hat ihr Exposé aufgegriffen und den UN-Posten bei Qunaitra ins Gespräch gebracht. Das hätte

Stil und mehr Wirkung in der Welt, sagte er mir frech ins Gesicht. Dieser Sohn einer Hündin. Es ist ...«

Der Alte antwortete nicht auf die Spitze. Er triumphierte still. Sein Plan nahm immer mehr Konturen an. Lilith schien ihre Flügel auszubreiten.

»... egal, wo sie sich treffen, eine große Lösung mit gegenseitiger Anerkennung wäre unser Aus. Denn dann erscheint jeder Konflikt als lösbar. Und diese Gespräche helfen und stärken beide Seiten. Für den Putsch in unserem Land brauche ich das Wohlwollen der Sunniten im syrischen Offizierskorps. Die sind aber nur bereit, wenn sich die Schwäche der Union und damit des Präsidenten fortsetzt. Wir brauchen eine endgültige Entscheidung. Unser Chaos weicht zurück, wie die Hitze in der Wüste am Abend sich legt.« Faruk kannte die lyrischen Anwandlungen seines Chefs und hasste sie. Zu gern sah sich der Schlachter als feinsinniger Intellektueller. Eine Unsicherheit, die aus der Scham über seine niedere Herkunft erwuchs. Aber selbst im kleinsten Kreis wagte niemand darüber zu sprechen. Sayaf hatte überall seine Ohren.

Zuerst erwiderte der Alte nichts. Dann vernahm Faruk die leise, aber bestimmte Stimme. »Schon beim letzten Mal spürte ich Ihre Unsicherheit. Sie passt so gar nicht zu diesem starken Kämpfer. Mein Freund, noch immer tragen die Juden den Makel dieser Pressekonferenz. Sie haben die Umma, die muslimische Welt, verunglimpft und beschmutzt. Und wie zu einer Bestätigung dessen, sprengten sie den heiligen Tempelberg mit seinen Moscheen. Weltweit beginnt jetzt erst der Kampf der Religionen. Und ein jahrtausendealter Reflex kommt wieder zur Geltung: Schuld waren und sind die Juden. Wir alle trugen und tragen diese Wunde in uns. Lange hat die Welt sie ignoriert. Ignoriert, weil mein Volk seine Aufgabe nicht zu Ende bringen konnte. Vier Millionen von diesem Geschwerl haben uns gefehlt. Aber keine noch so starke Union oder Friedenskonferenz wird diese aufgebrochene Wunde lindern können. Und wenn ich mich Ihrer schönen Allegorie bedienen darf: Der heiße Wind stirbt, also zünden wir ein neues Feuer an, gewaltiger und verzehrender als jedes zuvor.«

Fischer machte eine Pause. Faruk hörte, wie eine Flasche geöffnet wurde und jemand trank. Dann setzte der Alte wieder ein.

»Unsere Endzeitchristen waren so freundlich, uns ihre Unterstützung zuzusagen. Im Übrigen nehme ich an, werden Sie an diesem Treffen doch teilnehmen, nicht wahr?«

»Vermutlich, aber sicher ist das nicht. Warum fragen Sie?«

Ein leises Lachen, zynisch und kalt, erscholl von oben. »Es ist den Amerikanern eigen, Geschenke mitzubringen, wenn sie ein Land besetzen. Wie sie meinen Landsleuten während der Besetzung die Care-Pakete aufzwangen, um sie mundtot zu machen, mit Kaugummi und Schokolade, so haben die Apokalyptiker heute etwas sehr Kleines, aber sehr Schönes nach Megiddo geholt.«

»Wie geht es also weiter?«

»Sie geben uns rechtzeitig den Ort der Zusammenkunft mit allen relevanten Daten bekannt, wir statten Sie mit allem Notwendigen aus, damit Sie als strahlender Sieger aus diesem Treffen hervorgehen können, werter Freund.«

Wieder trat Stille ein. Faruk rann der Schweiß in Bächen herunter. Die Basaltquader, die ihn umgaben, hatten die Hitze des Tages wie Schamottsteine eines Ofens gespeichert und gaben eine Wärme wie in einem Hamam ab. Lange würde er es nicht mehr aushalten. Zudem verbot er sich schon seit Minuten den Impuls zu husten. Er atmete flach.

»Und Mahmoud, eines noch. Kennen Sie den Spruch, der auf unseren Koppelschlössern stand, als wir noch groß und mächtig waren?«

»Nein, Abu, sag es mir.«

»›Meine Ehre heißt Treue‹, stand dort. Ich lege nach wie vor sehr viel Wert darauf. Treue braucht von Zeit zu Zeit Bekundungen. Sie würden vielleicht sagen, wie ein Gartenbeet Wasser braucht.«

»Wollen Sie meine Treue zu Ihnen und der Sache in Zweifel stellen?«

»Aber nein, wie sagte ein großer Kommunist einst: ›Dowerjai, no prowerjai‹ – Vertraue, aber prüfe. Es war Lenin. Später haben es Unwissende zu ›Vertrauen ist gut, Kontrolle ist besser‹ gemacht. Das allerdings klingt wie ein amerikanischer Kalenderspruch.«

Der Syrer ging nicht darauf ein. »Was wollen Sie mir sagen?« Sayafs Stimme klang jetzt einen Ton ungeduldig.

»Schauen Sie, eine Weile dachte ich, Sie hätten für sich ein zweites Netz aufgespannt. Denn seit einiger Zeit wird unsere Familie beobachtet. Und die Art und Weise der Observierung deutete auf Ihre Firma hin. Da aber nichts Geheimes passiert in diesem Land, ohne dass Sie es wissen, verdunkelte die schwarze Wolke des Misstrauens unsere gemeinsame Sonne. Ich wollte es zunächst nicht glauben, aber ein Bewohner dieses Nestes hier war so freundlich und erzählte uns davon, ehe er der Wärme des elektrischen Stroms zum Opfer fiel. Einer Ihrer Männer scheint sich für mich zu interessieren. Netterweise brachte er heute eine Landsfrau von mir mit. Wir haben sie vor einer Stunde, sagen wir, fixiert.« Wieder setzte das Meckern ein.

Faruk stockte der Atem. Er war enttarnt, aber noch schlimmer: Regina hatte es nicht geschafft. Auch Sayaf schien überrumpelt. »Wer ist es? Ich bringe das Schwein um.«

»Das müssen Sie nicht. Ihre Religion würde es Ihnen ja auch verbieten, Schweine zu töten. Unglücklicherweise hat mein Günther hier damals das Gespräch mit dem Informanten etwas zu intensiv geführt. Wir haben aber noch eine Personenbeschreibung von ihm bekommen, ehe er seine Rettung im Tod suchte. Wenn Sie in Ihr Büro nach Damaskus kommen, sollte die Beschreibung schon dort auf Ihrem sicher sehr aufgeräumten Schreibtisch liegen.«

Faruk atmete leise erleichtert auf. Ihm blieb noch etwas Zeit. Er musste schleunigst zurück, um Regina aus dem Haus zu holen.

Sayaf verabschiedete sich. Faruk sah, wie die blankpolierten Schuhe auf dem Absatz umdrehten. Er blickte um die Ecke aus seiner Nische und sah noch die massige Gestalt die Stufen hinunterwanken.

Dann trat Stille ein.

Eine Böe fegte durch das Halbrund des Theaters, warm und stickig, keine Kühlung bringend. Irgendwo hinter ihm schrie einsam ein Esel für einen kurzen Moment. Hunde stimmten bellend ein. Dann kehrte die Stille zurück. Die beiden Männer über ihm schienen regungslos auf ihren Plätzen zu sitzen. Dann durchbrach der Alte das Schweigen.

»Der Gute weiß nicht, dass wir Qunaitra ins Spiel bringen konnten. Er sollte sich einmal anschauen, wer das UN-Kontingent in Qunaitra stellt.« Er lachte leise. Nach einer langen Pause fragte er seinen Sohn: »Und sie ist tatsächlich aus Österreich? Schön. Das wird ja ein richtiger Heimatabend. Da fehlen ja nur noch eine Zither und ein guter Veltliner, den wir hier in der Ödnis leider nicht zur Verfügung haben. Dann lass uns einmal schauen, Günther, was unser Madl aus Tirol so zu erzählen weiß, Geschichten aus der Heimat vielleicht?«

Der Dicke schien den Alten hochzuheben. Aber erst als Faruk hörte, wie sich die schweren Schritte entfernten, wagte er es hinauszugehen. Er schwang sich nach oben und blickte von der obersten Reihe hinunter auf den Parkplatz.

Faruk sah, wie Fischer von seinem Sohn auf den Beifahrersitz gesetzt wurde, die Lichter des Wagens aufleuchteten und der schwere Mercedes in die Dunkelheit verschwand. Jetzt erst spürte er, dass seine Muskeln sich verkrampft hatten. Niemals zuvor war der rational denkende, immer beherrschte Syrer so von Panik ergriffen worden. Er fühlte sich völlig erschöpft. Er war nicht einem Verräter begegnet. Er hatte das buchstäblich Böse erlebt.

Rosh Pina, Israel, 22. 06., 20.13 Uhr

Und da es das siebente Siegel auftat, ward eine Stille in dem Himmel bei einer halben Stunde. Und ich sah die sieben Engel, die da stehen vor Gott, und ihnen wurden sieben Posaunen gegeben.

Und ein andrer Engel kam und trat an den Altar und hatte ein goldenes Räuchfaß; und ihm ward viel Räuchwerk gegeben, dass er es gäbe zum Gebet aller Heiligen auf den goldenen Altar vor dem Stuhl. Und der Rauch des Räuchwerks vom Gebet der Heiligen ging auf von der Hand des Engels vor Gott.

Und der Engel nahm das Räuchfaß und füllte es mit Feuer vom Altar und schüttete es auf die Erde. Und da geschahen Stimmen und Donner und Blitze und Erdbeben.

Und die sieben Engel mit den sieben Posaunen hatten sich gerüstet zu posaunen.

Offenbarung des Johannes, Kapitel 8

Der See Kinneret ist den Christen der Welt hauptsächlich als See Genezareth bekannt. Er ist das Naherholungsgebiet in den heißen Sommermonaten für die Israelis, die der stickigen Hauptstadt oder den noch heißeren Siedlungen in der Negev-Wüste entfliehen wollen. Wer es sich leisten kann, besitzt hier in Galiläa ein Ferienhaus. Lea konnte es sich leisten, eine gesamte Anlage zu erwerben. Ihre Position im Sicherheitsstab des Premiers und ein Erbe ihres Mannes warfen genug Geld ab, um sich in eine Hotelanlage mit mehreren Ferienhäusern oberhalb des Sees nördlich von Tiberas, zwischen den Dörfern Rosh Pina und Chorazim, einzukaufen. Ihr Mann arbeitete als Professor für Philosophie und Politologie an der Universität Be'er Sheva, im Süden des Landes. Meist trafen sie sich nur an Wochenenden hier oben, wenn es ging auch mit der gesamten Familie. Sie hatte Jan und Elijah eingeladen, um dort, wie sie sagte, »in Ruhe die gemeinsamen Erkenntnisse zusammenzuführen, die Situation zu analysieren, die nächsten Schritte zu beschließen und die Ergebnisse des Labors abzuwarten«.

Der Beamte des Bundeskriminalamtes hatte die deutsche Botschaft nicht verlassen wollen. Die Sicherheitslage war ihm zu heikel. Elijah hatte mokant geschmunzelt, als Jan ihm von dem Anruf des deutschen Beamten erzählte. »Das war bei euch auch nicht immer so.«

Jan stand auf dem frisch gewässerten Rasen des Hauses und blickte hinunter auf den großen See. Rechts unter ihm lag der längst verlassene Ort Kapernaum, die große Wirkungsstätte des Heilands, so glaubten zumindest die Christen. Ruinen von Synagogen und zwei hässliche Kirchen aus dem 19. Jahrhundert zogen Christen aus aller Welt an. Sie hatten auf dem Weg hier hoch mehrere Busse mit Afrikanern überholt, die alle auf den Spuren des Herrn wandeln wollten. Jan hatte gespürt, wie eurozentristisch zuweilen auch er sich fühlte. Natürlich war dieser Glaube weltumspannend. Das Christentum war schon lange keine rein westliche Religion mehr.

Daneben erhob sich der Berg der Seligpreisungen, eher ein Hügel, wie Jan fand. Hier sollte Jesus all den Friedfertigen und Schwachen eine bessere Welt versprochen haben. Jan war noch zu aufgewühlt. Der Zwischenfall auf der Fahrt hierher ließ ihn nicht los.

Sie waren am Nachmittag aufgebrochen und in einem Konvoi aus drei Autos Richtung Osten gefahren. Vor und hinter Leas gepanzertem SUV waren zu ihrer Sicherheit schwarzverdunkelte Vans mit bewaffneten Security-Teams beordert worden. Lea hatte die Route über die Autobahn 1 gewählt, obwohl der Chef des Teams davon abgeraten hatte und die zwar längere, aber sichere Route auf der A6 über Tel Aviv Richtung Norden entlang der Küste und auf israelischem Territorium empfohlen hatte.

Die A 1 durchquert Israel von Tel Aviv im Westen bis an das Tote Meer, die natürlichen Grenze zu Jordanien. Dabei steigt die Straße von Tel Aviv in der Küstenebene auf fast 800 Meter über Meereshöhe in Jerusalem an. Die Heilige Stadt und ihre Hügel wirken dann wie eine Wetterscheide. Hier regnen sich die Wolken, die vom Mittelmeer kommen, zum Großteil ab. Im Winter kann es dort schneien. Aber direkt hinter den Stadtgrenzen beginnt mit der gelbbraunen Wüste Judäas die Trockenheit. In weniger als fünfzig Kilometern fährt dann man zum tiefsten Landpunkt der Erde, 485 Meter unter dem Meeresspiegel.

Lea hatte das Auto schnell und sicher gesteuert. Sie war während ihrer Tätigkeit für den israelischen Dienst auch in taktischem Fahren ausgebildet worden. Mit mehr als hundert Kilometern pro Stunde war der Konvoi auf der vierspurigen gut ausgebauten Straße hinunter in die Wüste gejagt. Links und rechts waren Jan immer wieder kleinere Ansiedlungen und Camps aufgefallen.

»Nomaden – sie wollen so leben. In friedlicheren Zeiten kannst du dort billig selbstgefertigten Schmuck und Schnitzereien kaufen«, hatte Lea auf Jans Frage nach der Herkunft geantwortet.

Für Jan hatte es geklungen, als ob eine weiße Südafrikanerin durch ein Township während der Apartheid fuhr. Er hatte sich aus Höflichkeit und Unsicherheit eine Bemerkung verkniffen.

Ein Tanklastzug überholte vor ihnen einen alten klapprigen Wagen mit vier Arabern darin. Sie mussten abbremsen. Die drei Wagen hatten gerade alle überholt und sich auf die rechte Spur gesetzt, als Jan aus dem Augenwinkel etwa fünfzig Meter vor ihm ein Kamel wahrnahm. Es schien eine Touristenattraktion zu sein. Am Kopf des Tieres waren kleine farbige Troddeln befestigt, und auf dem Rücken hingen mehrere Säcke. Das Kamel war lose an einer Leitplanke befestigt. Plötzlich machte es einen Satz nach vorn, die Leine ließ genug Spiel zu, und schien auf die Fahrspur zu schreiten. Lea bremste hart. Der Motor des ersten Wagens heulte auf. Der Fahrer gab Gas und hielt unvermittelt auf das Tier zu. Der Wagen touchierte mit seinem Kuhfänger aus Stahl den Hals und Vorderbeine des Kamels. Mit einer ungeheuren Wucht flog das Tier zur Seite. Dann waren auch sie vorbeigefahren, und Jan konnte nur nach hinten durch das Heckfenster blicken.

Lea zog den Wagen nach rechts, bremste wenige Meter dahinter und schrie: »Sprengfalle.«

Elijah und sie rissen fast gleichzeitig ihre Türen auf, griffen in ihre Holster und liefen auf einen nahegelegenen Parkplatz zu, die gezogenen Waffen nach allen Seiten bewegend.

Die Seitentür des ersten Wagens wurde aufgeschoben, Männer mit Sonnenbrillen und Schnellfeuergewehren sprangen heraus. Sie sicherten die umliegenden Hügel.

Jan öffnete seine Tür. Sie waren völlig allein auf der Straße. Die Stille wurde vom Schreien und Kreischen des tödlich verletzten Tieres zerrissen. Es lag auf der Seite, die Hinterbeine schwangen ziellos in der Luft, aus dem Bauch quollen graue, lange Innereien. Schwarzrotes Blut sickerte in den Staub des Asphalts, bildete schnell eine große Lache.

Der dritte Wagen hatte sich hinter ihnen auf der Straße quergestellt. Zwei schwerbewaffnete Männer waren in Stellung gegangen, um heranfahrende Autos zu stoppen – nötigenfalls mit gezielten Schüssen.

Jan sah, wie die anderen Männer über die Leitplanke sprangen. Dahinter war ein kleiner Verschlag aus Tüchern und Holzlatten aufgebaut. Ein Nomadenjunge, der auf das Tier aufpassen sollte, hatte sich hier nach dem Aufprall ängstlich versteckt. Die Männer zogen ihn an den Füßen heraus, forderten von ihm, auf das Kamel loszugehen und die Säcke abzulösen. Dort vermuteten sie den Sprengstoff. Sie schoben den verstört wirkenden Jungen zu dem Kamel. Das Tier schrie immer noch, zappelte und versuchte, sich auf die gebrochenen Vorderfüße aufzustellen. Jan konnte es kaum mit ansehen. Immer wieder brach es zur Seite weg.

Als klar wurde, dass es sich nicht um einen Hinterhalt handelte, schauten alle ratlos auf das Tier, bis Lea ihre Waffe durchlud, einige Schritte nach vorn machte und mit zwei Schüssen in den Kopf das Tier erlöste. Der Junge stand daneben, barfuß in einer Trainingshose und einem zerschlissenen Manchester-United-Trikot. Er weinte, wimmerte und warf seine Hände vor das Gesicht, als die Schüsse fielen.

Eine Militärpatrouille vom nahen Checkpoint übernahm das Geschehen. Der Konvoi fuhr weiter. Bis zum See stritten sie, ob diese Aktion notwendig gewesen oder der Grund eher in einer kollektiven Paranoia der Israelis zu suchen war.

Elijah schnitt Jan schließlich das Wort ab. »Du weißt nicht, wovon du redest. Du bist nicht mit Hass und Angst gegen dich aufgewachsen.«

Jan zog es vor, nicht weiter zu insistieren. Er spürte aber auch, dass Lea und selbst Elijah Zweifel bekommen hatten.

Hier, oberhalb des Sees, schien das Land seine ganze Schönheit ausbreiten zu wollen. Es war grün, angenehm kühl, und die Aussicht war grandios. Der ehemalige Kibbuz war eher eine rustikale Ferienanlage, besaß einen Pony- und Pferdehof für Kinder und eine große Kantine, mit zwei separaten Küchen, damit koscher gekocht werden konnte. Die Milch des Frühstücks durfte nicht mit dem Fleisch des Abendessens in Berührung kommen. Somit hatte man einfach eine zweite Küche bauen lassen, um die Rabbiner, die über die Gebote wachten, zufriedenzustellen. An einem langen Tisch kamen abends die zahlreichen Mitglieder der Familie Rothblum zusammen, aßen und diskutierten laut.

Langsam wirkte auch auf Jan die friedliche Szenerie. Vor zehn Tagen war er fünfzig Kilometer nordöstlich von hier in Damaskus gelandet, nicht ahnend, in welches Abenteuer diese Reise ihn führen würde. Seine Welt war definitiv aus den Fugen geraten. Zum ersten Mal an diesem Tag dachte er an seinen Sohn und schämte sich sogleich dafür. Aber war es nicht vielleicht auch ein gutes Zeichen? Dann wehten seine Gedanken zu Regina. Er hatte kaum Zeit gehabt, über seine Beziehung zu ihr nachzudenken. Unter normalen Umständen wäre er nie mit einer Frau wie ihr zusammengekommen. Zu sehr unterschieden sich ihre Welten. »Dieser Blick lässt einen nicht los, nicht wahr?« Ein alter Mann trat hinter ihn und sprach ihn auf Englisch an.

»Ja, es ist wunderschön.«

»Wo kommen Sie her?«

Jan schaute den Mann freundlich an. Dessen Gesicht wirkte blass, er atmete schwer. »Ich bin aus Deutschland. Verzeihung, ist Ihnen nicht gut?«

Die Augen des Mannes verengten sich. Wortlos drehte er sich auf dem Absatz um und verschwand zum Haupthaus. Nicht einmal Lea grüßte er, die vom Haus herunter zu Jan kam, um ihn zum Essen zu holen.

Jan schaute sie hilflos an. »Wer ist das?«

Lea lächelte entschuldigend. »Das ist mein Vater. Mach dir nichts daraus. Er hat Auschwitz überlebt.«

Lea platzierte Jan zwischen ihre jüngere Schwester Dina und deren Mann Anatol, einen russischen Einwanderer. Der arbeitete auf dem Pferdehof und wirkte etwas wortkarg. Sie wollte mit Elijah und Jan nach dem Essen in einem Kaminzimmer weiterreden.

Nach anfänglicher Scheu wurde er von Dina in Beschlag genommen und in die Geheimnisse der koscheren Küche eingewiesen und von seinem rechten Tischnachbarn in die Kunst der Besamung.

»Als Mediziner dürfte Ihnen Besamung ja nicht fremd sein«, konstatierte Anatol in einem harten Englisch.

Jan verstand nicht ganz. »Als Mediziner besamt man nicht mehr oder weniger als andere Menschen auch.«

Der Russe sah ihn mit großen Augen an und lachte dann

schallend. Quer über den Tisch erzählte er es dem Besitzer des Guts auf Hebräisch, so dass alle Gäste Jans Antwort erfuhren. Alle lachten, bis auf den Alten am Kopfende, der wie versteinert dort saß und Jans Blicken auswich.

Köstliches Rindfleisch wurde serviert, und der Wein von den Golanhöhen war halbwegs trinkbar. Lea bat die Gäste, sich jeweils vorzustellen. Jan war fasziniert. Selten hatte er in einer Runde so viele völlig unterschiedliche Menschen erlebt. Zwei Plätze weiter saß ein sehr alter Mann, schlank und mit einem spitzen Gesicht. Zwischen den Gängen war er aufgestanden und hatte mit einer herrischen Geste die Schwester der Gastgeberin weggescheucht. In einem merkwürdigen Akzent sprach er Jan an. »Darf ich mich vorstellen?« Der Mann verbeugte sich. »Mein Name ist Paul Bäumer. Woher aus Deutschland kommen Sie, mein Junge?« Jan rückte mit seinem Stuhl nach hinten, stand auf und machte ebenfalls eine Verbeugung.

Elijah schmunzelte und schüttelte den Kopf. Deutsche!

»Ich wohne in München, stamme aber aus Osnabrück in Niedersachsen, das wird Ihnen vermutlich wenig sagen.«

Der alte Mann schloss die Augen. »Doch, sehr viel. Ich bin dort geboren und aufgewachsen. Das ist wirklich ein Zufall, oder«, er stockte, »eine Fügung.« Jan verstand nicht. »Wissen Sie, was ein Jecke ist?«

»Nein, klingt nach Karneval.«

»So nannten uns die Ostjuden, als wir deutschen Emigranten nach Palästina kamen. Es war ein Spott, weil wir unsere Jacken trotz der Hitze nicht auszogen. Und unsere Art und Weise stieß sie vor den Kopf. Die Pünktlichkeit, die Höflichkeit und all das Deutsche in uns. Ach, Osnabrück! Wie sehr mir das fehlt. Der Regen, die Sauberkeit. Ich sehe den Dom und die Krahnstraße vor mir. Die Altstadt …«

Jan wirkte beklommen. Wie den meisten Deutschen fiel ihm der Kontakt mit jüdischen Überlebenden schwer. Er fühlte keine Schuld, aber etwas wie Scham entstand immer.

»Ich war seit 1939 nicht mehr da. Einen Monat vor Kriegsausbruch hatten wir unsere Papiere und konnten ausreisen. Seitdem ist viel passiert.«

»Wie alt waren Sie?«, fragte Jan, darauf achtend, möglichst mitfühlend, aber nicht sentimental zu klingen.

»Fünfzehn Jahre. Ich durfte nicht auf das Gymnasium gehen, aber meine Mutter hatte mich unterrichtet. Sie war Lehrerin am Carolinum.«

Jan nickte freudig. »Das war mein Gymnasium.«

»Aber ich sehe die Stadt noch vor mir. Wie sehr ich den Regen vermisse.«

»Naja«, antwortete Jan, »Osnabrücker, so sagt der Spott, kennen nur zwei Jahreszeiten, die mit warmem und die mit kaltem Regen.«

Paul Bäumer lachte. Vorsichtig legte er die Hand auf Jans Arm. »Es ist gut, dass wir hier sitzen und reden können – aber verzeihen werde ich nie!«

Für Jan war dieser ständige Wechsel aus Herzlichkeit und krasser Ablehnung anstrengend. Er wurde aus diesem Land und seinen Einwohnern nicht schlau. Je länger er mit ihnen zu tun hatte, desto mehr Fragen wollte er stellen. So war es ihm auch in Syrien gegangen. Regina kam ihm wieder in den Sinn. Wo sie jetzt wohl sein mochte? Er sehnte sich nach ihr.

Lea kam um den Tisch herum, beugte sich zu den beiden hinunter und bat den Alten darum, Jan »entführen zu dürfen«.

Jan entschuldigte sich, und beide versuchten gleichzeitig aufzustehen, um sich zu verabschieden. Elijah folgte ihnen.

Lea führte Jan in das Hinterzimmer, schloss die schweren Zedernholztüren und wies auf einen Platz. Auf dem Tisch stand ein Laptop neben einem Beamer, der das Bild an die gegenüberliegende Wand warf. In der linken Hälfte des Bildes sprangen zwei Fenster auf, das obere zeigte einen leeren Schreibtisch, das untere einen ebenso leeren Konferenzraum. Ohne Umschweife begann Lea zu referieren.

»Kurz zur Situation. Normalerweise arbeiten wir nicht so intensiv und offen mit Zivilisten zusammen. Erst recht nicht mit deutschen Zivilisten. Aber die Situation erfordert neue Wege. Wir werden dich nicht vereidigen oder so. Du solltest aber wissen, dass wir mit Verrätern nicht so umgehen, wie es vielleicht das deutsche Recht vorsieht.«

Jan verstand die Drohung sofort. »Meisterspion Elijah hat mir in den letzten Tagen schon einen ersten Eindruck eures Rechtsverständnisses gegeben.«

Elijah lachte nur.

Lea fuhr fort. »Ich muss dir nicht erst nach dem Vorfall von heute Nachmittag sagen, dass wir alle sehr angespannt sind und unter massivem Druck stehen. Das Ausland erwartet eine angemessene Reaktion nach dem Anschlag auf den Tempelberg. Die Pressekonferenz wird uns in die Schuhe geschoben. Unsere englischen Freunde versuchen alles, um uns als Drahtzieher und sich selbst nur als unwissenden Gastgeber dastehen zu lassen. Das ist Unsinn, führt aber nur dazu, dass wir uns noch stärker isolieren. Derzeit haben wir Unruhen in Ostjerusalem, in den Küstenstädten Haifa, Netanya und Hadera. In Samaria zum Beispiel sind zwei Siedlerfamilien aus ihren Fahrzeugen gezerrt und in einem Straßengraben daneben gesteinigt worden. Weltweit wurden mehr als 125 Angriffe auf jüdische Einrichtungen wie Synagogen, Schulen oder Kindergärten registriert. Unsere Vertretungen berichten vor allem von erheblichen Übergriffen und Hass-Kundgebungen in Polen und Russland. Die UNO hat bereits ihre dritte Dringlichkeitssitzung hinter sich. Sie wird vermutlich die sofortige Räumung Ost-Jerusalems von uns fordern. Es ist unsicher, ob die USA auch diesmal ihr Veto einlegen werden.

Auch die üblichen Verdächtigen sind nicht untätig: Wir zählen seit heute Nachmittag 43 Angriffe mit Raketen von Gaza, und im Südlibanon vermerken wir erste große Aktivitäten der Hisbollah. Unsere Luftwaffe fliegt permanent Angriffe auf beide Regionen. Dennoch lassen die Angriffe nicht nach. Die neue Arabische Union scheint die Hamas und die Hisbollah nicht mehr steuern zu können. Sollte es in einem der Länder oder mehreren gar zu erfolgreichen Putschen kommen, werden wir von diesen Ländern auch angegriffen. Israel war seit dem Jom-Kippur-Krieg 1973 nicht mehr so schwach.«

Aber Jan war nicht so naiv, um Leas Ansinnen hinter den Worten nicht zu erkennen. Sie wollte Israel als wehrloses Opfer der Umstände und der umliegenden Feinde darstellen. Aber nach den Jahren der militärischen Dominanz in der Region, mit den damit einhergehenden schmutzigen Kriegen im Libanon und Gaza, konnte der Staat Israel kaum mehr diese Karte spielen. Sie war ausgereizt.

Lea bemerkte Jans Zurückhaltung. »Selbst wenn wir es verdient hätten, so müssen auch zynische Pragmatiker anerkennen, dass aus diesem scheinbar regionalen Konflikt bald ein weltweiter werden könnte. Geh raus an den Tisch und frag die Menschen, ob sie jemals wieder fliehen würden. Keiner verlässt das Land. Nie mehr werden wir nur Opfer sein. Es ist besser ein Löwe unter Schafen zu sein als ein Schaf unter Löwen …«

»Na, hältst du wieder Erweckungsreden?« Jemand war auf dem Bildschirm erschienen.

Lea fluchte auf Hebräisch. »Darf ich vorstellen, Ephraim Cohen, unser Experte für Internationale Studien. Zugeschaltet von einem nicht einmal mir bekannten Ort.« Es klang äußerst säuerlich aus dem Mund dieser sonst so beherrschten Frau.

Jan lehnte sich zu Elijah, der neben ihm auf einem Sofa saß und auf den Bildschirm sah. »Ihr Bruder. Das wird jetzt lustig. Lehn dich zurück und genieße es.«

»Ich habe dir ein wenig zugehört. Mir fehlen in deinen Aufzählungen die Übergriffe der radikalen Siedler auf palästinensische Bauern im Westjordanland gestern Mittag. Die Zerstörung der Frauenklinik in Gaza-Stadt durch eine israelische Luft-Boden-Rakete. Und – nicht zu vergessen, das Töten eines Kamels auf der Autobahn, Lea, bist du unter die Jäger gegangen?«

Lea konnte nicht darüber lachen. »Kannst du uns ein Update geben?«, erwiderte sie betont nüchtern.

»Nun, die jungen Araber sind in der Zange. Einerseits kocht ihnen die Suppe im eigenen Land hoch, Sunniten wie Schiiten verlangen Rache, der Zorn kann sich dann schnell gegen die Machthaber selbst richten. Andererseits ist ein Militärschlag unrealistisch, wenn er Erfolg haben sollte. Aber darauf können wir uns nicht verlassen. Hier die Fakten. In allen unseren freundlichen Nachbarstaaten sind die Armeen im Alarmzustand. Selbst Jordanien scheint da mitzuziehen. Der Iran wird es nicht bei der Ruhe belassen. Ein Generalschlag unsererseits ist möglich, aber nicht wünschenswert, da wir mit einem Schlag die Amerikaner, genauer gesagt ihren sehr israelkritischen Präsidenten, gegen uns hätten. Die Folge wäre, dass wir die Führer etablieren würden, sie wären dann die Opfer aus Sicht des Westens und Märtyrer in ihrem Volk. Danach müssten wir zu erheblichen Zugeständnissen bereit sein. Aus meiner Sicht ist es also keine Option. Dank unseres libanesischen Kontakts haben wir Gesprächsbereitschaft signalisieren können, ohne dass es offiziell wurde. Und hier die guten Nachrichten: Die Araber wollen reden. Und unser allseits geschätzter Premierminister möchte es auch. Verhandlungen würden uns insofern helfen, als dass sich die Aufregung mit der Zeit legen könnte und wir auf unsere westlichen Partner etwas intensiver einwirken könnten. Als Vermittler hatten wir die Amerikaner natürlich vorgeschlagen.«

Lea war etwas zurückgetreten und fast gestolpert. Sie ließ sich auf die Couch fallen. Und so saßen die drei wie bei einem lustigen Fernsehabend und starrten auf den Bildschirm.

»Hier aber weitere schlechte Nachrichten. Oh, und wie ich sehe, sitzt ihr ja jetzt alle. Die Araber wollen nur uns und sich selbst am Tisch sitzen sehen. Keine Fremdpartei. Bestünden wir darauf, würden sie die Chinesen an den Tisch bitten.«

Lea stöhnte auf. Es war nicht dumm. Die Chinesen waren selbstbewusst genug, gegenüber den Amerikanern aufzutreten, und der Alptraum in jeden Verhandlungen. Jahrelang hatten sie sich aus allen regionalen Konflikten herausgehalten und im Windschatten der großen Krisen zwischen dem Westen und dem übermächtigen Gespenst des Islams ihre außenpolitischen Interessen still vorangetrieben. Das galt für Landkauf in Afrika, um die eigene Lebensmittelversorgung zu sichern, wie für das »Schmieren« ganzer Regionen, um im Zweifel Stützpunkte für das Militär zu haben. China drängte still, aber mächtig auf die Weltbühne. Und in diesem Konflikt konnten sie als unverbrauchte und vor allem unbelastete Macht auftreten. Das galt es auf jeden Fall zu verhindern. Die Araber waren mit dieser Offerte einen großen und vor allem überraschenden Schritt gegangen. Entweder einen neuen unberechenbaren Staat am Tisch, oder das Problem würde nur zwischen Israelis und Arabern verhandelt werden. Das waren nicht mehr die heißblütigen, aber immer zerstrittenen Nachbarn, das waren sehr modern und pragmatisch denkende Führer, die in der arabischen Welt verankert, aber mit westlichen Denkstrukturen behaftet waren.

»Sie haben drei Themen: Erstens: sofortige provisorische Lösung für den Tempelbezirk und Ostjerusalem. Zweitens: sofortiger Abzug aller Siedler aus dem Westjordanland. Drittens: Anerkennung aller in Israel lebender Araber als vollwertige Bürger des Staates Israel. Die ersten beiden Punkte seien nicht wirklich verhandelbar, wurde uns signalisiert. Beim dritten Punkt sind sie bereit zu dealen. Erstes Treffen soll in 24 Stunden sein. Soviel zum Thema Zeit gewinnen. Als Ort der Gespräche schlugen wir ein Schiff vor unserer Küste vor. Das lehnten sie ab, sie seien nicht scharf darauf, eine schwimmende Zielscheibe abzugeben. Vertrauen in uns sieht anders aus.«

Jan musste schmunzeln über den ironischen Tonfall des Bruders. Elijah schien sich ebenfalls zu amüsieren.

»Sie waren so nett, einen Ort nicht weit von euch vorzuschlagen.« Lea und Elijah beugten sich vor. Fast zeitgleich fragten sie: »Wo?«

Ephraim machte es spannend. »Auch unsere neuen jungen Freunde haben trotz ihrer westlichen Erziehung einen Hang zur Symbolik. Es soll der UN-Stützpunkt Qunaitra sein.«

Elijah schnalzte mit der Zunge.

»Wortführer ist der Syrer. Er scheint sich am weitesten zu exponieren, steht aber auch am tiefsten in der Scheiße. In seinem Offizierskorp rumort es, wie uns deine Freunde erzählten, Elijah.« Jan schaute erneut zu Elijah, der sich aber nichts anmerken ließ. »Nach unserer Einschätzung läuft auch bei ihm alles brutal aus dem Ruder. Und Zeit ist das Letzte, was der Mann hat. In leicht anderer Form gilt das auch für Ägypten. Wir, aber auch die andere Seite haben also wenig Zeit, eine Verteidigungslinie für die Verhandlungen aufzubauen. Unser Premier braucht eigentlich die Unterstützung des gesamten Kabinetts. Unser sympathischer Außenminister mit dem Hang zum Drastischen hat dann auch schon seinen Widerstand für den Fall des Siedler-Rückzugs angekündigt. Da aber der Mobilisierungsfall gilt, weiß auch der Außenminister um seine beschränkten Mittel. Zudem scheint auch der Präsident auf die Mitglieder eingewirkt zu haben. Das war es erst einmal von der politischen Front. Ach, eines noch: Heute Morgen haben wir die ersten Erkenntnisse aus dem Anschlag auf den Tisch bekommen. Lea, deine Freunde vom Inlandsgeheimdienst haben von den Vorbereitungen seit Wochen gewusst. Angeblich ist es Schlamperei. Wir scheinen im Kabinett selbst einen Maulwurf zu haben. Statt wehrlose Tiere in der Wüste abzuknallen, solltest du deine Truppen besser auf Zack halten. Ein dennoch fröhliches Schalom. Ende. Aus.«

Das Fenster, aus dem Leas Bruder sprach, wurde schwarz.

Sie hatten kaum Zeit, das eben Gehörte zu besprechen, als jemand in dem zweiten Fenster zu sehen war.

»Sind wir verbunden?« Eine quakende Stimme erklang aus den Lautsprechern. »Wer ist anwesend?«

Jan musste ein Lachen unterdrücken. Diese Stimme hatte er schon heute Morgen gehört. Als ob Lea nach Entenhausen geschaltet hätte.

Elijah hob beschwichtigend die Hand.

Lea, noch vom Auftritt ihres Bruders sichtlich genervt, sagte: »Zugeschaltet aus Jerusalem ist unser Experte für Kalligrafie, vor-antike Geschichte im Nahen Osten und kultische Frühformen, Professor Gideon Stern. Wir kennen uns ja schon. Er wird uns seine Theorie vortragen – zu diesem Fundstück sowie den Aufzeichnungen, die Herr Kistermann uns großzügigerweise überlassen hat.«

Die drei lehnten sich zurück, ahnend, dass es jetzt etwas länger dauern konnte.

»Meine Herren, was wissen wir? Hier ist eine neue Schrift auf eine ältere geschrieben worden. Das ist nur sehr schwer zu erkennen. Ein Palimpsest, wie Sie ja wissen. Ihr Freund in Frankfurt hat gute Arbeit geleistet. Der Text über den Koran, Mohammed und seinen angeblichen Auftraggeber ist historisch falsch, und, soweit wir jetzt wissen, vor wenigen Jahren zweifellos sehr gut gefälscht worden. Wir können das mit verschiedenen Methodiken beweisen. Aber der darunter liegende Text ist viel spektakulärer. Er ist – wie soll ich sagen? – inmitten des heutigen Chaos eine Oase der Aufklärung, wenn Sie mir diesen Ausflug in die Poesie erlauben.«

Lea räusperte sich. Sie war allein an der Tatsache der Fälschung interessiert, war das doch ein Faustpfand.

»Nur die Ruhe, Werteste.« Der Professor ignorierte Lea und schaute indigniert zu Jan. »Sagt Ihnen der Sohar etwas, Herr Kistermann?«

Jan schüttelte den Kopf.

»Sohar ist das Schlüsselwerk des Kabbalismus. Es erschien in fünf Bänden und ist eine Art Meditation über das Alte Testament. Zahlen, ihre Geheimnisse und Bedeutung nehmen darin einen großen Raum ein. Der Kalligraf dieses Schriftstücks hat sich dieser Zahlenlehre aus der Kabbala bedient und mit Hinweisen auf die Sohar bestückt. Kern der 44 Zeilen auf der einen und 44 weiteren auf der Rückseite ist aber nicht die Verklärung Gottes, sondern die Anbetung einer Dämonin – ihr Name ist Lilith.«

Jan und Elijah stöhnten auf. Lea schaute sie verständnislos an. »Was ist? Wusstet ihr das schon?«

»Nein«, erwiderte Jan, »aber diese Lilith begegnet uns schon seit einiger Zeit. Sie läuft uns sozusagen seit Syrien hinterher.«

Professor Stern lächelte. »Interessant, dass Sie Syrien erwähnen. Seit einiger Zeit hören wir über verschiedene theologische und wissenschaftliche Kanäle, dass speziell in Syrien eine Renaissance des Lilith-Kultes entstanden sein soll. Wir taten es als New-Age-Gewäsch ab, aber es scheint sich um eine ernstere Angelegenheit zu handeln. Mehr kann ich dazu nicht sagen, da mir tiefere Erkenntnisse fehlen. Der Text aber scheint mir mehr als nur eine Anbetung zu sein, denn Lilith taucht in den Texten des Sohar immer wieder auf. Einerseits ist sie böse, andererseits auch Werkzeug Gottes, um sündige Menschen zu bestrafen. Der Sohar glaubt, dass die Bibel in vier Schritten zu verstehen ist: Erst liest man den Text wortwörtlich, dann versteht man die Allegorien, wie zum Beispiel den Turmbau zu Babel. Er ist keine Geschichte über die Architektur, sondern über die Allmacht-Phantasien der Menschen. Dann setzt man im dritten Schritt diese Allegorien in eine Beziehung zum Leben selbst. Im letzten Schritt erkennt man die mystische Verbindung zu Gott dahinter und gelangt in das Paradies der Erkenntnis. Der Glaube an Lilith ist sozusagen die Anti-Kabbala. Sie geht in den gleichen Schritten vor, aber am Ende soll die neue Erkenntnis der Nicht-Existenz Gottes – des Chaos an sich stehen.«

Allen drei wurde es allmählich zu kompliziert. Aber der Professor war in Fahrt geraten. »Im Sohar lesen wir von

Schekinah, der weiblichen Seite Gottes. Sie soll laut jüdisch-mystischer Überzeugung im Jerusalemer Tempel gewohnt und den Ort nach seiner Zerstörung verlassen haben, um zu den Menschen hinabzusteigen und ihnen beizustehen. Ersetzt wurde sie durch Lilith, die fortan regiert. Sie ist das Böse, sucht das Chaos, während Schekinah für das gute Weibliche, das, verzeihen Sie mir, passiv Fruchtbare steht. Lilith hingegen ist das Suchen nach Erkenntnis und Macht. Für viele alte Kabbalisten ist das Weibliche schlicht Ursprung des Bösen an sich. Aus ihr heraus agiert der Teufel. Im Übrigen glauben auch Muslime und Christen an diese positive weibliche Seite Gottes, die zum Seelenfrieden führen soll. Der Islam spricht nur von Sakina. Dieser Text nun beschreibt auf eine sehr eindringliche Weise die Stationen zur freien, aber negativen Erkenntnis über den Zustand der Welt und ihrer Beherrschung.«

Elijah wurde das ein wenig zu viel. »Sie meinen also, Sie hätten den Plan zur Beherrschung der Welt vor sich? Das ist doch lächerlich.«

Auch Jan und Lea waren skeptisch.

»Junger Freund, wir haben immer nur in der Dualität von Gut und Böse gedacht. Diese Schrift ist ein Hinweis auf eine neue oder sehr alte Philosophie. Sie folgt nicht unseren Gesetzen, sie verzichtet auf Moral und Transzendenz. Sie ist beseelt vom tiefen Wunsch, die Welt zu einem Ort werden zu lassen, wo Gott und jede Form von Glauben nicht notwendig sind. Sie akzeptiert das Böse als eine Form, eine Stufe, wenn Sie so wollen. Dieses Schriftstück ist Teil einer Anleitung dazu. Ich kann Sie nur warnen, das nicht als religiöse Spinnerei abzutun. Ich lese den Text nun vor, soweit ich ihn übersetzen konnte.

›*In ihren Bahnen gleich, schwingt sie ihre Flügel im Schwarz der Nacht. Gleich auf, gleich ab. Denn das Wort gilt links, das Wort gilt rechts. Sie ist der Kosmos und das Ende. Sie steigt auf, sie steigt ab. Sie liegt und sie steht. Sie kennt keinen Anfang, aber das Ende: Sein Ort ist das Wesen, es krallt sich nach allen Seiten in den Sand der Wüste, schaut den Berg und …‹* Hier wird es undeutlich, aber dann … *›Feuer ist ihr Werk, es frisst den Frevelort. Es lehrt den Gläubigen die Not. Denn Gut ist böse, und Böse ist gut. Wahn ist Wille und Angst der Lohn. Sie steigt auf die Stufen. Wir folgen. Und schlagen das Eisen in den Stamm, auf das der Baum verdorre am Tage des Sin.‹«*

Die drei blickten ratlos auf den Bildschirm.

»Was sagt uns das?«, fragte Elijah.

Stern wirkte aufgekratzt. »Das ist mehr als eine Hymne. Eher eine Kampfansage eines uralten Kultes.«

Elijah blieb skeptisch. »Das alles wollen Sie aus den wenigen Zeilen gelesen haben?«

Der Professor stutzte. »Wenig? Junger Freund, in diesem Land wurden und werden aus dem Fund einer kleinen Tonscherbe ganze Gebietsansprüche geltend gemacht. Dagegen erscheinen diese 88 Zeilen nahezu als ein Epos.«

Jan war elektrisiert. »Sind es genau 88 Zeilen?«

»Ja, wieso?«

»Diese Zahl verfolgt uns auch schon seit Syrien. In den Aufzeichnungen Almuts, der Archäologin, die Regina suchte, war davon permanent die Rede.«

»Wo ist eigentlich Almuts Zylinder?«, wollte Elijah wissen.

Der Professor stutzte. »Almut Moser?«

Jan antwortete vorsichtig: »Doch, ich glaube, das war ihr Name.«

»Eine gewisse Almut Moser hat sich vor einiger Zeit an meinem Institut beworben. Ich habe mir ihre Expertise auch angesehen, aber sie wirkte doch sehr verbissen und zu sehr fokussiert auf …«

Elijah wie Lea wurden unruhig. Ihnen ging die Diskussion in die falsche Richtung. Sie wollten das Papier so schnell wie möglich als Entlastung präsentieren. Jede tiefere Forschung war nicht erwünscht. Die Zeit lief gegen sie. Und Almuts Schicksal war jetzt eher zweitrangig.

Jan spürte die Ungeduld der beiden anderen.

Der Professor fuhr fort. »Diese Frau hat sich völlig in die Welt des frühantiken Infantizids, also des Kindsmordes und des Lilith-Kultes, verirrt. Jetzt erinnere ich mich. Lea, ich kann verstehen, dass Sie das Dokument haben wollen. Wenn Sie aber so freundlich wären, einen Schritt weiterzudenken.«

Lea schnaubte. Dieser Zausel wollte ihr auf die Füße treten? »Nein, Professor, aber diese ganzen Themen sind für uns nicht relevant. Wir müssen mit diesem Dokument beweisen, dass dieser ganze Mohammed-Unsinn eine Fälschung war und dass wir nicht dahinterstecken. Verstehen Sie? Das beschäftigt mich. Wenn wir das Problem gelöst haben, bin ich gern für eine Privat-Vorlesung zu haben. Aber jetzt muss ich wissen, wie schnell auch Forscher aus der arabischen Welt sich das Schriftstück anschauen können.« Jan hatte Papier und einen Kugelschreiber genommen und notierte sich etwas. Elijah schaute interessiert über seine Schulter. Währenddessen blickte der Experte mitleidig auf Lea. »Ich wollte Sie nicht aufhalten. Aber arabische Experten sollten dieses Stück nur sehr eingeschränkt lesen. Denn die erwähnten Zeilen dahinter sind nach meinem sicheren Dafürhalten ein Schlüssel. Und diesen Schlüssel wollen Sie bestimmt bei diesem Thema nicht aus der Hand oder besser in die Hände der islamischen Welt geben … weil …«

Lea unterbrach ihn barsch. »Morgen Vormittag möchte ich von Ihnen einen seriösen Vorschlag, wie wir ohne Bedenken das Stück der Weltöffentlichkeit präsentieren können. Einen schönen Abend noch. Morgen um acht Uhr geht es weiter. Ende aus.« Sie löschte den Bildschirm.

»Warum so harsch, Lea?«, fragte Jan. »Wir können doch über jeden Hinweis, der über die Hintergründe dieser Pressekonferenz aufklärt, nur dankbar sein.«

»Dass die PK mit den Unruhen zu tun hat, ist ja klar. Aber der Tempelberg, lieber Jan, wurde von unseren Leuten gesprengt. Und das war keine Lilith-Verschwörung.«

Elijah hatte die ganze Zeit still zugehört und mitgelesen, was Jan aufgeschrieben hatte. »Wo sind Almuts Aufzeichnungen und wo ist der Zylinder?«

Jan antwortete nicht, sondern zeigte stumm auf seinen Kopf.

»Das ist doch nicht dein Ernst?«

»Doch, ich hatte auf den Weg nach Istanbul und nach Berlin genug Zeit, um die zwei Seiten aus Almuts Tagebuch auswendig zu lernen. Hier sind sie. Und diese Aufzeichnungen sind mit denen auf dem Zylinder identisch.« Er hielt sie hoch. »Es sind meist nur wirre Buchstabenreihen, aber sie stehen in Verbindung mit diesem Fund ...«

Elijah legte Lea die Hand auf den Arm. »Ruf noch einmal den Professor an, Lea. Ich glaube, Jan hat recht.«

Sie schüttelte den Kopf. »Das hat noch bis morgen Zeit.«

Elijah drückte Lea zur Seite und wählte über den Display den Professor an. »Hör einfach auf, deine ›Ich-bin-der-Boss-Nummer‹ zu spielen.«

Sie ließ ihn müde gewähren. »Wenn es der Sache dient, bitte.«

Erneut erschien Professor Stern. »Ist meine Hilfe nun dennoch gefragt?«

»Verzeihen Sie, wir haben da noch etwas vergessen. Schenken Sie uns noch ein wenig Ihrer kostbaren Zeit.« Elijah warf seinen ganzen Charme in die Waagschale.

Lea verdrehte ihre Augen, griff in den Kühlschrank und gab jedem ein Bier.

Jan meldete sich zu Wort: »Schauen Sie, Professor, das sind Buchstabenreihen, die Almut Moser aufgeschrieben hat. Obwohl ich ihren Sinn nicht verstehe, wirken sie auf mich in ihrer Reihenfolge. Haben Sie etwas zu schreiben?« Der Experte nickte. »Also, sa ra-bi-suP lim-nu sa-rat ii-uni-ri-Rsu us-galu ... Haben Sie das?« Jan fuhr fort: »dingir-dim-me sü-ha-Dza-ba-an-da-gar-Sra.«

Der Professor schrieb weiter mit. »Das ist Altsumerisch. Es ist eine Hymne, eine Anbetung. Sie gilt dem Sonnengott Schamash. Aber sie ist aus dem Zusammenhang gerissen. Seltsam. Sie scheint mit den Zeilen in einer Weise zu korrespondieren …«

Elijha schaltete sich ein. »Aber die Aufzeichnungen auf dem Zylinder waren babylonischer Herkunft. Das passt doch nicht zusammen.«

»Doch. Sie sind in ihrer Aussage identisch, nur nicht im Text selbst«, führte der Professor aus.

Im Esszimmer schrie jemand. Etwas zerbrach. Lea blickte auf. Die Tür wurde geöffnet: Leas Mann erschien und winkte sie stumm zu sich. Sie bedeutete den beiden weiterzumachen.

»Mir sind zuerst die Großbuchstaben aufgefallen: P, R, D und S«, hakte Elijah ein.

»Ja, genau das meinte ich, das ist der Hinweis auf die Kabbala. Diese Buchstaben sind die vier Anfangsbuchstaben der vier Erkenntnisstufen des Sohar, des Kabbala-Werkes. Es ist ein Akronym. Fügen Sie zwischen den Konsonanten einfach ein a und ein e ein, dann erhalten sie Par-Des, das hebräische Wort für Garten. Oder für das Paradies. Es ist die Verbindung zu dem Lilith-Text. Sie ist einst von Gott verstoßen worden, irrte umher als Nachtgeist und findet jetzt ihre Wiederauferstehung. Und so müssen wir auch die anderen Buchstaben mit den Zeilen auf dem Fundstück in …«

»Jan, hast du einen Augenblick?« Lea stand in der Tür, kreidebleich. Er erhob sich und eilte zu ihr. »Was ist?«

»Mein Vater … er ist zusammengebrochen. Es geht ihm sehr schlecht. Aber …«

»Wo ist er?«

»Jan, versteh mich nicht falsch, er will nicht von dir behandelt werden.«

»Dann kann es ja nicht so schlimm sein.« Er spürte, wie hart seine Worte klangen. »Wo ist er?«

Lea zeigte nach draußen.

Jan drängte sich an ihr vorbei. Der alte Rothblum lag auf

dem Boden des Restaurants. Seine Verwandten hatten ihm die Beine hochgelegt und ein Kissen unter den Kopf geschoben. Er beugte sich zu ihm hinunter. Der Alte stöhnte, griff sich an die Brust. Auf seiner runzligen Stirn hatten sich Schweißperlen gebildet. Als er Jan sah, versuchte er sich von dem Deutschen wegzudrehen, als ob der Teufel über ihn kniete. Jan sah ihn ruhig an, wies in ruhigem Englisch den Russen aus dem Pferdestall an, den Mann festzuhalten. Er musste nicht lange untersuchen. Avrim Rothblum hatte einen Herzinfarkt erlitten.

»Lea, dein Vater hat einen Infarkt. Ruft den Notarzt. Ich kümmere mich so lange um ihn. Er braucht ein blutlösendes Mittel. Es nennt sich Alteplase. Setzt ihn hoch. Wir müssen damit sein Herz entlasten.«

Der alte Mann war federleicht, besaß aber noch so viel Kraft, Jan mit seiner rechten Hand zu schlagen, ehe Leas Schwager ihn bändigen konnte. Er fluchte auf Hebräisch und einer Sprache, die Jan nicht kannte. Dann erbrach er sich und verdrehte die Augen.

Jan fasste blitzschnell in den Mund, wühlte das Erbrochene heraus und fixierte die Zunge. Ein stechend säuerlicher Geruch nahm den Gästen den Atem. Der Russe verzog keine Miene. Jan sah ihn respektvoll an.

»Ist anders bei Pferden, kotzen nicht«, sagte der Russe lakonisch, während seine sehr behaarten Hände den Alten festhielten.

Lea entschuldigte sich immer wieder.

»Ich bin Notarzt«, erwiderte Jan. »Er ist nicht der Erste, der meine Hilfe nicht zu schätzen weiß.«

Er hörte schon die Sirene des Rettungswagens. »Haben Sie Eis hier?«, fragte er den kreidebleichen Wirt, der an der Theke stand. »Ich brauche viel davon. Schnell, wenn wir seine Körpertemperatur herabsetzen, erhöhen wir seine Chance rapide.«

Unter den erstaunten Blicken der Verwandten wurde kurz darauf der alte Mann, der den Holocaust überlebt hatte, zwischen großen mit Eisbechern gefüllten Plastiktüten auf einer Trage liegend, von einem Rettungsteam in ein Krankenhaus gebracht.

Wenig später wusch Jan sich in der Küche das Erbrochene von seinem Hemd. Lea saß am Tisch und rauchte. Ihre Hände zitterten. Ihr Vater war auf dem Weg ins Krankenhaus von Tiberias, der größten Stadt hier am See.

»Ich erzähle dir die Geschichte. Setz dich – bitte. Es ist nicht leicht für mich.«

Jan trocknete sich die Hände ab, goss sich ein Glas Wein ein und schaute erwartungsvoll zu Lea.

»Avrim war fünfzehn Jahre, als er von Litauen nach Auschwitz mit seiner Familie deportiert wurde. Er geriet gleich bei der Ankunft in das Augenmerk Dr. Josef Mengeles. Ich muss dir nicht sagen, wer das war.«

Das musste sie nicht. Jeder halbwegs gebildete Deutsche kannte dieses Monster der Medizin, das an unzähligen Menschen meist tödlich verlaufende Experimente durchgeführt hatte.

»Mengele schnitt gleich am zweiten Tag ohne Narkose eine von Vaters Nieren heraus. Nur um zu sehen, ob er überleben würde. Irgendwann verlor er für Mengele die Bedeutung und sollte ins Gas geschickt werden. An diesem Tag bekam er dafür die Nummer 201. Aber er hatte Glück. In die Gaskammer passten nur 200 Menschen. Einen Tag später wurde das Lager evakuiert, weil die Russen schon wenige Kilometer östlich standen. Avrim überlebte. Seitdem weigert sich mein Vater strikt, von einem Arzt behandelt zu werden. Du bist der Erste, du rettest sein Leben und bist ausgerechnet ein Deutscher. Zuviel Ironie des Schicksals, oder?«

Jan zuckte mit den Schultern. »Ich habe nur meine Pflicht getan. Das klingt jetzt auch wieder komisch, aber es ist so. Ich bin Arzt. Es gibt nicht nur immer Schwarz oder Weiß. Meist gibt es auch Grau, sehr viel Grau.«

Lea drückte ihre Zigarette aus und sah Jan traurig an. Er war nicht ansatzweise so, wie ihr Vater die Deutschen seit ihrer Kindheit geschildert hatte. Aber niemals würde sie den Schrecken des Holocausts vergessen. Sie fühlte sich gefangen in der Vergangenheit ihres Vaters.

Die Tür zur Küche wurde aufgerissen. Elijah stand mit hochrotem Kopf im Türrahmen. »Wir haben den Schlüssel gefunden.«

Sie eilten in das Nachbarzimmer. Elijah wies sie wieder auf das Sofa, und dort saßen sie wie zwei Schüler, denn Elijah hatte ein Flipchart aufgebaut und schon angefangen, mit dicken Filzstiften darauf zu zeichnen.

»Also, die Buchstaben in Almuts Aufzeichnungen sind der Schlüssel. Das Schlüsselloch ist der Text auf dem Pergament. Die beiden müssen nur zusammengeführt werden. Die Acht ist, wenn man sie auf die Seite legt, eine Lemniskate.« Er war an die Papiertafel gegangen und zeigte auf die liegende Acht. Lea schaute verständnislos. »Für alle Nicht-Mathematiker im Raum: Eine Lemniskate ist eine bestimmte mathematische Kurve, genauer gesagt, eine algebraische Kurve. Ich verschone euch mit tieferen Fakten. Ordnen wir die Buchstabenreihen aus Almuts Aufzeichnungen auf diese Acht, folgen wir dem Rhythmus, den die Zeilen auf dem Fundstück vorgeben … ›Im Schwarz der Nacht‹ ist der Mittelpunkt, da wo sich die Kreise der Acht berühren, und ›die Flügel‹, das sind jeweils die linken und rechten Kreise, dann ordnen wir Wort für Wort auf diese Bahn an. So ergibt sich ein völlig anderes, mehrdimensionales Bild. Du kannst die Worte von oben nach unten, von links nach rechts wie in den westlichen Sprachen lesen, aber auch von rechts nach links wie im hebräischen oder im arabischen Sprachraum. Jetzt kommt der Professor ins Spiel.«

Der räusperte sich kurz. »Ich will noch zu den Ausführungen Ihres zweifellos klugen Freundes etwas ergänzen. Die Acht ist in vielerlei Hinsicht interessant. Sie ist bei den Assyrern und Babyloniern die Zahl der Göttin Ischtar bzw. ihres Planeten der Venus. Sie ist die Zahl der Unendlichkeit und die Lieblingszahl des Königs Sanherib, dem

Herrscher von Ninive. Er, sagt die Legende, starb eines grauenvollen Todes, weil er den Kult der Lilith im Volk verbot. Soviel zum Hintergrund. Also, die Kabbala arbeitet mit der Übersetzung von Worten in Zahlen. Ich habe darüber vor einigen Jahren ein Buch verfasst. Ich kann es nur empfehlen.«

Lea verlor langsam die Geduld. »Professor, Sie verzetteln sich.« Sie war mehr als angespannt. Elijah übernahm wieder: »Gut, also ordnen wir diese Buchstaben so an und übersetzen es in die mystische Zahlenform der Kabbala, ergibt sich ein eigenartiges Bild. Auf der rechten Seite zeigen sich folgende Daten: 3336AK, 2931AK, 5100AL. Ich habe mir den Kopf gerade zerbrochen. Aber dann ist es mir mit Sterns Hilfe in den Kopf geschossen. Das sind Koordinaten.«

Elijah rief Google Earth auf, und auf den Bildschirm neben dem Fenster des Professors erschien der herangezoomte Globus.

»Das Erste sind die Koordinaten von Damaskus, genauer des Präsidentenpalastes dort. Die Buchstaben sind laut Stern die Anfangsbuchstaben für das assyrische Norden und Osten. Dann folgt Kairo, hier ist es das Hotel Mena House direkt neben den Pyramiden. L ist der Westen.«

Als er die dritte Zahlenkombination eingab, flog der Cursor auf London. »Da ist das Britische Museum.« Lea verstand es auf Anhieb. »Damaskus, als Hauptort der Arabischen Union mit ihrem Präsidenten als provisorischen Vorsitzenden. Das Mena House als Ort der gescheiterten Vernichtung der Union. In London gab es die Pressekonferenz … Oh, mein Gott, das ist eine genaue Abfolge der letzten Tage …« Elijah sah sie triumphierend an. Er hatte noch ein As. »Und jetzt haben wir die nächste Zahl gerade gefunden.

Sie hat mich zuerst stutzig gemacht. Sie ist länger als die anderen, aber eigentlich nur genauer: 31464087351408AK. Das ist der genaue Mittelpunkt des Tempelbergs zu Jerusalem. Und die nächste Zahlenreihe haben wir noch nicht. Ich sage euch, das ist ein Kalender des Schreckens.«

Jan verstand als Erster. »Wir fanden die Schrift vor zehn Tagen, die Aufzeichnungen sind noch älter … Dann ist das entweder eine Prophezeiung oder der genaue Ablaufplan einer gigantischen Verschwörung.«

Alle schwiegen. Denn das Gesagte wog schwer.

Lea brach zuerst das Schweigen. »Wer hat den Rest der Aufzeichnungen dieser Almut? Wo ist der Zylinder, der ja wohl identisch mit den Aufzeichnungen zu sein scheint? Denn so könnten wir die nächsten Schritte unseres Gegners vorhersehen. Das wäre …«

Jan erbleichte. Er wagte es kaum auszusprechen. »Also … Das Buch und den Zylinder hat Regina. Sie hat … beide … mitgenommen.«

Syrische Wüste bei den Salzseen, 23. 06., 1.25 Uhr

In a little while
I'll be gone
The moment's already passed
Yeah it's gone
And I'm not here
This isn't happening
I'm not here
I'm not here

Aus: Radiohead »How to Disappear Completely«

In drei Meter Tiefe wartete der Tod auf Regina. Sie ahnte es. Ihr Bewusstsein war erst zurückgekehrt, als sie schon auf dem runden Zedernholzstamm saß. Der Raum war kaum größer als eine Garage, aber er besaß eine ungewöhnliche Tiefe. Dünne silberne Strahlen des Mondes krochen durch kleine Ritzen im Dach. Ansonsten war es dunkel.

Ihre Hände waren auf dem Rücken mit einem Kabelbinder

gefesselt, der sich schon tief in ihre Haut gedrückt hatte. Ihr linkes Auge war noch zugeschwollen; schon zu Beginn des Verhörs hatte sie jemand heftig geschlagen. Etwas drückte ihren Hals zusammen. Sie versuchte, an sich herunter zu sehen. Ihr Hals wurde von einem Metallring umfasst, der an einem Stab hinter ihr befestigt sein musste. Man wollte sie nicht stürzen lassen, noch nicht.

»Du darfst dich nicht bewegen«, kam es von der anderen Seite des Stammes.

»Almut, bist du das?«

»Ja, beweg dich nicht. Du darfst nicht fallen.«

»Wo bist du?«

»Ich sitze dir gegenüber. Sie haben uns in die Asche geworfen.« Regina versuchte, die Umrisse Almuts zu erkennen, aber es fiel zu wenig Licht in das Verlies. Langsam erwachte ihr Kreislauf, und die Schmerzen, die bislang von der Ohnmacht betäubt waren, kehrten zurück. Ein fast kaum auszuhaltender Drang, einfach los zu weinen und sich fallen zu lassen, überkam sie. Sie holte tief Luft.

»Wo sind wir, Almut? Was haben sie vor?«

»Wir sind im Haus der Asche. Fischer hat es angelegt. Du darfst auf keinen Fall vom Balken fallen. Unter uns ist der Boden etwa einen Meter hoch mit Asche bedeckt. Es ist eine alte Zisterne, in der Wasser gesammelt wurde. Fällst du hinunter, atmest du die aufgewirbelte Asche beim Luftholen ein. Deine Bronchien füllen sich damit, und du erstickst qualvoll. Es ist eine vorantike Hinrichtungsart. Laut Überlieferung soll König Dareios …«

»Almut, hör auf!« Regina konnte ihre Wut kaum bändigen. Sie war am Ende ihrer Kräfte. Seitdem dieser Riese sie überwältigt hatte, hatte sie einen Alptraum durchschritten. Doch sie wachte nicht auf, und alles war wieder gut. Stattdessen schien sie Stufe für Stufe hinabzusteigen in ihre ganz persönliche Hölle. Sie erinnerte sich an ihr Martyrium in Bosra.

Der Riese hatte sie wenige Stunden zuvor, nachdem sie das erste Mal ohnmächtig geworden war, nackt an einen

Stuhl gefesselt. Sie hatte mit einer Vergewaltigung gerechnet. Stattdessen hatte er aus einem Nebenraum Schreinerwerkzeug geholt und es auf einem Tisch neben dem Stuhl sehr akkurat aufgereiht. Ein Hobel, Feilen, Zangen, Hämmer und auch Nägel in allen Größen waren dabei.

Es gab in diesem Moment für sie nur den Wunsch, so schnell und schmerzlos wie möglich zu sterben. Alles, was sie von den Polizeipsychologen gelernt hatte, war unnütz. Sich in einen Gedankenpalast zu flüchten, mittels Konzentration sich in die Bewusstlosigkeit zu begeben. In diesem Augenblick waren ihre Sinne schärfer als je zuvor. Die Panik ließ Ströme von Adrenalin durch ihren Körper fließen. Ein meditatives Wegdämmern war unmöglich. Sie starrte auf den Hobel und die Zangen, die Auswahl an großen und kleinen Hämmern und erbrach sich. Der Hüne säuberte sie unter Flüchen, nutzte die Gelegenheit, um sie an allen Stellen ihres Körpers zu berühren. Dabei geriet sein Kopf zu nah an ihren Mund.

Regina wollte nicht sterben, ohne wenigstens dem Irren Schmerz zuzufügen. Sie sah sein Ohr vor sich und biss so fest sie konnte hinein. Dann, ohne auf seinen Schrei zu warten, riss sie ihren Kopf ruckartig zurück und zur Seite. Sie hatte das Ohr tatsächlich abgerissen. Blut schoss in pulsierenden Strömen aus der Wunde. Aber kein Schrei ertönte. Der Riese legte seine linke Hand auf die Wunde, hieb mit der rechten Faust in Reginas Gesicht, drückte ihren Kiefer auf und zog das Fleischstück heraus. Dann trat er zurück, sah sie lächelnd an und stieß den Stuhl um. Sie schlug mit dem Hinterkopf auf den Betonboden des Raums. Dann wurde es dunkel. Wieder verlor sie das Bewusstsein.

Sie erwachte mit Schmerzen. Ihr rechtes Auge war jetzt völlig zugeschwollen, ihre Lippe aufgeplatzt. Sie leckte über das getrocknete Blut und hatte einen metallischen Geschmack im Mund. Ihr Magen rebellierte. Aber sie konnte nur noch würgen. Das letzte Essen hatte sie schon erbrochen.

Der Alte saß vor ihr. Er hockte lächelnd mit einer Decke auf den Beinen in einem Rollstuhl. Hinter ihm stand der Dicke. »Grüß Gott, wie man in unserer gemeinsamen Heimat zu sagen pflegt. Frau Bachmeier. Mir tut es sehr leid, dass wir Ihnen solche Unannehmlichkeiten bereiten. Aber unsere Familie legt sehr viel Wert auf Diskretion und Zurückgezogenheit. Natürlich freuen wir uns über Gäste, erst recht, wenn sie aus der Heimat kommen. Sie sind aus dem schönen Tirol, nicht wahr?«

Regina spuckte Blut, das sich lange in ihrer Mundhöhle gesammelt hatte, vor ihm aus.

»Aber nicht doch, Frau Bachmeier. Oder darf ich Sie so mit ihrem Kosenamen ansprechen? Regerl, wie ihr doch zuweilen sehr rüder Vater sie gern rief, wenn er junges Fleisch spüren wollte?«

Sie sah den alten Deutschen müde an. »Machen Sie es schnell. Ich kann Ihr Gerede nicht ertragen.«

Fischer beugte sich vor und lachte meckernd. »Aber nein, seien Sie unser Gast. Ich muss Ihnen doch vor Ihrem Tod die Hintergründe meines Plans erzählen. Allerdings ist unser aller Zeit knapp bemessen. Wir wollen effizient sein. Seien Sie kooperativ und gestalten Sie den Abend mit Ihren Erzählungen. Eigentlich bin ich viel zu alt für solche Abende. Aber mein Sohn Günther ist noch etwas zu, wie soll ich sagen, heißspornig. Wie ein Stier, der aufs Gatter springt.« Er grinste. »Wissen Sie, Werteste, die meisten Menschen haben ja ganz und gar falsche Vorstellungen von einem Verhör. Die denken da an Schläge und all diese CIA-Tricks. Aber unsere Amerikaner haben zu ihrem eigenen Schaden erst nur unser Raketenprogramm damals übernommen, statt sich mit der Expertise unserer Befrager auszustatten. Das war ihnen wohl, sagen wir einmal, zu dreckig. Aber es kommt immer irgendwann ein Krieg. Und dann steht man da und lässt schlecht ausgebildete Hinterwäldler an solche komplexen Dinge.« Der Alte bewegte seinen Arm nach rechts und öffnete seine Hand. Günther nahm ein Gerät vom Tisch und legte es in seine Hand. »Das hier ist zum Beispiel ist ein Micro-Flamm-Brenner. Er erreicht Temperaturen bis zu 1200 Grad. Gerade bei kleinsten Arbeitsfeldern ist der Brenner das Gerät der Wahl. Aber leider hinterlässt es bei unsachgemäßer Anwendung scheußliche Spuren auf der menschlichen Haut. Wenn ich Sie so betrachte, muss ich mich fragen, ob ich nicht unscheinbarere, aber effektivere Mittel zur Hand habe.« Er lächelte erneut. »Und ja, die habe ich. Die Akupunktur ist ja in Europa in den letzten Jahren sehr in Mode gekommen. Aber wir hatten sie in den Lagern schon viel früher für uns entdeckt. Viele glauben, dass Akupunktur nicht schmerzhaft sei. Das ist natürlich nur Unsinn. Günther, zeig doch einmal Frau Bachmeier einen Ting-Punkt der Akren.«

Der Dicke nahm eine dünne, aber fast 15 Zentimeter lange Nadel, umgriff Reginas Fuß und stach direkt vor dem Nagel ihres großen Zehs in das Fleisch.

Regina schrie. Blut rann aus der Wunde. Ein Schmerz zuckte durch das Bein in ihren Bauch, und alle inneren Organe schienen zu verkrampfen. Ihr wurde schlagartig übel. Ihr Blutdruck schien zu steigen. Das geschwollene Auge pochte und zuckte, ohne dass sie es hätte kontrollieren können.

»Danke, Günther. Frau Bachmeier scheint das Prinzip verstanden zu haben. Nun, kommen wir zu meiner ersten Frage. Es interessiert mich nicht, ob Sie in Begleitung waren, jemanden informiert haben, der uns ärgern könnte. All das ist zweitrangig. Sie sind da nicht die Erste und werden sicher auch nicht die Letzte sein. Aber wir wissen, dass Sie im Besitz von Aufzeichnungen sind, die Ihrer Landsfrau, der geschätzten Frau Doktor Moser, gehören. Seien Sie doch so nett und verraten uns, wo sich das Bücherl jetzt befindet. Und jetzt nicht unkooperativ werden«, er hob den Finger und stach in der Luft, »sonst bohrt der Günther nach. Das wollen wir ja nicht, oder?«

Der Dicke war dicht an Reginas Gesicht herangetreten. Mit ihrem gesunden Auge konnte sie die Nadel direkt vor der Schwellung ihres Gesichts sehen.

»Ah, Günther. Du hast aufgepasst. Der Stich in den Augenkanal – das ist ja etwas Neues. Sehr innovativ«, kam es vom Rollstuhl. Regina reagierte. »Okay. Nehmen Sie das weg, ich rede. Aber nehmen Sie das weg.«

Der Alte hob die Hand, und Günther trat einen Schritt zurück.

»Wie kann ich sicher sein, dass Sie mich schnell töten werden, wenn ich rede?«

Der Alte lächelte. »Schauen Sie, Sie wollen jetzt eine Verhandlungsposition aufbauen. Das kann ich gut verstehen. So machen Sie es ja auch bei Geiselnahmen. Die einen verhandeln, die anderen stürmen. Sie haben bestimmt immer gestürmt. Sie sind ein Stürmer, wenn sie mir das Wortspiel erlauben. Also sollten Sie sich jetzt nicht auf Ihr Verhandlungsgeschick verlassen. Aber ich gehe gern darauf ein. Sie haben mein Ehrenwort.«

Regina schloss die Augen. Tränen liefen in einer langsamen Bahn über ihre Wange, ehe sie zu Boden fielen. Sie dachte an ihren Vater. Sah ihn, wie er durch den verschneiten Weg hoch zu ihrem Gasthof kam. Sie sah die Brüder, wie sie das Holz vom Schober laut polternd in die Wirtschaft zum Kamin schleppten, die Ofentür öffneten. Sie erinnerte sich an die Wärme. An die Suppe. An den Schnee, der sich weiß draußen vor der Tür und den Fenstern aufgetürmt hatte. Sie hörte das Knistern des Feuers. Sie konnte es riechen.

»Etwas brennt hier.« Günther hatte es auch gerochen. Er öffnete die Tür und sah Flammen direkt vor sich. Etwas flog durch die Flammen und rollte auf den Alten zu.

Regina riss ihr gesundes Auge auf. Es war eine Nebelgranate. Zischend explodierte sie. In einem harschen Befehlston rief der Alte seinem Sohn und dem Riesen zu: »Sofort räumen, Herfried, Sie gehen vor.«

Der Hüne zog aus seinem Bund eine Beretta, entlud sie und drückte gegen eine Stelle in der Wand. Eine bislang verborgene Tür öffnete sich. Sie führte geradewegs in die Garage des Hauses.

»Was ist mit Gudrun?« Günther wollte schon durch die Flammen springen.

»Bleib hier! Sie wird wissen, was zu tun ist.«

Widerwillig kehrte der Sohn zurück. Regina und Almut wurden in den Kofferraum des Mercedes geworfen und dann geknebelt. Günther trug den Alten in den Wagen, setzte sich auf den Fahrersitz, und der Riese ließ das Rolltor rasselnd hochschwingen. Der Wagen setzte ruckartig nach hinten, bog erst nach links und fuhr mit quietschenden Reifen davon. Die Nachbarn, vom Lärm der Explosion geweckt, schauten aus ihren Türen. Keiner griff ein. Vom Dach des Hauses gegenüber sah ein hagerer Mann, wie das Anwesen des Dr. Fischer brannte.

Bosra, 22. 06., 22.46 Uhr

Die Tätigkeit ist eine Folge verzweifelter Handlungen, welche erlauben, die Hoffnung zu bewahren.

Aus: Georges Braque »Der Tag und die Nacht«

Faruk hatte die Wahl. Würde er das Benzin aus dem Moped nehmen, war eine Verfolgung ausgeschlossen, falls Fischer und seine Helfer fliehen wollten. Aber Feuer war das wirksamste Mittel, um Menschen aus Räumen zu locken. Er hatte das Haus lange von seinem Versteck auf dem Dach aus beobachtet. Dann war er sicher: Da drüben waren drei Männer, zu denen der Alte gehörte, und eine Frau im Hauptraum. Wenn sie Regina gefangen hatten, musste sie, so vermutete er zumindest, beobachtet worden sein. Und so fand Faruk nach langem Suchen den Bewegungsmelder,

der um das Haus herum dreißig Zentimeter über den Boden führte und ein Kamerasystem auslöste, das unter der Dachrinne befestigt war. Es war, wenn man nicht danach suchte, kaum zu erkennen. Er war unter dem Melder durchgekrochen, zum Haus gerobbt und hatte sich unterhalb des Küchenfensters auf die Knie gekauert. Er sah, wie der Alte zum Anbau gerollt wurde, für einen Augenblick konnte er auch Regina erkennen, die auf einem Stuhl gefesselt war. Dann schloss der Dicke die Tür. Faruk musste schnell sein. Er öffnete vorsichtig die Klinke zum Haupthaus und zog seine Waffe.

Nackte Glühbirnen an der Decke warfen ein grässlich kaltes Licht. Er schien sich in dem Raum für Wäsche zu befinden. Eine Waschmaschine älteren Typs stand neben ihm, darauf ein Korb mit dreckiger Unterwäsche.

Er öffnete die nächste Tür. Das schien der Essraum zu sein. Faruk staunte. Das letzte Mal hatte er so eine Einrichtung in der DDR gesehen. In der Mitte stand auf einem sehr weichen Teppich ein großer Tisch mit einer bestickten Decke. Darüber hing ein Lampenschirm, bespannt mit einer gelben Haut. Auf einer Kommode hatte man verschiedene Bilderrahmen drapiert. Eine Schublade war geöffnet. Dort befand sich fein säuberlich geordnet das Besteck. Hier sollte bald gegessen werden. So eine Szenerie musste einzigartig in Syrien sein. Er schaute sich die Bilder an. Ein Mann in einer schwarzen Uniform im Gespräch mit anderen Uniformierten, ein kleiner Mann in der Mitte trug eine randlose Brille.

Über dem Kopfende eines Tisches war in der Wand eine Nische eingelassen. Darin stand, beleuchtet, eine vielleicht dreißig Zentimeter große Figur mit Flügeln. Zu ihren Füßen saßen zwei Eulen. In den Händen trug die Figur etwas.

»Was wollen Sie?«

Noch während er sich umdrehte, traf ihn der glühende Schürhaken. Schmerzverzerrt fasste er an seinen linken

Arm und hob die Pistole. Vor ihm stand die Frau. Sie hatte sich lautlos angeschlichen. Er musste einen Schuss vermeiden, wollte er die anderen nicht auf sich aufmerksam machen. Sie war etwa so groß wie er, schien jedoch etwas älter zu sein. Das schwarze Haar hatte die Frau streng zurückgekämmt und unter einem Kopftuch verborgen. Sie trug einen grauen engen, aber über die Knie gehenden Rock und eine Bluse. Ihre Augen schauten ihn ausdruckslos und kalt an. Sie hielt das Metall in ihren Händen wie ein Schwert. Er musste näher an sie herankommen.

Die immer noch rotglühende Spitze wedelte vor ihm. Faruk machte einen Ausfallschritt nach links, drehte sich und trat sehr gezielt gegen den Arm der Frau, wälzte sich dann mit einer Wendung auf sie und saß nach einem kurzen Ringen auf ihrem Oberkörper. Sie schlug mit ihren Armen nach ihm und wollte schreien, als Faruk den Schürhaken, der neben ihr lag, blitzschnell in die Hand nahm und ihr auf den Hals drückte. Ihre Bluse riss, und eine ihrer Brüste rutschte heraus. Er drückte das Metall, so fest er konnte, gegen den Hals. Die grauen Augen der Frau weiteten sich. Sie röchelte. Er spürte ihren Körper unter sich zucken, der Widerstand ihrer Arme wurde schwächer, und die Beine schlugen auf den Teppich. Dann knackte es, und ihr Kehlkopf war eingedrückt. Ein letztes Mal röchelte sie und bäumte sich mit auf. Dann sackte sie leblos nieder. Er fühlte nach dem Puls am Hals. Er flatterte. Mit beiden Händen packte er ihren Kopf und drehte ihn ruckartig. Das Genick brach.

Erschöpft erhob sich Faruk und sah, wie sich zwischen den Beinen der Frau eine Urinlache gebildet hatte. Er hob sie hoch, setzte sie auf einen Stuhl. Der Kopf fiel ihr dabei auf die Brust. Er ordnete so gut es ging ihre Kleidung und wandte sich dann den anderen Räumen zu. Er musste sich beeilen. Sie würden Regina foltern, so viel stand fest.

Zwei Räume weiter schien das Arbeitszimmer des Alten zu sein. Ein Schreibtisch, akkurat aufgeräumt mit einer

Plastikunterlage und einem Stiftkasten. Darauf lag eine Mappe. Jemand hatte in einer alten deutschen Schrift etwas darauf geschrieben. Faruk konnte es nicht lesen. Dennoch nahm er die Mappe an sich. Er durchsuchte die Schubladen des Schreibtischs. Ein Bündel mit syrischen Pfunden und amerikanischen Dollars war das Einzige, was er noch fand.

Auf dem Boden stand ein großer Lederkoffer. Er öffnete ihn. Ein Aufnahmegerät und ein Dutzend Tonbandkassetten waren zu sehen. Er schaltete das Gerät ein und vernahm die Stimme seines Chefs. Der Alte hatte die Gespräche mit Sayaf aufgenommen. Sonst war der Raum leer. Keinerlei Papiere oder Akten, die er hätte mitnehmen können. Er wandte sich um, nahm die Flasche mit dem Benzin, vergoss ein wenig auf dem Teppich und zündete ihn an. Draußen eilte er mit leisen Schritten zum Anbau, um auch dort das Benzin auf die Tür zu gießen. Er griff in seinen Rucksack, nahm die Nebelgranate und wartete, bis die Flammen an der Tür hochzüngelten. Die Tür wurde geöffnet. Er warf schnell die Granate hinein und wandte sich nach links. Aber keiner kam heraus. Keiner schoss. Niemand schrie. Er wartete noch. Vielleicht versuchten sie den Rauch auszuhalten. Ein Befehl ertönte. Er verstand ihn nicht, aber die Insassen begannen zu sich zu bewegen. Das Haupthaus stand jetzt in Flammen. Faruk hörte den Motor eines Autos. Er fluchte. Sie schienen durch einen anderen Ausgang zur Garage gekommen zu sein. Er rannte zurück zum Haupthaus, lief am Küchenfenster vorbei und sah durch den Rauch und die Flammen die brennende Frau am Tisch. Selbst ihn ließ der Anblick nicht kalt. Er schüttelte sich. Dann hechtete er über den immer noch intakten Strahl des Bewegungsmelders, rannte zum Haus auf der gegenüberliegenden Straßenseite und erklomm das Dach. Dort sah er, wie der Mercedes davonraste. Er musste nicht lange nachdenken, um zu wissen, dass sich Regina im Kofferraum befand. Eine Verfolgung hatte keinen Sinn. Der Wagen war schneller. Vielleicht gab es andere Hinweise.

Faruk steckte sich die kleine Taschenlampe aus dem Rucksack in den Mund und durchwühlte den Lederkoffer. Jede Kassettenhülle war fein säuberlich mit Ort, Datum, Teilnehmer und Thema beschriftet. Ich liebe die deutsche Ordnung, dachte er.

Dann öffnete Faruk die Mappe. Es waren auf den ersten Blick nur Aufzeichnungen und Berechnungen. Er wurde nicht schlau daraus. Aber beim letzten Blatt blieb er hängen. Es war ein in Arabisch verfasster Kaufvertrag. Er las schnell. Aber weder Ort noch die Besitzer sagten ihm auf Anhieb etwas.

Sirenen waren zu hören, man mochte es kaum glauben, aber dieses Nest besaß einen Feuerwehrwagen. Er sah kurz über den Dachsims und erblickte im Schein der Flammen den Geheimdienstchef des Distrikts Suwayda, Aziz Haysam. Er kannte ihn gut, sie hatten beide in derselben Ausbildungseinheit gedient. Aziz war über eine Frauengeschichte gestolpert, und man hatte ihn, auch weil er sunnitischen Glaubens war, hierher in den Südwesten versetzt. Der Mann konnte ihm helfen. Aber konnte er auch ihm vertrauen? Aziz war Sunnit. Vielleicht steckte er mit Sayaf unter einer Decke. Wenn nicht, würde er jemanden wie Fischer hassen, weil der bislang den Präsidenten und seine alawitischen Helfer unterstützte.

Faruk zog einen Abaya, einen arabischen Umhang, über seinen Kaftan. Darunter behielt er seinen Springer-Anzug und seine Waffe. Er warf die Kapuze über den Kopf und schritt die Treppen des Hauses hinab. Mittlerweile standen viele Menschen vor dem brennenden Haus. Er bahnte sich einen Weg zu dem Militärjeep, wo er Aziz stehen sah, im Mundwinkel eine Rosenöl-Zigarette.

»Du sollst nicht so viel rauchen, es wird dein Untergang sein, Habibi. Salaam.«

Aziz drehte sich um, schaute grimmig in die Menge. Dann erkannte er Faruk. Sie küssten ihre Wangen und umarmten sich.

»Was machst du hier – so weit im Süden, Faruk?«

»Hör zu, ich bin in Schwierigkeiten. Es hat etwas mit dem Haus zu tun. Du darfst es nicht mit Damaskus besprechen. Der Eigentümer ist ein Verräter. Aber er wird noch von der Regierung gedeckt. Ich brauche deine Hilfe. Kann ich auf dich zählen?«

Aziz schaute Faruk einen Moment misstrauisch an. Dann nickte er. Er verscheuchte seine Leute, wies sie an, das Haus zu durchsuchen. »Warum ist es keine Frauengeschichte, Faruk? Das wäre einfacher.«

»Weil ich dich nicht anlügen möchte. Du bist ein Freund.«

Aziz zog tief an seiner dünnen Zigarette und blies den Rauch aus. »Faruk Al-Ali, du alter Falke, hast keine Freunde. Hattest nie welche. Aber ich werde dir helfen. Du hast damals zu mir gehalten. Das werde ich dir nicht vergessen. Aber wenn die Zeiten sich ändern, werde ich mich nicht mehr daran erinnern können.«

Faruk schwieg. Aziz schien mit in Sayafs Putschplänen zu stecken. Innerlich fluchte er. Aber trotzdem musste er Aziz warnen: »Mein Freund, hör gut zu. Ich weiß nicht, wie tief du darin steckst, aber ich möchte dich bitten, nicht bei der erstbesten Gelegenheit deinen Kopf zu erheben. Lass die anderen erst einmal kommen. So ein Plan ist sehr riskant. Und du weißt, wie stark ›die Familie‹ sein kann.«

Unter syrischen Geheimdienstlern war das die deutlichste Warnung, die man aussprechen konnte. Mit der Familie war die Präsidentenfamilie Assad gemeint, die Angst vor ihrer Rache war bei jedem Offizier allgegenwärtig.

Aziz verstand sofort. »Shukran. Und wie kann ich dir helfen?«

Faruk zog den Kaufvertrag heraus. »Kennst du das?«

Aziz knipste eine Stabtaschenlampe an, die er am Gürtel mit sich führte. »Das ist eine Überschreibung für ein Grundstück östlich von hier. Es liegt zwischen dem Drecksnest Az Zalaf und den Salzseen. Niemandsland. Dort wurde vor Jahren eine Probebohrung nach Grundwasser durchgeführt.

Erst waren sie erfolgreich. Dann versiegte die Quelle schnell. Zurück blieben ein paar Bauten für die Geologen und die Arbeiter. Ganz in der Nähe ist eine verlassene Kirche. Sollen wir dich hinbringen?«

Faruk schüttelte den Kopf. »Ich brauche ein Auto, mehr nicht.«

»Bekommst du. Sonst noch etwas?«

»Ich war nie hier. Vergiss mich einfach. Ich werde zu Sand in der Wüste.« Faruk lächelte versonnen.

Aziz umarmte ihn und gab ihm die Schlüssel für seinen Jeep. »Pass auf dich auf, und entscheide dich im richtigen Moment für die richtige Seite, mein Freund.«

Faruk nickte. »Das gilt aber auch für dich, Belnajah, Allah Maak.« Faruk warf seinen Rucksack auf den Beifahrersitz und schaute noch einmal zu Aziz. »Ich nehme die Seite mit den schönsten Frauen.«

Syrische Wüste bei den Salzseen, 23. 06., 2.12 Uhr

> Wendet euch zu mir, so werdet ihr gerettet, aller Welt Enden; denn ich bin Gott und sonst keiner mehr.
>
> *Jesaja 45,22*

»Wer ist Fischer?«

Mochte sie noch so sehr unter den Schmerzen leiden, die Erzählungen Almuts hielten Regina wach. Und das war überlebenswichtig. Sie durften nicht stürzen. Und so stellte sie ihre Fragen in das Dunkel des Raums.

Almut hatte ihr von ihren Recherchen berichtet, die sie durch den gesamten Vorderen Orient führten. Sie hatte, so erzählte sie, nach Zusammenhängen zwischen den drei großen monotheistischen Weltreligionen gesucht. Nach verschollenen Hin- und Beweisen, die einen Absolutheitsanspruch der Religionen lächerlich erscheinen lassen würden.

»Judentum, Christentum und Islam berufen sich auf Abraham als gemeinsamen Stammvater. Doch was ist der Mythos Abraham wirklich? Man weiß, dass der Mann aus Ur, im heutigen Irak, kam. Die Stadt lag vor mehr als 3000 Jahren an einem Kanal. Das Wasser kam vom Euphrat. Heutzutage ist dieser Kanal vollkommen versandet und die gesamte Region eine einzige Ödnis. Aber ich habe dort illegal mit einem kleinen Team aus vier örtlichen Helfern und unter schwierigsten Bedingungen gegraben. Immer wieder kam es zu Überfällen. Aber wir wurden schnell fündig. Die Herkunft des Namens der Stadt war lange unklar. Dann fand ich Keilschrifttafeln in sumerischer Sprache, die von einem ›Ort, an dem das Licht wohnt‹ sprachen. Und immer wieder stieß ich auf Fragmente des Mondgottes Nanna. Ur war nämlich die Stadt des Mondgottes Nanna, sein Tempel war Egishnugal. Nanna aber ist eine Korruption des Wortes ›Namraru‹, was so viel wie ›der Illuminator‹ bedeutete. Er wurde in seinem Tempel auch als Abu Nanna, ›Vater Nanna‹, verehrt.

›Nanna‹ war der sumerische Name für den Mondgott. Bei den Akkadern hieß der Mondgott Suen. Als ›Sin‹ ist er seit 2600 vor unserer Zeitrechnung bezeugt. Nach sechs Wochen – meine Finanzen gingen langsam zur Neige – erschienen Beamte aus Bagdad, forderten uns auf, die Grabungen unverzüglich einzustellen und etwaige Funde ihnen zu übergeben. Am frühen Abend desselben Tages entdeckten wir dann eine Kammer mit Tausenden von Keilschrifttafeln. Das war allein schon atemberaubend, aber in einem Nebenraum fand einer meiner Arbeiter eine Platte, auf der die Göttin Lilith lebensgroß eingemeißelt war. Damit konnte ich nachweisen, dass dieser Kult um Lilith weit vor unserer bislang vermuteten Zeit schon seine Verbreitung fand. Wir hoben die Platte an und fanden einen Zugang zu einer Grabkammer, die gigantische Ausmaße besaß. Sie war gefüllt mit Skeletten – Babyskeletten!«

Regina schreckte elektrisiert auf. »Und was steckt dahinter?«

»Infantizid, das Töten der Erstgeborenen, ist ein verbreiteter Kult in dieser Region gewesen. Er findet auch immer seinen Nachklang in den Erzählungen der Bibel. Abraham soll seinen erstgeborenen Sohn Isaak opfern, Herodes lässt alle erstgeborenen Jungen töten, um Jesus als König der Juden zu vermeiden. Das ist eine biblische Gegenthese, glaube ich, gegen diesen Kult. Die Kinder wurden der Göttin Lilith geopfert. Der Mondgott war für die Geschicke der Menschen, den großen Plan verantwortlich. Lilith sorgte für die Ausführungen, bestrafte Sünder, schenkte Willigen Lust, Freude und Macht. Das Weibliche hatte diese Funktion. Erst mit dem Judentum und dem Christentum und dem Islam wurde die weibliche Kraft zur Sünde. Lust war schädlich, Leidenschaft nur Männern vorbehalten. Ich hatte wenig Zeit, also suchte ich mir in der Bibliothek mir wichtig erscheinende Tafeln heraus. Der Zufall oder das Schicksal wollten es, dass ich eine Art Kalender fand. Noch in der Nacht ließ ich alles zuschütten, zahlte mit meinen letzten Reserven die Helfer aus und verschwand illegal nach Ägypten. Als zweite Sicherung fertigte ich einen Zylinder, sandte ihn an ein Museum nach Österreich. So wollte ich sicherstellen, dass die Aufzeichnungen auf jeden Fall an die Öffentlichkeit gelangen würden.«

Regina konnte ihren Schmerz kaum mehr beherrschen. Sie hätte so gern gewimmert, geschrien oder einfach nur geweint. Aber sie wusste, dass sie, wenn sie eine Chance haben wollte, sich weiter konzentrieren musste.

»Ich folgte dem Kult des Mondes, suchte die Stätten seiner Verehrung auf und merkte erst später, dass ich den Weg Abrahams ging. Zuvor war ich bereits in Harran gewesen, einer Ruinenstadt im Süden Anatoliens. Abraham zog laut Genesis nach Harran, der Heimatstadt seines Vaters Terach. ›Terach nahm seinen Sohn Abram, seinen Enkel Lot, den Sohn Harans, und seine Schwiegertochter Sarai, die Frau seines Sohnes Abram, und sie wanderten miteinander aus Ur in Chaldäa aus, um in das Land Kanaan zu ziehen. Als sie aber nach Harran kamen, siedelten sie sich dort an‹, heißt es in der Bibel.«

Regina war verwundert, dass Almut trotz ihrer bedrohlichen Situation fast freudig über ihre Ergebnisse erzählen konnte. Sie schien den nahen Tod nicht ernstzunehmen.

»… Harran war das größte Zentrum des Mondkultes. Die Götterwelt von Harran umfasste Sharratu, was ›Königin‹ bedeutet. Sie war die Frau des Mondgottes. Hier hieß er Sin. Er hatte hier eine Tochter namens Malkatu. Malkatu bedeutet so viel wie Prinzessin, ein Titel der Göttin Ischtar, wie wir von früheren Grabungen wussten. Diese Namen stimmen wiederum mit ›Sarah‹ und ›Milka‹ überein, den Namen von Abrahams Frau und seiner Schwägerin. Auf diese wundersame Weise wurde der sumerische Mondgott Nanna bzw. Sin zum Stammvater der Israeliten!«

Regina verstand nicht. »Na und, ist doch egal, woher Abraham kommt oder ob er vorher ein Mondgott war.«

Almut kicherte leise. »So einfach ist das nicht. In Arabien wurde Sin mit den unterschiedlichsten Ehrentiteln bedacht und unter den verschiedensten Namen angerufen. Sein Kult wurde nach und nach zur vorherrschenden Religion. Die Halbinsel Sinai, ›die Wüste Sins‹, ist wohl nach ihm benannt. Am Ende verehrten die Araber den Mondgott als höchste Gottheit. Sein Hauptheiligtum wurde die Kaaba in Mekka. Das jedoch laut zu sagen wäre blasphemisch in den Ohren der Muslime. In Arabien wurde der Name immer wieder regional verändert, aber die Grundstruktur blieb immer erhalten. So wurde aus Sin oder Nanna ›al Ilah‹, was so viel wie ›die Gottheit‹ bedeutete. Noch bevor der Islam entstand, existierte das Wort ›Allah‹. Als solcher offenbarte er sich einem ungebildeten Kamelhändler aus Mekka im Arabien des siebenten Jahrhunderts, und der schuf mit dem Schwert und epileptischen Anfällen eine Weltreligion. Kein Wunder, dass das Symbol des Islam die Mondsichel ist und die Spitzen der Minarette und Moscheen mit Mondsicheln drapiert sind.«

»Du meinst, dass diese Pressekonferenz in London durchaus ihre Berechtigung hatte, weil diese Religion tatsächlich nur aus anderen Glaubensrichtungen zusammengeschustert ist? Ist eine Fälschung des Korans und der Figur Mohammed also doch möglich?«

»Nein, das ist alles dumme Sensationsarchäologie. Das hat mit meiner These nichts zu tun. Ich glaube, dass die drei Weltreligionen aus einem Schoß gekrochen sind. Sie haben alle voneinander abgeschrieben. Der Koran ist ursprünglich sicher nicht auf Arabisch verfasst worden, sondern geht auf eine syrisch-aramäische Sprache zurück. Das Christentum wiederum war nichts weiter als eine jüdische Sektenform. Und im Judentum vereinigen sich so ziemlich alle Legenden und Traditionen des vorantiken Nahen Ostens. Nur hat der Islam als jüngste Religion noch mehr das Bedürfnis, sich abzugrenzen. Wenn du so willst, pubertiert der Islam gerade.«

Ein schwieriger Vergleich, fand Regina, angesichts der vielen Terroranschläge in den letzten Jahren. Aber sie behielt es für sich.

»Und ich glaube«, fuhr Almut fort, »dass der Kult weiterlebt. Er hat immer gelebt. Ich weiß es, weil ich ein Opfer dieses Kultes werden sollte. In Sematar wurde ich schließlich bei meinen Recherchen entführt. Fischers Leute fanden meine Aufzeichnungen, verstanden aber ihren Sinn nicht und schenkten das Buch einem jungen Nomadensohn. Der hat es wohl weiter verschenkt. So kam es in deine Hände. Gott sei Dank.«

Regina drehte sich der Kopf, erwähnte aus einem Instinkt heraus aber nicht, dass sie auch im Besitz des Zylinders war. »Wie bist du zu Fischer gekommen?«

»Sie wollten mich in Sematar, ein heiliger Ort nicht weit von Harran entfernt, ihrem Mondgott opfern. Es folgt einem Ritus. Es werden die weniger wichtigen Organe wie Blinddarm und Milz entnommen, und zum Schluss verblutest du. Die Schreie des Opfers ersetzen die Gebete. Auch mir hatten sie schon die Bauchdecke geöffnet. Fischer war eher zufällig nach Sematar angereist. Er ist der Spiritus Rector des Kultes, hier im Nahen Osten. Eigentlich fühlte er sich zu alt für diese Reise. Dennoch hatte er prominente Menschen zu diesem Ritus nach Sematar damals geladen. Ich lag schon auf dem Opferstein, als einer seiner Helfer ihm ein loses Blatt aus meinen Aufzeichnungen gab. Das elektrisierte den Alten. Fischer ließ die Zeremonie im letzten Moment stoppen. Ich wurde verbunden, und man schaffte mich mehr tot als lebendig nach Syrien. Von da an wollte er jeden Tag mit mir über den Kult und seine Wurzeln sprechen. Aber ein Aufenthalt in seinem Haus wäre für ihn und seine Familie ein Sicherheitsrisiko geworden. Also übergab er mich einer Nomadenfamilie, die mit mir durch das Land zog, und er besuchte mich mit seinem Sohn, wann er immer er Zeit fand.«

»Wolltest du nie fliehen?«

»Das war unmöglich. Sie banden mich an einen Pflock wie einen Esel. Niemand nahm Notiz. Ich war Teil der Familie. Fischer bezahlte sie, und gegenüber Fremden bezeichneten sie mich als psychisch kranken Bastard des Vaters der Familie.«

Regina wollte sich das gar nicht ausmalen. Wochenlang wie ein Stück Vieh durch dieses Land ziehen. Grauenvoll.

»Und was wollte Fischer genau von dir?« Sie musste die Zeit nutzen, um so viel wie möglich von Almut zu erfahren.

»Er ist nur rudimentär mit der Keilschrift vertraut. Ich merkte schnell, dass er psychisch krank war. Er glaubt, dass er ein hochrangiger Kriegsoffizier an der Ostfront war. Dort will er auf eine besondere Familie gestoßen sein. Die Gogs und Magogs. Sie geistern seit Jahrhunderten als Legende durch allerlei Schriften. In der Offenbarung werden sie auch erwähnt. Dort sind es zwei Völker, eben aus den Ländern Gog und Magog, die vom Satan am Jüngsten Tag befreit werden, um gegen die himmlischen Heerscharen zu kämpfen. Ihre Krieger galten als unbesiegbar, brutal und völlig furchtlos. Ach ja, und sie konnten keinen Schmerz spüren.«

»Das würde mir jetzt helfen«, flüsterte Regina.

Almut fuhr ungerührt fort. »Das ist natürlich alles Unsinn. Aber Fischer glaubt es. Er sieht sich als Sachwalter Liliths auf Erden. Sein Ziel ist das ewige Chaos, denn er glaubt, dass nur damit die Vorsehung der Göttin vollzogen werden kann. Chaos ist sein Kreislauf, den es am Leben zu erhalten gilt. Er will in dieser Region keinen Frieden. Alles, was nach Versöhnung strebt, muss vernichtet werden. Und so hat er alles in Bewegung gesetzt, um die Union der Araber zu zerstören, die Juden zu isolieren und den Radikalen auf allen Seiten Auftrieb zu geben.«

Langsam dämmerte es Regina. »Er steckt hinter den Anschlägen und der Pressekonferenz?«

»Ja, natürlich. Seine Verbindungen sind sehr gut. Zu viele Menschen und Gruppen profitieren immer wieder von ihm. Seien es Zeitungen, eitle Historiker, radikale Juden oder eben Islamisten. Ihnen allen gibt er Nahrung.«

»Woher hat er das Geld für solche Aktionen?«

»Ich weiß es nicht genau, aber ich konnte ein Gespräch belauschen, das er mit einem alten Veteranen aus seinen SS-Zeiten führte. Der bezeichnete ihn spöttisch als Himmlers Schatzmeister. Später erzählte mir ein Nomade aus der Sippe, die mich durch Syrien schleppte, dass der Alte das Gold, welches die SS den Juden klaute, noch während des Krieges nach Syrien schaffen ließ.«

»Sie lassen uns hier allein in der Wüste sterben. Sind sie sich ihrer Sache so sicher?«

»Zu ihrem Kult gehört, ihre Feinde qualvoll sterben zu lassen. Im Übrigen ist Fischer mit den staatlichen Stellen extrem gut vernetzt. In Bosra habe ich ihn mehrfach über seine Kontakte zum Geheimdienst reden hören.«

»Was hatten sie mit dir vor?«

»Ich war sein Maskottchen und seine Privatgelehrte. Ich spielte ihm vor, dass auch ich an den Kult glaube. Er wünschte sich von mir Enkelkinder. Sein Sohn hat es auch mehrfach versucht, aber immer versagt.«

Bestürzt nahm Regina wahr, wie lakonisch Almut über dauernde Vergewaltigungen sprach. Sie schien über die letzten Monate in eine eigene Welt geflohen zu sein. Sonst war so ein Martyrium nicht auszuhalten.

Ihre Fesseln schnitten in die Haut ihrer Handgelenke. Dennoch konnte Regina ein abgesägtes Aststück im Holz erspüren. Seit geraumer Zeit rieb sie das Plastikseil daran, in der Hoffnung, es durchzuscheuern. An eine Flucht war aber in diesem Moment nicht zu denken. Dort, über ihr, waren zu viele Gegner für eine nackte Frau.

Sie hörten immer noch Stimmen, die gedämpft von draußen in die Zisterne drangen. Zwischenzeitlich glaubte Regina, dass sich noch weitere Personen dort oben eingefunden hätten. Während sich Almut über Riten und Kindsmörder ausließ, hatte sie fieberhaft über einen Fluchtweg nachgedacht. Zuerst mussten Fischer und seine Bande das Gelände verlassen. Dann würde sie versuchen, die Fesseln endgültig zu lösen.

Alles Weitere findet sich dann, dachte sie.

Sie waren irgendwo in einer menschenleeren Gegend. Nirgendwo bellte ein Hund, schrie ein Hahn oder Esel oder knatterte ein Moped. Nur der Wind pfiff um die Zisterne und wehte ab und zu Asche zu ihnen herauf. Regina spuckte oder hustete aus ihrem ohnehin schon trockenen Mund die Aschebrocken wieder aus. Zudem fror sie. Der geifernde Hüne hatte ihr und Almut jede Kleidung verwehrt.

Almut erklärte die Absicht dahinter: »Mit einem Kleidungsstück vor dem Mund gerät Asche nicht so leicht in die Lunge. Du würdest nicht unbedingt qualvoll ersticken, sondern nur verhungern.«

Also zitterten sie, denn die Nächte in der Wüste waren verdammt kalt. Der Mond schien seinen höchsten Punkt bereits verlassen zu haben. Regina konnte es an den Strahlen erkennen, die durch die Ritzen gegen die Wand fielen. Das Rund der Zisterne war mit dicken Holzbohlen belegt. Hinter ihr musste es ebenfalls eine Öffnung geben, wie sonst wäre sie hier auf den Balken gelangt? Die Stimmen kamen jetzt näher. Ein Balken wurde etwas zur Seite geschoben. Eine Stimme scholl herunter.

»Meine liebe Frauen aus der Ostmark. So gern ich mich noch mit Ihnen unterhalten hätte, es wird Zeit für mich zu gehen. Ihr Auftritt hat zu viel Staub oder vielleicht besser Asche aufgewirbelt. Hören Sie auf einen alten erfahrenen Mann. Manchmal lohnt es sich nicht, über Niederlagen zu trauern. Man muss den Lauf der Dinge erkennen und akzeptieren. Einer ihrer prominenten Vorgänger, Menelaos, wurde von König Antiochus auch in die Asche geworfen. Er soll es mehrere Stunden ausgehalten haben. Kein Vorbild für schwache Frauen. Ich rate Ihnen, erst einmal tief durchzuatmen und sich dann einfach fallenzulassen. Wir sehen uns im Elysion, wenn Ihnen das mit ihrer Volksschulbildung etwas sagt. Babaa.«

Ein Meckern hallte hinab in die Zisterne. Regina fühlte sich schutzlos. Sie wollte weinen, schreien, ihre ganze Wut über die misslungene Aktion herausbrüllen. Ein kurzer klarer Gedanke sagte ihr jedoch, dass sie diese Wut fokussieren musste. Es war, als ob jemand mit ihr sprechen, sie beruhigen würde. Sie schnaufte, spannte ihre Muskeln an und ließ sie wieder entspannen. Dabei zählte sie von einhundert herunter. Es war eine Zen-Aufgabe, die ihr Kick-Box-Trainer, ein Koreaner, ihr mit auf den Weg gegeben hatte.

Hinter ihr knirschte Metall. Die Tür wurde geöffnet. Die Metallfessel an ihrem Hals wackelte. Jemand schien sie lösen zu wollen. Dabei drückte er den Ring nach oben, so dass Regina unwillkürlich ihren Kopf in den Nacken legen musste. Dann war sie die Fessel los. Sie atmete durch und mühte sich, ihre Gedanken zu sammeln.

Plötzlich bekam sie mit der Stange einen Schlag in den Rücken. Sie kippte nach vorn. Ihre Beine umspannten den

Balken, pressten gegen das Holz. Jetzt sah sie aus ihren Augenwinkeln, dass die Stange auf ihre rechte Seite geschoben wurde und jemand damit ausholte. Der Schlag war nicht stark, doch er reichte aus, um sie ihr Gleichgewicht verlieren zu lassen. Sie kippte nach links, versuchte sich mit ihrem rechten Fuß noch an den Stamm zu klammern. Aber der Schwung war zu stark. Sie fiel.

Faruk hatte den Jeep in einer kleinen Senke nahe der Kreuzung abgestellt. Der Wagen war von der Straße wie auch vom verlassenen Camp nicht einsehbar. Er griff in seinen Rucksack, setzte sein Nachtsichtgerät auf, steckte die Glock in seinen Hosenbund und zwei Magazine in die Westentasche und zog zu Fuß Richtung Osten weiter. Das Camp lag hinter einer kleinen Hügelkette. Das Licht des Mondes goss die Wüste in ein hartes silbernes Licht. Es war kalt geworden, somit war er froh, dass er Aziz' Militärmantel im Wagen gefunden hatte. Er roch nach Motten und kaltem Männerschweiß. Faruk wollte erst einmal ein Bild des Geländes machen. Er hatte in seiner Militärausbildung zwar viel Zeit in der Wüste verbracht, aber sie war ihm immer fremd geblieben. Zudem war ihm das offene Feld zuwider. Zu ungeschützt, zu leicht auszumachen.

Das Areal lag hundert Meter südlich der Schotterpiste, die ihn in zwei Stunden von Bosra hierhergeführt hatte. Er hatte ohne Licht fahren können, da der Mond genug Licht spendete. Fast kreisförmig war die ehemalige Bohrstelle von natürlichen Geröllschuttwällen umringt. Dahinter erst lag ein maroder Zaun.

In gebückter Haltung lief er unterhalb der Wälle entlang, um sich dann in einer natürlichen Mulde zu verstecken. Er drehte an dem Nachtsichtgerät auf Zoomfunktion und suchte das Areal von links nach rechts und von vorn nach hinten ab. Knapp fünfzig Meter vor ihm erstreckten sich sechs rostige Schiffscontainer, die als Werkzeuglager dienen sollten. Dahinter befand sich ein Lehmgebäude mit zerschlagenen Fenstern und einer Eisentür. Zwei rostige Bettgestelle konnte er neben der Tür erkennen. Daneben lag eine alte Autobatterie.

Die Bohrstelle selbst war nur als Vertiefung zu erkennen. Teile des Turms und verbogene Bohrstangen rosteten dort vor sich hin. Er schwenkte nach rechts und konnte eine runde, knapp drei Meter über den Boden liegende Einfriedung aus Beton erkennen. Auf ihr stapelten sich mehrere schwer aussehende Holzbohlen. Faruk vermutete einen Brunnen oder eine Zisterne. Dahinter öffnete sich die Wüste. Er sah keinen Menschen. Nichts deutete auf eine Anwesenheit Fischers oder Almuts hin.

Plötzlich schritt jemand aus dem zerfallenen Lehmhaus. Der Mann musste sich bücken, um sich nicht an der für ihn so niedrigen Tür zu stoßen. Es war ein Hüne, in seiner Armbeuge hielt er eine abgesägte Schrotflinte. Zwei Meter vor dem Haus blieb er stehen, reckte seinen Kopf nach oben und drehte ihn dann.

Wie ein Hund, dachte Faruk. Und dann kamen sie. Der Dicke schob den Rollstuhl sachte aus dem Haus. Faruk konnte die zusammengesunkene Gestalt des Alten erkennen. Es war Fischer, Faruk hatte keinen Zweifel. Sein Puls erhöhte sich. Er musste Ruhe bewahren, noch konnte er nicht eingreifen. Der Alte rief dem Hünen etwas zu, der sich daraufhin zu der Zisterne aufmachte, eine eiserne Treppe hinaufkletterte und auf dem Dach eine Holzbohle etwas zur Seite schob. Ohne Anzeichen von Schwäche oder Gebrechlichkeit war ihm der Alte gefolgt. Der Wind wehte Sprachfetzen zu Faruk hinüber. Er verstand aber nicht, was sie bedeuteten. Die Männer schienen über die Zisterne zu reden. Dann erkannte er das Meckern, das er schon in Bosra im Theater vom Alten gehört hatte.

Wenige Augenblicke später saß der Alte wieder im Rollstuhl, und der Hüne machte sich an einer Öffnung der Zisterne zu schaffen. Faruk konnte sehen, wie er mit einer Stange hantierte, aber nicht erkennen, was der Riese damit anstellte. Der schloss nach kurzer Zeit die Öffnung, lachte und folgte dem Dicken mit dem Alten.

Eine skurrile Prozession, wie die drei hinter dem Haus verschwanden, dachte Faruk fast amüsiert. Dann hörte er Türen schlagen und wusste sofort, was es bedeutete. Er musste handeln, jetzt. Sonst verschwand Fischer in der Nacht, und er konnte ihn unmöglich auf dieser Schotterpiste unbemerkt verfolgen. Vor ihm auf einem der Container regte sich etwas. Ein Tier? Faruk zoomte das Bild heran. Dann erkannte er es. Unter einer beigen Decke lag eine Person mit einer Sturmhaube über dem Gesicht. Sie hatte ein Scharfschützengewehr in Richtung des Hauses gerichtet. Sehr gut getarnt, aber die kurze Bewegung hatte sie verraten.

Faruk fluchte still. Er konnte unmöglich auch diesen Gegner ausschalten und gleichzeitig das Auto aufhalten. Der Syrer zwang sich zur Ruhe. Die Kälte der Nacht war ihm mittlerweile unter den Mantel gekrochen. Ein Schauer lief ihm über den Rücken. Er hörte das Starten des Wagens. Langsam bog der Wagen nach links auf die Ausfahrt des Areals. Er schien keine Eile zu haben. Der Schütze zog mit seinem Gewehr die Bewegung nach, und dann zerrissen ein Schuss und kurz danach ein zweiter die Stille. Der erste schien den Motorblock getroffen zu haben, der zweite war wohl gegen das Seitenfenster geprallt. Die Limousine hatte zumindest gepanzerte Fenster.

Ein dritter Schuss folgte. Er schlug in den vorderen rechten Reifen ein. Direkt danach ein weiterer, der den hinteren traf. Die Felgen flogen in einem weiten Bogen davon. Der Wagen sackte nach links, blieb stehen. Die Beifahrertür wurde geöffnet, und jemand rollte sich im Schutz des Wagens auf die Ausfahrt. Der Rückwärtsgang wurde eingelegt, und langsam fuhr der Wagen zurück.

Faruk war sich sicher, dass es keinen zweiten Schützen gab, denn der hätte sich auf der anderen Seite postiert, um ein Kreuzfeuer zu bilden. Er lief am Wall entlang und kam so an den Containern vorbei, zur Rückseite des Hauses. Er konnte das Heck des Mercedes schon sehen. Mit einer Handfeuerwaffe hatte es aus dieser Entfernung wenig Sinn zu schießen. Also verfolgte er weiter die Situation. Der Hüne öffnete den Kofferraum, entnahm eine Kalaschnikow, rannte um das Haus herum und war jetzt auf der Rückseite der Container. Faruk folgte ihm zurück zu seinem Ausgangspunkt, der Mulde. Der Schütze lag immer noch auf dem Dach. Er schien unentschlossen. Fasziniert sah Faruk, wie unglaublich behände, schnell und dabei lautlos der Hüne den Container mit dem Schützen erreichte, ein Ölfass, das dahinter lag, hochhob und daraufkletterte. Das alles dauerte nicht einmal zwei Sekunden.

Faruk musste eingreifen. Er erhob sich, zog die Glock aus dem Holster und schoss dem Hünen in die rechte Schulter. Die Wucht des Projektils warf im Normalfall jedes Opfer um. Nicht so bei diesem Riesen. Er schüttelte sich, drehte sich um und zielte mit dem Gewehr auf Faruk. Der Syrer ließ sich fallen und suchte hinter dem Wall Deckung, während eine Salve die Steine um ihn herumspritzen ließ.

Faruk rollte sich nach links, erhob sich blitzschnell und wollte erneut feuern, als er sah, wie der Schütze auf dem Dach von oben eine Drahtschlinge um den Hals des Hünen warf und zuzog. Es musste ihn mächtig anstrengen, denn er schien all seine Kraft aufzuwenden. Das Gesicht des Hünen lief rot an, seine Hände und seine Beine schlugen gegen die Wand des Containers. Faruk spannte den Hahn und rief auf Arabisch: »Heb deine Hände hoch und spring runter von deinem Container.«

Der Schütze zögerte für einen Moment, Faruk schoss direkt neben den Fuß des Schützen in das Metall. Der ließ sofort los. Der Hüne fiel auf die Knie und versuchte, die Schlinge vom Hals zu ziehen. Ruckartig erhob er sich, nach der Kalaschnikow tastend. Faruk wollte kein Risiko eingehen und schoss zwei Mal in die Beine des Riesen, der sofort nach vorn kippte.

»Zeig mir dein Gesicht, und komm runter.«

Der Schütze zog die Sturmhaube vom Kopf und hob die Arme hoch. »Bist du Faruk Al-Ali? Ich soll dir Grüße von Elijah und Jan bestellen. Sie schickten mich.« Der Mann sprang auf das Ölfass und ging langsam auf Faruk zu. »Ich bin Alistair Lean, ein Freund der beiden. Sie haben mich gestern Nacht kontaktiert. Wir stehen auf einer Seite, und wenn wir nicht schnell handeln, entkommt uns der Bastard mit seinem Sohn.«

Faruk kam rutschend den Wall hinunter, immer den Mann im Visier. Der redete flüsternd weiter. »Jan und Elijah sind sicher in Israel. Die Bastarde haben die beiden Österreicherinnen in der Zisterne versteckt.«

Faruk blickte ihn an. »Warum sollte ich dir trauen?«

»Weil du keine Wahl hast. Lass uns das hier zu Ende bringen, und ich schaffe dich aus dem Land. Denn nach dieser Aktion wirst du in Syrien nicht mehr bleiben können. Du sprichst gerade mit deiner Lebensversicherung, Ahlan Habibi.«

Faruk mochte es nicht, wenn Ausländer glaubten, Araber mit ihren Sprachkenntnissen beeindrucken zu müssen. »Sie sind nicht mein Freund, weil Sie …«

Schüsse peitschten, eine Salve wirbelte direkt vor ihnen Steine und Sand auf. Fast zeitgleich warfen sie sich auf den Boden. Der Sohn des Alten schien sich nicht mit der Niederlage abzufinden.

»Die Deutschen wissen nie, wann Schluss ist«, rief Alistair zu Faruk, der nur säuerlich grinste. Er schob dem Mann die Kalaschnikow zu und rollte sich in einen Spalt zwischen den Containern. Alistair schwang sich wieder auf das Dach. Der Syrer wandte sich zur Ausfahrt, rannte an der Hauswand entlang, wo er den Dicken vermutete. Der Schotte schoss das erste Magazin leer, riss das Gafferband ab und legte das zweite Magazin ein. So hielt er den Dicken unter Beschuss und konnte hoffen, dass der Syrer sich von der anderen Seite näherte.

Faruk blickte um die Ecke. Tatsächlich stand der Mercedes dort. Der Alte versuchte, aus dem Wagen zu kommen und sich auf den Rollstuhl stützend dem Haus zu nähern. An der Ecke stand sein Sohn und feuerte in Alistairs Richtung. Faruk rannte los, trat gegen den Rollstuhl, der Alte fiel. Faruk trat ihm mit aller Macht auf die Kniescheibe und feuerte auf Günthers Bein. Der schrie getroffen auf und verlor im Fallen die Waffe aus den Händen. Faruk rannte zu ihm, blickte zu ihm herab und richtete die Waffe auf ihn.

»Wo sind die Frauen?«

»Bring mich doch um, Scheiß-Araber. Ich werde es dir sagen: in der Hölle.«

Der Dicke spuckte aus. Faruk hasste solche Situationen. Er drückte die Spitze seines Schuhs in die Beinwunde.

Günther schrie. »In der Zisterne, du Schwein.«

Regina war weich gefallen. Aber der Schock ließ sie schreien. Im nächsten Moment war ihr Mund mit Asche gefüllt. Sie spuckte und würgte es heraus. Aber kaum war der Mund frei, hatte sich die Nase gefüllt. Panik befiel sie. Sie erbrach sich, schnaufte wieder und wieder. Mit jedem Atemzug schien die Luft weniger zu werden. Sie hielt, gegen den Impuls ankämpfend, die Luft an und richtete sich auf. Tatsächlich konnte sie stehen, sie befand sich knietief in Asche. Sie konnte nichts sehen, denn die Asche hatte jedes Licht nur noch diffus werden lassen. Sie atmete flach. Immer noch waren ihre Hände gefesselt. Sehr langsam watete sie zur Wand der Zisterne. Obwohl sie versuchte, keine Asche aufzuwirbeln, gerieten mit jedem Atemzug Partikel in ihre Bronchien und Lungen. Sie hatte die Wand erreicht, als sie draußen Schüsse hörte. Sie schloss die Augen und versuchte sich zu konzentrieren. Es war eine Handfeuerwaffe. Dann trat Stille ein. Erneut Schüsse. Das war ein Schnellfeuergewehr. War das eine Rettungsaktion?

Ihr Atem ging unwillkürlich schneller. Der Drang, tief mit dem Mund Luft zu holen, war kaum zu bändigen. Immer mehr Asche schien sich in ihrer Lunge zu sammeln. Ihre

Augen traten hervor. Sofort setzte sich Asche darin fest und ließen sie tränen. Sie rieb, so fest sie konnte, ihre Fesseln an der Wand. Doch sie blieben fest um ihre Handgelenke. Ihr Kopf schien anzuschwellen. Ihr Brustkorb blähte sich, und in ihrer Lunge brannte ein Feuer. Sie schloss die Augen, sah Sterne, Blitze und fiel vornüber in den Aschestaub.

Faruk griff in den Kofferraum nach einem Abschleppseil. Er blickte sich um und sah, wie Alistair den Hünen mit Günther zusammenfesselte. Der Alte lag immer noch neben dem Rollstuhl und wimmerte. Dann rannte er zur Zisterne. Er öffnete mit gezogener Waffe die seitliche Tür und rief Reginas Namen. Doch Almut antwortete: »Regina liegt unten. Sie müssen sich beeilen. Sie wird es nicht lange da unten aushalten. Der Boden ist voller Asche. Passen Sie auf!«

Er band sich sein Halstuch vor das Gesicht, fixierte das Seil und leuchtete in den Abgrund. Dort lag Regina.

Wenig später kauerten beide Frauen an der Mauer.

Es war für ihn kaum auszuhalten, sie so zu sehen. Er legte seinen Mantel um Reginas Schulter. Sie bemerkte es kaum, lag immer noch am Boden vor ihm und hustete sich die Lunge aus dem Hals. Almut wirkte fast gelassen. Sie saß am Auto gelehnt und betrachtete die auf dem Boden sitzenden und gefesselten Männer mit interessierten Augen, als ob sie deren Gedanken lesen wollte. Der Dicke funkelte Almut an. Die Wunde am Bein musste schmerzen, aber es war ein glatter Durchschuss, der nicht einmal den Oberschenkelknochen zertrümmert hatte. Anders sah es beim Riesen aus. Obwohl Alistair das Bein abgebunden hatte, schien er immer noch Blut zu verlieren. Er würde die Fahrt an die Grenze nicht überleben. Alistair hockte mit Faruk vor einer alten russischen Militärkarte und besprach das weitere Vorgehen. Denn das war Alistairs Plan, genauer gesagt, der Plan, den Elijah ihm vor wenigen Stunden hatte durchgeben können: Angesichts der anstehenden Verhandlungen durfte keine israelische Sonderaktion auf syrischem

Gebiet stattfinden. Sie mussten also alles vermeiden, was diesen Anschein erwecken könnte. Wenige Meter von hier stand Alistairs Land Rover. Sie würden bis an die entmilitarisierte Zone zwischen Syrien und Israel und dann mit einem UN-Konvoi am Mittag über die Grenze nach Israel fahren. Elijah würde dort auf sie warten.

»Das ist Wahnsinn. Wir sollen mit drei Verletzten und zwei traumatisierten Frauen tagsüber durch Syrien an die Grenze fahren? Wir kommen so nicht einmal bis nach Bosra. Wir werden sofort geschnappt.« Faruk war alles andere als begeistert.

Hinter ihm bewegte sich etwas. Almut hatte sich erhoben. Er drehte sich wieder um. »Alistair, lass uns noch einmal nachdenken. So kommen …«

Ein Schuss fiel hinter ihnen. Faruk sprang nach vorn, drehte sich und zog seine Glock. Auch Alistair hatte Deckung gesucht. Aber es war kein Feind. Es war Almut. Sie hatte die Benelli M4-Schrotflinte, die am Mercedes lehnte, genommen und dem Riesen in den Bauch geschossen. Der Rückstoß des Gasdruckladers warf Almut nach hinten gegen den Wagen. Dennoch rappelte sie sich auf, und ehe die Männer eingreifen konnten, schoss sie ein zweites Mal. Die Ladung Schrot streifte den dicken Günther nur an seiner Schulter und seinem Gesicht. Alistair riss Almut um und schlug ihr die Flinte aus den Händen. »Was soll das, verdammt? Wir sind nicht so wie die da. Sie sind gefesselt. Und wir richten sie nicht hin.« Sein Gesicht war völlig verzerrt. Fast spuckte er die Worte aus.

Almut rieb sich die geprellte Schulter.

Faruk beruhigte sie. »Sie hat ein unbeschreibliches Martyrium hinter sich. Ich kann sie verstehen.« Dann wandte er sich um. Der Riese war immer noch nicht tot. Die Schrotladung, aus kurzer Distanz geschossen, hatte ihm den Bauch weit aufgerissen. Aus den Innereien pulsierte in kurzen Rhythmen dunkles Blut. Seine Augen standen weit auf. Alistair beugte sich über ihn und sprach ihn auf Arabisch an. Aber der Mann grinste nur. Dann verließ auch ihn die Lebenskraft. Er schüttelte sich. Seine große Hand legte sich über das Loch in seinem Bauch. Endlich starb er.

Faruk hatte genug. Während Alistair Günthers Wunden notdürftig versorgte, musste er einen Augenblick allein sein. Es war nicht so, dass er noch nie sterbende Menschen gesehen hätte. Auch Gewalt war ihm als Geheimdienstmitarbeiter nicht fremd. Aber die letzten Tage hatten ihn verändert. Er hatte jahrelang diesen Moment herbeigesehnt, sich ihn ausgemalt, wenn er Fischer und seinen Schergen gegenüberstehen würde, den Tod seiner Frau rächen könnte. Aber all diese Umstände, die hierhin in die Wüste seines Landes führten, blockierten ein Gefühl des Triumphes. Faruk hatte nachts wach gelegen und sich vorgestellt, wie er Fischer quälen, ihm langsam den Tod bringen würde. Jetzt lagen im Staub, wenige Meter vor ihm, ein alter gebrechlicher Mann und dessen debiler Sohn. Ein zerfetzter Körper zeugte von dem Blutzoll, den sie schon hatten zahlen müssen. In seinen Träumen war alles so einfach gewesen. Er wollte Fischer und seine Familie töten, um dann sich selbst zu richten und für immer zu seiner Frau zu kommen. Aber jetzt lag die Sache anders. Er war nicht allein. Und er fühlte mit den Frauen. Er kannte dieses Gefühl nicht.

Immer hatte er allein gearbeitet, sich nicht um andere geschert. Doch die beiden Frauen, schwer verletzt und hilflos, mussten überleben. Nur was wurde dann mit ihm? Syrien war nicht länger mehr sein Land. Auch wenn er die minimale Chance nutzte, den Verrat offenzulegen, den Präsidenten zu warnen, wäre es seine Aufgabe, die Säuberungsaktion danach gegen die Putschisten durchzuführen. Und wieder wäre es so sinnlose Gewalt mit unzähligen Opfern.

Alistair trat hinter ihn und legte sacht seine Hand auf Faruks Schuler. »Mein Freund, die Sonne geht bald auf. Je früher wir aufbrechen, desto länger schützt uns die Nacht.«

Faruk zuckte nicht zusammen. Ein unbestimmtes Gefühl sagte ihm, dass hier in der Ödnis sein altes Leben zu Ende ging. Er würde ein neues suchen müssen.

Regina hatte die Szene nur wie durch einen Schleier wahrnehmen können. Sie hustete und würgte unentwegt. Es wurde nicht besser, auch wenn sie noch so viel Wasser trank. Ihre Atmung ging rasselnd. Ständig spuckte sie schwarzen Schleim aus.

Alistair versuchte, so ruhig wie möglich das weitere Vorgehen zu erklären: »Wir werden den Land Rover abkleben. Ich habe ihn bereits in Homs weiß lackieren lassen. Die Papiere sind schon erstellt worden. Lediglich für die, äh, die zwei dort drüben haben wir keine UN-Pässe. Wir müssen sie irgendwo verstauen. Aber bis zur Grenze nach Qunaitra ist es noch ein Stück. In Dera'a besuchen wir einen Tscherkessen, der uns weiterhelfen wird. Also, lasst uns keine Zeit verlieren.«

Rosh Pina, 23. 06., 2.35 Uhr

> Was wird kommen? Was wird die Zukunft bringen? Ich weiß es nicht, ich ahne nichts. Wenn eine Spinne von einem festen Punkt sich in ihre Konsequenzen hinabstürzt so sieht sie stets einen leeren Raum vor sich, in dem sie nirgends Fuß fassen kann, wie sehr sie auch zappelt. So geht es mir; vor mir stets ein leerer Raum; was mich vorwärtstreibt, ist eine Konsequenz, die hinter mir liegt. Dieses Leben ist grauenhaft, nicht auszuhalten.
>
> *Aus: Søren Kierkegaard »Entweder – Oder«*

Shlomo hatte geschrien, Shlomo hatte geflucht. »Metymtam, Ben Zona.« Aber am Ende beschloss er, dass er sich wegen Elijahs Eskapaden nicht mehr aufregen wollte. »Also hast du dich meinen Anweisungen widersetzt, unseren

Kontakt in Syrien in Bewegung gesetzt, um den Syrer, diese Frauen und vielleicht ein paar andere Personen, von denen du noch nicht so viel weißt, über die Grenze unseren ältesten Feindes zu bringen. Vorher sollen noch obskure Aufzeichnungen einer verrückten Geisel besorgt werden, die du dann, ganz deinem Namen entsprechend, als Prophet einsetzen wirst. Elijah, sag mir eins: Willst du mich verscheißern? Ich meine: War ich nicht gut zu dir? Habe ich nicht immer mit Lea die schützenden Hände über dich gehalten?«

Elijah wusste spätestens jetzt, dass er Shlomo besänftigen musste. »Ja, das hast du. Ich werde es dir auch beweisen, dass du recht getan hast, mich zu unterstützen. Denn habe ich dich jemals enttäuscht?«

Shlomo hatte sein Gesicht in seine Hände vergraben. Aus den Lautsprechern war nur ein Grummeln und Stöhnen zu hören.

»Vor wenigen Minuten haben wir die erste Welle an Fotos vom Satelliten erhalten. Wir konnten den Weg des Syrers und der Österreicherin nach Bosra verfolgen. Dann mussten wir uns entscheiden, denn die beiden haben sich getrennt. Sie blieb beim Haus, er fuhr weg. Sie ging in das Haus, wenig später kam er wieder. Das haben unsere Satelliten alles aufgenommen.«

»Ich weiß.« Shlomo blickte auf. »Ich habe auch das Protokoll des Aman gelesen.«

Aman war ein Akronym für die Nachrichteneinheit der israelischen Armee. Ihr unterstand auch die Führung der Satelliten, die Israel unter großem Kostenaufwand in den Orbit geschossen hatte, um von den USA und anderen Mächten unabhängig zu sein. Die elektronischen Beobachter im All hatten fast jeden Schritt an Fischers Haus registrieren können. Auch die Flucht in die Wüste war dokumentiert worden. Und Elijah hatte so Alistair in Marsch setzen können. Das war heikel. Der Mönch war eigentlich außer Dienst gestellt. Sie hatten nur die Verabredung, dass der

Schotte bei wirklich dringenden Notfällen eingreifen würde. Das war in diesem Fall für Elijah gegeben. Bis dahin lief die Aktion hervorragend. Dann aber schien es zu einer wilden Schießerei am Boden gekommen zu sein. Auf dem Bildmaterial war nicht auszumachen, wer auf wen schoss. Zu allem Überfluss fiel die Übertragung wegen eines Softwarefehlers für fast eine Stunde aus. Als der Server wieder hochfuhr, lag der Ort in der Wüste wieder verlassen da. Keine Spuren waren zu sehen. Sie hatten jede Schotterpiste, die vom Bohrcamp wegführte, nach Alistairs Land Rover abgesucht. Fehlanzeige.

Der Wagen und seine Insassen schienen vom Erdboden verschluckt worden zu sein. Dann hatte sich das Blatt gewendet. Die Close-Aufnahmen, also die hochauflösenden Bilder der einzelnen Personen vor Ort, waren auf Shlomos wie auch auf Elijahs Laptop erschienen.

Für einen Moment herrschte angespannte Stille.

Lea und Jan starrten auf die Gesichter, die, bedingt durch die Nacht und die Entfernung, für ungeübte Augen kaum zu erkennen waren. Dann hörten sie einen langen knurrigen Laut aus Shlomos Mund. Er hatte ein Personen-Erkennungsprogramm speziell auf ein Foto legen lassen. Es war Fischer. Sein alter Feind lebte noch. Am liebsten hätte er noch im selben Augenblick eine Spezialtruppe des Mossad aktiviert, um »das Schwein herauszuholen«. Aber die Lage ließ das nicht zu. Keine Militäraktionen bis zum Treffen mit den Arabern, musste er dem Premier versprechen. Schweren Herzens hielt er sich daran.

»Und dieser Faruk will das Schwein auch kaltmachen?«, fragte Shlomo.

Elijah zuckte mit den Schultern. »Er scheint noch eine Rechnung mit ihm offen zu haben. Alistair will sie mit einem UN-Geländewagen in die entmilitarisierte Zone bringen.«

Shlomo schüttelte den Kopf. »So eine Fracht lassen die Syrer doch niemals entwischen. Spätestens vor Qunaitra werden sie hochgenommen. Da sind allein zwei Militärsperren, die jetzt erst recht alarmiert sind. Was hat der Syrer eigentlich gemacht, als seine Begleiterin in das Haus ging?«

»Wissen wir nicht, er scheint den Alten im Mercedes gefolgt zu sein.«

Shlomo dachte einen Augenblick nach. Dann fragte er Lea: »Was meinst du? Die Araber haben Qunaitra als Treffpunkt für die erste Verhandlung gewählt. Du weißt ja auch den Grund. Wenn wir uns darauf einließen, könnte die Fracht unter Umständen unter UN-Schutz zu uns gelangen.«

Lea wog den Kopf. »Geht es schief, haben wir direkt vor den Augen der Weltöffentlichkeit unsere Doppelzüngigkeit bewiesen. Live auf Al Jazeera sozusagen.«

Elijah widersprach ihr. »Es wird nicht schiefgehen. Ich vertraue Alistair.«

»Das reicht mir nicht. Wir brauchen einen Plan B. Was ist mit Jordanien?«

Elijah musste mit offenen Karten spielen. »Ähnlich schwierig, und im Übrigen würde eine Reise in den Süden zu lange dauern. Wir hatten Qunaitra schon vereinbart.«

Lea schrie auf. »Verdammt, diese Information hätte ich gern vorher gehabt. Also können wir so nicht auf Qunaitra als Verhandlungsort eingehen.«

Shlomo war jetzt derjenige, der Ruhe bewahrte. »Lass gut sein, Lea. Ich glaube, wir müssen es wagen. Wenn dieser Fischer wirklich so viel Einfluss hat, wie Elijah sagt, brauchen wir ihn als Faustpfand gegenüber den Syrern. Das ist es wert. Momentan stehen wir bis auf euer mysteriöses Papier ziemlich mit runtergelassener Hose da. Also, haltet nach dem Land Rover Ausschau und bereitet den Grenzübertritt vor. Ende aus.«

Der Bildschirm wurde schwarz. Elijah blickte zu Lea. Er hob beschwichtigend seine Hände. Aber Lea verließ wortlos das Zimmer. Sie war wirklich enttäuscht. Elijah und Jan folgten ihr. Schweigend gingen sie mit Bier und Wein zu ihrem Bungalow. Dick und fett leuchtete der Mond über dem See. Jan fand einen alten CD-Spieler und eine ausgesprochen anspruchsvolle Musiksammlung im Wohnzimmer des Hauses.

»Wem gehört die?«

Elijah rief von der Terrasse aus: »Mir. Such dir was aus.«

Dann saßen sie still da und tranken ihr Bier, während Nebelschwaden über dem Wasser aufzogen. Aus den Lautsprechern schrie sich Robert Plant die Seele mit »Baby, I'm Gonna Leave You« aus dem Leib. Es hätte kaum besser sein können. Es waren immer die Momente am Vorabend einer Entscheidung, die Jan so gut aus seiner Arbeit kannte. Jetzt ließ sich nichts mehr ändern, man konnte der Situation nicht mehr entfliehen. Und so stampfte er laut mit dem Fuß zum Takt auf und gab sich dieser großartigen Musik hin.

Am nächsten Morgen lag er mit einer kratzenden Decke auf der Couch. Er hatte einen fürchterlichen Kater. Er war nackt. Seine Kleider lagen entgegen seiner sonstigen Angewohnheit überall im Raum verstreut. Er rief nach Elijah, fand aber nur einen Zettel mit Notizen. Auf dem Tisch stand eine noch warme Tasse Kaffee mit einer Kapsel Kardamom und einer Aspirintablette. Daneben lag ein Anzugsack.

Er sorgt sich wie eine Mutter, aber das ist bei ihm immer verdächtig. Das letzte Mal brachte es mich in diesen Schlamassel, dachte Jan fast belustigt. Er las das Schreiben. »Bereite die Aufnahme in Qunaitra vor, um 7 Uhr holt dich Leas Bruder Ephraim ab und fährt mit dir auf die Golanhöhen.« Er sah auf die Uhr. 06.45 Uhr. »Dort treffen wir uns mit Lea. Du bist Mitglied der israelischen Delegation.«

So leicht wurde man Israeli, dachte er. Er legte erneut Led Zeppelin in den Player, duschte, und als er nackt den Anzug aus dem Plastiksack zog, stand Ephraim in der Tür.

»Herr Sauerkraut, ihr Reiseführer steht bereit.«

Jan musste ihn völlig entgeistert angestarrt haben, denn Ephraim musterte ihn äußerst interessiert und amüsant von oben bis unten. »Sie können natürlich auch so zu den Verhandlungen erscheinen, aber unsere neuen Freunde aus dem Osten sind in dieser Hinsicht etwas prüde.«

Ephraim fuhr einen Audi und machte natürlich auch darüber Witze. »Ist es nicht seltsam, dass wir Juden so gern deutsche Autos fahren? Inder trinken ja auch nicht gern laues Ale aus London. Aber ihr baut einfach die besten Autos. Wie immer, wenn ihr etwas macht, wird es fast perfekt. Keine Angst, dieses Auto ist eine Holocaust-diskussionsfreie Zone.«

Jan winkte ab. »Eigentlich reichen mir Elijahs Witzchen. Wo fahren wir jetzt genau hin?«

Ephraim schaltete den Gang runter, als er die Steigung nach Safed auf der M90 in Serpentinen vom See erklomm. Waren die Felder im Norden des Sees schon gelb und abgeerntet, so wurde die Vegetation immer grüner, je nördlicher sie kamen.

Ephraim erfüllte brav seine Aufgaben als Fremdenführer. »Das ist Israels schönste Region. Hier«, er zeigte mit dem Zeigefinger nach links, »liegt Safed, Tzefat auf Hebräisch und Safad auf Arabisch. Es ist die heimliche Hauptstadt der Kabbalisten. Der Terrorist Abu Abbas kam aus dieser Stadt und der Palästinenserführer Mahmud Abbas ebenfalls. Und, für dich als Musikliebhaber, Esther Ofarim auch.«

Jan verzog sein Gesicht, aber kommentierte die Stichelei nicht.

»Wir fahren jetzt hinunter in das Chula Tal. Es war einst ein Sumpfgebiet. Nach dem Krieg legten es jüdische Siedler trocken, sehr zum Missfallen vieler Tierschützer. Heute ist es wieder eine große Zwischenstation für Zugvögel, ein traumhaftes Tal.« Die Straße führte jetzt tief hinab zu einem kleinen Flusslauf. »Das hier alles war im Sechs-Tage-Krieg von uns erobert worden, die Araber mussten fliehen. Zurück blieben nur die Drusen. Dann, im Jom Kippur kamen die Syrer wieder. Sie hatten in den ersten Tagen große Erfolge, haben uns ziemlich kalt erwischt.«

Ephraim fuhr über eine Brücke und zog wieder in Serpentinen auf der anderen Seite des Tals den Wagen hochtourig auf die Spitze. Dann bremste er und bog rechts auf einen Parkplatz. Ein Mahnmal war hier errichtet worden. Rostige Eisenteile ragten in den Himmel. Eukalyptusbäume waren davor gepflanzt worden. Ringsherum blühten grüne Wiesen. Die Aussicht war ein Traum, wären da nicht die gelben Schilder, die vor dem Betreten der Wiesen warnten: Minengefahr.

»Sie liegen hier überall. Immer wieder holt die Luftwaffe blöde Wanderer mit einem Rettungsseil vom Hubschrauber aus von solch einer Wiese heraus.«

»Warum wird das nicht geräumt?«, fragte Jan.

»Wer weiß, ob die Syrer nicht doch noch einmal wiederkommen? Dann würden ihre eigenen Minen sie am Vormarsch hindern.«

Ein Windstoß fegte über den Aussichtspunkt.

»Hier ist viel Blut vergossen worden. Im Jom Kippur, oder Ramadan-Krieg wie die Araber sagen, wären die Syrer fast über dieses Tal gekommen, dann wäre ihr Weg frei bis Tel Aviv gewesen und Israel heute nur eine Fußnote in der Geschichte. Nur weil wir schnell Reservisten aktivieren konnten, haben wir die Syrer zurückschlagen können. Es ging immer um das nackte Überleben, um die eigene Existenz. Das änderte sich schleichend mit dem Palästinenser-Konflikt. Da waren wir zum ersten Mal die vermeintlich Stärkeren. Eine Rolle, die uns nicht so liegt.«

Sie blickten eine Weile still hinunter in das Tal, über die alten Minenfelder und die zerstörten Bunkeranlagen.

Ephraim deutete auf ein Haus an der Straße. »Wir können dort frühstücken. Deutsche ohne Frühstück sind doch wie Engländer ohne Tea Time, oder?«

Sie lachten und saßen wenige Minuten später auf der Terrasse hoch über dem Chula Tal.

»Wenn bei euch Winter ist, kommen die Kraniche hier vorbei, und die Luft ist erfüllt von ihrem heiseren Rufen. Dann ist dieser Platz wundervoll.«

Jan hatte sich Pfefferminztee bestellt. Der Wirt, ein russischer Einwanderer, servierte Eier und Tomaten. Dazu gab es Pita-ähnliches Brot.

Ephraim fuhr fort. »Aber dieser Ort ist eben auch immer umkämpft worden. Da unten, die Ruinen. Das ist eine Templerburg. Sie haben sie innerhalb von elf Monaten erbaut, und kurze Zeit später eroberte und zerstörte sie Saladin, der große muslimische Führer. Weiter links sind Ausgrabungen. Man hat Feuerstellen des Neandertalers gefunden. 750000 Jahre sollen sie alt sein. Aber der wurde vom Homo sapiens verdrängt. Du siehst, hier wurde immer gerungen. Das gehört sozusagen zur Landschaft. Was meinst du dazu?« Jan wollte sich hier nie auf eine politische Diskussion einlassen. Zu sehr fürchtete er das Terrain, hatte schon im Auto nach dem Vorfall gestern erlebt, wie jähzornig und unkontrolliert Israelis werden konnten, wenn man als Europäer mit westlichen Denkmustern ihre Lage beurteilen wollte.

»Weißt du, Ephraim, ich bin vor mehr als einer Woche nach Damaskus gekommen. In meinem Gepäck waren mehr Antworten als Fragen. Jetzt ist es genau anders herum.« Er fischte ein paar Pfefferminzblätter aus seinem Glas. »Es ist so schön wie traurig zu sehen, wie diese atemberaubende Region, und damit meine ich nicht nur die Landschaft, sondern vor allem die Menschen und ihre Kultur, so ineinander verwoben sind, dass nichts sie trennen könnte. Für mich wirkt es wie ein Bild über die Menschheit generell. Sie zeigt die Menschlichkeit wie auch das Böse, das uns allen innewohnt. Ich bin kein Poet. Aber hier fehlen wohl jedem die richtigen Worte.«

Ephraim sah ihn lange an, ehe er seine Hand auf Jans Schulter legte, und nur still nickte.

Nach einer Pause durchbrach Ephraim die friedliche Stille. »Was hältst du von Elijahs Idee mit der Prophezeiung?«

Jan atmete durch. »Was meinst du konkret? Ja, klar kann ich mir vorstellen, dass jemand diese sehr komplexe Darstellung nutzt, um seine langfristigen Pläne einem kleinen

Mitwisserkreis mitzuteilen, der über ähnliche oder gleiche Schlüssel verfügt. Seitdem jede moderne Kommunikationsform überwachbar geworden ist, scheinen sich immer mehr Gruppen alter Übertragungsformen zu bedienen. Du weißt es besser als ich, dass die Al Qaida nicht entdeckt werden konnte, weil sie einen Nachrichtenweg aus dem Mittelalter gewählt hatte, von Mensch zu Mensch, ohne Handy, Internet oder Briefe.«

Ephraim trank in kleinen Schlücken seinen Tee, zog aus einer rotgoldenen Schachtel eine Zigarette und zündete sie sich an. »Und wenn es keine Nachricht ist, sondern tatsächlich eine Prophezeiung, ein Hinweis auf zukünftige Ereignisse?«

Jan sah ihn skeptisch an. »Willst du mich testen? Vergiss es, ich bin Mediziner. Ich glaube, was ich sehe und was ich weiß, nicht was ich sehen und glauben möchte.«

Der Israeli lächelte. »Mag sein. Wir haben nur vor wenigen Monaten im Nachlass eines Immigranten, einem alten Rabbiner, ähnliche Aufzeichnungen wie die von eurer Archäologin gefunden. Es waren Abschriften, die angeblich auf einem Tonzylinder entdeckt wurden. In einem Brief warnte der Mann davor, die Worte des Papiers je auszusprechen, da sie Tod und Verderben in unmittelbarer Nähe verursachen könnten. Sie sollten sicher verwahrt werden, bis eines Tages ihre Bestimmung den Weisen der Welt offenbart werden würde. Sie stammten, so seine Worte, von der Insel des Chaos. Tatsächlich kam es während der Untersuchung der Papiere zu nicht geklärten Todesfällen in der Historischen Fakultät in Jerusalem und …«

Jan lachte. »Das klingt zu sehr nach Hollywood. Wenn man etwas sehen will, sieht man es, stellt es in Beziehung zu sich und der eigenen These. So funktioniert jeder Zaubertrick.«

»Jan, das ist hochmütig. Warum hat Elijah es so schnell herausgefunden? Warum seid ihr auf diese Aufzeichnungen in Syrien gestoßen? Warum sind die exakten Daten darin zu erkennen, die uns in dieses Chaos gestürzt haben? Wir müssen wissen, ob es weitere Aufzeichnungen gibt. Die des alten Rabbiners beschrieben Ereignisse der Vergangenheit. Die von euch der Gegenwart. Was, wenn es welche der Zukunft gäbe? Wir müssen diese Aufzeichnungen haben.«

Ephraim hatte die letzten Worte nur noch geflüstert. Seine Augen schienen zu flackern. Jan erinnerten sie an etwas. In seiner Facharztausbildung hatte er auch in der Psychiatrie gearbeitet. Aber konnte das sein, dass dieser rothaarige, kluge Mann von einer fixen Idee so besessen war, dass er sogar den Hokuspokus einer syrischen Sekte glauben wollte? Jan wollte das Thema wechseln. »Ephraim, warum fahren wir an diesen Ort? Warum legen die Araber so viel Wert darauf. Wie heißt der Ort noch gleich?«

Ephraim schien den Wink verstanden zu haben. Eine Spur zu nüchtern antwortete er. »Qunaitra heißt der Ort. Er ist von der israelischen Armee nach ihrem Rückzug aus diesem Gebiet zerstört worden. Mehr als zehntausend Bewohner mussten vorher fliehen. Für die Syrer ist die Ruinenstadt das Symbol für die widerrechtliche Besetzung der Golanhöhen. Sie befindet sich in einer Pufferzone. Die wird von UN-Truppen kontrolliert, um Konflikte zwischen den beiden Staaten frühzeitig zu unterbinden. Sie ist eine der ruhigsten und sichersten Grenzen, die wir haben. Aber wie das mit Grenzen so ist, am Ende, wenn man sich gegen alles und jeden schützen will, steckt man in einem selbsterrichteten Gefängnis, man könnte auch Ghetto sagen.«

Jan verstand nicht. »Und die Syrer wollen das Treffen in einer Ruine veranstalten?«

»Nein, dort ist ein großer UN-Stützpunkt. Er wird beiden Seiten seine zweifelhafte Gastfreundschaft anbieten.«

Jan schälte sich noch eine Apfelsine. »Und dort nehmen wir Regina und Faruk wieder auf?«

Ephraim schaute versonnen ins Tal. »Und vor allem Almut und ihre Aufzeichnungen.«

Caesarea Philipi, Israel, 23. 06., 8.10 Uhr

Americans don't care too much for beauty
They'll shit in a river, dump battery acid in a stream
They'll watch dead rats wash up on the beach
And complain if they can't swim
They say things are done for the majority
Don't believe half of what you see
And none of what you hear
It's a lot like what my painter friend Donald said to me
»Stick a fork in their ass and turn them over, they're done«

Aus: Lou Reed »Last great American Whale«

Der Fluss speist sich vom Schnee des Berges Hermon, der majestätisch über der Quelle lag. Trotz der sommerlichen Temperaturen trug der über 2800 Meter hohe Berg eine weiße Schneehaube. Es ist das einzige Skigebiet für die Israelis und gleichzeitig Grenzgebiet zum Libanon und zu Syrien. Auch hier oben wacht wie in Qunaitra ein UN-Posten. Unten im Tal entspringt der Fluss Banyas aus einer tief in die Erde führenden Höhle. Er wiederum ist einer der Quellflüsse des Jordan, der Lebensader der gesamten Region bis hinunter zur Wüste Judäas.

In frühester Zeit, als die Menschen hier noch den Gott Baal verehrten, sollen sie am Ende des Winters Säuglinge als Opfer in die Höhle hinabgeworfen haben. Baal würde ihnen dafür reichlich Wasser geben.

Hier liegen die Relikte des alten Caesarea Philipi. Ein Ort, der im Matthäus-Evangelium des Neuen Testaments erwähnt wird. »Simon Barjona, du bist Petrus, und auf diesem Felsen werde ich meine Kirche bauen.«

Deswegen stand der Reverend am Wasser und predigte. »… Aber die gute Nachricht ist, dass die Bibel eine Zeit voraussagt, wenn auf dem Planeten Erde endlich Frieden herrschen wird. Doch diese Zeit wird erst nach einer Phase heftiger Kriege und nie dagewesener Leiden anbrechen. Wir aber wissen, auf welche prophetischen Zeichen wir achten sollen. Denn dann können wir Hoffnung und Zuversicht haben, dass der von Gott verheißene zukünftige Frieden nahe ist, selbst wenn wir jetzt noch vor schlimmen Kämpfen und Verwüstungen stehen. Gott führt uns.« Schreie der Verzückung hallten dem Reverend entgegen. Sie stammten von den 99 Jüngern, die mit ihm in den Norden des Landes reisen durften. Die meisten stammten wie er aus dem Süden der USA, einige waren aus der kanadischen Provinz Alberta dazu gestoßen. Kaum ebbte das dumpfe »Amen«-Rufen ab, hob Robinson erneut donnernd an.

»Achten wir auf die fünf prophetischen Schlüsselereignisse, die uns der Herr gegeben hat, auf dass wir sie erkennen mögen und nach ihnen handeln. Im Buch der Offenbarung lesen wir von einer mächtigen Armee aus dem Osten, die Milliarden von Menschen töten wird. Der Apostel Johannes beschreibt dies als die Plage der sechsten Posaune. Und wo sammelt sich diese riesige Streitmacht?« Robinson schlug mit großer Geste eine abgegriffene Bibel mit rotem Einband auf. »Und der sechste Engel blies seine Posaune; und ich hörte eine Stimme aus den vier Ecken des goldenen Altars vor Gott, die sprach zu dem sechsten Engel, der die Posaune hatte: ›Lass los die vier Engel, die gebunden sind an dem großen Strom Euphrat.‹ Aus der Offenbarung Kapitel 9.«

Wieder erklang ein vielstimmiges Amen, und einige Jünger in weißen Leinenkleidern warfen ihre Arme in die Luft. Der Reverend hob seine Hände.

»Ja, der Euphrat spielt eine zentrale Rolle in dieser Prophezeiung. Johannes fährt fort: ›Und die vier Engel wurden losgebunden, die auf Stunde und Tag und Monat und Jahr gerüstet waren, den dritten Teil der Menschen zu töten. Und die Zahl der Kriegsheere zu Ross war zweimal zehntausend mal zehntausend; ich hörte ihre Zahl. Und so sah ich im Gesicht die Rosse und die, welche auf ihnen saßen: Sie hatten feurige und hyazinthfarbene und schwefelgelbe Panzer; und die Köpfe der Rosse waren wie Löwenköpfe, und aus ihren Mäulern geht Feuer und Rauch und Schwefel hervor.‹ So spricht der Herr. – Hier wird ein Weltkrieg beschrieben, in dem Milliarden von Menschen sterben, während eine Armee von 200 Millionen nach Westen über den Euphrat vorrückt und ein Drittel der Bevölkerung des Planeten vernichtet! Deshalb hat, so steht es bei Matthäus, Jesus Christus uns gesagt, dass kein Fleisch gerettet werden würde, wenn diese Tage nicht verkürzt würden. Welche Weltmächte gibt es östlich des Euphrat? Seht nach Osten! Dort findet Ihr sie: Iran, China und Russland. Und wer bildet eine Union? Und wer unterstützt sie?«

Touristen, die sich die antike Stelle wenige Meter vom Fluss ansehen wollten, blieben neugierig stehen und hörten interessiert belustigt zu.

»Unsere Bibel zeigt, dass ein künftiger ›König des Nordens‹ einige arabische Nationen vereinen wird, die Libyer und die Kuschiter, die heutigen Jordanier. So steht es im Buch Daniel. Und seht ihr jetzt die Zeichen unserer Zeit? Dies wird einen schrecklichen Konflikt heraufbeschwören, der unsere Welt erschüttern wird, aber ich sage Euch, dass dies auch ein Zeichen für die nahe bevorstehende Rückkehr Jesu Christi ist. Lasst Euch nicht beirren, wenn sie sagen, die Tat auf dem Tempelberg sei schändlich. Sie ist Gottes Wunsch gewesen. Denn es steht in der Offenbarung geschrieben: ›Und es wurde mir ein Rohr gegeben, einem Messstab gleich, und mir wurde gesagt: Steh auf und miss den Tempel Gottes und den Altar und die dort anbeten. Aber den äußeren Vorhof des Tempels lass weg und miss ihn nicht, denn er ist den Heiden gegeben; und die heilige Stadt werden sie zertreten zweiundvierzig Monate lang.‹ Ja, Jerusalem, die ›heilige Stadt‹, wird von Heiden kontrolliert werden, bevor Jesus Christus zurückkehrt! Eine große Weltmacht, die im Buch der Offenbarung als ›Tier‹ beschrieben ist, wird in den Nahen Osten einmarschieren und die Kontrolle über Jerusalem an sich reißen, vor der Rückkehr Jesu Christi! Während dieser Zeit werden zwei Propheten Gottes mit großer Macht Zeugnis ablegen und den feindlichen Mächten widerstehen, die dann den Nahen Osten beherrschen. Aber wir sind hier, die Streitkräfte des Herrn.«

Ein lautes Amen aus 99 Kehlen. »Wir werden sie suchen.« AMEN. »Wir werden sie stellen.« AMEN.

Trotz der einsetzenden Hitze wogten und tanzten die Jünger. Selbst eine Reisegruppe aus Polen geriet in Ekstase, sehr zum Missfallen ihres blässlichen jungen Priesters, der diese Form der Messe nicht im Einklang mit seiner katholischen Kirchenlehre bringen konnte. Jemand hatte einen Verstärker und ein kleines Keyboard dabei, und so erfüllten laute Gospellieder die Höhle des Baals für einige Zeit.

Robinson schwitzte. Er schritt wankend zum Bus, der die Gruppe von Megiddo hier hoch gebracht hatte, und griff in eine Kühlbox, um sich eine Flasche Wasser herauszuholen.

»Reverend, jemand wartet im Wagen da drüben auf Sie.« Ein Israeli mit einer großen Sonnenbrille und einem Kommunikationsknopf im Ohr wies mit einer schnellen Handbewegung zu einem im Schatten eines Gingkobaumes stehenden Limousine.

Robinson griff nach einem Handtuch, wischte sich über das Gesicht und nickte nur kurz, ehe er sich in den kühlen Fond auf die Ledersitze wälzte. Neben ihm saß der Rabbi.

»Wenn ich Sie so sehe und höre, möchte ich meinen, dass Sie auch als Volkstribun, oder soll ich sagen, Führer, eine gute Figur machen würden.«

Robinson war noch zu erschöpft, um auf diese Stichelei einzugehen. Kurzatmig fragte er: »Was ist der Grund Ihres Besuchs?«

Der Rabbi trug einen schwarzen Mantel. Auch er schwitzte, trotz der hochgeschalteten Klimaanlage des Wagens. Robinson nahm einen säuerlichen Geruch wahr und rümpfte unwillkürlich die Nase.

»Sie haben das Ziel in Tel Aviv verpasst«, erklärte der Rabbi. »Gut, sie konnten nicht ahnen, dass die Maschine einen anderen Flughafen ansteuert. Aber so sind die anderen hinter die Geheimnisse der Schrift gekommen. Ein enormer Vorteil für sie, das wissen sie. Wir müssen uns jetzt entscheiden. Wollen wir den endgültigen Kampf? Oder lassen wir wieder einmal zu, dass die Kräfte des Bösen siegen?«

Robinson hatte sich das Gesicht erneut abgerieben und die untere Lüftung zwischen den vorderen Sitzen in seine Richtung gestellt. »Meine Truppen stehen bereit. Wir haben unsere Pakete schon vor Wochen erhalten. Sie lagern gut gesichert nicht weit von hier. Jetzt stellt sich nur die Frage nach dem Wo und Wann. Also, lassen Sie uns losschlagen.«

Der Rabbi lächelte unter seinem weißen Bart. »Die UNDOF-Kaserne Ayn Ziwan bei Qunaitra, nicht weit von hier, wird der Ort der Verhandlung sein. Sie nehmen die Turnhalle, da direkt daneben die Schutzräume der UN-Truppen liegen. Hier sind die Pläne des Areals und hier die Pässe. Es sind kanadische und österreichische UNDOF-Ausweise. Bislang waren die Kontrollen nicht so gravierend. Unserer Regierung blieb auch nicht viel Zeit, ihre eigenen Sicherheitsvorkehrungen zu treffen. Es dürfte also nicht so schwerfallen, auf das Gelände zu kommen. Heute Morgen flog die israelische Delegation mit dem Premier und dem Präsidenten mit drei Hubschraubern zum Militärstützpunkt oberhalb des Kibbuz Merom Golan. Sie werden gegen Mittag in einem Konvoi aus vermutlich vier gepanzerten Wagen über die Apfelplantage in das Tal hinunter zum westlichen Tor des UNDOF-Postens fahren. Kurz darauf erwarten sie dann die arabische Delegation. Diese wird, so ist ihr Plan, in den Ruinen der ehemaligen Stadt Qunaitra sich sammeln und zu Fuß gemeinsam zum Osttor gehen. Dabei legt jede Seite größten Wert auf die richtigen, symbolträchtigen Bilder.

Das ist Ihre Chance. Denn dann bleibt Ihnen genügend Zeit, die Pakete zu platzieren. Am späten Nachmittag beginnen die Sitzungen in der Turnhalle.«

Robinson nickte. Es blieb wenig Zeit, aber es könnte funktionieren.

»Sie werden in Jerusalem bleiben?«

»Nein, die UN-Vertreter baten darum, dass jede Seite geistlichen Beistand zu den Verhandlungen mitbringen sollte. Ich werde also in meiner Funktion als Rabbi auch dort sein und muss mich mit einem Imam und einem Christen womöglich zu einem gemeinsamen Gebet zusammensetzen. Nach unserem Gespräch fahre ich gleich weiter.«

Robinson lachte leise. »Das scheint Ihnen nicht zu gefallen.«

Der Rabbi schaute ihn aus seinen wässrigen Augen an. »Ich bin glücklich, am Ort des endgültigen Kampfes dabei zu sein. Danach soll nichts mehr so sein, wie es einmal war. Sie sorgen dafür, Mr. Robinson, dass das Gift in alle Leiber des Satans kriechen wird.«

Der Reverend nahm die Papiere und nickte nur kurz, dann verließ er sichtlich erleichtert den Wagen und atmete die warme Vormittagsluft ein.

Sein Assistent kam im Laufschritt zu ihm. »Sir, die Jünger warten auf Sie.«

»Lass sie beten. Ich brauche die Kanadier. Hol Sie! Wir haben keine Zeit zu verlieren.«

Damaskus, 23. 06., 7.35 Uhr

Niemand, der bei Verstand ist, zieht den Krieg dem Frieden vor; denn in diesem begraben die Söhne ihre Väter, in jenem die Väter ihre Söhne.

Aus: Herodot »Historien«

Der Präsidentenpalast lag im Westen der Stadt auf einer Anhöhe. Bashar konnte aus seinem Arbeitszimmer im Norden das monumentale Denkmal für den Unbekannten

Soldaten sehen. In seiner schieren Größe erinnerte es ihn an das ewige Machtstreben seines Vaters. Wie wäre er jetzt mit diesem Wahnsinn umgegangen? Bashar nahm seine Frau an die Hand und verließ den Raum. Bis zum Eingang war es ein langer Weg, denn auch der Palast selbst konnte mit seiner protzigen Architektur in jeder Hinsicht mit allen Palästen des Nahen Ostens mithalten. 26 000 Quadratmeter Marmor, Gold und Alabaster – ein Stein gewordener Diktatorentraum. Er hatte sich hier nie wohlgefühlt.

In wenigen Minuten würde der Präsident seine Amtskollegen empfangen, um mit ihnen noch einmal die Strategie für Qunaitra zu besprechen. Die Wagen der Politiker passierten im Minutentakt das Haupttor im Westen, fuhren die siebenhundert Meter lange Parademeile hinunter und stießen dann auf den Hauptplatz, der mehrere Fußballfelder hätte fassen können. Dort wartete auf den Stufen des Palastes Bashar mit seiner ausgesprochen schönen Frau, um die Führer zu empfangen.

Der Jordanier war verärgert. »Qunaitra ist wirklich ein Drecksnest. Und ausgerechnet die UNO-Truppen dort sollen uns aufnehmen? Warst nicht du es, der internationale Unterstützung ablehnte, mit der Begründung, dass wir die Lage selbst unter Kontrolle bekommen müssen? So sieht es wieder einmal so aus, als ob die westliche Welt die dummen Jungen an die Hand nehmen muss.«

Bashar hörte sich die Kritik in Ruhe an. Dennoch war er überzeugt, dass sie die richtige Entscheidung getroffen hatten. »Stellt euch die Bilder vor, wie wir den staubigen Weg gemeinsam zum UN-Quartier gehen. Stellt euch vor, wie stark, souverän und einig das auf unser Volk wirkt.«

Seit einigen Tagen sprach der Präsident von einem Volk, statt die Unterschiede der Länder zu betonen. Zwar war das den anderen auch aufgefallen, aber sie hatten es in ihren Reden einfach übernommen. Bashar nannte es die »normative Kraft des Faktischen«. Dennoch bemerkte er auch die Vorsicht der Anderen. Sie befürchteten, dass er wie einst

Nasser die Macht über alle an sich reißen wollte. Heute würde er ihnen den Wind aus den Segeln nehmen. Das hatte er seiner Frau versprochen.

Am frühen Vormittag hatte Sayaf, sein Geheimdienstchef, ihm eine mysteriöse Andeutung gemacht. Faruk Al-Ali, sein Distriktchef in Aleppo, den Bashar schätzte, sollte ein Verschwörer sein und mit dem Westen zusammenarbeiten. Seit Tagen war Faruk wie vom Erdboden verschwunden, zuletzt hatte er sich bei der syrischen Botschaft in Berlin abgemeldet. Danach verlor sich seine Spur. Bashar war enttäuscht. Wieder ein Mensch weniger, dem er vertrauen konnte. Er gab Sayaf grünes Licht, den Verräter aufzuspüren und nötigenfalls zu exekutieren. Zu oft hatte er in den letzten Monaten den Befehl zu solchen Aktionen geben müssen, um seine Ziele durchzusetzen. Bald wäre damit Schluss. Ein Leben ohne Dossiers des widerlichen Deutschen und des Schlachters Sayaf, keine latenten Drohungen der Sunniten im Land, der Offiziere. Er könnte sich zurückziehen.

Denn sein Plan stand fest. Er wollte den Zug der Union auf die Spur setzen. Wenn die Lokomotive dann fuhr, wollte er abspringen und damit auch seine Verantwortung abgeben. All die alawitischen Freunde, Verwandte und Parasiten, die sein Vater in wichtige Ämter hatte einsetzen lassen, würden von den neuen panarabischen Strukturen zwar hinweggefegt werden, aber danach wären er und seine Familie keiner Putschgefahr mehr ausgesetzt. Der allmächtige Geheimdienst, bislang quasi eine Nebenregierung mit ihren versteckten Spielchen und Aktionen, die ihm zu häufig nicht hinterbracht wurden, wäre bald Vergangenheit. Auch seine Baath-Partei würde sich den demokratischen Spielregeln beugen müssen. Für alle war das Neuland. Die Karten würden neu gemischt werden. Aber das Land würde seinen Frieden finden und mit ihm die ganze Region. Bashar spekulierte auf die Wirtschaftskraft, die aus dieser Region kommen konnte. Trotz der derzeitigen Instabilität hatte der türkische

Premierminister vor wenigen Stunden in einem Telefonat sein Interesse an einen Beitritt seines Landes zu der Union mitgeteilt. Auch wenn sie nicht Araber seien, so würden sie nach den schmachvollen Jahren der Ablehnung durch die Europäische Union ihre Wirtschaftskraft und die Kauf- und Arbeitskraft ihrer mehr als 70 Millionen Einwohner in den neuen Wirtschaftsblock einfließen lassen wollen. Konnte der Traum Wirklichkeit werden? Ihm drohte die Zeit, einer Nadel gleich, diesen Traum wie einen Ballon zu zerstören. Denn sein Land stand am Rande der Pleite. Die vorsichtige Öffnung zum Westen hin hatte nicht die notwendige Wende gebracht. Die Union war sein letztes Blatt. Und so beruhigte er notgedrungen den Jordanier und ging die drei wichtigsten Punkte für Qunaitra mit seinen Amtskollegen Punkt für Punkt durch.

Dera'a, 23. 06., 9.35 Uhr

Mir ist die gefährliche Freiheit lieber als eine ruhige Knechtschaft.

Aus: Jean-Jacques Rousseau »Vom Gesellschaftsvertrag«

Sie hatten noch im Schutz der Dunkelheit die Berge des Hauran überquert. Als die Sonne rot schimmernd im Osten am Horizont erschien, fuhren sie schon durch die fruchtbare Nuqra-Ebene. An den Seiten sahen sie Menschen zwischen Weinrebstöcken, die die Trauben, wie Faruk erklärte, für Syriens berühmten Arak, den Anisschnaps, liefern. Faruk fuhr den Militär-Jeep mit Günther und Almut, Alistair fuhr mit Regina und dem alten Fischer in seinem Land Rover. Sie vermieden, dicht hintereinander zu fahren, um nicht aufzufallen.

In wenigen Minuten, so dachte Faruk, würde Sayaf in sein Büro kommen und die Beschreibung über ihn vorfinden.

Dann würde er sehr schnell alle Distriktchefs sowie Militärposten alarmieren und ihn überall suchen lassen. Wenn überhaupt, hatte er nur noch wenige Stunden, um über die Grenze zu gelangen.

Regina schien sich nicht zu erholen. Sie lag schweißnass in dem Sitz, den Kopf vornübergebeugt, und würgte, bis ihr Kopf puterrot anlief. Der Schotte machte sich große Sorgen. Er sah in den Rückspiegel in das Gesicht des gefesselten Fischers. »Was war in der Asche?«

Der Alte grinste nur und sah aus dem Fenster.

»Reden Sie, sonst nehmen wir uns Ihren Sohn vor.«

Fischer schloss kurz die Augen, seine Lider zuckten. Er drehte den Kopf nach hinten und öffnete dann langsam seinen Mund. »Junger Engländer, Sie dürfen nicht so ungeduldig sein. Meiner Landsfrau wird es schon bald besser gehen. Sie stammt aus Tirol. Dort sind die Mädchen zäh, nicht helle, aber sehr zäh. Nicht wahr, Regina?« Er sah zu ihr.

Regina hatte kaum noch Kraft, aber es reichte, um ihm ins Gesicht zu spucken. Der Alte lachte nur meckernd. »Geben Sie es zu, Engländer. Sie würden gern anhalten und die willensstarke Regina auf der Kühlerhaube mal richtig rannehmen. Nach all den Jahren der Enthaltsamkeit in Ihrem kleinen Kloster in den Bergen? Oder sind Ihnen Frauen so fremd? Hatten wir auch in der Truppe. Wie sagten wir, Freunde des braunen Salons. Man schwieg darüber, aber die jungen Russen, die wir in der Ukraine aussuchten, durften intensiver behandelt werden. Kriegsnotstand sozusagen.« Er lachte wieder.

Sie hatten Fischer gegenüber nicht gesagt, wo die Reise hingehen würde, aber er schien es sich zu denken. »Glauben Sie mir eines, wir Deutsche haben ein großes Talent, Dinge im Voraus zu planen, etwaige Abweichungen mit zu bedenken. Unser Lieblingsbegriff ist Redundanz. Wir hatten diese Redundanz immer, nur nicht immer von ihr Gebrauch gemacht. Was hatten wir nicht für Vorräte an Milzbrand. Hübsche Dinger, doch der Führer wollte sie nicht einsetzen.

Aber die Option sollte es geben. Redundanz, wie schön das klingt. Ein heute nicht mehr so geschätztes Wort, weil ja ihre angelsächsischen Beraterfreunde die Chimäre der Kosteneffizienz in die Welt brachten. Nur lassen knappe Berechnungen eben das Moment der Variablen außer acht. Aber am Ende ersticken sie alle, und alle in einem Loch. Wie es sich gehört, weil Ihr dummen Engländer …«

Alistair mischte sich ein. »Mister Fischer, sind Sie so nett und berücksichtigen Sie meine Herkunft. Ich bin kein Engländer, sondern Schotte.«

»Wenn Sie mich so freundlich darum bitten«, kam es gekünstelt von hinten.

Regina hatte genug von dem Gerede des Alten. »Halten Sie den Mund, oder ich schlage Sie bewusstlos.«

Fischer lächelte sie süßlich an. »Ihre Moral lässt es nicht zu, einen alten, schwachen Mann zu …«

Sie stieß nur kurz mit ihren Fingern an seine Schläfe. Es reichte aus, ihn zum Schweigen zu bringen.

»Regina, sei so lieb und bringe ihn nicht um. Er könnte sehr wertvoll sein«, mahnte Alistair.

Sie antwortete mit einem Hustenanfall.

Dera'a ist der letzte große Ort vor der jordanischen Grenze. Der Grenzhandel mit Jordanien zog allerlei Händler und Schmuggler aus allen Ecken des Nahen Ostens an. Alistair kannte hier einen Tscherkessen, der sie erst einmal sicher aufnehmen konnte. Sie fuhren langsam durch den morgendlichen Verkehr, der auch hier chaotische Formen annahm. Die Trockenheit der letzten Woche ließ Staubwolken bei jedem Anfahren aufwirbeln, die Windschutzscheiben der Autos waren schon lange mit einem dicken Dreckfilm bedeckt.

Faruk saß übermüdet seit nunmehr fünf Stunden hinter dem Steuer des schlecht gefederten Jeeps aus russischer Produktion. Er gab sich kaum mehr Mühe, sein Gesicht zu verbergen. Immer wieder glotzten Fußgänger in das Innere des Wagens, um sich interessiert den gefesselten Günther und die teilnahmslos wirkende Almut anzusehen. Doch es war Faruk gleichgültig. Er wollte bloß an die Grenze. Er musste die Tonbänder dem Präsidenten überreichen. Dann würde er verstehen. Immer schwerer wurde sein Kopf. Er hatte seit mehr als 48 Stunden nicht mehr geschlafen. Er bremste hart, sie wurden alle nach vorn geworfen. Fast wäre er in eine Gruppe verschleierter Frauen gerast.

Im letzten Moment sah er, wie der Land Rover nach links in eine Gasse fuhr. Mit Mühe konnte er gerade noch folgen. Er sah im Rückspiegel, wie sich plötzlich ein Eisentor hinter ihm schloss. Er griff zu seiner Waffe und stieg aus. Alistair blickte zu ihm, hob beruhigend die Hand. Ein kleiner, runder Mann trat aus einem Eingang und umarmte den Schotten.

Zweifellos der Tscherkesse, dachte Faruk. Ihm war die Volksgruppe immer suspekt. Sie galten als gemäßigte Sunniten, aber waren keine Araber, sondern in Faruks Augen abtrünnige Russen.

Der kleine Mann winkte Faruk zu sich. Der Syrer hielt die Waffe unter seiner Jacke entsichert parat. Aber der Tscherkesse schien sie schon entdeckt zu haben. »Du solltest sie sichern, bevor du mein Haus betrittst. Eure Damen werden gleich von unseren Frauen geholt. Um euer Gepäck kümmert sich mein Sohn. Der Land Rover wird von uns bearbeitet.«

Er deutete auf einen hageren Jungen, der kaum älter als fünfzehn Jahre sein mochte. Er lehnte an der Hauswand und schaute grimmig zu Faruk.

»Sei unbesorgt. Er kann damit umgehen.«

Faruk folgte dem Mann in einen schmalen Gang, der zu einem Innenhof führte. Ein Feuer knisterte unter einem Eisentrog, beißender Rauch quoll darunter empor. »Wir wollen Seife sieden.« Er deutete auf zwei Stühle, auf denen die Männer Platz nahmen. Sein Name war, wie er sagte, Samil.

Sie sahen, wie zwei ältere Frauen Almut und Regina, die immer noch hustete, in einen kleinen Raum führten. Faruk war angespannt. Seine Erschöpfung ließ jetzt keine großen Umwege mehr zu, er war gereizt, wollte weiter. Tee wurde von einem kleinen Mädchen auf einem Tablett gereicht. Dann erklärte Samil anhand einer zerknitterten Karte der UN die einzelnen Posten in der entmilitarisierten Zone und welche sicheren Wege sie fahren mussten, um die gefahrloseste Route nach Qunaitra zu erreichen. »Das eigentliche Hauptquartier der UN-Streitkräfte befindet sich auf syrischem Boden, hier im Camp Faouar, südlich von Harfa. Die Juden wollten sicherlich nicht auf syrischem Boden verhandeln.« Er lachte. »Hier oben liegen die Slowaken, faules Volk, fährt oft nach Damaskus, um sich volllaufen zu lassen. An der Grenze zu Israel ist das Lager Ayn Ziwan. Bis vor wenigen Wochen waren dort Japaner, Inder, Polen und auch Österreicher stationiert. Ein kleines Kontingent von etwa hundert Kanadiern soll die Inder und Japaner abgelöst haben. Generell wäre es weiter südlich leichter, nach Israel zu kommen. Die Pufferzone ist dort schmaler und wird nicht so stark observiert.«

Er deutete auf einen Punkt, auf dem auf der Karte »Point Alpha« vermerkt war. »Normalerweise benötigen Besucher von Qunaitra eine Erlaubnis vom Geheimdienst in Damaskus. Ich glaube, die habt ihr nicht.« Er sah lächelnd Faruk an, der den Blick ausdruckslos erwiderte. »Die Begleitung wird dann von den Syrern organisiert. Hier vorn ist ein Polizeiposten. Betonsperren, zwei Maschinengewehrnester auf jeder Seite. Dahinter beginnen die Ruinen des alten Qunaitra. Ihr werdet nicht mit beiden Autos hereinfahren können. Das wäre zu auffällig. Ich gebe euch einen Dauerausweis mit, der die Frauen als Reinigungskräfte des Stützpunktes ausgibt. Ihr müsst den Alten und seinen Sohn im Kofferraum verstecken. Normalerweise kontrollieren die Syrer die UN-Fahrzeuge nur sporadisch. Aber heute könnte es anders sein. Entweder machen sie überhaupt nichts, weil sie mit anderen Dingen zu tun haben, oder sie filzen euch gründlich. Euer erstes Risiko. Zum zweiten: Ich habe nur eine UN-Uniform.« Er deutete auf die Frauen: »Sie müssen völlig verschleiert sein.«

Alistair nippte an dem Tee, lobte seinen Geschmack, ehe er seine Zustimmung zum Plan signalisierte. Mit einer Änderung: Faruk würde statt des Sohnes in dem Kofferraum liegen.

»Wir betäuben den Sohn, sagen, dass er schlafen würde, und versuchen so durch die Kontrolle zu kommen.«

Der Rauch aus dem Kessel biss in ihren Augen. Die Lauge roch nicht wirklich gut. Das Fett musste siedend heiß sein. Faruk sah Samil genau an. Seine gebogenen Augen hatten etwas Asiatisches an sich. Das Gesicht war von der ständigen Seifensiederei narbig und grobporig geworden. Überall auf seinen Händen zeugten Brandblasen von der gefährlichen Arbeit.

Seife war der touristische Exportschlager. Die mit Rosenöl versetzte Aleppo-Seife galt lange Zeit als die beste der Welt. Irgendwann schlugen die Europäer Alarm, weil ihre allergiegeplagten Einwohner über Ausschläge klagten.

Eine Frau, auch sie vernarbt, kam mit einem Sack in den Hof, riss ihn auf und schüttete weißes Pulver in den Trog. Sofort dampfte es noch mehr, Blasen stiegen auf.

Natronlauge, dachte Faruk, wird zu dem Fett dazugegeben, damit es sich festigt. Zwischen all dem Zischen und Blubbern hatte er von draußen Geräusche wahrgenommen, dann Röcheln. Er riss sich hoch vom Stuhl, und ehe die anderen reagieren konnten, war er in dem Seitengang. Fast wäre er über den Jungen gestolpert. Er lehnte mit beiden Händen an der Wand aus Lehm. Aus seinem Hals ragte ein Fensterhebel.

Faruk eilte an dem Jungen vorbei und sah noch, wie der dicke Günther mit seinem Vater auf dem Rücken versuchte, das Tor zu öffnen. Er wollte hier nicht schießen, also rannte er los.

Günther riss an dem Tor und konnte es tatsächlich öffnen. Im nächsten Moment wäre er auf der viel befahrenen

Straße und würde dort um Hilfe rufen. Das Tor hakte. Faruk hatte noch vielleicht zehn Meter. Er würde es nicht schaffen.

Plötzlich stand der Vater des Jungen in der Toreinfahrt. Samil war einfach durch das Fenster seines Hauses gesprungen und konnte so direkt auf die Straße gelangen, um Günther abzupassen.

Er packte den Dicken, der sofort sein Gleichgewicht verlor und stürzte. Dann zerrte er ihn hoch und bedeutete Faruk, den Alten zu nehmen, und zog Günther an den Haaren durch die Gasse zu seinem Haus.

Faruk hob den Alten hoch, der immer noch gefesselt war, und schleppte ihn zum Auto. Dort warf er ihn in den Kofferraum.

Der Alte lächelte ihn an. »Ihr könnt ihn nicht verletzen. Er ist mein Sohn.«

Faruk schaute hinunter. »Sie brauchen nur sein Fett.«

Günther hatte die ganze Fahrt über unbemerkt die Kurbel für das Fenster an seiner Seite gelöst. Als sie im Haus waren, hatte er es abgerissen, den Jungen zu sich gerufen und ihm das scharfe Metall in den Hals gerammt. Die Wunde war nicht tief, der Sohn würde es überleben. Anders als Günther. Der Tscherkesse blickte auf ihn und sagte bedauernd: »Ich fürchte, dass er heute noch baden muss.«

Die Frauen setzten sich in ihren schwarzen Burkas in den Wagen. Keine der beiden beachtete Günther. Faruk rutschte auf den Beifahrersitz, und Alistair ging noch einmal um den Land Rover herum.

Der Wagen hatte jetzt die schwarzen Schriftzüge der UN-Flotte auf den weißen Türen und dem Dach. Alistair verabschiedete sich innig von dem Seifenmacher. Der ging zurück in den Hof, schloss die Tür, und als Alistair den Zündschlüssel umdrehte, hörte er die Schreie Günthers, die die Geräusche des Motors übertönten.

Qunaitra, 23. 06., 11.28 Uhr

> Wünschet Jerusalem Glück! Es möge wohlgehen denen, die dich lieben! Es möge Friede sein in deinen Mauern und Glück in deinen Palästen!
>
> *König David in Psalm 122, 6+7*

Lea saß im ersten Fahrzeug. Dahinter fuhr die Verhandlungsdelegation. Der letzte Wagen wurde von ihrem Bruder gesteuert. Bis zum ersten Kontrollpunkt der UN sicherten zwei Apache-Hubschrauber der israelischen Luftwaffe den Konvoi. Für Shlomo, den Sicherheitschef der Regierung, war das alles hier ein Albtraum. Sie hatten keinerlei Chance, den Stützpunkt auf Sprengstoff oder andere Risiken zu überprüfen. Im Gegenteil: Sie mussten alle ihre Waffen am Checkpoint abgeben. Das war eine der Bedingungen der UN. Der Luftraum war komplett gesperrt worden.

Die Kamerateams der internationalen TV-Sender hatten sich auf einen Aussichtspunkt oberhalb der Qunaitra-Ebene postiert. Die drusischen Obstverkäufer aus den Golan-Städten, nördlich von hier, machten das Geschäft ihres Lebens. Selbst die dick geschminkten Moderatorinnen der amerikanischen Networks stellten sich brav in die Schlange, um sich die köstlichen Äpfel zu besorgen. Die Journalisten hatten kleine Zelte aufgebaut, um sich gegen die brennende Sonne zu schützen. Gebannt verfolgten sie, wie die Hubschrauber exakt an der Grenze stoppten und noch einige Minuten über dem Konvoi standen, ehe sie abdrehten.

Auch auf der syrischen Seite hatten TV-Teams der staatlichen Sender wie auch Al Jazeera ihre Positionen eingenommen. Sie standen zwischen Qunaitra und dem UN-Posten noch auf syrischer Seite.

Die Straßenzüge der alten Stadt sahen aus, als hätte hier vor Jahren ein Erdbeben gewütet. Jedes Haus war von der israelischen Armee einst gesprengt worden, Betonteile ragten wirr in den Himmel, Gras und Gestrüpp überwucherte mittlerweile die Ruinen. Wilde Hunde liefen, aufgescheucht vom plötzlichen Verkehr, kläffend und jaulend über die Zugangsstraße zum Stützpunkt. Der syrische Geheimdienst hatte etwas außerhalb ein genau abgestecktes Feld für die TV-Stationen aufgebaut. Elitesoldaten aus Damaskus waren eigens hierher beordert worden, um etwaige Stör- oder gar Attentatsversuche im Keim zu ersticken. Auf den Dächern der Häuser lagen Scharfschützen, die den Gang der Präsidenten überwachen sollten.

Der polnische Kommandant des Stützpunktes hatte die israelische Delegation schnell und unkonventionell empfangen, ihnen ihre abhörsicheren Räume zugewiesen und sie anschließend in das Offizierskasino gebeten. Sein Adjutant, Sergeant Cole, schaute derweil nervös auf die Uhr, denn die Fahrzeugkolonne der arabischen Politiker hatte den östlichen Rand Qunaitras bereits erreicht. Der Pole eilte im Laufschritt zum UN-Jeep, um rechtzeitig die Araber am Checkpoint zu begrüßen. Noch während die Gäste in das Lager kamen, hatte die kanadische Logistiktruppe alle Hände voll zu tun, die Turnhalle in ein halbwegs ansehnliches Konferenzgebäude zu verwandeln. Sergeant Cole hatte nur wenige Stunden Schlaf gefunden, und dementsprechend war die Laune bei dem bärbeißigen Kanadier aus der Provinz Saskatchewan eher mies, als er die drei Soldaten seiner Einheit sah. Sie hatten sich, statt den anderen beim Errichten der Kommunikationsvorrichtungen zu helfen, an der Luftfilteranlage des neben der Halle stehenden Bunkers zu schaffen gemacht. Das hatte nun wirklich noch Zeit. Cole war erst seit einer Woche hier. Er kannte zwar noch nicht jeden seiner Einheit, aber das war ihm zuwider. Er brüllte die drei an, die sich sofort aus dem Staub machten und in der Turnhalle verschwanden.

Cole blickte zu einer Gruppe Israelis, die vor dem Eingang ihrer Unterkunft standen und Wasser tranken. Wegen euch haben wir den Ärger hier, dachte er, ehe er sich wieder an die Arbeit machte.

Jan hatte mit Stirnrunzeln den Streit der Blauhelme registriert. Die Lage war schon angespannt genug, ein halbsmarter Unteroffizier musste da nicht noch den Kasernenhofton heraushängen lassen. Er wandte sich Lea zu.

Sie spürte seine Nervosität. »Mach dir keine Sorgen, es ist Alistair, der sie rüberbringt. Er ist ein alter Hase. Und euer neuer syrischer Freund scheint ja auch kompetent zu sein.« Sie sah ihn aufmunternd an. Seitdem Jan ihren Vater behandelt hatte, war die Rothaarige wie ausgewechselt. Kaum hatten er und Ephraim das Lager erreicht, hatte sie ihn in die Arme geschlossen, während sie für ihren Bruder nur einen kühlen Gruß übrig gehabt hatte.

»Wir werden heute nicht viel besprechen. Es ist ein Beschnuppern, um zu sehen, was geht und was nicht. Ich vermute, dass sie heute Nacht kommen werden. Dann stehen ihnen mehr Optionen zur Verfügung.«

Jan atmete schwer ein. Die Hitze, die hier unten im Tal herrschte, drückte auf seine Stimmung. Hinter dem Lager sah er die Golanhöhen mit dem majestätischen Hermon als beherrschendes Bergmassiv. Kleine weiße Flecken erkannte er auf der Spitze. Schnee lag dort oben. Er schloss die Augen und dachte sehnsuchtsvoll an einen Wintertag im Englischen Garten. Ein Hubschrauber startete mit dröhnenden Rotoren und riss ihn aus den Gedanken. Er folgte dem Flug der Maschine, die wieder südwestlich nach Jerusalem flog. Links unterhalb des Hügels auf israelischer Seite konnte er das künstliche Licht der TV-Kameras erkennen. Es hatte etwas von einem Zoo. Und sie waren die Tiere.

Dann kamen die Araber.

Der erste Posten befand sich an einer Kreuzung etwa einen Kilometer von Qunaitra entfernt. Er hatte das weiße Auto mit den zwei Buchstaben an der Seite ohne Kontrolle gleich durchgewinkt. Die Gruppe war an Zypressen vorbei in Richtung der zerstörten Stadt gefahren. Links und rechts säumten schon jetzt gesprengte Häuser den Weg.

Alistair fuhr langsamer und zog plötzlich den Wagen nach rechts.

Der zweite Checkpoint der syrischen Polizei lag auf Höhe des ehemaligen Gemeindehauses der Stadt und war schwer gesichert. Ein Schützenpanzer war aufgefahren, aus zwei Betonkugeln links und rechts auf dem Bürgersteig ragten Maschinengewehrläufe. Auf einem benachbarten Dach einer Moschee hatten sich Soldaten mit Kalaschnikows postiert. Niemand wirkte müde oder gelangweilt. Kein Wunder, ihr Präsident war hier vor wenigen Minuten erschienen. Alistair parkte den Wagen hinter einer ehemaligen Tankstelle unter einer halb heruntergestürzten Betondecke. So waren sie von der Straße wie auch vom Posten selbst nicht zu sehen. Der Schotte öffnete die hintere Tür, und Faruk kletterte aus dem Fußraum. Er ächzte und ließ sich etwas unelegant in den Staub fallen. Eimer, Feudel und Lappen fielen aus dem Wagen, die den Syrer bedeckt hatten.

»Sei ein wenig diskreter«, bat Alistair schmunzelnd.

Faruk sah ihn wütend an. »Das ist wirklich entwürdigend.«

»Aber sicher, und wer lässt sich von diesen hübschen Damen nicht ein wenig treten?«

Faruk rappelte sich auf, bemüht seine Contenance wiederzubekommen. Sie kletterten auf eine schräge Betonplatte, die einst als Zwischenboden eines Hauses diente. Syrer hatten sie mit Parolen bemalt. »Tod den Juden«, war noch das Harmloseste, was Faruk las. Sie legten sich auf den heißen Beton und schauten durch Ferngläser hinüber.

»Der erste UN-Posten ist etwa zwei Kilometer entfernt. Die Straße macht eine lange Schleife nach rechts, ehe sie fast parallel zur Zone verläuft. Das ist die Alphalinie, die Grenze zu Syrien. Dann kommen der Puffer und danach die Bravolinie. Wenn wir am syrischen Posten aufgehalten werden, sind wir bei einer Flucht lange ohne Deckung. Und selbst wenn wir den UN-Posten erreichten, hieße das noch lange nicht, dass sie uns durchlassen würden. Erst recht, weil die Fahrzeugkolonne der Araber schon den Posten passiert hat.« Faruk dachte angestrengt nach. »Der Alte ist unser Problem. Er hindert uns daran, im Zweifel zu laufen, um als Ziel etwas weniger Angriffsfläche zu bieten. Zudem könnten wir uns verteilen.«

Langsam robbten sie wieder zurück. Regina lehnte am Wagen und hustete. Sie war definitiv am Ende ihrer Kräfte. Die letzten 24 Stunden waren für sie ein einziger Albtraum. Sie hatte mit ihrem Leben auf dem Boden des Aschehauses abgeschlossen. Sie hatte an Jan und an ihre Familie gedacht. Dann aber kam die rettende Hand. Sie war versucht, ihre Waffe zu nehmen und einfach in den Kofferraum zu schießen. Aber ein Rest an Vernunft hielt sie davon ab.

Almut saß weiterhin regungslos im Fond des Geländewagens.

Der Alte hustete, war aber noch sehr lebendig. »Meine Frauen, ihr habt euch wacker geschlagen, aber wie sagt man in meiner Heimat? Klappe zu, Affe tot.« Er lachte und musste sofort wieder husten.

Almut drehte ihren Kopf zu Regina. »Ihr müsst ihm etwas zu trinken geben, und in seiner Aktentasche sind seine Pillen. Er beginnt wieder zu halluzinieren. Sein Sohn hat es mir einmal gesagt, als er versuchte …«

Regina nickte und hob aus dem Fußraum die Tasche hervor, die sie aus dem Mercedes mitgenommen hatten. Sie öffnete sie, als Almut sich nach vorn beugte. »Gib sie mir, ich weiß, welche es sind.« Regina griff nach einem Beutel in der Tasche, als Faruk und Alistair hektisch auf den Wagen zuliefen. »Wir fahren.«

Für Bashar war es nicht das erste Mal, dass er den Juden sah. Der Premier war ihm in einer peinlichen Situation in Paris vor Jahren einmal über den Weg gelaufen. Damals war der Syrer noch unerfahren mit solchen Situationen. Der Premier hatte anlässlich eines Nationalfeiertages auf der Tribüne gestanden. Bashar galt noch als »Schmuddelkind«. Keiner der etablierten Politiker wollte sich mit ihm zusammen fotografieren lassen. Dann war der Jude erschienen, Bashar hatte innerlich geflucht und versucht, ihm aus dem Weg zu gehen. Denn ein Händedruck, so dachte er damals, wäre in seinem Land einer Demutsgeste, zumindest aber einer Anerkennung Israels gleichgekommen. Noch Jahre lief das Video des Auftritts bei YouTube – zu seinem stillen Missfallen. Aber heute war alles anders. Er kam als Triumphator, er hatte mit seinem Geschick das Unmögliche geschafft – die Vereinigung der Araber, zumindest der fünf arabischen Staaten. Mochte die Lage noch so prekär sein, noch so viele Anschläge und Putschversuche geplant sein. Er hatte bereits mit seinen jungen Kollegen Geschichte geschrieben. Und das ohne einen Nahostvermittler aus Washington oder Brüssel oder Moskau. So hatte es ihm gestern Nacht auch seine Frau bestätigt. Sie war tatsächlich in den letzten Tagen zu seiner engsten Beraterin geworden. Gern hätte er sie dabei gehabt. Aber es war eben kein Staatsbesuch, sondern eine erste Verhandlungsrunde. Sein Volk hätte ihre Anwesenheit falsch verstanden, als Schwäche ausgelegt.

Er schüttelte jetzt ganz selbstbewusst und mit einem Lächeln dem Juden die Hand. »Auf ein gutes Gelingen, Inschallah.«

Der Premier war müde. Noch gestern Nacht hatten Mitglieder seines Kabinetts mit einem geschlossenen Rücktritt gedroht, sollte er zu dem Treffen in den Norden reisen. Erst der Präsident hatte mit einer für ihn außergewöhnlich scharfen Rede morgens um zwei Uhr den Ministern den Kopf gewaschen. Nach seiner Ansicht stand nicht weniger als die Existenz ihres Landes auf dem Spiel. Wer jetzt zögerte, würde bald seine Sachen packen müssen und in den Westen fliehen. Selbst der radikale Rabbiner hatte geschwiegen und dann genickt. So konnte er nach zwei Stunden Schlaf den Hubschrauber besteigen. Sein Team hatte in einer sensationellen Zeit die wichtigsten Fakten zusammengetragen, die Optionen wie auch die No Go's waren sie noch im Hubschrauber durchgegangen. Sein Sicherheitsberater hatte ihm noch sehr verklausuliert von einer möglichen Option erzählt, die das Verhandeln leichter machen würde. Sie würde sich aber erst im Laufe des Nachmittages ergeben. Er war zu müde, um nachzufragen. Jetzt musste er sich konzentrieren. Er durfte nicht nachgeben, aber auch nicht aufbrausen. Zuviel stand auf dem Spiel.

»Schalom, Präsident Assad.«

Die Delegationen verschwanden in der Turnhalle. Elijah hatte sich durch die Apfelplantagen gerobbt, die sich von den Golanhöhen hinunter zur Ebene von Qunaitra zogen. Seine Tarnung war gut gewählt. Es besaß eine grünbraune Camouflage, und sein gesamter Rücken und Hinterkopf war mit einem Geflecht aus kleinen Ästen und Gestrüpp bedeckt. Der Checkpoint lag auf ein Uhr rechts von ihm. Er hatte die Straße, die aus den Ruinen zum UN-Gelände führte, bestens im Blick. Sie lag 150 Meter vor ihm. Die TV-Teams mussten ihre Position jetzt räumen. Nach wenigen Minuten war alles wieder ruhig und leer. Noch einmal prüfte er Wind, Feuchtigkeit und Sonneneinwirkung. All das konnte Schüsse auf Ziele in der Distanz beeinflussen. Er sah durch das Fernglas. Die Fahrzeugkolonne der Araber hatte die Straße und den Checkpoint vor 90 Minuten passiert. Die Sonne brannte erbarmungslos auf ihn nieder, ließ die Luft über den Teer der Straße dort hinten flirren.

Alistair musste auf dieser Straße ins Camp kommen, dann könnte er helfen. Sicher würde so ein Zwischenfall auch wieder Ärger heraufbeschwören, aber sie hätten ein großes Faustpfand im Spiel. Und wenn die Satellitenbilder wirklich den zeigten, den sie vermuteten, wäre ein kleiner Schusswechsel es mehr als wert.

Robinson hatte Blauhelm-Soldaten immer verachtet. Seitdem die Holländer so kläglich in Srebrenica gegen die Serben eingeknickt waren, hielt er das Konzept der UN für nutzlos. Für einen langgedienten US-Offizier war die UNO eine

Schwatzbude. Politik machte man mit Härte, Durchsetzungswillen und vor allem Glauben – nicht mit Resolutionen. Er sah seine Jünger vom Beobachtungspunkt oberhalb des Lagers aus mit dem Fernglas und konnte sich wegen der vielen umstehenden Journalisten nicht einmal laut freuen. Sie waren tatsächlich mit den Ausweisen der drei Kanadier noch rechtzeitig in das Lager gekommen.

Sicher durften sie sich nicht lange hier aufhalten, aber für die Operation würde die Tarnung reichen. Er sah, wie die israelische Delegation und die Araber aufeinander zutraten. Die Journalisten waren völlig hektisch. Diese Bilder liefen live um die ganze Welt. Und alle Reporter hier dachten, dass sie schon jetzt das Bild des Jahres filmen würden. Sie täuschten sich.

Alistair hatte den Wagen gestartet, nachdem Almut dem Alten im Kofferraum Wasser und seine Tabletten gegeben hatte. Ihr Wagen rollte langsam auf den syrischen Militärposten zu. Ein Soldat erhob sich von einer Betonsperre und hob die Hand. Neben ihm hing schlaff die Landesflagge am Mast. Alistair bremste, stellte den Motor nicht aus. Direkt neben ihm zweigte die Straße nach links ab. Es war die alte Hauptstraße, die zum Stadtausgang führte und sich dort mit der Straße, auf der sie sich jetzt befanden, wieder vereinigte.

Faruk hatte ihm den Tipp gegeben. Er kannte Qunaitra von verschiedenen Einsätzen. »Stopp den Wagen exakt dort, wenn sie dich zu sich winken. Versuch auszusteigen. Dann kommen sie zu dir. Sollte es Ärger geben, gibst du Gas und musst nicht wenden oder rückwärts fahren.«

Tatsächlich lief der junge Soldat auf ihr Fahrzeug zu. Vorsichtig schlug der Schotte schon die Reifen nach links ein. Er drehte die Scheibe herunter und grüßte auf Arabisch. Der Soldat sah in das Innere, und Alistair reichte ihm die Papiere, erzählte etwas von Reinigungskräften und dass sie schnell in das Lager müssten, da die Unterkünfte noch nicht so aussehen würden, wie sich der Kommandeur das vorstellte.

Der junge Syrer blickte ihn kritisch an. »Ich kenne euch gar nicht. Die Putztruppe ist heute Morgen doch wieder zurückgekommen. Ich habe sie selbst gesehen. Sie kommen immer mit einem Bus.« Alistair blieb ruhig. »Ja, stimmt. Aber es war diesem Idiot nicht sauber genug. Und wir Soldaten haben wohl anderes zu tun.«

Der Syrer lächelte ihn an. Er drehte sich zu den Frauen im Fond und sprach sie auf Arabisch an. Regina begann zu husten. Almut erwiderte auf Arabisch und fragte ihn, ob er kein Benehmen habe, sie hier in der Hitze stehen zu lassen.

Beschwichtigend hob der Soldat die Hand. Er grinste Alistair an. »Mit der habt ihr wenig Freude, was ist mit der anderen? Ist sie krank?«

Alistair sah, wie ein älterer, wohl höhergestellter Soldat vom Posten zu ihnen kam. Er rief dem Jungen etwas zu. Der nickte. »Ich brauche noch Ihren Passierschein.«

Alistair kramte in den Unterlagen, die der Tscherkesse ihm gegeben hatte. Er hatte keine Ahnung, wie der aktuelle Schein aussehen sollte. Das hatte er vergessen zu fragen. Das Funkgerät des Soldaten knarzte. Er drückte auf die Taste. Sein eben noch so freundliches Gesicht verfinsterte sich.

In der Turnhalle waren jeweils an den Längsseiten Tischreihen für die Parteien aufgebaut. Es durften von UN-Seite noch drei Minuten lang Fotos gemacht werden, dann schloss man die Türen. Für die Berater waren direkt unter den Basketballkörben ebenfalls Tische bereitgestellt worden. Es roch nach kaltem Schweiß, die Luft war schon nach wenigen Minuten stickig.

Die zwei Ältesten unter den Teilnehmern, der libanesische und der israelische Präsident, eröffneten die Besprechungen mit sehr eindringlichen und klugen Worten.

Der Libanese sprach zuerst: »Wir wollen Frieden. Gehen wir alle von dieser Tatsache aus. Der Wunsch des Friedens muss der Ausgangsort unserer sicher beschwerlichen Reise sein. Bislang haben uns die Geister der Vergangenheit, der Kolonialherren und der Religion an dieser Reise gehindert.«

Der Rabbiner sowie der Imam blickten finster.

»... und dass wir hier heute ohne amerikanischen und europäischen oder chinesischen und russischen Aufpasser sitzen, ist ein großer Schritt in die richtige, die souveräne Richtung. Das Rad ist nicht mehr aufzuhalten, wenn wir es so wollen. Niemand wird uns von außen sagen, wie wir unseren Frieden gestalten werden. Wir sind eine Schicksalsgemeinschaft. Nur gemeinsam werden wir die Feinde von außen wie von innen bekämpfen können. Wir erinnern uns an die Toten der Vergangenheit, aber wir blicken nach vorn in eine bessere Zukunft.«

Das war geschickt. Einen Feind von außen aufzubauen konnte so eine zerstrittene Gruppe durchaus zusammenschmieden.

Der israelische Präsident erhob sich spontan und ging auf den Libanesen zu. Die Teilnehmer erstarrten. Aber der Israeli umarmte den Libanesen und sagte laut in die Runde. »Ich danke Ihnen für diese Worte des Friedens. Wir brauchen keine Preise für unsere heutigen Bemühungen. Unser Preis ist der Frieden.«

Bashar schloss kurz die Augen. Er dachte an seinen Vater und dessen grenzenlosen Hass gegen die Juden. Er erhob sich und klatschte langsam in die Stille des Raumes, nach und nach erhoben sich die anderen ebenfalls und stimmten in das Klatschen ein. So konnten sie das herannahende Zischen nicht hören.

Der Wachoffizier des Postens hatte mit den UN-Soldaten gesprochen, die wiederum nichts von einem Putzdienst wussten. Der junge Soldat trat einen Schritt zurück, entsicherte seine Kalaschnikow und forderte den Schotten auf, den Motor abzustellen und langsam herauszukommen. Alistair redete laut auf ihn ein, berief sich auf seinen UN-Status und darauf, dass sie nicht das Recht hätten, sie aus dem Auto zu holen. Er hätte doch die Papiere hier. Der Soldat ließ sich auf keine Diskussion ein. Langsam regten sich seine Kameraden am Posten, riefen ihm etwas zu. Der hob nur die Hand, als im nächsten Moment zwei Schüsse fielen. Der Soldat schrie auf und fiel nach hinten.

Faruk hatte die hintere rechte Tür des Wagens vorsichtig geöffnet, sich aus dem Fußraum herausgelehnt und unter dem Wagenboden auf die Beine des Soldaten geschossen.

»Fahr!«, schrie Regina, und Alistair drückte das Gaspedal durch. Die abrupte Vorwärtsbewegung ließ die hintere Tür mit voller Wucht gegen Faruks Oberkörper schlagen, er rutschte schreiend nach vorn, als Regina ihn im letzten Moment am Kragen fassen konnte. Dennoch hing er weiter von der Brust an aus dem Auto, das mit Vollgas nach links fuhr. Sofort schossen die Maschinengewehrposten. Direkt vor Faruks Gesicht spritzten die Geschosse in die Straße, Asphaltsplitter flogen umher, trafen den Syrer im Gesicht und an den Händen. Regina drückte Almuts Kopf nach vorn und zog Faruk mit einem kräftigen Ruck nach innen. Nach 200 Metern machte die Straße einen Bogen und führte Richtung Südosten.

»Faruk«, schrie Alistair, »rechts oder geradeaus?«

Mühsam richtete sich Faruk auf und rief: »Rechts.«

Alistair bremste nicht, als der Wagen in starker Seitenlage nach rechts fuhr. Die Frauen wurden brutal nach links geschleudert. »Komm nach vorn, ich brauch dich hier«, rief der Schotte.

Faruk kletterte nach vorn, was eine akrobatische Leistung angesichts der schnellen und vor allem holprigen Fahrt war. Spätestens am Ortsausgang würden die Soldaten auf sie treffen. Sie konnten nur hoffen, dass sie mit ihrem Wagen schneller den UN-Checkpoint, der jetzt etwa 1000 Meter vor ihnen lag, erreichen würden. Links lagen Wiesen und mehrere gesprengte Häuser. Regina griff nach der Schrotflinte, drehte die Fensterscheibe herunter und sah noch einmal über den Rücksitz zu Fischer. Der Alte lag zusammengekauert, aber lächelnd unter ihr. »Das machen Sie prächtig, Werteste«, rief er. Sie griff nach einer Tasche mit verschiedenen Waffen, die Alistair mitgebracht hatte, und ließ sie kurz gegen das Gesicht des Alten schlagen. Dann gab sie Faruk eine UZI nach vorn.

Noch 600 Meter. Sie konnten den Posten mit seinen weißen Hütten, den Betonsperren und der blauen Flagge schon deutlich sehen. Es könnte klappen.

Alistair konnte nicht Vollgas geben, da immer wieder größere Eisenstücke und Betonteile auf der Straße lagen. Widerwillig hatte Faruk die israelische Maschinenpistole durchgeladen, als aus einer Seitenstraße rechts in voller Fahrt ein Suzuki Pick-up heranraste, auf der Ladefläche ein Soldat hinter einem Maschinengewehr, das auf einer Lafette montiert war. In letzter Sekunde konnten sie nach links ausweichen. Die erste Salve durchschlug die letzten Seitenfenster. Dann war der Pick-up auf ihrer Höhe. Regina sah den Soldaten, wie er den großen Abzugshebel des Maschinengewehrs noch einmal durchlud.

»Knall ihn ab!«, schrie der Schotte von vorn, doch sie wollte ihn nicht töten. Also lehnte sie sich aus dem Fenster und schoss auf den linken Vorderreifen. Die Ladung Schrot durchsiebte die Felge und zerfetzte das Gummi. Die Wirkung war erstaunlich. Sofort schwenkte der Suzuki nach links, prallte gegen den Land Rover und wurde langsamer.

Ein zweiter Pick-up fuhr an dem ersten vorbei, schloss schnell auf. 150 Meter vor ihnen lag der Checkpoint, die Straße stieg an. Links weidete seelenruhig ein mageres Pferd auf einer Wiese. Am UN-Posten wurde man unruhig. Dort hatten sie die Verfolgung schon von weitem gesehen, doch statt die Barriere beiseitezuschieben, schob sich ein weißer Schützenpanzer langsam in die Gasse zum Posten vor. Alistair fluchte laut. Immer näher kam der zweite Pick-up. Auch er hatte ein MG auf der Ladefläche, aus dem die Soldaten zu feuern begannen.

Alistair schwenkte den Wagen auf der Straße von links

nach rechts. Dennoch kam die Soldaten immer näher, Regina sah nach hinten und konnte schon die Gesichter der Männer erkennen. Sie biss sich auf die Lippen. Schießen hatte keinen Sinn, sie müsste sich aus dem Auto lehnen und wäre ein zu leichtes Opfer des MGs. In der nächsten Sekunde würde die nächste Garbe das Auto treffen. Sie sah in das verzerrte Gesicht des Schützen auf der Ladefläche, als sie trotz des Lärms ein sehr lautes Zischen irgendwo oberhalb von ihr wahrnahm.

Jan saß auf einer Bank unter einem Eukalyptusbaum und genoss die Ruhe. Die Konferenz hatte begonnen. Elijah, so hatte Lea ihm berichtet, würde sich um die Heimkehr Reginas kümmern. Er solle sich da keine Sorgen machen. Sobald es dämmerte, würden sie über die Grenze irgendwo hier kommen. Sie seien nicht die Ersten, die so herüberkämen. Warten war zwar nicht seine größte Stärke, aber seine Hilfe wurde jetzt nicht benötigt. Ephraim hatte vor den Teilnehmern mit der Präsentation des Fundstücks begonnen. Jan war aus der Turnhalle geschlichen, hatte sich eine Flasche Wasser beim Catering, das sich unter einem Zelt befand, genommen und sich in den Schatten des Baumes gesetzt.
Lea kam auch aus der Tür. Sie hob den rechten Daumen und lächelte. Im nächsten Moment war ein seltsames Zischen zu hören. Auf der israelischen Seite ertönten Sirenen, und plötzlich schrien die Wachposten auf den Türmen. Lea und er schauten gleichzeitig in den strahlendblauen Himmel.

Katjuscha-Raketen gehören zum klassischen Waffenarsenal der Araber des Nahen Ostens wie die UZI oder der Merkava Panzer zu den Israelis. Jahrelang schossen Hisbollah-Kämpfer vom Südlibanon die Katjuschas nach Nordisrael. In manchen Jahren schlugen bis zu 6000 Raketen in die Felder und Städte des Landes ein. Nachdem Feldzüge gegen die höchst mobilen Kräfte nicht erfolgreich waren, entschloss sich die israelische Regierung zu einem radargestützten

Raketenschild, dem Eisendom. Er sollte die Raketen aus russischer Produktion, die schon im Zweiten Weltkrieg gegen die Wehrmacht eingesetzt worden waren, stoppen. Die Reaktion auf so eine defensive Maßnahme war vorhersehbar. Neue Raketenmodelle, die das Schild aufgrund von Geschwindigkeit und eingebauten Abwehrmechanismen unterliefen, kamen auf verschlungenen Wegen in den Süden Libanons zur Hisbollah. Jedem war klar, dass der Iran dies steuerte.

Und obwohl zwei Tage zuvor von arabischer Seite den Führern der Gruppierung mit deutlichen Mitteln – zwei ihrer Scheiks waren mitsamt ihren Bewachern von den örtlichen Geheimdiensten liquidiert worden – ein Waffenstillstand nahegelegt wurde, starteten acht Fadschr-5-Raketen aus den Tälern des Südlibanons.

Geheimdienstchef Abu Sayaf saß in seinem Büro. Er hatte in Abwesenheit seines Präsidenten den Kämpfern direkt den Befehl zum Abschuss mitsamt den ballistischen Berechnungen seiner ihm treuen Artillerie-Offiziere gegeben. Seine Mitwisser waren am frühen Morgen informiert worden. Vier Divisionen standen bereit, den Palast, die TV-Stationen sowie die Grenzübergänge in Syrien zu besetzen. Bei Einbruch der Dunkelheit sollten die ersten hochrangigen Politiker und Militärs, die dem Assad-Clan angehörten, schnell liquidiert werden. Lattakia, als informelle Hauptstadt der verhassten Alewiten, sollte mit zwei der besten Luftlandebrigaden besetzt, abgeriegelt und Haus für Haus gereinigt werden. Sayaf rechnete mit einer Woche des Blutes, danach hätte er die Lage unter Kontrolle.

Aus den Nachbarländern hatte er nichts zu befürchten. Denn bei dem gezielten Raketenangriff gegen Qunaitra würden auch die Köpfe der anderen Unionisten abgeschlagen werden. Er musste nur sicherstellen, dass die Raketen ihr Ziel erreichten.

Um 15.34 Uhr schlug die erste Rakete mit 100 Kilogramm Sprengstoff in die LKW-Werkstatt des UN-Stützpunktes Qunaitra ein.

Robinson war begeistert. Wer immer die ballistische Berechnung für die Raketen erstellt hatte, schien ein Meister seines Fachs zu sein. Vor laufenden Kameras explodierten im Abstand von mehreren Sekunden drei Raketen in und um den UN-Stützpunkt. Und er, Reverend Robinson, hatte wie ein General im Bürgerkrieg eine hervorragende Sicht auf das Schlachtfeld. Er lachte so laut, dass die Reporter, die neben ihm live in die Nachrichtenstudios weltweit berichteten, irritiert in seine Richtung sahen. Es war das Letzte, was sie von dieser Welt sahen. Der Antrieb der vierten Rakete setzte durch einen Materialfehler aus und ließ das sieben Meter lange Artilleriegeschoss in die Mitte des Beobachtungspunktes einschlagen. Die drusischen Obsthändler hatten die Geräusche richtig gedeutet und waren rechtzeitig geflohen.

Wo eben der Schützenpanzer der Vereinten Nationen, drei versetzte Betonplatten als Straßensperre und ein Container als Wachhäuschen gestanden hatten, gab es jetzt nichts mehr. Die Druckwelle hatte den Wagen nach hinten und nach oben geworfen, aber schien ihn mehr oder weniger unbeschädigt gelassen zu haben. Nur die Windschutzscheibe war zersplittert. Anders der Suzuki hinter ihnen. Ein fünf Meter langes Teil der Panzerkette war in einer perfekten elliptischen Kurve auf die Ladefläche des Pick-ups geflogen.

Faruk schrie. »Gib Gas!«

Alistair blickte gebannt auf das Kraterloch. Faruk stieß ihn an, ehe er sah, dass der Schotte seine Hand auf seinen Bauch hielt. Zwischen Alistairs Händen ragte ein knapp zwanzig Zentimeter langes Metallteil heraus.

Der Schotte flüsterte: »Du musst lenken. Ich gebe Gas.«

Faruk beugte sich nach links. Sie mussten an diesem Posten vorbei. Der Wagen schoss nach vorn, durch den Rauch und das Feuer. Faruk sah das Tor, es hing schon seitlich auf dem Boden, aber der Wagen wurde langsamer. Alistair verließen die Kräfte. Er drückte das rechte Bein des Schotten nach unten. Draußen heulten Sirenen. Weitere Raketen waren in das Lager eingeschlagen. »Regina, er ist getroffen. Schau nach, ob der Alte noch lebt und ob du nicht etwas zum Abpressen hast. Er verliert viel Blut.«

Sie beugte sich nach hinten. Fischer schien durch die Wucht gegen die Innenverkleidung gestoßen zu sein. Er wimmerte, lebte aber noch. An der Seitenverkleidung riss sie einen Erste-Hilfe-Kasten heraus. Faruk steuerte mühsam um den Krater herum. Sie hatten das Tor erreicht, als aus dem Rauch zwei große Soldaten mit blauen Helmen hervortraten. Sie hatten Schnellfeuergewehre im Anschlag und waren bereit, sofort zu schießen.

Jan war von der ersten Detonation von der Bank geschleudert worden. Einen kurzen Augenblick lang lag er benommen und orientierungslos am Boden. Direkt vor seinem Gesicht sah er einen rauchenden Kleidersack. Er versuchte aufzustehen und erkannte, dass der vermeintliche Kleidersack der Rumpf eines Soldaten war. Beine, Arme und Kopf fehlten. Die Kommandantur wirkte wie mit Dreck beworfen, die Explosion hatte ganze Autoteile in die Außenwand gepresst.

Es sieht wie eine moderne Installation aus, dachte Jan, als die zweite Rakete über ihn Richtung Osten einschlug. Er sah ihren Schatten noch, dann folgte die Explosion. Die Sicherheitskräfte öffneten die Tür der Turnhalle, hektisch stürzten die ersten Teilnehmer heraus. Unversehrte und leicht verletzte Blauhelme wiesen auf den Bunker. Die Bodyguards nahmen ihre Schutzpersonen unter die Arme und rissen sie förmlich Richtung Schutzraum. Nur Bashar schritt allein zum Eingang. Es war die Hisbollah, und er hatte versprochen, dass keine Raketen fallen würden. Sein Werk war zerstört. Alles war sinnlos. Er war wie betäubt.

Die Blauhelme hatten alle Hände voll zu tun, immer noch hörten sie Raketeneinschläge, eine war nicht weit von hier auf der Anhöhe bei den TV-Stationen detoniert.

Jan lief Blut über das Gesicht. Er sah die Politiker sich in Sicherheit bringen. Papiere wirbelten durch die Luft. Neben dem umgeknickten Flaggenmast der UN hatte eine Eisenplatte aus der Werkstatt einen alten Mann getötet. Mit einem verdutzten Ausdruck im Gesicht war der Rabbiner unterhalb der Rippen in zwei Teile zerrissen worden. Jan duckte sich. Er sah Lea, die starr vor der Turnhalle hinter einem abgerissenen Heck einer Limousine stand, die Arme weit von sich gestreckt, die Augen und den Mund aufgerissen. Er humpelte zu ihr, sprach sie an. Sie brabbelte etwas, was er nicht verstand. Dann sah er an ihr hinunter. Ihr fehlte das linke Bein, es war unterhalb des Knies abgerissen worden. Jetzt verstand er ihre Armbewegung. Sie wollte wie bei einem Balanceakt nicht fallen. Er nahm sie in seine Arme. Redete beruhigend auf sie ein, legte sie auf den Boden. Er riss sich seinen Gürtel von der Hose und band das Bein ab.

Und dann sah er Regina. Sie rannte auf ihn zu – mit einer Waffe in der Hand. Sie schrie, aber er verstand sie nicht.

Der alte Mann lachte. Sein meckerndes Lachen füllte den Wagen. Regina spürte ein tiefes Verlangen, den alten Mann sofort zu erschießen.

»Sie waren so kurz davor zu gewinnen. Aber damit haben Sie nicht gerechnet, Werteste«, kam es von hinten. »Und jetzt rennen sie alle in den Bunker. Und die Falle schnappt zu.«

Faruk hatte gestoppt und mit nach hinten gesehen.

Regina schrie: »Dieser Hund! Das ist es. Sie gehen alle in den Bunker – und sind damit das beste Ziel. Dort sollen sie, wie er das heute Morgen prophezeite, ersticken. Er schwafelte noch was von Milzbrand …« Sie lud die Waffe durch, öffnete die Tür, rollte sich auf den Boden und schoss im

Liegen zwei Mal zwei Schüsse auf die UN-Soldaten, die sofort in Deckung gingen. »Faruk, du musst mir helfen, da rein zu kommen«, rief sie zu ihm.

Er zog die Handbremse. Alistair sah ihn aus glasigen Augen an. »Gib mir die M16 aus der Tasche.«

Faruk zögerte, nahm das Schnellfeuergewehr in die Hand. »Los, mach schon, du alter Scheiß-Syrer, und pass auf die Lady auf!«

»Nein ich bleibe hier.« Unwirsch winkte er Regina zu, bedeutete ihr, loszulaufen. Er setzte das Gewehr auf die Ablage neben dem Lenkrad und schoss immer stoßweise Salven auf die Deckung der Blauhelme. Regina verschwand hinter einem Vorhang aus Rauch.

Elijah hatte aus einiger Entfernung das Inferno beobachten müssen. Er sah über sich israelische Kampfjets am Himmel Richtung Norden donnern. Ihr Ziel waren die mobilen Abschussrampen für die Raketen in den Tälern des Südlibanons. Sie kamen zu spät. Er fluchte. Dann hetzte er mit schnellen Sprüngen durch das hohe Gras hinunter zur UN-Basis. In dem Chaos konnte er unbemerkt am Checkpoint vorbei in das Lager rennen. Er stolperte über Wracks, ganze Wände, die herausgeschleudert waren, und Geldscheine. Eine Rakete schien auch die Zahlstelle der UN getroffen zu haben. Die Blauhelme versuchten, so gut es ging, eine Ordnung herzustellen. Die Politiker schienen bereits in den Luftschutzraum evakuiert worden zu sein. Elijah blickte von weitem in die Turnhalle, die leer vor ihm lag. Daneben beugte sich jemand über eine Verletzte. Jetzt erkannte er sie. Es waren Jan und Lea. Er wollte loslaufen, als er eine Frau die Straße zum Exerzierplatz hasten sah.

Regina schrie. Ihr Atem ging rasselnd. Laufen konnte sie nicht mehr. Die Lunge schien zu zerbersten. Sie musste zu diesem gottverdammten Bunker. Sie sah Jan, endlich. Eine kurze Freude durchströmte sie. Dann sah sie Elijah, der etwas oberhalb des Platzes stand, ein Gewehr mit einem extralangen Lauf in der Hand.

»Der Bunker muss geräumt werden. Gift. Los, räumen!« Mehr brachte sie nicht hervor. Elijah schaute sie verwirrt an. Neben der Halle sah sie den flachen Bau. Das musste der Bunker sein. Sicherheitskräfte schoben die letzten Personen hinein. Ein Zischen war zu hören. Noch eine Rakete schien im Anflug zu sein. Regina sprang hinter einem Wrack in Deckung. Die Erde erbebte, ein ohrenbetäubender Knall folgte. Für einen Moment war wieder überall nur Rauch. Jemand legte ihr die Hand auf die Schulter. Jan.

Völlig irrational streichelte sie seine blutige Wange. »Schön, dass du da bist.« Er lächelte. »Wir müssen zum Bunker«, rief sie. »Sie wollen sie vergiften.«

Jan erinnerte sich an die Szene mit dem Kanadier am Mittag. Er sah sie mit aufgerissenen Augen an. »Die Lüftung. Typen haben da heute daran gearbeitet. Meinst du …?«

»Ja, sie haben womöglich die Filter für die Luftversorgung mit Gift behandelt. Wenn die Tür des Bunkers schließt, springt automatisch die Filteranlage an.« Sie sah um das Wrack herum. Noch zwei Männer in Anzügen stolperten über die Trümmer zum Eingang des Bunkers. Plötzlich spritzten Steinsplitter. Jan und Regina blickten in die Richtung, aus der die Schüsse kamen. Auf einem intakten Wachturm stand ein MG-Schütze und schoss Salven auf den Eingangsbereich. Sein Ziel war jetzt klar. Offensichtlich wollte er die Blauhelme dazu bewegen, die Tür zu schließen, damit die Filteranlage ansprang.

»Ich renne los, du kannst schießen. Anders geht es nicht.« Jan hatte sich vorgenommen, nie eine Waffe in die Hand zu nehmen.

Sie nickte, stand schon auf und schoss in Richtung des Turms. Jan lief gebückt Richtung Eingang. Der letzte Mann verschwand gerade in dem Eingang, und ein Blauhelmsoldat stieß ihn ungeduldig hinein. Dann sah er Jan. In diesem Moment trafen den Soldaten mehrere Schüsse.

Er sackte tot zusammen. Jan erstarrte kurz, rannte dann weiter. Er hatte fast die Tür erreicht, sah einen weiteren Blauhelm im Eingang stehen.

»Nicht schließen!«, schrie er, aber der Blauhelm schüttelte nur den Kopf. Jan stand direkt davor, sah in das junge Gesicht des Soldaten, als er einen stechenden und brutalen Schmerz in Bein, Rücken und der Schulter spürte. Er war getroffen.

So ist der Tod, dachte er und fiel nach vorn auf die drei Stufen, die zum Eingang führten. Der Blauhelm-Soldat war weg. Jan atmete stoßweise, Blut quoll aus seinem Mund. Auch der Soldat war getroffen, direkt unter dem Helm, zwischen die Augen. Sekundenbruchteile zuvor aber hatte er noch den Schließmechanismus der Tür betätigt. Jan sah nach hinten, jemand fiel von einem Turm. Elijah schien geschossen zu haben. Mit einem Quietschen bewegte sich die Tür und schob sich vor. Jan drehte sich wieder nach vorn, spürte Kälte in sich aufsteigen, in seinen Ohren dröhnte es. Er robbte nach vorn. Mit letzter Kraft erfasste er die Schiene, in der die Tür abschloss, und zog sich nach vorn. Dann schlug die schwere Eisentür gegen seine Rippen. Er spürte noch das Knacken. Einen Moment später wurde alles schwarz um ihn.

Sie operierten noch vor Ort, um ihn für den Transport zu stabilisieren. Unter dem Eindruck der Schmerz- und Beruhigungsmittel nahm er alles nur noch wie durch Watte wahr. Er sah Regina neben sich im Rettungshubschrauber. Sie rauchte, hustete und rauchte. Elijah hatte ihm gesagt, dass Lea schon ausgeflogen worden war.

»Was ist mit Alistair?«, fragte Jan.

Regina schüttelte nur traurig den Kopf.

Jan schloss die Augen. »Und Faruk?«

Elijah lächelte. »Der sitzt vermutlich als neuer Chef des syrischen Geheimdienstes mit am Verhandlungstisch.«

Dann startete der Pilot den Helikopter, begrüßte fröhlich

die Verletzten und spielte Musik über die Kopfhörer. Er schien einen sonderbaren Humor zu haben. Jan erkannte noch die ersten Akkorde von »Gimme Shelter« der Rolling Stones, ehe er wegdämmerte. Im Schlaf hielt er Reginas Hand.

Der Hang zur Symbolik bei den Menschen des Nahen Ostens ist legendär und zuweilen berüchtigt.

Schon eine Stunde später gaben Vertreter beider Seiten bekannt, dass die Verhandlungen weitergingen. Terroranschläge, gleich von welcher Seite, könnten ihre Bemühungen nicht unterminieren. Morgen Nachmittag würde man sich auf dem israelischen Luftwaffenstützpunkt Bet Naiv zusammen wieder einfinden. Der nächste Termin würde in Beirut stattfinden. Man kündigte eine gemeinsame Erklärung für den nächsten Morgen an, in der neue Erkenntnisse zur Pressekonferenz in London präsentiert werden sollten. Ansonsten sei man mit dem bisherigen Verlauf der Gespräche sehr zufrieden. Für den kommenden Donnerstag würden die Präsidenten beider Seiten zu der zentralen Trauerfeierlichkeit der Opfer gemeinsam erscheinen. Vertreter der USA, der EU, Russlands und Chinas seien nicht willkommen.

Am Abend konnte der Inlandsgeheimdienst den Maulwurf in den eigenen Reihen aufspüren. Er lag in einem Kühlhaus in Jerusalem. Statt wie er es in seinem Testament bestimmt hatte, wurde der Rabbi nicht in ein bereits gekauftes Grab am Ölberg mit Blick auf den Zionsberg begraben. Man erklärte, dass er vermutlich bei dem Raketenangriff völlig verbrannt worden sei. Seine Bodyguards gaben nach einem ausführlichen Verhör der Polizei den Hinweis auf Megiddo. Die Jünger hatten sich mit Frauen und Kindern in den weit verzweigten Ruinen des Hügels verschanzt. Die antike Stadt besaß verschiedene Kellergewölbe und Gänge. Ein Alptraum für die Polizei. Aber unter dem Eindruck der

Geschehnisse auf dem Tempelberg und in Qunaitra wollte man keine Zeit verlieren. Ein Spezialkommando der Armee räumte noch vor der Morgendämmerung das Gelände. Es kam zu mehrstündigen Feuergefechten. Am Ende lagen mehr als fünfzig tote Jünger der »Christian Coalition« auf den Ausgrabungsfeldern der antiken Stadt Megiddo. Ein amerikanischer TV-Sender hatte einen Tipp aus regierungsnahen Kreisen bekommen und konnte live von der Erstürmung berichten. Auch die Reisepässe sowie die wirren Aussagen der Überlebenden wurden den amerikanischen Landsleuten zum Frühstück serviert. Jetzt war es Terror, der aus Amerika in die Welt geschickt wurde. Und so bemühten sich schnell Politiker aller Gruppierungen, Kommentatoren und Militärs diese seltsame Koalition als unbedeutende Neuauflage der Charles Manson Familie darzustellen. Denn Terror hatte immer von anderen auszugehen. Nie jedoch vom Mutterland der Freiheit.

Am selben Abend traf sich Bashar mit Faruk. Das erste Gespräch war kurz und hatte danach nur ein längeres, abhörsicheres Telefonat zwischen dem syrischen Generalstab und Bashar zur Folge. Die beiden fast gleichaltrigen Syrer hörten sich die Tonbänder des Alten an. Bashar entschied sich schnell, Faruks Rat anzunehmen.

Am nächsten Morgen kam es noch vor den Verhandlungen zu einer Übergabe der besonderen Art. Bashar al-Asad, der junge Präsident, bat um einen informellen Gesprächstermin nur mit dem israelischen Premierminister auf der Straße von Qunaitra. Der Premier kam allein und zu Fuß. Keine Kamera konnte dieses Bild aufnehmen, das Militär hatte das Gebiet weiträumig gesperrt. Einem jungen Videojournalisten aus Israel wurde kurzerhand die Kamera mitsamt der Hand von einem Scharfschützen weggeschossen.

Nebel kroch noch über die Felder. Der Syrer lehnte an einer schwarzen Limousine. Kraniche zogen in einem weiten

Dreieck am Himmel von israelischer Seite Richtung Syrien. Der Israeli hatte seinen Jeep verlassen und war die letzten Meter zu Fuß gegangen.

»Es sind keine Spione, nur Kraniche«, begann der Israeli jovial und auf die Vögel zeigend.

Bashar lächelte höflich über den schalen Witz. »Ich habe ein Geschenk für Sie, Herr Premier.«

Der Israeli sah ihn versteinert an. »Wie komme ich dazu? Ihr gestriges Geschenk hat viele Menschenleben gekostet.«

Bashar ging nicht auf den Vorwurf ein. »Sehen Sie, die Ursache für manche unserer Auseinandersetzungen kann mitunter sehr nah sein.« Er wies auf den Wagen, der hinter ihm stand. »Schauen wir uns eine Ursache an.«

Beide schritten auf den Wagen zu.

Der Syrer öffnete die Tür. »DAS ist mein Geschenk.«

Der Premier stutzte, als der den alten Mann in Handschellen sah. Bashar schlug die Tür zum Fond wieder zu. »Wir haben für den Herrn keine Verwendung mehr. Aber ich bin sicher, Sie schon.«

»Wer ist das?«

»Vielleicht wollen Sie sich erst mit ihm unterhalten.«

»Ist das etwa ...?« Blut war in das Gesicht des Israelis gestiegen. »Herr Präsident, das israelische Volk ...«

Bashar hob die Hand. »Bitte ersparen Sie mir das. Aber halten Sie Ihr Versprechen. Keine Bilder, keine Verhandlung. Dieser Mann dort ist von jetzt an Vergangenheit. Wir sehen uns morgen.«

Der Premier nickte wortlos, setzte sich in die Limousine und fuhr auf die andere Seite der Grenze – er fuhr mit SS-Obersturmbannführer Fischer, Heinrich Himmlers Berater in esoterischen Fragen und verantwortlich für den Tod von 1756 Juden in Frankreich, Holland und Belgien.

Epilog

Wien, 11.12., 12.34 Uhr

I still hear your voice at night
When I turn out the light
And try to settle down
But there's nothing much I can do
Because I can't live without you
Any way at all

Aus: John Cale »I Keep a Close Watch«

Er hatte ihre Kondition unterschätzt. Sie verlangte ihm alles ab, und erst als er keine Luft mehr bekam, sein Herz wie wild raste und seine Muskeln völlig übersäuert aufgaben, fiel er auf sie – lachend.

»Ich bin Rekonvaleszent. Ich darf so was eigentlich nicht«, klagte er keuchend.

Regina gluckste. »Und ich werde nicht mehr unter dir liegen. Das hat mich Lilith gelehrt.«

»Sollst du dieses Wort sagen?« Er biss ihr zart in die Brust.

»Aua, ich habe vom Baum der Erkenntnis gegessen. Und du musst ab sofort nachts aufpassen.«

Sie lachten. Jan hatte tags zuvor den Zug von München nach Wien genommen. Autofahren war angesichts der Jahrhundertkälte und den damit verbundenen Schneemassen nicht ratsam.

»Kommen die Rothblums zu Weihnachten mit Elijah, oder müssen wir an Chanukka gefüllten Fisch in Tel Aviv essen?«

Jan lachte. »Lea ist zur Reha noch in München. Meine Kollegen dort passen ihre Prothese gerade an. Elijah hat ihren Posten kommissarisch übernommen, sehr zum Leidwesen

Faruks. Kein Wunder, dass die Verhandlungen stocken, wenn die beiden am Tisch sitzen und verhandeln müssen.«

Jan schwang sich aus dem Bett, und Regina schaute ihm begeistert nach. Drei Kugeln hatte er in seinem Körper gehabt, eine vierte hatte die Schulter durchschlagen. Doch statt im Bett zu liegen, die Schusswunden auszukurieren, hatte er ihr sportlich nicht nachstehen wollen. Das Resultat war ein hübsch durchtrainierter Körper. »Ich hole schnell die Zeitung und die Post.« Er warf sich in eine Thermojacke und eine Skihose, zog dicke Boots an und ging die Treppe ihrer Altbauwohnung herunter.

Sie zündete sich eine Zigarette an. Lange hatte Ephraim ihr in den Ohren gelegen. Unbedingt wollte er die Almut-Aufzeichnungen haben. Aber Jan und sie waren sicher, dass sie damit in den falschen Händen wären. Also taten sie unschuldig, erklärten, das Büchlein beim Absprung über Syrien verloren zu haben und auch nicht zu wissen, wo sich der Zylinder befände.

Almut war zudem direkt nach der Rettung in eine Schockstarre verfallen. Drei Tage später flog man sie nach Österreich, wo ihre Mutter sie in Wien-Schwechat freudig, aber heimlich in einem abgesperrten Bereich in Empfang nahm.

Regina wusste, wo alles war. Der Zylinder stand trocken und sicher in einem Schließfach am Frankfurter Flughafen. Und das Büchlein lag unter ihrer Matratze.

Bibbernd stand Jan wieder in der Tür. »So eine Scheißkälte! Ich wäre um ein Haar mit der Hand am Metall vom Briefkasten festgefroren. Hier die Post für dich.« Er warf ein Bündel Briefe auf das Bett und ging in die Küche, um einen Kaffee zu holen.

Regina sah die Briefe durch. Die meisten waren Rechnungen. Ein großer brauner Umschlag lag ganz unten im Stapel. Der Absender war ein Ort in Deutschland.

Sie riss den Umschlag auf, während Jan nackt und zitternd wieder unter die Bettdecke schlüpfte. Er kroch zwischen ihre Beine. Etwas lag in dem Umschlag. Sie stutzte und klopfte auf die Bettdecke, wo sie Jans Kopf vermutete. Gedämpft kam von unten nur ein: »Herrin, lass mich bitte hier. Hier ist es am wärmsten.« Sie lachte. »Hör zu, Jan. Hier schreibt jemand etwas Seltsames.«

Jan schob seinen roten Kopf unter der Bettdecke hervor.

»Jan, hier schreibt ein Typ, dass er den Ersten und den Zweiten Weltkrieg überlebt hat – als Soldat.«

»Ja klar, und sonst wirft er zwei Erdnüsse ein, fliegt mit einem Umhang ums Haus und rettet die Welt. Schick das Elijah und Faruk, die brauchen da unten solche Leute.«

Sie kniff ihn in die Seite. »Nein, er schreibt, dass er unsere Hilfe bei einem Vermissten-Fall braucht. Der nächste Auftrag wartet.« Dann fiel es auf die Bettdecke. Sie sah ihn stumm an. »Schau mal, was hier drin lag.« Sie hielt etwas in zwischen ihren Zeigefinger und ihrem Daumen. Es war ein Medaillon. Sie klappte es auf.

»Was ist darin?«, fragte Jan.

Sie hielt es nah an ihre Augen, aber schüttelte den Kopf. »Ich kann nur kleine Teufel erkennen.«

Er griff nach ihrer Hand und drehte sie zu sich. Mit einem Mal erstarrte er. »Weißt du nicht, was das ist?«

Wesenufer, Österreich 05.12., 13.34 Uhr

Eine Familie, die leiblich und geistig vereint ist, gehört zu den seltenen Ausnahmen.

Aus: Honoré de Balzac »Eine Evastochter«

Sie sollte nicht bei diesem Schneetreiben nach draußen gehen. Denn seit sieben Tagen hatte es unaufhörlich geschneit. Der Küster hatte lediglich den Weg zum Haupteingang der Kirche freigeschaufelt. Aber das machte ihr nichts aus.

Sie stapfte mit weiten Schritten durch die Berge an Weiß und fand mühelos die Stelle. Minus 25 Grad, hatten sie heute Morgen im Radio verkündet, könnte es kalt werden. Der Wind blies ihr hart in das Gesicht. Sie zog ihre Fellmütze tief hinunter. Neben dem Kreuz aus Gusseisen und dem einfachen Holzkreuz lag der matte Stein. So hatte er es sich gewünscht. Mühsam und stöhnend beugte sie sich hinunter, bis ihre Knie fast im Schnee versanken. Sie wischte die Platte frei, bis die Buchstaben zu erkennen waren. Mit den Fausthandschuhen konnte sie es nicht aus der Tasche ziehen, also zog sie schnell einen Handschuh aus und nahm es in die klammen Finger. Sie schloss die Augen und flüsterte leise. Auch wenn jemand direkt neben ihr gestanden hätte, wäre es für ihn kaum verständlich gewesen. Die Worte wurden vom Wind fast weggeblasen. »Das ist für dich, Vater. Siehst du das Wetter? Wir erreichen die nächste Stufe.«

Sie lächelte, klappte das ovale Glas auf, hinter dem sich das Bild des Verstorbenen befand und steckte das Amulett dahinter. Dann wandte sich die junge Frau wortlos um und verließ den Friedhof. Ihr schon sehr dicker Bauch war warm unter der Felljacke verborgen. In zwei Wochen würden die Kinder zur Welt kommen. Und als Almut die Straße zu ihrem Elternhaus erreichte, war das Grab des Alois Fischer wieder dicht mit Schneeflocken bedeckt.

Denn das Schöne ist nichts als des Schrecklichen
Anfang, den wir noch grade ertragen …

Aus: Rainer Maria Rilke »1. Duineser Elegie«

Ich danke diesen Menschen für ihr Vertrauen, ihre Geduld und ihre Großzügigkeit, mir Ihre Zeit, Erfahrung und Wissen zukommen zu lassen:

Bastian Schlück, Reinhard Rohn, Catrin Beissner, Tarek Avi, Dr. Gerold Breitenweg, Helmut Bastuck, deutscher Fallschirmspringerverband, Oberleutnant Stefan Wigmann, Dr. T. Freude, Klinikum Rechts der Isar, Hauptkommissar Jens Knüpper, Dr. Anja Vogelsang, Professor Dr. Steinbach, Deutsche Syrischer Verein München, Anouar Brahem, Latif, Anke Greifeneder, Professor Dr. Vogel, Frigga Döscher, Stefan Altenburg, Dr. Sebastian Lau.

Besonders bedanken möchte ich mich bei Georg M. Hafner und Esther Schapira, deren Buch »Die Akte Alois Brunner« für mich eine wichtige Inspiration war.

KARL OLSBERG
Glanz
Thriller
400 Seiten
ISBN 978-3-7466-2689-5
Auch als ebook erhältlich

Verloren in der virtuellen Welt

Als der 14-jährige Eric nach einer Überdosis der Droge »Glanz« vor dem Laptop ins Koma fällt, ist seine Mutter Anna verzweifelt. Da die Ärzte keinen Rat wissen, nimmt sie schließlich die Hilfe einer mysteriösen Frau an. Das Unvorstellbare geschieht: Anna kann in die Traumwelt im Kopf ihres Sohnes vordringen, der in einem phantastischen Computerspiel gefangen zu sein scheint. Doch während sie versucht, ihn zurück ans Licht der Wirklichkeit zu führen, verdichten sich die Hinweise, dass Eric das Opfer eines üblen Spiels ist … Der erste Thriller, der auch als interaktives E-Book erscheint. Für Käufer dieses Buches kostenlos zum Download.

»Ein deutscher Thriller-Autor von internationalem Niveau.«
BILD AM SONNTAG

Mehr Informationen erhalten Sie unter www.aufbau-verlag.de oder in Ihrer Buchhandlung

atb aufbau taschenbuch

WILL LAVENDER
Tödlicher Gehorsam
Thriller
Aus dem Amerikanischen
von Bea Reiter
400 Seiten
ISBN 978-3-7466-2655-0

»Was für ein Trip!« DAVID BALDACCI

Als die Studenten Mary, Brian und Dennis ihre erste Stunde eines Logikkurses besuchen, erleben sie eine Überraschung. Statt eines Lehrplans bekommen sie von Professor Leonard Williams eine ungewöhnliche Aufgabe gestellt: Sie sollen einen hypothetischen Mord verhindern. Sechs Wochen Zeit und die Gesetze der Logik stehen ihnen zur Verfügung, um die 18-jährige Polly vor ihrem Entführer zu retten. Ein aufregendes Gedankenspiel – oder etwa mehr?

Mehr Informationen erhalten Sie unter www.aufbau-verlag.de oder in Ihrer Buchhandlung

atb aufbau taschenbuch

SHANE BRIANT
Traummörder
Thriller
Aus dem Amerikanischen
von Ursula Walther
384 Seiten
ISBN 978-3-7466-2652-9

Im Netz des Todes

Dermot Nolan ist ein preisgekrönter Autor – und am Ende. Er schafft es nicht, auch nur eine Zeile aufs Papier zu bringen. Als ein Mann, der wie ein Obdachloser aussieht, ihm ein Manuskript in den Briefkasten steckt, sieht er seine Chance. In dem Buch werden brutale Morde geschildert, doch Dermot ist fasziniert. Er beginnt den Text umzuarbeiten und zu recherchieren. Tatsächlich könnten einige der beschrieben Morde wirklich passiert sein. Dann kündigt der unbekannte Autor seinen Selbstmord an – und dass er Dermots Leben zerstören wird.

Hochspannung pur – ein packender Internet-Thriller!

Mehr Informationen erhalten Sie unter www.aufbau-verlag.de oder in Ihrer Buchhandlung

atb aufbau taschenbuch

MICHAEL GRUBER
Shakespeares Labyrinth
Thriller
Aus dem Amerikanischen
von Ulrike Seeberger
592 Seiten
ISBN 978-3-7466-2642-0

»Voller Irrungen und Wirrungen«

HÖRZU

Buchbinderin Carolyn und Filmfreak Albert haben einen einzigartigen Schatz entdeckt: geheimnisvolle Briefe aus dem 17. Jahrhundert, die auf ein unbekanntes Shakespeare-Stück hinweisen. Der Professor, dem sie diese Briefe verkaufen, wird ermordet und Carolyn verschwindet spurlos. Albert macht sich auf die Suche nach dem Shakespeare-Original und gerät tief hinein in ein gefährliches Abenteuer.

Mehr Informationen erhalten Sie unter www.aufbau-verlag.de oder in Ihrer Buchhandlung

atb aufbau taschenbuch

DANIEL EASTERMAN
Das Schwert
Thriller
Aus dem Englischen
von Eva Bauche-Eppers
418 Seiten
ISBN 978-3-7466-2478-5

Showdown im Schatten der Pyramiden

Jack Goodrich, ein renommierter Islamwissenschaftler, hat sich mit seiner Familie im turbulenten Kairo eingerichtet. Er glaubt, die Gefahren der Stadt einschätzen zu können – bis man ihm ein Schwert übergibt, das angeblich aus den Zeiten Mohammeds stammt und dessen Echtheit er beurteilen soll. Als seine Frau ermordet wird, weiß er, dass man ihn ins Visier genommen hat. Doch offenbar sind nicht nur skrupellose Islamisten, sondern auch westliche Nachrichtendienste dem Geheimnis des Schwertes auf der Spur. Eine rasante Hetzjagd beginnt.

»Einer der provokantesten britischen Thrillerautoren.«
KIRKUS REVIEW

Mehr von Daniel Easterman im Taschenbuch:
Der neunte Buddha. Thriller. atb 2598-0

Mehr Informationen erhalten Sie unter www.aufbau-verlag.de
oder in Ihrer Buchhandlung

atb aufbau taschenbuch